貫井徳郎

Tokuro Nukui

邯鄲の島遥かなり

中

新潮社

目次

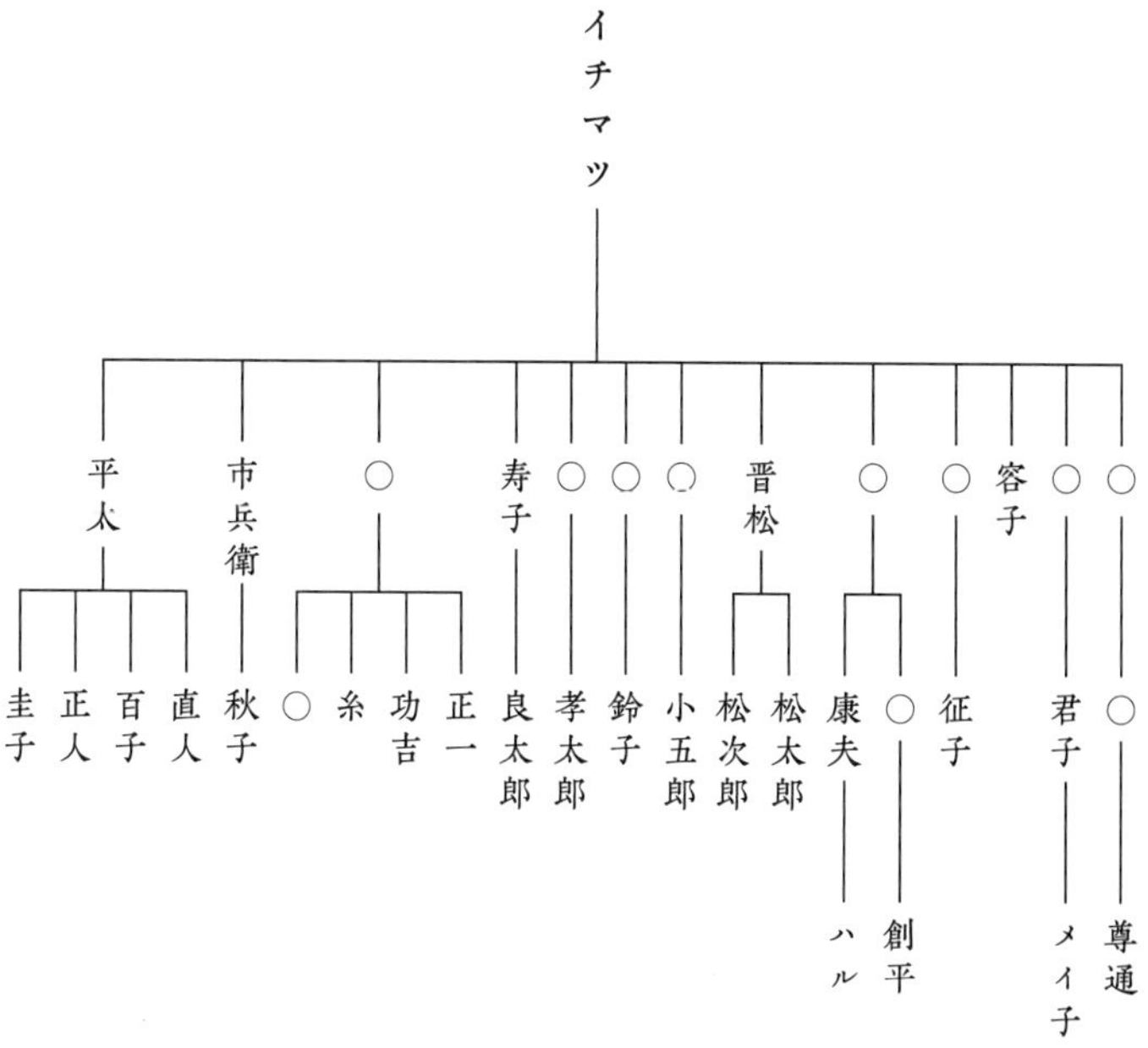
イチマツ
平太
市兵衛
○
寿子
○
○
○
晋松
○
○
容子
○
○
圭子
正人
百子
直人
秋子
○
糸
功吉
正一
良太郎
孝太郎
鈴子
小五郎
松次郎
松太郎
康夫
○
征子
君子
○
ハル
創平
メイ子
尊通

邯鄲の島遥かなり　中

第八部　第一回男子普通選挙

1

「そういえば、いよいよおれたちも選挙権を持てることになるらしいなぁ」

　居酒屋で酒を飲んでいるときに、ふと貴文《たかふみ》が呟いた。貴文は仲間内で一番のインテリゲンチャだ。くがのニュースをいち早く仕入れては、こうして披露してくれる。貴文の話を聞いていなければ、相当世事に疎い人間になっていたことだろう。ただ、貴文の話をどこまできちんと理解しているかは、孝太郎《こうたろう》自身もかなり覚束ないと思っていた。

「デモクラシー、デモクラシーって、おれたちが子供の頃から言ってたらしいからな。島ではなんの関係もない話だが」

　信治《しんじ》が応じる。信治は体が大きいので頭の働きが鈍いように思われがちだが、そんなことはない。貴文が仕入れてきたニュースにまともな返事をするのは、いつも信治だ。ふたりのやり取りを聞いていて、孝太郎はようやく理解が追いつくという面もある。

「選挙権を持ったって、いったい何が変わるんだ。十票くらいもらえるならともかく、一票だけだろ。一票だけじゃ、何も変わらないんじゃないか」

　選挙権を持つ意味が理解できないので、素朴な疑問を口にした。わからないことはわからないと、見栄を張らずに言う。そうすると、このふたりがわかりやすく説明してくれるのだ。だから理解が遅くても、あまり困ったことはない。

「いいか、孝太郎。これまでおれたちは、選挙権がなかった。それはどうしてか、わかってるよな」

　貴文が軽く身を乗り出して、問うてきた。インテリ顔に、眼鏡がよく似合っている。眼鏡を取ればなかなかいい男だということに気づいている女は、ひとりやふたりではない。ただ、今のところ貴文はそうした女に見向きもしていなかった。

「税金をちょっとしか納めてないからだろ」

さすがにそれくらいは知っている。何円以上納めれば選挙権が得られるのかまでは知らないが。

「そうだ。段階的に下がってきてはいるが、まだ三円以上納税した者しか選挙権を得られないのが現状だ。つまり、今の政治は金を持っている者だけが動かしているということだよ。それでいいのか」

「だって、貧乏人は政治なんてできないだろ。金持ちに任せておけばいいんじゃないの」

「金持ちは貧乏人の気持ちがわからないぞ。自分たちに都合のいい政治しかしない。だからますます、貧乏人には金が回ってこない仕組みになってるんだ」

信治が説明を補足してくれた。ああ、なるほど。理解できた。なんてひどい制度なんだ。

「それは駄目だな。いつまでも貧乏人は救われない」

「そうだろう。だから高額納税者だけじゃなく、日本人全員が選挙権を持つ必要があるんだ。今回は男だけが納税額に関係なく選挙権を持つことになるらしいが、本当なら女性も持つべきなんだ」

あまり女に関心がなさそうなのに、貴文はそんなことを言う。ただこれは、いかにも貴文らしい意見ではあった。貴文は相手が女か男かなど気にせずに接する。男も女も、同じ人間だと考えているのだろう。

「平塚《ひらつか》らいてう、か。女が知恵をつけるとろくなことにならないって、おれの爺さんが言ってたぞ」

昔、女性の権利だのなんだのと言い出した人がいて、男女がいがみ合う大変な事態になったらしい。その頃生まれた子供は極端に少ないのだから、かなり深刻だったことが窺える。以来、女性の権利について語ることは、この島ではご法度《はっと》になっていた。

「それは昔の話だろ。今は大正だ。いつまでも明治時代の話を引きずってると、くがの人間から遅れた島だと思われるぞ」

貴文は表情を変えず、淡々と言う。まあ、そうなのだろう。遅れた島なのは事実だ。貴文の不幸は、その遅れた島に生まれてしまったことだと孝太郎は思う。くがに生まれていれば、ひとかどの人物になっていただろうに。

「いやまあ、女の話はいいよ。貧乏人の話だ。貧乏人が選挙権を持ったって、貧乏人の気持ちがわかる者が立候補しないと、投票する人はいないよな。でも結局政治なんて、金持ってる奴しかやろうとしないんじゃないか」

「それはある」

信治があっさり認めてくれた。信治は相手の話をひとまず受け入れる度量がある。だから、この三人の中では一番人望があった。信治のような男こそ、人の上に立つべきだと孝太郎は考える。

「ただ、誰もが選挙権を持っている普通選挙となれば、これまで政治と縁がなかった人材が立候補するんじゃないかな。おれはそれを期待している」

「信治が立候補すればいいじゃないか」

他人事《ひとごと》のように語るので、言ってやった。すると信治は、思いがけないことを言われたとばかりに苦笑した。

「おれが、か。馬鹿言うな。無理に決まってるだろ」

「どうして無理なんだ」

「おれは一介の漁師だ。おれが漁をやめたら、家族はどうすればいいんだよ」

三人の中で、信治は唯一の家庭持ちだった。確かに、妻子がいては立候補は難しいかもしれない。確実に当選するならまだしも、そういう仕組みではないはずだ。それに、議会に行くためにはくがに移り住まなければならないのではないだろうか。信治は両親を置いて、くがに行ったりはしないに決まっている。

「じゃあ、貴文は。お前は頭が切れるんだし、独身だ。政治家になればいいじゃないか」

話を貴文に向けた。単なる思いつきだが、これも悪くないと自分の案に納得する。広く社会のことを考えられるインテリゲンチャなのだから、いかにも政治家向きだ。

「おれは向いてない」

しかし貴文は、言下に却下した。なぜそんなことを言うのか、孝太郎は理解できない。

「どうしてだよ。お前が一番向いてるんじゃないか」

「いや、向いてない。確かにおれは、多少は頭が切れるかもしれない。でも頭が切れる人間は、先が見えるから簡単に諦めてしまう。粘りがないんだ。意見が違う人間を説得することなんて、馬鹿馬鹿しくてやってられない。そんな奴は、政治家なんてできないだろう。相手が音を上げるまで説得するような、しつこい人間じゃないと政治家は無理だ」

なるほど、自分の性格をよくわかっている。まったくそのとおりなので、深く頷くしかなかった。貴文はまさにあっさりした性格だった。何事も、無理だとわかるとすぐに手を引く。だからまだ独身なのかと、いまさらながら理解した。

「お前はどうなんだよ」

信治が面白そうに、こちらに顎をしゃくった。予想もしないことを言われて、孝太郎はぽかんとした。

「おれが。おれに政治家なんて、無理だろ。からかってるのかよ」

「別にからかってるわけじゃないが、まあ誰にだって無理だよな。この島から立候補する人は出てくるのかねぇ」

その物言いで、結局信治はさほど関心がないのだなと悟った。漁師にしてみれば、誰が政治家になっても関係ないとしか思えないのだろう。いや、漁師だから政治が遠いのではない。会社員である孝太郎だって、政治についてなんて考えたことはなかった。デモクラシーという言葉は知っているが、その意味を説明しろと言われても困ってしまうほどだ。さらに言えば、孝太郎だけが特殊なわけではない。この島に暮らす者は皆、大同小異ではないだろうか。選挙権を持てるかどうかを気にしている貴文が、特別なのである。

「島からひとりは議会に送り込みたいな。この島は一橋《いちはし》産業ひとつに支えられているようなものだ。万が一、一橋産業が傾いたら大変なことになる。そうならないためにも、島に便宜を図れる人を議会に送り込むべきかもしれない」

「それは言えてるな」

また信治が認める。孝太郎はといえば、一橋産業が傾くことなど考えてもみなかったので、貴文の言に仰天していた。

島の人間を議会に送り込めば、一橋産業を守れるのだろうか。そうかもしれない。政財界の癒着という話は、さほど珍しくもないではないか。癒着と言ってしまえば聞こえは悪いが、要は味方がいるかどうかということだったのだ。今現在、一橋産業の味方になる政治家はいるのだろうか。ちゃんと政治献金をしているのか。俄《にわか》に心配になってきた。

「ああ、おれに十票あったらよかったのに」

一票だけでは何もできない、という無力感が甦った。この場にいる三人分を掻き集めても、たったの三票だ。いや、島が一致団結すれば、そこそこの数にはなるか。ならば、やはり誰かが立候補すべきだった。

「塵も積もれば、と言うだろ。まあ、そう悲観するな」

信治が大きい手で、孝太郎の肩を叩いた。確かにおれたちは塵みたいなものだな、と内心で考えた。

2

家に帰って、出迎えてくれた母に「選挙って知ってるか」と尋ねたら、「は」と訊き返された。予想どおりの反応だ。島の人間の半分くらいは、選挙のなんたるかも知らないのではないか。一応、島にも町会はあるのだが、議員や町長はいつの間にか決まっている。そしてそれで、まったく問題はなかった。

町会は寄り合いのようなものだった。漁師や商売人、それと一橋産業の人間が何人か集まり、町会を動かしているらしい。くがに行けば違うやり方があるのだろうが、島ではこれが一番丸く収まる方法だった。町会がどう動いているのか知らなければ、誰も文句の言いようがない。身近な島の町会でさえこんな有様なのだから、遠いくがの議会など、別世界の出来事としか思えなかった。

母は孝太郎の顔を見ると、すぐ床に就いてしまった。欲のない、狭い世界で生きてきた人だ。死んだ父は一橋産業に勤める会社員だったが、出世とは縁がなく、死ぬ年でもなかったのに病を患ってあの世に旅立った。残された母は、それで生活を変えるでもなく、父がいたときと同じようにつましく生きている。孝太郎にも過大な期待を抱いていないのは、楽と言えば楽だが、多少心外に思うところもあった。

自分も父や母と同じような人生を送るのだと、孝太郎は考えていた。いや、特に考えもしなかった。なんとなく、流されるままこの年まで来ただけである。父の人生をそのままなぞるように生きているということは、どのように終わりを迎えるかも想像がつくということでもあった。そのことに、若干の閉塞感を覚えるときもなくはなかった。

世の中にはほんのひと握りの特別な人と、そうではない大勢の人がいる。そんなことはわかっていた。そして自分は、特別ではない側の人間であるという自覚もあった。それなのにどこか今の生活に不満を覚えるのは、取るに足りないひとつの要素があるせいだった。こんなものがなければ、もしかしたら迷いなく平凡な人生を生きられたのかもしれないのに、と思うこともある。こんなものとは、奇妙な形の痣《あざ》だった。

イチマツ痣と呼ばれる痣は、生まれたときから腰の左側にあった。この痣が一《いち》ノ屋《や》の血を引く証であることは、物心ついたときにはすでに承知していた。わからなかったのは、一ノ屋とは何かということだ。この島で一ノ屋の血脈が特別であることは知っていても、どう特別なのかよくわからない。同じくイチマツ痣を持っていた父は、なんら特別なところがない人だった。

一ノ屋の血を引く者全員が特別なわけではない。やがて、そのことが理解できてきた。特別なのは、一橋産業の社長くらいなものだ。社長は小さいときから賢く、まだ連絡船が帆船だった時代にくがに行って勉強をしたらしい。その結果、会社を大きくして島に富をもたらした。まさに、特別な人だ。一ノ屋の特別な血は、社長にだけ受け継がれたのだろう。

誰もが知っていることだった。一ノ屋で特別なのは社長だけ。それを疑う人は、島にひとりもいない。もちろん、孝太郎も知っている。二十代も半ばを過ぎた今なら、なおさら痛感している。一ノ屋の血には、なんの意味もない。もしかしたら孝太郎の子供や孫、さらにその先の子孫に、特別な人が生まれるかもしれないというだけのことだ。自分はただ、次代に血を受け継がせる役割を担っているに過ぎない。

それでも、という思いがあった。その思いを孝太郎に植えつけたのは、他ならぬ父だ。父はふだんは一ノ屋の血など意識していないように振る舞っていたが、ごくまれに、酔っぱらうとぽろりとこぼした。心の奥底に封印している思いが、酔いでふと漏れ出てしまうかのようだった。

『おれは、一ノ屋の血を引いているのになんの力もなかった』

父はぼやいた。子供だった孝太郎の目に、父の表情は悔しげに見えた。

『一ノ屋の特別な男は、めったに生まれないんだ。それはおれじゃなかった。そのことは仕方ない。もうとっくに諦めがついている。でも、お前はまだわからない。お前こそ、特別な男かもしれない。おれは、一ノ屋の特別な男の父親になれるかもしれないんだ』

ほんの数回、指を折って数えられる程度の回数だけ聞いたことだった。やがて、孝太郎が長じると父は言わなくなった。息子は特別な男ではなかったと、成長の軌跡を見て悟ったのだろう。父の失望した顔を見た憶えはなかったが、どこかの時点で見切りをつけたに違いない。そのことに気づいてから、父の悔しさは孝太郎の悔しさになった。父に見切りをつけられたのだと思うと、心がきゅっと縮むような心地がした。

一橋産業の中で、孝太郎が出世する目処《めど》はない。残念ながら、このまま勤め上げても一介の会社員で終わるだけだろう。しかしそれは、孝太郎が自分の中に眠っている才に気づいていないからではないだろうか。政治家にはどうやら、人望や頭のよさは必要ないらしい。ならば、自分こそ政治家に向いているのではないか。『お前はどうなんだ』と問いかけてきた信治の言葉が、耳の中に残っている。信治も貴文も政治家になれないなら、おれはどうなのだ。誰かが島の代表になって、一橋産業を守らなければならないのである。それがおれであって、何か不都合があるだろうか。

言葉が胸の中でぐるぐると渦巻いて、その夜はなかなか眠れなかった。だが夜が明けてみると、その渦巻きは一点に収束していた。これが決心というものかと、孝太郎は実感した。

それからほどなくして、普通選挙法が帝国議会で成立した。新法に基づく初めての普通選挙は、数年以内に行われるという。数年以内か。孝太郎はそのニュースを聞いて、身の引き締まる思いを味わった。数年後といえば遠い先のことだが、準備期間として充分なのかどうか見当がつかない。おそらく、勉強しなければならないことは山のようにあるのだろう。ただ、どうにかなるという確信はあった。自分の力だけでは、とても無理である。だが貴文と信治が助力してくれるなら、きっと成し遂げられると思っていた。

孝太郎はふたりを、いつもの居酒屋に誘った。一緒に酒を飲むのは三ヵ月に一度くらいなので、先日会ったばかりでのこの誘いはふたりにとって不可解だったようだ。三人揃って顔を突き合わせると、「今日はどうしたんだ」と信治が訊いてきた。

「何か用があるのか」

「ああ、そうなんだ。鋭いな」

話す順番は決めていたのだが、照れ臭さもありすぐには切り出しにくかった。まずは乾杯をしようと、ビールが来るのを待つ。運ばれてきた瓶の中身をコップに注いで、「お疲れ」と声をかけ合って一杯空けてから、意を決して言葉を発した。

「実は、ふたりに力を貸して欲しい」

「なんだ、困っていることでもあるのか」

面倒見がいい信治は、すぐにそう訊き返してくれる。孝太郎は小さく首を振った。

「困っているわけじゃない。ただ、ふたりの力がなければ今後困ることになる。おれひとりでは無理なことなんだ」

「言ってみろ。手伝うぞ」

内容を問う前から、信治は手伝うと言ってくれた。孝太郎が無茶な頼みなどしないとわかっているのだ。長い付き合いの友人がいるありがたみを、しみじみと感じた。

「うん、実はおれ、選挙に出ることにした」

「選挙に」

まったく予想外だったようで、訊いた信治も黙っていた貴文も、ふたり揃って目を見開いた。孝太郎としては苦笑するしかなかった。

「なんだよ、そんなに途方もないことを言ったかな。おれが政治家になるなんて、無理か」

「この前の話に感化されたか」

貴文が真面目な顔で問うてきた。こちらの本気の度合いを試されているのだと感じ、孝太郎も真顔になった。

「そうだ。おれはあの日より前には、政治のことなんて考えてみたこともなかった。でもお前の話を聞いて、そんな自分を恥じた。じっくり考えて、政治家こそおれがやるべき仕事ではないかと結論した。おれは島のために役に立ちたいんだ」

「そうか」

信治が短く相槌を打った。そしてそれだけで、後を続けようとしない。孝太郎の決意をどう思ったか知りたくて、尋ねた。

「無理だと思うか。おれに政治なんて、無理かな」

「いや、そんなことはない。意外と悪くないかもしれないな」

信治はなにやら初めて孝太郎を見るような目つきで、上から下まで眺め渡した。そしてもう一度、「悪くないかも」と繰り返す。孝太郎はその意味を尋ねた。

「悪くないって、なんだよ。おれは政治家に向いてると思うのか」

「お前は変に見栄を張らない。知らないことを知らないと言える度胸があるだろ」

信治は面白そうに指摘した。確かにそのとおりだが、それは政治家になる上での欠点ではないのか。何が言いたいのかわからず、首を傾げた。

「貴文を見てみろ。こいつは世の中のことをなんでも知ってるって顔をしてるだろ。実際、なんでも知ってるんだから別に傲慢なわけじゃない。ただ、こんな男に助けが必要だと思うか。自分でなんでもできてしまう男を、助けてやろうって気にはならないだろ」

「まあ、そうだな」

言われてみれば、貴文に手を貸したことなど一度もなかった。まさに、貴文は他人の助力を必要としない人間なのだ。当の貴文は、信治の言葉に苦笑いを浮かべている。まったくそのとおり、と内心で認めているのだろう。

「その点、お前は違う。知らないことを知らないと素直に言うから、教えてやろうって気になる。助けてくれと言われたら、助けなきゃいけないと思う。政治家ってのは、そういう方がいいのかなと気づいたんだ。皆さんを代表してなんでもやります、というのでは駄目なんだ。皆さんの力を貸してください、と言えばいいんだよ」

「はあ」

お前にはなんの力もない、とはっきり言い渡されたかのようで、少し複雑だった。するとそんな内心を見通したかのように、貴文が補った。

「信治は馬鹿にしてるんじゃないぞ。政治家の真髄について語ってるんだ。政治家は、自分こそ一番なんて驕《おご》っちゃいけない。私にはたくさんのわからないことがあります、だから勉強してがんばります、という謙虚さが必要なんだよ。お前は驕った人間じゃない。それは、得がたい資質だ」

「ううん、そうなのかな。別に偉くなりたいわけじゃなかったんだが、政治家の先生ってのは偉いんだと思ってた」

「政治家が偉ぶったら、もうお終いだ。そんな勘違いをする奴を、議会に送り込みたくはないな。おれも言われてなるほどと思ったが、お前は選挙に強いかもしれないぞ。何せ、頼まれれば力を貸したくなる。それは、計算でそう振る舞っても駄目だ。生まれついての性質は、見てるだけでなんとなく伝わるものだからな」

要は、ふたりとも無茶な挑戦だとは思っていないということだ。頼めば断られないとわかってはいたものの、認めてもらえると嬉しさが込み上げる。持つべき者は友、という言葉の意味を、今こそはっきり理解したように思った。

「じゃあ、手を貸してくれるんだな」

「ああ。お前が本気なら、いくらでも手を貸すぞ」

信治は大きく頷いた。その泰然とした様子は、孝太郎に安心感を与えてくれた。

「選挙に出るなら、学ばなきゃならないことが山ほどあるぞ。耐えられるか」

貴文が値踏みするように、そう問う。孝太郎は決意を込めて宣言した。

「やるよ。やってやるよ」

それを聞き、貴文はにやりと笑った。百万の援軍を得た思いだった。

3

政治家になる、と宣言したはいいが、実は政治については何も知らなかった。そもそも選挙権がなかったのだから、知る必要を感じなかったのである。だから学ぼうにも、どこから手をつけていいかわからない。こんなときは、貴文の出番だった。

「政治家がどんな仕事かも知らないで、なろうと思ったのか」

呆れられてしまった。知らないことを知らないと言えるのが美点だと、この前は褒めていたではないか。そう文句を言いたかったが、こちらは教えてもらう立場なので腰を低くしなければならない。ともかく貴文に対しては、本気であることを示すしかないとわかっていた。

「おれは島の役に立ちたいんだよ。誰かが議会議員になって、島に便宜を図らなきゃならないんだろ。そのためにはなんでもやるから、教えてくれ」

「まあ、やる気があるのは確かなようだな」

貴文は苦笑して頷いた。貴文は言葉に曖昧なところがないので非情に受け取られることが多々あるが、そんなことはない。これでけっこう情に厚い面もあることを、小学校以来の長い付き合いである孝太郎は知っていた。

「議会には衆議院と貴族院があることは知ってるか」

「聞いたことはある」

素直に答えると貴文は渋い顔をしたが、もう何も言わなかった。いちいち呆れていたら続けられないと判断したのだろう。そのまま説明を続けた。

「貴族院議員は、文字どおり爵位のある貴族様しかなれない。だから、お前が目指すのは衆議院議員だ。どうして二種類あるのかといえば、衆議院には解散がありうるからだ。解散して選挙をしている間、議会が空白になってはまずい。衆議院議員が不在の間は、その穴を貴族院が埋めるんだよ。まあ、庶民と貴族の、両方の意見を取り入れようって意図の方が大きいと思うがな」

「ふんふん、なるほど」

孝太郎はノートに書き取りながら、説明を聞いている。日曜日のことで、場所は孝太郎の家だった。母が入れてくれた茶と、孝太郎が買ってきた大福を頬張りながらの勉強会だった。

「政党ってのはわかるか。嚙み砕いて言えば、政治家の団体だ。同じ考えの者たちが集まって、団体を作ってるんだよ。その政党が中心になって動かしている政治を、政党政治という。そして多数派の政党を、与党と呼ぶんだ。今の与党は、憲政会、政友会、革新倶楽部の三つだ。どうして三つもあるかは、話せば長くなるからおいおい説明する。その一方、与党ではない政党は野党と呼ばれる。与党の三つに比べれば、小さくて力がないのが現状だな。お前が政治家を目指すならいずれかの党に所属するのが筋なのかもしれないが、こんな離島にまで政党が目配りするのかどうか」

「政党ねえ」

仲間がいるのは心強いが、しょせんはくがの人たちである。島を代表して議会に乗り込もうという孝太郎と、果たして意見が合うのだろうか。周りからやいやい言われて意見を枉《ま》げるくらいなら、政党になど属さない方がいいかもしれないと考えた。

「政党の力というのは大きくて、何も政治家だけが党員というわけじゃない。立候補しない党員も多いんだ。そういう人たちは、自分の党の人間をひとりでも多く議会に送り込むために、選挙運動をする。選挙権を持っている人たちに、うちの党に一票入れてくださいと頼んで回ったりするわけだ。そういう地道な運動が大事らしいが、この島でそんなことは一度も行われていないから、たとえ普通選挙が実施されても変わらず政党には相手にされないかもしれないな。まあ、その方がお前も気楽なんじゃないか」

さすがに貴文は、こちらの気持ちを読み取っている。そのとおりなので、大きく頷いた。

「政党になんて属さなくても、島の人はおれに投票してくれるんじゃないか」

「甘いな。立候補するのがお前ひとりとは限らないだろう。他にも立候補する人がいたら、票が割れる。みんながみんな、お前の味方をしてくれるとは思うなよ」

貴文は淡々と言った。孝太郎もそのことは考えないでもなかったが、他の人から指摘されると俄に現実味を帯びてくる。本当に孝太郎以外に立候補する人は現れるだろうか。

「立候補するのは、おれだけじゃないのかなぁ」

「そればかりは、予測不能だ。もしかすると、何人も立候補するかもしれないぞ。だから、今のうちから準備を始めるお前の判断は正しい。敵となる人がいるなら、少しでも先んじた方が有利だからな」

「敵か」

自分がきちんと勉強さえすれば、票は自然に集まる気がしていた。そんなことはないのだと、見通しの甘さに気づかされた。まだまだ本気ではなかったのだと、反省した。

「選挙までにお前がするべきことは、政治についての勉強もそうだが、味方を作ることだ。政治家になりたいと公言して、票を投じてくれる人を増やしておけ。地道な努力が、一番大事だぞ」

「わかった」

そんな調子で貴文との勉強会を重ねる一方、信治を加えた作戦会議も行《おこな》った。会議とはいっても、場所は居酒屋だ。信治は酒好きなので、集まる場合はどうしても飲みながらになる。漁師は朝が早いから、夕方から飲み始めるのが常だった。

「味方作りこそ、お前の一番得意とするところじゃないか。お前は相手の懐に入るのがうまい。特に年上の人には、かわいがられるだろ」

信治はそう指摘した。信治が言うほど誰にでも好かれるわけではないが、愛想はいい方だと思う。少なくともいつも眉間に皺を寄せているような貴文よりは、人なつっこい性格のはずだった。

「でもさ、選挙とはなんなのかも知らない人に票を入れてと頼んでも、安請け合いされるだけじゃないかな。頼んで回るのは、もっと選挙が近づいてからじゃないと意味がない気がする」

疑問を呈すると、信治は「そのとおりだな」と認める。

「おれは何も、票を入れてくれと頼めと言ってるんじゃない。味方を作れと言ってるんだ。味方とは、いざというときに本当に頼りになる人だ。そういう人を、今から増やしておかないといけないな」

「本当に頼りになる人ねぇ」

それは難しそうだ。孝太郎が疑いなく頼れる相手は、眼前のふたりしかいない。同じくらい頼れる人は、この先できないのではないだろうか。

「お前には武器があるじゃないか。それを使わない手はないぞ」

信治はそんなことを言い出した。武器とはなんだ。心当たりがなく、首を捻った。

「なんのことだ」

「一ノ屋の血だよ。血縁を頼れば、お前の味方はどんどん増えるんじゃないか」

「ああ」

血縁を頼ることなど、考えてもみなかった。そもそも一ノ屋の血を引く者が増えたのは、あまり道徳的とは言えないことが理由だったそうである。だから孝太郎の父の代でもすでに、血縁者同士の親戚付き合いはなかった。イチマツ痣があるから血縁とわかるだけで、これがなければうっかり近親婚をしてしまう者も多かったのではないだろうか。

「でも、話をしたこともない人も多いぞ」

少し後込《しりご》みすると、信治は身を乗り出してきた。

「だからこそだよ。これを機会に、会って話せばいいじゃないか。血は水より濃いと言うだろう。

会って話してみれば、血縁を強く感じるかもしれない。血縁を頼ってひとりの味方を作れば、芋蔓式に味方は増えるぞ」

「そうかなぁ」

孝太郎は一ノ屋の血に対して、複雑な思いを抱いている。特別だという一ノ屋の血に裏切られた気持ちがありつつ、まだ信じたい思いも残っているのだ。血縁者にはそれを見透かされてしまうかもしれないし、同じ思いの者と出会ってしまうこともありうる。そうなったら、互いに気まずいのではないかと考えた。

「だったらまずは、本丸を落とすべきだな」

不意に、貴文が不可解なことを言った。本丸とは、何を指しているのか。まさか、と思うそばから、貴文はその名を口にした。

「一ノ屋本家と、それから一橋産業だ。お前、社長に会えるのか」

「無理言うな。おれは一介の平社員だぞ」

一ノ屋の人間を優遇して採用しているという噂はあるが、だからといって社長とじかに話ができるような特権が与えられるわけではない。一橋産業全体の後援を得られればこの上なく力強いとは思うものの、まずは職場の人間に打ち明けるところから始めるしかないだろう。

「じゃあ、一ノ屋本家だな。挨拶に行け」

信治が続きを引き取った。孝太郎は本家に行ったことはない。当主の名も、とっさには思い出せないほどだ。むろん向こうは、孝太郎の存在も知らないだろう。いきなり訪ねていくのは、気が重かった。

「行け。この島での一ノ屋の名前の力は、お前もよくわかってるだろう」

強く言われてしまった。孝太郎は渋々頷くしかなかった。

4

現在の一ノ屋当主の名は、松次郎《まつじろう》といった。特に定職を持たず、日がな一日ぶらぶら暮らしている羨ましい人である。町の皆で金を出して、松次郎の生活を支えているらしい。孝太郎はそんな年貢のようなものを払ったことはないし、今後も払いたくない。

なぜ同じ一ノ屋の血を引くのに、こんな境遇の差があるのかと納得できなかった。松次郎の血統が長子の流れだというなら、まだ理解できる。しかし、話を聞く限りではそうではないらしい。どういう経緯だったのか知らないが、くじ引きで決めたそうだ。そんないい加減な決め方だったのかと、呆れるしかない。そういうことであるなら、ほんの少し運の風向きが違えば、今頃は孝太郎こそが一ノ屋の当主になっていて、遊んで暮らしていたかもしれないのだ。不公平だとの思いが、以前からどうしても捨てられずにいた。

そんな相手に頭を下げに行くのは業腹だったが、一ノ屋がこの島で一目置かれる存在であることは間違いない。その一族の当主に挨拶をしておくのは、確かに必要なことだと理解はできた。やむなく、日曜日に渋々と足を向けた。

一ノ屋本家の屋敷は町外れにあるが、そのお蔭で震災でも焼けずに残った。いかにも昔から続く旧家のお屋敷らしく、震災後に建てられたちまちまとした家とは佇まいが違う。その大きさに気後れしてしまい、己の心の動きに腹が立った。自分にもここに住む可能性があったのだから、何も後込みすることはない。堂々とおとないを告げればいいのである。そう自らに言い聞かせて、「すみません」と屋敷内に声をかけた。

はい、と応じて玄関先に出てきたのは、女性だった。おそらく当主の細君だろう。小柄でかわいらしい人で、未だ独身の孝太郎はそのことにも嫉妬した。おれが当主だったら今頃は、と呪文のように同じことを心の中で呟きかけ、少し惨めに感じたので途中でやめる。

「はい、どちら様でしょう」

屋敷を出て門前にいる孝太郎のところまで近づいてきた女性は、見知らぬ来客に少し小首を傾げた。孝太郎は緊張を覚えつつ、名乗った。

「わ、わたくしは上屋《かみや》孝太郎といいまして、一ノ屋の血を引く者です。そのご縁で、当主の松次郎さんに一度ご挨拶をしたいと考え、伺いました」

唐突な申し出だという自覚はある。だがこのように言えば、不審には思っても断るわけにはいかないだろう。案の定、女性は納得した顔ではなかったものの、「そうですか」と応じた。

「ご丁寧にありがとうございます。主人に伝えて参りますので、少々お待ちください」

女性はいったん屋敷に戻り、すぐにまた現れて「どうぞ」と孝太郎を請《しょう》じ入れてくれた。案内されるままに屋敷内を進み、大きい座卓のある座敷に通される。そこには、顔に見憶えのある男が坐っていた。

男は一ノ屋松次郎だった。祭りなどの際に見かけたことがあるから顔を知っているが、こうして一対一で向かい合うのは初めてだ。わかっていたことだが、特に押し出しがいいわけではなく、ごく普通の容貌である。口許がどこか笑っているように見えるのは、歓迎の意だろうか。むしろ人を小馬鹿にしている笑みに思え、孝太郎はいい印象を持たなかった。

「ええと、会ったことあったっけ」

松次郎はいきなり尋ねてきた。その砕けた口調に驚く。当主の重みなど、微塵もなかった。これが一ノ屋の名を継ぐ人なのかと、想像との落差に戸惑った。

「いいえ、初めてです。上屋孝太郎といいます」

座布団を使わずに正座し、頭を下げた。一ノ屋の血筋の上下関係など認めないが、向こうが年上であることには違いない。唐突に訪ねてきた立場としては、礼を尽くすのは当然だった。

「上屋さん。なんの用かな」

どうぞ、と松次郎は座布団の方に手を差し伸べ、使うよう促す。孝太郎は一礼してから座布団の上に改めて腰を下ろし、相対した。

「いきなりお邪魔して、申し訳ありません。私は一ノ屋の血を引く者です」

証明のために左腰のイチマツ痣を見せようとしたが、松次郎は手を突き出して、「ああ、いいよいいよ」ととどめた。

「別に嘘ついてるなんて思わないから。嘘ついたって、一銭の得にもならないでしょ」

「はあ、そうですか」

島に何人もいる一ノ屋の血族の頂点に立つ人だから、もっと近寄りがたい、威厳を備えた人物だと勝手に思っていた。だがそんな予想はまるきり外れ、松次郎はむしろ気さくである。話しやすいといえば確かにそうなのだが、勝手が違ってどう接すればいいのかわからない。気分としては、近所のおじさんと話しているかのようである。

「で、一ノ屋の血を引くからってだけで挨拶をしに来たわけじゃないでしょ。なんの用なのさ」

先を促されてしまった。松次郎としても、こちらの用件がわからずに気味悪く思っているのかもしれない。やむなく、前置きも抜きに本題に入った。

「失礼しました。先般、普通選挙が行われることが決まったのはご存じかと思います」

「普通選挙って何」

訊き返され、いきなり出鼻を挫《くじ》かれてしまった。そこの説明から始めないといけないのか。働かなくても生きていける人は、浮世離れしている。半ば皮肉で、そう考えた。

「男子であれば、税金を納める額にかかわらず、選挙権を持てるようになるんです」

「それ、何か得なの」

孝太郎は答えようとして、適切な言葉が見つからないことに気づいた。何が得なのだろう。貧乏人云々の話をしても、松次郎には通じないに違いない。選挙権を持つことの意味もうまく説明できないようでは、立候補する資格はないなと反省した。同時に、松次郎は知っていてこちらを試しているのではないかと、ほんの少しだけ考えた。きっとそんなことはないと、すぐに心の中で否定する。

「国民が自らの手で、国を動かせるようになります」

抽象的な返答をするしかなかった。だがすぐに、松次郎は畳みかけてくる。

「そんなの、嘘でしょ。国を動かすのは、政治家じゃないの」

まあ、そのとおりである。これ以上反問されてもうまく答えられそうにないので、話の矛先を自分が語りたい方向に強引に向けた。

「そう。私たちの気持ちを議会に伝えてくれる政治家が必要なんです。だから私は、次の選挙に立候補しようと思うんです」

「へー」

一世一代の決意を口にしたつもりなのに、軽く流されてしまった。拍子抜けするやら、そこはかとなく腹が立つやら、なんとも複雑な心地になった。

「はあ、いや、あの、そういうわけなので、島の総意を代弁する議員が必要だと考えたのです。誰かが立候補しなければならないなら、私が手を挙げようと腹を括った次第です」

「あ、そう。がんばって」

完全に他人事の物言いに、気持ちは腹立ちに傾いてきた。だが、ここで怒っても益はない。松次郎はこういう人なのだと、苛立ちを呑み込むしかなかった。

「はあ、ありがとうございます。そこでですね、当選するためには皆様のご支援が必要です。どんな細い繋がりであっても、頼りにしたいと思っています。私がこちらに参ったのは、同じ一ノ屋の血を引く者として、松次郎さんのご支持をいただけたらと考えたからです」

「いいよ。応援するよ」

あっさりと言われた。思わず前につんのめりそうになるほど、呆気ない快諾だった。

「あ、あの、いいのでしょうか。ありがとうございます。一ノ屋の血を引く他の人たちにも、ぜひとも私のことをよろしくお伝えください」

「それは無理」

「は」

今度は逆に、簡単に拒否された。なにやら翻弄されている気がしないでもない。

「そうおっしゃらず。そこをなんとか」

「だって、無理だよ。君も一ノ屋の血を引くなら、本家の力なんて何もないことは知ってるでしょ」

特に自虐でもなく、松次郎は淡々と言った。孝太郎は言葉に詰まった。

言われるまでもなく、知っていた。そもそもこれまできちんと言葉を交わしたことがなかったのだから、本家の力など感じようがない。ただ、孝太郎の家だけが一ノ屋との関わりが薄いのではとも考えた。他の家とは、それなりに行き来があるかもしれないという淡い期待を抱いていたのである。

それは単なる都合のいい思い込みだったようだ。松次郎は、一ノ屋の血を引く者を束ねる立場にはない。松次郎の鶴のひと声で、一ノ屋の血族がいっせいに団結することなどあり得ないのだ。

わかっていたのにわざわざ訪ねてきた自分が馬鹿だったと、ほぞを噛《か》んだ。

「うちは名前だけで、実質的になんの力もないんだからさ。力に頼りたいなら、一橋産業の社長に頼めばいいのに。一ノ屋の実質的な当主が社長だってことは、誰でも知ってるでしょ」

謙遜でも卑下でもなく、どこか達観した物言いを松次郎はした。松次郎はその名のとおり次男で、長男である先代はくがに逃げたと聞いている。へらへらしているように見えるが、一ノ屋当主の座にいることにはそれなりに葛藤があるのかもしれない。何も知らずに羨ましがっていた自分を、孝太郎は想像力不足だったと感じた。

「ま、ぼく自身は応援してるからさ。がんばってね」

あくまで気楽な調子で、松次郎はつけ足した。内心の葛藤があるようには聞こえなかった。

5

一ノ屋の実質的な当主は一橋社長だと言われても、はいそうですかと直接挨拶に行くことなどできなかった。社長室の中には、入ったこともない。せめて職場の人には自分の意思を伝えておこうかとは思ったものの、恥ずかしくてなかなか言えなかった。お前が、と呆れられてしまうのが怖かったのである。今のところ、感心されるより呆れられる可能性の方が高いと、自分を客観的に見て予想していた。

やはり今できることは、いずれ選挙に打って出ると島の人に知ってもらうことだろう。会社の同僚に話すのは後回しにするとして、まずは近所の人に打ち明けることにした。最初の一歩目としては、それが一番踏み出しやすかった。

昔から孝太郎を知る近所の人たちは、選挙と聞いてもピンと来ないらしく、「はあ、それは大したもんだ」だの、「孝ちゃんも偉くなったなぁ」だの、「この島の人間も政治家になれるのか」だのと、少しずれた反応をした。おそらくこれは、ごく普通のことだろう。くがでも庶民の感覚は同じであり、島の人の意識が特別に低いわけではないはずだった。だからこそ、自分が政治家になる意味を人々に説かなければならないと決意を新たにした。

知人に夢を語っていて、学んだことがあった。人脈は大事だということだ。同じ人にばかり説明していても仕方ないので、話を聞いてくれそうな人を紹介して欲しいと頼んだ。皆、簡単に請け合い、自宅に友人を招いて紹介してくれたり、居酒屋で宴席を設けて引き合わせたりしてくれた。政治と聞いてもなんのことやらという顔をされるのは同じだったが、この島から議会に人を送り込む必要性を説明すると、皆が納得した。そして、応援すると約束してくれた。人脈を広げるのは手間と時間がかかり、地道な努力ではあるが、はっきりとした手応えも感じられた。

その合間に貴文に政治の仕組みを教わり、信治も交えた三人で今後の方針を考えながら酒を飲み、といったことをしているうちにあっという間に半年が過ぎた。ずいぶんと顔が広くなった実感を得た頃だった。

「ごめんください」

日曜日の午前中に、家を訪ねてきた人がいた。応対した母が、びっくりした顔で戻ってくる。孝太郎の前に坐ると、いきなり言った。

「あんた、何したの」

「えっ」

唐突すぎて、何を尋ねられたのかわからなかった。母は玄関の方向に何度も顎をしゃくりながら、上擦った声で続けた。

「ちょ、町長さんがいらしたよ」

「町長が」

町長とは面識がない。だから訪ねてこられる謂《い》われもなく、何かの間違いではないかと考えた。きっと、訪問先を間違えたのである。そう決めつけ、母に代わって玄関先に顔を出した。

「あなたが上屋孝太郎さんかい」

玄関の三和土《たたき》に立っていたのは、紛れもなく町長だった。そして町長は、孝太郎の名をはっきりと口にした。どうやら間違いではないらしい。となると、用件がまったくわからなかった。

「はい、そうです。どんなご用でしょうか」

不審に思いながら訊き返すと、町長は家の奥を覗き込む。

「すまないが、上がらせてもらってもいいかな」

「あ、はい。どうぞどうぞ」

立ち話で済むことではないようだ。用件に見当がつかないまま、町長を家に上げる。母は慌てて台所に走り、湯を沸かし始めた。

「すまないね、突然」

座布団に腰を下ろした町長は、まずそう切り出した。町長は五十絡みの、恰幅のいい人である。顔が脂ぎっていて、いかにも押しが強そうだ。町長という要職に就いてはいるが、一ノ屋の血は引いていないと聞いている。

「いえ、それはかまわないのですけど。どういったご用件でしょうか」

不安なので、さっさと用向きを話して欲しかった。町長は「若い者はせっかちだ」とでも言いたげに苦笑すると、ひとつ頷いた。

「いや、ちょっと噂を小耳に挟んだのだが、君は次の選挙に立候補しようと考えてるんだって」

その件か。なるほどと腑に落ちたが、それでもまだ町長が何を言いに来たのかわからない。警戒しつつ、「はあ」と認めた。

「一応、そのつもりでおります」

「それは本気か」

町長は変な確認をした。ますます警戒心が募る。

「本気ですが」

「なんだってまた。政治は素人には無理だぞ」

呆れたように、町長は言った。その物言いで、ようやく用件を察した。だが、こちらから何かを言う気はない。

「そうは言いましても、最初は誰でも素人ですから。これでも私は、選挙に向けて勉強をしています」

反駁されるとは思っていなかったのか、町長は少し面食らったようだった。次の瞬間には眉を顰《ひそ》め、身を乗り出してくる。

「そりゃあ屁理屈というものだ。素人が手を出していいことと、そうでないことがある。議会は遊びの場じゃないんだから、右も左もわからないまま議員になったら島の恥だぞ」

町長が立候補を思いとどまらせるために来たのはどうやら間違いないようだが、それがなんのためかわからない。誰か他に、立候補するつもりの人がいるのだろうか。

「ですので、勉強をしております」

「勉強って、どんな勉強だ。君は私に話を聞きにも来ないじゃないか」

町長の背後で、茶を出そうとしている母が困り果てた様子で立っていた。目で示して、湯飲み茶碗を置くよう促す。母はホッとしたように座卓に湯飲み茶碗を置くと、そそくさと奥に消えてしまった。

「友人に、世事に通じている奴がいます。そいつにいろいろ教わっています」

「友人。もちろんその友人も素人なんだろう」

「はあ。政治家ではないという意味なら、素人です」

「素人が素人に教えを乞うて、なんの意味があるんだ」

町長ははっきりと、呆れた気持ちを面《おもて》に出した。自分が素人呼ばわりされるのはかまわないが、貴文の知識まで見下されていささかムッとする。負けてたまるか、という気持ちが湧いてきた。

「立候補をやめろ、とおっしゃりたいのですか。もしかして、他に立候補する人がいるんですか」

「そうだ。素人には無理だから、馬鹿なことはやめなさい。餅は餅屋に任せておくのだ」

「ということは、もしかして町長さんが立候補なさるんですか」

「町会ではそういう前提で話を進めていた」

そうだったのか。言われてみれば、ありうることだった。町会で選挙について話し合っていないわけがなかったのだ。しかし、まさか町長自身が立候補する気でいたとは。もしかして、後任の町長も決まっているのか。

「それは存じませんでした。政治家になろうだなんて、自分でも大それた考えを持ったものだと思っています」

まずはへりくだった。そうだろう、とばかりに町長は大きく頷く。そこに、言葉を選んでつけ加えた。

「ただ、もし議員に当選した場合、くがに移り住まなければならないんじゃないですか」

「えっ、まあ、それはそうかな」

孝太郎の指摘は予想外だったのか、町長の語勢が削がれた。そこに畳みかけているとは思われないよう、口調は目上の人に対する敬意を保って続ける。

「町長さんもご家族がおありのことですし、いまさらくがに移り住むのは大変なご苦労かと思います。町長さんが島のことを考えて立候補してくださろうとしているのは大変ありがたいのですが、そこまでご迷惑をおかけしてしまっていいのだろうかと、島に住む者のひとりとして気が引けます」

「ううむ」

「ですので、立候補するのは私のようにしがらみのない、独り身の男の方がいいのではないかと浅知恵で考えました。どうでしょうか」

町長の表情を見ているうちに、どういう接し方をすればいいのかごく自然に戦略が立った。意図的に懐に飛び込もうとしているのでも、へりくだっておいて肚《はら》の中で舌を出しているのでもない。相手に最も嫌われない接し方が、孝太郎には瞬時にわかるのである。そしてその戦略に基づき、話す。これで失敗したことは、過去に一度もなかった。

今も町長は、こちらの出方が思いがけなかったのか、わずかに口をぱくぱくさせた。次にはふと息をつき、顔つきを和らげて言った。

「そんな心配をしてくれるとは、君はなかなか殊勝な若者だな。だが、もちろんそんなことは覚悟の上だった。島のためを思えば、家族を犠牲にするのを厭《いと》うている場合ではない。それが、責任ある者の務めだ」

少し大袈裟な物言いではあるが、決して嘘ではないのだろう。不便を甘受する覚悟はあるようだ。ならば、ここはいったん引いた方がいいと判断した。

「ご決意に感服しました。そういうことなら私のような者の出番はなさそうですが、立候補を決めるに際しては力になってくれた者もたくさんいます。その者たちに断りもなく、今ここで断念するわけにはいかないので、少しお時間をいただけないでしょうか」

「まあ、それはそうだな。うん、そうしたまえ。いずれ君が立候補すべきときが来る。そのときのために、支援者は大事にした方がいい」

町長は満足げに頷くと、茶を一気に飲んで立ち上がった。玄関を出ていく際の顔つきは、訪ねてきたときのそれとは打って変わって柔和だった。恰幅がいいから、柔らかい表情をしていると恵比寿様みたいだな、と孝太郎は密かに思った。

6

町長に言ったとおり、立候補を諫《いさ》められたことを貴文と信治に話した。信治は不愉快そうに顔を歪め、貴文はなにやら愕然としたような表情になった。おそらく、町長が出てくることを予想していなかったのだろう。自分の考えが足りなかったことに気づかされると、貴文はひどく悔しがる。今も内心では、己を罵《ののし》っているに違いない。

「で、どうするんだ。本当に立候補を取りやめる気か」

信治が問うてきた。場所はいつもの居酒屋で、三人の前にはビールとつまみがある。三人とも、酒はビールが一番好きだった。

「いや、もちろんやめないよ。ただ、立候補を決める前に考えていたほど、事態は単純じゃないなと思ってる」

「対立候補が出てくることは、想定内だった。ただ、それが町長だとは思い至らなかった。おれの失敗だ」

貴文は唸るように言葉を吐き出した。なんでもかんでも予想することは不可能なのだから、何もそこまで悔しがらなくてもいいだろうに。だが変に慰めるとさらに自分を責めるので、その点については触れないでおく。貴文の頭脳は、もっと前向きなことに使って欲しかった。

「このまま立候補しても、勝ち目はないよな。何せ向こうは、人望も人脈もあるから」

町長の訪問以降、ずっと考えていたことを孝太郎は口にした。町長には実績がある。政治のなんたるかをわかっていない人は、取りあえず町長に票を投じておけば安心だと考えるだろう。孝太郎自身も立候補を考えていなければ、きっとそうしていたはずだ。投票する側の気持ちは、我が事のように理解できた。

「選挙までに、町長以上の人望を得るのは難しいよなぁ」

信治が太い腕を組んで、慨嘆する。どうすればいいのか、すぐにはいい知恵が浮かばないようだ。

「どうだ、貴文。何か考えはあるか」

依然として気分が晴れない様子の貴文に向けて、信治は顎をしゃくった。貴文は低い声で答える。

「戦って勝てないなら、戦わないようにするしかない」

「でも、孝太郎は立候補を取りやめる気がないんだぜ。戦わないわけにはいかないだろ」

「孝太郎が立候補をやめるんじゃない。町長が諦めるようにし向けるんだ」

「町長が。どうやって」

「それはもう、孝太郎が突破口を見つけてるじゃないか」

貴文がこちらを見、一歩遅れて信治も視線を向けてくる。孝太郎はぽかんとした。

「おれが突破口を。なんのこと」

「つまり、お前は身軽だからくがに行けるという理屈だよ。その線で押すのは、かなり有効だと思うぞ」

貴文は補足する。だが孝太郎は、首を捻らざるを得なかった。

「だって、くがに行く気構えはできているって町長に言われたぞ。そこから攻めても、意味はないんじゃないか」

「そんなことはない。町長も五十過ぎだ。その年になって慣れない環境に移り住むのは、そうとう大変だろう。まだ実感がないだけで、具体的に想像してみたら腰が引けるはずだ。だから、くがでの生活を町長に想像させることこそ、立候補を諦めさせる最良の手段だよ」

「なるほどねぇ」

貴文に断言されると、確かにそうなのだろうと思えてくる。言われてみれば、当選したらくがに移り住まなければならないのではないかと指摘したとき、町長は一瞬だけだが虚を衝かれた顔をした。その後は堂々と答えているように見えたが、あれこそが海千山千の手管で、内心をひた隠しにしていたのかもしれない。ならば貴文の言うとおり、その点を突いてみる価値はありそうだった。

「わかった。考えてみたら、立候補するに当たっては町長のお墨付きがあるのが望ましいんだよな。時間はかかるだろうけど、話をして理解してもらえるようがんばるよ」

「うん、そうだな。それができるのが、お前の強みだ」

信治が保証してくれた。信治に言われると、自信になる。ましてそこに貴文の知恵がつけ加えられているなら、万全の支援を得たも同然だった。

やるべきことが決まれば、心も定まる。ともかく、町長と会って話すしかなかった。自分では自覚がないのだが、信治曰《いわ》く、孝太郎は年長者の懐に入るのがうまいのだそうだ。ならば、その特技を発揮すべきときだった。

次の日曜日に町長宅を訪ねていくと、思いがけなく歓迎された。おそらく、孝太郎が立候補を取りやめたことを報告しに来たと考えたのだろう。まずは慇懃に挨拶をし、家に上げてもらった。長く議員を務めているだけあって、町長の家は大きかった。

「お休みの日に突然お邪魔して、申し訳ありません」

座敷で向き合ってから、正座をして低頭した。孝太郎の丁寧な挨拶に満足したらしく、町長の機嫌はよかった。

「なんのなんの。ちょうど家にいたからよかった。二度手間を懸けさせては、申し訳ないからな」

孝太郎が辞退以外のことを考えているとは夢想もしていない、町長の態度である。さてどのように切り出すべきかと、孝太郎は頭を捻った。

「実は今日は、先日の町長さんの言葉が頭に残っていたために伺いました。言われてみれば、なるほどもっともだなぁと思ったものですから」

立候補はやめない、といきなり切り出すのが得策でないことは明らかだった。町長は、すぐではなくいずれ立候補しろと言っているのである。ならば、その言葉を前提にさせてもらおうと考えた。

「私の言葉。何を言ったかな」

町長は心当たりがないらしく、不思議そうな顔をする。孝太郎は「はい」と応じて、わずかに身を乗り出した。

「町長さんは私に、話を聞きに来ないとおっしゃいました。政治の勉強がしたければ、町長さんのお話を伺うのが一番です。それを怠っていたのを恥じたので、今日はお話を聞かせていただこうとやってきました」

「ああ、そうだったな。将来の立候補に向けての勉強か」

「はい」

数年後も、将来は将来だ。嘘をついているわけではない。

「君は殊勝な若者だなぁ。その若さで立候補を考えているなどと聞いたから、どんな不遜《ふそん》な男かと思っていたが、ぜんぜん違った」

感に堪えないように、町長は目を細めた。孝太郎としては騙しているつもりはないのだが、こうも素直に感心されるといささか後ろめたい。せめて立派な議員にならなければ、との意を強くした。

「いえ、未熟なことに間違いはないですから」

これは謙遜ではなかった。自分は貴文のように知恵者ではなく、信治のように人徳があるわけでもないという自覚がある。取り柄があるとしたら、素直に他人の言葉を聞くところだ。町長から吸収できることがあるなら、貪欲に吸い取ろうと思っていた。

「そうか、そういうことなら腰を据えて話さないといけないな。君は今日、時間はあるのか」

「はい、もちろん」

「よし、ではまず、私がなぜ町議になったか、そこから話そう」

孝太郎が話を聞きに来たのがよほど嬉しいらしく、町長は乗り気だった。夫人が出してくれたお茶を何杯も飲みながら、滔々と話す。それは孝太郎にとって、なかなか興味深い内容だった。

町長はもともと、網元だったらしい。代々の網元で、特に目指したわけではないものの、いつの間にか網元たちのとりまとめ役を務めるようになっていたそうだ。その関係で町会との折衝が増え、自分もそこに加わるようになり、長男が網元を継いだのを機に町議の仕事を引き受けることにした。以来十数年、この町の行政にずっと携わってきて、前町長の死去に伴い町長職に就いたとのことだった。

「望んで町議になられたわけではないのですか」

どうやって町議を選んでいるかも知らなかったので、孝太郎にとっては意外だった。加えて、かつては漁師の村だったという話は聞いているが、今は会社員も多いこの町の長が元網元というのも思いがけなかった。言われてみれば、日焼けこそもうしていないものの、皺が深く肌が硬そうな町長の顔は、いかにも海の男である。人に歴史ありだな、と密かに感想を抱いた。

「そうだ。昔の戦国大名じゃないんだから、自ら上に立つことを目指しちゃいかん。周りから望まれ、押し上げられてこそ長の座に就けるんだ。次の選挙に出ようとしたのも、この島に有権者がどっと増えるからであって、権力欲などではない。町会でみんなが私に出るよう促したから、立候補することにしたんだよ」

立派な話で、腰が引けそうだった。こんな人が立候補を考えているなら、何も自分のような若造が手を挙げなくてもいいかと思えてくる。ただ、だからといって「もう充分」と席を立つわけにはいかない。自分は今後どうしたらいいのだろうと迷いながら、町長の話を聞き続けた。

7

孝太郎にしては珍しく、家に帰って落ち込んだ。自分がただの思いつきで選挙に打って出ようとしていたことを、はっきりと自覚させられたからだ。遊び半分だったとは思わないが、特別な存在になれるかもしれないという可能性に夢中になっていたことは間違いない。あくまで自分本位であり、島のためという目的が建前でしかなかったことを痛感した。本当に島のためを思っているのは、町長のような人なのだ。孝太郎はあらゆる面で考えが足りず、現状認識が甘かった。

立候補はやめるべきだという結論が、すぐ目の前にぶら下がっていた。手を伸ばし、それを摑み、己の腹に落とし込むばかりだった。だが孝太郎は、どうしてもその結論には飛びつけなかった。自分の未熟さを恥じてはいても、このまま引き返したくないと拘泥する気持ちがある。どうしてなのか、孝太郎自身もよくわからなかった。

その日以来、孝太郎は考え込むようになった。なぜ選挙に出るのか。自分のような素人が立候補することに、意味はあるのか。政治家になったら、何がしたいのか。町長にできなくて、自分にできることはあるのか。

それは言わば、己と向き合う作業だった。二十代半ばを過ぎて初めて、孝太郎は己の価値を自問したのである。

自問してみれば、価値など見いだせなかった。そのことに、愕然とした。価値がないなら、なぜ存在しているのか。なんのために生きているのか。そんな根源的な問いにぶつかってしまい、ただ戸惑う。特別な才能もなく、ごくごく普通に生きてきた男にとって、あまりにも重い問いだった。いっそ目を背け、そんな自問はしなかった振りをしてやり過ごそうかとも思った。その方が楽だし、自問そのものに意味があるかどうかもわからない。苦しんで己の価値を問うて、どんな展望が拓《ひら》けるのか。何も見つけられないまま、落ち込んで終わるだけではないか。すべて諦めて、逃げ出してしまいたい衝動が胸の底に生じた。

それなのに、孝太郎は逃げなかった。理由はよくわからない。意地のようではあるが、違うという感触もある。ともかく、ここで逃げては駄目だという予感めいたものがあったのだ。一度逃げたら、逃げ癖がつくかもしれない。困難に直面するたびに、孝太郎は逃げ出してしまう男になるのではないか。そんな将来は、とうてい受け入れがたかった。だから誰のためでもなく、自分のために孝太郎は逃げなかった。

考えている孝太郎は、傍目には塞ぎ込んでいるように見えたらしい。会社では、何があったのかと同僚たちに心配された。そんなときは、「なんでもないんだ」と明るく答えた。実際、何があったわけでもないのである。単なる心の中の葛藤であって、心配してもらうまでもない。同僚たちの心遣いがありがたかった。

答えが見つけられないまま、毎日曜日の町長宅訪問は継続した。町長も迷惑がらず、孝太郎を受け入れてくれた。自分の政治姿勢や信念を語るのは、町長にとっても楽しいことだったようだ。町長の話はときに自慢になってしまうが、それでも傾聴に値した。他人に語るべき何物もない孝太郎は、こんなにも語れることがある町長を羨ましく思い、かつ尊敬した。

「ところで君は、なんのために政治家を志したんだ」

あるとき、町長にふと問われた。これまで町長はずっと自分のことを語るばかりだったので、そんな基本的な疑問も覚えなかったようだ。だが孝太郎にとっては、それはありがたかった。問われても、答えはなかったからだ。

「わかりません」

呆れられるのを覚悟の上で、素直に現状を口にするしかなかった。町長は驚いたように目を見開く。

「わからない。それはどういうことだ。何か志があったからこそ、立候補を考えたのではないのか」

「自分では、島のためになりたいという思いを持っているつもりでした。ですが、町長さんのお話を聞いているうちに、自分の思いが甘いものだと気づかされました。だから今は、なんのために政治家になろうとするのかわからなくなってしまったんです」

「ふうん」

情けない孝太郎の弁を受け、町長は鼻から息を吐くような音を立てた。呆れたのだろう。もうここには来るなと言い渡されるかもしれない、と覚悟した。

「私が迷わせてしまったのかな」

続く町長の言葉は意外にも、恐る恐るこちらの様子を窺うかのようだった。その口調に戸惑いつつ、孝太郎は曖昧に縦とも横ともなく首を振る。

「いえ、町長が、というより、自分の中の迷いです」

「ううむ」

町長は唸って、腕を組んだ。そのまましばらく、孝太郎の顔を見続ける。どういった意図でこちらを見つめているのかわからず、居心地悪く感じた。

「私としては、若い人の意欲を削ぐ気は毛頭なかったんだ。最初は君のことを傲慢な若者だと思ったが、それは誤解だったとわかった。むしろ、君のような若者が出てきてくれたことが嬉しかった。お願いだから、政治家になるのをやめたとは言わないで欲しい」

町長の声は弱々しかった。孝太郎が志を捨ててしまうことを、本当に恐れているようだった。

孝太郎は笑って、今度は明確に否定した。

「やめるつもりはありません。自分でもどうしてなのかわからないのですが」

「そうか。それならよかった」

町長は口ではそう言ったものの、あまり安堵しているようではなかった。なおも何か言いたげに孝太郎の顔を見たが、結局言葉を見つけられなかったらしく、その日はそこまでで辞去することになった。

来週も必ず来るように、と強く言われていたので、翌週の日曜日も町長宅に足を向けた。町長はいつもどおり歓待してくれたが、その表情には明らかに安堵の色があった。もう孝太郎は来ないと思っていたのかもしれない。ただ、正直に言えば、孝太郎もなんのために町長の話を聞きに来ているのか、意義が見いだせなくなっていた。

「君はもしかして、私のことを立派な人間だとでも思っているかな」

いつもの座敷で向かい合うと、町長はいきなりそう訊いてきた。この問いに答えるには、特に迷いはない。

「はい、思っています」

「それは申し訳なかった。見栄を張りすぎた」

予想外のことを、町長は口にした。加えて、小さくだが頭も下げる。孝太郎は面食らった。

「見栄なんてことはないんじゃないですか。町長さんが立派な方なのは間違いないです」

「うむ。嘘はついていない。ただ、少し大袈裟だったり、すべてを語っていない部分はあった。君は純粋だから気づかなかったようだが、人間は誰でも見栄を張る。そういうことは、ごく普通にあるものだぞ」

町長は苦笑していた。孝太郎の口は半開きになった。

「例えば、私は島の人々のために町長になったと言った。権力欲ではなかった、と確か言ったな。それは嘘ではない。権力欲はなかった。ただ、名誉欲はあったな。町長という重要な座に就くことを、誇らしく思う気持ちはあった」

「それは、当然のことではないですか」

孝太郎は訊き返した。町長の仕事を誇らしく思わなければ、続けることはできなかっただろう。地位を誇ることは、私欲ではないのではないかと考えた。

「うん、そうだな。当然だ。名誉欲は抑えられなかった。つまり、必ずしも滅私の気持ちだけで町長をやっているわけではないということだ。君に対しては偉そうなことを言ってしまったが、人から立派と思われたいとか、非凡なる人生を送りたいという欲はあるんだよ。私は聖人君子ではない。つまりはそういうことだ」

「はあ、そうなんですか」

なんとも答えようがなかった。そうした気持ちがあるのは事実なのだろうが、だからといって町長を尊敬する気持ちはいささかも減じない。むしろ、己の欲を潔《いさぎよ》く曝《さら》け出せる町長は、やはり立派だと感じた。

「だから、政治家になりたい君の気持ちに私欲が交じっていたとしても、それは別に悪いことではないと言いたいのだ。人のために働きたいという気持ちと、自分のためを思う気持ちは、混在していていい。何も自分に厳しくすることだけが、いい政治家の条件ではないぞ」

「はい」

頷きはしたものの、そもそも人のために働きたいという気持ち自体が無私の思いから発していたわけでないなら、どうすればいいのか。口先では人のためと言っていても、結局はすべて己のためではないのか。そんな疑問がどうしても拭えなかったが、町長にそれをぶつけはしなかった。あまりに恥ずかしすぎて、とても言えなかったのだ。

孝太郎が納得していないことを表情から読み取ったのだろう、町長は悲しげな顔をした。ひどく申し訳ない気持ちになった。

8

孝太郎は自分の迷いを、信治と貴文にはなかなか話さなかった。これまで親身になって協力してくれたのに、いまさら立候補取りやめを考えているとは言えなかったのだ。だが、向こうから会おうと誘われれば断れない。顔を合わせてみれば、浮かない様子にふたりは気づく。何があったんだと、世間話をする前に訊かれた。仕方なく、立候補を迷っていると告白した。

「立候補する意味だと。そんなもの、後からついてくるんだよ」

信治は乱暴にも聞こえることを言った。だが信治は本来、大きな体に似ず思慮深いたちである。意図的に乱暴な物言いをしているに違いなかった。

「地位が人を作る、と言うだろう。そりゃあ今のお前は、政治家の先生と言うにはほど遠いよ。だがな、政治家になってみれば、なった意味がわかる場面は何度もあるはずだ。当選してもいないのにうだうだ迷うのは、無意味だぞ」

そうなのだろうか。今のままではとても当選など覚束ないが、仮に当選したとしても意味が見いだせるとは思えない。あんな奴を当選させなければよかったと、投票してくれた人を後悔させるだけだろう。

「立候補を取りやめさせるつもりで町長に会っていたら、逆に自分が立候補をやめる気になったわけか」

貴文は薄笑いにも見えかねない表情で、孝太郎を見る。こういう顔をするから、貴文をいけ好かない奴と思う人もいるのだ。貴文をよく知っている孝太郎でさえ、今はあまりいい気がしなかった。

「やめる、と決めたわけじゃないんだ。ただ、おれが当選するより町長が議員になった方が、ずっと島のためじゃないかと思うんだよ」

「まあ、町長は悪い人じゃないからな」

「悪い人どころか、立派な人だ。おれは尊敬している」

少しむきになって言い返した。貴文はその剣幕に苦笑した。

「ずいぶんと籠絡されたもんだな。そういう資質も政治家には必要だとしたら、町長の方が一枚も二枚も上手だったわけだ」

「籠絡なんて、言葉が悪いな。町長はそんな人じゃないんだって」

「お前がやめたいと思うなら、やめればいい。誰も無理強いはしないよ」

貴文は口調は変えず、突き放す物言いをした。腕相撲をしていたら、ふっと力を抜かれたかのようだ。そうされて、我に返る。貴文に突っかかったところで、まったく益はない。むしろ、相談に乗ってくれている相手に失礼だった。

「そうだな。お前がやる気をなくしたなら、応援してやるつもりはない。やめろ、やめろ」

信治も同調した。孝太郎は言葉を失い、かろうじて「ごめん」とふたりに謝った。貴文は薄笑いを引っ込めず、信治は鼻から息を吐き出すだけだった。

これまでのように居酒屋で会っていたのだが、その後の酒はあまりおいしくなかった。そんなことがあってから、およそひと月余り後のことである。孝太郎は町長宅通いをやめ、信治と貴文とも会っていなかった。気持ちは依然として迷いの中にあり、なんの結論も出ていなかった。この中途半端な状態が以後も続くくらいなら、いっそ潔く心を定めようと思い始めていたところだった。

町会議員のひとりが亡くなったと、人づてに聞いた。まだ六十にならない年だったのに、卒中でぽっくり身罷《みまか》ったそうだ。その死を嘆く人はもちろんいたが、大酒飲みだったからなぁと深く頷く人も多かった。孝太郎は早い死を気の毒には思ったものの、面識もない人なので遠い出来事として受け取った。

さらにそれから二週間ほどして、町長に呼ばれた。以前のように、家まで来て欲しいと言う。

町長夫人が使いとしてやってきて呼び出すのだから、断れるわけもない。なんの用だろうかと思いつつ、その週の日曜日に町長宅を訪問した。

「もう、政治家になるのはやめたのか」

開口一番、町長は尋ねてきた。世間話で時間を浪費する気はないようだ。まだ迷っている、と答えかけて、孝太郎は考え直した。今こそ、やめると腹を括るべきときではないか。だから、「はい」と頷いた。

「実はずっと迷っていましたが、今決めました。自分には荷が重いです」

「今決めた、だって。ちょっと待ちたまえ」

町長は狼狽した。座卓の上に身を乗り出し、右掌をこちらに突き出す。その慌てぶりに、孝太郎は面食らった。

「私は大事な話をしようと思って、来てもらったんだ。次の選挙では、君に立候補してもらいたい。私は立候補を取りやめることにした」

「えっ」

目を丸くした。言葉が出ない。何かひどい聞き間違いをしたとしか思えなかった。

「どういうことですか。何をおっしゃっているんですか」

「びっくりするのも無理はない。君に立候補をやめるよう迫ったのは、この私なんだからな。しかし事情が変わったんだ」

町長は眉根を寄せ、首を振る。なるほど、事情が変わらなければそんなことは言い出さないだろう。だが孝太郎は、その事情の変化とやらに見当がつかなかった。

「坂上《さかがみ》さんが亡くなったのは、君も知っているだろう」

町長は先日他界した町会議員に言及する。孝太郎が頷くのを見て、町長は続けた。

「坂上さんは、次の町長になるはずの人だったんだ」

「そうだったんですか」

町長もいずれ引退する。後任者を、町会ではすでに取り決め済みだったようだ。

「わかってるか。私が帝国議会議員になったら、坂上さんが町長になるはずだったんだ」

「あ」

いずれ引退、どころの話ではない。数年もしたら、町長はその座を降りる予定だったのだ。ここまで説明されて、ようやく呼び出された理由を理解した。

「ただ、坂上さんが亡くなってしまえば話が違ってくる。町長不在にするわけにはいかないからな」

町長の口振りは淡々としていた。すでに決定済みのことを、事務的に伝達しているかのようだった。

「だから、議員になるのをやめて町長で居続けることにした、とおっしゃるんですか」

孝太郎の声は意識せず大きくなった。町長は軽く顎を引く。

「うん、そうだ。君に立候補を促す意味がわかったかな」

「ちょっと待ってください。そういうことなら、どなたか他に町長になる人を探したらいいんじゃないですか」

時間はまだあるのだ。他の町会議員が後を引き継げばいいだけの話ではないか。なぜ町長が議員選挙に立候補するのをやめることになるのか、わからない。

「それも考えた。町会ではそういう意見も、少なくなかったよ。ただ私は、気持ちが変わった。君が立候補してくれるなら、その方が望ましいと思ったんだ」

「どうしてですか」

「君の熱意や人柄を知ったからだよ」

町長は微笑んだ。孝太郎は意表を衝かれ、何も言えなかった。

「何度も会って話をしているうちに、君に足りないのは経験であって、政治家に必要な資質は充分に備わっているとわかったんだ。政治家に必要なのは熱意や誠意であって、小手先の話術じゃない。熱誠をもって政治に取り組んでくれる若者がいるなら、年寄りは引っ込んだ方がいいんだ。私は君の熱意を挫いてしまったことを、ずっと気に病んでいたんだよ。君のような若者こそ、次の普通選挙に打って出るにはふさわしい」

「そんな」

その熱意が自分本位のものであったと気づいたからこそ、立候補すべきではないと考えたのだ。町長は買い被りすぎだと思った。

「いいか。自分のためを思えない者は、他人のためになることも考えられないんだぞ。まず自分、それから他の人。その順番でいいんだ。自分を大事にしすぎなければ、それで合格。立候補を決めるに際して私欲があったからといって、それを恥じる必要はないんだよ」

「でも、私は未熟で」

「誰だって、最初は未熟だ。経験だけが大事なら、新しい仕事を始める人がいなくなってしまうじゃないか。そうだろう」

「確かに、それはそうですけど」

政治家になってしまえば意味は後からついてくる、と言った信治の言葉を思い出した。町長も同じ考えのようだ。町長は「自分のためといえば」と言葉を続けて、にやりとする。

「私も自分のためを思って、立候補をやめようと決めたんだよ。というのもな、最初に君が指摘したことは、実は当たってたんだ」

「最初に私が」

町長が何を示唆しているのか、わからなかった。町長は少し照れ臭そうな顔をした。

「ほら、議会議員になったらくがに住まなければならないんじゃないか、と君は言っただろう。確かにそれはそのとおりで、この年になってみれば実は負担だった。家族はいまさら引っ越したくないと言うしな。ほとほと困っていたんだよ。だから君が代わってくれるなら、本音を言うとありがたいんだ」

「ああ」

つまり、そこが突破口になると言った貴文の読みは正しかったのだ。すっかり町長の人柄に心服してしまったので、その助言を生かさなかった。もしかしたら町長は、町会議員の死がなくても、いずれ立候補を孝太郎に譲ろうと考えていたのかもしれない。少し拍子抜けする思いだった。

「私が迷わせてしまったなら、本当に申し訳ない。だから、その私が保証する。君なら務まる。自信を持って、立候補を引き受けてくれないか」

「はい」

おずおずと頷いた。自信など、まだ持てない。しかし、町長の保証は心強かった。自分をではなく、町長を信じてみようと孝太郎は考えた。

9

それから一ヵ月ほど経った頃のことだった。いつものように三人で集まって酒を飲んでいるときに、「そういえば」と貴文が話題を変えた。

「今度選挙があったら立候補するつもりの人が、お前の他にもいるらしいぞ」

「えっ」

孝太郎は口に運ぼうとしていた豆腐を落としてしまった。ようやく町長が立候補を自ら取りやめてくれたというのに、また別の人が立候補を考えているのか。選挙に興味がある人なんてこの島にはいないと思っていたが、どうやら違うらしい。

「誰が」

前のめりになって問い返した。知人なのか。だとしたら、孝太郎が立候補を予定していることを知っていて、あえて自分もと考えた可能性がある。そんな人が知り合いにいただろうかと、困惑した。

「梶谷《かじたに》って人、知ってるか」

貴文は名前を出したが、知人ではなかった。いったいどういう人なのだろう。若いのか、年配なのか。どんな仕事をしているのか。なぜ政治家を目指すのか。自分でも驚くほど、知りたい欲求が突然込み上げてきた。

「いや、知らない。どこの人なんだ」

「おれもよく知らないんだよ。人づてに、立候補を考えている人がいると聞いただけなんで」

貴文は首を振る。それに対して答えたのは、信治だった。

「気になるな。どういう人か、一度調べてみた方がいいだろう」

「そうだな。おれも忙しくて、その暇がなかった。対抗馬が出てくるなら、知っておく必要があるな」

さすが、参謀たちは心強いことを言ってくれる。相手を知りたいと思う気持ちは、不安のせいだったのだと孝太郎は悟った。貴文と信治が調べてくれると聞いて、とたんに不安は去った。我ながら、本当に頼り切っているものだと思う。

翌日に、会社の同僚たちに梶谷という人物を知らないか訊いてみた。知っている人は見つからなかった。どうやら一橋産業の人間ではないらしい。

昔に比べ、最近はくがの会社が島に支社を置くようになった。支社といっても数人が常駐しているわけではなく、せいぜいひとりかふたり程度ではあるが、一橋産業の社員でない人が増えたことに変わりはない。だが、その梶谷という人物が、そうした支社に勤めているはずがなかった。数年でくがに帰っていく人が、この島からの立候補を考えるとは思えないからだ。仮に立候補したとしても、くがの人間に投票する人はいないだろう。ならば、梶谷はいったいどんな人なのか。

考えていてもわかる話ではなく、結局梶谷の身許は貴文が特定してくれた。小学校の先生だという。年齢は三十代半ば。孝太郎たちより、少し年上だ。

なぜその名を知らなかったかも、判明した。もともと梶谷は、東浜町《ひがしはま》の出身だそうだ。東浜町は、震災のときに壊滅した町である。津波の被害からなんとか逃れ、この町に移り住んできたらしい。だから孝太郎たちは、梶谷と面識がなかったのだ。

「東浜町の出身者だと、ちょっと厄介だぞ」

貴文が家を訪ねてきてくれたので、座敷に請じ入れて一緒にお茶を飲んでいる。その場で貴文は、そんなことを言ったのだった。

「厄介って。なんでだ」

「東浜町の人なら、同情票が集まるかもしれない」

「ああ」

それは大いにあり得る。この町でも死者は出たが、東浜町の被害は桁外れだった。梶谷も着の身着のまま逃げてきたに違いなく、おそらく親族には命を落とした人もいるだろう。そのときの話を聞いたら、かわいそうでつい一票投じてしまう人はたくさんいそうだ。政治家としての力量など、誰が立候補したって未知数なのだから、何か投票する理由があればいいのである。同情は、大きな理由になる。

「小学校の先生ってことは、人格者なんだろうなぁ」

何しろ、先生と呼ばれる種類の人なのだ。人々の尊敬を、簡単に集めることだろう。一介の会社員に過ぎない孝太郎は、その点でも不利だった。

「まあ、必ずしもそうとは言えないだろうが、当人をよく知らない人は人格者だと思うだろうな」

貴文も苦々しい顔をした。相手としては、かなり強敵だと認めざるを得ない。話で聞いただけでも、とても勝てる気がしなかった。

「どうしよう。敵《かな》う相手じゃなさそうだな」

つい弱音が漏れた。貴文相手なら、弱音を吐くのを我慢する必要はない。貴文はますます眉間の皺を深くした。

「何を言うんだ。戦う前から弱腰とは、言語道断な奴だな。お前は梶谷の顔すら見ていないじゃないか。それなのに、敵わないと思うのか」

「顔ねぇ。まあ、顔くらい見てみるか」

貴文が叱咤してくれると予想しての弱音だったのである。期待どおり叱られ、孝太郎は満足だった。貴文が強気でいる限り、なんとかなりそうな気がする。

「今度、顔を拝みに行こう」

貴文は仏頂面のまま、ぼそりと言った。行こう、ということは、同行してくれるつもりのようだ。貴文も梶谷に興味があるのだろう。

そういうことならと信治も誘って、三人で次の日曜日に梶谷の顔を見に行くことにした。孝太郎が直接誘うと、信治は「おお、行く行く」と乗り気だった。考えることは同じなようだ。

そして日曜日。待ち合わせて合流し、貴文が調べてくれた梶谷の住居に向かった。梶谷の住まいは、孝太郎たちが住む地域からかなり離れていた。これだけ距離があれば、ふだんの生活ですれ違うこともない。顔も名前も知らないわけだった。

「小学校の先生じゃあ、おれたちとまったく関係がないもんなぁ。知り合いの子供だって、まだ小学校には早いし」

歩きながら、信治がそんなことを言った。確かにそのとおりで、孝太郎たちとは最も接点がない職業かもしれない。梶谷が立候補を考えているという話が、よく貴文の耳に入ったものだ。貴文は自ら、その理由を説明してくれる。

「おれの甥が、小学生なんだよ。梶谷に教わっているわけじゃないらしいがな」

「ああ、そういえばけっこう大きい甥がいたな。おれはこんな小さいときしか知らないが、お前に似て頭がいいのか」

信治が自分の腿の横で掌を広げ、貴文の甥がまだ小さかった頃の背丈を示す。貴文は愛想のない声で、「さあ」と応じた。

「よく知らない。悪くはないと思うがな」

「お前のそういう返事は、照れてるのか冷静に評価してるのか、どっちなのかわからねえな」

呆れつつも笑いを含んで、信治は評する。孝太郎も同感だった。

そんな話をしながら、二十分以上歩いてようやく目指す地域に辿り着いた。小さい家が建ち並んでいる。東浜町の人たちのために、町を広げて作られた区域だ。そのせいか、他の地域に比べてひとつひとつの家が小さい気がした。

日曜日だからといって、梶谷が在宅しているとは限らない。どこかに遊びに行っているかもしれない。無駄足を承知の上で出張ってきたのだが、二十分以上も歩いてみると、この努力は無駄になって欲しくないと思えてきた。収穫がないまま、さらに二十分以上歩いて帰るのは空しい。

「さて、表札をひとつひとつ見て歩くか。人に訊いたりしたら、当人の耳に入るかもしれないからな」

貴文が慎重なことを言った。向こうが孝太郎の存在を意識しているかどうかはわからない。だが、仮に知っていたとしたら、わざわざ顔を見に来たのは挑発行為と受け取られるかもしれない。梶谷に気づかれないよう、顔だけを見て帰るのが理想だった。

戸数が多いので、梶谷の家を特定するのは手間がかかった。なかなか見つからないため、手分けをして探すことにした。三十分したら一度落ち合うと集合場所を決めて、三方に散った。そろそろ休憩したかったたが、貴文と信治は孝太郎のために動いてくれているのだから、真っ先に音を上げるわけにはいかなかった。

それから三十分、一軒一軒の表札を見て回ったが、梶谷の家は見つからなかった。他のふたりのどちらかが見つけてくれていることを願って、集合場所に向かう。すでに戻ってきて孝太郎を待っていたふたりは、こちらの姿を見ると「あったぞ」と言った。

「見つけた。梶谷という姓の人が他にいるのでない限り、あそこに住んでいるんだろう」

貴文が、いかにも貴文らしい物言いをする。確かにそれはそうかもしれないが、そんなことまで考えなくてもいいではないかと文句を言いたくなる。疲れてないのかよ、と訊きたかった。

「行こう。外出してないといいがな」

信治が促した。幸い、今は夏だ。どこの家でも窓を開け放っている。通り過ぎる振りをして、家の中を覗くことは難しくないだろう。問題は、まだ出かけずにいるかどうかだ。貴文の先導で歩き出した。

「あそこだよ」

貴文は顎で、その家を指し示した。孝太郎と信治は、無言で頷く。そのまま歩く速度を変えずに、家に近づいていった。

その家は玄関脇の窓を開けていた。遠目でも、座敷が丸見えであることがわかる。そこに、だらしなく畳に寝そべりながら団扇《うちわ》で自分を扇いでいる男がいた。あれが梶谷なのだろう。

男の顔をはっきり見ることができる距離まで来た。さりげなさを装って、顔を横に向ける。梶谷は通行人になど興味がないのか、こちらを一瞥はしたがすぐに目を逸らした。知り合いでもなければ、男三人が通りかかってもいつまでも見つめたりはしないだろう。

梶谷は凡庸な顔つきだった。見るからに頭がよさそうな立派な人だったらどうしようと案じていたが、少なくともその心配はしなくてよさそうだ。痩せているとは言えず、腕や腹回りに肉がついている。見た目だけを取り上げるなら、孝太郎の方が好ましいと言ってくれる人は少なくないのではないかと値踏みした。

人を見かけで判断するのはよくない。それはわかっていても、なんとなくホッとした。

10

慢心かもしれないが、相手の顔を見たことで、まったく敵わないという気持ちは失せた。やはり想像だけで相手を測っては、ついつい過大評価をしてしまうようだ。そのことがわかっただけでも、顔を見に行ってよかったと思った。

しかしそうなると、梶谷のことをもっと知りたいという欲求が芽生えた。相手のことを知らないから、恐れるのである。まずは敵をよく知る。それが戦いの基本だと悟った。

その結論を貴文に話すと、「実はな」と言い出した。

「おれも同じ考えで、すでに甥には梶谷の情報を集めるように頼んであるんだ。まあ、言ってみれば密偵だな。向こうもまさか、生徒の中に密偵がいるとは思うまいよ」

貴文は唇の片方の端だけを吊り上げて笑った。こんな笑い方をされると、こいつが味方でよかったとつくづく思う。貴文のことは、絶対に敵に回したくない。

「情報を集めろって、具体的には何を頼んでるんだ。食べ物の好みや女の好みがわかっても、あまり役には立たないだろ」

貴文の甥ならきっと頭がいいのだろうとは思うが、たかだか小学生である。できることは限られるはずだ。貴文は甥に、いったい何を求めているのか。

「選挙に出たいなんて考えるのは、おそらく支援者がいるからだ。味方もいないのに、立候補しようとは思わないんじゃないか。支援者は、身近な人間に違いない。となると、まず考えられるのは同僚だ。甥は生徒だから限界があるが、梶谷が同僚と飲みに行く店をどうにか調べ出せと命じたんだよ」

「へえ」

なるほどと、深く感心した。そんなことには、まったく頭が回らなかった。たとえ向こうに支援者がいたとしても、貴文ほど頭が切れる人はいないだろう。その一事だけで、すでに勝った気になった。

とはいえ、貴文自身も言うとおり、甥の情報収集力に過大な期待は持たない方がよかった。自分が子供の頃のことを思い出しても、先生たちが飲みに行く店など知らなかった。どうやって調べればいいのかも、見当がつかない。職員室に張りついていればいいのか。

しかし、自分が貴文の甥を侮っていたことを、ほどなく思い知らされた。甥は見事に、梶谷の行きつけの店を探り出したのだ。生徒同士の横の繫がりを駆使すれば、わからないことではなかったらしい。さすがは貴文の甥だと、いたく感心した。

その店は、さほど遠くなかった。町の繁華街は一ヵ所しかないので、向こうも遠征して飲みに来るようだ。さすがにいつ飲みに来るかまではわからなかったが、店が特定できただけでも大きい。孝太郎たちも今後は、その店で飲むことにした。何度か足を運ぶうちに、梶谷たち一行を見かけることもあるかもしれないと期待したのである。

孝太郎たちも頻繁に飲んでいるわけではないので、偶然はなかなか起きなかった。それでも約三ヵ月後に幸運に恵まれたのは、天が味方してくれたからかもしれないと孝太郎は都合よく解釈する。大して期待せずにいつものように三人で飲んでいたら、信治が不意に真顔になった。

「振り向くなよ。梶谷が来た」

「えっ」

反射的に振り返りそうになり、かろうじて思いとどまる。首に腱が浮くほど、力を込めて自分の動作を封じた。

「ひとりじゃないよな」

同じく入口側に背を向けていた貴文が、声を潜めて信治に問うた。信治は小さく頷く。

「ああ。梶谷の他に男ひとり、女ひとりだ。年格好は同じくらいかな」

信治の説明に続いて、その三人組が視界の端に入ってきた。孝太郎は首をそちらに向けないよう、眼球だけを精一杯左に寄せた。確かに、見憶えのある梶谷の顔があった。他のふたりは、むろん知らない。単なる知人同士の飲み会か、あるいは選挙の相談か、今の時点ではわからなかった。

孝太郎たちは誰も口を開かなかった。皆、聴力のすべてを梶谷たち一行に向けているのは明らかだった。梶谷たちは間に卓ひとつを挟んでいるだけの場所にいるので、会話を聞き取ることも可能だ。一行はまずメニューを見て、「ビール」「おれも」と銘々に注文していた。

「さて、どんなもんだろうなぁ」

なぜか、のんびりした口調で貴文が言葉を発した。なんのことだかわからず、首を振り向ける。

「えっ、何が」

「何か喋ってないと、不自然だろう。なんでもいいから、会話している振りをしよう」

「ああ」

こういうときに気が回るのは、やはり貴文だ。信治と目を見交わし、苦笑する。続けて貴文は、こうつけ加えた。

「言うまでもないとは思うが、名前を呼ぶのも禁止だぞ。必要があるときは、そうだな、谷さんとでも呼ぶか」

「わかった」

信治が頷き、ビールを呷る。梶谷が現れたときは緊張で体がガチガチに硬くなっていたが、貴文の言葉でほぐれた。箸を持ち直して、料理に手を伸ばした。

適宜言葉を交わしながらも、梶谷たちの会話には耳を傾け続けた。梶谷たちはしばらくの間、当たり障りのない学校での話題に終始していた。これは単なる知人との飲み会で、選挙とは関係ないのかなと思えてきた頃だった。

「それはそうと、いったい選挙はいつあるのかなぁ」

ふと思い出したかのような口調で、男が言った。選挙、という単語に反応し、一挙に全神経が梶谷たちの方に集中する。貴文と信治は表情を変えないが、内心は同じに違いない。会話をする振りを続けるのは難しかった。

「まさか、任期満了まで選挙がない、なんてことはないわよね」

答えたのは女だった。こんなことを言うからには、選挙について多少の知識があるようだ。単なる世間話とは思えなかった。

「その前に解散がある。必ずある」

なにやら自信を持って言い切ったのは、梶谷だ。梶谷は自宅にいたときのような、自堕落な雰囲気が微塵もない。さすがに見た目だけで学校の先生と見抜くことは難しいものの、きちんとした社会人であることは一目瞭然だった。これが外での顔なのだ、と孝太郎は理解した。

「しかし、解散ってのも立候補を考える人にとっては厄介な仕組みだよな。いつ選挙になるか、わからないんだから」

男が梶谷の言葉を受けて、言う。これもまた、立候補する人に寄り添った発言ではないだろうか。ということは、やはりこの男女は梶谷の支援者と見ていい。少なくとも、立候補の相談相手にはなっているはずだ。

「そうね。いつ選挙があってもいいように準備しておくなんて、ずっと気を張り詰めているようなものだもの」

「あの人も同じなのかな。例の、一ノ屋の血筋の人」

いきなり一ノ屋という単語が男の口から出てきて、ドキリとした。それは孝太郎のことではないのか。

「どうだろう。まだまだ先だと思って、油断しててくれればいいんだけど」

思わず、正面にいる信治と目を見交わした。間違いなく、男女は孝太郎の話をしているのだ。当の孝太郎がふたつ隣の卓にいるとは気づいていないのか。それとも、孝太郎の顔を知らないのだろうか。

「町長に取り入って、代わりに立候補させてもらうようにするなんて、なんかやり方が小狡《こずる》いよね」

「ああ。既成の権力を継承するだけなら、普通選挙の意味がまったくないよ。絶対にそんな人を当選させちゃいけないよな」

驚きのあまり、声が出そうになった。男女が言及しているのは孝太郎のことのはずなのに、まるで別人のように響く。事情を知らない第三者には、孝太郎の振る舞いは町長に取り入るためのものと見えるのか。驚き以外の何物でもなかった。

「しかも一ノ屋の血筋なんて、恵まれすぎてて不公平もいいところだ。おれが政治家になって、そんな不平等は正してやる」

梶谷の声は低かったが、決意と怒りが滲んでいるように聞こえた。その怒りが自分に向かっているのかと思うと、それはただの見当違いだと言いたくなる。一ノ屋の血を引いていても、なんの得もないのだ。そのことが部外者にはわからないのだろう。

「でも、手強い相手であることは確かだぞ。二重の意味で、権力を後ろ盾にしているんだから」

男がそんなことを言った。孝太郎の自己認識とはまったく違っていて、呆然とする。二重の意味で権力を後ろ盾にしているとは、勘違いにもほどがある。孝太郎を仮想敵と思い定めるあまりに、想像でものすごく悪辣《あくらつ》な人物にしてしまっているらしい。冗談ではなかった。

「だからこそ、負けるわけにはいかないんだよ。今度の普通選挙は、庶民が政治に関わるための絶好の機会だ。既成の権力を笠に着た人を、議会に送り込むわけにはいかない」

梶谷の言は、敵対心に満ちていた。話だけを聞いていると、梶谷たちの敵は強大な存在に思える。誰のことですか、と割って入って訊きたかった。

「お前がその意気なら、負けないさ。島の人の期待も背負ってるんだしな」

男は梶谷を励ました。反面、孝太郎は自分の気持ちが落ち込んでいくのを感じた。自分のことを他人に理解してもらうのは難しい。言葉を尽くして初めて、わかりあえるものなのかもしれない。だが、会ったこともなかった人にここまで誤解されると、ただただ悲しくなる。人はこんなにもわかりあえないものなのだろうか。

「なんか、いろいろ、考えちゃうな」

自然と俯《うつむ》き気味になり、梶谷たちには聞こえない程度の声で呟きを漏らした。すると信治が、手を伸ばして孝太郎の肩をぽんぽんと二度叩いた。

「面白えじゃねえか。おれは噴き出すのをこらえてたぞ」

「おれもだ」

貴文が笑いもせずに頷く。人の気も知らないで、と腹を立てかけたが、信治が顔を寄せてきてこう囁いた。

「売られた喧嘩は買ってやろうじゃないか。なあ、庶民の敵」

そう言って、にやりと笑う。気勢を削がれ、ふたりが面白がる気持ちが不意に理解できた。こんな凡人の自分が庶民の敵とは、確かに笑える。今この場で大笑できないのが残念だった。

「そうだな。燃えてきた」

生まれた小さな決意を口に出すと、信治だけでなく貴文も片頰を歪めて笑った。負けてたまるか、と心の中で拳を握った。

11

意外な話は、会社の後輩からもたらされた。孝太郎に関して、あまりよくない噂を聞いたと言うのだ。

「よくない噂」

そんな前置きをされたら、聞きたくない話でも聞かざるを得ない。あまり陰口を叩かれた経験はないので、内容を聞く前から傷ついていた。

「ええ。上屋さん、政治家になりたいんですって」

後輩はまるでいかがわしいことを口にするかのように、声を潜める。孝太郎は驚いて、すぐに反応ができなかった。

会社の同僚には、まだ立候補の話はしていなかったのだ。立候補することになれば、会社を辞めざるを得ない。選挙がいつあるかわからない今、いずれ辞めるつもりでいることを表明するわけにはいかなかった。ひょっとするとあと二、三年は、このまま会社で働き続けるかもしれないからだ。

「えっ、何それ。どこでそんな話を聞いたんだ」

ひとまず、とぼけた。その噂の内容を聞くまでは、政治家になる意志を表明するのは早計だと判断した。

「どこでって、割とみんな言ってますよ」

「そうなのか」

広まっている話なら、噂の出所は特定できないだろう。そもそも、家の近所の人には話しているのである。絶対に秘密のことというわけではなかった。いずれ、会社の人間の耳に入っても不思議はないと思っていた。

「で、政治家になるっていうのがよくない噂なのか」

会社を辞めて政治家になる、と聞けば同僚たちは気を悪くするのだろうか。むしろ応援してもらえると思っていたので、意外だった。政治家になろうと志したのは、一橋産業のためでもあるのに。

「まあ、そうですかね。政治家になったらくがに行って、金がガバガバ入ってくるんでしょ。いい思いがしたくて政治家になるんだ、って言ってる人もいますよ」

「なんだって」

私腹を肥やすどころか、無私の気持ちから立候補を考えたというのに。先日の梶谷たちのやり取りといい、どうしてこうも誤解されてしまうのだろう。

「ええと、違うぞ。違うからな。それと、よく話してくれた。陰でそんなことを言われているとは、まったく知らなかったよ」

「いやぁ、上屋さんはそんな人じゃないと思ったから、なんかひどい話だなって。いやですよねぇ」

後輩は顔を歪める。まったくだ、とは思ったが、近い将来孝太郎が立候補したらこの後輩はどう感じるのだろうと心配にもなった。

それにしても、私腹を肥やすために政治家になろうとしているなどという評判が広まるのは、困ったことだった。そんな話を聞いた人は、いざ選挙になっても孝太郎に投票してくれないだろう。だが、噂を聞いた人ひとりひとりに、違うんですよと否定して回ることもできない。どうすればいいのか、途方に暮れた。

そんなときに頼る相手は、貴文しかいない。仕事を終えたその足で、すぐ貴文に会いに行った。

「なあ。おれに関する噂を聞いたことあるか」

「噂。なんのことだ」

どうやら知らないようだ。知っていたら教えてくれるだろうから、知らないことは予想済みだった。つまり、同じ一橋産業で働く貴文の耳に入るほど、広範囲に広まっている噂ではないということになる。その点は少し安心材料だった。

「いや、それがな」

人の耳がないところまで貴文を引っ張っていき、後輩から聞いた噂について話した。貴文は眉間に皺を寄せる。

「それは悪意があるな。意図的に悪い噂を流した可能性がある。先手を打たれたか」

「先手。まさか、梶谷たちが流した噂だと言うのか」

「この前のあの調子だと、あり得なくはないだろう。もっとも、こちらを貶《おとし》めるつもりではないかもしれないがな。連中は本気で、お前は私腹を肥やすような人間だと考えてるんじゃないか」

「冗談じゃないよ」

孝太郎は眉を八の字にした。一方的な思い込みで決めつけられても、迷惑以外の何物でもない。向こうは自分たちこそ正義だと確信しているのが、始末に悪い。しかも、状況だけを捉えるなら、向こうの主張にも説得力があるのが厄介だった。町長に認められたことがこんな形で裏目に出るとは、まったく予想しなかった。

「手を打つ必要があるだろう。ちょっと対策を考えさせてくれ」

「頼む」

手を合わせて貴文を拝みたい心地だった。どう対応すればいいのか、孝太郎には見当がつかない。いつものことだが、今回もまた貴文に頼るしかなかった。

数日後に呼び出されて、梶谷の行きつけの居酒屋ではなく、以前に使っていた店で落ち合った。信治にも声をかけている。杯を合わせると、「考えた」と貴文は言った。

「やられたらやり返せ、だな。甥を使って、向こうの悪い噂を流そうと思う」

「えっ」

首を突き出し、目を見開いた。貴文はいったい、何を言っているのか。梶谷の悪い噂でも聞きつけたのだろうか。

「梶谷に、何か疚《やま》しいところがあったのか」

「いや、別にない。ただ、向こうはお前のあることないこと好き放題言ってるんだから、こっちだって話を作ればいいだろう」

「そういうわけにはいかないよ」

まさかとは思ったが、ありもしない話をでっち上げて噂にしようと考えているようだ。貴文らしい割り切った発想だが、孝太郎は頷けなかった。

「嘘は駄目だ。そんな手は使いたくない」

「甘いことを言うなぁ。これは戦いなんだぞ。一方的に悪い噂を流されて、泣き寝入りする気か」

「だって梶谷たちは、本気でおれのことを悪い人間だと思ってるかもしれないだろ。悪意があるわけじゃないんじゃないか。それなのにこちらが嘘で対抗したりしたら、それは卑しい振る舞いでしかないぞ」

「言ってくれるな。お前のためを思って考えたことなのに」

孝太郎の反論が気に入らなかったらしく、貴文は不機嫌な顔で腕を組んだ。そこに、信治が割って入ってくれる。

「まあ、そう言うな。汚い手は使いたくないなんて、孝太郎らしいじゃないか。今回ばかりは、お前の知恵も少し踏み外しすぎのようだぞ」

「ふん」

貴文は鼻から息を吐いたが、言い返しはしなかった。信治の言葉は一理あると認めたのかもしれない。貴文の考えを否定してしまって申し訳ないとは思ったものの、謝るのも変なので目だけで謝意を示した。貴文には伝わるはずだと考えた。

「そういうところがお前のいいところだと思うぞ、孝太郎」

信治はそう言って、孝太郎に向かって頷きかけた。孝太郎は笑顔で応える。信治はそのまま続けた。

「対抗するには、お前のいいところを生かすべきじゃないか。つまり、お前の人柄を知ってもらうのが一番だと、おれは思うぜ」

「人柄」

政治家になっても私腹を肥やす気などありません、と説明して回れと言うのか。口で言うだけで、人は信じてくれるだろうか。

「まったく初対面の人に、いきなりお前の人柄をわかってもらうのは難しいよ。だから、地道に理解を広げていくしかないだろう。お前をよく知っている人なら、悪い政治家になるような人間ではないとわかるはずだ。最初は喧嘩腰だった町長にだって、理解してもらえたじゃないか」

「まあ、そうだな」

孝太郎が返事をするより先に、貴文が苦笑気味に応じた。貴文が自分の間違いを認めるのは珍しい。気を悪くしたようではないので、安堵した。

「ただ、悪い噂を真に受ける人は絶対にいるぞ。それも、けっこうな数になるかもしれない。つまりお前には、不支持層ができてしまうということだ。そのことは覚悟した方がいい」

「うん」

島の人間に誤解されて嫌われるのは、辛いことだった。だが、これが選挙というものかもしれない。他にも立候補を考える人が現れた時点で、島の全面的支持は得られなくなったのだ。戦いを避けることはできないのだと、改めて現実を認識した。

12

仕事を終えて帰ろうとしたら、社屋の出入り口で信治が待っていた。信治が会社まで来たのは初めてなので、何事かと驚いた。

「どうした」

「ちょっと、お前の耳に入れておきたいことがある」

信治はむっつりと言った。なにやら怒っているふうである。孝太郎に対して怒っているわけではなさそうだが、では何に対してなのかというと見当がつかなかった。

「長くなるけど、いいか」

最初に信治は、そう断った。ならば、立ち話でない方がいいだろう。家に呼ぼうかと思ったが、夕食時なので突然連れていくのは母に悪い。結局、一杯引っかけるかということになった。最近は毎度、こんな調子で飲みに行っている。

「今日の昼に、そこの八百屋に入ろうとしたときのことなんだ」

席に落ち着いて、ビールをひと口飲んでから、信治は語り始めた。この辺りは商店が軒を連ねている。朝が早く、午後は体が空いている信治は、買い物に来たのだろう。

「店のおばさんを相手に、油を売っている奴がいた。おれはそいつの顔に見憶えがあった。いつだったか、梶谷と一緒に飲んでいた男だよ」

「ああ」

孝太郎もあのときの男女の顔は憶えている。いずれ見かけることもあるかもしれないとは思っていたが、先に信治が出くわしたようだ。

「おれはすぐには店に入らずに、少し様子を窺った。店と店の間の路地に入って、やり取りにだけ耳を澄ませたんだ」

「ほう」

貴文は鋭敏で判断力があるが、実は信治も負けていない。もし自分だったら、そんな真似はできないだろうと内心で思った。

「変な予感がしたから隠れたんだが、案の定だった。あいつはおばさんに選挙の話をしてたんだよ」

「八百屋のおばさん相手にか」

見下すわけではないが、おばさんも選挙の話などされてもちんぷんかんぷんだったのではないか。だがどうやら、そう単純な話ではないらしい。

「八百屋のおばさんだからこそ、あいつは話をしたんだと思うぞ。八百屋のおばさんの耳に入れておけば、あっという間に話が広まるからな。早い話、梶谷を持ち上げてお前を腐してたんだ」

「おれを」

梶谷たちが仲間内で孝太郎の悪口を言うのは、まあ仕方ない。だが無関係の第三者にまで事実と違う悪評を吹き込むのは、やり方が悪辣ではないか。さすがに少し腹が立った。

「何を言ってたんだ」

そんな話は聞きたくないと耳を塞ぎたくなる気持ちを抑え込み、確認した。信治は順を追って、そのときの様子を詳述した。

男はまず、梶谷のことを褒めていたという。学校の先生をやっているだけあって真面目だ、と自分も同じ職業のはずなのに臆面もなく言った。

『先生になるような人だから、信頼して大丈夫なんですよ。本当に真面目で、常に生徒のためを思っている男なんです』

『学校の先生なら、そうだろうね』

八百屋のおばさんは相槌を打つ。客商売だから調子を合わせているのではなく、本当にそう思っているような口調だった、と信治は説明した。

『政治家も、そういう人でなきゃ駄目だと思いませんか。真面目で信頼できる人じゃないとね。何せ、我々の税金を預かるんだから』

『はあ、そうねぇ』

政治家は税金を預かる人、という認識が八百屋のおばさんにはなかったのかもしれない。なにやら深く感心したような口調だった。

『そうなんですよ。自分のこと優先で考える人が政治家になったら、税金も自分のために使うかもしれないですからね』

『えっ、そんなことできるの』

『いろいろ税金を使う理由はつけるでしょうけどね。政治家は権力を握るわけだから、なんでもできますよ』

『そうなの。じゃあ、真面目な人にやってもらわないと困るわねぇ』

おばさんは男の話に引き込まれ始めたようだった。ここぞとばかりに、男は強調する。

『そうなんですよ。税金の横領だけじゃなく、権力者の許にはただでさえ金が集まってきますからね。付け届けや賄賂《わいろ》なんて、当たり前に受け取れるみたいですよ』

『賄賂。あらあ、いいわねぇ』

おばさんは呑気なことを言う。聞き耳を立てていた信治も、つい苦笑した。

『だからこそ、選挙では信頼できる人を選ばなきゃいけないんです。噂では、他にも立候補を考えている人がいるらしいんですが、人柄もわからない人に投票するのは危険だと思うんですよ』

『そうね』

信治が案じたとおりのことを、男は言い始めた。単に梶谷を褒めて終わりにすることはないだろうと予想していたのだ。

『今度の選挙は、初めての普通選挙なんです。普通選挙というのは、男なら誰でも投票権を持っている選挙のことです。つまり、これまでの一部の人たちだけが権力を握る仕組みではなく、誰でも社会を動かせるようになるんですよ』

『はあ』

いきなり話が難しくなった、とおばさんは思ったのかもしれない。相槌が曖昧だった。だが、男はかまわずに続ける。

『でも、立候補しようと考えている人は、町長さんの代わりとして選挙に出るらしいんです。つまり、単に権力を引き継ぐだけなんですよ。それじゃあ意味がないでしょう』

『町長さんはいい人だと思うけどね』

初めておばさんが言い返した。そうした素朴な感情は大事だ、と信治は思った。男はそれに対して反論する。

『確かにそうです。ただ、町長さんがいい人かどうかはこの際関係ありません。権力の継承が、ぼくたちが与《あずか》り知らないところで行われるのが問題なんです』

『はあ』

おばさんは話についていっていない。それならばいい、と信治は密かに頷いた。

『それに、町長さんはいい人でも、権力を継承する人が人格者とは限らないでしょ。さっきも言ったように、権力を握ったら何をするかわからないんですよ。それよりは、学校の先生という確かな身許の人に政治家になってもらった方が安心じゃないですか』

『それはそうよね』

おばさんは同意した。いや、ちょっと待て、と信治は割って入りたくなった。権力を握ったら何をするかわからない、とは孝太郎に対する侮辱ではないか。それは根拠のない言いがかりに過ぎない。

さすがにこれ以上、好き勝手なことを言わせておくわけにはいかなかった。信治は路地から出て、何食わぬ顔で八百屋に入っていった。男は口を噤み、信治を一瞥する。特に反応がないところを見ると、いつぞや居酒屋でそばに坐っていた人物とは気づいていないようだ。男は話を打ち切り、おばさんに挨拶をした。

『そういうことなんで、知り合いにも今の話をしてくださいよ。大事なことだから』

『はいはい、わかったわ』

おばさんの相槌はいささかぞんざいに響いたが、だからといって男の話を聞き流しているとも思えなかった。男は買った野菜を手に、信治の横を通って店を出ていく。信治は目で追いたくなるのを、じっとこらえた。

「あいつは八百屋のおばさんが客相手に梶谷の評判を広めることを期待して、あんなふうに油を売っていたんだ。それ自体は別にかまわない。でも、お前の悪口を言い触らすのは許せないよな」

信治は憤りを腹の底に沈めるような、くぐもった声で言った。孝太郎はといえば、怒る気持ちも湧いてこずにむしろぽかんとしていた。梶谷側がそこまで汚い手を使ってくるとは、信じがたかったのだ。

「それ、どこが真面目で信頼できる人なんだ。梶谷当人の言葉じゃなくても、周りの人間がそんなひどいことをするなら、とても信頼なんてできないじゃないか」

「まったくそのとおりだ。梶谷こそ、当選させちゃいけない人だな」

信治は大きく頷く。目つきが鋭くなっていて、信治の闘争心に火が点いたことが見て取れた。梶谷の取り巻きは、信治を本気で怒らせたのだ。

「やられたらやり返せ、という貴文の考えも、こうなるとよかったかもしれないと思えてくるぞ。お前は少し、人がよすぎるかもしれない」

「そんなこと言われても」

孝太郎は困惑した。相手と同じ土俵には上がりたくなかった。

「まあ、腹が立ったから言ってみただけだ。お前の人柄を知ってもらうという作戦は、ますます有効だな。横領だの賄賂だの、そんなことはしない人だとわかってもらえばいいんだから」

「もちろん、しないよ。考えたこともなかった」

「お前、明日にでも八百屋に行ってこい。おばさんと世間話をしてくるんだ。で、選挙に出るつもりだってことにもそれとなく触れておけ」

「わかった」

「ついでに梶谷の悪口も言えればいいんだが、お前はそういうことはしないんだよな」

「できないねぇ。何しろおれは、梶谷本人と話もしたことないんだから」

「それは向こうだって同じなんだけどな。お前のそういうところが、選挙で命取りにならないといいんだが」

信治は憂わしげに眉を寄せた。信治にそんなふうに言われると、少し不安になった。

13

翌日、さっそく仕事帰りに八百屋に行ってみた。八百屋では何度か買い物をしたことがあるので、互いの名前は知らなくても一応の面識はある。「いらっしゃい」とにこやかに迎えられた。

「こんばんは。今日は何を買おうかなぁ」

呟きながら、売り物を眺めた。夕方なので、残りは少ない。だがその分、油を売っている先客もいなかった。おばさん相手に話をするには、好都合だった。

「今日は母にお使いを頼まれて来たんだけど、男が買い物に来ることはありますか」

どんなふうに話しかけるかはあらかじめ考えてあったので、他の客が来ないうちにさっさと切り出した。おばさんは「来るよ」とあっさり認める。

「結婚すると女房任せで野菜なんか買わなくなるけど、あんたみたいな独身の人は来るね」

「男だと、やっぱり世間話も難しくなったりしませんか。選挙の話とか」

少し性急かもしれないが、不自然ではないはずだった。おばさんも特に不審がらずに、応じる。

「そうねぇ。男の人は難しい話が好きよね」

呆れる気持ちがあるのか、半ば苦笑気味だった。ここで延々と選挙についての前振りをするといやな顔をされそうなので、告白することにする。

「実は、今度選挙があったら立候補しようと考えてるんですよ」

「あら、まあ」

かなり驚いたらしく、おばさんは目を丸くして口をぽかんと開けた。そのまま言葉を発さないので、言うべきことを続ける。

「政治家って、地元の代表なんですよ。だからこの島からも、誰かが議員になるべきなんです。そうすれば、この島はもっと発展しますから」

「いやぁ、びっくりしたわぁ。あんたが政治家になりたいなんてねぇ」

幼い頃から孝太郎を知っている相手なので、驚きもひとしおなのだろう。あまりこちらの話を聞いてくれているようではなかった。

「くがの企業は、政治家に献金したりもするらしいですよ。それって、自分の会社に便宜を図って欲しいからなんです。ぼくは今は一橋産業の社員ですけど、うちの会社はそういうことをしているのかどうかわからないんですよ。他がやっているのに、うちだけやってなかったら出遅れるじゃないですか。だから、一橋産業のためにもぼくは議員になろうと思うんです」

「つまり、議員さんになったら一橋産業から献金をもらえるってわけなのね」

ああ、まずい。そういうふうに受け取られるのか。そうではなく、あくまで島のために政治家を目指すと説明しているつもりだったのだが。

「いやいや、違いますよ。献金目当てで政治家を目指してるわけじゃないです。味方になってくれる政治家がいないと、一橋産業のこれからがどうなるかわからないから、自分が政治家になろうと考えたんですよ」

「一橋産業は、何があっても安泰でしょ」

これが島の人間の認識だろう。遥か大昔から存在して、いつまでも続くものと思っているのではないか。そうではなく、維持する努力をしなければならないのだとわかってもらうのは、もしかしたらかなり難しいことかもしれないと孝太郎は気づいた。

「官営じゃないんだから、何があっても安泰なんてことはないですよ。一橋産業だって、時流に乗り遅れたら潰れるかもしれないんですから」

「縁起でもないことを言うわねぇ。あんた、社員なんでしょ」

「それはそうですが」

どうも思ったように話が進まない。まさか、梶谷側の男の話を鵜呑みにして、孝太郎のことを頭から疑っているのだろうか。だとしたらよけいに、悪い印象を払拭しなければならない。

「あー、つまりですね。ぼくは私腹を肥やすために政治家を目指しているわけじゃないということです。島のために、島の人間が議員にならないといけないんですよ」

ひとまず、話を最初に戻した。ここから始めないことには、わかってもらえそうにない。

「立候補する人なら、他にもいるらしいよ」

おばさんはなんでもないことのように言った。この話題は、完全に世間話のひとつなのだろう。梶谷のことに触れるのがいいことなのかどうか判断がつかないまま、孝太郎は相槌を打つ。

「噂は聞いてます」

「学校の先生なんだって。きっと立派な人なんでしょ。そういう人が立候補するなら、任せておけばいいじゃない」

やはり、そう思われるのか。完全に旗色が悪い。学校の先生という職業は、それだけ信頼感が絶大なのだ。一橋産業の社員である孝太郎が、一橋産業のために立候補すると言っても、ただの利益誘導のように受け取られかねない。いや、実際に利益誘導を考えているわけだから否定はできないのだが、一橋産業の利益は島の利益のはずだ。選挙に興味がない人だって、それくらいはわかっていると思うが。

「ぼくはその人のことを直接知らないので、何も言えません。立派な人なのかもしれませんが、ぼくだって負けずに島のことを考えています。いえ、ぼくの方が島のためを考えている自信があります」

まったく根拠はないのだが、もはやそう言い切るしかないと考えた。ここで弱腰になっていては、印象を悪くするだけである。選挙とはどういうものか、その一端に触れた気がした。

「あたしもその人とは会ったことないんだけどね」

おばさんは肩を竦める。そして何を思ったか、慰めるような口調で言った。

「別にあんたが議員さんになろうとするのを止めるつもりはないよ。まあ、がんばってね」

見限られたように感じた。自分自身の売り込みには、完全に失敗したようだ。敗北感を抱えたまま、大根を一本買って帰った。

その足で、信治に報告に行った。朝が早い信治は夜寝るのも早いが、さすがにまだ起きている時刻である。家から外に呼び出すと、「どうした」と不審そうに訊いてきた。

「八百屋に行ったのか」

「行ってきた。さんざんだった」

立ち話で、一部始終を語った。信治は意外そうな顔をした。

「年長者に気に入られるのは得意かと思ってたんだがな。お前らしくないじゃないか」

「相手が学校の先生だっていうのは、大きいよ。それだけで、頭から信頼されるんだから」

「ううむ」

信治は太い腕を組んで、唸る。孝太郎は意気消沈しつつ、つけ加えた。

「一橋産業の社員であるおれが、一橋産業のために議員になると言っても、大義がないよ。むしろ、最初から汚職政治家を目指しているみたいに聞こえるからな」

「そうか。作戦を練り直す必要があるな」

それならば、貴文も交える必要がある。改めて三人で落ち合うことにして、ひとまず帰宅した。

14

「それでお前は、その八百屋で何か買ったのか」

事の次第を貴文に相談すると、開口一番そう訊かれた。質問の意図がわからず、戸惑いながらも孝太郎は答える。

「買ったよ。大根を一本」

「それだけか」

すぐに貴文は訊き返す。どうやら何かまずかったらしいと思いつつも、事実なので認めるしかない。

「そうだよ」

「どうしてもっと買わなかった」

すかさず畳みかけられた。何が言いたいのか、朧《おぼろ》げに見えてきた。

「どうしてって、必要なのは大根だけだったから」

「必要なくても、たくさん買うんだよ。余ったら、近所に配ればいいじゃないか」

平然と、貴文は言う。孝太郎は理解したが、一応確認した。

「八百屋のおばさんに気に入ってもらうために、たくさん買うべきだったと言うのか」

「そうだよ。相手は商売人なんだから、たくさん買ってくれる客がいい客だ。梶谷の味方が大量に買い込んでなかったなら、よくない印象を変えるいい機会だったじゃないか」

「そうか」

なぜそんな簡単なことに気づかなかったのだろうと、指摘されると思う。だが、後からでもこうして指摘できるところが、貴文の切れるところなのだ。その場で正しい判断ができない孝太郎は、やはり頭の回転で貴文に劣ると認めざるを得ない。

「まあ、今からでも挽回はできる。むしろこれからは、いっぺんに大量に買うのではなく、毎日通って顔を売るんだ。毎日会えば、向こうだって情が移る。お前の味方になってくれるだろう」

「なるほど」

確かにそのとおりだ。商売人としては、常連客を邪険にはできないはずである。

「つまりそれは、他の店にも通用することだな」

黙って聞いていた信治が、初めて口を開いた。ああそうだな、と思いつつも、いささかぎょっとする気持ちもある。

「えっ、つまり、他の店にも毎日通えってことか」

「どうせ八百屋に行くなら、他の店にも行けるだろう」

信治はこともなげに言うが、そう簡単な話ではない。

「いやいや、行くだけならできるけど、何かを買わないと意味がないだろ。いろんな店で毎日買い物をするほど、おれは金持ちじゃないぞ」

「なくても、やらないと。借金してでも、全部の商店を味方につけるんだ」

信治は重々しく命じた。そこに貴文も乗っかる。

「おれもそうするべきだと思う。商店でのいい評判は、すぐに広がる。つまり商店主を押さえるかどうかが、勝利の鍵かもしれない」

「ううん」

孝太郎は腕を組んで唸った。ふたりの言うことは間違っていないと思うが、先立つ物を考えると心許ない。借金をしてでも、なんて簡単に言ってくれるなぁと内心で嘆いた。

「選挙っていうものは、金がかかるのかもしれないな」

貴文がいやなことを言った。それなら立候補なんて考えなければよかった、と密かに後悔したが、ふたりを前にしてとても言葉にするわけにはいかなかった。

言われたとおり、翌日には少し金を多めに持って八百屋に行った。八百屋のおばさんは孝太郎を見るなり、「あら、今日も」と言った。連日やってくる男など、珍しいのだろう。下心を悟られそうでばつが悪かったが、そこは面の皮を厚くして挨拶した。

「今日は人参をください」

野菜を買って帰れば、母はいやな顔はしない。だから八百屋はいいが、他の店では何を買えばいいのか。これまで日々の買い物なんてろくにしなかった孝太郎が、突然毎日通ってくれば誰でも意図に気づく。それでも売り込みを続けるべきなのかと、疑問を覚えた。

さすがに昨日の今日でまた選挙の話をするのは気恥ずかしく、無難な世間話をして店を離れた。その足で次には、魚屋に入る。ここでも無難に挨拶をし、秋刀魚《さんま》を買った。魚は野菜より安いので、助かる。やはり「選挙」という言葉を口にすることはできなかった。

そんな調子で、次々に店を巡った。肉屋、乾物屋、豆腐屋、雑貨屋、服屋、履物屋、総菜屋、果ては味噌屋や米屋にまで顔を出した。八百屋や魚屋はまだしも、服屋や履物屋、味噌屋、米屋に毎日通うのはかなり難しそうだった。それらの店に毎日来る人などいないだろう。そもそも、服や履き物を毎日買っていたら、あっという間に破産する。

大量の物を手みやげにして帰宅すると、母は目を丸くした。なぜこんなに買い込んだのかを説明すると、「あらー」と言ったきり絶句する。何も言葉が浮かばないようだ。それはそうだよな、と孝太郎も思った。

いくらなんでも服や履き物、味噌や米を毎日買うのは不自然なので、翌日は行くのをやめた。

そうした店では、せいぜい月一回行くだけでも常連扱いされるのではないか。金が不安なので、毎日行くのは食べ物を扱う店だけにした。それでも出費は多額だったが。

ともかく、細く長く続けることこそ大事である。目的は買い物それ自体ではなく、顔を憶えてもらうことなのだ。名前しか知らない相手には、なかなか投票しづらい。だが顔見知りとなれば、人格や能力はよくわからなくても一票投じようという気になるだろう。借金は極力避けたいので、できるだけ必要な物を買うことにした。母に買ってくるべき物を訊き、お使いに行く。まるで子供のようだが、買い物をする機会を逃すわけにはいかないのだった。

そんなことを始めて二週間ほど経った頃のことである。八百屋に行っておばさんと世間話をしていると、驚くべきことを聞かされた。なんと、梶谷も毎日来るようになったと言うのだ。

「梶谷が」

思わず呼び捨てにしてしまった。面識もないのに呼び捨ては失礼だが、気にしている余裕がなかった。前のめりになって、おばさんに問いかけた。

「何をしに来るんですか」

「何をって、八百屋には野菜を買いに来るもんでしょ」

当たり前のことを訊くなとばかりに、おばさんは答える。それはそうだが、毎日という点が問題なのだ。

「野菜を買うだけですか。他に、何か話したりはしてないんですか」

「まあ、世間話はするわよ。あの人が、選挙に出るもうひとりの人でしょ。あんたもだけど、毎日せっせと顔を売りに来るんだから大変よねぇ」

やはり目的を見抜かれていた。それは承知の上なのでいまさらどうということはないが、梶谷も同じことをし始めたのが業腹だった。孝太郎と同じ発想で、同じ手段に至ったのか。あるいは、別のきっかけがあったのか。

「もしかして、おれが毎日買い物に来ていることを誰かに話しましたか」

「話したわよ。言っちゃいけなかったかしら」

それでか。どういう経路でか孝太郎の活動が梶谷の耳に入り、焦りを覚えさせたのだろう。このまま捨て置くわけにはいかないと、遅れを取り戻すために孝太郎の真似をすることにした。要はそういうことだったのだ。

これは困った事態だった。真似をされては、途中でやめるわけにはいかなくなったからだ。もし商店通いをやめてしまえば、これ幸いと梶谷は自分の売り込みを続けるだろう。それがいやなら、今後も毎日商店に通って買い物をするしかない。どちらの金が先に尽きるか、そういう競争になってしまった。

「いいえ、別に言っちゃいけないってことはないですけど」

言わないで欲しかったなぁ、と内心では嘆きつつも、おばさんを咎めるわけにはいかないので、そう繕《つくろ》っておいた。その日は悄然と帰宅した。

もうひとつ、憂鬱になることもあった。同じ界隈に出没していたら、いつか梶谷と鉢合わせするだろうという点だった。狭い地域のことだから、遅かれ早かれいずれそうなる。ただ、もしかしたら向こうは孝太郎の顔を知らないかもしれないと、淡い期待もしていた。

しかし実際にその瞬間がやってくると、自分の期待がいかにも甘かったことを即座に思い知った。梶谷は孝太郎の顔を見ると、驚いたように目を見開き、次にはいやそうに眉を顰《ひそ》めたのだった。

15

「失礼ですが、上屋さんでいらっしゃいますか」

声をかけてきたのは、梶谷の方だった。それだけのことで、先を越された気になる。密かにほぞを噛んだが、内心を顔に出したら負けだと思った。

「そうですが、どちら様でしょうか」

悔しいので、こちらは白《しら》を切ってやることにした。あなたのことなど眼中にない、と言外に伝えたつもりだった。もちろん、ただの強がりだが。

「私は梶谷と申します。神生《かみお》小学校で教師をやっています」

慇懃に、梶谷は名乗った。こちらが梶谷のことを知っていてあえて名前を訊いたとは、まったく思っていない様子だ。その反応を見て孝太郎は、自分は人が悪いと感じてしまった。己の狭量さを、恥じなければならない。

「梶谷さん。以前にお目にかかったことがありましたっけ」

だが、一度知らない振りをしてしまったのだから、続けるしかない。演技が下手くそになっていないことを祈りながら、問い返した。梶谷は首を振る。

「いいえ、面識は得ておりません。ただ、お噂はかねがね伺っています」

梶谷の言葉遣いは丁寧だった。さすがは学校の先生だ。変なところで感心した。

「噂。なんの噂でしょうか」

「上屋さんは、今度選挙が行われたら立候補されるおつもりだとか」

遠回しな探りなど入れず、梶谷はずばり問いかけてきた。いきなり切りかかられたようで、孝太郎は大いに面食らう。答える準備ができていなかった。

「はあ、いや、まあ」

ごにょごにょと言葉を濁したが、考えてみたら梶谷はこの界隈での噂を拾っているのだから、いまさらとぼけても無駄である。いっそ認めて、梶谷の反応を窺ってみようと考え直した。

「立候補を考えています。もしかして、梶谷さんもですか」

もしかして、とは白々しいなと自分でも思ったが、こちらがとぼけていることは梶谷も察しているのではないかと思えてきた。完全な腹の探り合いで、いかにも居心地が悪い。しかし、ここで引くわけにはいかないのだった。

「はい、そうです」

対照的に梶谷は、潔く認めた。このやり取りを見ている八百屋のおばさんは、きっと梶谷の方が立派だと思うのだろうなと想像した。

「ちょっと、外に出ませんか」

店先で話し込むのは迷惑だし、これ以上おばさんに聞かれたくない。梶谷が承知したので、一緒に外に出た。

「梶谷さんも立候補をお考えでしたか。それはなぜですか」

今度はこちらから切り込んでやった。ここらで劣勢を挽回しなければと、こっそり闘争心を呼び起こす。

「せっかく実現した普通選挙ですからね。誰かが立候補した方がいいと思ったので、私が手を挙げることにしました」

梶谷は平静な口調で答える。誰かが、なんて言い方をするなら、それは梶谷ではなく孝太郎でもいいではないかと反射的に考えたが、口にはしなかった。本当は、孝太郎では駄目だと思ったからこそ立候補することにしたのだろう。なんとも癪《しゃく》に障る話だ。

「上屋さんはなぜですか」

同じ質問を向けてくる。梶谷の返答が本心でないのなら、こちらも正直に答えてやる必要はなかった。

「私もそうですよ。せっかくの権利を行使してみようと思いまして。それが島のためでもありますし」

私利私欲に基づいて立候補するわけではないのだと、さりげなくつけ加えたつもりだった。もっとも、この程度の説明で誤解が解けるとは思っていなかったが。

「仄聞《そくぶん》するところでは、立候補を町長に止められたのに、逆に後継者の立場を得たとか。上屋さんは有能なのですね」

ソクブンスルとはどういう意味なのかわからなかったが、意地でも訊き返したくない。なんとなく察しがつくから、そのまま流すことにした。そんな難しい言い回しをするところや、こちらをおだてる態度など、嫌みな奴である。

「謙虚に町長さんに教えを乞うていたら、気に入っていただけまして。町会の期待を背負うことになりましたから、なんとかがんばってみようと思っています」

引く気はないぞ、と伝えるまでもないはずである。気負いではなく、決定事項を淡々と言葉にするつもりでそう宣言した。

「そうですか。よくわかりました。では我々は、英語で言うライバルということですね。お互い、がんばりましょう」

梶谷はそんなことを言うと、手を差し出してきた。ライバルという言葉の意味はわからないし、そもそも握手などしたくなかったが、手を振り払うわけにもいかない。指が太い手を渋々握り、すぐに離す。梶谷は「では」と一礼すると踵を返し、堂々と魚屋に入っていった。

孝太郎も次は魚屋に行くつもりだったのに、またしても先を越されてしまった。やむなく、その一軒先の総菜屋に入って挨拶をする。互いに競い合っている孝太郎たちは、傍目にはさぞ滑稽に見えるのだろうなと思った。選挙とは、どれだけ己の愚かしさを曝け出せるかの競争ではないかと感じられてきた。

牽制し合いながら店を巡っていたら、いつもより遥かに疲れてしまった。自分はいったい何をやっているのだろう、とふと思う。しかし現実には、立ち止まって考えている暇はないのだ。家に帰って畳に寝そべると、とんでもないことに首を突っ込んでしまったなぁと改めて慨嘆したくなった。

商店巡りは、できるだけ梶谷と鉢合わせしない時間帯に行きたかった。もう二度と、あんな神経戦はごめんである。ただ、会社員である孝太郎はさほど時間の自由が利かない。夕方には来てくれるなと願いながら、商店を訪ねるより他になかった。

そんな願いが天に通じたのか、以後は梶谷の顔を見かけることはなかった。だがあるとき、聞き捨てならないことを耳にした。魚屋の店主が、梶谷からもらい物をしたと言うのだ。

「親切な人だよなぁ。毎日魚を買ってくれるだけでもありがたいのに、こんな物までくれるんだから」

店主が手に取って翳《かざ》したのは、ただの帳面だった。すぐそばの雑貨屋でも売っている、なんの変哲もない帳面である。しかし、それが梶谷からの贈り物となると話は違ってくる。店主の支持を得るために、梶谷はそんなことまで始めたのか。

どうすればいいのかと焦りつつ、その日は世間話だけで引き揚げた。同じことをすべきだろうか。だが、あまりに露骨な追随は人々にどういう印象を持たれるかわからない。迷った際には、相談するのは貴文だった。

「お前も同じことをするべきだ。迷うまでもない」

孝太郎の話を聞くなり、貴文は自信たっぷりに言い切った。貴文に断言されると、それが正解だと思える。だとしても一応、自分の心配は口にした。

「でも、ちょっと露骨すぎないか。贈り物で気を引こうとするなんて、やっていることが狡《こす》っ辛いし」

「だからこそ、差をつけられては駄目なんだ。そもそも向こうが先に、お前の真似を始めたんじゃないか。今度は真似し返せ」

「そうか」

帳面一冊で人気獲りをするなど、あまりにやっていることが恥知らずだと孝太郎には感じられたが、そんな帳面一冊で票を奪われるのは悔しい。後悔しないためにも、追随するしかなさそうだった。

商店主にとって、金の出入りを記録する帳面は何冊あってもありがたい物らしい。雑貨屋でまとめ買いして一軒一軒に配って歩いたら、どこでも喜ばれた。いらないと言う店は、ひとつもなかった。そんな感じで各店が梶谷からの贈り物を受け取っていたなら、やはり与える印象に差が出てきていたはずである。露骨であっても追随してよかったと、店主たちの反応から思った。

すると三日後、また梶谷が帳面をそれぞれの店に配ったと聞いた。負けるわけにはいかない。こちらもさらに帳面では芸がないので、今度は鉛筆にした。鉛筆もまた、あって困る物ではない。店主たちはまったく遠慮せずに受け取り、感謝の言葉を口にした。

感謝されるのは嬉しいが、しかし出費が地味に効いてきた。それぞれの店で毎日買い物をした上に、贈り物までしているのである。貯金が尽きるのはまだ先だが、こんなことは永遠に続けられるわけがなかった。どこかで梶谷が贈り物をやめてくれればいいのにと、心底願わずにはいられなかった。

「鉛筆くらい、どうということはないだろう」

出費が嵩《かさ》んできたことの愚痴をこぼすと、信治はこともなげに言い切った。何しろ信治は、借金してでも選挙運動をしろと言ったのである。鉛筆程度で文句を垂れる孝太郎を、情けなく思っているのかもしれなかった。

「そうだけどさ、この先もずっと続くかと思うと、ぞっとするよ」

鉛筆を買うこと自体は、確かにそれほどの出費ではない。いつまで続ければいいのかわからないのが問題なのである。信治もそれはわかっているはずだった。

「じゃあ、せっかく鉛筆を買うなら、もっと効率的な使い方をすればいい」

「効率的な」

鉛筆を箱で買って、一本一本配っている。たった一本でも感謝されるのだから、けっこう効率的だと思っていたのだが。もっといい方法があるのか。

「鉛筆は、子供たちに配るんだ。もちろん、誰にもらったかはちゃんと親に報告しろと言うんだぞ。親は自分が直接もらうより、感謝する。しかも子供への贈り物は、学校教師である梶谷にはできないことだ。梶谷に差をつけたいんだろ。いい手だと思うぞ」

「なるほどな」

黙って聞いていた貴文が、小刻みに頷いて感心する。貴文が認めるならば、妙手なのだろう。

「やってみるよ」

そう答えはしたものの、事態が打開されたのか、泥沼に嵌《はま》りつつあるのか、孝太郎にはよくわからなかった。

16

鉛筆をまとめ買いし、日曜日に備えた。日曜日に子供が遊びに行くところといえば、今も昔も浜辺である。午前十時頃に行ってみると、案の定子供たちが駆け回っていた。年恰好からして、小学一、二年生だろう。一、二年生ならば、高学年担当の梶谷の耳にもすぐには入らないはずだと考えた。

走り回っている子供たちに声をかけても、聞いてもらえるとは限らない。そこで、日陰に集まってお喋りをしている女の子たちに話しかけた。知った顔はなかったが、島の住人だとわかるからだろう、警戒はされなかった。都会だと、とてもこうはいかないのではないか。

「ねえねえ、君たち。おじさんは子供たちの勉強を助けるために、鉛筆を配ってるんだ。はい、どうぞ」

欲しいか、とは訊かないで、強引に押しつけることにした。女の子たちは、戸惑いながらも受け取る。きちんと「ありがとう」とお礼を言うのは、なかなか感心だ。ひとりひとりを「偉いね」と褒めてから、自分の名を名乗った。

「おじさんは上屋孝太郎といって、今度選挙があったら立候補しようと思ってるんだ。名前を憶えてね」

「センキョって何」

当然のことながら、訊き返された。説明してもわからないだろうから、大事なことだけ強調しておく。

「島のためになることだよ。おじさんは上屋孝太郎ね。お父さんお母さんに、鉛筆を上屋孝太郎からもらったと伝えるんだよ」

かなり露骨な売名行為だが、なぜかあまり抵抗がなかった。だんだんと、名を売るためならどんなことでもすべきだという考えに染まりつつあるようだ。そんな自分を恥じるべきかとも思ったが、政治家になるためには手段を選べないと考え直した。

話の内容が理解できないからか、女の子たちはぽかんとしていた。本当に孝太郎の名前を親に伝えてくれるのだろうかと危ぶんだが、これもまた何度も繰り返す必要があるのだろう。「遊んでるところを邪魔したね」と詫び、女の子たちの輪から離れる。次には走り回っていた男の子がひと休みしたところを狙い、同じように話しかけた。やはり、反応は女の子たちと大同小異だった。

子供たちの反応があまりに心許なかったので、翌週の日曜日にも鉛筆を配った。二度目の子供もいたが、初めての子も少なくない。こうして根気よく続けることで、名前は浸透していくのだろう。そう信じて、こつこつ名を売るしかなかった。

さらに次の週には、浜辺にいる子供の数が多かった。子供たちは孝太郎を見つけるなり駆け寄ってきて、「鉛筆ちょうだい」とせがむ。どうやらただで鉛筆をくれるおじさんの存在が知れ渡り始め、それを期待した子供たちが待っていたらしい。これはいい傾向ではないかと機嫌をよくして、鉛筆を分け与えた。こんなことなら、飴玉でも買っておけばよかったと思った。鉛筆だけでなく飴ももらえれば、子供たちの間での孝太郎の評判はさらに上がるだろう。

この作戦はなかなか順調、と自己評価していたら、予想外の反撃に遭った。遅かれ早かれ孝太郎のやっていることが梶谷の耳に入ると覚悟していたが、向こうも対策を練ってきたのだ。といっても、さほど捻りがあることではない。単に、小さい子供がいない世帯に物品を配り始めたのである。

「恥というものを知らないのかな」

孝太郎は己のことは棚に上げて、貴文と信治相手に憤りを吐き出した。子供に鉛筆を配るのは、売名目当てとはいえ、なんとなくいいことをしている気にもなれる。だが大人に物品を配るのは、いくらなんでも露骨すぎないか。向こうが躊躇なく抑制を外してくるのが、なんとも腹立たしかった。

「それだけ本気だということだよ。お前も肝を据えてかからないと、すぐに差をつけられるぞ」

信治が真顔で脅す。信治にはずいぶん脅されているが、面白半分に煽っているわけでないのはわかる。あくまで、孝太郎を勝たせるために尻を叩いているのだ。信治の思いに応えたいという気持ちは、常にあった。

「お前も恥を捨てないと、負けるぞ」

貴文が顔の筋ひとつ動かさずに、淡々と言った。やはりそういう話の流れになるのか。予想していたことではあるが、少々嫌気が差す。名を売るためならどんなことでもすると思い定めたつもりだったのに、まだまだ覚悟が足りなかった。ただ、こんな覚悟はできることなら固めたくなかったという抵抗感は依然としてあった。

気になるのは、子供たちに鉛筆を配った効果だった。果たして、子供たちはきちんと孝太郎の名を親に伝えているのか。延べで二十人以上には配ったから、中には親に言うのを忘れた子供がいたとしても、少なくとも数人には伝わっているはずと思いたい。そうでなければ、恥を忍んで売名に努めたことが無駄になってしまう。

海に小石を投げるような行為でなかったことは、会社にいるときに実感できた。別の部署の人がわざわざやってきて、礼を言ってくれたのだ。話をしたことがない人だったので何事かと思ったら、「息子が世話になって」と言う。どうやら浜辺にいた子供の父親のようだ。

「鉛筆をもらったよ、と嬉しそうに言ってました。すみませんね」

「いえいえ、喜んでもらえたら嬉しいですよ」

篤志家気取りでそう応じたら、子供が思いの外《ほか》にきちんと親に伝えていたことが判明して恥じ入った。

「上屋さん、選挙に出るつもりなんですって」

もともと、梶谷側に悪い噂を流されていた。それと結びつけ、子供のたどたどしい説明でも理解できたのかもしれない。眉を顰められるかなと警戒しつつ、言葉少なに応じる。

「はい、そのつもりなんです」

「大変ですね。がんばってください」

相手の言葉はおざなりではなかったが、感情が籠っているのかどうかは判然としなかった。子供相手の売名行為は、親にあまりいい印象を与えないのかもしれないと不安になった。ならば、梶谷が大人相手に物品を配っているのだから、こちらもまた追随するべきかもしれない。同じことをしている分には、双方の印象が悪くなったとしても、差はつかないのだ。梶谷に差をつけられることが、今は怖くてならなかった。

手頃な値段の物品で、誰にでも喜ばれる物は何か。考えた末に、ちり紙を配ることにした。どこの家でも必要な物だから、ありがたがられるだろう。いつものように雑貨屋でまとめ買いし、家に持ち帰って小分けにする。雑貨屋ではずいぶん買い物をしているから、今やかなりの上客のはずだった。もっとも、それは梶谷も同じだろうが。

そして、日曜日に各戸を訪問することにした。用もないのに名を売るためだけに訪ねていくのは、かなり勇気を要した。だが梶谷もやっていることだと思うと、負けん気が頭をもたげてくる。恥を忍んで、という言葉がこれほどぴったりの心境はないなと自嘲した。

とはいえ、いきなり知らない家の戸を叩くのはいくらなんでも難しかったから、まずは面識のある家から始めた。「あら、どうしたんですか」と当然訊かれるので、実は選挙に出るつもりで、と説明をしてちり紙を渡す。たいてい、相手は面食らいながらも素直に受け取った。ありがとうございます、という礼を何度も聞いた。受け取るわけにはいかない、と断る相手がいないのは、商店に帳面を配ったときと同じだ。やはり、ただでもらえる物を拒否する人はいない。選挙の意味もわかっていない人が大半なのだから、それも当然の反応だった。

知人は、少なくともこちらの気を滅入らせるような応対をしなかった。そのことに意を強くし、徐々に親しくない人の家にも範囲を広げた。すると、あまり好意的でない、胡散臭《うさんくさ》い相手を見るような目をする人もいたが、気にしなかった。そんなことで意気阻喪《そそう》していたら、梶谷には勝てない。きっと梶谷も、こんな視線に耐えているはずだ。そう己に言い聞かせ、各戸訪問を続けた。一軒でも多く回れば、それだけ勝利に近づくと信じた。

人間の行動というものは、なかなか予測しがたい。いや、子供の反応を見ていれば予想できたはずなのだが、考えが及ばなかった。だから堂々と言われたときは、かなり面食らってしまった。あるとき、それまで言葉を交わしたことがなかった人が住む家を訪ねたら、涼しい顔でこう言われたのだった。

「あら、ちり紙だけ。他にもっといい物はないの」

17

どうやら、孝太郎が選挙のために物品を配って歩いているということが、すでに耳に入っていたようだ。配っているのがちり紙だともわかっていたはずなのに、求めればもっといい物をもらえると考えているのか。あまりの図々しさに、思わずぽかんとしてしまった。

「はあ。ちり紙しか用意していないんです」

「そうなの。もうひとりの人は、もっといい物をくれたのに」

「えっ」

いやなことを聞いてしまった。今、最も言われたくない言葉だった。

「何をもらったんですか」

「帳面よ。気が利いてるわよね」

梶谷はあくまで、帳面を配っているのか。それだけ好評ということだろう。確かに帳面とちり紙では、少し差がついてしまっている。こちらは先々を考えて価格が安い物にしているのに、梶谷はなんの戦略もないのか。そんなことをしていて、いつまで金が保つのか。

「また出直してきます」

頭を下げて退散するしかなかった。悔しくてならない。すでに戦いは始まっているのだと、いまさらながら実感した。今は前哨戦であり、局地戦だ。局地戦では、まず一敗した。しかし、勝負はこれからだ。いくらでも挽回の機会はある。悔しさと屈辱を押し殺しながら、急いで帰宅した。

梶谷が帳面を配っているからといって、こちらも同じ物を配るのでは芸がない。となるとやはり鉛筆だろうかと思ったが、鉛筆一本と帳面一冊では帳面の方が高い。それに、子供にも鉛筆をあげているのだから、大人を子供と同じ扱いにすれば印象が悪くなるかもしれない。鉛筆一本ではなく、二本にすべきか。ひとまず、そう結論した。

同時に、こんな些事に拘泥する自分はなんと器が小さいのかという思いが頭の片隅をよぎったが、深く考えないことにした。思考を停止すること、恥を捨てること、その二点が選挙では大事なのだと学習した。

次の日曜日には、たくさん買い込んだ鉛筆を持参して各戸訪問をした。基本的に、まだ訪ねていない家を回ることにしているのだが、もっといい物をと求めた家は再訪した。これでどうだ、という気持ちを込めて鉛筆二本を渡すと、「あら、ありがたいわ」と言われた。今度はお気に召したらしい。安堵する気持ちと、図々しさに腹が立つ気持ちが両方湧き上がる。だが顔には笑みを保ち、終始愛想よく接した。顔の筋肉が、感情とは無関係に動くようになりそうだった。

いやになるのは、物をもらうのは当然と考えている人が、その人だけではなかったことだ。他の家でも、特に礼も言わずに受け取る人や、次は五本くらい持ってきてくれと堂々と言う人がいた。人間の卑しさをまざまざと見せつけられるようで気が滅入ったが、考えては駄目だと自分に言い聞かせた。選挙に勝ちたいなら、常に笑顔でいなければいけないのである。有権者相手に、少しでも不快そうな顔を見せたら終わりだ。感情や人間性は、心の奥底に押し込めておかなければならない。

とはいえ、我慢すれば済むわけではない問題もあった。先立つものだ。配る物がちり紙なら細々と続けられたが、鉛筆二本となると、当面は大丈夫だとしても貯金が底を突くのは時間の問題となる。なぜ梶谷が続けられるのか、不思議でならない。後先を考えていないのか。それとも、実は資金源があるのだろうか。

またしても貴文と信治に泣きつくと、ふたりとも唸って顔を顰《しか》めるだけだった。梶谷の資金の問題は、ふたりにも事情を推し量ることができないようだ。わからない、と口にするのが悔しいはずの貴文も、首を振って認める。

「どういうことなんだろうな。支援者でもいるのか」

考えあぐねた末にこぼしたらしき推測だが、信治がそこに食いついた。

「そうだよ。きっとそうだ。そうでなければ、小学校の先生がそんなに軍資金を持ってるわけない」

支援者か。孝太郎は考える。金銭的支援を受けるほどなら、梶谷はなんらかの期待を背負っていることになる。支援者は教師仲間だろうか。それとも、東浜町の元住人たちか。

「いや、梶谷のことはどうでもいい」信治が続けた。「支援者を見つけることこそ、孝太郎の今の問題を解決する道じゃないか。貴文、お前、やっぱり頭いいな」

「支援者ねぇ。でも、どんな人がおれに資金援助をしてくれるんだ」

寄付、ということになるのだろうか。見返りもなく、単に期待に対して金を出してもらうのは、あまり現実的ではないと感じられた。そんな奇特な人がいるとは、とうてい思えないのだ。人々はむしろ、金を出すのではなく物をもらうことを望んでいる。あの図々しさに接した今は、資金援助などとても望めそうにないと悲観するしかなかった。

「支援者を募るなら、まずは社内じゃないか」

ぼそりと貴文が言った。それもどうだろう、と孝太郎は思う。社内では、選挙に関してあまりよくない噂が立っていたのだ。資金援助を求めたら、その悪評を助長することになりはしないか。

「社内は駄目だろう。悪い評判を、自分で広げるのか」

「だからこそだ。選挙に出ると知られてしまったなら、打ち消すよりも認めた方がいい。私腹を肥やすつもりではないときちんと説明すれば、わかってくれる人も増えるはずだ」

「そうかな」

噂のせいで社内で孤立したというわけではないが、胡散臭そうに孝太郎を見る人はいる。選挙権を持っていなかった人が大半だから、議員になることの意味を取り違えているのだろう。おそらく、孝太郎が自分だけ上流階級の仲間入りを果たそうとしていると受け止めているのではないか。説明しても聞いてもらえそうにないから何もしていなかったが、確かに説明しないことには理解もしてもらえない。

「言われてみれば、そうかもしれないなぁ。少なくとも、今の状態のまま放っておいていいことではなかった。ちょっと怖いけど、社内での理解者を作るよう努めてみるか」

気が進まないながらも、試してみることにした。すると貴文が、珍しいことに微笑む。

「お前ひとりでがんばろうなんて思うな。おれも周りに説明するよ。おれたちはもう、お前の支援者なんだぜ」

「そうか。それはありがたい」

孝太郎本人が説明して回るより、弁の立つ貴文が乗り出してくれた方が理解を得やすいだろう。百人力とは、まさにこのことだった。

「支援といっても、金の期待はしないで欲しいけどな」

信治が横からつけ加えた。信治と貴文の励ましに支えられている自覚があるから、この上金銭面での助力は最初から求める気がなかった。信治も真顔で言っているようでいて、目が笑っている。その顔を見て、孝太郎はつい噴き出した。

いざ行動に移してみると、同僚たちの反応はそれぞれだった。気のない返事しかしない人もいれば、耳を傾けて支援を約束してくれる人もいた。孝太郎が議員を目指すのは島のため、そして会社のためだということが、以前から近しい人ほど理解できるようだ。対照的に、付き合いがさほどなかった人に納得してもらうのは難しかった。

いきなり最初から金を出してくれる人はいなかった。それは無理からぬことなので、焦らないことにした。鉛筆を配る程度なら、まだ続けられる。加えて、ひととおり各戸を回りきったら、しばらくは休むつもりだった。金銭面での支援者作りは、長期戦で考えればいいと思っていた。

幸い、上司は物わかりの悪い人ではなかった。孝太郎が立候補するという話が耳に入っても、それで態度を変えたりはしなかった。一度、「政治家になりたいんだって」と訊いてきたが、その理由をきちんと説明すると納得してくれた。応援するからがんばれ、とも言ってくれた。止められたらどうしようと案じていただけに、上司が認めてくれたことには安堵した。

なんとなく、それでお墨付きをもらったような気になり、以後は社内でも堂々と選挙の話をするようになった。わかってくれる人とわかってくれない人がいるのは、おそらく社内だけでなくどこに行っても同じだ。わかってくれない人を説得するのではなく、わかってくれる人を増やしていくことこそ大事なのだと認識した。選挙のための運動は、常に手探りである。

自分の望みを社内で明らかにしたことで、ひとまず状況が落ち着いたように思っていた。資金の問題は未だ解決されないが、梶谷側も目立ったことをしていない今、切迫しているわけではなかった。選挙が実施されるまでに、少しでも寄付が集まればいいと考えていた。

しかし、状況が落ち着いたと思ったのは早合点だった。ある日、上司に呼ばれたのである。上司は心配げな顔をしていた。その表情を見て、孝太郎も胸騒ぎがした。

「お前、何かやらかしたのか」

開口一番、上司はそんなことを言う。ますます不安になって、目をしばたたいた。

「やらかすって、どうしてですか。何もしてませんよ」

「専務が、お前を呼んでるんだ」

「専務が」

社長の息子である専務は、顔を見たことこそあるものの、直接口を利いたことなどない。そんな雲の上の人がなぜ自分を呼ぶのか見当がつかず、心臓がいきなり高鳴りだしたのを自覚した。

18

専務の一橋直人《なおと》は、社長の長男である。貫禄があるとはとうてい言いかねる容姿の社長に似ず、専務は堂々たる押し出しの人物だった。太った体軀に口髭、そして自信に満ちた振る舞いは、さすが次期社長と思わせる。実業家としても辣腕で、一橋産業は代替わりしても安泰だと見做《みな》されていた。

正直、まだ社長にお目見えする方が気楽だった。どこかとぼけた風貌の社長には、親しみを覚える。だが威厳溢れる専務の前に出れば、年齢は孝太郎の方がふたつ年上なのだが、そんなことは関わりなく間違いなく畏縮してしまう。加えて、孝太郎を呼び出す用件に心当たりがないのが怖かった。あえて孝太郎を指名するということは、やはり選挙に出る意思を咎めるつもりなのだろうか。もしかしたらその場で馘《くび》になるかもしれない、とまで悪い想像が膨らんだ。

「い、今すぐでしょうか」

「すぐ来いとのことだ」

本人はそんなつもりはないのだろうが、上司の言葉は無情に響いた。すぐ来いと言うなら行かなければならないとわかってはいても、悪足掻きをしてしまう。

「一緒に行ってくれますか」

「子供みたいなこと言うな」

上司は苦笑した。やっぱり無理か。覚悟を決めるしかなかった。

重い足を引きずって、専務室に向かった。同じ社屋内にあるのに、専務室の扉はいい材質の木が使われていて、いかにも近寄りがたい。扉の前に立ち、しばらく呼吸を整えた。中に声をかけるには、心の底から勇気を振り絞る必要があった。

「失礼します」

何度か深呼吸を繰り返した末、どうにでもなれという捨て鉢な心地で声を発した。すぐに「入れ」という低い声が応じる。その声を聞いただけで孝太郎はたわいもなく畏縮したが、もう引き返すことはできなかった。「はっ」と答え、扉を押した。

室内にいたのは、専務だけだった。不必要に大きい机の向こうで、椅子の背凭《もた》れにふんぞり返っている。ぎょろりとした目で孝太郎を一瞥すると、そのまま足許まで視線を動かした。値踏みされているようだ。

まさに蛇に睨まれた蛙状態で、孝太郎は動けなかった。怖い、と感じる余裕すらない。頭の中は真っ白だった。

「入ってドアを閉めろ」

苛立たしげに、専務は言う。慌てて孝太郎は扉を閉め、専務の前に行った。直立し、両手の指までピンと伸ばす。視線はとても専務に向けることなどできなかったので、背後のガラス窓を直視した。呼吸をするのも苦しかった。

「お前が上屋か」

「はっ、はい」

名前を呼ばれ、さらに背筋を伸ばした。脂汗が垂れてきそうだった。

「いくつになるんだ」

重ねて専務は尋ねる。答える孝太郎の声は上擦っていた。

「さっ、三十です」

「若いな。それで政治家になりたいのか」

「は、ははっ」

やはりその件か。それしか心当たりがなかったが、そうでないことをひたすら願っていた。だが、願いは叶わなかった。これでいよいよ、馘首《かくしゅ》か立候補取りやめのどちらかを迫られるのだと絶望した。

「どうして政治家になりたいんだ」

まるで面接試験のように、専務は質問を続ける。孝太郎は、問われることに素直に答えるしかなかった。

「せ、せっかく普通選挙が行われるのですから、庶民の代表が議会に行くべきだと考えました。加えて、この島から議員が出れば、島にも我が社にも便宜を図れると思いました」

「ほう」

初めて、専務が口調を変えた。気のせいかもしれないが、感心したように聞こえる。ちらりと専務の表情を見てみたら、怒っているようなむっつり顔は変わらなかった。慌てて視線を逸らした。

「お前が政治家になったら、我が社に便宜を図れるのか。つまり、政治家を志すのは我が社のためってわけだな」

専務が要約する。いや、それだけではないのだが、理由のひとつではあった。

「わ、我が社の繁栄は島の繁栄でもあると考えています」

「そのとおりだ。殊勝なことを言うじゃないか」

またも、感心したような言葉だった。もしかして、専務に感銘を与えているのか。先ほどまでの死にそうなほどの緊張が少しほぐれ、光明が見えてきたような気がした。

「ただ、おれは疑い深いから、口約束だけでは信用できないんだよ」

いきなり、専務は不穏なことを言い出した。一瞬見えた光明が、すぐに消える。また専務の表情を見ると、なにやらいやな笑みを浮かべていた。この笑みはどういう意味なのだろう。

「せ、誓約書でも書きましょうか」

口約束だけでは信用できないなどと言われては、そう申し出るしかなかった。その孝太郎の言葉を、専務は鼻先で嗤《わら》う。

「誓約書なんて、便所紙ほどの役にも立たない。そんな誓約書、おおっぴらにはできないんだからな。いったん政治家の先生になっちまえば、こっちを裏切るのも簡単だろ」

「そ、そんなことはしません」

思わず語気を強めてしまった。言った直後にまずいと慌てたが、専務は面白がるように口許を歪めるだけだった。

「ところで、立候補を考えている人が他にもいるんだってな」

不意に、専務は話を変えた。そんなことまで知っているのか。先ほどから質問をしているようで、実は確認だったようだ。噂はすべて、専務の耳に入っていると見做した方がよさそうだと悟った。

「はい。残念ながら、無風状態とはなりませんでした」

「有権者に、物品を配ってるらしいじゃないか」

「はあ」

話の成り行きがどう転ぶか予想できず、曖昧に応じた。未だに、咎められるのか褒められるのかわからずにいる。

「選挙ってのは金がかかるんだよ。軍資金がなくて、困ってるんだろ」

「はあ」

曖昧な返事をしておく分には、自分の首は飛ばないのではないかと期待した。それが愚かしい希望だと指摘する内なる声はあっても、他に対応のしようがなかった。

「そこでだ。政治家になったら我が社への便宜を図ると約束するなら、資金援助をしてやろうじゃないか。誓約書なんかより、金で縛る方がよっぽど確実だからな」

専務は人が悪いことを言う。だが孝太郎にしてみれば、今度こそ光明を見いだした思いだった。

「え、援助していただけるのですか」

「ああ。お前が一橋産業の犬になると誓うならな」

なんともいやな物言いをするものだ。そんな言い方をしなくても、阿吽《あうん》の呼吸で合意することもできるだろう。だが当然のことながら、不満を口に出すわけにはいかず、矜持も捨てて頷いた。馘になるどころか、社員としての籍を残したまま資金の問題も解決できるなら、一挙両得というものだ。

「もっとも、社として支援するわけではないぞ。そんな真似はできない。あくまでおれが、個人的にお前を応援するだけだ。いいな」

辣腕の実業家という評判は、伊達《だて》ではなかった。これを腹芸というのだろうか。書面も残さず、口約束のような曖昧なものでもなく、専務は孝太郎を縛りつけようとしている。孝太郎自身が当事者であっても、感心せざるを得なかった。

「も、もちろんそれでけっこうです」

「なら、決まりだ。その代わり、もうひとりの立候補者には絶対に負けるなよ。負けたらお前は馘だ」

いきなり言い渡され、顔が強張った。何も言えずにいたら、面白くもなさそうに専務はぼそりとつけ加える。

「冗談だ。本気にするな」

「は、はあ。そうでしたか」

ぜんぜん笑えない。体重がこの数分間で減っていそうだった。

「では取りあえず、これだけ渡そう」

専務は言って、机の抽斗《ひきだし》から札入れを取り出した。その中から、紙幣を数枚抜いて投げ出すように机の上に置く。顎をしゃくり、「受け取れ」と命じた。思わず「ははっ」と応じて紙幣を取り上げた。

「これで何か気の利いた物を買って、町で配れ。これだけあれば、教師風情《ふぜい》には負けないだろう」

「そ、そうですね」

いちいち言うことが人の悪さを感じさせる。社長が人格者だからその陰に隠れていて知らなかったが、専務はなんとも強烈な人物だった。この人が社長になったら、社員は大変だなと密かに思った。

「もういいぞ。出ていけ」

専務はまた顎をしゃくった。「はっ」と返事をし、踵を返す。専務室の外に出ると、思わず首元に手をやって汗を拭った。命拾いした、とはこういうことかと考えた。

19

軍資金ができたので、有権者に配る品を少しいい物にすることにした。また文具では梶谷に差をつけられないから、日常生活で必ず必要な物はどうだろうかと考える。必要な物といえば、食品だろう。どうせなら、日保ちするものがいい。そういう発想で、塩を配ることにした。

挨拶回りはしばらくやめようかと思っていたのだが、塩という武器があるからにはもう一度回り直した方がいい。さっそく行動に移すと、すでに訪ねたことのある家でも、塩をみやげに再訪すると喜ばれた。鉛筆のときとは、露骨に反応が違う。もっといい物を、と要求した人など、塩を差し出したら以前からは考えられない満面の笑みを浮かべた。贈る物の質で、人々がこんなにも態度を変えるとは思わなかった。人間の本質を見たように感じてしまったが、深く考えないことにする。今や、魂を一橋産業に売ってしまったのである。他人のことをとやかく言える立場ではなかった。

やってよかったとしみじみ思ったのは、梶谷と比較する人が多かったからだ。「帳面よりもずっといいわねぇ」とか、「こんな気の利いた物をくれると、印象が変わるな」とか、もっとはっきりと「選挙になったら、必ずあんたに投票するよ」と言ってくれた人もいた。これほど手応えがあるなら、もう梶谷には勝ったも同然だと確信した。

ところが好事魔多しとはよく言ったもので、二ヵ月もすると微妙に情勢が変わってきた。孝太郎に対してよそよそしい態度をとる人が出てきたのだ。つい先日には大歓迎してくれたのに、道ですれ違いそうになったら顔を背けられた。あるいは、今日は忙しいからと玄関先で拒絶されることもあった。なぜ人々の態度が変わり始めたのか、孝太郎はわけがわからなかった。

「まずいことになったぞ」

渋い顔でやってきたのは、信治だった。定例の飲み会の席である。なにやらよくないことが起きつつあるのはわかっていたので、むしろそれについての情報を信治が持ってきてくれたならありがたかった。まだ貴文は来ていないが、三人揃うのを待っている余裕はなかった。

「なんなんだ。実はおれも、なんだか町の雰囲気が変だと感じていたんだよ」

「だろうな」

そう応じて信治は、まずビールを呷《あお》った。そして音を立てて、ジョッキを卓に置く。怒りをこらえているのは、親しい仲でなくても見て取れるだろう気配だった。

「また、お前の悪い噂が流れてる」

信治の言葉を聞いても、孝太郎は驚かなかった。まあ、そんなところだろうと予想していたからだ。そして、誰が流した噂かも見当がつく。わからないのは、その噂がどんな内容かだった。

「今度は何を言われてるんだ」

半ば諦め交じりに、訊き返した。梶谷側は自分たちの方が弱者だと思っているから、手段を選ばない面がある。旧弊な巨大権力に挑むような悲壮感でも抱いているのではないか。だから汚い手であっても、弱者はそれを使うことが許されると正当化しているのだ。実際はもちろん、孝太郎は巨大権力の側に立ってなどいないのだから、単なるいい迷惑だった。

「お前の軍資金が、一橋産業の専務の懐から出ていることが知られたようだ」

「はぁ」

まったく予想もしていなかったことなので、唖然としてしまった。そして、そんな話が漏れてしまえばつい今し方考えたことの裏づけになってしまうと、すぐに思い至る。一橋産業の専務が陰で操っているという話が広まれば、それはまさに巨大権力そのものではないか。もはや梶谷側の勘違いではなく、紛れもない事実ということになる。孝太郎の実感とは、著しくかけ離れているのだが。

「どどど、どうして知られたんだ」

あれは専務と孝太郎だけの密談だったはずなのに。誰かが立ち聞きでもしたのだろうか。専務室でのやり取りを立ち聞きするとは、まるで密偵のようだ。

「わからん。一橋産業に勤めているからといって、全員がお前の味方というわけではないんじゃないか」

不機嫌な顔で、信治は腕を組む。それはそうなのだろう。同じ社に勤めているからといって全員と交流があるわけではないし、そもそも専務が社員全員に号令を発したわけでもない。社員の中に梶谷の主張に共鳴する人がいても、決して不思議ではなかった。

「だとしても、おれと専務だけのやり取りが、どうして外に漏れるんだ」

そこが不可解だった。孝太郎は信治と貴文にしか話していない。むろん、信治たちが誰かに漏らしたとは思えない。ならば、情報の出所がわからなかった。

「おれたちが誰にも喋っていないんだから、専務側から漏れたんじゃないか」

「専務が」

なぜなのかわからずきょとんとしたが、確かにその可能性はあった。あの専務のことだから、犬を議会に送り込むことにしたなどと、自慢げに身近な人に話していてもおかしくない。権力者は、周囲の人間は皆自分に従っていると思い込んでいるのだろう。実際は、腹の中で舌を出している人がいるのではないか。いや、あんな性格の専務なのだから、面従腹背の人は少なからずいるに決まっていた。

「問題は情報の出所じゃないぞ」

信治が厳しい声で言った。言われてみれば、そのとおりだ。知られてしまったからには、情報の出所を特定したところでもはや意味はない。今後の対処法こそ、考えるべきことだった。

そこに貴文がやってきた。孝太郎たちの渋い顔を見て、「どうした」と訊いてくる。最初から説明すると、先ほどの信治と同じように顔を顰めて腕を組んだ。そして、ぼそりとこう言った。

「誤解が誤解じゃなくなったか」

つまり、これで孝太郎は旧来の権力側の人間ということになったと言いたいのだろう。実感はまるで伴っていないのに、形の上ではそういうことになる。理不尽だ、と思った。

「町長からの禅譲で町会の支持を取りつけ、金銭面では一橋産業の支援を受けているんだから、押しも押されもせぬ有力候補だな」

信治は面白くもなさそうに、総括する。そのまとめは間違いではないのだが、そう聞いて思い描く人物像と自分とはあまりに乖離していて、現実味がまるでなかった。見えない衣を着せられ、その衣のせいで悪役を担わされているように感じる。庶民はきっと、権力にうまいこと擦り寄った男より、後ろ盾もなく戦おうとする梶谷を応援するのだろう。

「どうすりゃいいんだ」

頭を抱えた。客観的には恵まれている立場なのかもしれないが、すべてが裏目に出ている気がする。何より納得がいかないのは、孝太郎自身が己を庶民側の人間だと思っていることだ。これが本当に良家に生まれた人であれば、庶民に反感を持たれても仕方がないが、孝太郎は押しも押されもせぬ平凡な庶民なのである。いい思いをまるでしていないのに庶民の敵になってしまったのだから、納得などできるわけがなかった。

「事実なんだから、どうしようもないな」

冷静に貴文が言う。その冷静さが、今は恨めしかった。怨じるように見つめると、苦笑いを浮かべる。

「睨むな。噂が事実と違うなら打ち消しようもあるが、事実なのにそれは違うと言ってしまえば嘘つきになるだろう」

そんなことはわかっている。現実認識して欲しいわけではなく、対策を考えて欲しいのだ。

「しょうがないから、いっそ向こうが作った構図に乗っかるしかないんじゃないか」

貴文はそんなことを言った。このまま庶民の敵になれと言うのか。それは気が進まない案だった。

「そうだな。気分はよくないが、選挙に勝てるかどうかという話で言えば、やっぱり今のままでいいのかもな」

信治も同意した。やめてくれよ、と孝太郎はつい顔を歪める。

「冗談じゃないよ。なんでおれが、権力を笠に着た人間にならなきゃいけないんだ。おれは紛れもない庶民だぞ」

「お前を前から知っている人間ならわかるけど、知らない人間には『私は庶民です』なんて言っても、もう通じないんだよ」

「勘弁してくれよ」

我ながら、声が情けなかった。しかし、ふたりが言うことにも一理あるとはわかっていた。後は開き直りの問題なのか。そのように結論しても、やはり庶民の敵という役割は引き受けられそうになかった。

「専務から金を受け取るのはやめようかな」

断れる相手ではないと思いつつ、梶谷側の批判を躱《かわ》すにはそうするしかないかと考えた。金がないのは、梶谷側も同じなのである。金をもらって損をするくらいなら、いっそもらわない方が気楽だった。

「でも、一度受け取ってしまった事実は取り消せないぞ」

貴文がまた冷静に指摘した。まるで汚い金を受け取ったかのような物言いである。ものすごく不本意だった。

「どうせ取り消せないことなら、受け取っておけ。資金力で勝れば、物品攻勢で有権者をなびかせることもできる。梶谷は金がないからこそ、お前を貶めようとしているんだ。お前は優位に立っていると考えた方がいい」

慰めるように、信治が勧めた。毒を食らわば皿まで、ということか。毒なんて食らいたくなかったなぁ、と孝太郎は密かに慨嘆した。

20

信治の言うとおり、みんながみんな孝太郎に反感を持ったというわけではなかった。物品を渡せば機嫌がよくなる人は、やはり少なくない。それに、町長の評判が悪くないのも助かった。町長が推薦する人なら、と孝太郎を認めてくれる住民もいた。

とはいえ、この選挙戦における悪玉になってしまったことは否めなかった。孝太郎を支持してくれるのは、基本的に権力を無条件に受け入れる人である。支持してくれるのはありがたいものの、自分はそちら側の人間ではないんだけどなぁという違和感は拭えなかった。

どんな世界にも、反権力を標榜する人はいる。ごく自然な心の動きとして、権力を持たざる者を応援する気持ちになる人は多いのだ。正確な数はわからないが、そうした人たちが梶谷側の応援に回っている気配があった。支持者の数で言えば、今のところ孝太郎は負けていた。

梶谷の物品攻勢がその後も続いていることが、その証拠だった。おそらく貴文が推測したとおり、金銭的支援を得ているのだろう。ひとりひとりの支援額は少なくても、数が多ければそれなりの額になる。こちらは一橋直人専務ただひとりの個人的寄付、対して向こうは大勢の金銭的支援と、あまりに対照的だ。どちらがいいかと言えば、支援者が多い方がいいに決まっている。何しろ専務が持っているのはたった一票であり、ひとりで何百票も持っているわけではないのだ。

このままでは負けてしまう。かなり焦りを覚えた。

明けて昭和三年一月二十一日、田中義一《たなかぎいち》総理大臣は衆議院を解散した。これによってようやく、二月二十日に初の普通選挙が行われることになった。待ちに待った選挙である。いよいよ、と胸が躍ってもおかしくないところだが、孝太郎の気分は重かった。この日をもっと、伸びやかな気持ちで迎えたかったものだと正直思った。

「やっと来たな」

信治の声には、この選挙にかける意気込みが感じられた。貴文もそうだろうが、今や孝太郎の立候補は彼ら自身の勝負なのである。ふたりのためにも負けるわけにはいかなかったが、自信はなかった。それでも、いまさらやめるわけにはいかない。

「会社はどうするんだ」

貴文が確認してくる。そこは孝太郎にとっても悩みどころだった。

「会社を辞めずに立候補したいけど、無理かなぁ。専務に相談してみようかな」

そう言ってはみたものの、あの専務がそんな甘い姿勢を受け入れてくれるとは思えなかった。会社を辞めたくないのは、選挙に落選した場合を想定しているからである。ちゃんと会社を辞めて背水の陣で臨め、と一喝されるに決まっている。もともとそうするつもりではあったのだが、いざそのときがやってくると覚悟が揺らいだ。

「梶谷はどうするんだろうな。学校の先生をやりながら、選挙活動はできないと思うが」

信治が言う。そうなのだ。梶谷が仕事を辞めないなら、孝太郎も辞めなくてもいいのではないかと淡い期待を抱いていた。この点だけは梶谷と相談して歩調を合わせられないものだろうかと、そんなことまで考えた。

だが期待に反して、梶谷は正式に立候補すると、教職も辞めた。学期途中だというのに、以前から根回ししてあったためか、特に問題は起きなかったようだ。そういうところは、いかにも梶谷らしい。梶谷には勝てないかもしれないと思うのは、そうした根回し力で差を見せられたときだった。

会社を辞めざるを得ない、と腹を括った。上司に辞表を出し、一応専務にもそのことを告げる。その際、上司はもちろんのこと、専務も「がんばれよ」と言ってくれた。不覚にも、そんなひと言に感動してしまった。単に専務は厳しいだけで、本当はいい人なのではないかと考えた。

梶谷に続いて、孝太郎も立候補届を提出し、正式に名乗りを上げた。誰が支援してくれるかは、おおよそ把握している。だから今後は、どちらを支持するかまだ決めていない人の取り合いになるだろう。ここからが本当の勝負だった。

町長はいち早く、孝太郎支持を打ち上げてくれた。島のために、孝太郎を議会に送り込もうと町民に働きかけた。それはありがたいのだが、町長がそんなことを言えば言うほど反発する人も出てくる。梶谷はその点を突き、自分は庶民視点を議会に持ち込みたいのだと主張した。

「私たちはついに、選挙権を手に入れたのです。金持ちだけが動かしてきたこの国の政治に、ようやく参加できるのです。せっかくのこの機会に、権力にべったり張りついている人を当選させていいのですか。それでは何も変わらないではないですか」

梶谷は商店が並ぶ通りの端で、演説を始めた。けっこうな人だかりである。できれば梶谷の演説など知らぬ顔を決め込みたかったが、それはできなかった。孝太郎はこっそり話を聞くつもりで出向いたら、すぐに周りに気づかれてしまった。梶谷の支援者たちが「敵は帰れ」と声を揃えるので、やむなく引き下がった。だから梶谷の演説内容は、後でこちらの支援者に聞いたのである。

「やっぱりこっちを攻撃するのか」

話を聞いた信治は、呆れたように言った。普通に考えれば、梶谷のやり口はとても正々堂々としているとは言えないが、向こうは庶民の味方気取りである。いや、もっと言ってしまえば、正義の味方のつもりのようだ。なんでこっちが悪なんだよ、と孝太郎は大いに文句を言いたかった。

「向こうがそうならこちらも攻撃してやりたいが、梶谷にはあまり攻撃材料がないんだよな」

貴文が真顔で言う。貴文なら本気で相手のあら探しをしそうだが、孝太郎は賛同できなかった。

「いいんだ。相手を攻撃したりしない態度をいいと思ってくれる人は、きっといる。おれはそういう姿勢を貫く」

「そうか」

貴文は頷いて、淡く笑った。貴文はおそらく、孝太郎のこういうところを評価してくれているのだ。

「お前の美点が有権者に伝わるといいんだがな」

納得するだけでなく、懸念もしっかりつけ加えるのが貴文である。伝わるかどうかは、孝太郎も不安に感じているところだった。

ともあれ、まんまと梶谷側が描いた構図をそのまま選挙戦に持ち込まれた格好になった。梶谷は孝太郎と町長の関係だけでなく、孝太郎が一橋産業の後ろ盾を得ていること、さらに一ノ屋の血筋であることまでも攻撃材料にした。一ノ屋の血筋は関係ないだろうと思ったが、そうはならなかった。一番出てきて欲しくないときに、出てきて欲しくない人がひょっこり首を突っ込んできたのだ。

「ぼくは応援してるよー」

孝太郎が町角で演説をしているときだった。聴衆の中から、突然そんな声が上がった。そちらを見ると、なんと声の主は松次郎だった。言わずと知れた、一ノ屋の当主である。なんでこんなときに、と絶句した。

「孝太郎君、がんばれよー」

状況をまるで理解せず、能天気な物言いである。松次郎の声援に、周囲はざわついた。それはそうだろう。島では依然として、一ノ屋の名は力がある。その当主が公然と応援を表明したのだから、人々の耳目を惹くに充分だった。最後に会ってから三年も経っているのに、なぜ今になって顔を出すのか。間が悪いにもほどがある、と孝太郎は絶望した。

松次郎が孝太郎を支持したことは、たちまち噂となって駆け巡った。反応は予想どおりだった。梶谷側はここぞとばかりに、既成権力に搦め捕られた人が議員になっても云々と孝太郎を攻撃したのだ。一ノ屋なんて権力でもなんでもないし、松次郎と孝太郎の間にはなんの繋がりもない。応援を頼んだのは確かだが、むしろ今頃応援されてもいい迷惑だよ、と声を大にして言いたかった。

松次郎の表明によって一ノ屋の血筋の人が全員孝太郎の味方になってくれたなら、それはそれでよかったのだが、そんなことにはならなかった。孝太郎自身が感じているように、一ノ屋の血を引いていてもなんの得もなければ結束もないのである。むしろ、松次郎のお蔭でいらぬ敵を作ってしまった。一ノ屋の血筋の人で、梶谷の応援に走る人まで現れたのだ。

「ひと口に一ノ屋といっても、恵まれている人もいればそうでない人もいます」

これは後に、支援者から聞いたことである。梶谷の応援演説に立った人の発言だった。孝太郎は面識もなければ名前も知らなかったが、その人もまた一ノ屋の血筋のようだ。三十代くらいの女性だったらしい。

「皆さんの周りにも、一ノ屋の血を引く人がいるのではないでしょうか。でもその人は、何か特別な生活をしていますか。してないでしょう。一ノ屋の血を引いていても、恩恵を受けられるのは一部の人だけです。一部の人とはつまり、縁故で一橋産業に就職した人です」

　女性は話をそんな方向に持っていった。縁故採用はあくまで噂であって、事実かどうかは孝太郎も知らない。だが女性は、それが事実だとして語ったらしい。思い込みが激しいという点では、梶谷と共通している。梶谷の支援に回るだけのことはある。

「上屋候補は、縁故で一橋産業に入社していました。そしてうまいこと専務に取り入り、選挙資金を援助してもらっているそうです。それだけでなく、一ノ屋当主の支持まで得ていたとは驚きでした。なんと権力に擦り寄るのがうまい人でしょう。こんな人が町民のため、島民のための政治を考えるでしょうか。私利私欲を肥やすために政治家になろうとしているのは間違いありません」

　女性は一ノ屋の血筋に生まれたことで、これまで相当損をしてきたのではないだろうか。一ノ屋の血を引く女性がどんなことを言われて育つか、だいたい想像はつく。孝太郎が聞く限り、ほとんど私怨を滔々《とうとう》と語っているようにしか思えない。だが孝太郎個人を知らない人は、とんでもなく薄汚い男と受け取ったことだろう。自分の虚像がどんどん膨れ上がっていくことに、孝太郎は眩暈《めまい》を覚えた。

21

　ほとんどの人にとって、選挙は初めてのことである。初めてとはつまり、よくわからないということだ。わからないからこそ、無茶なことも平気で言う。梶谷側の喧伝が、その無茶さに拍車をかけていた。

「少しお金をくれたら、うちの亭主に投票させるよ」

あるとき、訪ねた先の家で言われたことだった。金を渡して投票を約束してもらうことを、買収と言うのではないか。それは駄目だろうと反射的に思ったが、物品ならいいかと言えば微妙なところである。これまでさんざん物品を渡していたのに、金は駄目というのは理屈が通るのだろうかと考えた。

「いやぁ、ちょっとそれは」

ためらって言い淀んでいたら、相手の中年女性は堂々と言った。

「だってあなた、一橋産業からお金をたくさんもらってるんでしょ。少しくらい配りなさいよ」

これをして面の皮が厚いと言うべきか、はたまた初めて故の無秩序状態と見るべきか。孝太郎としては、なんとなく倫理的に後ろめたいものを感じたので、その場は退散した。

だが、こうした場合の精神的禁忌をいつもやすやすと乗り越えるのは、梶谷の方である。梶谷が有権者に金銭を渡して投票の約束を取りつけていると耳にしたのは、ほどなくしてのことだった。

「梶谷は本当に手段を選ばないな」

話を聞いた貴文は、呆れたように言った。だがそこには、半ば感心しているような響きもあるように聞こえた。貴文も割り切った考え方をする男だからこそ、それ以上に徹底している梶谷を認める気持ちがあるのかもしれない。認められても困るのだが。

「人は、金には簡単になびく。こっちは正々堂々としているべきだ、なんて考えを貫いても負けるだけだぞ」

信治もまた、梶谷には現実的に対抗すべきと考えたようだ。やむを得ない。土俵に上らなければ負けるのであれば、不本意でも相手と同じ地平に立つしかなかった。

やるからには負けたくない。梶谷が有権者ひとりにいくら渡しているのか、しっかりと調べた。

財政的に余裕があるとは言えない梶谷側だから、その額は子供のお駄賃程度だった。そんなもので票が買えるのか。小さい島の中では争いの規模も小さいと思えて、孝太郎は恥ずかしかった。だが、その程度でよかったという気持ちもあった。

梶谷側の額を少し上回る金を包み、塩に添えて配った。どこの家でも、いやがるどころか喜んで受け取る。そんな人々を嘆く気持ちは、もう孝太郎にはなかった。あるべき選挙の姿など、誰も知らないのである。孝太郎ひとりが清く正しくあろうとしても、それを正しいと認めてくれる人がいないなら、なんの意味もなかった。

もちろん、中には金を受け取らない人もいた。だがそうした人たちは清廉潔白故に受け取らなかったのではなく、単に梶谷を応援する側に回っているというだけだった。金を受け取っておいて旗幟《きし》を鮮明にしないのは周囲が許さないのか、町は次第に二分されていった。はっきりと、梶谷側と孝太郎側に分かれたのである。

そもそも、選挙公約は梶谷と孝太郎で大差はなかった。島のために、というのが双方の主張だからだ。争点がないなら、争いは感情のぶつかり合いでしかない。あいつが向こうを応援するならおれはこっち、などという日頃のいがみ合いが持ち込まれ、対立は激化というより険悪になった。もともと争っていなかった人たちも、どちら側についたかで喧嘩をする始末である。道ですれ違えば睨み合い、酒場では摑み合いの喧嘩が起き、隣り合う家同士の付き合いが途絶えたりもした。男たちが争えばそれは女にも波及し、主婦たちも綺麗に梶谷側と孝太郎側に分かれた。それぞれが集まっては相手側の悪口に花を咲かせ、見栄の張り合いにも発展し、不毛の陰口で町の雰囲気はギスギスした。選挙の公示からほんの十日余りでの変わりようである。まるで意図したことではなかったが、やはりその変容は孝太郎と梶谷がこれまでせっせと種蒔きをしてきた結果であった。

「こんなことになっちゃうなんて、想像もしなかったよ」

孝太郎は慨嘆せずにはいられなかった。島の発展に貢献したいとの思いから立候補を考えただけなのに、町ののどかな雰囲気をぶち壊してしまった。政治家を志してからこちら、数々の思いがけないことがあったが、これは極めつきである。つくづく選挙がいやになった。

「泣き言を言うな。あともう少しの辛抱だ。お前は自分のできることをやり続けるしかないんだよ」

信治に叱咤された。おれのできることとはなんだろう。孝太郎は内心で考える。町の人々に金を配り、仲違いさせることか。そんなはずはない。ならば、いったいどこで間違ってしまったのか。振り返っても、よくわからなかった。

孝太郎は毎日、街角で演説をした。最初は島に利益をもたらすことばかりを語っていたが、次第に理想を口にしたくなった。目先の利益で人々がいがみ合うようになってしまったからには、自分だけでも理想を忘れずにいたかったのだ。

理想とは、最先端の文化が島にもすぐ持ち込まれ、くがと遜色のない生活を人々が送れるようになることだった。島には小さい診療所があるだけだし、どこの銀行も支店を置いていない。活動写真館も書店も劇場もない。日々の生活を送る分には支障はないが、文化面ではくがに大きく劣っているのだ。そうした現状を変え、島の人々の生活を豊かにしたい。それが孝太郎の理想だった。

手応えはあった。孝太郎の理想に賛同してくれる人は多かった。だが貴文は、あまり気に入らないかのように眉間に皺を寄せていた。理由を訊いたら、孝太郎の語ることは地に足がついていない、と言われた。

「島がお前の言うとおりになったら、確かにそれは嬉しいと思うぞ。ただ、人々の望んでいることには順番がある。活動写真館や劇場は、順番がずっと後じゃないか」

「順番というと」

「梶谷は税金を安くするとか、島を観光地としてくがに売り込むとか、直接的に金に繋がることを約束してるぞ。おれは、文化は票にならないんじゃないかと思えて心配なんだ」

だからといって梶谷と同じ演説をするわけにはいかない。向こうは向こう、こちらはこちら。利益誘導の話は、もうたくさんだった。

一ヵ月間はあっという間である。早く選挙期間が終わってくれないかと望んでいた孝太郎にとって、時の流れが早いのはありがたかった。町でただひとつの投票所には、人々が長蛇の列を成した。投票率は九割を超えたのではないだろうか。町を二分した諍いのお蔭で、無関心でいられた人はいなかったのだ。町役場が徹夜で開票し、翌日には結果が出た。結果は、町役場の掲示板に貼り出されることになっていた。

孝太郎は結果が出る前から、掲示板前に陣取っていた。貴文も信治も、今日は仕事である。平日なので、掲示板前に集まってきたのは女性や老人ばかりだった。そんな中、孝太郎と梶谷は人垣の前に出て、互いに目を合わせないまま微妙な距離をおいて立っていた。梶谷はどう思っているか知らないが、孝太郎は選挙戦がようやく終わることに喜びを覚えていた。

役場の職員が、紙を手にして外に出てきた。固唾を呑む音が、そこここで聞こえる。もしかしたらそれは、孝太郎自身が立てた音だったかもしれない。そんなことも意識する余裕がないまま、貼り出される紙だけを凝視していた。

紙が広げられた。墨で書かれた文字が、目に入る。五人の名前が大書されていた。神生島を含む選挙区の、五人の当選者の名だ。その中に梶谷の名はあり、孝太郎の名はなかった。

やったー、という大声が耳を打った。梶谷当人の声なのか支援者なのか、それはわからない。

孝太郎はただ、気が抜けて呆然としていた。失望しているのでも悲しんでいるのでもない、むしろ心を占めていたのは安堵だった。ああ、やっと終わった。その解放感は圧倒的に大きく、孝太郎の脚から力を奪った。孝太郎はその場にへたり込んで、掲示板を見上げた。そんな様を見た人は落選の衝撃が大きいのだろうと思ったに違いないが、前に回り込めばその認識が間違いだと悟るはずだ。

孝太郎はこの世の極楽を見たかのように、満面の笑みを浮かべていた。

第九部　ご落胤騒動始末

1

砂浜は、揺れているようだった。

あまりに長時間、船の中にいたために、揺れている状態こそが普通になっていた。視界が揺れ、体が揺れ、無意識のうちにバランスを取ろうと足を踏ん張る。すっかりそれに慣れてしまったものだから、動かない砂浜に降り立ってもまだ足許が揺れている気がした。周囲の景色は揺れていないのに、眩暈に似た感覚に襲われる。豊子《とよこ》は目を瞑り、大地が動いていない状態を全身で感じ取ろうとした。

「お嬢ちゃん、これからどうするの」

船の中で知り合った中年の女性が、そう声をかけてくれた。豊子は目を開き、振り返る。

「お屋敷に行きます」

言われたとおりのことを、豊子は答えた。それを聞いて、女性は小首を傾げる。

「お屋敷って、どこの」

「島で一番大きいお屋敷です」

「あら、椿油御殿かしら。そんなところになんの用があるの」

女性は興味を持ったようだった。船の中では、親戚に会いに行くと言っていたのだから、不思議に思ったのかもしれない。ただ豊子は、もうひとつのこともきつく言い含められていた。

『あまりよけいなことは喋るな』

だから、女性の問いかけには口を噤んだ。黙ってしまった豊子に戸惑った表情をした女性は、続けて「連れていってあげようか」と訊いた。

いっそお願いしようかと、一瞬考えた。だが女性には連れ合いらしき男がいるし、島で一番大きい屋敷なら簡単に見つかるだろう。あれこれ訊かれるのも面倒なので、やはり女性とはここで別れることにした。

「ありがとうございます。でも、いいです」

首を振って、きっぱりと断った。すると女性は、物足りなさそうな顔をしたものの、それ以上しつこくはしなかった。

「あら、そう。じゃあ、おばさんは行くわね。気をつけてね」

「はい、ありがとうございます」

お礼はきちんとすること、それが人に好かれる秘訣だよ。母はそう教えてくれた。母さんの言うとおりだ。ハキハキとした口調で礼を言うと、誰もが感心してくれる。話し方ひとつで、相手の態度は変わる。豊子にとって、それはものすごく大事なことだった。

船から下りてきた人たちは、ほぼ全員同じ方向に向かって歩き出す。そちらが町なのだろう。そう見当をつけ、豊子もその流れに乗った。舗装された道路に従って歩いていたら、すぐに港の外に出た。それからは一本道で、少し離れたところに家並みが見える。あそこが町なのだろう。だが、遠目でもそれらがごく庶民的な家であることがわかった。お屋敷とは言いかねる。豊子は本当のお屋敷など見たことがないが、あれは違うと判断がついた。ならば、目指す屋敷はどこにあるのか。町の中ではないのだろうか。

声をかけてくれた女性に、せめて屋敷の場所くらい訊いておくのだった。そう考えたが、まあなんとかなると思い直した。どうにもならなくなったことなんて、これまでの九年間の人生で一度もない。困ったら、必ず誰かが助けてくれる。だから女は得なんだ、と母は言った。母さんが言うなら、きっとそうなのだろう。もっとも、豊子がこれまで助けてもらえたのは、女だからではなく単に子供だからではないかと思うが。子供が困っていたら、大人は助けてくれるものだ。さっきの女性のように。

町に着いてからは、なるべく人がいそうな方を目指した。すると店が建ち並ぶ一角があり、人の往来があった。その中のひとりを摑まえ、椿油御殿はどこかと尋ねる。椿油御殿という名は、先ほどの女性が口にしていたから憶えた。

「あっちの方角だよ。大きいから、歩いていればすぐわかるよ」

「ありがとうございます」

大雑把な道案内だが、たぶん本当にわかるのだろう。どれくらい離れているのか見当がつかないけれど、どうせ大人の足とは違う。何分かかると言われても、きっと役に立たない。ともかく、言われた方に向かうしかなかった。

店が並ぶ一角を抜け、庶民的な家が建つ区域を通り、そのうち町を抜けてしまった。こっちでいいのだろうかと若干不安になったが、やはり大きいお屋敷は町の中にはないのだと得心もした。道が続いているからには、どこかに通じているのだろう。そう考え、ただひたすら足を動かした。そして、そこに辿り着いた。見たこともないほど広大な構えの屋敷を前にし、豊子はぽかんと口を開けた。

2

浅く早い呼吸音だけが、座敷で聞こえる唯一の音だった。

他は臭《にお》い。腐臭めいた悪臭は、人の体の芯が腐る臭いなのかもしれない。死の臭いだと、圭子《けいこ》は理解する。

さらに、多数の人が集《つど》ったことによる熱気。暑いというほどではないが、人いきれとしか表現しようのない濃い気配が座敷内に満ちている。それなのに、誰ひとりとして言葉を発しない。その異様さ。

不自然な沈黙の中、呼吸音だけが先ほどから続いている。音を発しているのは、父だ。座敷の中央に延べられた布団に横たわっている父は、死にゆこうとしている。かなり前から具合が悪く、覚悟はできているはずなのに、未だに現実のこととは思えない。圭子は遅く生まれた子で、本来ならまだ父親に死なれる年ではないから、よけいにそう感じるのだろう。兄や姉に比べ、自分だけが現実を受け止めかねているように感じた。

父は薄く目を開け、虚空を睨み、口から呼吸音を発している。音は苦しげだが、本当に苦しいのかどうかはもはやわからない。父は今朝から、話しかけてもまったく反応しなくなった。顔は土気色になり、手の甲には骨が浮き、呼吸をしていなければすでに屍《しかばね》のようだ。いつまでも若く、まるで子供のような顔をしていた父を鮮明に憶えているだけに、屍めいた姿はあまりに無惨だった。圭子はなかなか、父の顔を直視できずにいる。しかしそれは親不孝かもしれないとも思い、時折無理に視線を向ける。だがやはりその変わり果てた姿に衝撃を受け、つい目を逸らしてしまう。そんなことを、朝から何度も繰り返していた。

父の布団の左右には、家族と関係者が並んでいる。父から見て右側の枕許に主治医、左側の枕許に長兄の直人。長兄の後ろには、兄嫁のハナが控えている。主治医の隣には母がいて、その向かい側、直人の隣には姉の百子《ももこ》が坐っていた。姉のさらに隣には、義兄の良和《よしかず》。母の横には次兄の正人《まさと》がいて、圭子はその隣。圭子の正面には、弁護士の加倉《かくら》もいた。父の両脇に居並ぶ九人が、横たわる人にじっと視線を注いでいる。その様はまるで、父の死を待っているかのようだ。それが居たたまれず、圭子は席を立ちたいとずっと思っていた。だが、席を外した間に父に身罷《みまか》られては、悔いが残る。どうしても自分から立ち上がることはできずにいたのだった。

「ちょっと、便所に」

長い沈黙を破ったのは、直人だった。それを聞いて、一同がホッとしたかのように圭子には感じられた。これは逃せないととっさに判断し、「私も」と言って立ち上がる。男の直人の用便についていくのははしたない行為ではあるものの、次の機会を待つことなどとうていできなかった。

「お兄様、どうぞお先に」

そう譲って、自分は居間に向かった。洋間である居間には、舶来のソファがある。そこに腰を下ろし、直人が便所から帰ってくるのを待った。屋敷は大きいが、便所はひとつしかないのだった。

ひとりになると、思わず吐息を漏らしてしまった。文字どおり、息が詰まっていたのだと自覚する。父に死んで欲しくなんてないのに、その死を今か今かと待っている。状態がここまで悪くなってしまえば、死こそが救いなのである。それがわかるからこそよけいに、死を待ち望む残酷さが辛かった。

父が死んだら、この島はどうなってしまうのだろう。ごく自然に、そう考えた。もちろん、どうもなりはしない。すでに父が寝ついてから長く、会社は直人を中心に動いている。会社が健在であれば、島の経済も回る。父が死んでも何も変わらないのは寂しいが、人ひとりの死で大きく変わってしまう方が問題だ。父の死の影響は、できるだけ小さい方が望ましい。

それでも、父は島にとってただの人ではなかった。父が創った一橋産業がなければ、東京から離れたこの島はあらゆる面で遅れていたはずだ。道路が舗装され、町や港にガス灯が立っているのは、間違いなく一橋産業の貢献のお蔭である。関東大震災による被害から立ち直れたのも、一橋産業の拠点がこの島にあったればこそだ。もっと言ってしまえば、父が社長だったから、一橋産業は復興に貢献したのだった。もし別の人が社長であれば、島が立ち直るのは十年遅れていたと言われている。島に文明をもたらし、大災害からの復興を後押しした。控え目に言っても、やはり父はこの島の英雄なのだった。

父が死んでも、実務上は問題がないだろう。しかし象徴的な意味合いで、何か大事なものが欠けやしないだろうか。そんな漠然とした不安が、圭子の胸には存在した。これは自分だけの杞憂であって欲しいと思いつつ、島のたくさんの人が同じ不安を覚えてくれても嬉しいと、なにやら複雑な心地に迷い込んでしまう。

「いいぞ」

戻ってきた直人が、そう声をかけてくれた。礼を言って立ち上がり、用を済ませてから居間に立ち寄ると、まだ直人はそこにいた。たばこをくゆらせている。一服したかったのか、それとも父が寝ている座敷にまだ戻りたくないのか。圭子は直人の正面に、無言で坐った。

「戻らないのか」

直人が尋ねてきた。圭子は言い返した。

「お兄様こそ」

直人は手にしているたばこに視線を落とし、それを掲げた。

「これを吸い終えたら、戻ろうと思ってた」

その返事を聞いて逆に、たばこは単なる口実で兄も真っ直ぐ父の許に戻りたくなかったのだと察した。しかし、こうしている間に父に死なれたら、悲しみが倍増する。自分も直人と一緒に戻ろうと圭子は決めた。

「一代の傑物も、病気には勝てないな」

少しの沈黙の後、直人はぽつりと言った。一代の傑物、という表現に、圭子は大きく頷く。まさに、父はそういう人だった。偉大な、生ける伝説。父が身罷れば、ひとつの時代が確かに終わるのだろう。

「お兄様が、代わりを務めなければいけないのよね」

特に重圧をかけるつもりはなく、それが長兄の役回りだと思うからこそ、自然に出た言葉だった。だが直人は、露骨にいやそうに苦笑した。

「そう言ってくれるなよ。おれが父様の代わりになんかならないことは、身内ならわかるだろう」

「そんなこと思ってないよ。現に会社は、お兄様が差配してるんでしょ」

直人は十代後半からでっぷりと太り始め、今はかなり押し出しがいい。細身だった父より、外見の貫禄はあるほどだ。弱音など吐かなくても、今は見るからに大会社の社長といった風貌だった。

「おれの後ろに父様の影があるからこそ、みんなは従ってるのさ。父様が死んだら、どうなることやら」

「そうなの」

会社のことはわからないから、直人がそう言うならそのとおりなのかもしれないと思ってしまう。最前までは針の先ほどの大きさでしかなかった不安が、俄に膨らみ始めた。

「まあ、そうは言ってもおれがしっかりするしかないんだけどな。これで会社が傾いたら、逆の意味でおれは名を残すことになるよ」

自嘲気味に直人は言い、長さがわずかになったたばこを灰皿に捨てた。圭子はそばで見てきたから、直人の性格を知っている。外見の押し出しがいいお蔭でふだんは本心を隠しているが、実は自分に自信のない小心者なのである。しかし、社長として小心であるのは悪いことではないかもしれない。小心であれば、会社を傾けるような真似はしないだろうからだ。

とはいえ、そんな慰め方はできず、圭子はかける言葉を見つけかねていた。直人は自分の腿をパンと叩き、「戻るか」と言って立ち上がる。圭子も「はい」と従った。

父のいる座敷は、数分前と何ひとつ変わっていなかった。重い雰囲気と、浅く早い呼吸音。気が滅入るのを自覚しつつ、先ほどと同じ場所に腰を下ろした。圭子たちが戻るのを待っていたのか、姉の百子が「あたしも」と言って立ち上がった。

百子はなかなか戻ってこなかった。圭子たちと同じように、居間でひと息入れているのだろう。自分もそうしていたから気持ちはわかるのに、他の人のこととなると早く戻ってきた方がいいとハラハラする。心なしか、父の呼吸の調子が早くなったようにも思えた。

気のせいではないようだ。主治医も身を乗り出し、父の様子を窺っている。しばらくじっと観察してから、「百子様をお呼びいただいた方がいいかと思います」と声を発したので、圭子の体はたちまち緊張で強張った。

「圭子、百子を呼び戻してこい」

直人は首を廊下の方に振って、そう命じる。しかし、席を立っている間に父が息を引き取ったら。そう考えて躊躇していたら、弁護士の加倉が腰を浮かせた。

「私が行きます」

「お願いします」

救われた気持ちで、正面に坐る加倉に頭を下げた。加倉は立ち上がり、すぐに出ていく。姉が間に合うといいのだが、と思った。

しかし、その願いは叶わなかった。すぐに、父の呼吸音が止まった。直人が父の両肩を摑み、「父様」と呼びかける。圭子も膝行《しっこう》して、父の顔を覗き込んだ。

父は目をカッと見開き、口を開け、呼吸を止めていた。圭子は死者の顔を初めて見た。これが死に顔なのだと、その恐ろしい形相から知った。

主治医が父の脈を取った。続けて小型の懐中電灯で父の目に光を当て、反応を窺う。主治医は首を振ると、「ご臨終です」と告げた。

不意に、巨大な感情が押し寄せてきて心を揺らした。悲しいのかどうかはわからない。ただただ心が揺さぶられ、圭子は「お父様」と声を張り上げた。こぼれる涙に引きずられるように、顔を父の布団に埋《うず》めた。

障子が開いて、父に呼びかける百子の呆然とした声が降ってきたのは、かろうじて聞き取った。

3

父がいなくなったら自分がどんな精神状態になるのか、正人はまるで想像できなかった。もちろん、悲しいだろう。しかしそれ以上に、大きな欠落感を覚えるのではないかと予想はした。そこまではわかる。ただ、大きな欠落感とはいったいどういうものか、その点が想像できずにいたのだった。

胸に穴が開く、という常套句はある。あったはずのものがなくなった感覚を、的確に言い表しているのだろう。だが正人は、実際に胸に穴が開いたことはない。抽象的な表現は、実感を伴わない。

そんなことを考えていたら、父が死んだ。まだ五十二歳でしかなかったというのに、体のあちこちに巣くった癌が命を奪った。坂道を転げ落ちるように見る見る衰え、ついに息絶えた。まさに、命の火が消えるといった息の引き取り方だった。常套句には、それなりに真実が含まれている。そのことを、父の死に様から知った。

意外だったのは、さほどの感情の揺れが訪れなかったことだ。いきなり涙が流れるような、大きいうねりはまるで来ない。言葉にすれば、「ああ」というため息に近い音になる。衰え方があまりに無惨だったので、それが終わって安堵する気持ちの方が大きかった。

自分は薄情なのかと、怖くなった。父のことは好きだった。ただ、遠い存在だった。父は若い頃からくがとの往復生活で、一緒にいられた時間が短かった。しかも極端に無口なため、会話が弾んだ記憶がない。無口なのは子供の頃からだったらしく、あまり喋らないので阿呆だと思われていたらしい。後の業績からすると信じられない話だが、本人の顔を見るとそれも納得できてしまう。大会社の社長にしては少しも鋭さがなく、いつも口を半開きにしているせいか、何も考えてなさそうに見えるのだ。息子の正人にとっても、父は謎の人だった。そして、謎のまま旅立った。

この距離感が、自分に悲しみをもたらさない原因だろうか。そのように解釈してみる。そうなのかもしれない。しかし、身内の死を直ちに実感できないのは、ごく普通のことかもしれないとも思う。現に妹の圭子は号泣しているが、兄は呆然としているだけだ。兄は悲しみより、一橋産業を担っていかなければならない責任をより強く感じているのではないか。ならば、泣いている場合ではないだろう。男の反応などこんなものと、自分の懐疑心を宥《なだ》める。

悲しみは、時間とともにやってくるのかもしれない。欠落感とは、いないことが実感できて初めて感じるのだ。今はまだ、父が目の前にいる。その命が旅立ってしまったとしても、体は寝ているようにここにあるのだ。父がいないことの欠落感は、味わいようがなかった。葬儀をして、骨揚げをして、長い長い父の不在の果てに、正人はようやく悲しみを覚えるのだろう。

同じ兄弟でも、悲しみ方はそれぞれだった。泣いている圭子、呆然としている兄、そして姉の百子は、死に目に会えなかったこともあってなにやら憤慨している。父が死んで怒るとは、いかにも姉らしい。席を外していた自分をなぜ待たなかったのかと、父に対して腹を立てているのだった。

「どうして、あたしだけお父様の死に目に会えないのよ。お父様はいつもそうよ。兄弟の中であたしだけのけ者にして」

目を見開いたまま瞬きをしない父に、姉は嚙みついている。姉はいつも滑稽だが、そのことに自分では気がついていない。姉の怒りは、いつも周囲を辟易《へきえき》とさせる。特に今は、姉の声が耳障りだった。だから正人はこっそりと席を立ち、座敷を出た。父が死んでしまったからには、もうここに居続ける意味もなかった。

外の空気が吸いたくなり、玄関に向かった。するとそこに、女中のキクがいた。キクの前には、小さい女の子が立っている。見憶えのない子供だ。なぜこんなときに知らない子供が屋敷に入ろうとしているのか、訝《いぶか》しく思った。

「どうした」

近寄って、声をかけた。するとキクが、困惑した顔をこちらに向けた。

「ああ、正人様。いえね、この子が旦那様に会いたいと言ってるんです」

「なんでだ」

「それが、会わなきゃいけないの一点張りで、ちゃんと理由を言わないんですよ」

キクは困っているようだった。相手がもう少し大きければ、邪険な態度で追い払うこともできるだろう。だが見たところ、まだ十にもならないくらいの年恰好だ。猫の子でも追い払うように門前払いを食らわすのは、少々憐れだった。

「今、取り込み中なんだ。どこの子だか知らないが、後にしてくれないか」

身を屈めて両手を両膝の上に置き、女の子に顔を近づけた。厳しい口調にならないように、気をつけたつもりだった。

「この家のご当主に会いたいんです」

女の子は明瞭な口振りで言った。しっかりと躾《しつ》けられている子のようだ。とはいえ、素性のわからない子を屋敷に入れるわけにはいかない。とりわけ今は、部外者に訪ねてこられては迷惑なのだ。キクに任せてもいいのだが、姉の喚《わめ》き声が耳に残っていたこともあり、座敷に戻るよりも女の子の相手をする方を選んだ。

「どこの子なの。今日は忙しいから、また出直してきなさい」

「本土から来ました」

「本土から」

ひとりでいるから、てっきり島の子だと思った。まさか、くがからひとりで来たのではあるまい。どこかに親がいるのかと女の子の背後に目をやったが、大人の姿はなかった。

「本土からひとりで、ここの当主に会いに来たのか」

「はい」

女の子はきっぱりと頷いた。訪ね先を間違っているわけではないようだ。ならば、用件を聞かなければならない。

「なんのために、当主に会いたいの」

「それは、ご当主様にしか言っちゃいけないと言われています」

「言われてるって、誰に」

「母です」

母親がこの子を遣わしたのか。母親はいったい、どこにいるのだろう。くがに残っているのか。

「当主は今、会えないんだ。ぼくは当主の息子だよ。当主に代わって、話を聞こうじゃないか」

「ご当主様にしか言っちゃいけないんです」

女の子は繰り返す。なるほど、これがキクが困り果てた頑固さか。だが正人は、強く出ることができる立場だった。

「ぼくに話すのがいやなら、もう帰るんだね。ぼくに話すのと、追い払われるのと、どっちがいい」

突き放すと、女の子は眉根を寄せて考え込む顔になった。その間も、じっとこちらに目を向けている。切れ長の二重《ふたえ》のためか、目に力がある。大の大人の正人が、なんとはなしにだが気圧《けお》されるようにも感じた。

「あなたは本当にご当主様の息子なんですね」

そして何を思ったか、そんなふうに念を押してきた。このような小さい子供から素性を質され、正人はつい苦笑する。ずいぶんと用心深いものだ。このしっかりした口振りなら、くがからひとりで来たという言葉もあながち嘘ではなさそうだと考える。

「そうだよ。疑うなら、その辺を歩いている人にでも訊いてみるがいい」

顎をしゃくって、女の子の後方を示した。だが女の子は振り返らず、硬い顔で「わかりました」と答えた。

「でしたら、ご当主様に伝えてください。あたしはご当主様の子です」

「は」

まったく予想もしなかったことを言われ、正人は口をあんぐりと開けた。

4

ちょっといいかな、と正人に呼ばれたとき、直人はあれこれ考えを巡らせていた。

父が死んだことへの善後策ではない。父の死後についてはすでにさんざん考え、いまさら悩む必要はなかった。直人が頭を悩ませていたのは、今現在自分がどう振る舞うべきか、だった。父を亡くしたばかりの息子として、どのような態度が一番ふさわしいだろう。泣き崩れるべきか、それとも内心の悲しみをぐっと押し殺している体《てい》で沈鬱な表情を保つべきか。はたまた、今後は自分が当主だということを周囲にわからせるために、直ちにあれこれ差配し始めるべきか。迂闊《うかつ》にも直人はそんな大事なことを考え忘れていて、結果として父の枕許でただ呆然としているように見える態度でいるのだった。早く結論を出さなければならないと焦るが、呆然としているのもそれはそれで悪くないかとも計算している。少し時間が経ってしまったので、もうこのまま呆然としている路線で押し通すしかないかと結論しかけていた。

そんなときに、席を外していた正人が戻ってきて、直人を呼んだ。この場には虚脱状態の母と泣き崩れる圭子、怒っている百子、戸惑っているハナ、眉根を寄せている良和、そして痛みをこらえているかのような表情の加倉がいる。六人を置いて、直人は立ち上がった。

「どうした」

廊下に出て後ろ手に障子を閉め、小声で問い返した。正人は一度口を開いたが、なにやら言い出しにくそうにまた閉じる。正人はいつもこうだ。どうにも優柔不断で、物事をはっきり言わず、苛々させられる。先ほどまでの呆然としている自分という設定を忘れ、少し険しい声で「どうした」と再度訊いた。

「いや、あの、玄関に客が来てるんだけど」

「客だと。こんなときに、なんだ。今が大変なときだと、知らないわけじゃあるまい。追い返せ」

一橋産業社長の一橋平太《へいた》が危篤状態であることは、島民なら誰もが知っているはずだ。そのような際に訪ねてくるとは、非常識にもほどがある。出直せ、と一喝すればそれで済む話ではないか。なぜわざわざおれの耳に入れるのかと、正人の気の利かなさに不快になった。

「いや、それがね」

正人は困惑の表情を近づけてくる。直人は弟の挙措《きょそ》が大仰《おおぎょう》だとしか思えない。父の死以上に重大なことがあるとでもいうのか。おれは今後のことで頭がいっぱいなのだから、煩《わずら》わせるな。そう言ってやりたかった。

「客は小さい女の子なんだ。十歳くらいかな」

「女の子。だったらよけい、道理もわからずにやってきたんだろう。どうして追い返さない」

たかが子供ひとりあしらえないとは、どれだけ能なしなのか。だから正人は一橋産業では働けないのだと、これまでいやになるほど下した評価をまた頭の中で言葉にした。こいつがもっとしっかりしていてくれれば、おれの片腕になってもらえたのに。

「女の子はくがから来たと言うんだ」

「くがから。だとしても、出直させるしかないだろう。まさか、おれに追い払ってくれと頼んでるんじゃないだろうな」

「そうじゃない。そうじゃなくて」

「じゃあ、なんなんだ」

我慢が切れて、癇癪《かんしゃく》を起こしそうになった。だが爆弾を破裂させてくれたのは、正人の方だった。

「その子、父様の子だと言うんだ」

「は」

一瞬、焦った。くがで作った隠し子が訪ねてきたのかと思ったのだ。だが、ろくに会ったこともないその子は確かまだ七歳くらいのはずだし、正人は「父様」と言った。つまり、おれの話ではないのだ。いやしかし、父様の子だと。父様に隠し子がいたというのか。

「それは本当か」

目を見開き、正人に詰め寄った。正人は首を竦めて、身を遠ざける。

「本当だよ。い、いや、その子がそう言ってるのは本当という意味だ。その子が言ってることが本当かどうかはわからない」

こんな際にもかかわらず、正人の物言いはくねくねとしていてわかりにくい。ますます苛立ちが募った。

「どっちなんだ。いや、そんなことでたらめに決まってる。そんなでたらめを言う子供は、追い返せばいいじゃないか」

「それはまずいんじゃないの。町で泣かれたりしたら、噂になるよ」

「ううむ」

確かに、そのとおりだ。だからといって、迎え入れるわけにもいかない。そもそも、当人の言葉だけでそんな主張を鵜呑みにすることなどできないのだ。父の隠し子だと言うなら、きちんと証明してもらわなければならない。

「今、その子はどこにいる」

「取りあえず、応接室に通してある。ぼくひとりの判断で対応しちゃまずいだろうと思ったから、兄さんを呼びに来たんだ」

「そうか。よし、わかった」

手際の悪い正人の説明には苛立たせられたが、おれを呼びに来た判断は正しい。おれが内々に処理するしかないだろう。即座にそう判断し、直人は玄関横の応接室に足を向けた。この屋敷は居住空間と客を迎える空間のふたつに分かれている。居住空間は畳敷きの昔ながらの造りだが、玄関周辺は西洋風だ。応接室には、ソファが備えつけてある。

「で、どうなんだ。その子を見て、お前はどう思った」

歩きながら、斜め後ろをついてくる正人に尋ねた。正人の観察など当てにならないが、まったく予備知識もなく会うよりはいいだろうと考えたのだ。

「その子、けっこう顔立ちがかわいいんだよ」

何を思ったか、正人はそんなことを言う。的外れなことを言うな、と怒鳴りつけたくなったが、続く言葉に怒気を呑み込んだ。

「だから、父様にも兄弟の誰にも似てないよ」

「ああ」

つい納得してしまった。父はどうしたことか情けないほどの阿呆面だし、直人自身も正人も決していい男とは言えない。だが、おれたちは男だからまだいい。百子も圭子も、実に憐れなものだ。これで祖父のイチマツという人物は、女でも勝てる者がいないほどの美形だったというから、どこでその血が失われたのかと思う。そもそも、一ノ屋の血を引く女は皆醜女《しこめ》と、昔から言われているそうだ。妹たちの面相を見ると、それは事実だと頷いてしまう。

つまり、整った顔立ちをしているなら父の子ではないということになる。あっさり結論が出てよかったと、直人は安堵しかけた。だが、そんな短絡を正人が許してくれなかった。

「でもね、その子はあるんだよ」

また曖昧な物言い。直人はうんざりしながら、問い返した。

「あるって、何があるんだ」

「ここに、この辺に」

正人は自分の左腕を突き出し、肘の内側辺りを指差した。その動作を見て、直人はいやな予感を覚えた。正人は、今度ははっきりと言い切った。

「その子は、ここにイチマツ痣があるんだ」

「なんだと」

一ノ屋の血を引く者には皆、イチマツ痣と呼ばれる同じ形の痣がある。父にもあるし、兄弟たち全員その痣を持っている。それだけでなく、島にいる他の一ノ屋の血筋の者はひとりの例外もなく、体のどこかに同じ形の痣を持っているのだ。奇妙な現象だが、事実なのだから疑いようがない。一ノ屋の血筋が特別だと言われる所以《ゆえん》のひとつは、間違いなくその不思議な痣にあった。

思わず立ち止まり、正人と向き合った。周りには人がいないにもかかわらず、声を潜めてしまう。

「それは本当なんだな。お前、自分の目で確かめたのか」

「見た。その子の母親が、疑われたら痣を見せろ、と言ったらしいんだ」

「ということは、その母親は痣の意味を知っていたんだな」

「だろうね。父様が話したのかな」

「知るか」

言われて思い出したが、くがの愛人に産ませた子供にもイチマツ痣があった。これでしらばっくれるわけにはいかなくなるのかと苦々しく思ったから、愛人には痣の意味など教えなかった。

父様は教えたのか、と考え、ごく自然に父に隠し子がいるという話を受け入れていることに気づいた。いやいや、まだわからない。たまたまそこに痣があるというだけで、イチマツ痣ではないかもしれないではないか。イチマツ痣は、なぜか唇のような形をしているのだ。正人は形まできちんと確認したのだろうか。いや、していないに違いない。直人は反射的に、逃げ道を探していた。

「その子は、イチマツ痣の意味を知ってるのか」

「さあ、どうだろう。確かめてないけど」

正人は首を傾げる。直人の確認の意味がわかっていないらしい。愚かな弟だ、と情けなくなった。

「絶対に言うなよ。そんな痣には意味なんてない。痣だけじゃ、父様の子だという証拠にはならないからな」

口にしてみて、これは単なる言い逃れではないなと思った。イチマツ痣は、その子が一ノ屋の血を引いていることしか示していない。父以外の一ノ屋の人間の子供かもしれないではないか。現に、直人の隠し子もイチマツ痣を持っているのである。ああ、いやいや、この説明は説得力があるが、決して言えないことだ。うっかり口を滑らせたりしないよう、気をつけなければ。

「まあ、ともかく会ってみないとな。話はそれからだ」

一度大きく息を吸い、それを吐き出してから気を落ち着かせた。よし、たかが子供ひとり、恐れることはない。幸か不幸か、父はもう死んでしまった。後は知らぬ存ぜぬで押し通し、追い返せば済む話だ。簡単ではないか。

直人は応接室の前まで来た。ドアノブに手をかけ、開ける。するとすぐに、ソファにちょこんと坐っている幼い女の子が目に飛び込んできた。思わず、ほうと感嘆の声を上げたくなる。なるほど確かに、女の子の顔立ちは整っていた。大きくなったら美人になる、とまでは言い切れないものの、少なくとも醜女にはならないだろう。そしてそんな顔は、一橋家の誰にも似ていなかった。

これは違うな。直人は内心で高を括った。安堵から、顔に余裕の笑みを浮かべた。

5

兄の直人は、なんらためらうことなく応接室の中に入っていった。こうした果断さは、兄の美点だと思う。自分にはそれがないから、会社経営には関われなかった。兄がいてくれてよかったと、こんな際だというのに正人は思った。いや、こんな際だからこそか、と考え直す。

「私が長兄の直人だ」

中で待っていた女の子に向かって、兄は堂々と名乗った。兄は腹回りが豊かなので、まだ三十歳にもかかわらず、いかにも大会社の重役然としている。この貫禄なら、社長の重責にも充分に堪えうるだろう。こんな大人がやってきたら小さい女の子も臆するのではないかと、正人は後ろから見ていて思った。

その予想は外れた。女の子は立ち上がると、言葉に詰まることなく答えた。

「豊子と申します」

そして、深々と頭を下げた。体が小さいだけで、その挙措は立派な淑女のものだった。密かに正人は感心した。

兄はといえば、自分の威圧が通用しなかったことに戸惑ったのか、間をおいてから「ああ」と頷いた。

「豊子というのか。まあ、坐りたまえ」

「はい、ありがとうございます」

ずいぶんとしっかりした物言いだ。氏素性の知れない子供、という先入観は間違っていたと考え直さざるを得ない。この子の母親については何も知らないが、きちんとした人であることは子供の態度から推測できた。

「この正人から聞いた。君は自分が、この家の当主の子だと言うのか」

兄は豊子の正面に坐ると、いきなり本題に入った。父が死んだばかりで余裕がないときだから正しい態度ではあるが、自分には真似ができないと正人は思う。この件は兄に任せておけば大丈夫だと、いささか無責任に考えた。

「はい。あたしの父の名は一橋平太と聞いています」

間違えようのない、明瞭な物言いで豊子は言い切った。これを聞いて正人も、面食らってしまったのである。誰か他の人と間違えているのではないかという可能性は、この物言いならば皆無だと考えるしかない。

「聞いている、とは誰から聞いているんだ」

兄は問い質す。すでに正人が訊いたことなので、豊子からすれば同じ質問を繰り返されているわけだが、いやな顔ひとつせずに答えた。

「母からです」

「君のお母さんが、父親は一橋平太だと言ったんだな」

「はい、そうです」

「お母さんの名は」

「松山明子《まつやまあきこ》といいます」

「松山、明子」

兄は姓と名を句切って、繰り返す。その名前に心当たりがあるか、考えているのだろう。だが知らない名前だったようで、続けて質問した。

「どこに住んでいる人だ」

「大森《おおもり》です」

豊子が答えるが、正人はそれがどこなのか見当がつかなかった。東京なのかどうかすらわからない。兄は特に反応を示さなかった。

「で、お母さんは今、何をしている」

「死にました」

「死んだ」

そこまでは正人も聞いていなかった。なるほど、そういうことか。死に際に娘の行く末を案じ、実の父の許に行けと指示したのだろう。しかし、その父もつい先ほど死んだ。なんと運のない子かと、憐れに感じた。

「君はここに痣があるそうだね。見せてくれないか」

兄は身を乗り出し、自分の左肘の内側を指差した。豊子は「はい」と頷くと、袖をまくって肘の内側を突き出した。

そこには確かに、唇形の痣があった。一ノ屋の血を引く者にとっては見慣れた痣、間違いなくイチマツ痣だった。

兄が低く呻いた。違う形の痣ではないかと、疑っていたのだろう。しかし自分の目で確かめれば、これがイチマツ痣であることは一目瞭然だ。豊子が一ノ屋の血を引くことは認めざるを得ないと、兄も悟ったはずである。

「君のお母さんが、私の父を訪ねろと言ったんだね。訪ねてどうしろと言った」

さすが兄は単刀直入に尋ねる。問題はそこなのだ。父に会いたかっただけか。ここで養って欲しかったのか。父が死んだ今は、どうしたいのか。豊子が父の子であるなら、本人の意思とは関わりなく遺産分与の問題が発生する。豊子本人は、そこまでわかっているのだろうか。

「自分の子だと認めてもらえ、と母は言いました」

豊子の返事を聞き、兄は唸って腕組みをした。豊子が父の子だと認めることはすなわち、ここに住まわせ遺産も分け与えることを意味する。豊子の母の指示は、狙いは曖昧なままにすべてを要求するうまいものだった。

「正人」

しばらく黙っていた兄は、横に坐っていた正人に呼びかけた。腰をずらして兄の方に体を向けると、兄は眉根を寄せたまま命じた。

「加倉を呼んでこい」

「あ、はい」

なるほど、その方がいい。言われてようやく気づいた。これ以上は、この場に弁護士がいた方がいいのは確かだ。年端も行かない子供がこちらの言葉尻を捉えるとは思えないが、遺産分与の話となれば弁護士を介入させざるを得ない。ならば、早い段階から関わってもらった方が面倒がなかった。

すぐに応接室を出て、父のいる座敷に向かった。障子を細めに開け、中を覗く。加倉は父の足許に坐って、沈鬱な顔をしていた。

「加倉さん、ちょっとちょっと」

外から呼びかけた。驚いたことに、姉の百子は未だに悪態をついている。もしかしたら、怒るのをやめると心が挫《くじ》けてしまうとわかっているから、怒り続けているのかもしれない。そう考えると、これはこれで姉なりの悲しみの耐え方なのだなと納得できた。

加倉は立ち上がって、廊下に出てきた。後ろ手に障子を閉め、「なんでしょう」と尋ねてくる。

「いや、実は」と前置きして、ざっと状況を説明した。

「本当ですか」

加倉は目を瞠《みは》った。加倉は五十を超える、一橋家とは長い付き合いの男である。会社の顧問弁護士ではあるが、一橋家の相談にも乗ってもらっている。法務上のことでは、父の絶大な信頼を得ていたと正人は聞いていた。

「その母親の名前は、なんといいましたか」

加倉が真っ先に確かめてきたのは、そこだった。松山明子と答えると、難しい顔で黙り込んだ。

「えっ、もしかして、その人を知ってるんですか」

加倉の反応から、そう察した。もし父に愛人がいたなら、加倉が知っていてもおかしくない。いや、加倉こそそれを知っていなければならない人物なのだ。加倉の返事次第で、豊子の処遇が決まるなと正人は考えた。

「私も会ってみましょう」

加倉は正人の問いに直接答えず、歩き出した。どうやら知っているようだ。難しいことになりそうだと予感した。

6

気づいてみたら、兄弟の中で自分しかいなかった。知らぬ間に、兄の直人はもとより、正人も圭子も、そして加倉までいなくなっていた。いっつもこうだ、と百子は腹を立てる。どういうわけだかいつも、気づけば自分だけのけ者にされている。他の兄弟三人は特に仲がいいというわけではないのに、百子を除外する際にはなぜか結託するのだ。のみならず、今日は父までが百子をのけ者にした。何も、百子がご不浄に立ったわずかな間に死ななくたっていいだろう。兄や圭子がこの場にいなかったときには生きていたのだから、わざととしか思えない。実の父にまで意地悪をされてしまう自分が、百子は憐れでならなかった。

兄たちと加倉はどこにいったのか。すぐにも捜しに行きたかったが、そうするとこの場に母とハナ、良和だけを残すことになる。父が身罷ったときから、母は張り詰めていた気持ちが途切れたかのように放心している。肩を落とし、泣くこともせず、ただ口を半開きにして父の死に顔を見つめているのだ。他の兄弟たちからのけ者にされる百子も憐れだが、気落ちして悲しむこともできずにいる母はもっと憐れだ。他の兄弟たちは息抜きに外に出てしまったのだろうけれども、せめて自分くらいはそばにいてやらなければかわいそうだと考える。兄弟の中で自分だけが優しいから、いつも貧乏くじを引くことになるのだ。正直者は馬鹿を見ると言うけど、優しい人もそれは同じなのよねぇと思う。

後で兄弟たちに会ったらどんなふうに文句を言ってやろうか、と考えているときだった。障子がわずかに開いて、そこから目が覗いた。たまたまそちらを見ていたので、まともに視線が合う。目を見ただけで、相手が圭子だとわかった。

圭子は会釈気味に頷くと、障子の隙間を広げた。そして手を上げ、指先を小さく何度も曲げる。こちらに来いと呼んでいるようだ。廊下に呼び出すとはどういうつもりかと腹が立ったが、母の耳に入れたくない話があるのかもしれないと考えた。最近はすっかり腰回りに肉がついたので、立ち上がるのが難儀で困る。思わず「よっこいしょ」と口にして、なんとか腰を上げた。

「何よ、いつの間にかいなくなって、ひどいじゃない」

廊下に出て圭子の顔を見るなり、噛みついた。だが座敷とは障子一枚で隔てられているだけなので、さすがに声は低めた。圭子は眉根を寄せ、詫びる。

「ごめんなさい。私も正人お兄様に呼ばれたものだから」

「正人が。用件はなんなのよ」

「それが、まとめて説明するから百子お姉様も呼んで来いって、正人お兄様は言うのよ」

正人はどうしたことか、百子のことを怖がっているようなのだ。そんなに叱りつけたつもりはないのだが、向こうからすると年中叱られている気がするのかもしれない。だから直接声をかけず、いつも圭子を介して用件を伝えようとする。いい年をして姉が怖いとは、情けない。常にうじうじしている弟の背中を、平手でバンと叩いてやりたかった。

「こんなときに、なんなのかしらね。で、正人はどこにいるの。兄さんもそこにいるのかしら」

「居間に集まってるわ。加倉さんも」

「あら、加倉も。じゃあ、大事な話なのね」

遺産分与の話だろうか。もちろん、その話はしなければならないのだが、父が息を引き取った直後でなければならないことではない。そんなに緊急の事態が発生したのだろうか。なにやら、俄にいやな予感がし始めた。遺産分与のごたごたなんて、願い下げである。

「うちの人やハナさんは呼ばなくていいのかしら」

夫や兄嫁のことを案じた。遺産の話となれば、配偶者たちも無関係ではない。特に良和には、ぜひとも加わっていて欲しかった。自分の取り分が一銭でも少なくなるような事態は、なんとしても避けたい。

「私も訊いたのですけど、今はいいって」

圭子がいささか困惑げに答える。なんの話が待っているのか、圭子もわからずにいるのだろう。兄弟四人と加倉だけの話とは、なんとも不穏だ。まさか、父に隠し子がいたなんて話を聞かされるのではないだろうな。万事を疑ってかかる百子は、父の生前の行動をも疑った。

居間では直人と正人、そして加倉が三人揃って難しい顔をしてソファに坐っていた。父が死んだばかりなのだから和やかな雰囲気のわけもないが、三人の顔つきは悲しんでいるのではなく難しげだ。腹の探り合いなど面倒なので、百子は単刀直入に尋ねた。

「なんなの。何があったの」

その問いかけには、直人が答えた。

「まあ、坐れ。話はそれからだ」

「言われなくても坐るけど、いったいなんだっていうのよ。お父様の隠し子でも現れたの」

話の接ぎ穂のつもりで口にしたのに、男たち三人は愕然とした表情になった。その反応を見てかえって、百子も驚く。まさか、本当にそうなの。

「お前、知ってたのか」

目を見開いた直人が、身を乗り出す。百子は指が太い手を、顔の前でぶんぶん振った。

「知ってたのかって、何をよ。何も知らないわよ。冗談だったのに、まさか本当なの」

「冗談かよ。どぎついな」

直人は安堵したというより、ますます腹が立ったかのような物言いをして、背凭《せもた》れに身を預けた。そして額に指を当てると、投げやりに言った。

「お前の言うとおりだよ。お前は昔から、妙に勘が鋭いな」

「え。本当にお父様の隠し子が現れたの」

大会社の社長なのだから、地位にものを言わせて妾《めかけ》のひとりやふたりを囲っていても不思議ではない。自分の父親だからあり得ない、などと百子は考えない。男はみんな同じだという、冷めた人生観を持っている。だから決して予想外ではなかったはずなのだが、当たる可能性が低いと思っていた予想が当たればさすがに驚いた。

「隠し子かどうかはわからない。ただ、父親が一橋平太だと言っているのは事実だよ」

「まさか、今この屋敷にいるの」

「ああ。応接室に待たせてある」

父が息を引き取ったまさにそのときに訪ねてくるとは、どれほど鋭い嗅覚なのか。本当に隠し子なのかどうかはこれから確かめなければならないが、手強い相手ではないかと百子は予感した。可能なら、わずかな金を与えて追い出したいのだが。

「どんな人」

「子供だ。九歳だと言ってた。顔立ちが整っている女の子だよ」

直人の説明に、百子はカチンとくる。わざわざ「顔立ちが整っている」などとつけ加えるのは、百子と圭子に対する嫌みでしかない。子供の頃に、直人から「ブス、ブス」とからかわれたことを思い出した。あのときの恨みは、実は未だに胸の底でメラメラと燃え続けている。

「顔立ちが整っているなら、あたしらの兄弟じゃないんじゃないの」

捨て鉢に言ってやった。だが、それはなかなか説得力がある反証だと、口にして気づいた。なんとも腹立たしい反証ではあるが。

「おれもそう思ったさ。でもな、その子は肘の内側にイチマツ痣があるんだ」

「えっ、イチマツ痣」

百子は兄の言葉を繰り返して、絶句した。手強い相手、という予感がますます強まった。

「じゃあ、本当にお父様の子ってことなの」

イチマツ痣があるなら、一ノ屋の血を引いていることは疑いない。物心ついたときにはすでに自分の体にあった痣だからこそ、訪ねてきた子供が同じ痣を持っていると聞けば、それは親族だと心があっさり受け入れた。

「いや、イチマツ痣があるから父様の子だ、ってことにはならないだろう。単に一ノ屋の血を引いていることを示しているだけだ」

直人が反論する。すぐに百子は直人の示唆することを理解したが、ここはあえてわからない振りをした。直人の考えを聞いてみたかったからだ。

「どういうことよ」

「昔と違って今は、島とくがの行き来も盛んになった。くがに行った一ノ屋の者も、少なくないということだよ」

「まあ、そうね」

ざっと思い出せる限りでも、例えば先代の一ノ屋本家の当主は、あろうことか女を作ってくがに逃げた。他にも、賢しらな言葉で男女の対立を煽った挙げ句、居心地が悪くなって同じくくがに逃げた女もいた。さらに、一ノ屋の血を引くくせにとんでもない美貌の持ち主で、男に追い回され続けたのを苦にしてくがで尼になった女までいる。一ノ屋の血を引く子供がくがで生まれていても、決して不思議ではないのだ。

「でも、兄さん」

口を挟んだのは、正人だ。正人がこんな際に発言するのは珍しい。関東大震災のときには父や兄に代わって救護活動の指示を与えたというから、いざというときに本領を発揮する性質だったのかもしれない。珍奇なものを見る心地で、正人の次の言葉を待った。

「ほら、加倉が」

「ああ」

期待に反して、ふたりはよくわからないやり取りをした。ふたりの視線の先には、弁護士の加倉がいる。加倉はこほんと小さく咳払いをすると、主に百子と圭子に向けてといった態度で口を開いた。

「では、私から説明をさせていただきます。やってきた子供の名は、豊子といいます。母親の名は、松山明子。私はそれと同じ姓名の女性を知っております」

「えっ」

思わず首を突き出した。加倉は自分の言葉がもたらした効果を充分に承知しているかのように、ゆっくりと頷く。

「その女性は非常に聡明で、かつ慈愛に満ちた人でした。社長は松山明子さんの人となりを大変気に入られ、目をかけておられました」

「目をかけてって、要は囲ってたってことなの」

曖昧な点は、はっきりさせずにはいられない。百子はそういう性分だった。

「一般的に言う囲うという関係とは、いささか違うように私は見ておりました。しかし実際のところは、社長と松山明子さんしかご存じないことです。現にこうして、イチマツ痣を持つ子供が現れてみれば、社長と松山明子さんのご関係は清らか一辺倒というわけではなかったのかなと、今になって理解した次第です」

「回りくどいわね」

百子はひと言で切って捨てた。どうやらその豊子という娘は、父の隠し子で間違いなさそうだ。それを認めた上で百子が考えたことは、別にあった。

隠し子はひとりだけだろうな。百子が恐れたのは、そのことだった。

7

「で、豊子って子とその明子って女は、似てるの」

姉の百子が加倉に尋ねているのを聞いて、圭子は『ああ、そうか』と思った。松山明子さんと豊子という子との血縁関係も、まだ証明されていないのだ。お姉様はすっかり太ってしまわれたから頭の働きも鈍そうに見えるけど、実際はぜんぜんそんなことないわ、と感心する。姉は実のところ、頭の出来では父の血を一番濃く受け継いだのではないかと思っていた。少なくとも圭子よりは、遥かに頭の回転が速い人なのは確かだった。

「ええと、はい、似ているかと問われれば、似ているとお答えします」

加倉の回答は、百子を苛立たせようとしているのかと思えるほど曲がりくねっていた。これが弁護士という職業の習性なのだろうか。圭子は他に弁護士を知らないので、加倉当人の資質なのか職業の要請なのか、よくわからない。

「なんだかはっきりしないわねぇ」

百子は諦めたように言った。加倉との付き合いも長いから、いまさら呆れたりはしないのかもしれない。

「直人お兄様も正人お兄様も、もうその豊子ちゃんには会ったのですよね。会ってないのは私たちだけですから、ちょっと会ってみませんか、百子お姉様」

ずっと沈黙を保っていたが、隙を見て発言した。圭子はこれを言いたくて、うずうずしていたのだ。

「ああ、そうね。顔を見てみましょう」

鷹揚に頷くと、百子は大儀そうに立ち上がった。行きましょう、と圭子は手を差し伸べる。豊子はしっかりした子らしいが、大人の男たちに会うときにはさぞや緊張したことだろう。張り詰めた気持ちでいたはずだから、それをほぐしてあげたかった。そしてできれば、事の真偽を見定めたいという思いが、圭子にはあった。

玄関脇の応接室に待たせてあるとのことなので、廊下を通り抜けて玄関ホールを突っ切った。百子が先に立ってドアをノックし、「入るわよ」との言葉とともに相手の返事も待たずに中に入る。圭子は百子の広い背中の後ろから、伸び上がるようにして内部を覗き込んだ。

あ、かわいい。それが第一印象だった。豊子は目鼻立ちがはっきりした、将来の美しい姿を予見させる顔立ちだった。同時にそのことは、父にはまるで似ていないということでもあった。母親似なのだろうと理解できるものの、果たしてこれが一ノ屋の血を引く女の子なのか。一ノ屋の血を引く女は皆醜女、と昔からよく言われているらしく、残念ながら圭子も百子も例外ではない。圭子は己の顔かたちを自覚しているから、せめて内面を磨こうと努めてきた。

「あなたが豊子さんね」

傲然《ごうぜん》と、百子は問い質した。そんな威圧的な訊き方をしたらかわいそう、と後ろで聞いていて思ったが、豊子は怖じなかった。

「はい、そうです。お初にお目にかかります」

そう言って、丁寧に頭を下げた。しっかりした子、という正人の月旦評は正しかったと、この挨拶を聞いて圭子は思った。

「あたしは百子。この家の長女。後ろにいるのが圭子、次女」

振り返りもせず、百子は自分と圭子を紹介する。圭子は百子の横から顔を出し、「初めまして」と声をかけた。すると豊子はまたしても丁寧に「初めまして、豊子です」と応える。なかなか好感が持てる子だった。

「あなた、お父様の子なんですってね」

百子と並んで、応接セットのソファに腰を下ろした。テーブルを挟んで百子の正面に、豊子は坐っている。膝を揃え、両手を両膝の上に置いていた。はきはきとした物言いをしてはいるが、硬くなっていることは間違いないようだと見て取った。

「母から、父の名は一橋平太だと聞きました」

豊子は百子と圭子を交互に見ながら答える。兄たちの言葉を疑っていたわけではないが、こうして直接当人の口から聞いてみると、本当にそう主張しているのだと鈍い衝撃を受けた。父は本当に、愛人に子を産ませていたのか。未だに信じられない気持ちがあった。

「あなた自身は、お父様と会ったことはあるの」

百子は鋭い質問をする。確かにそれは尋ねてみるべきことだったが、自分は思いつかなかった。百子と一緒に対面して正解だったと、しみじみ思った。

「赤ん坊の頃には何度か会っているそうですが、記憶に残っていません」

豊子は少し残念そうに、表情を微妙に変えた。姉は「あら、そうなの」と簡単に受ける。

「じゃあ、お父様の顔も知らないのね」

「はい、実は」

豊子は、今度は悔しそうな表情になった。これが演技なのかどうか、圭子には判断がつかない。隠し子であると詐称しているのだとしても、父に会ったことがあれば話に信憑性が出たのにと悔しく思うだろうからだ。

「つまり、お父様はあなたの存在を知っていたということなのよね」

百子は追及する。豊子は声が小さくなった。

「そう、だと思います」

「でも、あたしたちはあなたの存在について、一度も聞いたことがなかったわ。まあ、娘たちに言えることじゃないでしょうけど」

百子の言葉に、豊子は特に反応しなかった。豊子の立場では、何も言えないだろう。

「ねえねえ、あなたは特徴的な痣を持ってるんですってね。見せていただけないかしら」

軽く身を乗り出して、豊子に話しかけた。豊子に会ってみる一番の目的は、イチマツ痣を見せてもらうことだった。

「はい」

豊子は痣の意味を承知しているのか、ごく当然の要求をされたとばかりに左袖を捲る。そして肘の内側を、こちらに突き出すようにした。

そこには、赤い唇のような痣があった。圭子の体にもある、馴染みのイチマツ痣だった。

「その痣の意味は、知ってるの」

一族皆が同じ痣を持っているとは、くがの人にしてみれば奇異に思えるだろう。豊子はイチマツ痣をどう捉えているのか、興味があった。

「特別な血を引く人には、この痣があると母から教わりました」

「ふうん」

どういう感想を持ったのかわからないが、百子が鼻から息を吐き出すような声を発した。圭子は一所懸命考える。どうやら松山明子なる人物は、一ノ屋の血について知識があったようだ。それを授けたのは誰か。父と面識があったのなら、父が教えたと考えるのが普通だろう。島の中ならともかく、大都会の東京で一ノ屋の血を引く複数の人物と知り合えるとは思えない。

つまり、一ノ屋の血の話をするほど父は松山明子と親しかったのだ。それについては、もう確定的と考えてよかった。娘としては、かなり複雑な気持ちになる。

「さっき、加倉には会ったのよね。うちの弁護士」

また百子が話を引き取る。豊子は顔の向きを変えて、「はい」と頷いた。

「加倉は松山明子という名前を知ってたわ。それは聞いてるかしら」

「いえ、聞いてません」

「あら、そう。手の内を明かしちゃったかしら。まあ、いいわ。これまでの話を整理しましょう」

そう言って百子は、太い人差し指を立てた。それを突き出すようにして豊子に示す。

「まずひとつ目。父はあなたの存在を知っていた」

次に中指を立てる。指になんの意味があるのかと思ったが、判明していることをひとつひとつ数えていくつもりのようだ。

「ふたつ目。加倉は松山明子という女性を知っていた」

そこまでは圭子も把握していた。だが百子が何を三つ目に数えるのか、予想はできなかった。

「三つ目。父は、自分が死んだ後にあなたが現れれば大騒ぎになることを、当然わかっていた」

それか。圭子は指摘されてようやく、父の立場に立って考えてみた。なるほど、確かにそのとおりだ。しかし、そうであるなら違和感を覚える。圭子が反射的に感じたことを、百子が代弁してくれた。

「さて、だとすると妙なことになるわね。父があなたの存在を知っていたのに、加倉になんの相談もしていなかったなんておかしいわ。加倉が何も知らないならともかく、松山明子さんの存在は知られていたのだから」

そうなのだ。百子の洞察の鋭さに、圭子はつくづく感心する。自分は考えもつかなかった。

父ならば、自分の死後のことを考慮しないわけがないのだった。厄介事の種だけ残し、後は野となれ山となれと旅立つような人ではない。そう考えると、隠し子がこんなふうに現れることはあまりに父らしくなかった。たとえ隠し子がいたとしても、父ならばもっとうまく処理していたはずである。

つまり、加倉が豊子の存在を知らなかったこと自体が、父に隠し子がいたことを否定する要因になりはしないか。外部の人には薄弱な根拠だとしても、圭子には充分に説得力のある論証だった。

「どうかしら。あなたはどう思うの」

百子はそんなふうに豊子に問いかける。だが豊子は、首を傾げるだけだった。

「わかりません」

無理もない。相手は九歳の子供なのだ。隠し子だの愛人だのといった言葉すら、まだ知らないのかもしれない。

百子も無体な質問をしていると自覚はあったのか、「そりゃそうね」とあっさり引き下がる。そして、次の確認をした。

「あなたのお父さんが一橋平太だとする、何か証拠はないのかしら。父が一筆書き残しているとか」

「いいえ、特にそういうものはありません」

豊子は不安げな顔になった。そう簡単に受け入れてもらえそうにない雲行きだと、感じ取ったのだろう。姉は細かく何度も頷くと、「まあ、いいわ」と引き下がった。

「また後でいろいろ訊くことになると思うけど、あなたも疲れたでしょう。そうだ、ラムネでも飲む。飲んだことあるかしら」

「いえ、ないです」

「おいしいわよ。出させるから、ちょっと待ってて」

そう言って立ち上がり、応接室を出ていこうとした。圭子も慌てて、後を追う。部屋を出る間際に振り返り、「また後でね」と声をかけた。不安そうな顔の豊子は、口をきゅっと引き締めて会釈した。

「お姉様。お姉様はどう思うの。もしかして、あの子は偽者だと思ってるの」

聡明な姉がどういう感想を持ったか、聞いてみたかった。姉は台所に向かい、途中で女中のキクを摑まえて豊子にラムネを出すよう命じた。言葉はつんけんしているが、こういう優しいところもあるのだ、姉は。だから圭子は、姉が好きだった。

「どうなのかしら。今のところ、半々って感じね」

百子の返答は意外だった。もっと疑いの率が高いのではと思っていた。半分は父の本当の隠し子である可能性を信じているのか。圭子はといえば、姉が挙げた疑問点を聞いて心証が七三くらいになった。疑いが七だ。

「でも、お姉様が言うとおり、加倉さんがあの子の存在を知らなかったのはおかしいと思うわ。お父様らしくない」

「そうよね。それに、あの顔」

「顔」

遺産分けの話をするかと思いきや、唐突な単語を百子は口にした。ああ、顔か。

「あの子、ずいぶんかわいい顔立ちをしているじゃないの。あれは一ノ屋っぽくないわねぇ」

「私もそう思った。でも、ほら、鈴子《すずこ》さんの例もあるし。一ノ屋の血を引いていても、あんなに綺麗な人が生まれることもあるのよ」

男に追い回された挙げ句、くがに行って尼になった女の名を出した。すると百子は、いやな名前を聞いたとばかりに顔を歪めた。

「そうなのよねぇ」

姉の口調は、実に忌々しげだった。

8

兄は明らかに苛立っていた。先ほどから椅子の肘置きを、右手の人差し指でキツツキのように細かく叩いている。その音が、百子と圭子がいなくなった居間の中に響いていた。聞いていることちらも苛々してくる音だ、と正人は思った。

「あのう、加倉さん」

直人が立てる音を遮るために、加倉に話しかけた。加倉は顔を上げ、「はい」と応じる。

「なんでしょう」

「あの子が父様の隠し子だとしたら、法的にはどういうことになるんでしょうか」

まず真っ先に尋ねるべきことなのに、これまで誰も加倉に質問しようとしなかった。特に兄にとっては一番気になることのはずだから、そこに思い至らないわけがない。聞きたくないから、あえて訊かないようにしていたのかもしれない。しかし、いつまでも現実から目を逸らしているわけにはいかなかった。

「はい、ええと、家督を相続されて戸主となられた直人様は、豊子さんを一橋家が受け入れるかどうかの選択ができます。民法七三五条には、家族の私生児・庶子の入籍の拒否という項目があります。つまり、私生児を受け入れないことも可能なのです」

「えっ、そうなの」

それはまた、ずいぶん非人道的な話だと感じた。あの子を門前払いすることなど、とてもできない。だが果たして、兄はどう判断するのだろうか。指の動きを止めない直人に、目を向けた。

「聞いてる、兄さん。受け入れを拒否することもできるってよ」

「聞いてるよ」

直人は不機嫌に応じる。答えると同時に、ようやく指の動きを止めた。

「追い返すことも考えたさ。でも、町で泣かれて噂になったらまずいんじゃないかと言ったのは、お前だろう」

「うん、そうだよ」

父が築き上げた名声に、兄はかなり縛られている。だからこそ、評判を落とすような真似はできないのだろう。直人の見栄っ張りな面が、豊子を追い払えずにいるのだとしたら、ひとまず門前払いの心配はなさそうだった。正人は胸を撫で下ろす。

「じゃあ、加倉さん」

ふたたび、加倉に質問を向けた。ここからが本題となりそうだった。

「ぼくと百子姉さんと圭子は、父様から生前贈与を受けていますけど、豊子は遺産を受け取れるんですか」

直人が最も気にしているのは、この点だろう。父の残した財産は莫大なのだから、そのうちの一部を分け与えるくらいいいじゃないかと正人は思うが、家族持ちの兄にとってそんなふうに簡単に片づけられることでないのはわかる。ここはしっかり、法律ではどういうことになるのか把握しておくべきだった。

「それは、直人様のお気持ちひとつです。社長が豊子さんに関して何も言い残していないのですから、遺産分けをするもしないも直人様がお決めになるべきことです」

加倉はそう言って、ちらりと直人に目をやった。直人が不機嫌そうにじろりと睨み返したので、加倉は慌てて目を逸らす。やはり、次期社長としての威厳は大したものだった。

「なるほどねぇ」

直人は当然、これらのことを承知していたはずである。すべて自分の判断にかかってくることになり、それで苛立っているのだ。兄の気持ちは、わからなくもなかった。

「で、どうするの。豊子を父様の子として、一橋家に迎え入れるの」

直人が決めるべきこととはいえ、豊子の行く末は気になる。だからあえて、まだ結論を出していないように見える直人に問うてみた。直人は顔を歪めて、応じる。

「父様の本当の子かどうかもわからないんだから、一銭もやりたくないよ。でもな、こんな島までひとりでやってきた子供を、無慈悲に放り出すわけにはいかないだろう。どうやら父様とあの子の母親には縁があったようだから、少しくらいの金は与えてやってもいい。その金を持たせて、くがに帰らせようと思ってるよ」

いかにも兄の言いそうなことだと、正人は感じた。会社運営には向いているかもしれないが、非情だ。反発を覚え、つい豊子の味方をしたくなる。

「父様の本当の子かどうかわからないなら、なおさら簡単に追い返しちゃよくないんじゃないの。本当の子だったら、どうするの」

「本当の子かどうかなんて、調べようがないだろう。いや、調べるまでもない。顔がまるで似てないじゃないか。あれが父様の子のわけがない」

直人は簡単に切って捨てる。確かにそれはそうなのだが、無視できない点もあるではないか。

「でも、イチマツ痣があるよ。顔立ちがかわいくたって、一ノ屋の血を引いているのは間違いないでしょう」

「いったいどういうことなんだ。あの鈴子の娘なんじゃないだろうな」

「鈴子さんは尼になったんだから、あり得ないよ」

それに、確かに豊子は愛らしい顔立ちをしてはいるが、鈴子のような異常なほどの整い方ではない。父に似ていないのと同じくらい、豊子は鈴子にも似ていなかった。

「一度、みんなで相談する必要があるね。でも、今は父様が亡くなったのだから決めなきゃならないことがたくさんある。通夜や本葬の手配が必要でしょ」

父の葬儀は社葬になるだろうから、正人がやるべきことはおそらくない。だからどうしても、口調が他人事めいてしまう。直人はわかっていると言いたげに、ぞんざいに頷いた。

「そうだよ。こんなことで頭を悩ませている場合じゃないんだよ」

「じゃあ、ひとまず豊子ちゃんはどうする。家に泊めるか、町の宿に行かせるか」

「町になんか出せるわけない。キクに言って、部屋を用意させろ」

「まあ、そうだね」

くがからの長旅で疲れているだろう豊子を、そのまま追い返すような形にならなくてよかった。これでしばらくは、豊子も堂々とこの屋敷に滞在していられる。嬉しくなって、すぐに立ち上がった。

居間を出て、父が死んだというのに自分も含めて兄弟たちがあまり悲しんでいないことに気づいた。それは薄情だからではなく、間違いなく豊子のお蔭だ。豊子が驚かせてくれたお蔭で、悲しみが引っ込んだ。もちろん消えてなくなったわけではないので、落ち着けば父を失った悲しみは襲ってくるだろう。だとしても、今この瞬間の気持ちが紛れていることは確かだった。それだけでも、豊子に感謝したくなった。

キクに豊子の部屋を用意するよう命じてから、また応接室に行った。豊子の前には、ラムネの瓶とコップが置いてある。どちらも、もう空になっていた。もしかして、一気に飲んだのか。豊子は受け答えがしっかりしているので子供らしくないが、そんなところは年相応で正人の頬を緩ませた。

「豊子ちゃん、今日は他に行く当てはないんでしょ」

先ほどのようにまた向かい合って坐り、尋ねた。豊子は硬い表情で、こくりと頷く。

「はい」

「じゃあ、しばらくこの屋敷にとどまるといいよ。兄の許しを得たから、部屋を用意する。今は父様が亡くなったばかりでごった返してて、豊子ちゃんのことを考える余裕がないんだけど、落ち着いたらみんなでどうするかちゃんと相談するから」

「ありがとうございます」

豊子は依然として子供らしくない礼を口にするが、声が弾んでいることを正人は聞き取った。今夜の寝る場所も決まってなくて不安だったろうから、内心では安堵しているはずだ。まだ子供なのにたったひとりで知らない島にやってきた健気さに、改めて正人は胸を打たれる。特に謂われはないのだが、できるだけ豊子の味方になってやりたいと考えた。

9

我ながら薄情だと思うが、母のことをすっかり忘れていた。いや、それを言うならそもそも、父が死んだというのにあまり悲しんでいないことが薄情の極みである。正確に言えば、父が息を引き取った直後は悲しくてどうしようもなかった。それが、豊子が現れたお蔭ですっかり気持ちが紛れた。父の死を悼む思いはあるが、あまりに辛い悲しみはできるなら回避したい。豊子に救われたな、と圭子は考えた。

とはいえ、母も同じとは思えない。隠し子の存在は、圭子たちよりも遥かに衝撃のはずだ。悲しみが紛れるどころか、倍加するのではないか。豊子のことを誰が母に伝えるべきか、圭子は思案した。

自分と正人兄が適任だろう。さほど長考せずに、結論した。直人や百子では、事務的にいきなり話すに違いない。遠回しにしようと直截《ちょくせつ》だろうと変わりはないかもしれないが、知らされる側の気持ちを思えばやはり配慮はしたい。自分ひとりで告げるのは気が重いから、正人を誘うことにした。

百子とともに居間に戻ると、正人はおらずに直人と加倉だけがいた。正人はどこに行ったのかと問うと、今晩豊子を泊めるための部屋を用意しに行ったという。まあ、そういう判断になるのは当然だろうと思う。少し待っていたら正人が戻ってきたので、問題を提起した。

「ねえ、お母様に知らせなくてはいけないわね」

その言葉に対し、兄弟たちは三者三様の反応を示した。直人は明らかに忘れていた顔で「ああ」と言い、百子は無表情、そして正人は『わかっている』とばかりに頷いた。やはりこういうときは正人だとの思いを強くし、直接語りかける。

「私たちで、お母様に知らせに行きましょう、正人お兄様」

「そうだな」

なぜ自分にだけ話しかけるのか、正人はすぐに圭子の真意を理解したようだ。兄弟だから、それぞれの性格はよくわかっている。

「じゃあ、行こうか」

正人の態度からすると、母の耳に入れなくてはいけないことには気づいていたが、できるなら他の人に任せたいという気持ちだったようだ。これまた、正人らしい。苦笑しつつ、正人の後ろに立って「行きましょう」と促した。もちろん圭子も、気が進まないことでは同じである。

母はまだ、父につきっきりのようだ。やむを得ないこととはいえ、子供たちは父から離れて別のことで頭を悩ませている。母だけに悲しみを押しつけてしまったかのようで、申し訳なかった。父がいる座敷の障子を細めに開け、中を覗き込むと、母は枕許でうなだれていた。百子の夫の良和と、直人の妻のハナの姿はない。きっとこの場にいづらく感じて、どこかに行ったのだろう。

「お母様」

圭子が先に入って、声をかけた。うなだれる母を見たら、気が進まないなどと言ってはいられないと感じたのだ。駆け寄って、母の手に自分の手を重ねる。放置していてすまなかったという気持ちが、痛切に込み上げた。

「お父様みたいなすごい人でも、病気には勝てないのねぇ」

母はぽつりと呟いた。母も子供たちに合わせて、父のことを「お父様」と呼ぶ。当人に対しては、「あなた」と呼びかけていた。もう、母が父を「あなた」と呼ぶことはないのだ。

「本当ね、お母様。本当ね」

母の言葉を聞いたら、すっかり乾いていたはずの目に涙が溢れた。悲しみを忘れていたわけではなく、単に直視することを避けていただけなのだ。こうして動かなくなった父の許に戻ってくれば、父はもういないという事実が惻々《そくそく》として胸に迫ってくる。この重すぎる悲しみから、自分も含めた兄弟たちは逃げていたのだと実感した。

「圭子ちゃんは、お父様と一緒にいた時間が一番短いから、かわいそうね」

母はそう言って、自分の右手に重ねられている圭子の手に、さらに左手を載せた。そしてほんのわずかに力を入れ、握ってくれる。その力加減に、母の気持ちが籠っているように感じた。

確かに母の言うとおりだった。最初の子である直人と比べると、七歳も違うのだ。そのため、二十三歳になった今でも、自分は年少者だという意識が抜けない。

それだけに父にはかわいがってもらった記憶があるが、残念ながら圭子が物心ついたときにはすでに父は多忙な生活を送っていた。だから会えば舐めるように大事にしてもらえたものの、そもそも会う機会が少なかった。他の三兄弟のようにくがの学校にも通わなかったから、よけいに一緒に暮らした日々は短かった。

しかし、短いからかわいそうなのだろうか。逆ではないのかと、ふと思い至った。

「でも、一番長く一緒にいたお母様こそ、一番辛いのではないの」

長さの問題ではないのかもしれないが、それでもやはり最も長く連れ添った母こそ、一番悲しみを感じている人だろう。それなのに母は、娘の気持ちを慮《おもんぱか》ってくれる。親のありがたみを感じた。

母は美貌の持ち主だった。一方、父は少し間が抜けた顔をしていた。そのため、母は財産目当てで結婚したという陰口をいつまでも叩かれていたと聞く。

だが実際は、そんなことはなかった。圭子から見た父母は、かなり仲が良かった。父は仕事の都合でくがと島を往復する日々を送っていたが、母はいちいちそれに同行していたのだ。だから、圭子だけが島のこの屋敷で留守番ということも多かった。母は父を立て、支え、そして誇りに思っていた。そんな母を、父もいつまでもずっと大事にしていた。子供たちより母の方が、父にとっては大切なのだろうなと感じることもたびたびあった。

やっぱり違う。卒然と、そうした確信が胸に居坐った。あの父が、他に女を作って子供を産ませたりするわけがない。父と母は、娘の自分が見ても嫉妬するほど仲睦まじかったのだ。隠し子なんて、絶対何かの間違いに決まっている。

今こそ豊子のことを母に告げよう。そう思い定めた。だが、伝えるなら正確でなければならない。父の隠し子が現れた、ではなく、父の隠し子と自称する子が現れた、だ。

「お母様」

一番長く一緒にいたから一番辛いのではないか、という圭子の問いかけに、母は俯くだけで答えなかった。否定しないのは、その指摘が当たっていたからだ。申し訳ないことを訊いてしまったと思いつつ、何がなんでも母の味方になるという決意を込めて、口を開く。

「実は、ちょっとびっくりするお客様がいらっしゃったのよ」

「お客様。どなた」

母はぼんやりと訊き返す。圭子はここまで一緒に来た正人の存在はもう気にかけず、告げた。

「くがから来た子供。お父様の子だと、自分では言ってるわ」

「えっ」

予想どおり、母は目を見開いて動きを止める。すぐさま、圭子はつけ加えた。

「自分でそう言ってるだけよ。例えばお父様がしたためた一筆とか、そういう証拠は何もないの。だから私は、あれは本物ではないと思う。お父様はそんなひどいことをする人ではないから」

「おいおい、圭子。お前はそんなふうに思ってたのか」

横合いから、正人が口を挟んだ。少し気が立っている圭子は、そちらを睨む。正人は驚いたように、軽く身を引いた。

「だって、ぜんぜんお父様とは似てないのよ。女の子なのに、愛らしい顔立ちなの。一ノ屋の血筋とは思えないわ」

同じことを言う百子には、鈴子の存在を持ち出して水を差したが、結局圭子も顔立ちにこだわった。ともかく、父に似ていないことが疑惑の材料なのだ。圭子も百子も、明らかに父親似だった。

「意外だな。お前はあの子の味方になると思ってたよ。あんな小さい子が、くがからひとりで来たんだぞ。そんなふうに疑ってかかっちゃ、かわいそうじゃないか」

どうやら正人は、豊子を支持するつもりのようだった。圭子は苛立ちを覚える。

「お母様に事実を知って欲しいだけよ。申し訳ないけど、お兄様はひとまず黙ってて」

正人に対して、こんなふうに強く出たことは初めてだった。面食らったのか、正人はそのまま黙り込む。圭子は改めて、母の手を握り直した。

「だから、お母様。怒ったり悲しんだりしないで。冷静な気持ちで、その子と会ってみて。私も一緒に会うから」

正面から目を覗き込んで言うと、母は童女のようにこくりと頷いた。私はお母様の味方よ、と心の中でつけ加えた。

10

「ねえ、お兄様。どうするつもり」

圭子と正人がいなくなったのを好機と、百子は直人に問いかけた。圭子と正人は、どちらかといえば情で物事を判断する。だが自分と直人は、情に流されずに理で考える。だから下ふたりがいない今こそ、直人の本音を聞くいい機会だと判断したのだった。

「お前はどう思ってるんだ」

不機嫌そうにソファの背凭れに身を任せている直人は、質問に答えずに逆に訊き返してきた。

即答を避けるのも、交渉上手の技だ。百子に対してまでそう出てくるのは、なるほど直人らしい。だが百子は駆け引きが面倒だから、訊かれるままに答えてやった。

「正直、判断がつかないわね。本当にお父様の子であってもおかしくないし、財産狙いの偽者かもしれないし」

「おっ、お前も財産狙いの偽者だと思うのか。そうだよな。そうに決まってる」

直人は理で考えると認めてやっていたのに、この言い種《ぐさ》は単に願望に縋《すが》っているだけのように響いた。仕事では冷徹な判断を下すらしい兄も、今は勝手が違って参っているというところか。少し過大評価だったわね、と内心で嗤った。

「別にそうは言ってないわよ。偽者の可能性もある、と考えてるだけ。本物かもしれないわよ」

「冗談じゃないよ」

直人は眉を顰《ひそ》めた。眉尻が下がり、情けない顔になる。これが、社内では父よりも威厳があると見做されている次期社長の表情なのだから、よほど豊子の登場に参っているのだろう。まあ、父親が死んだその日に隠し子が現れたりすれば、誰でも参るわね。多少は直人の立場に同情した。

「だから、どうするつもりよ。本物か偽者かなんて、お父様が亡くなってしまった今、証明しようがないでしょ。お兄様が決めるしかないいんじゃないの」

兄が本物と認めれば、腹違いの妹として受け入れる。認めなければ、放り出す。選べる道は、そう多くないはずだった。

「おれは、偽者だと思う。だから、財産を分けてやる必要なんかないと考えてる」

不必要に胸を張って、直人は言い切った。胸を張っているのは、自信がないからだ。百子はそう見て取った。

「偽者だったら、あのイチマツ痣は何」

先ほども持ち出したことではあるが、再度問う。百子たちにとって、イチマツ痣は決して無視できない血の印なのだ。イチマツ痣がある限り、豊子が一ノ屋の血を引くことは間違いない。

「だからさっきも言ったとおり、それは父様の子であることを証明するわけじゃない。単に一ノ屋の血筋だというだけのことで、誰の子かなんておれは知らないよ」

投げやりだが、証拠はないのだから筋の通る解釈ができさえすればいいのである。誰か別の一ノ屋の血筋、ということで直人は押し通すことにしたようだ。

「偽者だと考えるなら、叩き出すだけね」

豊子を叩き出すことに、百子はなんの痛痒《つうよう》を覚えない。いや、かわいそうだとは思うが、同情で財産を分けてやるわけにはいかない。財産を分けないなら、追い出すしかないだろう。その意味で、百子は直人に賛成だった。

「叩き出すとは、人聞きが悪いな」

だが直人は、なにやらいやそうに顔を顰《しか》めた。世間体を気にしているのだな、とすぐに察した。

「一応、あの子の母親と父様は縁があったようだ。だったら、無一文のまま追い返すのはあまりに情がない仕打ちじゃないか。多少の金を持たせて、くがに送り返してやるのが寛大な対応だと思うがね」

まあ、その辺りが妥当だろう。さすがは一橋産業の次期社長だ。判断は正しいと、百子は評価した。

「賛成ね。あたしもそれがいいと思うわ」

「お前がおれに賛成するなんて珍しいな。いや、お前が長男だったら財産を分けてやりたくないのは同じだろうから、賛成するのは当然か。後は、正人と圭子が変にあの子供に肩入れしなければいいんだが」

「圭子は大丈夫じゃないかしら。肩入れしそうなのは、正人ね。無視すればいいんじゃないの」

あっさり言うと、直人は苦笑した。

「実の兄弟に向ける言葉とは思えないな。正人がお前を怖がるのも無理ないよ」

「正人が何を言ったたって、お兄様は決定を変えるつもりはないんでしょ。だったら、無視することは決まってるわけじゃないの」

「そりゃそうだが」

そう言って、直人は口を噤《つぐ》んだ。お前には口では敵わない、という心の中の声がそのまま聞こえてくるようで、百子は鼻から息を吐いた。直人はいつも、体裁を取り繕いたがる。それも経営者としては必要な資質なのかもしれないが。

やり取りが途切れたところに、ちょうど顔を出す者がいた。夫の良和だった。ドアを細めに開けてちらりと中を見て、「ああ」と安堵したような声を漏らす。

「ここにいたのか。戻ってこないから、どうしたのかと思ったよ」

まるで、迷子になっていた子供が母親を見つけたかのような口振りだ。本当はそんなに頼りない人ではないのだから、身内の前でも堂々としていて欲しいといつも思う。ただ、こちらの親族に交じれば萎縮してしまう気持ちは、百子もわからないでもない。

「ごめんなさいね。ちょっと大変なことが起きたのよ」

立ち上がりながら、そう説明した。直人がいるこの場で、良和と言葉を交わす気になれない。場所を移したかった。

幸い、部屋はいくつもある。居間に入ってこようとする良和を廊下に押し戻し、空いている部屋にふたりで籠った。そして、一部始終を説明する。最初こそ良和は目を丸くしたが、すぐに話を受け入れて「ふんふん」と相槌を打ち始めた。

「なるほどね。お義父《とう》さんも男だったというわけか」

よくも悪くも、良和はあまり動じない。感受性が鈍いせいではないかと思わないでもないが、不様《ぶざま》にうろたえたりしない点は高く評価していた。百子は肩を竦めて、答える。

「本当はどうだかわからないけどね。財産狙いの素性の知れない人がうじゃうじゃ湧いてくるのは、こういう場合はよくあることなんじゃないかしら」

「そうかもね。今後も次々、お義父さんの隠し子が現れたりして」

完全に他人事のような、良和の口振りである。それを一番憂えているのだから、気軽に言わないでちょうだい。百子は眉根を寄せて、夫を睨んだ。良和は百子の目つきに気づいているのかいないのか、涼しい顔をしている。

「で、どうするの。少しのお金をあげて追い出すわけ」

直人とのやり取りを立ち聞きしていたかのように、正確な読みを良和は披露する。感受性は鈍くても、頭の働きは鈍くないのだ。だからこそ、一橋産業社長の娘と結婚できたのである。

「兄はそうするつもりみたいね。正式な遺産分与なんて、冗談じゃないわよ」

「そうだねぇ。一橋本家の財産が減っちゃうのは、うちにとってもありがたくないもんな」

あくまで良和の口調は軽い。会社ではどのように振る舞っているのか、百子はいつも不思議に思う。

良和はなかなかいい男だった。実は百子の方が良和の男ぶりに惚れて、父に頼んで縁談をまとめてもらったのだ。結婚したばかりの頃はいい男と添えたことで鼻が高かったが、何年も経ってみるとこの色男ぶりは妻として不安になる。寄ってくる女は、未だにいるだろうからだ。

浮気の気配を感じたことがあるわけではない。だが、それを妻に悟られるほど良和が馬鹿ではないことを百子は知っている。良和のことだから、浮気するならかなり上手にやっているのだろう。なまじ頭が切れるいい男と結婚してしまったばかりに、百子は夫を信用できずにいた。

「そうよ。どこの誰だか知らない子供に、一橋家の財産を持っていかれるわけにはいかないわ」

これは本音だった。誰に言っても信じてもらえないだろうが、百子自身はさほど金に執着していない。生活できる程度の金があれば充分だと思っている。だが、一族の財産は別だ。家督は兄が継いだが、一橋家の一員である名誉まで捨てたつもりはない。一橋家の今の隆盛が続く限り、百子も名誉を感じていられる。父の遺産が削り取られ、どこかに消えるような事態だけは絶対に避けなければならない。自分のためではなく、一族のためだからこそ、百子は非情にもなれるのだった。

「家族思いだねぇ」

良和はまるで気持ちが籠らない物言いをした。本音が見えない人だと感じるようになったのは、結婚後のことだ。結婚するまでは、単なる軽薄な男だと思っていた。それでも見た目がいいからと結婚したのだが、思いの外に得体が知れないところがあると、一緒に暮らし始めて気づいた。だから良和という人間の面白みは、後追いで知ったことになる。退屈な男よりずっとましなので、百子は己の幸運を喜んだ。

「ねえ、お父様も男だったというわけだ、ってさっき言ったでしょ。男ならみんな浮気をするって意味なの」

ちょうどいい機会だから、腹を探ってみた。だが曲者の夫は、何も考えていなさそうな能天気な笑顔で、堂々と言った。

「ぼくは浮気なんかしないよ。わかってるだろう」

やはり本音が読めない。我が夫ながら、楽しませてくれる人だと百子は思った。

11

　豊子に会いに行こうと促すと、母は「怖い」と言った。相手は年端も行かない子供なのだから、怖がる必要はまったくない。それでも、怖いと言って後込みする母の気持ちは理解できた。どうするべきかと圭子は小考したが、やはり会った方が母も安心できるのではないかと結論した。

「大丈夫よ。私もついてるから。一緒に行きましょう」

「ぼくも行くよ」

　横合いから正人が口を挟んだが、これに対しては即答した。

「お兄様は、取りあえず部屋の外で待っていていただけるかしら。もし何かあったら、呼ぶから」

　人のいい正人は、どうやら豊子に同情しているようである。同情する筋合いなどまるでないのに、正人らしい。そんな兄を嫌いではないから邪険にしたくはないが、今ばかりは別だ。母を混乱させることを正人が言う可能性がある限り、対面の場には立ち会わせたくなかった。

「えーっ、外で。どうして」

　正人は不満そうだった。圭子が何を心配しているのか、まるでわかっていないらしい。だからこそよけいに、正人は遠ざけておきたいのだ。圭子は自分が世間知らずという自覚があるが、正人はそれに輪をかけて察するということができない。社会に出て人と接する機会を得ず、いわゆる高等遊民の生活を送っているせいだ。説明が面倒なので、「どうしても」とだけ答えてあしらった。

　母を立ち上がらせ、座敷を出た。父をひとりで放っておくわけにはいかないので、ひとまず正人に残ってもらう。応接室に行く途中で女中に声をかけ、正人と代わってもらうことにした。肩を落として歩く母は、昨日に比べて体がひと回り小さくなったように感じられた。

「豊子ちゃんは礼儀正しい子よ。お母様に食ってかかったりしないから、安心して」

そんなふうに宥めながら歩き、応接室の前に到着した。ノックをしてから、中に語りかける。

「豊子ちゃん。圭子です。入っていいかしら」

「はい、どうぞ」

先ほどと同じく、丁寧な物言いで豊子は応じる。ドアを開けて、母より先に中に入った。

「次から次に、ごめんなさいね。私の母を紹介しようと思って」

「あ」

冷静な豊子も、さすがに小さく声を発した。ドアを開けたときにはすでに直立していたのだが、母の姿を見るなり上半身を九十度に曲げて最敬礼した。

「豊子と申します。このたびはお騒がせして、申し訳ありません」

驚くほどきちんとした挨拶を、豊子はした。さすがにこれは、豊子の母親が死ぬ前に仕込んだのではないかと推測した。一橋の家に行ったら、先方の奥様には一番丁寧に挨拶をしなさい。そんなふうに言い含めてあったとしか思えない。そうでなければ、九歳の子供がこんな挨拶をできるはずがなかった。

「あ、ラムネ飲んだのね。おいしかったでしょう。もっと欲しいかしら」

テーブルの上に置いてある空のコップを見て、問いかける。だが豊子は、首を振って「いえ、けっこうです」と遠慮した。まったく、子供らしくない。よく躾けられていることがかえって、一橋平太の隠し子になりすますために仕込まれた結果ではないかと思わせる。自分が意地悪なものの見方をしていると圭子自身も感じるが、偽者に対してはどうしても寛大な気持ちになれなかった。

「お母様、こちらが豊子ちゃん。ほら、ずいぶんしっかりした子でしょ」

皮肉の意を込めたつもりはなかった。豊子の受け答えに、感心している面もあるのだ。たとえ仕込まれたのだとしても、それをきちんと吸収して実践できる子とできない子がいるはずである。豊子は明らかに、頭がいい子だった。

圭子の横に立った母は、言葉を発さなかった。ただじっと、豊子を見つめている。これは豊子にとって相当息苦しい時間のはずだが、母に挨拶を促すわけにはいかない。この場は母の好きなように振る舞わせてやるつもりだった。

豊子は母の視線の圧力に負け、俯いた。肩も窄《すぼ》め、身の置き所がなさそうである。母がこんな態度に出るのは意外だったが、よくよく考えてみれば、単身乗り込んできた隠し子がこのような仕打ちを受けるのは至極当然だ。母は決して意地悪というわけではなく、夫の隠し子かもしれない子供と対面した妻としてはこれが普通の態度なのだった。

母はしばらく豊子の顔を凝視した末に、くるりと踵を返して部屋を出ていってしまった。圭子は驚き、慌てて後を追おうとしてから、かろうじて豊子に「また後でね」と言い残した。そして部屋の外に出ると、そこには母と正人がいた。母は正人と圭子の顔を等分に見てから、言い切った。

「あれは違います。お父様の子ではありません」

あまりにも確信に満ちた物言いなので、さすがに驚いた。その断言には、何か根拠があるのだろうか。思わず、釣り込まれるように問い返す。

「それは、どうして。何かわかったの」

「ええ、ひと目見てわかりましたよ」

どうやら、特に根拠はない直感らしい。それでも、長い間父の妻でいた母の直感ならば、それ相応の説得力があると思う。母が直感的に、豊子は父の子ではないと感じたのであれば、それは正しいのだ。そう、圭子は受け入れた。

「そんな、見ただけでわかるわけないでしょう。決めつけはよくないよ」

対して正人は、まるで母の気持ちがわかっていなかった。正人の言葉の方が合理的なのだが、今は理屈が優先される局面ではない。そんなことも理解できない兄に、圭子は苛立った。

「お兄様、よけいなことは言わないで。お母様は、豊子ちゃんがお父様の子ではないと感じたのよ。それだけで充分でしょ」

「ぜんぜん充分じゃないよ。無茶苦茶な話じゃないか」

「無茶苦茶じゃないわよ。お兄様にはわからないだけで、ちゃんと筋は通ってるの」

口を尖らせる正人を無視して、圭子は「さあ、行きましょう」と母を促した。このまま父のいる座敷に戻っても、息が詰まる。母を少し休ませるために、ふたりだけになれる部屋に行くことにした。

空いている部屋に落ち着き、女中にお茶を運んでくるよう頼んだ。母はへたり込むように座布団に坐り、俯いてこめかみに指を当てている。圭子は向かいに坐って、母に語りかけた。

「豊子ちゃんはお父様の子じゃないって、直人お兄様にはっきり言いましょうね」

今や一橋家の当主は、直人である。豊子を一橋の子として受け入れるかどうかは、直人の気持ち次第なのだ。直人が受け入れると決めれば文句は言えないが、決める前であれば意見することができる。特に母の見解は、絶対に直人の耳に入れておくべきだった。

「そうね」

母は返事をしたが、心ここにあらずといった様子だった。やはり、父の子と称する子供が現れたことは衝撃だったに違いない。おそらく豊子自身は事の真否を知らず、親に言い含められてここまでやってきたのだろうが、それでも恨まずにはいられなかった。財を築いた人物の死とは、どうにも後にごたごたを残さずには済まないものだと、実際にその状況に陥ってみて知った。

「私もお母様が正しいと思うわ。だって、豊子ちゃんはお父様にも私たち兄弟にも、ぜんぜん似てないんだもの。あれだけ似てなくて親子なんて、ありえないわ」

母を勇気づけるつもりで言ったのだが、口に出してみたらあまり説得力が感じられなかった。なぜなのか密かに突き詰めて考えてみて、思い至る。祖父であるイチマツと呼ばれていた人物は、女でも及びもつかないほど美しい男だったと聞いているからだ。

つまり、祖父と父が、そもそも似ても似つかない親子だったことになる。では父は母親似だったのかというと、そうでもない。死んだ祖母は、若い頃はそれなりに美しかったのではないかと思える顔かたちだった。父は両親のどちらにも似ていないのだ。

似ている似ていないは、親子関係を証明しない。それは、どうやら確かなようだった。その一方、血縁をはっきりと示す証拠ならある。イチマツ痣だ。イチマツ痣は一ノ屋の血を引くことを証明しているだけで、父との親子関係を示すものではないと直人は言った。だが、一ノ屋の者でくがに行った人は、そんなに多くない。父でなければいったい誰が、豊子の父親だというのか。

そんなふうに考えると、一概に豊子を偽者とは決めつけられない気がしてきた。

ああ、なぜよりによって、お父様が亡くなったその日に豊子はやってきたのか。自分の混乱の原因を思うと、圭子はやはり豊子を恨んでしまうのだった。

12

圭子がまるで圭子らしからぬ言葉を残して母と去り、正人はひとり残されてしまった。これまでは、正人は直人や百子とはなんとなく反りが合わず、圭子こそが兄弟で一番仲がいい相手だった。年は違うが、基本的なものの考え方や感じ方が近い。兄弟間で意見が分かれた場合、たいてい圭子は味方であった。

それなのに今は、圭子はすっかり正人に敵対する側の人間になってしまった。敵対、という言葉が言い過ぎだとしても、少なくとも同じ側に立っているとは言えない。そもそも、兄に対してあんな物言いをする妹ではなかった。いったい何が、圭子を変えてしまったのか。考えてみてもよくわからず、人は想定外の状況に置かれると豹変するのだと納得するしかなかった。

母と圭子は、応接室に入ったかと思うとすぐに出てきた。ろくに言葉も交わさず、印象だけで豊子は父の子ではないと決めつけたようだ。母の気持ちはわからないでもないが、いくらなんでもそれでは豊子がかわいそうすぎる。皆、もう少し豊子の話に耳を傾けるべきではないだろうか。せめて自分だけはと、改めて応接室のドアをノックした。

「入るよ」

断って、ドアの隙間から中を覗いた。相変わらず豊子は、背筋を伸ばした姿勢でソファに坐っている。不安なはずなのに、あまり態度には出していない。その点だけでも立派だと、正人は考えた。

「何度もごめんね。家の中がごった返してるからさ。なかなかゆっくり豊子ちゃんの相手ができなくて」

正面に坐ってそう話しかけると、豊子はゆっくり首を振る。

「いえ、こんなときに来てしまったあたしがいけないんです」

豊子の返答は、誰かに吹き込まれたものとは思えなかった。父が今日死ぬとは、誰も予想できなかったのだから。つまりこれは、豊子が自分で考えて発した受け答えということになる。九歳なのに、なんと頭がいいのだろう。この頭のよさは、父譲りなのではないかと思えた。

「でも、豊子ちゃんは運がいいとも言えるんだよ。ぼくら兄弟が全員揃っていたからね。ぼくと圭子は島で暮らしているけど、直人兄と百子姉はふだんはくがに住んでるんだ。あっ、くがってわかるかな。本土のことだよ」

「はい、憶えました」

豊子は頷いた。こちらの人間とのやり取りで、意味を察したようだ。

運がいい、とは言ったものの、果たしてそうなのか正人自身は確信が持てなかった。というのも、皆が揃っていれば結論が出るのは早いだろうが、それが豊子にとって望ましいことかどうかはわからないからだ。むしろ今のままでは、豊子を父の子とは認めずに追い出すという結論になりそうだ。何しろ直人は世間体を重んじる人だし、なぜか圭子までが豊子の敵に回ってしまった。その一方、一番手強そうな百子がどういうわけか態度を保留しているように見える。百子は頭がいいから、何か考えがあるのかもしれない。

正人はといえば、今のところ豊子の味方になってやろうというつもりでいるが、それはただの同情心からだ。こんな子供を門前払いするのは、いかにも不人情である。だから当面はこの屋敷に置いてやり、じっくり処遇を相談すればいいと考えているだけだった。豊子が父の隠し子だと結論したわけではなかった。

だからこそ、もっと豊子から話を聞きたいのだった。豊子のことを知るためには、豊子自身に語ってもらうしかない。交流を深めることで、兄弟の絆を感じる瞬間があるかもしれないではないか。自分なりに、豊子の主張の真偽を見極めたいと正人は思った。

「豊子ちゃんのお母さんは、まだ若かったはずだよね。いくつで亡くなったの」

誰もそんなことすら訊いていないのだと、いまさらながら気づいた。父の死の直後で動転していたとはいえ、薄情な話だ。これでは豊子も、気持ちを開いてくれるはずがない。ひとつ質問を切り出すと、尋ねるべきことが次々と頭の中に浮かんだ。

「母は三十でした」

「三十歳。若いなぁ。どうしてそんなに早く亡くなったの」

三十ならば、直人と同じ年である。病気か、事故か。あるいは自殺かとも考えたが、こんな幼い子供を残して死ぬ母親がいるとは思いたくなかった。

「結核だったようです。お医者様には診てもらったのですが、どうにもなりませんでした」

結核か。結核では、確かにどうしようもない。空気のいいところに行って滋養を摂るくらいしか治療法がないが、豊子の口振りからするとそうした対策も取れなかったようだ。父はおそらく、豊子の母の病気を知らなかったのだろう。知っていたら、父が放っておいたとは思えなかった。

「いつ亡くなったの」

尋ねると、豊子は少し中空に視線をやってから、「五日前です」と答えた。母ひとり子ひとりで暮らしていたのであれば、母の死はことのほか辛く感じられるだろう。ましてまだ五日しか経っていないなら、豊子こそが悲しみの真っ直中にいるはずである。それなのにそんな気持ちはおくびにも出さず、気丈に振る舞っている様は健気だった。他の兄弟たちに、このことを教えてやりたかった。

「お母さんは亡くなる間際に、この島に行けと言ったんだね」

「はい」

確認してみて、少し疑問を覚えた。父はくがと島の往復の生活を送っていた。一応生活の拠点はこちらということにしていたが、くがにも屋敷はある。なぜ豊子の母親は、島に行けと言ったのだろう。父はくがにいる可能性もあったのだ。

おそらくそれは、豊子の母親が父の動向を気にしていたからに違いない。正人はそう考えた。父は余命いくばくもないと悟ってから、この島に帰ってきて療養していた。天下の一橋産業の社長ともなると、その動向は広く知られているのではないか。島で寝ついたという話は、正人が思うよりずっと大きく報道されていたのかもしれない。結核で動けない体でも、きっと知ることができたのだろう。

そもそも、結核で先が長くないと覚悟していたなら、豊子を父の許に送るしかないと考えていたはずだ。ならば、父の動向を気にかけていたのは当然である。船賃を用意し、もしもの場合に備えていたと思われる。これまで父を頼らずにいたのは、なんらかの決意があったからとしか考えられない。それを最後に枉げたのは、苦渋の決断だったのだと察せられた。

「豊子ちゃんには、他に親戚はいないの。お母さんの兄弟とか、あるいは豊子ちゃん自身の兄弟とか」

母方の祖父母はもういないのか。また、父以外の男性の世話にはならなかったのか。そういう男性がいれば、豊子の種違いの兄弟が存在する可能性もある。そこまで考えて問い質したのだが、豊子は首を左右に振った。

「いえ、いません。母の親類縁者は、震災でみんな死んだそうです」

「ああ、そうか」

決して珍しくない話だった。この島でも、震災で身内を喪《うしな》った人は多い。つまり豊子の母親にとっては娘がただひとりの肉親であり、豊子にとっても母だけが身寄りだったのだ。これで直人が受け入れを拒否したら、豊子は天涯孤独になってしまう。本当は四人も兄弟がいるかもしれないのに。

豊子の腕にイチマツ痣がある限り、肉親がひとりもいないなどということはないのだ。イチマツ痣を持つ者は、この島にたくさんいる。それら全員が、豊子の親類縁者なのだから。やはり豊子を追い出すことは、罪深いこととしか思えなかった。豊子はこの島で暮らすべき子供なのだ。

豊子が一橋家に迎え入れられても、当面は居心地が悪いだろう。しかし、正人もまた同じようなものだった。正人はずっと、この家の中で疎外感を味わってきた。優秀な一橋の一族において、自分だけが出来損ないとの思いが心の奥にあった。直人は父の跡を立派に受け継ぐ、家長の貫禄を備えている。百子は怖いほど頭が切れる。圭子はまさに深窓の令嬢として育ち、ピアノの才を開花させつつある。正人だけが、何にも恵まれていないのだ。

焦るあまり、小説に手を出したことがあった。自分の手で何かを創り出したいと思い、だが絵画や音楽では才能の有無が素人目にもはっきりするため、小説しかないと考えたのだ。文章ならば、誰でも書ける。その良し悪しは、直ちには判じがたい。つまりそこには努力の余地があり、非才の身であってもなんとか食らいつけるのではないか。そんなふうに思い定めたのだった。

書き始めてみて、自分の考えは半ば当たっていて、半ば甘かったと悟った。確かに小説という創作は、努力でどうにかなる部分が大きい。文章は、磨けばそれだけよくなる。最初はそのことに気をよくし、万年筆を手にするのが楽しかった。原稿用紙に向かい合っている間は、己の非才を忘れることができた。

だが、小説は摑み所がなかった。駄目と即断できない代わりに、これでいいという到達地点が見つからない。言わば、果てしない道のりを歩いているような行為だった。この、霞を手で集めるような空しさを、小説家はどのように克服しているのか。あまりの甲斐のなさに、正人の根気は尽きた。そしてそれは、やはり自分は何もなし得なかったという大きな挫折感となった。

存在意義が見つけられない己は、誰からも受け入れられずにいる豊子の寄る辺ない姿と重なった。自分が豊子の味方をせず、いったい誰が豊子を助けられるのか。自分のような役立たずがこの家に生まれた意味は、今の事態のためにあったのだ。背筋に一本、心棒が通ったかのような感覚が生じた。

「大丈夫だよ、豊子ちゃん。大丈夫。悪いようにはしない」

決意は、そのような言葉となった。おそらく豊子には、まったく伝わっていないだろう。それでいいと、正人は思った。

13

百子が夫に呼ばれて出ていき、部屋にいるのは直人と加倉だけになった。加倉は兄弟がやり取りしている間は、まるで存在していないかのように口を噤んでいる。だが現在のこの状況では、加倉こそが貴重な情報源なのだ。黙っていないで何か言え、と直人は苛立ちを覚えた。

「加倉」

呼びかけると、驚いたように顔を上げて「はい」と応じる。寝ていたのではあるまいな、と疑った。

「あの子の母親を、お前は知っていると言ったな。会ったことがあるのか」

「はい、ございます」

「何度もか」

「はい、何度か」

「父様に付き添ってか」

「そういうことになりますね。ただ、法的な話はしませんでした」

では、なんのために弁護士を伴ったのか。加倉が秘書だというなら私的な行動についてこさせるのもわかるが、弁護士では筋が違う。何かのついでだったのだろうか。

「松山明子という女は、どういう人だ」

豊子が本当に父の子かどうかばかりを気にしていて、母親のことは忘れていた。事の真贋を確かめるには、母親を知る以外に方途はない。ならば、直接会ったことがあるという加倉に話してもらうのが一番だった。

「はあ、あのう」

すると加倉は、なぜか言い淀んだ。その態度で、直人は察する。直人もさんざん同じようなことをした経験があるからだ。

「なんだ、言ってみろ」

「はい。あのう、松山明子さんは銀座《ぎんざ》の女給でした」

「女給ね」

そんなことだろうと思った。だから加倉も何度か会ったことがあるのか。筋は通った。

「父様は銀座の女給と懇《ねんご》ろになったというわけか」

理解できる話である。まったく不思議ではない。だがだからこそ、豊子が本当に父の子である可能性が高まってしまったとも言える。直人は鼻から「ふん」と息を吐いた。

「いえ、あの、先ほども申しましたとおり、懇ろという表現はちょっと違うのではないかと」

思いがけず、加倉は言い返してきた。表現の問題など、どうでもいいではないかと直人は思う。どのように言い換えようと、やったことに変わりはないのだ。

「お前が知らなかっただけで、父様は女給を愛人にしていたのだろう」

「いやぁ、それが私にはとてもそうとは思えないのですが」

なぜ否定するのか、理解できなかった。父を庇っているわけではあるまい。否定する根拠があるのか。

「どうして、そう思えないんだ」

「それは、おふたりが会っているところを見ての感触です」

加倉がどれくらいの観察眼を持っているのか、直人は考えてみたこともなかった。果たして、男女の機微を見抜けるほどの鋭い目を持っているのか。この鶏ガラのような男に、男女の仲を感じ取る鋭敏さがあるとは思えないが。

「具体的に教えてくれ。父様と女給は、そこまでの仲には見えなかったってことか」

「そうです。おふたりとも、非常に礼儀正しく接していらっしゃいました」

女給が客に対して礼儀正しく接するのは、ある意味当然だ。そして父も、女給だからとぞんざいな態度をとる人ではない。少なくとも人前では、節度を保った接し方をしただろう。父の人となりを知っていれば、特におかしいこととは思えなかった。

「父様がどういう人かは、お前も知っているだろう。愛人に対してだって、他人がいるところでは敬語を使いかねない人じゃないか。礼儀正しく接していたからといって、愛人じゃないってことにはならないんじゃないか」

「それはそうですが、むしろ私の目には、社長は松山さんと知的な会話を楽しんでいるように見えました。決して邪《よこしま》な思いで店に通っていたわけではないと、私は理解していたのです」

父が女にも知的な会話を求めていたのは、なるほどと思う。銀座の飲み屋で、知的なやり取りができる女を見つければ、面白いと感じるだろう。しかし、興味を持てば会話だけで終わるとは限らない。むしろ興味があるからこそ、それ以上に発展してしまうのではないか。直人ならば間違いなく、そうなる。実例を挙げて加倉に説明してやりたいほどだった。

「話をしてて楽しい相手と深い仲になるのは、ごく当然じゃないか」

しかし具体例など披露するわけにはいかないので、一般論で言い返した。それでも加倉は、納得しなかった。

「ですが、病でお臥《ふ》せりになるまで、ずっと店に通っていたのですよ。愛人にしていたのなら、もう店に行く必要はないじゃないですか」

それも一理ある。むしろ店に出していたら、他の虫がつく恐れがあるではないか。もし直人なら、絶対に囲う。なぜ父はそうしなかったのか。

「奥手で、囲うと言い出せなかったのかな。ああ、いや、それだと豊子がなぜいるのかという話になるな。愛人ではなかったけど、何回か子供ができるようなことはした、というところじゃないか」

父親の下半身事情を推測するのは、なんとも気詰まりだった。だが直人も子供ではない。父にも男としての面が当然あったと理解しているし、あの父ならば愛人を囲う踏ん切りがなかなかつけられなかったとも思える。まあ、大方そんなところだろうと納得はいった。

「ううん、そうなんですかねぇ」

しかし加倉は、あまり得心していないようだった。何が腑に落ちないのか、よくわからない。お前も一度、愛人を囲ってみればわかるよと言いたかった。

「まあ、そういうことにしておこう。いくらなんでも、まったく身に憶えのない相手のところに子供を送り込んでは来ないだろう。で、父様はその女給といつ知り合ったんだ」

父が本当に豊子の父親でありうるかどうかを検証するなら、知り合った時期は重要である。だがそれを確かめるには、加倉の記憶を頼るしかない。正確に思い出してくれよ、と直人は祈った。

「それをずっと考えているのですが、どうも記憶がはっきりしなくて」

期待に反して、加倉は曖昧なことを言った。どうせそんなことだろうと思った。だが、思い出してもらわなければ困る。睨みつけてやると、「手帳を確認するので、鞄を取ってきます」と言って加倉はそそくさと部屋を出ていった。

「ふん」

直人はまた、鼻から息を吐いた。家を継いで早々に、厄介なことが持ち上がった。これは父がわざと残した試練なのではあるまいな。そんなふうに考えてしまった。家を継ぐだけでこれなのだから、会社を背負って立つことになったらどれほどの苦難が待ち受けているのか。考えるのもいやなので、ソファに身を任せてふんぞり返った。次男に生まれた正人は気楽でいいよな、と羨んだ。

待たされるかと思いきや、加倉は五分ほどで戻ってきた。いかにも嬉しそうな顔で、「思い出しました」と言う。本当だろうなと疑いつつも、直人はつい身を乗り出した。

「いつだ」

「十年前です。接待で招かれて、私も同行したのを思い出しました」

十年前とは、また微妙な時期だ。九歳の豊子が父の子であってもおかしくはないが、出会ってすぐに妊娠したとなるといささか早すぎる。それほど意気投合したということか。あるいはやはり、豊子は父の子ではないのか。

「もっと具体的に言え。十年何ヵ月前だ」

「ええと、おおよそ十年と五ヵ月前ですね」

加倉は手帳を見ながら答える。十年五ヵ月か。それならば、ぎりぎり無理はなさそうだ。なんとも測ったような時期だな、と思わずにはいられなかった。

「そのとき、どんな感じだった」

「社長はご存じのとおり、口の重い人ですから、ああいう店に行って女給たちを喜ばせられるわけではありません。ただ、社長を招いた相手が大事な客だと説明したので、女給たちが代わる代わる話しかけていました」

まあ、そうであろう。あの父が、女給相手に騒いでいるところは想像できない。

「ですから、松山明子さんと最初から話が弾んだというわけではありませんでした。正直、私が見たところ、大勢いる女給の中のひとりであって、社長が特に気に入った様子はありませんでした」

「ほう」

親しくなるまでに時間がかかったなら、豊子は父の子ではあり得なくなる。重要な情報ではないか。

「ただ、その後何度か店に連れていってもらうようになったので、店自体は気に入っていたのだと思います。私が行くと必ず、松山明子さんも社長につきました。今から思えばあれは、社長がそう望んでいたからだったのでしょうが、私は気づきませんでした。松山さん相手だと、あまりああいう店で出す話題にはそぐわないことをお話しになるな、とは思いましたが」

それを指して加倉は、知的な会話を楽しんでいるように見えた、と言ったのだろう。お前が気づかなかっただけで、それは気に入っていたんだよ。そう指摘してやりたかったが、面倒だから口にしなかった。加倉は直人の感想も知らず、話を続ける。

「そういう次第ですので、私は社長と松山さんが親しくなっているとはつゆ知らず。あの子供が現れて、仰天したわけです」

「とはいえ、父様がその店に行く際には、お前が必ず一緒だったというわけじゃないだろう」

「そうでしょうね。私を伴わないときの方が、きっと多かったんじゃないかと思います」

ならば、加倉が知らないところで親しくなっていたのだ。それは間違いないだろう。誰も連れずに店に行って、密かに口説いたのではないか。経過はどうであろうと、もはや父と松山明子が深い仲になったことは疑いようがないと判断した。

「いいか、加倉」

少し口調を強めた。何かを感じたか、加倉は背筋を伸ばす。

「はい、なんでしょう」

「今のこと、誰にも言うな。訊かれたら、父様と女が知り合った時期は憶えていない、親しくなったようには見えなかった、と言え。いいな」

「はあ、それはまたどうしてでしょうか」

「今の話を聞く限り、あの子供は本当に父様の子らしいからさ」

「えっ、どうしてそう判断されたのですか」

加倉は不思議そうに目を丸くする。お前が鈍感で気づかなかっただけだよ、と今度こそはっきり言ってやりたかった。

14

豊子を一橋家に迎え入れるには、直人が首を縦に振らなければいけない。しかし正人が思うに、おそらく直人は豊子を追い出すだろう。兄が気にしているのは世間体だけであり、体裁さえ取り繕えればどんな非情な決断でも躊躇なく下すはずだ。だから、説得が最も難しい相手とも言える。

豊子受け入れを直人に認めさせる方法はただひとつ、他の兄弟三人で押し切ることだ。仕事では利益優先の判断を下す直人も、兄弟たちに寄ってたかって責められれば意外と簡単に音を上げる。つまり正人がやるべきことは、百子と圭子を味方につけることだった。

しかし、それが難題だった。百子はもともと苦手だし、圭子はなぜか豊子を拒絶する側に回ってしまってその真意がわからない。いつも兄弟間で意見対立があるときは圭子が味方になってくれていたので、この事態には驚きと戸惑いを覚えていた。だとしても、豊子のためにはふたりを説得しなければならないのだった。

逆に百子の方が、拒絶の意をはっきりとは示していない。それもなぜだかわからないが、むしろ百子の方が説得しやすいかもしれないと考えた。苦手とはいえ、いずれは攻略しなければならない相手である。ならば、百子から攻めてみるのもひとつの手かと判断した。

百子は今、どこにいるのか。応接室を出て、正人は捜した。なまじ部屋数が多いだけに、こういうときには見つけづらい。ひとつひとつ覗くより、女中に訊いた方が手っ取り早いこともある。キクを摑まえて確認したら、案の定部屋を把握していた。きっとお茶を運んだのだろう。教えてもらった部屋に行くと、百子は夫の良和と一緒だった。

良和もいるのか。正人はこの義兄が、百子とは別の意味合いで苦手だった。妙にいい男で、しかも本心が読めない。いつも一歩引いたところから、一橋家の出来事を面白がって眺めている気がする。そんな良和からしたら、今の騒動はさぞかし見物《みもの》だろう。単に面白がるために、よけいな嘴《くちばし》を突っ込んでくるかもしれない。それを思えば百子とふたりだけで話をしたかったが、良和を追い出す口実がすぐには見つからなかった。女傑の姉が、良和にはどうも心底惚れているようなのもまた、義兄を排除しにくい理由である。やむを得ず、話を切り出した。

「姉さん、ちょっと話があるんだけど、いいかな」

「あら、あなたから話しかけてくるなんて珍しいわね。どういう風の吹き回し、と言いたいところだけど、用件に見当はつくわ。あの子のことでしょ」

百子はいきなり鋭いところを見せる。こういう姉だから、苦手なのだ。こちらが口に出さないことも、すべて見透かされている気がしてしまう。

「うん、そうなんだよ。姉さんはあの子のことをどう思ってるの」

テーブルを挟んで百子の正面の位置にあるソファに坐った。良和は斜め前に腰を下ろしていることになる。こちらに好奇の目を向けてはいるが、まだ何も言わない。ふたりでこの部屋に籠り、何を話していたのだろうかとふと考えた。

「あの子が本当にお父様の子かどうか、ってことかしら。本当かどうかなんて、あたしたちには判断がつかないでしょ。調べようがないんだから」

「それはそうだけど、事実がどうかじゃなくて、姉さんがどう思っているかを訊いてるんだ」

いきなり理詰めで答えられて、正人は気後れした。俗に男は理屈っぽく、女は感情的と言うが、そんなことはまったくないと姉を見ていると思う。姉はいつも理詰めで、正人の反論を封じる。理屈で姉に勝ったことは、これまで一度もなかった。

「あたしの感想が聞きたいの。そうねえ、あの子は顔が整ってるから、お父様の子じゃないんじゃないかしら」

今度は逆に、あまり理屈が通ってないことを言う。意図的にそうしているのは明らかだ。まともに答える気がないのだろう。だとしても、ひとつひとつ切り返していくしかなかった。

「子供のうちは、将来どうなるかなんてわからないよ。そのうち父様に似てくるかもしれない。そうじゃなくても、鈴子さんみたいな例外もいるじゃないか。顔が整っているから父様の子じゃない、ってことにはならないよ」

「あら、ずいぶん理屈を捏《こ》ねるのね。お前も成長したってことかしら。二十代も半ばになって、ようやく成長したのね」

完全にこちらを馬鹿にした物言いだった。昔からだから、腹は立たない。むしろ、姉の手に乗らないように気をつけなければならないと己に言い聞かせた。

「つまり姉さんが、豊子ちゃんは父様の子ではないと思うのは、単に印象からなんだね」

「ただの感想だからね。感想を聞きたがったのは、お前でしょ」

「逆に言えば、本当に父様の子であってもおかしくはないと思ってるわけだ」

「そういうことになるかしら」

百子はあっさりと認めた。おそらく姉ならば、そう考えているはずと予想していた。父の隠し子が現れても、たぶん一番驚かなかったのが百子だ。百子は様々な可能性を瞬時に想定するから、どんなことにも動じない。

「それなのに、兄さんが豊子ちゃんを拒絶することにしちゃったらどうする。豊子ちゃんはぼくたちの兄妹かもしれないんだよ」

「まあ、かわいそうよね。運がなかったと言うしかないわ」

姉はうそぶくが、それは本音だろうかと正人は疑った。追い出した後で豊子が父の子だと判明したら、百子はきっと受け入れを主張しそうな気がする。真実を枉げるような真似は、嫌いなはずだった。

「姉さんが気にしているのは、一橋家の名誉でしょ。違うの」

話しているうちに、思い至った。百子は家族の誰よりも、一橋家の一員であることを誇りに思っているのだ。頭の出来が最も父に近いからこそ、父の業績を誇らしく感じているのかもしれない。姉が抵抗を覚えているとしたら、そんな父に私生児がいたという事実が確定することではないのか。だからこそ、むしろ曖昧なままでいた方がいいと考えているのだろう。豊子が父の子である証拠でも出てこようものなら、虚偽を嫌う百子は認めざるを得なくなるから。

「ああ、そうか。一橋家の資産が減ることより、名誉を傷つけられることを君は恐れていたんだね」

　横合いから、良和が口を挟んだ。何を言い出すのかと、正人は反射的に警戒する。面白がりの義兄が、この場を掻き回すことを恐れた。

「一橋家の資産が減るのだって、いやよ。別に嘘をついたわけじゃないわ」

　百子は夫の方に顔を向けて、そう言い返す。どうやら、正人が来る前には金の話をしていたらしい。それもまた、姉らしいことだ。一橋家が裕福であることこそ、姉の誇りの源泉なのである。その意味では、一ノ屋の血を引く者として百子は例外だった。百子は一ノ屋の血には、一片の価値も認めていない。

「ふうん、そうなの。もし本当にその子が一橋の子だとわかったら、君はけっこうかわいがりそうなのにね」

　良和は眉を吊り上げ、薄笑いを浮かべる。そんな指摘に百子がどう反応するかと正人はひやひやしたが、意外にも姉は何も言わなかった。もしかして、良和の指摘が当たっているのか。百子が豊子をかわいがることなど想像もしなかったので、密かに仰天する。良和が単に面白がってではなく、姉を理解した上でそう言ったのなら、夫というのはすごいものだと感心もした。弟の正人より、ずっと百子をわかっていることになる。

「姉さんが一橋家の名誉を傷つけられることを気にしているなら、そんなことにはならないよ。少なくとも、この島の中では名誉が傷つけられたりしないから」

　姉の攻略法を思いつき、攻勢に出た。百子は眉を顰めて、こちらを見る。正人が何を言い出したのか、見当がつかないようだ。自分にわからないことがあると、姉は不機嫌な顔になる。

「だって、ぼくらの祖父に当たるイチマツという人は、散々私生児を産ませたじゃないか。それなのに島に福をもたらしたと思われてるんだから、たとえ父様に隠し子がいたって悪く思う人なんていないよ。むしろ、さすが一ノ屋の血筋だと考えるんじゃないかな」

百子は言い返さなかった。一ノ屋の血筋を重視しない姉にとって、この考え方は発想外だったに違いない。もし何か思いついているなら、黙っているはずがないからだ。反論しないということは、一理あると認めているのである。正人は手応えを感じた。

「確かに、この島ではね。でも、本土ではどう思われるかなぁ」

声を発したのは、良和だった。やはり、よけいなことを言った。黙っていてくれという意味を込めて良和に視線を向けたが、そんな意図をまるで察していないように涼しい顔をしている。だが、良和の発言は終わりではなかった。

「まあ、大会社の社長が妾のひとりやふたり抱えていても、それも男の甲斐性と思われるだけか。側室制度は、たとえ昭和になってもなくならないものだねぇ」

これは掩護のための発言なのか。少なくとも、正人の言ったことの否定ではない。真意が読めない義兄は、味方をしてくれているのかどうかも判然としなかった。

「そうかもね」

ようやく、百子が応じた。相槌は短いが、隠し子の存在が発覚しても父の恥にはならないと認めたのだ。よし、一歩前進だ。正人は次の矢を放った。

「それに、もしうちが豊子ちゃんを受け入れなかったら、あの子は天涯孤独になっちゃうんだよ。お母さん側にも、親戚はいないんだって。でも本当なら、豊子ちゃんの親戚はこの島にうじゃうじゃいるんだ。イチマツ痣があるってことは、あの子が一ノ屋の血を引くのは間違いないんだからね。天涯孤独になるか、たくさんの親戚を見つけるか、豊子ちゃんにとっては今がその分かれ道なんだよ。あの子からたくさんの親戚を奪うなんて、罪深いこととは思わないか」

理詰めで押し切れた今、第二の矢として情の面で攻めることにした。百子にそんな攻め方が有効とは想像しなかったが、良和の横やりで考えを変えた。百子が豊子をかわいがる可能性があるなら、情の面から攻めるのは効果的なはずだ。正人は身を乗り出し、百子の顔から視線を逸らさなかった。この勝機を逃してなるものかと思った。

果たして百子は、ふと表情を緩めた。苦笑したようだ。何度も小刻みに頷き、鼻の頭に皺を寄せた。

「わかったわよ。負けたわ。あの子を一橋家で受け入れるよう、お前と一緒に兄さんを説得すればいいんでしょ」

正人は思わず万歳をしたくなった。この怖い姉の考えを変えられるとは、正直あまり勝ち目はないと思っていた。一念岩をも通すというやつか。自分のためではなく、豊子のためだからこそ気迫が漲《みなぎ》ったのかもしれない。達成感は大きかった。

良和にも目をやった。掩護してくれたのかどうかわからない義兄は、相も変わらず楽しそうにうっすらと微笑んでいた。

15

母に付き添っていたら、障子を軽く叩く音がした。「はい」と応じると、正人が顔を覗かせる。

「ちょっといいかな」と、圭子に向かって話しかけてきた。

「話があるんだ。別の部屋に移動できないか」

「話。ここでは駄目なの」

正人に目を向けながらも、母をここにひとりで置いておくことに気兼ねした。母の耳に入れたくない話といえば、豊子のことに決まっている。兄弟四人で相談するならまだしも、正人とふたりで話し合ったところで何も決められない。意味がないのではないかと、とっさに思ってしまった。

「うん、ちょっと」

いかにも正人らしい、曖昧な物言いで出てくるよう促す。仕方なく、母に断ってから廊下に出た。

「何かしら」

「こっちに来てくれないか。姉さんもいるから」

「えっ、百子お姉様も」

それは意外だった。直人の名が出ないということは、まずは三人で話し合うのか。正人だけならまだしも、そこに百子が加わる理由は想像もつかなかった。

正人に先導されて別の部屋に入ると、百子だけでなく良和もいた。これはいったい、なんの話し合いなのか。豊子のことではないのではないかとすら考えた。

「まあ、豊子ちゃんのことなんだけどさ」

だがソファに腰を下ろすとすぐ、正人がそう口を開いた。やはりそうなのか。しかし、ならばこの場に良和までいる理由がよくわからない。単に百子の付き添いなのか。このふたりが未だに仲がいいのは、圭子もよく知っている。自分が結婚する際は、姉夫婦のようになりたいと思っていた。

「圭子、あなたはあの子のことをどう思ってるの」

百子が話を引き取り、ずばり問いかけてきた。テーブルを挟んで向かい合う形なので、正面から見据えられている。気圧されつつも、どのように答えるべきか考えた。

「私はお父様を信じます。お父様は決して浮気なんてしません」

圭子は豊子を拒絶したいのではなく、父の行状を信じたいのだ。だから百子の問いかけへの直接の返答ではなくても、堂々とそう答えた。

「あなたはいつまでも箱入り娘ね」

するとと百子に、呆れたようなことを言われてしまった。父を信じることが、世間知らず故だと言うのか。百子は現実的な人だが、何も実の父親までそんなにも突き放して捉えなくてもいいではないか。姉に逆らったことなど一度もないが、今ばかりは言い返さずにはいられなかった。

「男は誰でも浮気をするもの、という一般論で言ってるんですか。それはあくまで一般論であって、お父様にまで当てはまることとは思えません。良和お義兄《にい》様はどうお考えですか」

なぜかこの場にいるなら、いっそ巻き込んでしまうことにした。良和は楽しげに眉を吊り上げて、答える。

「ぼくは浮気なんてしないよ」

「ほら、お姉様。浮気しない殿方だって、世の中にはいるんですよ」

「一般論だけで決めつけてるわけじゃないわ。単に、あの子がお父様の子である可能性もある、と考えているだけ」

百子はあまり動じていなかった。それどころか、良和の言葉を聞き流しているふうでもある。仲がいいのに、夫のことを信じていないのだろうか。それはそれでいかにも姉らしいが、あまりに疑り深すぎて怖くもあり、また憐れにも思えた。

「まあ、可能性があることは私も認めますけど」

厳密さを求められれば、そう答えるしかない。圭子が語勢を緩めたと見たか、正人が割って入った。

「いいかい、圭子。どんな人にだって、魔が差すという瞬間はあるんだ。きっと、長く生きていればいるほど、そういう瞬間は来るのだと思う。だから、たとえ父様に一瞬の浮気心が湧いたとしても、それは言ってみれば非常に人間臭いことなんだよ。潔癖な圭子にしてみれば認められないのはわかるけど、過ちを受け入れる心の広さを持たなければいけないよ」

兄の口調は優しいが、男の理屈に則《のっと》っていると思えた。これが逆の立場であれば、男は己の妻の過ちを許せるのだろうか。絶対にそんなことはないはずだと、圭子は断言できた。

とはいえ、そんな論拠で正人に嚙みつこうとは思わなかった。父とて完璧な人間ではなかった、と言われれば理解はできる。さすがにそこまで子供ではないつもりだった。

「あのう、ひとつ伺いたいのですが、もしかしてお姉様は豊子ちゃんを一橋家で受け入れることに賛成なんですか」

「まあね」

尋ねてみて、仰天した。まさか姉が、受け入れ側に回るとは思わなかった。何もかも情ではなく理で割り切る姉がそう判断したということは、豊子が父の実子であるというなんらかの根拠が見つかったのだろうか。圭子は己の顔が青ざめるのを感じた。

「ど、どうしてですか。何か新しい事実が出てきたのですか」

「そういうわけではないわ。あの子が本当にお父様の子かどうかは、ここで考えてもわからない。だから、別の考え方をしただけ」

「別の考え方、ですか」

「そうよ。あの子を一橋家で受け入れることが、損か得か。そういう観点で考えてみたの」

百子がそう言うのならば、何か得になることがあるのか。圭子にはまるで思いつかないので、姉の説明を待った。だが百子は、続けようとしない。やむを得ず、正人に視線を向けて説明を求めた。

「姉さんは言い方が露悪的なんだよ。損得というより、人道面を重視した結果かな」

「人道面」

　つまり、豊子を拒絶するのはかわいそうという観点からか。それを言うなら、圭子だってかわいそうだとは思う。ただ、同情心で判断していいことではないはずだ。それは百子ならば、誰よりもよくわかっているはずだと考えていたのだが。

「豊子ちゃんがかわいそうだから、ってことですか。でもそんなことを言うなら、お母様はもっとかわいそうじゃないですか。お父様の裏切りを、子供である私たちが認めてしまうということなんですよ。お母様の気持ちは考えないんですか」

　この指摘には、皆が黙り込んだ。圭子の言葉が意表を衝いたというより、あえて目を逸らしていた点に言及されたといった感だった。少しの間の後、言いづらそうに正人が発言した。

「隠し子を名乗る人が現れたら、誰も傷つかずに収束するなんてことはあり得ない。どういう結論を出そうと、一番傷つくのが母様であることは間違いないんだ」

「冴えたことを言うわね、正人。そう、そのとおりよ。だから話を進めるためには、この際お母様のことは度外視しましょう。お母様も大会社の社長夫人なのだから、それ相応の覚悟はできているはずよ」

　百子らしい、冷たい物言いだった。圭子は反発を覚えたが、覚悟ができているはずと言われればそうだろうと認めるしかなかった。母には、大会社の社長夫人にふさわしい肝の太さがある。そんなことは、圭子もよくわかっていた。

「なあ、圭子。こう考えてみてくれ。豊子ちゃんが本当に父様の子かどうかは、ぼくたちには決められない。父様の子である可能性を、否定はできないんだ。つまり、豊子ちゃんはぼくたちの妹かもしれないんだよ。その可能性がある子を、圭子は放り出せと言うのか。一橋家が拒絶しちゃったら、あの子にはひとりも身寄りがないんだよ」

正人が圭子の同情心に訴えるような物言いをした。そんなふうに迫られると、圭子も心が鈍る。豊子が妹である可能性は、当然承知していた。それでもまだ、納得はできない。

「母方の親戚がいるのではないですか。誰かが豊子ちゃんを引き取ってくれるでしょう」

「それが、いないらしいんだ。母方の祖父母も他の親戚も、みんな震災で亡くなったらしい」

「ああ」

そうか、震災で身寄りを亡くしたのか。それはありうることだ。島も町ひとつが波に呑まれる被害を出したが、くがの被害はもっと大きかったらしい。死体を踏んで歩かなければ前に進めないほど、屍の山が続いていたなどという悲惨な話も聞いた。母親とふたりで生き残ったとはいえ、その母親に死なれてしまえば豊子は震災孤児も同然である。最前の「人道面」という正人の表現が、今になって胸に迫ってきた。

「圭子も兄さんの性格はわかってるだろう。このまま任せておけば、絶対に豊子ちゃんを放り出すに決まっている。ぼくたちの妹かもしれない子を、見捨ててしまっていいのか。たとえ父様の実子でなくても、あの子にはイチマツ痣があるんだ。つまり、この島にはあの子の親戚がたくさんいるという意味だよ。そんな子を、無慈悲にくがに送り返すなんて、ぼくにはとてもできない」

言い募る正人の言葉は、圭子の心に直接届いてくるかのようだった。身寄りのない幼子を追い出す所業が、とんでもない非情に感じられてくる。一度防御を緩めてしまえば、もう抗するすべはなかった。もともと圭子は、割り切った判断ができる性格ではないのだ。豊子への同情心を喚起させられては、もはや白旗を揚げるしかなかった。

「豊子ちゃんは、一ノ屋の血を引くのね。一ノ屋の子は、この島で暮らすべきなのよね」

自分に言い聞かせるように、圭子は呟いた。豊子は一橋の子ではなく、一ノ屋の子。そう考えれば、ようやく納得ができそうだった。

16

ノックの音がしたので「入れ」と応じたものの、部屋に入ってきたのが正人と圭子だけでなく、百子夫妻まで一緒だったことに直人はいやな予感を覚えた。正人と圭子が結託することは予想できたが、なぜそこに百子夫婦まで加わっているのか。直人を抜きにしたところで、なんらかの合意があったに違いない。やられた、と反射的に思った。

「お前ら、わかってるか。父様が亡くなったばかりなんだぞ」

だから機先を制するつもりで、そう言った。正人と圭子はその言葉に多少怯《ひる》む気配があったが、百子はまったく動じなかった。百子は味方だと思っていたのに、いったいどういう心変わりか。険しい目で睨んでやったが、まるで効果がないのは初めからわかっていたことだった。

「お父様が亡くなったばかりだからこそ、はっきりさせておかなくちゃならないわよね」

直人の斜め前に坐った百子が、堂々と言った。百子の隣には良和が坐り、テーブルを挟んで百子の正面には正人、その隣に圭子が腰を下ろし、先ほどまで正人の位置に坐っていた加倉は逃げるように末席に移動した。直人が許可を与えれば、すぐにでもこの部屋を出ていきたそうな顔をしていた。

「まさかとは思うが、あの子供を一橋家の子として受け入れろと言うんじゃないだろうな」

「あら、ずいぶん察しのいいこと。さすがは一橋家の新しい当主だわ」

とても素直には受け止めかねる誉め言葉が、百子の口から出てきた。実の妹ながら、なんだってこんなに嫌みな女に育ったのかと思う。良和はよく、こんな女と一緒にいるものだ。おれだったらさっさと外に愛人を作る、と考えたが、いや良和もそうしているかもしれないなと気づき、ひとり悦に入った。

「どうしてだ。わずかな金をやって追い払えと、お前もさっき言ってたじゃないか」

それはいかにも百子らしい意見だったので、なぜ急に考えを変えたのか不可解でならない。あの子供がかわいそう、などという発想は絶対にしない女のはずなのだが。何か直人が見落としている、子供を受け入れる利点でもあるのだろうか。

「気が変わったのよ。あんな小さい子をたったひとりで放り出すなんて、かわいそうでしょ」

白々しいことを、百子は言う。かわいそう、なんて言い種は、最も百子に似合わない。なんの魂胆があるのかと、俄に警戒心が湧いた。

「百子、お前らしくもないことを言うなぁ。何を考えているのか、正直に言ってみろ。もし正人と圭子がいる場では言いにくいなら、このふたりには出ていってもらうから」

駆け引きで百子に勝つ自信はないので、むしろ身を乗り出し、気さくな口調で問いかけた。すると珍しいことに圭子が、横から口を挟んだ。

「百子お姉様の言葉に嘘はないんです。お姉様は本当に、豊子ちゃんがかわいそうだと思ってるんですよ。何かの意図があるなんて、直人お兄様の誤解です」

兄弟四人が揃っている場で、圭子が発言するのは珍しい。よほどうまく百子に丸め込まれたようだ。だが、豊子受け入れは圭子の希望ではないのか。ならば圭子が百子を丸め込んだことになる。どちらが主体なのかわからず、直人は混乱した。

百子の顔に視線を転じたが、変化はいっさいなかった。頬に肉がついているので、微妙な感情が面《おもて》に出にくいのか。どうも心底が読みにくくて困る。隣にいる良和がうっすらと口許に笑みを刻んでいるのとは対照的だが、ずっと笑っているのも心が読みにくいという点では同じだった。似た者同士ということかと、こんな際なのに妙に納得した。

「あんな子供を一橋家の子として認めて、いったいなんの得があるんだ。引き取って育てるなら、金がかかるんだぞ。お前だってそんなことはわかってるんだろう」

真意が測りかねるので、わかりやすく金銭の問題にしてみた。百子は無駄金を使うのが大嫌いなはずだ。それなのに子供を受け入れろと言うなら、やはり利点があるに決まっている。なぜそれを言わないのか理解できないが、白状するまで首を縦に振らなければいいだけのことだと考え直した。

「得なら ありますよ」

今度は正人が口を開いた。お前に訊いてない、という意味を込めて睨んでやったが、正人は怯まなかった。

「一橋家の度量の広さを、世間に対して示すことができます。いえ、一橋家のじゃない、兄さんの度量の広さを世間は知ることになるんです」

正人の言葉に、直人は目を細めた。それは考えないでもなかったが、さほど検討しなかった。改めて言われてみると、やはりそうなのかと思えてくる。母親を失ったみなしごを受け入れれば、度量が広い男だと世間は思うだろうか。世間の賞賛と今後の養育費と、どちらが重きを置くに値するか、すかさず頭の中で計算する。

「兄さんの隠し子なら、悪く思う人もいるでしょう。でもそうじゃなく、父親の落とし胤《だね》を引き取ってやるなんて、なんと懐の広い人かと世間は感心しますよ。それは今後一橋家を背負って立つ兄さんにとって、すごく得なことじゃないですか」

「ううむ」

思わず声に出して唸ってしまった。確かにそのとおりかもしれない。自分の隠し子ではなく、あくまで父親の子なのだ。直人の評判に傷がつくどころか、むしろ名声を高からしめることになるだろう。それは、豊子が成人するまでの養育費と天秤にかけても、釣り合って余りあることではないか。少し心が揺らいだ。

「お金をかけて育てるだけの意味はあるわよ」

直人の揺らぎを敏感に察知したかのように、ようやく百子が言葉を発した。そうだ、お前がちゃんと欲得ずくのことを言ってくれないことには、安心できない。何か狙いがあるなら、さっさと言え。内心でそう思いつつ、訊き返した。

「それはなんだ」

「あの子はけっこうかわいい顔立ちをしてるってことよ」

すると百子は、なにやら妙なことを言い出した。意図がわからず、眉を寄せる。

「なんだ、そりゃ。顔がかわいいと、どうしてわざわざ金をかけて育てる意味があるんだ」

「そんなこともわからないの」

百子は呆れたように言う。悔しいので必死に考え、そういうことかと思い至った。さすがは百子だ。おれには考えもつかない計算をしている。皮肉でなく、感心した。

「あの子が年頃になったら、引く手あまたよ。どこに縁づかせるかは、選《よ》り取り見取りだわ。きっと兄さんの役に立ってくれるわよ」

豊子がまだ子供なので、そんなことは考えもしなかった。要は、政略結婚の駒にしろと百子は言っているのだ。なるほど、それはいい。政界でも財界でも、姻戚関係になりたい相手はたくさんいる。こう言ってはなんだが、その点では圭子はあまり力になってくれそうにない。豊子ならば百子の言うとおり、あちこちから引きがあるだろう。

父の落とし胤が女の子でよかったと、密かに幸運を感じた。直人が愛人に生ませた子は、男の子である。だから面倒を考え、引き取らずにいるのだ。その点、女の子なら使い道がある。まして顔立ちが整っているのであれば、有益な道具と言えた。そういうことなら、逆に反対を押し切ってでも受け入れたいという気になった。

「わかった。そうだな、あんな小さい子をひとりで放り出すのは、あまりにかわいそうだ。イチマツ痣があるってことは、あの子はおれたちの妹なんだからな。よし、正式に一橋家の子として受け入れようじゃないか」

肚を決めて宣言すると、正人と圭子はぱっと表情を明るくした。一方百子は、わずかに目を細めただけである。まるでヒキガエルみたいだなと思ったが、むろん口には出さなかった。

終始黙っていた良和は、相変わらずうっすらと笑っている。結局押し切られてしまった直人をあざ笑っているかのようで、なんとなく不愉快だった。だがこの義理の弟はこういう奴なのだと、意識から切り捨てる。これで妙な口出しをするなら怒鳴るところだが、何も言わないところは賢いと認めてやってもよかった。

末席にいた加倉は、それでいいのかとばかりにこちらを見つめている。弁護士としては、言いたいこともあるのだろう。もう決めたんだよ、との意を込めて視線を合わせると、弾かれたように目を逸らした。その臆病さに、直人は笑い出したくなった。

17

扉を叩く音がして、正人が部屋に入ってきた。最初はなぜ扉を叩くのかわからなかったが、どうやらそれが礼儀だとやがて豊子は悟った。この家に入るなら、いろいろ覚えなければならないことがありそうだ。注意深く観察し、決して粗相がないようにしなければならない。

「待たせたね、豊子ちゃん。実はいい報せがあるんだ」

人がよさそうな正人は、正面の椅子に坐ると微笑みながら身を乗り出した。その横に並んで腰を下ろした、あまり綺麗ではない女の人は、確か圭子といったか。いっぺんにたくさんの人に会ったので、名前を憶えるのが大変だ。でも、きちんと憶えて間違えないようにしなければ。名前がわからない場合は、相手を呼ばずに済ますことだ。呼びかけなければ、相手の名前を憶えていないことはばれない。

「豊子ちゃんを一橋家で受け入れることを、直人兄さんが承知してくれたよ。今日から豊子ちゃんは、一橋家の子だ。ぼくらの妹なんだよ」

「ここで一緒に暮らしましょう。よろしくね、豊子ちゃん」

ふたりして、そう言ってくれた。それを聞いた瞬間、思わず顔が緩みそうになった。ああ、よかった。どんな話し合いになるか不安でならなかったが、この家に入れることになったようだ。有名な会社の、社長一族。東京から離れた島とはいえ、こんな豪邸に住んでいるなんて信じられない。ここに、あたしも住めるのか。これからは、毎日の食事の心配なんてしなくていいのか。

安堵のあまり、眩暈がしそうだった。

「あ、ありがとうございます」

感極まって、声が震えた。ここを追い出されたらどうすればいいのかと、悪い想像ばかりしていた。まさに、天か地かの分かれ道だった。自分の運が強いとはまったく思わないが、肝心なところで賽《さい》の目はいい方に転がった。これまでの不運を一気に取り返して、さらにおつりが来る。母さんやったよ、と死んだ母親に大声で知らせたかった。

「お母さんに死なれて、さぞかし心細かったろうね。でも、もう大丈夫だ。ちゃんと学校に行けるし、豊子ちゃんがしたいことはなんでもさせてもらえるよ」

なんでも。本当だろうか。あまりに話がうますぎて、かえって不安になる。ともかく、今は嫌われないようにしなければならない。できるだけ口数は少なく、素直に返事をし、何に対しても感謝をする。それが、母が教えてくれた生きるすべだった。

「じゃあ、受け入れることにしてくれた直人お兄様にお礼を言いに行こうか。豊子ちゃん、お礼を言えるよね」

圭子が尋ねる。もちろん、礼を言うくらいはたやすいことだ。礼を言うだけでこの屋敷に置いてもらえるなら、千回でも一万回でも言う。

「はい、言えます」

「うん、豊子ちゃんはしっかりしてるもんね」

圭子は嬉しげに笑った。あまり綺麗ではないけど、いい人のようだ。懐《なつ》くならまず、このふたりにすべきだろう。頼れば、後々庇ってくれそうだ。物心ついたときから周囲の顔色を窺う生活をしていたので、味方になってくれそうな人を見抜くのは得意だった。

立ち上がった圭子は、手を差し伸べてくれた。その手を握り返す。誰かに手を握ってもらったのは、母が死んで以来初めてだ。この人がお姉さんになるんだ、とようやく実感が湧いてきた。

左肘の内側にある痣を、強く意識した。この痣のお蔭で、大金持ちの一族に加えてもらえた。母さんの言うとおりだった。母さんは学がないだけで、本当に頭がいい。ぜんぜんお金はなかったのに、豊子が生きていけるように道筋をつけてくれた。母さんがしたことといえば、豊子を彫り師のところに連れていっただけだ。たったそれだけのことで、豊子は一生お金に困らない生活を手に入れた。なんてすごいことだろう。

刺青《いれずみ》を入れるのは痛かった。自分の肌に、消えない印がついてしまうのは悲しかった。でもその痛みや悲しみと引き替えに大金持ちの家に入れたのだから、今となってはどうということもない。むしろ消えたら困るので、絶対に消せない刺青でよかったとすら思う。

『これはお金持ちの印なんだよ。この印が、これからの豊子を助けてくれるんだよ。だから絶対、これが痣じゃなく刺青だなんて他人に言っちゃいけないよ。口が裂けても、言っちゃいけないよ』

母の強い口調を思い出す。豊子もまた、死んでも言うまいという決意を込めて『うん』と頷いた。豊子の真剣な表情に満足したのか、母は頭を撫でてくれた。

圭子に先導されて、廊下に出た。廊下は町の大通りかと思えるほど、長く続いている。屋敷の端から端まで歩いたら、それだけで疲れてしまいそうだ。自分の人生が大きく変わったのだと考えると、豊子は興奮せずにはいられなかった。思わず繋いでいる手を強く握ったら、圭子はこちらを見下ろして優しく微笑んでくれた。

第十部　人死島

1

江戸時代より神生島には、大きい集落がふたつあった。とはいえ狭い島のこととて、特に村に名前があるわけではなく、単なる地理的条件で〝東の村〟〝西の村〟と互いに呼んでいた。明治になって正式名称が決まったものの、住人たちにこだわりがなかったこともあり、やはりさほど凝らずに〝東浜町〟〝西浜町《にしはま》〟という名になった。

その東浜町は、関東大震災の際に津波で壊滅した。わずかに生き残った人は西浜町に移住したが、元からの住人たちの輪に加わるでもなく、一地域に固まって住んだ。与えられた住宅がひとつところに密集していたからやむを得ないことではあったのだが、どうしてもよそ者感がいつまでも残ることとなった。

初の普通選挙において、島の住民が真っぷたつに割れて争った背景には、このような歴史があった。もっとも、単に元東浜町住人対西浜町住人であれば、数に勝る西浜町住人側が圧勝したはずである。それ以外の要素が絡まり、元東浜町住人側に味方した西浜町住人も多かったのだ。選挙結果は、さほど意外とは受け取られなかった。

問題は、対立がしこりとして残ってしまったことだった。一度いがみ合ってしまえば、選挙が終わったからといって何もかも水に流すというわけにはいかない。道ですれ違っても顔を背け、敵陣営側の人間の陰口を叩くという構図は、選挙後も続いた。もともとあった敵対心に、選挙の対立が拍車をかけてしまった格好だった。選挙を機に仲違いしてしまった人も、少なからずいた。

だから達彦《たつひこ》とヨシは、選挙の犠牲者とも言えた。達彦は西浜町出身で、それに対しヨシは東浜町の生まれだった。震災後の避難生活でヨシは達彦と知り合い、近しくなった。そもそもは東浜町と西浜町の間に諍いがあったわけではない。家を失って逃げてきた東浜町の住人を、西浜町は温かく迎えたのである。何事もなければ、達彦とヨシが親しくなっても不都合はなかった。

不幸だったのは、それぞれの親が選挙に熱心になったことだった。達彦の親は上屋孝太郎を支持し、ヨシの親は梶谷正治《まさはる》を応援した。双方の親は親しかったわけではないが、敵対する理由もなく、ごく普通の大人同士として接していた。それが選挙後、はっきりと嫌い合う関係になってしまった。一方は他方の親を貶《けな》し、己の子にはあんな奴の子供とは縁を切れと命じた。家長の命は絶対である。達彦とヨシが添い遂げられる目はなくなった。若いふたりは絶望した。

将来に絶望した若い男女がとる行動といえば、古今東西を問わずひとつである。ふたりは心中を決意した。それほどに、ふたりの絶望は深かったのだった。

ふたりは自死の手段として、確実な方法を選んだ。神生山の火口に身を投じることにしたのだ。首吊りでは死にきれない可能性がある。刃物で互いを刺すのは怖い。海に飛び込んでも、ふたりとも泳ぎは達者だ。そうした不確実な方法に比べ、火口への投身は生き残ることが不可能なほど間違いなく死ぬ。現にこれまでにも火口に身を投げて自殺を試みた人はいたが、失敗例は皆無だった。現世に絶望していたふたりは、確実な死を望んだ。

とはいえ、火口への投身にも懸念はある。死体も消えてしまい、誰も知らなければただの失踪に見えてしまうことだ。だからふたりは遺書を残すことにしたが、何を思ったか、互いの親に宛ててではなく、くがの新聞社に遺書を送った。おそらく、ふたりの仲を割いた親に対する恨みがあったのだろう。素直に親に最期の言葉を残す気になれず、かといって他の人に託すわけにもいかず、新聞社に送ったものと思われる。新聞が取り上げてくれれば、双方の親にはまず間違いなく伝わるはずだった。

そしてふたりは、実行に及んだ。神生山は活火山で、火口には溶岩が潜んでいる。そんな恐ろしい地点に向けて、ふたりは果敢に飛び込んだ。死の瞬間にふたりが熱さを感じたのか、あるいは即死だったのか、達彦とヨシがともに死んでしまった今は確かめようがない。

遺書を受け取った新聞社は、動き出した。神生島にやってきて双方の親に会い、達彦とヨシが行方知れずになっていることを確認した。親たちはすでに慌てふためいていたが、火口に身を投げるという決意文を読んで卒倒した。親たちと新聞記者が火口に登ってみると、そこにはふたりの履き物が残っていた。双方の親はそれぞれの子供たちの履き物を掻き抱き、号泣した。

当然ながら新聞社は、その心中を記事にした。心中など珍しくもないといえばそうなのだが、達彦とヨシの場合は特筆すべき点があった。まず、初めての普通選挙によって引き裂かれた末の悲劇であったこと。死に場所が活火山の火口という、非日常的で耳目を惹くところであったこと。さらに加えて、遺書が直接新聞社に送られてきたとなれば、記事にしない理由はない。遺族の気持ちなど関係なく、新聞社は大々的に心中を報じた。

これによって、神生島の名が全国に知れ渡った。悲劇は常に、人々の気を惹きつける。まして心中には、ロマンの香りが伴うものだ。東京から汽船で四時間という近さも相まって、くがから物好きが大挙して押し寄せるという事態になった。

一連の騒動は、ここに端を発する。

2

町役場の受付で知らない顔を見かけ、鹿取栄作《かとりえいさく》はいやな予感を覚えた。単に知らない人物だったからだけではない、夫婦者ふた組らしき四人の形相が、いかにも必死そうであったからだ。とはいえ、栄作が応対する係ではない。なにやら訴えている夫婦者たちを横目に、役場の中に入っていった。

　自席に着いて少しすると、受付で夫婦者たちの相手をしていた若手が近づいてきた。栄作の中のいやな予感は、ますます膨れ上がった。

「すみません、鹿取さん。ちょっといいですか」

　横から話しかけてくる。栄作は書類を見る手を止め、覚悟を決めてから、若手の方に顔を向けた。

「なんだ」

「あちら、くがからいらした人なんですが」

　若手は受付の方にちらりと顔を向けた。やはりくがの人か、栄作は納得する。無言のまま、目で先を促した。

「それぞれのご夫婦のお子さんが、いなくなったそうです。書き置きを残して」

「神生山で死ぬ、と書いてあったのか」

「はあ。そうらしいです」

　またか。栄作は思わず顔を歪めた。島で生まれ育ったふたりの心中が新聞で報じられてから、くがの人間がわざわざやってきて死ぬのはこれで二度目だ。一度目のときに、妙なはやりにならなければいいがと栄作は危惧した。心中は、心中を誘発する。まして新聞が扇情的に取り上げれば、後に続こうと考える者が現れてもおかしくない。くがからわざわざこんな島まで来て心中をするのか、と最初は疑問に思ったが、距離の遠さは心中にロマンを感じている者の妨げにはならなかったのだった。

「子供たちがいなくなったのはいつだって」

　確認をした。失踪に気づいてから追いかけてくるにしても、汽船の本数は限られている。すぐに追いつけるものではない。すでに手遅れになっている可能性もあった。

「おとといだそうです」

「おととい」

ならば、追いつけるかどうかという話ではない。子供たちが怖じ気づいていなければ、止められる段階はとうに過ぎていた。痛ましさと、そして腹立ちを覚えながら、栄作は立ち上がった。

「事情は伺いました」

そう言いながら、夫婦者たちに近づいていった。長椅子に坐っていた四人は、いっせいに立ち上がる。そして、縋りつく目を栄作に向けてきた。前回とまったく同じだ。内心でそう考えたが、そんな思いは面に出さなかった。

「私は町民課の鹿取と申します。お子様方がこの島に来たのは確かですか」

挨拶もそこそこに、本題に入った。長い前置きは双方ともに望んでいない。親たちは揃ってがくがくと頷いた。

「か、書き置きが郵便で届いたのです。神生山の火口に飛び込んで死ぬ、と」

書き置きは家に置いてあったのではなく、わざわざ郵便で届くようにしてあったのか。だから両親たちが追いかけてくるのが二日後になったというわけだ。そんなやり方をしたことに、子供たちの覚悟が仄見《ほのみ》える。止めて欲しければ、もっと早く書き置きが両親の目に留まるようにしただろう。

外から戻ってきたばかりだから、窓から覗かなくても天候はわかっている。ため息をつきたいのを抑えて、栄作は言った。

「では今すぐ、火口に向かいましょうか」

「は、はい」

両親たちは頷いたものの、それぞれの履き物が問題だった。男ふたりは洋装、女ふたりは和装である。和装の女たちは、下駄を履いていた。これで山登りは無理だった。

そのことを指摘し、女ふたりにはここで待機してもらうことにした。男ふたりも革靴だが、下駄よりはましだ。山に登るつもりで来たのではないのかと、内心で舌打ちした。

神生山はさほど高くないとはいえ、気軽に登れるわけではない。頂上を目指すには、それなりに準備が必要だった。だが、革靴を履いてきたことからもわかるとおり、男たちはなんの準備もせずに駆けつけたようだった。やむを得ず、水筒だけは貸してやった。

用便を促し、もう一度空を見上げて天候が急変しそうにないことを確認してから、町役場を出発した。山頂までは、地元の人間ならば二時間もあれば着く。山に慣れていない人でも、三時間も見れば充分だろう。もっともそれは片道の時間だから、往復と考えるとかなり疲れる行程になる。栄作としては、今日の仕事がまるでできなくなるのが困ったことであった。

観光客を当て込んで、山頂までは道ができている。だから歩きやすいのだが、自殺者を呼び込むという意味ではそれが仇《あだ》になった。道などなければ、山頂に行くまでに挫折して自殺を諦めていたかもしれない。もちろん、どうしても死にたければ途中の崖から飛び降りて死ぬこともできるのだが。

町を抜け、山へと足を向けた。山は麓辺りには森が生い茂っているが、山頂までの三時間の間に様々な姿を見せる。くがから来た人は普通なら興味を持つところだが、このふたりは風景を楽しむ余裕などないはずである。こちらも、観光案内をする気はなかった。

ふたりには特に声をかけなかった。おそらく子供たちはもう生きていないだろうと、栄作は考えている。だから、希望を持たせるようなことは言えなかった。本心からでない励ましでは、何を言っても空々しく響く。ただでさえ自殺したかもしれない人を捜すという仕事は辛いのだから、この上よけいな気遣いはしたくない。黙っていてもいいのは、せめてもの救いだった。

森は徐々に、密度が薄くなっていく。道を登るにつれて、樹の本数が少なくなっていくのだ。やがて森は途絶え、いきなり視界が開ける。そこは野原だった。なぜいきなり森が終わるのか、この山が火山であると知らなければ不思議に思えるだろう。だが野原には、そこここに噴火の片鱗を窺わせるものがある。異様な形の黒い岩だ。風雪に曝されて丸みを帯びた岩とは明らかに違う、ごつごつとしていて表面に細かい窪みがある、黒々とした岩。かつてここに溶岩が流れ込み、それが冷えて固まったものだった。これらの岩を見るたびに栄作はいつも、自然の苛烈さを思う。山が噴火したのは大昔のことだが、万が一にもまた噴火したら我々人間はどうすればいいのだろう。大震災でも残った西浜町は、今度こそ壊滅してしまうかもしれない。そんなときが来ないことを、強く願った。

森を抜ける少し前から、くがからのふたりの足取りが重くなっていた。くがのどこから来たのか知らないが、都会暮らしならばこの山道はきついだろう。ましてふたりは、励まし合うような関係ではない。むしろお互い、相手に腹を立てているのではないか。そんな気まずい思いと、子供がすでに死んでいるかもしれないという焦りを抱えて、慣れない山道を歩くのはさぞ辛いだろう。それでも栄作は、休憩を提案したりはしなかった。ふたりとも、這ってでも前に進もうとするとわかっていたからだ。失踪者の親を案内するのも二度目ともなれば、いろいろ学習していることがある。こんなことに慣れたくはなかったが。

奇岩のある野原も、山頂まで続くわけではない。山頂近くになると、風景はまた別の顔を見せる。次に待っているのは、一面の砂だった。砂以外、何もない。山の稜線がはっきり見える、遮るものがいっさいない砂の原。これはかつて溶岩がすべてを流し去り、その後も強風のために草木が根づかず、こんな状態になったのだろうと言われている。まるでこの世の果てのような、荒涼とした景色だった。

　さすがに驚いたのか、くがからのふたりは足を止めて呆然と辺りを見回した。そんな反応も、前回の来訪者と同じだ。栄作も立ち止まり、ふたりが自ら動き出すのを待った。栄作は特に健脚なわけではないが、それでもまだ体力に余裕はあった。

「もう少しです」

　声をかけた。先が見えない行程は辛い。目的地がすぐだとわかれば、疲れきった足も動くだろう。もっとも、最終地点に待っているのが希望などでないこの道行きは、もしかしたら延々と続く方がいいのかもしれない。それでも栄作は、先頭に立って歩かなければならなかった。

　さらに三十分ほど歩いて、ようやく火口に辿り着いた。火口に近づくにつれ、熱さを感じ始める。溶岩がすぐそこにあると、気温の上昇が教えてくれるのだ。それは恐怖を伴う熱さでもあった。自然の前に人間が無力であることを、この熱さははっきりと示している。

　先に見つけたのは、栄作だった。先頭を歩いていたからだし、予想をしていたためでもある。前回の自殺は、またしても大々的に報じられた。遺留品発見の様子まで、新聞は克明に綴っていた。だから同じ場所で死ぬなら、同じようにするだろうと考えたのだ。火口には、ふた組の履き物が並べられていた。

「これは、お子様方の履き物ですか」

　近寄って、指を差して問うた。親たちふたりはそんな質問をまるで聞いておらず、まろぶように履き物に駆け寄った。そしてそれぞれに手に取ると、胸に抱いて大声で子供の名を呼んだ。自分も落ちかねないほど火口を覗き込み、何度も何度も子供の名を絶叫した。

　まるで同じだった。前回の探索の、正確なまでの繰り返し。栄作は空しさを覚えた。同時に、この繰り返しが二度では終わらないかもしれないという恐ろしい予想もした。

3

玄関の引き戸をくぐると、「いらっしゃいませ」という嫋《たお》やかな声に迎えられた。中年の女性が上がり框《がまち》で膝を揃えて坐っていて、微笑みかけてくる。それに対して赤松《あかまつ》が、「また世話になるよ」と応じていた。口に出しては言おうとしないが、赤松がこの美人女将《おかみ》を気に入っていることには気づいている。赤松が接待の場に必ずこの店を選ぶのは、そのためもあるのだろう。とはいえ、ここが接待に向いているのも確かなので、文句を言う気はない。料理が旨《うま》く、静かで、女将の口が堅い。密談をするための条件は揃っている。いずれは島にも、こうした店が必要になるかもしれない。一橋直人はそう考えながら、女将に頷きかけて靴を脱いだ。

「どうぞこちらへ」

立ち上がった女将に導かれ、廊下を奥へ進んだ。貸し切りというわけではないのに、料亭内は他の客がいないかのように静かだった。皆、それぞれの部屋でひそひそと密談をしているのだろうか。今の政治はもっぱら、ここ赤坂《あかさか》で物事が決められると言われている。もちろん真実ではないし、皮肉ややっかみ含みであることは間違いないものの、まったくの作り話というわけでもなかった。アメリカの株価暴落に端を発した世界金融恐慌に日本も呑み込まれ、どこの会社も青息吐息である。こんなときは官の力に縋り、延命を図りたいと考えるのはごく真っ当な判断だ。接待が社運を左右すると言っても、決して大袈裟ではなかった。

料亭の中でもかなり奥まった部屋に、直人たちは案内された。十畳ほどはあろうかという座敷である。奥の床の間の前に座布団が一枚、さらにそれに正対するようにもう一枚が置かれている。直人は手前側の座布団に向かい、そこにどっかりと胡座《あぐら》をかいた。赤松は入り口の襖《ふすま》のところに控え、女将に小声で指示をしている。料理の確認などをしているのだろうが、単に女将と話をする機会を逃したくないだけではないかと直人は考えた。四十過ぎの赤松はもう子供もそこそこ大きいはずだが、だからこそ他に目が向くのかもしれない。女好きという点では人後に落ちない直人は、他人の火遊びにも口を出す気はない。

もっとも、こんな立派な料亭の女将が赤松の手に負えるとは思っていなかった。年齢からして、自力でこの料亭を開いたはずはない。ならば親から託されたか、あるいは男に任されているのか。どちらであっても、赤松とは格が違う。赤松にはそれなりの給料を払ってやってはいるが、しょせんは使われる身だ。赤松の給料でこの女将を囲うことなど、できるわけがない。身の程を知って、銀座の女給でも相手にしていればいいものをと直人は考えている。まあ、身の程知らずの赤松がどんな痛い目に遭うか、楽しみに思う気持ちもあるのだが。

今日これから会う相手が、あまり時間に正確な人でないのは承知していた。激務なのか、あるいはそういう性格なのか。待たされるのは好きではないが、苛々しても仕方がない。ゆったりした気持ちで構えていた方が、己の心の安寧のためでもあった。ビールどころかお茶すら飲まず、瞑目して直人は待ち続けた。

時計はあえて見なかったので、どれくらい時間が経ったかわからなかった。「失礼いたします」と襖の向こうから声をかけられ、直人は目を開いた。座布団から立ち上がり、部屋の脇に移動する。そこで正座し、頭を下げた。

「お客様がおいでになりました」

襖が開く音とともに、女将の声が部屋の中に入ってきた。直人は畳に手をついたまま頭を上げ、来訪者の顔を見る。口髭を生やした人物は直人と視線を合わせると、鷹揚に一度頷いた。そのまま真っ直ぐ座敷の奥まで進み、当然のように上座に坐った。

「本日はお忙しい中、お時間を割いていただき誠に恐縮です」

膝行して相手の前まで行き、改めて低頭した。相手は「うむ」と応じる。紺色の軍服をまとった人物の袖章には、中線が四条入っている。相手の名は有馬宗佑《ありまそうすけ》。大日本帝国海軍造船科、造船大佐だった。

「君もまめな男だな、一橋君。離れ小島との往復は、難儀だろうに」

表情を変えず、有馬はぼそりと言った。有馬は恰幅がいい、と言えば聞こえはいいが、要は小太りの男である。頬肉もたっぷりついているので、肉に圧迫されて目が細く、表情が読み取りにくい。だから感心されているのか、うるさがられているのかわからなかった。わからないならば、気にしても仕方ない。相手の言葉を捉え、こちらのしたい話に直人は持ち込んだ。

「いえいえ、離れ小島とおっしゃいますが、そんなに遠くもないんですよ。何しろ今は、船で四時間で着きますから」

「四時間か。だったら日帰りも可能なのか。確かに、意外と近いんだな」

「はい」

頷いたところに、女将が酒を持ってきた。有馬はまずビールを飲むと知っているので、そのように注文してある。女将からビール瓶を受け取って注ごうとしたら、「おいおい」と止められた。

「せっかく美人女将が運んできてくれたんだから、酌もして欲しいじゃないか。気が利かないな」

「これは失礼しました」

頭を下げ、女将に目配せする。心得ている女将は、「どうぞ」と言いながら瓶を傾けた。有馬はまた、「うむ」とだけ応じて酌を受ける。

直人も女将に注いでもらい、改めて乾杯をした。それぞれの前に膳を据えた女将は、「どうぞごゆっくり」と挨拶をして部屋を出ていく。襖が閉まったのを確認して、直人はわずかに身を乗り出した。

「島へ行くのも、昔はもっと時間がかかりました。時間短縮のために、我が社は造船技術を磨いたわけです。あの距離を四時間で移動できる客船は、我が社のものしかないと自負しております」

ここぞと主張した。もともと有馬が持ち出した話題だから、強引とは思わない。だが有馬は、鼻で嗤った。

「ふっ、大した営業力だな。いきなりその話を始めるとは、驚いたぞ」

「せっかちなもので」

悪びれもせず、有馬の言葉を受けた。お互い、本題と無関係の話を続けていても楽しくなかろう。こんな狸親父の接待に時間をかけたくなかった。

「そうは言っても、客船と戦艦では話が違うだろう。オートバイと四輪車くらい違うんじゃないか」

造船科の大佐なのだから、有馬も当然わかっているはずである。わかっていて、あえてそんなことを言うのだろう。直人は焦れずに、「いえいえ」と首を振った。

「そこまで違いはしませんよ。同じ、海の上を移動するものですから。原理は一緒です」

「船体の大きさが違う。君のところの造船所では、限度があるんじゃないのか」

「そんなことはありません。ぜひ一度、視察にいらしていただけないでしょうか」

実際に見てもらわないことには、話は進まない。有馬を神生島に誘うことが、今日の大きな目的のひとつだった。

「まあ、船で四時間なら観光がてら行ってみてもいいか。もっとかかると思っていたから、面倒だったんだよ」

酌をすればするだけ、有馬は杯を干す。酔っぱらわれては困るが、有馬はまだまるで顔色を変えていなかった。有馬の父親は薩摩《さつま》人だと聞いている。やはり九州の人は酒に強いのだろう。

「有馬様にお運びいただいた際には、島を挙げて歓迎いたします」

直人はそう言って、改めて頭を下げた。有馬は特に感銘を受けたようでもなく、「そういえば」と続ける。

「本土からわざわざ神生島まで行って自殺したアベックがいたそうだな。何を物好きなと思ったが、四時間ならそれほど酔狂ではないのか」

「まあ、そうですね。島の人間としては、迷惑な話ですが」

「島が有名になったじゃないか。これから観光客が押し寄せるかもしれないぞ」

「おっしゃるとおりです。なかなか風光明媚な島ですので、今後は観光業にも力を入れていくべきだと考えています」

観光などより軍需産業だと直人は考えているが、有馬の言葉には逆らわない。後発の一橋産業が軍需に食い込めるかどうかは、こうしたやり取りのひとつひとつ次第だと思っている。

父が存命のうちは、軍需産業には絶対に手を出さないというのが社是だった。だから日露戦争の際にも、先の欧州大戦でも、みすみす利益を逃してしまったと直人は考えている。造船だけに限っても、三菱《みつびし》や川崎《かわさき》、三井《みつい》といったところが力を持ち、今から食い入っていくのはかなり難しい。だとしても、社の規模を大きくするためには是が非でも軍需産業に進出する必要があるというのが、直人の判断だった。

確かに有馬の言うとおり、なんの実績もないのにいきなり戦艦を造るのは難しいだろう。だが駆逐艦クラスなら、一橋産業にも割って入る余地があると思っている。しかも神生島には、東京に近いという地の利もある。決して勝算のない話ではなかった。

「海軍艦政本部に、申請書が届いていると聞いたぞ」

有馬はなんでもないことのように言った。直人は続く言葉を待つ。有馬は先付けを不器用に箸でつつきながら、涼しい口調でつけ加えた。

「これから審査に入るが、おれも加わることになるだろうな。そうなったら、遠かろうがなんだろうが島には行かなきゃならないんだが」

「有馬様に審査していただけるのは、弊社の誉れです」

歯の浮くような台詞《せりふ》だが、こうした追従を素直に受け取って喜ぶ者は多い。有馬もそのひとりだと、直人は見切っていた。

「そうそう、ついうっかりしていましたが、今日は有馬様におみやげを用意してきました。お持ち帰りになって、奥様やお子様とお召し上がりください」

そう言って、背後に控える赤松に目配せした。赤松はすぐさま近づいてきて、直人の傍らに菓子折を置く。直人はそれを、恭《うやうや》しく有馬に向けて差し出した。菓子折の中には、女子供が喜ぶ菓子だけでなく、有馬が喜ぶものも入っていた。

「おお、気が利いてるな」

菓子折を見て有馬は、初めて相好を崩した。

4

栄作の予感は、当たった。神生山での心中はまたしても新聞で大きく報じられ、それが呼び水となり、ひと月もしないうちに新たな心中者をくがから呼び寄せたのだ。

今度もまた、若いアベックだった。結婚を双方の親に反対され、という示し合わせたかのように同じ理由である。おそらく日本全国で、家の意向で引き裂かれた男女は多いのだろう。そうした人たちに、心中という最終手段があることを報道は教えてしまった。ならば自分たちも、と考えたときに同じ場所で死にたいと望むのは、ごく普通の発想なのかもしれない。自殺は自殺を呼ぶという栄作の不安は、見事に的中したのだった。

火口に飛び込んだアベックの死体は見つからないとはいえ、警察が現場検証をせずに済ませるわけにはいかない。制服警官数人が山へ登っていき、そして五時間ほどして戻ってきた。アベックの遺族は、前回同様町役場にとどまっている。警察は遺族の話を聞くために、町役場の応接室を使った。

「ご苦労様です」

応接室に入らず、入り口近くで聞き取りが終わるのを待っている警察官に、栄作は声をかけた。警察官は陰鬱な表情を向け、同じく「ご苦労様です」と言葉を返す。この警察官とは、ここのところよく顔を合わせている。互いの気持ちが暗いのは、表情を見ずとも察することができた。

「いやな流れになってきてしまいました」

二度あることは三度ある、と言うが、三度で終わる保証はない。むしろ、今後も続く可能性が高くなったと考えるべきだろう。そうなってしまったことを、栄作は口に出したのだった。

「そうですね。何か手を打たなければならないでしょう」

警察官は答えた。見たところ警察官はまだ若く、栄作と同年配だった。背が高く、肩幅が狭く、どこか青二才的雰囲気があり、いささか頼りなさげに見える。栄作も上背があって痩せているので、傍目には頼りなく見えているのかもしれない。そんなことを内心で考えたが、苦笑する気分ではなかった。

「どうすればいいですかね。警察は何か、対策を考えていますか」

期待を込めて尋ねてみたが、警察官は首を左右に振る。そうか、考えていないのか。しかし、責めることはできない。町役場も対策を練るべきなのに、何もしていないからだ。異常事態に、誰もが手を拱《こまぬ》いている状況だった。

「具体的に策があるわけではありません。ただ、もう看過できないと個人的には考えています。なんらかの手を打つべきと具申するつもりですが、何しろ人手不足なので、すぐに有効な対応が取れるとは思えないんです」

「そうですか」

警察官の言葉に、栄作は深く頷いた。事情は町役場も同じだからだ。むしろ町役場こそ、島が心中の名所としてくがの人に憶えられてしまうことを恐れなければならない。なんとかすべきなのは、栄作の方なのだった。

「お巡りさんは、島の生まれですか」

ふと気になり、尋ねた。警察官は「ええ」と認める。

「生まれも育ちも、島です。くがには行ったこともありません」

「私もです。生粋の島っ子ですよ。だからこそ、くがの人がこの島を死にに来る場所と考えるのが、ものすごくいやなんです」

「同感です」

警察官は眉根を寄せた。困り果てた表情になる。栄作も似たような顔をしているのだろう。

「きっと、私だけじゃないですよ。大勢の島の人が、苦々しく思っているはずなんです。それなのに、警察も役場も人手が足りなくて何もできない。もどかしいですね」

「ええ」

警察官は相槌を打つのも辛そうだった。無力感を覚えているのかもしれない。しかし、無力なのは栄作も同じだ。何かをしなければならないという使命感を持っている男がふたりもいるのに、暗い顔で愚痴をこぼすことしかしていない。情けなかった。

そうだ、嘆いているだけでは何も始まらない。ここに、行動を起こしたいと考えている者がふたりいるのだから、動き出せばいいのだ。警察官と役人という立場の違いなど、関係ない。お互いに島を愛する者として、島の人間にできることはないだろうか。

「お巡りさんもなんとかしたいと考えているなら、いっそ私たちふたりで何か始めてみませんか。何をすればいいのかわからないんですが、それを考えるところから着手しましょうよ」

「えっ」

意外な申し出だったらしく、警察官はきょとんとした顔をする。だが徐々に、そこに喜色が浮かんできた。

「なるほど、それはいい」

警察官は声を少し大きくした。そして、応接室の中まで聞こえてしまったかもしれないと恐れるように、首を竦める。今度は声を低め、続けた。

「できることはきっとありますよ。なんなら、仲間を募ってもいい。この心中騒ぎを憂えている人は、たくさんいます。何も警察や役場の人間にこだわらなければ、人手はいくらでも集められるんだ」

そのことに今気づいたといった様子で、警察官は口調に力を込める。確かにそのとおりだ、と栄作も思った。組織で動くことしか考えていなかったから、人手が足りないと嘆くだけだった。有志の手を借りれば、人手不足などなんの問題でもないのだ。

「そうですね。やりましょう」

応じる声が弾んだ。連続心中という痛ましいことが起きているさなかに、初めて光明を見た思いだった。そしていまさらながら、まだ名乗っていなかったことに気づいた。慌てて名刺を取り出し、差し出した。

「私は鹿取といいます。以後、お見知りおきを」

「これはご丁寧に。本官は山崎《やまざき》と申します」

警察官は何を思ったか、指先を伸ばした右手をこめかみの辺りに添え、敬礼する。ずいぶんくそ真面目な人だな、と思うとつい微笑みたくなったが、なんとか自重した。いい人と知り合えた、という手応えがあった。

5

話し合った結果、やはりやるべきは心中を思いとどまらせることではないかと結論した。心中目的で島にやってくる人を、上陸させずに追い払うわけにはいかない。だから、やってきたそれらしきアベックを港で摑まえ、説得をする。それならば、栄作と山崎のふたりだけでもできそうだということになった。

しかし、思うようにはいかなかった。皮肉なことに、自殺の名所としての悪評が立って、島にやってくる観光客が増えたのだ。どんな場所なのかと人々の好奇心を刺激したのだろうし、同時に、東京からたったの四時間で自然の残る美しい島に来られるという手軽さに惹きつけられたようでもあった。栄作はくがに行ったことがないので単なる想像でしかないが、おそらく東京は開発されて、自然が消え失せたのだろう。都会に住む人が自然の残る環境に憧憬を覚えるのは、理解できることだった。

しかしそれが、心中を食い止めたいと願う栄作たちにとっては障害となった。くがから島にやってくる人が、観光目当てなのか心中目的なのか判別できないからだ。めったに人が来ない頃だったなら、アベックの存在は目立った。だが観光客が大挙して押し寄せてくると、さほど珍しくもなくなる。かといって、関所ではないのだから、来島する人ひとりひとりに目的を尋ねるのは非現実的だった。対策を考えるどころか、現実に先を越されてしまった状況だった。

「どうすればいいですかね」

くがとの連絡船から、思いの外にたくさんの客が降りてきたのを目の当たりにして、栄作は呆然とした。観光客が増えていることは、町役場に勤めているからには承知していた。だが話で聞くのと、実際に見るのとでは大いに実感が違った。くがは栄作にとって遥かに遠い場所だったが、今やずいぶん距離が縮んだのだと認識した。

「どうしましょうかねぇ」

山崎も困り顔だった。今日は非番なので、私服である。私服を着ているとなおさら、山崎は学生のような雰囲気だった。日曜日だから栄作も休みで、だから港に来てみたのだが、日曜日は観光客も多かった。

目の前を通り過ぎていく人々を観察した。皆、目的地に着いた喜びに表情を明るくしている。それを見て、そうかと思い至った。心中のために来たなら、こんな明るい顔はしていないだろう。思い詰めた、独特の雰囲気を放っているのではないか。つまり、いくら人数が多くても見分けがつく可能性がある。今、目につかないのは、心中目的の人がいないからだ。

そのことを説明すると、山崎も通り過ぎていった観光客たちの後ろ姿を見やり、「なるほど」と納得した。後ろから見ても、気分が弾んでいる人はわかる。足取りが軽やかだからだ。むろん、心中のために来島しても到着した今だけははしゃいでいる、という場合もあり得るだろう。しかしそれはもう、栄作たちには止めようがない相手と考えるしかなかった。

「この便には、心中のために来た人は乗ってなかったんですよ。次の船が着岸するときに、また来ましょう」

「そうしますか」

くがとの連絡船は、一日二便ある。離島にしては多いのかもしれないが、これも連絡船を運営しているのが一橋産業だからだ。お蔭で、くがへの日帰りも可能になった。逆に言えば、くがから島に来る人も日帰り旅行ができるのだ。観光客も増えようというものだった。

次の便は夕方だから、かなり間が空く。それまでずっと一緒にいるのではなくても、一時間くらいは山崎と話をしてみようかと考えた。何しろ、知り合ってからまだじっくりと言葉を交わしたことがないのだ。これはいい機会だった。

港には観光客相手の食堂がある。そこに誘ってみると、山崎は簡単に応じた。山崎も栄作と語り合う必要を感じていたのかもしれない。連れ立って中に入り、おいしくないことを承知の上でコーヒーを頼んだ。せめて淹れ立てであってくれればいいのだが、と期待した。

「山崎さんは独身ですか」

まずは生活環境を尋ねることにした。独身だと決めつけて訊いているので、妻帯していると答えられたら驚くところだったが、山崎はあっさり肯定した。

「ええ。親と暮らしてます」

栄作と同じだ。島では、親が健在なのにひとり暮らしをする者はめったにいない。さらに訊いてみると、兄弟がおらずにひとりっ子という点まで栄作と一緒だった。

山崎の父親もまた、警察官だそうだ。そんなところまで、栄作と共通している。栄作の父も町役場に勤めているからだ。どうやら背格好だけでなく、いろいろな点が似ているようである。

「なんだか、鏡を見ているようですね」

共通点の多さに苦笑し、そう言った。山崎も「確かに」と認めて笑う。年齢は、栄作の方がひとつ上だった。だからといって、いきなり年長者の口調に切り替えることもできない。節度を保った接し方が、今のところ心地よかった。

改めて同年代と知ると、話題は互いの趣味嗜好についてに移行した。趣味といっても、島では娯楽が少ない。活動写真など今のままでは一生観られないだろうし、ラジオも雑音混じりでしか聴けない。くがの文化に触れる唯一の手段は、本や雑誌だった。だから双方の趣味が読書であることは特に偶然ではないのかもしれないが、好きな小説家が一致していたことには驚いた。最初はお互い、なかなか言い出せずにいた。しかし他人には言いにくい小説ということで、ほぼ同時に気づいた。ふたりとも、江戸川乱歩《えどがわらんぽ》が好きだったのだ。わかってみれば、牽制し合っていたことを笑いたくなった。そして、これまで他人には言えなかった趣味について語り合える相手が見つかったことを大いに喜んだのだった。

「なんだか、気が合いますね。心中騒ぎは困ったことだけど、それをきっかけに山崎さんと知り合えたのは嬉しいことですよ」

「ぼくもです。心中騒ぎに感謝、なんてことは口が裂けても言っちゃいけないですけども」

そんなことを言い、周囲に人がいないのを確認してから笑った。夕方に落ち合うことを約束していったん別れた後も、栄作の中には嬉しい気持ちが残っていた。

そして夕方。連絡船は定時に港に到着した。午前中の便よりは、降りてくる人も少ない。だからすぐに、その若いアベックは目についた。いささか俯き気味で、互いに言葉を交わさない。どちらに向かえばいいのかと周囲を見回しているところからすると、島の人間ではなさそうだ。それなのに、景色を楽しんでいる様子もない。これは危ない、と栄作は直感した。

「あのアベック、それっぽいですね」

山崎の方から、話しかけてきた。アベックには聞こえないよう、囁き声である。栄作はただ、「ええ」とだけ応じた。

アベックは重そうな足取りで、栄作たちの前を通り過ぎていった。当然、町を目指しているのだろう。町には旅館がひとつしかない。この時刻の来島では泊まるしかないから、親戚や知人を訪ねてきたのでもなければ、旅館に向かうはずである。ある程度距離をおいてから、栄作たちはアベックの後を追った。

案の定、アベックは旅館に入っていった。しばらく旅館の入り口を見張っていたが、出てくる気配はない。もう夜になろうとしているので、今日はこのまま外には出てこないかもしれない。そう見切りをつけて、旅館の中に入っていった。

「ごめんください」

帳場には、山崎が声をかけた。町役場に勤める栄作でも耳を貸してくれるだろうが、やはりここは警察官の方が重みがある。出てきた中年の女性に、山崎は小声で己の身分を名乗った。

「はあ、お巡りさん」

制服を着ていないことを怪訝に思ったようで、女性は山崎を上から下まで見回す。山崎はそんな相手の態度を無視して、用件を切り出した。

「つい先ほどこちらに到着したアベック、あれは東京からの客ですか」

「はい、そうですよ」

女性はあっさりと認めた。警察官に質問されたからには、なんでも素直に答えようという様子である。

「態度が暗いとは思いませんでしたか」

「えっ、そうですか。そうでもなかったですよ」

女性は首を傾げた。暗くはなかったのか。ならば、旅館に着いた際にははしゃいでいたのかもしれない。外から見張っていただけなので、女性の観察眼がどの程度のものかは判定できなかった。

「我々は、これ以上この島で心中が起きるのを防ぎたいのです。あのアベックは島に着いても楽しそうではなかったので、危ぶんでいます」

「あらま。そうですか」

女性は目を剝いた。その可能性はまるで考えていなかったようだ。山崎は身を乗り出し、いっそう声を低める。

「もしあのアベックが心中を考えているなら、なんとしても止めなければなりません。ですので今晩は、アベックの動向にそれとなく注意を払ってくれませんか」

「はいはい、わかりました」

任せておけとばかりに、女性は大きく何度も頷く。果たしてさりげなく見張ることなどできるだろうか、と栄作は不安を覚えたが、考えてみたら露骨でもいいのである。心中を疑われているとアベックが気づけば、それを理由に思いとどまるかもしれないからだ。むしろ、そうなって欲しかった。

旅館を出て歩きながら、旅館側が露骨に見張ってくれる利点を話した。山崎は「なるほど」と納得する。

「では、これでひと安心ですかね」

「そうなればいいのですが」

期待を込めて応じた。また明日連絡をとり合うことを約束して、解散した。

しかし自分たちの考えが甘かったことを、翌日になって知らされた。またしても、息子と娘がいなくなったというふた組の両親が町役場に駆け込んできたのだ。栄作は反射的に、昨日のアベックを思い浮かべた。旅館の女性が気をつけてくれていたのだとしても、宿を出た後に心中されたのではどうしようもない。もっと具体的に思いとどまらせる方法を考えておくべきだった、と後悔した。

両親たちを連れて、警察署に向かった。もう、警察より先に火口に行くのはやめたのである。確認するまでもなく、まず間違いなく心中だからだ。心中だとわかっているなら、最初から警察に行ってもらった方がいい。その意味では、以前より負担が減った。とはいえ、気持ちの上では何も楽になっていなかったが。

警察署の入り口で、山崎を呼び出してもらった。出てきた山崎は、栄作の連れを見て事態を瞬時に悟ったようだ。両親たちを奥へ案内し、しばらくしてから戻ってくる。第一声は、「駄目でしたか」だった。

「旅館の人に見張っててもらうだけでは、足りなかったんですね」

「そのようです。見通しが甘かった」

心中を考えてわざわざ島まで来るからには、相当の覚悟があるはずである。その覚悟は、宿の人に見張られているくらいでは鈍りはしなかったのだろう。心中する人の気持ちになってみれば、すぐわかることであった。

無力感を覚えながら、町役場に帰ろうとしていたときだった。道の向こうから見憶えのある人たちがやってきて、思わず足を止めた。楽しげに話しながら歩いている男女は、港で目をつけたアベックだった。なぜここにいるのかと戸惑い、後先も考えずに話しかけた。

「思いとどまったんですか」

「えっ」

いきなり問いかけてきた栄作に、ふたりとも明らかに当惑していた。顔を見合わせ、首を傾げる。栄作は辛抱強く、最初から問い直した。

「失礼ですが、心中するつもりで島に来たんじゃないんですか。書き置きを見たあなたたちのご両親が、心配して島にやってきましたよ。今頃は、火口に向かっているはずです」

「はぁ」

不思議そうに語尾を上げると、アベックは揃って大笑いした。この態度には、栄作も啞然とした。

「何を言ってるんですか。心中なんて、するつもりありませんよ。だから書き置きなんて残してませんし、親が追ってくるわけもない」

「えっ」

今度は栄作の方が困惑する番だった。本当だろうか。見つかってしまったから、ごまかそうとしているのではないか。だがふたりは昨日とは打って変わって明るい表情で、心中を思いとどまったばかりにはとても見えない。昨日もこんな様子だったら、おそらく目をつけなかっただろう。改めて、どういうことか説明した。島で心中する人をこれ以上出さないために、港で見張っていたこと。すると暗い表情をしたふたりを見つけたので、旅館まで後を追ったこと。旅館の人にそれとなく気を配るよう頼んだこと。そういったことを話していると、アベックはまた笑った。

「それでですか。わかりました。あのですね、昨日はふたりとも船酔いしてしまって、それで島に到着したことを喜ぶどころじゃなかったんですよ。心中しそうに見えましたか。参ったなぁ」

男性が、頭を掻いて苦笑いを浮かべる。女性は、「いやだぁ」と言いながら男性の二の腕を軽く叩いた。栄作はといえば、思ってもみなかった話を聞かされて、ただ呆然としていた。

6

その日の夜に事の次第を伝えると、山崎は苦笑しかけてそれは不謹慎だと思いとどまったかのような、なんとも複雑な表情をした。

「はぁ、そうだったんですか。それはまた、びっくりですね」

どんな感想を言えばいいのか、わからないといった様子だった。栄作も同じなので、気持ちは理解できる。

「ともかくこれではっきりしたのは、港で見張っていても無駄だということです」

栄作は考えていたことを口にした。反省し、新たな対策を練ってきたのだ。

「たとえアベックを見つけても、心中するつもりかどうか顔つきからはわからない。それに、アベックが本当に心中するために島に来たなら、対応を旅館に任せるだけでは駄目なんです。ぼくたちが思いとどまらせないと」

「そうですねぇ」

困ったように、山崎は眉根を寄せる。どうすればいいのか、すぐには思いつかないようだ。栄作は一歩前に出て、自分の案を告げた。

「だから、山に続く道を見張るべきなんです。本当なら火口で見張るのが一番ですが、それはさすがに負担が大きいので、山道の入り口で」

「えっ。山道の入り口でも、負担は大きいでしょう。我々は勤めもあるわけだし」

「そこで、考えたんです。よかったら、この後ちょっと飲みませんか」

ここは警察署を出た路上で、立ち話をしているのである。山崎とさらに親睦を深めようと誘ってみたところ、ふたつ返事で「いいですねぇ」と言ってもらえた。飲める口らしい。

歩いて居酒屋まで行き、卓を挟んで向かい合った。ビールの杯を合わせると、それだけで彼我の距離がぐんと縮まった気がする。酒の力は偉大だと感じた。

「で、さっきの話の続きですけど」

せっかちとは思ったが、すぐに本題に入った。この件を後回しにして、のんびり世間話などしている場合ではない。

「ふたりでできることをしようと決めたとき、今の状況を憂えている人は他にもたくさんいると言ったじゃないですか。人手を募れば、きっと集まる、と。だから今こそ仲間を集めて、交替で山道の入り口を見張ればいいんですよ」

「そうか。なるほど」

山崎は声を弾ませた。童顔で書生風の見た目なので、ビールを飲む姿が似合わない。現に顔色も、ほんのふた口ほど飲んだだけでもう赤くなっていた。あまり飲ませすぎないようにしないとな、と内心で考えた。

「うん、それはいい考えですね。見張りが立っているだけで抑止になるから、諦めてくがに帰ってくれるかもしれないし」

「そうなんですよ。心中しそうなアベックを見つけたとしても、思いとどまらせることができるかどうかはわからないじゃないですか。最終的には力ずくでも止めなきゃ駄目ですけど、そんなことはしたくないでしょ。できるなら、穏便に済ませたいですからね。諦めてくれるのが、一番なんです」

「火口までの山道は、確か東浜町側にもありましたよね。でも、わざわざ向こうまで回り込む人もいないか」

考えながら、山崎は言う。その点は、栄作も気づいていた。

「ええ。向こうからの登り口は地元の人間しか知らないし、仮に何かの弾みで心中目的のアベックの耳に入ったとしても、けっこう距離がありますからね。反対側まで行こうと考える前に、諦めてくれるんじゃないかと思いますよ」

「そうですね。では、明日からさっそく人を集めましょう。ぼくはひとまず、警察内で声をかけてみますよ。非番の日はずれてるから、平日にも見張りを立てられるし」

「そうでしたね。うん、平日はどうしようかと思ってたんですよ。平日は観光客も少ないけど、これまでには平日の心中もありましたからね。警察の人たちが見張ってくれるなら、ありがたい」

人員を募集しても、平日休みの者がどれくらい集まってくれるか心許ないと考えていたのだ。やはりひとりよりふたりの知恵を持ち寄った方が、解決策が浮かぶ。改めて、山崎という相談相手がいることをありがたいと思った。

対策がまとまった後は、料理を摘まみながらゆっくりと過ごした。雑談をするに当たって、話題はやはり本だった。互いの持っている本を確認し合い、読んでいない作品の貸し借りを約束する。島には本屋がないので、入手できる本はどうしても限られてしまう。いつか島にも本屋ができてくれるといいという点で、意見の一致を見た。

「心中対策とは関係なくても、また一緒に飲みましょう」

二時間ほど飲み、山崎の頭がゆらゆらと揺れだしたのを見て、お開きにした。栄作の言葉に、山崎は手放しで嬉しそうな顔をする。「ぜひ」と力強い返事をもらうと、栄作も嬉しくなった。近いうちの再会を約束して、別れた。

次の日から、職場で仲間を募った。心中の島という悪名が定着してしまうことを憂う者は、やは少なくなかった。山道の入り口を見張るという栄作の案には、数人が賛同してくれた。とはいえ同じ役場の人間なので、日曜日しか見張りに立てない。町役場で人を集めても、全曜日を網羅するだけの人員は揃えられないのだった。

やむを得ず、他の職に就く友人たちにも声をかけた。何人かは乗り気になってくれたが、休みが日曜日だけであることに変わりはない。日曜日に見張りに立てる人員は余り、平日はひとりもいないという状況だった。こうなると、山崎が警察内でどれだけの人数を集められるかに期待するしかなかった。

五日後に確認し合うと、山崎は四人の仲間を集められたとのことだった。四人は少なくない人数だが、平日すべてに見張りを立てられる数には満たない。だが、充分な人が集まるのを待っていては遅い。今いる者たちだけで、ともかく見張りを始めようということにした。

順番は、栄作が決めた。こうしたことを決めるのは、役所の人間の得意とするところである。各人に当番の日を告げ、自分はまずその週の日曜日に見張りに立った。ひとりでは手持ち無沙汰だし用便を足すこともできないので、基本的に日曜日はふたりひと組にした。役場の同僚と午後二時まで担当し、その後は別の者に代わったが、栄作は残り続けた。登山をする観光客はいたものの、その中にアベックはいなかった。

「お疲れ様でした」

日が落ちて見張りを終わらせる際には、あえて声を大きくした。心中者を出さなかったという意味では成果があったことになるが、目に見える形ではないから、自分たちの行動の意義を見いだしにくい。だからこそ、たとえ空元気でも充実感を得た状態で解散したかった。他の参加者ふたりは、栄作の声の大きさに釣られたか、微笑んでくれた。

手応えが感じられなくても、このまま継続するしかなかった。何も起きない状態を保つことこそ大事である。そう考えて、平日を担当してくれる警察官たちに役割を回した。平日は申し訳ないことに、ひとりで見張りに立ってもらわなければならないし、途中で交代もできない。都合がいい時間に始めて、疲れたらやめてもらってかまわないとした。ひとりひとりが無理をしては、この活動は長続きしないと栄作は考えていた。

そうして一週間が過ぎ、次の日曜も大過なくやり過ごしたことで、これこそが成果だと感じられた矢先だった。外がなにやら騒がしくて、栄作は仕事の手を止めた。窓を開けて、何事かと様子を窺う。外にいた人が、不安そうに海の方を見やっていた。どうしたんですか、と栄作は声をかけた。

「何かあったんですか」

中年の女性はこちらに気づくと、思い切り眉を顰めた。

「なんか、また心中みたいです」

「えっ」

どういうことか。山道の入り口には、今日も見張りが立っているはずである。用便などでたまたま見張りがいないときに、火口に向かったカップルがいたのか。しかしそれならば、なぜ女性は海の方を見ているのだろう。栄作も女性の視線の先に目をやった。

「辰巳《たつみ》岬で、揃えて置いてある靴を子供たちが見つけたらしいです。そのことを聞いた親たちが警察に駆け込んで、お巡りさんたちが様子を見に行っているみたいですよ」

「岬で」

それは予想外だった。心中する者は必ず火口を目指すと思っていた。見張りがいて山に登れないから、火口に行くのは諦めたのかもしれない。その場合は心中を諦めてくれるものと思い込んでいたが、場所はどこでもよかったのか。裏をかかれた気分だった。

「すみません、ちょっと様子を見てきます」

同僚に断って、町役場を出た。自然に急ぎ足になる。心中は火口に飛び込むことに意味があるのだと思っていた。どこでもいいなら、なぜわざわざこの島にやってくるのか。死ぬ場所が島であることこそが大事だったのだろうか。ならば島は、くがの人にとって本当に死ぬための場所ということになってしまう。なんということか、と栄作は嘆いた。

辰巳岬までは、早足で二十分ほどだった。岬には十人余りの野次馬が集まっていた。棒を横に持って立っている警察官に足止めされているが、なんとか様子を窺おうと伸び上がっている。ただ、岬の突端には特に見るべきものはなさそうだった。おそらくそこには、子供が見つけたという靴が置いてあるだけなのだろう。もしかしたら、遺書も見つかっているかもしれない。

「私は町役場の者です。本当に心中なんですか」

立っている警察官に問いかけた。だが警察官は、無表情なまま首を振るだけだった。

「まだわかりません。死体が上がったわけじゃないですから」

「遺書はあったんですか」

この質問には、警察官は答えるのをためらった。だがこちらが町役場の者だからか、結局は教えてくれた。

「ありました」

そうなのか。ならば本当に、男女が岬から海に飛び込んだのだろう。この岬は高い。海まではかなり距離があり、よほど慣れている者でなければ水面に叩きつけられて気絶する。場合によっては、その衝撃で死んでしまうこともある。アベックが日頃から海に親しんでいるのでなければ、万にひとつも生きている可能性はなかった。

岬の突端では、三人の警察官が海を覗き込んでいた。特に動きがないところからすると、浮かんでいる人は見つからないのだろう。沖合に流されてしまったら、死体は永久に見つからないかもしれない。跡形もなくこの世から消えるという意味では、火口に飛び込むのと同じだ。

そこまで考え、ああそうかと気づく。島の人間にとって、火口と海ではまるで違う。島の人間が自殺を考えても、海に飛び込もうとはしないだろう。海では死ねないからだ。しかしくがの人にとっては、違いがなかったようである。どちらを選んでも、死が確実にやってくる。つまり島には、いくらでも死に場所があるのだった。

駄目だ。栄作は絶望感に囚われた。海への飛び込みでもいいなら、山道の入り口を見張っていても意味はない。何人見張りを立てようと、心中を止めることは不可能なのだ。おそらく今後も、心中目的のアベックはぞくぞくと島にやってくるだろう。島は遠からず、死の匂いに満たされてしまうのだ。

これでは神生島ではなく、人死島《ひとじにじま》だ。そう考え、その言葉の禍々《まがまが》しさにぞっとした。

7

連絡船は十五分遅れで港に着いた。海が荒れていたらしい。船に慣れていなければ、船酔いしたかもしれない。不機嫌でないといいのだが、と直人は危ぶんだ。

有馬はなかなか出てこなかった。単にのんびりしているだけだろうと考えたかったが、ようやく姿を見せたときにそんな楽観は当たっていなかったと知った。数人を引き連れた有馬は、体の両側を連れの者に支えられていた。顔色は真っ青で、船酔いしたのだとひと目でわかった。有馬が船酔いした場合と平気な場合、両方を想定してある。すぐに、この後の予定を船酔い対応に切り替えた。

「有馬様、長旅お疲れ様でございました。船酔いされましたか」

ようやく上陸した有馬に駆け寄り、声をかけた。有馬は青い顔で、こちらをギロリと睨むだけである。支えている者が、代わりに答えた。

「どこか休めるところにお連れしてください」

「では、拙宅に」

車は用意してある。そちらに案内しようとしたが、有馬は首を振った。

「すぐ車に乗るのも辛そうです。近くに休めるところはないですか」

連れの者が言うが、この辺りでは旅行客が使う食堂しかない。そう説明したところ、有馬は辛そうに頷いた。屋内で坐れる場所なら、もうどこでもいいらしい。やむを得ず、まずは赤松を走らせて席を確保させた。有馬は無言だが、なにやら恨めしげにこちらを見ている。もう二度とこんな離島までは来ない、と言いたげだった。

いきなり印象が悪くなってしまったようだが、有馬個人の体調が審査を左右したりはしないと信じたい。言ってしまえば、もう二度と有馬はこの島まで来る必要はないのだ。純粋に、設備と地の利だけを評価して欲しかった。もっとも、そんな公平性を有馬が持っているとは思えないが。

食堂では衝立を持ってこさせ、有馬が人目に触れないようにした。できるなら他の客を追い出したいところだったが、いくら一橋家の人間でもそこまで横暴なことはできない。ただでさえ代替わりしたばかりで、何かと父と比較される立場である。振る舞いには気をつけなければならなかった。

椅子を並べ、有馬をそこに横たえさせた。坐っているのも辛いらしい。食堂備えつけの団扇《うちわ》で、有馬の顔を扇ぐ。一橋産業の社長であるこのおれがこんな真似をしなければならないとは、とんだ下僕ぶりだ。そう、内心で自嘲した。

「船には何度も乗っているが、こんなに揺れたのは初めてだぞ」

しばらくして、有馬はようやく声を発するだけの元気を取り戻したようだ。額に水を絞った手拭いを載せたまま、恨みがましく言う。直人は団扇を扇ぐ手を止めず、答えた。

「今日は特に時化《しけ》たようです。海が穏やかなら、船旅は快適でございますよ」

嵐というわけではないのだから、揺れたといってもたかが知れていたはずだ。この程度の天気で船酔いするのでは、造船大佐の肩書きが泣くのではないか。大方、港に停泊している船の中を見て回るくらいの経験しかなかったのだろう。軍人といえども、しょせんは裏方だ。密かにそう嘲《あざけ》ったが、もちろん表情には一瞬たりとも己の感情を出さなかった。

有馬は細い目で、直人をまた睨んだ。こちらの言葉を疑っているようである。船酔いは生まれつきの体質らしく、酔う人は何をしても酔う。だから有馬は、次も酔ってしまう可能性が高かった。有馬の疑いは、実は正しいのだった。

「今日この後は、拙宅にてごゆっくりお休みください。造船所を見ていただくのは、明日にしましょう」

「ああ」

もとより、一泊してもらう予定だった。そのために今晩は、晩餐を用意してある。この日のためにいい材料をふんだんに揃えたのだから、夕方までには回復してもらわなければ困るのだった。有馬には是が非でも、いい印象を抱いて帰ってもらいたい。

団扇を扇ぐ腕が、かなりだるくなってきた。だが、有馬はいっこうに身を起こそうとしない。もしやこれは、こちらの忠義を試しているのではないかと疑えてきた。疲れて扇ぐのをやめるようでは、そこまでの気持ちしかないと判断するのでは。そんな強迫観念に駆られ、手を止めることができなかった。有馬の人柄が信用できないから、どうしても疑心暗鬼になる。しかしそれはお互い様で、有馬がこちらに信を置いているとも思えなかった。

「背中が痛い」

三十分もした頃だろうか、ようやく有馬は並べた椅子に文句を言った。すかさず直人は、提案した。

「でしたら、そろそろ移動いたしましょう。拙宅には有馬様のために用意したベッドもございます。ここよりもずっと寛いでいただけます」

「そうするか」

有馬は起き上がろうとするが、腹が出ているので両手を伸ばしただけで上体が上がらず、じたばたする。おつきの者たちが腕を引っ張り、やっと身を起こした。直人はだるい腕を揉みたくなるのを、なんとかこらえていた。

車に案内し、有馬とともに後部座席に乗った。護衛のつもりか、助手席には海軍の者がひとり乗り込んだ。軍の人間は喋らないので、正直気味が悪い。向こうも話しかけて欲しいとは思っていないだろうから、いないものと見做すことにした。出せと命じると、運転手は静かに車を発進させた。

道中、有馬は興味深そうに窓の外の景色を眺めていた。特に、そこここで見られる椿の花には感銘を受けたらしく、指を差して言及した。

「あれが有名な、神生島の椿か」

「さようです。私の父は、椿の油で財を成しました」

「そういえばそうだったな。一介の油売りが、よくここまで大きくなったもんだ」

「お蔭様をもちまして。ですが、対露戦や先の大戦で乗り遅れたのも事実でございます。軍需に携わっていれば、我が社はもっと大きくなれたものと」

「お前の親父は、軍需には手を出したくなかったんだろ。親父が早死にしたとたんに軍に接触してくるとは、お前もとんだ親不孝者だな」

「恐れ入ります」

貶されているとは思わなかった。むしろ、有馬は誉めているのだ。それが証拠に、有馬は「わっはっは」と大笑した。どうやら、具合はもうよくなったようだ。

「ふてぶてしいな。さすがは若くして大企業を背負うだけのことはある。腹回りの貫禄なんか、おれに負けていないじゃないか」

そう言いながら、直人の腹をパンパンと叩く。確かに、直人の腹は年の割に出ていた。父よりも貫禄があると、ずいぶん前から言われていた。

「恐れ入ります」

繰り返すと、また有馬は笑った。具合だけでなく、機嫌も治ったようだった。

十五分ほどで、車は屋敷に到着した。運転手が玄関前に着けると、中から出てきた使用人がすかさず車のドアを開ける。先に直人が降り、続いて「うむ」と言いながら有馬が出てきた。

開け放たれた玄関扉の内部では、妻のハナと妹の圭子が待っていた。有馬を見て、ふたりとも満面の笑みを浮かべる。直人はふたりを紹介した。

「有馬様、これが妻のハナで、こちらが妹の圭子です。どうぞお見知りおきを」

「ハナと申します。今日は遠路はるばる、ようこそいらっしゃいました」

ハナが如才なく挨拶をした。圭子は単に自分の名だけを名乗って、頭を下げる。有馬はそれぞれを、品定めするようにしげしげと見た。

いや、品定めするように、ではなく、本当に品定めをしているのだろう。他人の女房を品定めとは、なんとも下品な男だ。いくらなんでも、滞在先でその家の妻に手を出すとは思わないが。

その意味では、独身の圭子の身を案じなければならないところだが、有馬はまるで興味がなさそうだった。直人とて、有馬の機嫌を取るために実の妹を差し出す気などない。圭子の不器量を日頃から憐れに思っていたが、こんなときはそれが幸いだった。だからこそ、圭子にも有馬の接待を申しつけたのだった。

「有馬様は船旅でお疲れだ。すぐに部屋にご案内してくれ」

「かしこまりました」

直人の言葉に、ハナは淑やかに応じた。ハナは圭子と違って見た目がよいし、こんな際の受け答えも洗練されている。その意味では安心して接客を任せられるが、むしろ有馬とふたりきりにさせないようにしなければと別の心配もある。有馬の理性と良識を信頼したかった。

圭子には、おつきの海軍の者たちの世話を命じた。部屋数ならたくさんあるので、ひとりひと部屋使ってもらえる。なんとしてもいい印象を抱いて帰ってもらわなければならないため、接待の対象は有馬だけでなく海軍軍人全員と心得ていた。下の者の好印象は、有馬の判断にも影響を与えるかもしれないからだ。

ハナと圭子が軍人たちを引率して奥に消えていくと、玄関ホールには直人と赤松だけが残った。知らず、安堵のため息が漏れる。それを聞いた赤松が、「お疲れ様でございました」などとわかったふうなことを言った。いつもならそうした賢《さか》しらな態度に腹が立つところだが、今はそんな元気もない。「少し休む」とだけ言い置いて、自室に向かった。部屋のドアを閉めると、またため息が出た。

ベッドで体を休めつつも、いつ呼び出されてもいいように着替えずにいた。だが幸い、有馬は寝入ってしまったのか部屋から出てこなかった。だから直人も、夕方までひとりでいられた。もっとも、体を横たえていたのは最初だけで、後は会社の書類に目を通していたのだが。

そして夕方。有馬を主賓に迎えての晩餐を開いた。おつきの者たちには別室をあてがい、直人が相手をするのは有馬だけである。直人だけでなく、ハナと圭子も席に着かせた。圭子はともかく、ハナがいた方が有馬も喜ぶだろうと計算したのである。

案の定、有馬はハナの方ばかりを見て話をした。有馬の正面に直人、有馬から見て右斜めの位置にハナと圭子が並んで坐ったのだが、首を右の方に向けっぱなしである。直人に返事をする際でも、チラリと目を向けるだけだから徹底している。ずっと見られている当のハナはいやな顔ひとつしないから、さすがにそれには大したものだと感心した。

晩餐には、金に糸目をつけずに一級の食材だけを用意しろと料理人に命じた。そのお蔭で、贅を尽くした料理が次々と運ばれてきた。もともと神生島では、食肉用の牛を飼育している。海産物は言うまでもなく豊富で新鮮だ。それだけでなく、この近海では捕れないアワビやホタテも用意させた。皿が運ばれてくるたび、有馬は「ほっほう」と感心の声を発した。接待は頻繁に受けているだろうから、有馬はいいものを食べ慣れているはずである。そんな有馬でも感銘を受ける料理を、どうやら用意できたようだ。好印象を与えている、との感触を直人は得た。

「ところで、奥方はこの島の生まれかな」

有馬はハナへの興味を隠さない。よもやとは思うものの、今夜の夜伽《よとぎ》を求めてこないかと本気で案じられてきた。いくらなんでもそれは断らざるを得ないので、変なことは要求しないでくれと祈るばかりである。こんなことなら、最初から女を用意しておけばよかったと反省した。まさか、島まで来てそちらの要求もしてくるかもしれないとは予想しなかったのだ。

「いいえ、本土で生まれました。わたくし自身は東京生まれですが、祖父は秋田の出です」

愛想よく、ハナは答えた。ハナはさる企業の重役の娘である。とはいえ政略結婚というわけではなく、機会があって顔を合わせた際に直人が見初めたのだ。生来美しい女は、子を産んでもますます艶《つや》めく。最近はすっかり愛人に夢中の直人ではあったが、こんなふうに有馬の執着を見せられると、ハナはやはりいい女だなと見直す思いになるから不思議である。

「秋田の。なるほど。東北の女は色が白いと言うが、そのお蔭で奥方はそんなに美しいのですな。まさに秋田美人だ」

臆面もなく、有馬は誉めそやす。わははは、と高笑いする有馬に合わせ、ハナは「まあ、お上手」と口許を隠して笑った。こんなやり取りは面白くもなんともなかろうに、圭子はしっかりと「お義姉《ねえ》様は本当にお美しいですよね」と合いの手を入れる。立派だぞ圭子、と誉めてやりたくなった。

「ところで、有馬様。明日の予定ですが」

頃合いはよしと見て切り出してみたが、有馬は露骨にいやな顔をした。

「一橋、お前も無粋な奴だなぁ。おれは夜にまで仕事の話をするほど、野暮な男じゃないぞ。よけいな心配はしないで、大船に乗った気でいろ」

「はっ」

これは色よい返事と捉えていいのだろうか。有馬が上機嫌でいるなら、そのままでいさせた方が得策である。やはり一級の料理と、それからハナのお蔭だろうか。これならハナをひと晩くらい貸してやってもいいかと、邪悪な考えがわずかに頭をよぎり、己の人でなしぶりに直人はつい苦笑した。

8

安堵したことに、有馬は無体な要求をしてこなかった。旅の疲れが残っていたところに酒を飲んだせいか、すぐに寝てしまったのである。むしろ明日は起きられるのかと不安になったが、有馬を起こす役は海軍のおつきの者に任せた。寝起きが悪く不機嫌になる性格であったとしても、それをこちらにぶつけられてはたまらない。こんなときのために、おつきの者は同行しているのだ。そう決めつけ、後は放っておくことにした。

だが直人の心配をよそに、有馬は早起きした。さすがは規律を重んじる軍人だけのことはある。ぐっすり寝て回復したのか、朝からご機嫌だった。

「田舎の空気はいいな。東京と違って、空気が旨い」

馬鹿にしているとも受け取れる発言だが、誉めているつもりなのだろう。東京と島を常に往復している直人も、その意見には賛成である。往復は何かと負担が大きいが、それでも帰ってくるのはやはりこちらの環境の方が寛げるからだ。有馬が島を気に入ってくれたのならいいのだが、と内心で思った。

朝食を終えてすぐ、造船所に向けて車で出発した。昨夜と違い、有馬も野暮だとは言わなかった。ただの俗物ではなく、職務遂行の意欲はあるようだ。有馬とは接待の場でしか顔を合わせたことがなかったから、多少は見直す思いだった。

「ここに来るときに、遠目からだが造船所を見た」

しばらく走ってから、唐突に有馬が言い出した。いきなり仕事の話に切り替わったようだ。直人は居住まいを正して、応じる。

「はい」

「造船所の前の湾、あれは水深が浅くないか」

そんなことまで見て取っていたのか。直人は密かに驚いた。船上での有馬は、船酔いですっかり弱っていて周囲に注意を払う余裕などなかったと思っていた。大日本帝国海軍大佐の肩書きは伊達ではないと、初めて実感した。

「ご明察にございます。現在の造船所は連絡船しか造っていませんので、水深はあれで足りているのです。もし駆逐艦の建造をお任せいただけるなら、港を新しく造り直すつもりでおります」

「うん、その必要があるだろうな」

新港の計画は、現地に着いたらこちらから説明するつもりだった。だが遠目からだけでその必要性を見抜くとは、大したものである。軍用艦の造船所に関しては、直人も素人だ。本職の慧眼には驚かされた。

十分ほどで、造船所に着いた。造船所は島の北側に位置し、一般人が利用する港からは離れている。周囲に造船に関わらない建物はないので、この辺りにいるのは関係者だけだ。そうした点を、道中さりげなく有馬の耳に入れた。有馬がそれをどう受け取ったかは、例によって表情からはわからなかった。

造船所前には、所長を始めとする従業員たちが一列になって待ちかまえていた。車から降りた有馬に対し、揃って頭を下げる。こうした歓迎には慣れているのか、有馬は特に感銘を受けた様子もなく「うむ」と応じただけだった。今のところ、有馬の心を動かしたのはハナの美貌だけだなと、直人は皮肉交じりに考えた。

造船所内の案内は、所長に任せることにしてある。技術的な話は、直人にはできないからだ。だが現状のままでは、軍用艦建造はできない。建て増しが必要なので、その点に関しては直人が説明を代わるつもりだった。先頭に有馬と所長、その後ろに直人と一歩離れて赤松、さらに後方には海軍軍人たちが続くという大名行列で、造船所の中を練り歩く。有馬は所長の説明に「ふん ふん」と頷くだけなので、どういう評価をしているかはまったく窺い知れなかった。

造船所内には、二隻分の船渠《せんきょ》がある。どちらも連絡船用でしかないので、幅は狭い。これを軍用艦用に転用するとなるとかえって手間だから、新たに別の船渠を造るつもりだった。幸い、土地は空いている。一度外に出てそうした予定を直人が語ると、有馬はまた「うむ」と横柄に応じた。

有馬は崖の縁まで行き、下を覗き込んだ。改めて近くから、水深を確認しているのだろう。もしかしたら見ただけで、どの程度の規模の工事が必要かもわかるのかもしれない。直人は有馬を俗物だと見做していたが、それだけでなく軍人としては有能なのかもしれないと思い始めている。有能ならば、付け届けなどは関係なく、この場所の利点を公平に評価してくれないものかと期待した。

「離島は、物資搬入の面で不利だ」

有馬は前置きもなく言った。視線は海の彼方に向けられている。直人は有馬の後方から、その言葉に答えた。

「おっしゃるとおりです。ただ弊社の場合、物資輸送の船を所有しているので、さほどの負担とはなっておりません」

その点は、すでに書面で主張している。有馬も当然、目を通しているはずだ。確認のつもりで、改めて口にしているのだろうか。

「離島ならではの利点も、お前は強調していたな」

「はい」

「身内意識、だったか」

「そのとおりでございます」

一橋産業は、この島では絶対的な存在感を築いている。島民ならば皆、この島の誇りと思っているのではないか。だから一橋産業のためならば、誰もが身を粉にして働く。もちろん、一橋産業の不利益になることをする者はいない。機密保持には、満腔《まんこう》の自信があった。

「それはいいな。どんな組織にも、帰属意識は必要だ」

有馬は海を見たまま、何度も頷いた。いい徴候だと、直人はほくそ笑む。するといきなり有馬が振り向いたので、慌てて表情を引き締めなければならなかった。

「もうひとつ、利点がある。なんだかわかるか」

有馬は細い目で、真っ直ぐに直人を見据えた。問われて必死に頭を働かせたが、有馬が何を示唆しているのかわからない。そんな戸惑う様子を見て取ったか、有馬は口の端を歪めて笑った。

「まあ、わからないならいい」

そう言って、また海へと顔を向けた。直人は宿題を出された気分だった。有馬の背を見つめ、じっと考え続けた。

9

心中のために島にやってくる人はその後も後を絶たず、最終的に一年間で百二十八人に上る自殺者という不名誉な数字を残してしまった。結局栄作たちは心中の連鎖を止めることができずに、年明けを迎えた。

松の内が過ぎ、町の雰囲気も通常に戻った頃のことだった。町になにやらおかしな噂が流れ始めた。山に幽霊が出るというのだ。

もともとは、山に遊びに行っていた子供が言い出したことだった。森の中で、じっと佇《たたず》む若い男女を見かけたという。また心中者かと思い、子供たちは引き留めようと考えた。幼いながらに、島の不名誉をなんとかしたいという気持ちを抱いていたのである。

だがどうしたことか、男女に近づけない。いくら歩いても、男女との距離は縮まらなかったのだ。向こうも同じ速度で遠ざかっているならそれも当然だが、不思議なことに歩いているようには見えなかった。まるで地面を滑っているように、子供たちときっちり同じ間隔を保って移動している。男女の脚は、下生えに隠れてよく見えなかった。

幽霊じゃないか、とひとりが言い出した。するともう、そうとしか思えなくなった。まだ昼間ではあったが、とたんにぞくぞくとした寒気が背筋を走る。子供たちはその場から、我先に逃げ出した。

子供たちの怖がりぶりからすると、とても嘘をついているようには見えなかったという。大人をからかっているのではなく、何かを見たのは確かなようだ。しかしそれが幽霊などであるはずはなく、森の中にいた本当の男女だったのだろう。その日は心中騒ぎも起きなかったから、単に散策していたか、あるいは子供に追いかけられて心中する気をなくしたのかもしれない。だとしたら手柄であり、おかしなことを言うなと無下に叱るのもかわいそうだ。子供たちの怯えっぷりに、大人は苦笑するだけだった。

だが、話はそれだけでは終わらなかった。ほどなく、大人も同じようなことを言い出したのだ。皮肉なことに、今度の目撃者は本当に心中目的で島にやってきた男女だった。すでにその頃には、打つ手がなく栄作たちも見張りを立てていなかった。だから男女は誰にも咎められずに山に入り、山頂を目指していた。

すると前方に、山道を登っているアベックがいた。まさか同じ目的ではないかと、男女は歩みを止めた。四人で仲良く火口に飛び込もう、という気にはなれなかったのである。彼らが見えなくなってから、火口に向かおうと考えた。

ところが、アベックとの距離は広がらなかった。奇妙なのは、アベックは歩いていることだった。こちらは休憩を取るために、道端にしゃがみ込んでいる。にもかかわらず彼我の距離がいつまでも変わらないのは、明らかにおかしい。どういうことかわからず、男女はアベックの様子をじっと観察した。単に足踏みしているだけなら、離れていかなくても不思議ではない。だがそれがなんのためかは、よくわからない。こちらをからかっているのではないかとも考えた。

やがて、見ているうちに目の焦点が合わなくなってくる感覚に襲われた。見つめているはずなのに、靄《もや》がかかっているかのようにアベックの輪郭がはっきりしない。いや、正確に言えば、アベックの下半身だけがぼやけてきたのである。つまり、脚が見えなくなったのだった。

アベックの上半身は、歩いているように上下に動いている。それなのに下半身はよく見えず、しかもいつまでも遠ざかっていかない。男女は互いが見ているものを確認し合い、見間違いなどではないことを知ると、顔を青ざめさせた。気味が悪くなり、慌てて立ち上がって転がるように下山した。逃げ込むところと言えば、前夜に泊まった旅館しかない。水をもらって人心地がついてから、自分たちが見たものについて語ったのだった。

話は旅館経由で拡散した。旅館で働く人も、子供たちの目撃譚は耳にしている。その話と酷似していることで、旅館の人も捨て置けないと考えたのだ。噂は瞬く間に広がった。

何しろ、百人以上の男女が心中で死んだのである。幽霊のひとりやふたりは出てもおかしくないと、誰もが納得した。いやむしろ、幽霊が出ない方がおかしいとすら受け止める人も多かった。それが見間違いやいたずらなど、幽霊ではないと考える者の方が少数派であった。

栄作は、その数少ないひとりだった。ただでさえ島は、自殺の名所として知れ渡ってしまった。これ以上の悪評はない。そこに加えて、幽霊騒ぎである。まさに、悪名の上塗りだ。とてもではないが、看過できなかった。

「幽霊なんて、いるはずがないですよ」

山崎相手に、栄作は断じた。いくら田舎の島とはいえ、人々がこんなにも迷信深いとは思わなかった。今や、科学の力がすべての摂理を解き明かそうとしている時代である。そんなときに幽霊とは、無知蒙昧《もうまい》にもほどがあるではないか。前近代的な島民の意識に、栄作は大いに失望した。

「まったくそのとおりです。こんな噂が広まるのは、本当に腹立たしい」

山崎の声は、いつもと違ってくぐもっていた。目を伏せ、低い声を発する姿は、なにやら憤りをこらえているようでもある。山崎らしからぬ態度に、栄作は驚いた。

「どうかしましたか。なんだか不機嫌そうに見えますけど」

今日は久しぶりに、居酒屋で酒を飲もうと誘ったのだった。店で待ち合わせたのだが、暖簾《のれん》をくぐって山崎を見つけたときから、ふだんと違うと感じていた。栄作が怒らせたはずはないから、何か他で不愉快なことがあったのだろう。その理由を遠慮せずに訊けるくらいには、親しくなっているつもりだった。

「幽霊なんて、馬鹿馬鹿しい。そんなものいるはずがないんだから、誰かのいたずらでしょう。腹が立ってならないですよ」

山崎は吐き捨てるように言う。温厚な山崎がこんな物言いをするとは、よほど腹に据えかねているようだ。しかし、なぜそこまで怒るのかわからない。何者かのいたずらだとしたら確かに不愉快だが、そこまで立腹することだろうかと栄作は首を捻った。

「山崎さんらしくないですね。どうしてそんなに怒るのか、理由を訊いてもいいですか」

多少遠慮気味に、問うてみた。山崎は眉を寄せたまま、頷く。

「かまいません。鹿取さんに誘われたとき、最初は断ろうかと思ったんですよ。そんな気分ではないので。でも、やっぱり鹿取さんにはきちんと聞いてもらおうと考え直したんです。この件で協力し合えるのは、鹿取さんしかいないですからね」

「そう思ってもらえるのは、嬉しいですよ。ぜひ聞かせてください」

どうやら山崎は、これから大事な話をするらしい。それを打ち明けてもらえることを光栄に思い、居住まいを正した。山崎は一度大きく息を吸ってから、訥々と語り始めた。

「私の母が震災で死んだのは、前に話したとおりです。鹿取さんに話していなかったのは、父のことです」

栄作も同じく、震災で母を亡くしていた。あのときは町が燃えたから、母親や妻を喪った人は多かった。それも互いの共通点と思っていたが、確かに父親の話は聞いていなかった。山崎の父にも、何かあったのだろうか。

「あの日以来、父は少しおかしくなってしまいました。狂ったわけではありません。今でも父は、普通に警察官としての務めを果たしています。ただ父には、母が見えるようになったんです」

見える、とはどういうことか。山崎の話がどこに向かうかわからず、栄作は黙ってその先が語られるのを待った。

「家の中で、普通に母に話しかけるんですよ。『なあ、母さん』とか、『母さんもそう思うだろ』なんて調子で、誰もいない空間に向かって相槌を求めるんです。最初はびっくりしました。いつもの癖で、うっかりそんなことを言ってしまったんだと思いましたよ。でも父は、何かに耳を傾けている様子でした。何か、ではなく、父にしか見えない母の返事を聞いていたんです」

まるで幽霊だな、と思った。朧げに、話の繋がりが見えてくる。だがまだ、山崎が憤る理由はわからなかった。

「当然私も、何を言ってるんだと訊きました。母さんはもう死んでるじゃないか、と。すると父は、そんなことはないと言い張るんです。母さんはここにいる、何をおかしなことを言ってるんだ、と不思議そうに問い返すんですよ。何日もそんなやり取りを繰り返して、ようやく私は理解しました。父は過酷な現実を受け入れられずに、母はまだ生きていると思い込むことにしたんです」

そんなことがあるのか、と驚いた。頭がおかしくなったと言ってしまえば簡単だが、そうは思いたくない。きっと山崎の両親は、仲が良かったのだろう。山崎の父は、心の中でまで自分の妻を喪いたくないのだ。その気持ちを、「おかしい」などと断じたくはなかった。

「私はびっくりして、同時に怖くもなって、やめてくれと父に言いました。母が死んだことを、なんとか認めさせようとしました。でもその都度、大喧嘩になりました。父は他のことではおかしくないんです。母がいるという一点だけで、普通じゃなくなるんです。とはいえ、あまりに父が頑強に言い張るので、おかしいのは自分の方なのかと思えてきました。母は本当にまだ生きているのに、私だけが死んだと思い込んでいる。だとしたら、なんと親不孝かと考えました」

いや、山崎は親不孝などではない。おかしな振る舞いをする父を見て、自分の方がおかしいのではと考えられるだけで大変な親孝行者だ。自分だったら、そんなふうには考えない。我が身を省みて、栄作は息が苦しくなってきた。

「そのうち私も父との押し問答に疲れて、見えない母がいるという状態を受け入れました。いや、正直に言えば、受け入れるのは難しいです。父と言い争いたくないから、話を合わせているだけです。だから、母に話しかける父を見ると悲しいんですよ。辛すぎる現実を未だに受け入れられない父が憐れだし、私には母が見えないことも悲しい。父みたいに、母を見たいと思いますよ。幻でもいいから、家に母がいて家族三人で暮らしていられたらどんなにいいかと思います。でも、私には母が見えない。一般的には私の方が正常なのでしょうけど、正常であることが幸せなのかなとも考えます。だから私にとって、幽霊の存在は軽々しく口にできることではないんです」

「よくわかりました。誰かがいたずらで幽霊話をでっち上げたんなら、とても許せることではないですね」

「そういうことです」

山崎は静かに頷いた。話が一段落し、沈黙が落ちる。栄作は、己の心の中で渦巻く複雑な思いを持て余していた。

栄作も母を震災で亡くしている。しかしもう今は、栄作も父も母の不在を悲しんではいない。母がいないことに、すっかり慣れてしまった。仏壇に線香を上げ、お供えはするが、それは日々の習慣に過ぎない。自分が薄情であるとも思っていなかった。

だが今、そんな己が恥ずかしくなった。夫と息子に忘れられてしまった母が、憐れでならなかった。母のことを、記憶の底に押し込もうとしていたのかもしれない。思い出すと辛いから、あえて思い出さないようにしていたとも言える。しかし、それは自分の都合でしかないと思い知らされた。故人は、生きている者が忘れてしまえば存在しなくなる。母はこれまで、本当の意味で消えていたのだ。それがどれほど薄情で親不孝か、栄作は気づきもしなかった。母に対する痛切なまでの詫びの気持ちが、心の奥底から込み上げてきて栄作を責め苛んだ。母さん、ごめん。そう心の中で詫びると、自然に涙がこぼれた。

静かな時間が流れた。互いに言葉を発する気力を取り戻すまで、しばらくこの時間の中にいようと栄作は考えた。

10

「捕まえましょう。捕まえて、いたずらはやめさせないと」

決意を口にした。いたずらしている者がいるとしたら、その目的はよくわからない。面白半分でしかないと思う。ならばそれは、よけいに許せなかった。山崎のためにも、そして自分のためにも、いたずらしている者を捕まえたかった。

「そうですね。鹿取さんなら、そう言ってくれると思っていました」

山崎は依然として低い声で応じる。だが先ほどに比べれば、表情に柔らかみがあった。山崎に怒り顔は似合わない。いつものように、微笑んでいる山崎に戻って欲しかった。

「では、誰がやっているのか、少し考えてみましょうか」

そう提案した。対策を練るにも、相手の素性を摑まなければならない。そのためにも、山崎の考えを聞いておきたかった。

「誰が。犯人像、ということですか」

犯人とは大袈裟だが、警察官らしい物言いでもある。栄作はまず、推理の第一歩を自分から提示した。

「そうですね。島の人間なのか、それともくがから来ている人か。そこから限定していきますか」

「島の人間の仕業とは、思いたくないですけど」

警察官としては、地域住民を信じたい気持ちがあるのだろう。だが、栄作の意見は違った。

「私は、島の人間がやっていることだと思います」

「それはどうしてですか」

当然、山崎は問い返してくる。栄作は自分の漠然とした考えを、筋道立ったものに整理した。

「子供たちが見た幽霊と、次にアベックが目撃した幽霊は、かなり似ています。だから、無関係とは思えません。考えられるのは、二度目が一度目を模倣したいたずらである場合、そして両方ともいたずらである場合です」

「二度目が一度目の模倣。だったら一度目は、なんだと考えるんですか」

「本当の男女を見間違ったとか、ともかくいたずらではないという状況です。普通に考えれば、真実はそんなところだと思うんですよ」

「まあ、そうでしょうね」

山崎も納得したようだ。頷く姿を見て、先を続ける。

「二度目が一度目の模倣だとして、こんな田舎の島の、子供が騒いでいるだけの幽霊話が、くがまで伝わるでしょうか。仮に伝わったとして、それを聞いてわざわざ島までやってきていたずらをしようと考えるでしょうか」

「なるほど。ちょっとあり得ないですね」

山崎は苦笑する。考えてみれば確かにそのとおりだと気づいたのだろう。栄作もこの推測には説得力があると思った。

「次に、二回ともいたずらだった場合です。二度の幽霊は、続けて出たわけではありません。少し日数が空いていたから、くがの人の仕業だとしたら島に二回来なければならなくなります。しかし、そうまでする理由がわからない。ただのいたずらだとしたら、そこまでの手間をかけるとは思えないですよね」

「おっしゃるとおりです。いや、そうして理詰めで言われると認めざるを得ません。いたずらしている者は、島の人間以外あり得ませんね」

再度、山崎は深く頷いた。完全に同意してくれたようだ。問題は、この先だった。

「でも、誰なんだろう。こんなことをする奴は」

栄作が疑問に思っていることを、山崎が言葉にした。島の住人全員を知っているわけではない。だが、島の評判を落とすような真似をする者がいるとは、信じたくなかった。それでも、いたずらをしている者がいるなら特定しなければならない。

「捕まえればわかることです。我々で捕まえましょう」

「我々って、ふたりでですか」

それは不可能だと、とっさに考えたのだろう。山崎は懐疑的な口振りだった。栄作はあらかじめ考えてあった腹案を披露する。

「いえ、有志を募るんです。手伝ってくれる人はいるはずですから」

「そうですね。じゃあ、どこから着手しますか」

そこが問題なのだった。あれこれ考えてみたが、幽霊がいつ出るのかわからなければ捕まえようがない。偶然目撃されるのを待つしかないのだ。

「ともかく、まず第一に仲間を増やす。そして仲間たちで、山を見回る。幽霊を見かけたら、追いかけて捕まえる。それしかないんじゃないでしょうか」

「なるほど。ただそれだと、かなり運頼りですね。見張りの者相手に、いたずらを仕掛けてくるとは限らないし」

「そうなんですよね」

自分でも、この計画の弱さはわかっていた。しかし、他に打つ手がないのである。山崎に何か別の知恵がないだろうか。

「いたずらをしているのが島の人なら、完全に秘密にしておくのは難しいと思うんですよ」

しばらく考える素振りをしてから、山崎はそんなことを言った。なるほど、それは確かにそうだ。いたずら目的なら誰かに喋らずにはいられないかもしれないし、そうでなくても山に向かうところを近所の人に見られている可能性もある。そうした話を拾って歩けば、いたずら者を特定することもできるのかもしれない。

「捜査をしようというわけですか」

確認すると、山崎は苦笑して首を振る。

「いえいえ、そこまでたいそうなことは考えていません。ただ、少し意図的に噂を集めてみようかと」

「噂、ですか」

地道だが、出てくるかどうかわからない幽霊を人数を掻き集めて待つより、有意義かもしれない。ここは山崎の案に乗ることにした。

「そうですね。いたずら者が尻尾を出すまで、根気強く待ってみますか」

栄作が頷くと、山崎はふと表情を和らげた。ようやくふだんの山崎の表情が見られて、嬉しかった。

11

翌日から、職場でも意識的に幽霊の話題を持ち出した。話に乗ってくる人も中にはいるが、特に目新しい情報は出てこない。思ったよりいたずら者は慎重なのか、あるいはいたずら者などそもそも存在しないのか。いや、幽霊なんているわけがないのだから、いずれ必ずいたずら者は馬脚を現すはずだと信じた。

そうこうするうちに、第三の目撃者が現れた。今度もまた、子供たちだった。話の内容は最初の目撃譚とほぼ同じで、当人たちの様子を聞いていなければ単に真似をして騒いでいるだけだと疑いたくなるところだった。

だが大人をからかって喜んでいるのではなく、心底怯えているという。そこもまた、最初の目撃譚と共通していた。栄作はその話を聞き、顔を歪めた。こうして幽霊話が補強されていくのは、あまり好ましい傾向ではなかった。

もどかしくなり、目撃した当人たちに話を聞きに行った。だが子供たちは幽霊の特徴を的確に描写できず、年格好も服装も顔立ちも摑めなかった。子供たちは「滑るように動いていた」「脚が見えなかった」という二点で幽霊と見做し、怯えているのである。真摯な表情から嘘ではなさそうだと思ったものの、さりとて本当に幽霊だと信じることもできなかった。

打つ手がないままに、四件目の目撃例が出てきてしまった。今度は山ではなく、海だった。夕日を見に行った若い男女が、崖の上に浮かぶアベックを目撃したという。明らかに宙に浮いているので、男女は瞬時に幽霊だと悟り、その場を逃げ出したとのことだった。

この男女にも、山崎と一緒に会いに行った。男女は戸惑いながらも、話に応じてくれた。

「本当に一瞬だったんですよ。だから、あまりちゃんと見てないんですが」

男の方が、そんな前置きをした。年格好は二十代前半か。女も同じくらいだった。

「詳しい状況を教えてください」

山崎が促した。警察官だと最初に名乗ったので、男女は質問されて緊張している。

「辰巳岬に夕日を見に行ったんですよ。あそこから見える夕日は綺麗じゃないですか。歩きながら岬に近づいていくと、先客がいるように見えたんです。まあ、ぼくたちだけで独占できるとは思っていなかったので、気にせず歩き続けました」

二件目の目撃例と同じように、先客のアベックは遠ざかっていかなかった。一点にとどまり、動かなかったという。しかし、そのとどまっている場所が問題だった。

「近づいていってわかったんですが、アベックは岬のもっと先にいたんですよ。つまり、宙に浮いていたわけです。岬の突端から、一メートルくらいのところかなぁ。ともかく、真下は海でした」

男にはふざけた様子はなかった。至って真剣な表情で、むしろ怯えているようでもある。女などは男の話を聞いているうちにまた怖くなったのか、男の腕に縋りついていた。女の顔に浮かぶ恐怖は、演技とは思えなかった。

「間違いなく、浮いていましたか。光の加減でそう見えた、なんて可能性はないですか」

山崎が念を押した。そんなふうに訊かれると、男も断言はしにくいようだ。少し自信なさそうに答える。

「絶対にない、とは言えないかもしれません。ぼくが知らないだけで、浮いて見える自然現象があるのかもしれませんからね。ただ、ぼくらにそう見えたのは嘘じゃないんです。そこは信じてください」

「いえ、疑っているわけではないんです。ただ、正確な話が聞きたいだけで」

宥めるように、山崎は言う。疑っていると思われて、頑《かたく》なになられても困るからだろう。この辺りの加減はさすが警察官だと、横で聞いていて栄作は思った。

「アベックが浮いているのに気づいて、すぐにその場から逃げたんですね。アベックは追いかけてきたりしませんでしたか」

「えっ、どうだろう。振り向かなかったので、わかりません。少なくとも、町に帰ってくるまで追いつかれなかったのは確かです」

追いかけられたかもしれないとは思っていなかったらしく、男女は山崎の質問でさらに怖がってしまった。しかし、問いかけにはきちんと答えてくれる。山崎がアベックの特徴を尋ねたところ、自分たちと同じ二十代前半くらいの年格好でふたりとも白い服を着ていた、と語った。

訊くべきこともなくなり、礼を言って男女を解放した。ふたりだけになると、山崎が問いかけてくる。

「どう思いましたか」

「そうですねぇ。やっぱり曖昧ですけど、浮いていたというのは気になりますよね」

なんらかの仕掛けがあるのかもしれないが、栄作には見当がつかない。目撃された場所も海であり、これまでの話とは少し様相が違うと思った。

「どうやれば、浮いているように見えるんだろう。奇術だとしても、けっこう大がかりなものなんじゃないですかね」

山崎も首を捻った。幽霊話などいたずらに決まっている、という確信が、栄作の中で少し揺らぎ始めていた。

それからさらに数日後。またしても山で幽霊騒ぎが起きた。目撃したのは、今度も子供である。子供たちは、肝試しの感覚で山に入っていくらしい。必然的に、目撃する可能性も増すのだった。

「ガサガサガサって逃げてった」

話を聞きに行くと、目撃した子供はそう言った。思わず、山崎と顔を見合わせる。これまでの目撃譚では出てこなかった話だからだ。

「音もなく遠ざかっていったんじゃないの」

「うん、草がガサガサ言ってた」

「もしかして、滑るようではなかった」

「そうだよ。走ってた」

明らかに違う。幽霊というより、それはただの人間ではないか。

「どうして幽霊だと思ったの」

根本的な点を尋ねた。子供は悪びれずに答える。

「だって、アベックだったから」

どうやらこれこそ、ただの見間違いらしい。子供たちに気づかれないよう、山崎と目を見交わして苦笑した。

こんな調子で、以後は幽霊ではないものを幽霊と見間違う例が増えるのだろうと予想した。まさに、正体見たり枯れ尾花、だ。しかし、岬の突端で浮いていたという話はいたずらと決めつけられないし、そもそも下生えが生えているところで音もなく移動するというのが面妖だ。明らかに見間違いの目撃例が出てきたことで、かえって以前の目撃譚の不可思議さが浮かび上がったようでもあった。

噂集めは継続した。そして、妙な話を聞いた。栄作たちの他にも、幽霊を見た人に話を聞いて回っている男がいるらしい。しかもその男は、くがの人らしかった。

なぜ、くがの人が。栄作は首を捻った。同時に、噂がついにくがにも届いたのだと知った。尾《お》鰭《ひれ》がついているのかもしれないし、そうでなくても興味を惹く奇っ怪な話なのかもしれない。問題は、くがから来た人の目的だった。幽霊の話を聞くためだけにわざわざ島までやってくるような、そんな酔狂な人がいるだろうか。

どうやらその男は、まだ島に滞在しているらしい。ならばと、直接会いに行くことにした。来島の目的が知りたければ、直接訊くにしくはない。あれこれ推測していても、真相は明らかにならないのだ。

山崎と予定を合わせている暇はなかったので、その夜ひとりで旅館に向かった。幽霊の話を聞きにくがから来た人はいるか、と直截に尋ねる。すると旅館の者は、ひとりの男を呼び出してくれた。男は怪訝そうな顔で、自分の部屋から出てきた。

「突然失礼します。わたくし、町役場の鹿取と申します。なんでも、幽霊の話を聞くためにわざわざ本土からいらっしゃったとか」

「はあ、そうですよ」

男は認めた。年の頃は四十前後だろうか。髪は短く刈り上げているがボサボサで、一見したところ背広を着て会社に行っている勤め人のようではない。こちらを品定めする眇《すが》めた目からは、鋭い眼光が放たれていた。背は低いが痩せていて、俊敏そうである。浴衣を着て寛いでいるところだからかもしれないが、男の職業には見当がつかなかった。

「よろしければ、どうして幽霊の話なんかのために島までいらしたのか、聞かせていただけませんか」

「なんでですか。悪いですか」

男は突っかかるような物言いをした。疚しいところがあるから、というより、誰に対してもいつもこんな態度をとっているのではないかと栄作は見て取った。第一印象を大雑把な言葉で言い表せば、柄が悪いといった感じなのだ。ますます、男の目的が気になった。

「いえ、悪いことはないですが、町役場でも幽霊の噂には苦慮しているんです。噂に関することで、何か協力し合えることはないかと思いまして」

「協力。まあ、そうか」

男は少し態度を軟化させた。「ちょっと坐ってて」と言い、部屋に引き返す。栄作は勧めに従わず、三和土に立ったまま待った。男はすぐに戻ってくると、上がり框に腰を下ろして名刺を差し出した。

「おれはこういう者です」

名刺には、雑誌の名前が書いてあった。男は雑誌記者なのだ。とたんに、警戒心が湧いてきた。まさか、幽霊の噂に釣られて雑誌記者がやってくるとは思わなかった。

「お祭しのとおり、幽霊の話を記事にしようと思いましてね。百人を超える自殺者が出ている島で、続々と幽霊が目撃されている。面白いじゃないですか」

面白いどころの話ではない。はっきり言って迷惑だ。記事にされて広く噂をばらまかれたりしたら、大がつく迷惑だ。

「幽霊なんて、子供たちが騒いでいるだけですよ」

釘を刺したが、男には通じなかった。

「そんなことはないでしょ。大人も目撃してるじゃないですか。しかも、話を聞く限りいたずらとは思えない。そりゃあ、これだけの人が死ねば、幽霊くらい出ますよね」

それは、島の誰もが思っていることである。だからこそ、雑誌記事になればくがの人も鵜呑みにしそうで怖かった。

「先ほども申しましたとおり、幽霊が出るなんて噂には困っています。町役場の者としては、島が有名になるのはいいのですが、もっとまともなことで名が知られるようになって欲しいと考えています。お願いですから、幽霊話なんて記事にしないでいただけませんか」

率直に頼んだ。どうしても書きたい、とこだわるほどの話とは思えなかったからだ。男は栄作の懇願を聞くと、ニヤニヤ笑って顎をさすった。

「どうしましょうかね。せっかくこうして島まで来るには船代がかかっているし、宿泊費もかかってる。手ぶらで帰るわけにはいかないんですが」

まさかこれは、金を求められているのだろうか。そこまでたちが悪いとは思いたくないが、相手の真意を測りかねて栄作も言葉を慎重に選んだ。

「それだったら、この島が風光明媚で非常にいい観光地だと、そんな記事を書いてもらえませんか」

「おれはそういう記事を書く記者じゃないんだよね」

栄作の提案を、鼻先で嗤うようにして男は却下した。この男を懐柔するには、やはり金を使うしかないのかもしれない。しかし、そんなことに金を払いたくなかった。

「幽霊話こそ、大の大人が読むに値する記事とは思いませんよ」

言い切ってやった。男は不敵に笑う。

「そりゃあ、どうでしょうかね。まあ、雑誌に載せてみればわかりますよ」

じゃあおれは晩酌の続きをするから、と一方的にやり取りを打ち切って男は部屋に帰っていった。男を説き伏せられなかったことが悔しく、栄作は唇を噛んだ。

12

ほどなく、雑誌に記事が載った。死者の怨念が集まる島、と面白おかしく書いている。栄作は一読して苦々しい思いを抱いたが、その反面、これなら真に受ける人もいないだろうと安堵もした。幽霊話など、せいぜい子供が信じるだけだ。無視してもかまわない木っ端記事だと見做した。

ところが、栄作の読みは完全に間違っていた。記事を読んで島にやってくる人が増えたのだ。幽霊が出る島、という煽り文句は、栄作が思う以上に魅力的だったらしい。好奇心で胸を膨らませた暇な人々が、船に乗って大挙して訪れたのだった。

島に観光客が訪れること自体は好ましい。客は島に金を落としていってくれる。島はこれまで、観光客を積極的に誘致しようとはしてこなかった。島には椿油という特産品があるし、一橋産業の拠点でもあるので経済が回っている。だが、観光客が来る現実を目の当たりにすれば、それ相手の商売で儲ける者が出てくる。ならば自分もと、観光客を当て込んで新たに商売を始める人も現れた。地元の人間相手だった食堂や居酒屋には観光客が出入りし、雑貨屋はみやげ物を置くようになった。旅館は大忙しで、新たに人を雇った。心中ブームから幽霊騒ぎへの一連の流れで、島は確実に潤っているのだった。

むろん、幽霊を見に来て簡単に目撃できるはずもない。来島者は全員、その点では失望してくがに帰っていくことになった。とはいえ、島には火山や美しい海がある。たとえ来島者の最初の目的が幽霊だったとしても、くがにはない自然の美に満足して帰っていったものと栄作は信じた。そうした人が増えれば、いずれいい評判が悪評を上回ってくれるだろうとも期待した。

しかし、ついに幽霊を見たと主張する来島者が現れた。その話を聞き、栄作は耳を疑った。思わず「馬鹿な」と呟いてしまったほどだ。幽霊など、いるはずがない。来島者はいもしないものを見た気になっているのか。あるいは、見たと嘘をついているのか。

噂が早く駆け巡ったお蔭で、その夜に来島者を訪ねることができた。先日と同じように、旅館で案内を乞う。出てきたのは、三十前くらいの年格好の夫婦者だった。まだ子供がいないから、気楽に旅行に来たらしい。

「幽霊を見たというのは本当ですか」

持って回った言い方は避け、雑誌記者に問うたときのように直截に質問をぶつけた。夫婦者は目を輝かせ、頷く。

「はい、そうなんですよ。もう、びっくりしました」

夫の方が答える。あまり怯えているようではない。むしろ、目当てのものを見られて喜んでいるようだった。

「どこで見たんですか」

「山です。こいつとふたりで、火口見物に行ったんですよ。そうしたらその帰りに、森の中で」

夫の説明はこうだった。山道は、慣れない者にはそれなりに厳しい。登りも休み休みだったが、下りで妻が疲れ果ててしまった。やむなく、道端に坐って体力の回復を待つことにした。森の中までは下りてきたので、木陰で休むことができた。日中だったが、そのときは他の観光客はいなかった。

「そうしたら、後ろでガサガサ言う音がしたんですよ」

熊が出たのか、と夫は考えたらしい。島に熊はいないが、くがの人にはわからない。慌てて振り向くと、そこには白い服を着た人がふたり立っていた。

「すぐ後ろですか」

「いいえ、三十メートルくらいは離れてたかな。木々の間に見える感じだったので、かなり遠目です」

つまり音は、周囲が静かだったから聞こえただけで、その人影は近くまで忍び寄っていたわけではなかったのだ。夫は人影を見て、「おい」と妻に声をかけた。

「山に登ったのは火口見物のためでしたが、そもそもこの島に来たのは幽霊騒ぎを聞いたからなんですよ。あわよくば、幽霊を見てみたいなぁと思って」

だからすぐに、それが幽霊だと直感したらしい。妻も振り返り、人影を認めた。

「確かに、白い服を着た人がふたりいました」

妻が夫の話を補足した。こちらは夫ほど面白がっているわけではなく、真剣な表情である。ただし、嘘をついていないとも言い切れなかった。

「しばらく、その場でじっと眺めてたんですよ。何しろこっちは疲れ果ててましたから、腰を上げて追いかける気にはなれなかったんです。どれくらい見てたかなぁ。たぶん二、三分じゃないかと思います。向こうもその場から動かなくて、なんだか睨み合いのような格好でした」

それが不意に、白い服のふたりが動いた。やはりガサガサと下生えを鳴らして遠ざかっていくと、ふと消えた。

「消えた。本当に消えたんですか」

栄作は眉を顰めて、問い返した。幽霊がいたずらだとしたら、消えるはずがないのだ。

「ううん。突然しゃがんだのかもしれません。あるいは斜面の陰に隠れたのかも。ともかく、いきなり見えなくなったんですよ」

夫は強調した。嘘ではないと言いたいのだろう。だからといって、それが幽霊だったと認めることはできなかった。

疑う根拠は、下生えを鳴らす音だった。音を立てて移動するなら、幽霊でもなんでもない。ただのアベックを見間違えたというより、意図的にいたずらを仕掛けたように思える。それが道を歩いていたのではなく、森の中にいたならば、やはり正体は島の者だろう。くがから来た人が、森の中を自由に動けるとは思えなかった。

「見えなくなって、それきりですか」

消えた、という言葉は使いたくなかった。あくまでその人影は、隠れたのだ。夫は栄作の言葉を首肯する。

「はい。その後は出てきませんでした」

だから特に逃げ出しもせず、疲れが癒えた頃に下山したという。そして旅館の人に幽霊を見たと話したところ、例によってすぐに噂となって広まり、栄作の耳に届いたようだった。

「その白い服のふたりの、顔は見ましたか」

ここからの質問が肝心だ。いたずら者の特徴を摑まなければならない。

「いえ、遠目だったので見てません。そもそも顔を伏せていたから、髪で翳《かげ》になっていたし」

それをいかにも幽霊と受け取るか、あるいはいたずら者が正体を隠していると見るか。栄作には、後者としか思えなかった。

「そのふたりは男女でしたか」

「たぶん、そうだと思います。ひとりは髪が長かったので」

「ただ、身長は同じくらいでしたよ」

妻が口を挟んだ。妻もきちんと観察していたようだ。

「同じくらい」

ならば男ふたりが、男女を装っていたとも考えられる。ますます悪質だとの印象を抱いた。

「他に何か、気づいたことはありますか。幽霊ではなく、人間だったとは感じませんでしたか」

栄作の問いに、夫婦は顔を見合わせた。念願の幽霊を見て、頭から信じ込んでいたようである。

「どうかなぁ。特に気づいたこともないですけど。ただ、割とはっきり目撃したかな。全体にぼんやりしていたとか、脚が消えていたとか、そういうことはなかったですね。言われてみれば」

それならば間違いない。白い服のふたりは幽霊などではなく、ただの人間だ。心の中で、栄作は断じた。そのいたずら者たちに対し、密かに腹立ちを覚えた。

「お願いがあります。今のお話だけでは、それが本当に幽霊だったとは言い切れないと思います。この島で幽霊を見たなどとは、どうか言い触らさないでいただけますか」

「えっ、幽霊じゃなかったら、なんなんですか」

夫は不本意そうだった。釘を刺されなければ、あちこちで話すつもりだったのだろう。栄作は少し声の調子を厳しくした。

「いたずらではないかと思います。島に来た人を驚かそうとした、ただのいたずらです」

「ええっ」

夫婦揃って、納得していない声を発した。あくまで、幽霊を見たと思っていたらしい。この様子では、とても口止めは無理そうだ。栄作は徒労感を覚えた。

それでももう一度念を押して、旅館を後にした。後日、時間を作ってこの話を山崎に語って聞かせた。山崎はとたんに不愉快そうな表情になる。

「誰がそんなことをしたんだ。子供の仕業か」

山崎らしくなく、口調まで荒くなっている。栄作も同じく子供のしたことと考えたが、他の可能性にも思い至っていた。

「いやな想像ですが、もしかしたら大人がやっているのかも」

「どうして大人がそんなことを。いかにも子供のやりそうなことじゃないですか」

山崎は納得がいっていないようだ。栄作はこの数日の間に考えたことを口にした。

「島は今、観光客で潤っています。島に来る人は、幽霊を見るためにやってきているんですよ。でも、幽霊なんて見られるはずがありません。遠からず、飽きられて来島者は激減するでしょう。そうなると困るのは、今現在来島者のお蔭で儲かっている人です」

「ああ。つまり、今の景気を維持するために、幽霊騒ぎをでっち上げている、と」

「はい」

栄作が頷くと、山崎は顔を歪めて唸った。ありうることだと思ったのだろう。幽霊の真似をするのは、犯罪ではない。犯罪ではないことをして儲かるなら、人は躊躇しないのではないか。やらないという選択をする人の方が、ひょっとすると少ないかもしれない。

「ともかく、下生えを鳴らして遠ざかっていった幽霊は、偽者ですよ。誰かがやっていることに違いない」

ここ二回の目撃譚は、幽霊と認めざるを得ないほど不可解な現象ではない。幽霊を演じる気持ちはわかるが、そんないたずらはやめさせなければならなかった。

「でも、じゃあそれ以前の幽霊はなんですか。特に、崖に浮いていた幽霊は」

山崎は困惑げに訊いてくる。栄作としては、訊いて欲しくないことだった。

「わかりません」

すべて何者かのいたずらだ、そう言い切れないことに、栄作は忸怩《じくじ》たる思いを抱いた。

13

幽霊騒動はくがからの来島者で儲かっている者の仕業だ、とまずは断ずることにした。動機がわかれば、容疑を絞り込めるからだ。

「儲かっている人を挙げていきましょう」

捜査となれば自分の出番と思ったか、山崎は方針を決めた。栄作に異論はない。儲かっている人はさほど多くないから、一気に限定できるはずだった。

思いつくのは、食堂、居酒屋、みやげ物を売っている雑貨屋、旅館くらいか。関係者まで含めても、疑わしいのはせいぜい二十人ほどではないか。これならば、簡単にいたずら者を特定できそうな気がした。

「今回の夫婦者の旅行者の目撃、それと前回の子供の目撃、両方の日時に居所が明らかでない人がいたら、その人物が幽霊の振りをしているのでしょう」

そうか、そのように容疑を絞り込むのか。調べるべき対象があっという間に限定されたことに、栄作は感心した。警察の捜査力はすごいものだと、いまさらながらに思った。

「こういう調べは、いくら町役場の人でも越権行為ですから、私に任せてください」

山崎は請け合った。確かに、その方がいい。なんの権限もない栄作が調べ回っては、角が立つだけだ。相手も正直に喋ってくれる保証はない。ここは山崎に一任すべきだった。

それから数日、何もなく日々が過ぎていった。山崎からの連絡はなかったので、調べの進捗状況はわからない。警察官なら簡単に調べられるかと思っていたが、実際はそうでもないのだろう。単に話を聞くだけでなく、裏を取るとなれば数日かかるのも当然かもしれなかった。

そんな中、その週の日曜日にまたしても幽霊騒ぎが起きた。今度もまた、目撃者は旅行者だった。見たのは中年の夫婦と子供ひとりの家族で、場所は山の中。話の内容は、前回とほぼ同じだった。これもいたずらだと、話を聞いて栄作は直感した。

味を占めたのだ。そう察した。騒ぎは、大きくなればなるほど面白い。幽霊が評判になって、いたずら者は楽しくなったのだろう。最初は金儲けのためだったかもしれないが、もはや本当の意味でいたずらになったのだ。たちが悪くなった、とも言えた。

「困りました」

三日後に会った山崎は、開口一番そう言った。表情が冴えないので、調べがはかばかしくないのだろうと察していた。幽霊騒動で儲けている者、という絞り込みは正しくなかったのか。

「ひととおり当たってみたところ、ただ、この前の日曜日には、その人たちは仕事をしていました。つまり、ここ三回の幽霊が出た日すべてで、体が空いていた人はひとりもいないのです」

「ひとりもいない」

どういうことなのだろうか。そんなはずはない、ととっさに考えた。幽霊はいたずらに決まっている。それも、子供の仕業とは思えない。大人がやっていることならば、目的があるのだろう。大人がこんな馬鹿げたことをするなら、それは金のためとしか思えなかった。推理の道筋は正しいはずだった。

「金儲けが目当てだということは、間違っていないと思います」

栄作は言い切った。だとしたら、金を儲けているのに栄作たちが気づいていない人がいるのだろうか。考えてみたが、思いつかない。山崎もそれは同じらしく、眉を顰めて首を振った。

「私もそう思います。ですので、ふたつの可能性を考えました」

「ふたつも」

さすがは警察官だ。この状況を説明する仮説を、すでに複数思いついているとは。栄作はひとつとして思い浮かばない。黙って山崎の考えを聞くことにした。

「まずひとつ目は、こちらの質問に対して嘘をついている者がいる場合です。私も一介の制服警官に過ぎず、尋問の経験はありません。嘘をつかれても、必ず見抜けるという自信はないんです」

そうなのだろうか。それは山崎の謙遜ではないのか。栄作はそう受け取ったが、口は挟まなかった。山崎は続ける。

「とはいえ、自己申告を鵜呑みにしたわけではなく、嘘はないか一応調べました。同じ職場の同僚に、各自の言葉が正しいか確かめたのです」

「なるほど。それでどうでした」

「特に嘘をついている人はいませんでした」

「ああ」

だからこそ、山崎は今ここで頭を抱えているのだろう。嘘が見破れていたら、むしろ話は早かった。

「では、ふたつ目の可能性とは」

先を促した。山崎はますます、眉宇を曇らせる。

「それぞれの幽霊騒ぎが、別の人物による仕業の場合です」

思いがけないことを、山崎は言った。手口が似ているからこそ、同じ人によるいたずらだと断じたのではないか。別の人物のしたことが、こんなにもそっくりになることなどあるだろうか。

「それはあり得ないんじゃないですか。どう見ても、すべて同じ人がやっていることですよ」

反論したが、山崎は「そうでもないです」と答える。

「示し合わせる必要もありません。後からやる者は、前の幽霊騒ぎの真似をすればいいだけですから」

「えっ」

思わず声が出た。そうか、真似か。ならば目撃譚がそっくりでもおかしくない。確かに、真似が難しいことではなかった。

「ああ、それは思いつかなかった」

栄作は素直に認めたが、山崎には自説を誇る気振りなどなかった。

「とはいえ、少し考えにくいことかなとも思っています。いたずらの間隔が開いているなら、幽霊が出なくなったことに痺れを切らした人が真似をするのもわかりますが、騒ぎは比較的連続していています。前の人が幽霊の振りをするのをやめたわけでもないのに、別の人が率先していたずらを引き継ぐ必要はありません。やはり、同一人物の仕業と考えるべきではないでしょうか」

「では、どういうことになりますか」

せっかくの推理を山崎は自ら否定する。栄作としては、困惑するだけだった。

「わかりません。私が見抜けなかっただけで、誰かが嘘をついているのか。あるいは」

山崎は一度、言葉を切った。栄作はたまらず、促した。

「あるいは、なんですか」

「あるいは、幽霊騒ぎで儲けている人の仕業、という考えがそもそも間違っているのかもしれません」

「そんなはずは」

ない、と言いかけ、途中で言葉を呑み込んだ。もう何が正しいのか、よくわからなくなっている。推理とはこんなに難しいことかと、改めて実感した。

「お互い、もう少し考えてみませんか。きっとどこかに、見落としがあるんです」

さほど確信もなく、そう言った。悪質ないたずらをしている者を絶対に捕まえてやる、という意気込みは少しも衰えていなかった。

「そうですね」

答える山崎の声は、対照的に力なかった。調査の行き詰まりに、徒労感を覚えているのかもしれなかった。

14

栄作は土曜日を迎えるのが怖くなった。土曜日になれば、くがから観光客がやってくる。するとその観光客に目撃されるために、何者かが幽霊の振りをする。しかし、それがわかっているのに手を拱いているしかない。口惜しくて、いつまでも土曜日が来なければいいのにと思った。

いざ土曜日になってみると、仕事が終わっても家に帰る気にはなれなかった。特に用はないのに、落ち着かないので外を歩く。幽霊が出たとの話を聞いたら、真っ先に駆けつける心積もりだった。

商店が軒を連ねる一角を、ぶらぶらと歩いているときだった。観光客らしき人たちの姿が、ちらほらと見える。そんな中、雑貨屋の軒先に子供たちが群れていた。雑貨屋では駄菓子も扱っている。子供が駄菓子を求めて雑貨屋に来るのは、日常の光景だった。

三人いる子供たちは、十歳前後だろうか。ふたりが商品を手にして、店員の女性に話しかけている。女性は栄作の方に背を向けている形だった。そして女性の背後には、もうひとりの子供がいた。

ゆっくり歩いて近づきながら、栄作は見た。女性の背後にいる子供が、店先に並んでいる駄菓子を懐に入れたのだった。

万引きだ、と思った。目撃したからには、咎めなければならない。そう考えて足を速めようとしたが、さらに目にした光景に思わず動きを止めた。女性との会話を終えた子供ふたりは、万引きをしたひとりと肩を並べて歩き出した。三人の顔には、してやったりと言いたげな笑みが浮かんでいたのだ。

これはひとりだけがやったことではない。子供たちは三人で協力して、駄菓子を万引きしたのだ。その大人顔負けの計算高さに、栄作は驚かされた。

子供たちは、じっと見つめる栄作の視線に気づいた。立ち止まると、ばつが悪そうな顔をして、道の端に寄る。そしてこちらをちらちらと見ながら通り過ぎ、栄作の視野の外に出ると走り出した。子供たちが駆け足で遠ざかっていくのを、栄作は音で察した。

栄作が子供たちを捕まえなかったのは、計算高さに衝撃を受けたからではない。子供たちの振る舞いを見て、思いつくことがあったのだ。栄作が今考えることといえば、幽霊騒動についてしかない。天啓のようにひとつの答えが降ってきて、子供たちを咎めるどころではなかったのだった。

万引きは、三人の仕業だった。実際に懐に駄菓子を入れたのはひとりでも、他のふたりの協力なくして成功はしなかっただろう。幽霊騒ぎでも、同じことが言えるのではないか。幽霊は男女のふたり組だったから、幽霊になりすましているのもふたりだと考えていた。しかし、ふたりとは限らないのだ。

幽霊の振りをしている人が、交替していたとしたら。それならば、幽霊が出た三日すべてで体が空いていた人がいない謎も説明がつく。山崎の推理のように、以前の幽霊騒ぎを別の人が真似したのではなく、最初から集団が始めたことだったのだ。集団ならば、いくらでも口裏を合わせられる。山崎が嘘を見抜けなかったのも、仕方のないことだった。

幽霊騒ぎを起こしているのがある程度の人数の集団ならば、疑惑の対象はかなり絞られる。例えば、栄作の前方に見える雑貨屋も観光客で儲かっている店ではあるが、家族経営なので働き手は三人しかいない。港やこの並びにある食堂、居酒屋も事情は同じだ。従業員が何人もいるのは、旅館しかなかった。

一応の結論には至ったが、自分の推理が正しいかどうか自信はなかった。すぐにも山崎に聞いて欲しくて、このまま足を山崎の住まいに向ける。すでに、何度か互いの家を行き来する仲になっていた。土曜の昼間にいきなり訪ねていっても、いやな顔をされる恐れはなかった。在宅しているかどうかはわからなかったが、いないなら警察署に向かえばいいだけのことだ。

「どうしたんですか。何かありましたか」

果たして山崎は、今日は非番だった。玄関先に出てきた山崎は、用件があることを察してくれた。いきなり家の中に上げてもらうのも山崎の父親に申し訳ないので、外に呼び出す。そして立ったまま、自分の考えを披露した。全部聞き終え、山崎は唸った。

「ううむ、なるほど。旅館の仕業か。それは筋が通っている」

腕を組んで、何度も頷く。それだけでなく、瞬時に頭の中で検証したのか、栄作の推理を補強してくれた。

「考えてみれば、幽霊が出たという噂はいつも、旅館が広めていましたね。宿泊客が目撃するのだから当然と思っていましたが、いくらなんでも噂になるのが早かった。それは仲居たちがお喋りだからではなく、すぐ噂になって欲しい事情があったからなんだ。もっと早く気づくべきだった」

悔しげに山崎は顔を歪めるが、気づかなかった点では栄作も同じだ。おそらくは旅館を営む経営者夫婦の指示と思われるが、栄作たちは揃って出し抜かれていたことになる。

「しかし、旅館の人たちの仕業という証拠はありません。単なる私の推理だけでは、問い詰めるわけにはいかないんじゃないですか」

栄作が懸念を示すと、山崎はさらに大きく頷いた。

「そうですね。少し戦略を練りましょう」

腕組みをしたまま、黙考し始める。だが沈黙はさほど長くなく、すぐに山崎は腕組みを解いた。

「よし、では鎌をかけてみましょうか」

「鎌、ですか」

「はい」

何度か話したことがある、いつも帳場にいるお喋りな中年女性を狙おうと、山崎は言った。なるほど、あの女性ならばうっかり口を滑らせそうだ。鎌をかけるのは任せて欲しいと、山崎は請け合った。栄作に否やはない。少し段取りを考える時間が欲しいと山崎が言うので、夕方に落ち合って一緒に旅館に行くことにした。

そして、午後五時。山崎と合流して、旅館の玄関をくぐった。いつもの女性がいなかったら出直すことにしていたが、幸い帳場に坐っていたのは目指す相手だった。すでに顔見知りになっているので、「あら、こんにちは」と気さくに挨拶をしてくる。栄作は顔が強張り気味だったが、山崎は平然としていた。

「こんにちは。お仕事中、すみません。またお話を伺わせていただきたいのですが」

話しかける口調も、ごく自然だった。山崎に任せてよかったと、一歩後ろに立って栄作は思った。

「はい、なんでしょう」

女性はにこやかに応じる。一見したところ、警戒している様子はない。何も疚しいことがないのか、あるいはこちらを見くびって安心しきっているのか。他人の内心を推し量ろうとすると、どうしても疑心暗鬼になる。

「今日もお客さんでいっぱいですか。先週もまた、幽霊が出ましたからね」

山崎はいきなり、幽霊の話を持ち出す。女性の態度は変わらなかった。

「ええ、お蔭様で。幽霊様々ですよ」

「はっはっは。幽霊景気ですか。じゃあ、幽霊が出なくなったら困りますか」

かなり大胆な質問だ。さすがに女性も、答え方が慎重になった。

「はあ、まあ、どうなんでしょうねぇ。あたしは雇われてる立場なので、なんとも」

「ただ、幽霊を見に来る人もそのうちいなくなると思いますけどね」

「えっ、どうしてですか」

思わせぶりなことを言う山崎に、女性は見事に釣られた。山崎がどんな作戦を練ってきたのか聞いていないので、栄作も先が気になる。

「知らないですか。幽霊を見た人は、その後みんな不幸な目に遭ってるって噂ですよ」

「えっ、そんなはずは」

ついに女性は、不用意なことを言った。だが当人は、驚きが大きくて気づいていないようだ。山崎は畳みかける。

「やっぱり幽霊ですからねぇ。祟るのは当たり前ですよね。面白半分で見に来ていいものじゃないんですよ」

「そ、そんな噂は初めて聞きましたけど」

「まだ、くがで噂になってるだけですからね。島では、警察官しか知らないんじゃないかな」

「それはおかしいですよ」

納得がいかないように、女性は眉を顰める。すかさず、山崎は尋ねた。

「どうしてですか。何が変なんですか」

「いや、だって、祟りなんてあるわけないですから」

「幽霊が出たんだから、祟られても不思議じゃないんじゃないですか。怨念が残ってるから、幽霊になるんでしょ。それなのに物見遊山で見に来られたら、幽霊も腹が立って当然だと思いますよ。まして幽霊の真似をして面白がってる人がいたら、どんなに呪われるかわからないですよね」

女性の顔色は、見る見る青くなっていった。瞬きを忘れて、目を見開いている。少し肉が余っている顎が、ぷるぷると震えていた。

「お、面白がってなんかいないですよ。そんなつもりじゃなかったんです」

「えっ、なんの話ですか。幽霊の真似をしてる人の話ですよ。あなたは幽霊の振りをしてたんですか」

「い、いいえ、あたしはやってないです」

「じゃあ、誰が」

山崎に追及され、女性は目を泳がせた。攻め込むときだ、と栄作は見て取った。

「知らないです。あたしは知らない」

「悪いことは言わないです。祟られる前に、いたずらはやめた方がいいですよ。命じられてやったことで、幽霊に取り憑かれでもしたら割に合わないじゃないですか。あなたがやってないとしても、やったことある人に忠告した方がいい。冗談じゃ済まないかもしれないんですよ」

「お、お巡りさんは全部お見通しなんですか」

女性は観念したようだった。山崎は重々しく頷く。

「はい、警察官ですから」

「す、すみません。みんな、言われてやっただけなんですよ。面白がってなんかいなかったんです。本当です」

「幽霊の振りをしろと言ったのは、こちらのご亭主ですね」

「はい」

女性はこくりと頷いた。見事だ、と栄作は感嘆した。これが警察官の尋問というものか。典型的な誘導尋問ではないかと思ったが、口を割らせた側の勝ちだ。もうこれで、この旅館の主人も白を切るわけにはいくまい。

「ご亭主に会わせてください」

山崎は毅然とした口調で言った。女性は慌てて立ち上がり、奥へと走って行った。

ほどなく、頭が薄くなった五十絡みの男が顔を出した。用件は察していないらしく、「なんでしょう」と呑気な声を出す。それに対して山崎は、少し厳しい態度で応じた。

「ここではなく、ゆっくり話せる席を用意してもらえませんか。やり取りが客の耳に入ったりしないように」

女性とは、玄関先で立ったまま言葉を交わした。だがこの先は、亭主のためにも他人に聞かれない方がいいと判断したのだろう。亭主は山崎の物腰から察するものがあったのか、理由は訊かずに「わかりました」と答えた。

「では、こちらに」

亭主は栄作たちを、帳場の中に案内した。差し出された座布団に坐り、向き合う。山崎は正面から切り出した。

「あなたは従業員に、幽霊の振りをさせていましたね」

亭主は目を大きく見開いたが、反応はそれだけだった。少しの沈黙の後、静かに頷く。

「わかってしまいましたか。おっしゃるとおり、従業員に命じて幽霊騒ぎを起こさせていました」

亭主は潔かった。いずればれると、覚悟していたのかもしれない。

「こちらは町役場の鹿取さんです」山崎は栄作を紹介する。「鹿取さんは、島の悪い評判がくがで定着してしまうことを憂えています。島に住む者としては、当然の心配です。島には幽霊なんかじゃなく、観光客を呼べる立派な自然があります。もう幽霊の振りなんて、やめさせてください」

「わかりました。申し訳ありませんでした」

亭主は畳に手をつき、頭を下げた。自分でも、よくないことをしているという自覚があったのだろう。知られたらそこまで、と決めていたのだなと栄作は察した。

「お見通しのこととは思いますが、これまでにないほどの客が押し寄せて、味を占めてしまいました。たとえ悪い評判であっても、この島のことがくがで知られるのはいいことだと考えてしまったのです。でも、それは目先のことしか考えていない態度でした。長い目で見れば、島のためにならないことをしていましたね」

「こちらはこの島唯一の旅館です。もっと別の方法で、客を楽しませてください」

栄作はそれだけを言った。亭主がこうしてすぐに頭を下げてくれるなら、これ以上大事《おおごと》にする気はなかった。

「はい、肝に銘じます」

亭主は栄作に顔を向け、神妙に言った。続きはまた、山崎が引き取った。

「念のため、確認します。あなたが従業員に幽霊の振りをさせたのは、何回ですか」

「三回です」

きっぱりと、亭主は答える。予想はしていたが、それはあまり望ましい答えではなかった。

「三回だけですか」

「はい、三回です。それ以前の騒ぎは、私が仕組んだことではないです」

山崎の念押しに、亭主は明言した。山崎はこちらを見る。栄作は身を乗り出した。

「では、誰か他の人が幽霊の振りをしていたとか、そんな話は聞いてませんか」

「聞いてません。たぶん、本当に幽霊が出たんだと思います。今後また幽霊が出ても、それは私どものしたことではないです」

信じたくはなかったが、亭主が嘘をついているとは思えなかった。そもそも最初の何回かは、不可思議な要素が含まれていた。音もなく下生えが生えているところを移動したり、空中に浮いていたりなど、人間にできることではない。振り返ってみれば、いたずらではないと心のどこかで思っていた気がする。ただ、幽霊の存在を認めたくなかっただけなのだ。

調べを尽くし、考えを巡らせ、ようやくのことにいたずらを仕掛けている者に辿りついた。しかし解明してみれば、結局振り出しに戻っていただけだった。
心中の名所にして幽霊が出る島、という汚名は雪《そそ》げそうになかった。

15

山崎は旅館の亭主がしたことを公にはしなかった。亭主が反省しているということもあるが、発表すればかえって、以前の幽霊は本物だったと印象づけることになってしまうからだ。栄作もその判断は正しいと思った。だからせめて、幽霊はきっと偽者だと、ことあるごとに周囲の人間には言った。しかし、その効果がどれほどあるかは心許なかった。

結局、幽霊の出る島という風評を払拭することはできなかった。そんな評判がまた、心中目的の者を呼び込む。悪いことに、その後も幽霊を見たという人は後を絶たなかった。もう旅館の人たちは幽霊の真似をやめているはずだが、他にいたずらする者が現れたか、幽霊が出るという思い込みから見間違うのか、あるいは本当の幽霊なのか、もう栄作には判断がつかなかった。

このままではいけない、という気持ちだけは依然として維持していた。島の名がこんな形で知られても、決していいことはない。だが、解決のための妙案は浮かばない。焦りだけを抱えて、日々を悶々と過ごした。

そんなとき、くがから届いた雑誌を読んでいて、ある記事に目を留めた。最初は特に興味も覚えず斜め読みしていたが、途中でふと着想を得た。これは使えるのではないかと、記事を頭から読み直した。

それは不可思議な生物が現れたという記事だった。体が太く、人の身長よりも高く跳ぶ蛇だという。昔から目撃例があり、野槌《のづち》と呼ばれているそうだ。東北ではバチヘビ、西日本ではツチノコという名の蛇が、野槌と同じものであろうと記事は推測している。目撃例はあるが生きたまま捕まったことはかつてなく、未だ幻の生き物らしい。その野槌が、茨城県の土浦町《つちうらまち》で目撃されたとのことだった。

これだ、と思った。これは面白いではないか。幻の生き物とは興味をそそるし、幽霊と違って悪い印象を与えない。幽霊の出る島か、幻の生き物がいるかもしれない島かなら、後者の方が断然いい。幻の生き物という響きには、ロマンがある。心中と幽霊の島という印象を打ち消せるならもはやなんでもよかったのだが、ロマンがあるならなお望ましい。野槌が出たと噂になれば、人はすぐに幽霊のことなど忘れてくれるだろう。

実体のある生き物なら、捕まえられるかもしれないという意欲を掻き立てる。そうだ、この野槌に懸賞金をかけたらどうか。きっと、金に釣られた大勢の人が押し寄せるに違いない。この神生島は心中の名所ではなく、幻の生き物が生息するロマンの島と認知されることになるのだ。

きっと山崎もこの思いつきには賛同してくれるはずと考えたが、案に相違して、相談してみたら反応は鈍かった。渋い顔で、「ううん」と唸る。

「幽霊の次は、幻の生き物ですか。どちらも胡散臭いことには変わりないじゃないですか」

「でも、印象がぜんぜん違いますよ。幽霊の出る島なんて不吉な印象を、私はなんとしても改めたいんです」

「そうは言っても、本当に野槌が出たわけじゃないんでしょ。嘘を広めようというんでしょ。それじゃあ、旅館の亭主と同じですよね」

山崎に難色を示されるとは思わなかった。旅館の亭主と同じ、と言われてしまえば、確かにそうかもしれないという気になる。だが、この着想を捨てるのは惜しかった。

「いや、同じじゃないですよ。向こうは私欲、こちらは島のためです。手段が同じでも、目的が違えばまるで意味が違います」

「もちろん、鹿取さんが私欲でこんなことを言い出したわけじゃないのはわかってますけど」

「幽霊が出る島という印象を払拭するのは、並大抵のことじゃないですよ。悪い噂が自然に消えるなんて、そんな期待は持てません。すぐに飽きられるかと思っていたのに、ぜんぜん飽きられないじゃないですか。このまま手を拱いていたら、むしろ印象が定着してしまいますよ」

「まあ、それはそうかもしれませんね」

「だから、でっち上げてでも別の印象を作り出す必要があるんです。幻の生き物なら、害はないじゃないですか。これしかないですよ」

栄作は力説した。山崎を説得しているつもりだったが、同時に、己に言い聞かせているようにも感じた。

「あんまり賛成はしかねますけどねぇ。具体的には、どうやって噂を広めるつもりですか」

渋々ながら、山崎は訊いてくれた。栄作は腹案を披露する。

「また、旅館に協力してもらいます。亭主もこちらに弱みを握られているから協力してくれるでしょうし、面白い噂が立てば旅館の益にもなります。いやとは言わないでしょう」

「確かに、そうですね。じゃあ、私は関与しなくてもいいですか」

「いえ、山崎さんにも役割を担ってもらいます。野槌を見た人になって欲しいんです」

「えっ、私が」

山崎は目を剝いた。それはまったく考えていなかったようだ。栄作は勇気づけるつもりで、笑ってみせる。

「私も証言します。町役場の職員と警察官が見たと言っているなら、信憑性が高くなるじゃないですか。また、雑誌が食いついてくるかもしれないですよ」

「私がですか。気が進まないなぁ」

明らかに山崎は後込みをしていた。幽霊のいたずらをしている者を捜しているときとは、物腰がまるで違う。知り合ったばかりの頃の、書生のような自信なさげな山崎に戻っていた。

「お願いします。島のためです」

頭を下げて、頼み込んだ。山崎は実に情けなさそうな顔をした。

多少の迷いはないでもなかったが、他に手立てがないのだからと割り切り、計画を実行することにした。旅館の亭主に協力を求め、仲間に引き込む。亭主は乗り気で、「それは面白いですね」と目を輝かせた。もともと、こうした話が好きな人だったらしい。

栄作は絵を描いた。森の茂みの中で見たことにした、野槌の絵である。尾は細く、頭は三角形で、胴体部分が瓶を呑み込んだように太い蛇だ。似顔絵とは違い対象物が単純なので、思いの外にうまく描けた。何枚か描いたうちの一枚を、旅館にも置いておくことにした。野槌に興味を持った人に、こんな姿だったと説明するためだった。

身近な人に自分から話すのは、さすがに気恥ずかしかった。だが旅館から発した噂が届くと、「変な生き物を見たんだって」と訊かれるようになった。そんなときは絵を取り出し、この蛇がこっちに向かって跳んできたんだよと、控え目に説明した。日頃は実直な働きぶりで知られていただけに、栄作の言葉を笑う人はいなかった。半信半疑ではあろうが、面白がってくれる人が大半だった。

「あれこれ訊かれて、閉口してますよ」

しばらくしてから顔を合わせると、山崎は眉を寄せて言った。依然として、気乗りがしないようだ。根が正直な山崎には、嘘をつき続けるのが辛いのだろう。しかし、もう後には引けない。このまま目撃者を演じてもらうしかなかった。

「そのうち、また別の目撃者が絶対に出てきます。幽霊のときと同じです。そうしたら、山崎さんだけがあれこれ訊かれることはなくなりますよ。もう少しの辛抱です」

それが栄作の予想だった。先行例として幽霊騒ぎがあるから、今後を予想するのは簡単である。便乗か見間違いかはわからないが、新たな目撃者は必ず出てくる。そのことには、確固とした自信があった。噂がどのように広まるかは、いやというほどよくわかっていた。

ただ、期待したほど噂は広まらなかった。くがからの旅行者に野槌の話を吹き込んではいるが、その噂が新たな旅行者を呼び込むほどには至っていない。やはり、人づてだけでは限界があるようだ。ある程度時間が経った頃に覚悟を固め、栄作は以前にもらった名刺を取り出した。

それは、幽霊話を記事にした雑誌記者のものだった。念のためにと名刺を取っておいたのだが、まさかこんなことで役に立つとは。海千山千といった雰囲気の、唇を曲げた記者の冷笑を思い出す。野槌の話など耳に入れても、すぐに嘘だと見抜かれるのではないかと不安になった。それでも、面白いと思ってもらえたら記者はきっと乗ってくるだろう。野槌の存在を信じるかどうかは、あの記者にとってどうでもいいことなのだ。興味を持ってもらえるように話すことにのみ、栄作は注力することにした。

奇妙な蛇を見たこと、それは太古から目撃例のある野槌ではないかという推測、島は幽霊ではなくこの野槌の話題で持ちきりであること、などを手紙にしたため、野槌の絵も同封して記者に送った。封筒を投函する際は、食いついてくれることを祈る気持ちだった。

記者の反応は早かった。翌週には島にやってきたのだ。皮肉そうな笑みを口許に刻み、記者は「どうも」と頭を下げて町役場に入ってきた。栄作は満面の笑みを浮かべそうになるのを、ぐっとこらえなければならなかった。

「この島では面白いことが次々起きますね」

応接室で向かい合った記者は、まず最初にそう言った。こちらの嘘を見透かしているのか、額面どおり受け取っていいのか、なんとも判断に迷う。記者が内心でどう思っているかは、考えないことにした。

何度も人に話すことで、架空の目撃譚は細部までできあがっていた。それを記者相手に披露する。記者は手帳に書き留めながら、何度も「ふんふん」と相槌を打った。怪しむようなことは言わなかった。

「確かに野槌みたいですね。鹿取さんの他に、お巡りさんが目撃したんですって。町役場の人とお巡りさんが見たんなら、嘘のわけがない。面白い記事になりますよ」

これまた、どういう意図の言葉なのか測りかねた。栄作としては、鉄面皮になるしかなかった。

「明日は半ドンなので、午後には野槌を見た場所に案内できますよ」

「ぜひ、お願いしたいですね。では今夜は、旨い魚でも食ってゆっくり羽を伸ばすことにしますよ」

それを聞いて、島自体の印象は悪くなかったのだなと栄作は受け取った。おそらく記者は、仕事にかこつけて島で寛ぐために来たのだろう。ならば、島を満喫して帰ってもらいたい。今夜は酒の一本でもつけるよう、旅館の亭主に頼んでおこうと考えた。

その三週間後に、記事が出た。今度は記者自らが、栄作の許に雑誌を送ってくれた。記事には、栄作の絵も掲載されている。こんなことならもっと丁寧に描けばよかったと思ったが、いかにも素人っぽい筆致がかえって信憑性を増しているようにも見えた。記事の内容も野槌のなんたるかから始め、目撃者――つまり栄作――が感じた恐怖をまことしやかに文章化していて、率直に言って面白かった。これならば、世間の耳目を惹くはずと手応えを得た。

効果はすぐに現れた。その週の日曜日には、野槌に釣られた観光客が早くも来島した。港で連絡船の到着を待っていた栄作の目には、どの客が野槌目当てか見て取れた。何人かは、記事が載った雑誌を持っていたからだ。そんな人たちは皆、山を見上げて嬉しそうな顔をする。今から山に行って、野槌探しをするつもりなのだろう。これならば、懸賞金を本格的に検討すべきかもしれないと考えた。

夜には旅館に行き、野槌の話を聞きたい人に架空の目撃譚を語った。もちろん、山に行って野槌を見つけた人はひとりもいなかったが、栄作の話を聞いて満足してくれたようなので安堵した。しばらくこれを繰り返そうと決めた。

次の目撃者が現れたのは、翌々週のことだった。くがから来た三人の若者が、山で野槌を見たと主張した。それを旅館経由で聞き、栄作は会いに行った。三人は東京の大学に通う学生らしく、野槌を見るために来島したという。三人は妙にニヤニヤしながら、野槌が出たときの様子を語った。

栄作は黙って話を聞いたが、これは嘘だなとすぐに見抜いた。野槌目当てでやってきて、本当に目撃することができたなら、もっと興奮しているはずだ。それなのに学生たちは、面白おかしく野槌の様子を話している。おそらく、目的が達せられなかったから、いっそ話を大きくして楽しんでやれと考えたのだろう。人騒がせな連中ではあるが、栄作は咎められた立場ではない。むしろ、こんな人たちが現れるのを待っていた。

というのも、目撃例が続かないことには世間の興味がすぐに逸れてしまうからだ。嘘でもいいから、野槌がいたと誰かに言って欲しかった。誰も言い出さないなら、また旅館で働く人に頼ろうかと考えていたところだったのだ。学生たちの証言は、栄作にとってはただありがたいだけだった。

望外なことも起きた。別の雑誌が、野槌出現を記事にしてくれたのだ。証言者は学生だと書いてあるから、間違いなくこの前の三人組だろう。よくもまあ嘘をつきとおしてくれたものだと、感謝したくなった。

二度目の記事で、観光客はどっと増えた。つい先日までは幽霊目当ての人も交じっていたのだが、今やすっかり来島者の目的は野槌だった。考えてみれば、幽霊ならば日本全国どこにでも出るのである。しかし野槌は、出現場所が限られている。土浦にも出たという話だったが、話題性はこの島の方が上だ。物好きの目指す先がこの島に集中するのは、言わば当然のことだった。

そうなると、第三第四の目撃者が現れるのは必然であった。嘘なのか見間違いなのか、それはわからないしどうでもいい。大事なのは、話題が持続することだった。野槌の話題で盛り上がれば、この島に心中するために来る人は減るはずである。そして幽霊の目撃例も、やがてなくなるだろう。

この島を観光地として売り出すことを、栄作は町役場に提案した。観光客が金を落としてくれれば、島は潤う。今は一部の人が恩恵を蒙《こうむ》っているだけだが、このまま来島者が増え続ければそれで金儲けをしようと考える人も出てくるだろう。もしかしたら、観光業は島の一大産業になり得るかもしれなかった。

「最初は野槌目当てで来てもらっていいんです。島に来てみれば、海や火山などの自然と豊かな海産物にきっと満足するはずです。そのために、まずはくがの人々の興味を惹かなければなりません。そこで私は、野槌に懸賞金をかけることを提案します」

会議の席で言った。最初は戸惑う顔をする者も多かったが、町長にまで話が届くと、面白がってもらえた。なんとか予算をやりくりし、百円の懸賞金をかけることになった。百円は大金だが、絶対に払わなくていいことを栄作は知っている。単に餌としての賞金なら、どんな高額にも設定できた。

新聞に広告を出せれば一番いいのだが、それには金がかかる。ここはまた、雑誌の力に頼ることにした。野槌の記事を載せた二誌に懸賞金の話を伝えると、すぐに食いついた。それだけでなく、新聞記者まで島に取材に訪れた。願ってもないことだった。

商魂逞しい人はいるもので、野槌まんじゅうや野槌煎餅《せんべい》なるものを作って売り出し始めた。別に形が野槌を模しているわけではない。単にそういう名をつけただけである。それなのに、みやげとしてまんじゅうや煎餅は飛ぶように売れた。実績ができれば、追随者も現れる。たちまちどの商店でも、野槌何々という商品を並べるようになった。

そしてついには、栄作ではない別の町役場職員の提案で、港に看板が立つことになった。来島者向けの、歓迎の看板である。栄作としてはそれはやり過ぎではないかと思ったが、反対はできなかった。栄作の望みどおり、不吉な島という印象は一掃されたのだ。今のままでやり続けるしかなかった。

看板は見上げるほど大きかった。高さ三メートル、幅十メートルの堂々たるものだ。「ようこそ、野槌のいる島へ」という文言の下に、大きく野槌の絵が描いてある。基本的には最初に栄作が描いた絵に準拠しているが、顔つきは子供が見ても怖がらないよう、愛嬌を含ませてあった。だからよりいっそう馬鹿馬鹿しく、見ていて気恥ずかしくなる看板だった。

「本当にこれでよかったんですか」

横に立っている山崎が、呆れたような声を発した。野槌騒ぎは、栄作と山崎が起こしたことである。この看板はふたりで見るべきだと考え、山崎を誘ったのだった。

「ええ、たぶん」

栄作は堂々と言い切ることができなかった。丸い目をしてペロリと舌を出している絵の野槌は、栄作たちを見て笑っているかのようだった。

16

赤松はまたも、女将相手にあれこれと話しかけていた。言葉を交わすだけで満足なのか、それとも口説いているのか、よくわからない。直人にわかるのは、女将との仲がいっこうに進展していないということだけだった。女将は物腰こそ柔らかいものの、決して男を一定の距離以上近づけない。直人は最初からそれを察していたが、赤松はまだ気づいていないようだった。

今日は直人が面会を願い出たのではなく、有馬の呼び出しだった。向こうからの呼び出しとなれば、どうしても期待をしてしまう。赤松の恋路などどうでもよく、有馬の到来を恋い焦がれる心地だった。時間を守らない有馬に苛々しないようにといつも心がけていたが、今日ばかりは焦れずにはいられなかった。

なんとか会話を続けようとする赤松を女将はやんわりと受け流し、座敷から離れていった。赤松の顔を見ると、目尻を下げて呆けた表情をしている。幸せな男だ。直人は鼻で嗤った。ふだんであればここでからかいの言葉のひとつでもかけているところだが、今は余裕がなかった。

「お客様がおいでになりました」

ふたたび現れて膝をついた女将が、そう告げた。待っていた。直人は畳に手をつき、低頭する。座敷に入ってきた有馬は、上座に腰を下ろした。直人が挨拶をすると、例によって尊大に「うむ」と応じる。

まずは女将に酌をさせ、その傍ら世間話をするというのいつもの手順が煩わしかった。さっさと本題に入って欲しいと思う。色よい返事がもらえるものと、直人は確信しきっていた。

「決まったぞ」

女将が席を外すと、有馬はあっさりと言った。柄にもなく、直人は緊張を覚える。相槌も打てず、ただ有馬の顔を凝視した。

「お前のところに、駆逐艦を発注する。まずは一隻、造ってみろ」

「ははっ、ありがとうございます」

思わず声が裏返りそうになった。これは正式な契約ではないが、有馬が言うなら決定事項だろう。この言質《げんち》を取るために、これまで様々な手を打ってきたのだ。それらの苦労が実を結んだかと思うと、体の芯がとろけるような達成感が込み上げてきた。

「有馬様にはなんとお礼を申し上げたらいいか。本当に、心から感謝いたします」

一代で財閥を築き上げた父が早世し、跡を引き継いだ重圧は並々ならぬものだった。父ができなかったこと、自分にしかできぬことを何か成し遂げなければならないと、ずっと焦っていた。それがついに、形となった。父がやろうとしなかった、軍需産業への進出。これで一橋産業は、さらに大きくなる。一橋一族は二代目も偉大だと、世間に示すことができるだろう。直人は自らが誇らしかった。

「なに、お前の提案が面白かったからな。稟議《りんぎ》を通すのも、そう大変ではなかったよ」

鷹揚に、有馬は受け流す。ここぞとばかりに恩を売ってくるかと思っていたので、意外だった。顔に笑みが浮かぶのをこらえきれず、応えた。

「提案が面白い。私が何か面白いことを申しましたか」

「ああ、言ったよ。離島の造船所なんて、面白いぞ」

有馬も愉快そうだった。だが直人は、言葉の意味がわからない。わずかに、手放しで喜んでいた気持ちに翳が差した。

「離島の造船所の、何が面白いのでしょう。あいにくと頭の巡りが悪く、有馬様のおっしゃることが理解できません」

下手《したて》に出て、尋ねた。有馬は箸を手に取り、料理に注意を向けながらなんでもないことのように言った。

「お前の島に行ったとき、島で船を造る利点について話したな」

「はい」

「お前は利点に気づかなかった。今でもわからないか」

「はあ、恥ずかしながら」

直人は素直に認める。実はずっと、そのことが気になっていた。有馬は顔を上げずに続けた。

「もし万が一、造船所が敵の攻撃を受けたとしても、離島ならば被害は島ひとつにとどまるじゃないか。こんないい立地はないだろう」

これは旨いんだよな、有馬はそう言いながら、煮こごりを口許に運んだ。嬉しげに煮こごりを頬張る有馬を前にし、直人は言葉を発せずにいた。

自分は考えが足りなかったのか、と微かな悔いが心をよぎった。

第十一部　超能力対科学

1

小隈康夫《おぐまやすお》は漁に出る前夜、必ず娘に明日の天気を訊く。娘の予想は、まあだいたい当たるからだ。もちろん、子供の言うことだから百発百中ではない。康夫も、本気で当てにしているわけではない。娘に明日の天気を訊くのは、験担《げんかつ》ぎみたいなものだ。長い間、そう思っていた。

きっかけは、娘のハルが歌を歌っていたことだった。どこかで教わったらしき、てるてる坊主の歌だった。ハルは窓から外を眺め、機嫌よく歌っていた。ハルが四歳のときのことであった。

『明日天気にしておくれって、明日は晴れじゃないのか』

たどたどしく歌う娘がいとおしくて、そう話しかけた。するとハルは振り返り、『うん』と頷く。

『明日は雨だよ』

何を根拠に言い切っているのかわからないが、康夫は話を合わせた。

『そうか。漁に影響が出なきゃいいんだけどな。時化《しけ》るか』

時化がどういう状態か、娘は承知しているだろうか。それも定かでないのに面白半分で訊いてみたのだが、ハルはまた『大丈夫』と言い切る。

『漁に出ても大丈夫だよ』

『そうか。じゃあ、明日もがんばってくるよ』

『うん、がんばって』

そんなやり取りをした翌日、目覚めたら雨が降っていたので、少し驚いた。ハルは雨の匂いでも嗅いだのだろうか、と思った。

幸い、風は強くなかった。この調子なら、時化ることもないだろう。雨は鬱陶しいが、晴れていても風が強い日の方が面倒だ。塩水をたっぷり浴びることになるからである。同じ濡れるなら、雨の方がましだった。まだ暗い海へ、雨に濡れながら出港した。

それきり、ハルとそんなやり取りをしたことは忘れていた。しばらく晴天が続き、ハルは何も言わなかったのだ。次にハルが天候に言及したのは、十日ほどしてのことだった。夕食の際にハルは、『明日は雨だよ』と唐突に言った。

『波も高いから、気をつけてね』

大人びたことを言う。これは完全に、妻の口調の真似だ。それがまた愛らしく、康夫は相好を崩した。

『そうかぁ、波が高いのか。いやだなぁ』

漁師が波くらいでいやだと言っていたら笑われるが、いやなものはいやだった。もともと、父親が漁師だから何も考えずに継いだ稼業である。好きでやっているわけではない。べた凪《なぎ》の海で魚を捕るのは楽しいと思うこともあるが、高波の中の漁は本当に勘弁して欲しかった。

その夜のうちから雨が降り始め、康夫が目を覚ましたときには風も吹いていた。本当にハルが言ったとおりだった。勘がいい子だな、とそのときは思った。

以来、ハルに明日の天気を訊くようになった。むろん、ハルの予想が必ず当たるとは思っていない。単に、話をするきっかけに過ぎない。問われると特に考えもせず、「晴れだよ」とか「曇り」と断定する姿がかわいらしかった。

ハルの予想は外れることもあった。晴れと言っていたのに、沖に出たら雨に降られたこともある。しかしおおむね、予想は当たると言ってよかった。当たる確率は七割ほどだろうか。七割ならば、大したものだ。漁師も天気の予想はうまく、それくらいは当たる。年季の入った漁師と同じくらい天気を当てられるのだから、ハルの勘はかなり鋭いと言ってよかった。

おや、と思ったのは、天気以外のことを口にしたときだった。七歳になったハルは、突然に妙なことを言ったのだ。それは子供が話題にするには、いささか不吉なことだった。

「明日、お山で人が死ぬ」

「えっ、なんだって」

ハルの言葉は聞き取れたのだが、内容をすぐには理解できなかった。お山で人が死ぬとは、どういう意味だ。なぜそんなことを言い出したのかも、よくわからなかった。

「明日、お山で人が死ぬの」

ハルは繰り返した。康夫は妻の琴子《ことこ》と顔を見合わせた。琴子は眉を顰めた。

「ハルちゃん、何を言ってるの」

「お山で人が死ぬのよ」

「おやめなさい。人が死ぬなんて」

琴子が窘《たしな》めると、それきりハルは口を噤んだ。だから、ハルの言葉の意味はそのときはわからなかった。

判明したのは、翌日のことだった。神生山の火口に身を投げ、心中した男女がいたのだ。漁から帰ってきてそのことを聞き、康夫は心底仰天した。

ハルはこのことを言っていたのか。しかしなぜ、ハルは心中者が出るとわかったのだろう。どこかで話を聞いたのだろうか。

家に戻って、出迎えに出てきたハルの頭を撫でた。琴子はもの言いたげな目を向けてくる。どうやら、心中の話が耳に入ったようだ。そちらに目配せしておき、畳に腰を下ろした。

「なあ、ハル。昨日はどうしてあんなことを言ったんだ」

「昨日って」

自分が何を言ったのかもう憶えていないのか、ハルは小首を傾げる。康夫としてはあまり直接的な表現をしたくなかったので、曖昧な質問を重ねた。

「ほら、お山で何かが起きると言ってたじゃないか」

「なんだっけ」

本当に思い出せないらしい。あれは単なる思いつきの発言だったのか。

「いや、ほら、ううん、まあいいか」

心中の説明など、子供相手にするべきではない。不思議に思う気持ちを抑え、これ以上尋ねるのをやめた。ただ、忘れることもできなかった。もしかしたらハルには、奇妙な力があるのかもしれないと初めて思った。

日をおいて、またハルが「明日、お山で人が死ぬ」と言ったときは、いくらなんでもそんなことがあるものかと信じなかった。心中のような大事件は、そうそう起きるものではない。先日の心中のことをどこかで知り、それが頭に残っているからこその発言だろうと解釈した。まだ幼い頭に、変なことが吹き込まれてしまったものだと憂えた。

しかし翌日、康夫は別の憂いを抱えることになった。本当に二度目の心中が起きたからだ。これはもう、勘がいいなどという話ではないとようやく理解した。

「ハル、昨日言ったことを憶えているか」

帰宅してすぐ、ハルに問うた。今度は曖昧にせず、きちんと思い出させるつもりだった。

「なんだっけ」

ハルの返事は、前回と同じである。康夫ははっきりと、「死」という単語を口にした。

「昨日お前は、お山で人が死ぬと言っただろう。どうしてそう思ったんだ」

「ええとね、なんとなく」

「なんとなく、だと」

「うん」

子供の返事など、こんなものか。仕方ないと思いつつも、はっきりさせたいという気持ちは残った。一度だけならば、偶然だろう。しかし二度目は、もう偶然ではない。ましてハルは、これまで何度も明日の天気を当ててきたのだ。たまたまだと考えるのは、現実を直視していない態度でしかなかった。

これはいわゆる、予知能力という力ではないのか。そう、康夫は考えたのだった。荒唐無稽な発想だと思う。もし誰かが、自分の娘は予知能力を持っているなどと言えば、鼻で嗤《わら》うだろう。予知能力だの第六感だのといった話は、まずインチキなのだ。大の大人が信じることではなかった。

しかしハルは、一ノ屋の血を引くのだ。康夫もハルも、体にしっかりとイチマツ痣がある。一ノ屋の血が特別だと考えるのは半ば迷信みたいなものだと思っているが、ならばなぜ一族の者は皆、同じ形の痣を持っているのかという反論が心の底にはあった。この痣ひとつだけでも、やはり一ノ屋の血は特別なのではないだろうか。

康夫自身は、特別な力などなんら持ち合わせていない。康夫だけではない、一ノ屋の血を引く者全員が、凡夫でしかない。一橋産業の前社長はさすが一ノ屋の血筋だと言われていたらしいが、単に前社長が傑物だったというだけで、血は関係ないだろう。唯一、痣だけが不思議といえば不思議だった。

一ノ屋の血筋を特別視するのは、九割方迷信だと思う。だが、ひょっとするとという気持ちは、どうしても捨てきれなかった。そこにこの、ハルの予言である。やっぱりそうなのか、との思いが康夫の胸に湧いたのは避けがたいことだった。
「ハル、次にまたお山で人が死にそうだと思ったら、必ず教えてくれよ」
康夫としては、重大事との認識でそう言ったのだが、ハルは元気な声で「うん」と応じるだけだった。その無邪気な態度に、少し拍子抜けする思いを抱いた。

2

島民としてはありがたくないことに、心中はその後も続いた。どうやら、神生島は心中の名所ということになってしまったらしい。迷惑にも、心中する者たちはわざわざくがからやってくるのだ。心中に向いている場所くらい、くがにもいくらでもあるだろうに。火山の火口にふたりで飛び込む、という行為がロマンを感じさせるのだろうか。島で生まれ育った康夫にとって、山はあくまで神聖な場所なので、そこに飛び込んで死ぬ感覚は理解できなかった。

三度目の心中が起きたときも、ハルは予告した。三度目ともなると驚きは減じるが、その代わりに衝撃が康夫を襲った。これはもう、疑いようもなく本物だ。そう確信した。

思い返してみれば、昭和三年に初めての普通選挙が行われた際にも、ハルは誰が当選するか当てていた。候補者のひとりを指差し、『あの人』と言っていたのだ。どういう意味で指差しているのかそのときはわからなかったが、結果的にハルが指差した候補者が当選した。たまたまとも考えられるものの、今となってみれば近い将来を言い当てていたとしか思えない。あれもまた、予言だったのだ。

「なんで、人が死ぬってわかるんだ」

前回も尋ねたことを、再度訊いた。三度目ともなると、ハルもなんらかの説明ができるかもしれないと考えたからだ。だがハルの反応は同じで、「なんとなく」としか言わなかった。予知能力とはそういうもので、当人にも理屈はわからず見えてしまうのだろうと解釈した。

ハルの力が本物であることは間違いなかった。ただ、どんなときでも発揮できるかどうかはまだわからない。ハルがどのように力を使うのか、康夫は確かめてみることにした。

第六感といえば、何かを言い当てる力だろうとまず真っ先に考える。ならば、カルタを使ってその力を確認できないだろうか。カルタの絵柄を当てるのは予知能力ではなく千里眼ではないかと思うが、まあ似たようなものだ。金がかかることではないのだから、やるだけやってみようと決めた。

「ハル、遊ぼうか」

そう声をかけ、誘ってみた。珍しく康夫の方から遊ぼうと言ったことにハルは喜び、「うん」と弾むように答える。じゃあカルタを使おうと話を誘導して、持ってこさせた。

「いいか。まずおれが一枚捲るから、これがなんの絵札なのかハルが当ててみろ」

「うん」

不思議な遊びだとは思わないらしく、ハルは素直に頷く。康夫は手にしている札の中から、一枚を取り出した。

「さあ、どうだ」

札の背をハルに示し、尋ねた。引いた札は、「せ」だった。

「る」

ハルは無造作に答えた。おいおい、もう少し気を凝らすとか念を込めるとか、当てようとしてみてくれよ。康夫は内心でぼやいた。

「残念。『せ』だ。じゃあ、次」

もう一枚引く。今度は「ひ」だ。

「ま」

またしても外れ。ハルはこうしたことが苦手なのだろうか。

「違った。『ひ』だった。次行くか」

次の札は「は」である。かなり期待が低くなった状態でハルの返答を待っていたら、驚きに襲われた。

「は」

「おおっ、当たりだ。なんでわかった」

「なんとなく」

また「なんとなく」か。しかし、それでいいのだ。札を引くときに見えた、などと言われたら猛烈に落胆する。ハルは今、第六感を使ったのだ。

それで調子が出てきたのか、その後はよく当たるようになった。むろん百発百中ではないが、おおよそ七割くらい当たる。七割とは、相当な確率ではないだろうか。もし康夫がやったなら、百回のうちせいぜい三回くらいしか当たらないだろうと思った。

やがてハルが飽きたので、絵札当ては終わりにした。普通のカルタがしたいとせがまれ、しばし付き合う。見えている札から一枚を探すのだから簡単なはずだが、やはり子供だけに見つけるには時間がかかり、ようやく見つけたときには得意げに「はいっ」と声を上げて札を取った。そうして遊んでいる様は、ごくごく普通の子供でしかなかった。

ともあれ、これは大きな収穫だった。七割も当たるなら、人に見せてみようという気になる。康夫がハルの力を確認したかったのは、そのためだった。

康夫は漁師の仕事に嫌気が差していたのだ。波が高いと船酔いしてしまう体質は、何度海に出ても治らない。ある程度慣れの部分もあるが、根本的には体質の問題のようなのだ。船酔いしてしまう男なんて、漁師失格ではないか。

それなのに何も考えずに父の仕事を受け継いでしまったのだから、今は後悔だけが心を占めていた。他の選択はなかったとはいえ、船酔いは別の仕事を選ぶ理由になり得たはずである。にもかかわらず、迷いもせずに漁師になってしまい、あまつさえ所帯も持ってしまった。もはや他の仕事に就くことなど、不可能である。まだ三十代半ばだというのに、逃げ場のない行き止まりに追いつめられたようにすら感じていた。

そうした思いが燻《くすぶ》っているときに、ハルが特別な力を発揮し始めた。康夫は内心で、「しめた」と喜んだ。このハルの力が、康夫を行き止まりから別の道に導いてくれるかもしれない。そんな期待を抱いたのだった。

早い話、ハルの力で金が稼げないものだろうかと考えたのである。この第六感を見世物にして客を呼び、金を取る。昨今は観光のために島に来る人も増えた。そうした人を当て込めば、そこそこ儲けられるのではないかと計算した。

見世物にして金を取ろうとするなら、的中率七割は微妙かもしれない。百発百中でないと、客は満足しないのではないか。しかしこれはインチキではなく本物なのだから、外れるのもまたそれらしいとも言える。ともあれ、知人に見せて判断してもらおうと考えた。

日曜日に、漁師仲間を家に招いた。同じ年の、仲間内では一番気のおけない良二《りょうじ》という男である。子供は男の子三人で、むさくるしくてたまらんと常日頃言っていた。女の子も欲しかったらしく、ハルを見るといつも相好を崩す。

「おお、ハルちゃん、元気か」

訪ねてきた良二は、ハルの頭を撫でた。物怖じしないハルは、「うん」と素直に応える。そんな様に「いい子だ、いい子だ」と頷いて、良二は畳に腰を下ろした。琴子が良二にお茶を出す。

「ところで、家に来いって何事だよ。何か相談でもあるのか」

お茶をひと口啜《すす》って、良二は尋ねた。精悍な顔立ちの良二は、性格も磊落《らいらく》でいかにも漁師だ。辞めたいと心の底でずっと考えている康夫とは大違いなのだが、どうしたことか馬が合う。相性とはわからないものだと、当人の康夫が思っていた。

「相談というかな、ちょっと面白いものを見せようと思って」

「面白いもの」

予想もしなかった用件らしく、良二は怪訝そうな顔をする。部屋の隅でひとり遊びをしようとしていたハルに声をかけ、カルタを持ってこさせた。

「実は、ハルには第六感があるようなんだ」

手の内を隠さず、有《あ》り体《てい》に言った。良二は眉を吊り上げる。

「第六感。あれか、いつも天気を当てるってやつか。それは第六感だったのかよ」

「どうもそうらしいんだ。山で心中があるときは、必ず前日に予告するんだよ」

「えっ」

良二はぽかんとした顔をした。話がとんでもない方向に飛んだ、と感じたのだろう。これまでの心中三回すべて言い当てたんだ、と康夫はつけ加えた。

「で、な。これはたまたまじゃなくて第六感じゃないかと思ったんで、試してみたんだよ」

「試す。どうやって」

「それで、カルタだ」

ハルが持ってきたカルタを手に取り、何を行うかを説明した。良二は半信半疑といった反応だった。

「本当かよ。たまたまじゃないのか」

「たまたまで七割も当たるかよ。ともかく、やってみせるから驚くなよ」

そう豪語してから、ハルを相手に先日と同じことをした。ハルは相変わらず無造作に答え、そして外す。五回やって一度も当たらないから、少し焦ってきた。

「おい、ハル。本気出せ」

「本気って」

意味がわからないように、ハルは首を傾げた。気合いを入れれば当たるというわけではないから、本気の出しようがないのかもしれない。とはいえ、このままでは面目丸潰れだった。良二は半ば薄ら笑いを浮かべて、こちらのやり取りを見ている。

六回目にようやく当たった。しかしこれでは、偶然当たったようにしか思えない。さらに続けると、結局十回中二回しか当たらなかった。

「おかしいな。こんなはずじゃなかったんだけど」

つい、そんな弁解が漏れた。ハルも申し訳なさそうな顔をしている。良二はどう言えばいいのか、困っているようだった。

「お疲れ、ハルちゃん。もういいぞ」

良二はそう声をかけ、ハルを解放してやった。素直に部屋の隅に行ってカルタでひとり遊びを始めるハルを横目に、康夫は声を低めた。

「今日は調子が悪かったんだ」

「言っちゃなんだが、十回中二回ならきっとおれでも当てられるぞ」

良二はそんなことを言う。いや、実際は十回やって一度も当たらないのが普通だと思うが、今はそんな反論をしても負け惜しみにしか聞こえないだろう。正解率七割ならともかく、二割では人に見せられる芸とは言えなかった。

「ううむ、駄目か」

ひとまず今日は、良二を唸らせることは無理そうだった。お前はおれにこれを見せたかったのかよ、と良二には呆れられる。言葉もなかった。

その日は夕方から飲み屋に繰り出し、ふたりで飲んだ。

3

心中はなおも続き、それらをハルはほぼ事前に予告した。ほぼ、というのは、うっかり言い忘れたこともあったからだ。眠くて寝てしまった、と子供らしいことを言う。つまり、忘れていなければ外れなしに心中を言い当てていたということではないか。カルタ当てでは失敗したから、ハルが心中を予告したときは必ず良二にも言うことにした。これに関しては何度も当たったので、良二も認識を改めてくれた。

惜しい、と言うよりなかった。こんな特別な力があるのに、金儲けに結びつけられない。いくらなんでも心中の予告では、金を取るわけにはいかないだろう。予告を信じて山に人が集まれば、心中をするつもりだったアベックも思いとどまるかもしれない。もちろんその方がいいのだが、予告が外れればハルは嘘つきということになってしまう。金など取れるわけがなかった。

あまりによく心中を当てるので、もしかしたら力が上がっているのかもしれないと思い、またカルタ当てを試してみた。だが今度は、正解率は五割ほどだった。五割でも高い確率なのだが、最初にやったときの七割より下がっている。やはりハルが得意なのは未来予知であって、千里眼はそれほどでもないのだろう。逆であればよかったのに、と思わずにはいられなかった。

心中の連鎖は止まらず、ついには幽霊が出るようになった。まあ、これだけ人死にが続けば、幽霊くらい出るよなぁと康夫は思う。呆れたのは、それがまた評判になって、幽霊を見るために島にやってくる人が増えたことだった。知らぬ間に、この島はくがで変に有名になっていたようだ。

土曜日になると、連絡船に乗ってくがの人が続々と押し寄せてくる。港の食堂や、みやげ物を売るようになった雑貨屋は大繁盛しているらしい。そんな話を聞くと、またぞろ惜しいという気持ちが湧いてきた。幽霊を見るためにやってくるような物好きは、きっと第六感少女にも興味を持つに違いない。ハルの力がもう少し安定していれば、大儲けできるところだったのに。

季節は夏になり、台風が来るようになった。台風の前後は海が荒れ、波が高くなる。船酔いする康夫にとっては、いやな時季だった。一応海に乗り出してはみたものの、ずっと吐き続けて半死人になって帰ってくるような生活が続いた。

こんな仕事、辞めてしまいたい。一年のうちに何度も思うことだが、台風の時季には毎日のように頭の中で呟いた。そんな逃げ腰の思いが、ほとんどやけっぱちの発想を康夫に与えた。ハルの力が不安定なら、安定させればいい。つまり、康夫が手助けすればいいと考えたのだった。

それを世間ではインチキと呼ぶのはわかっていたが、ハルはなんの力もないわけではない。単に安定しないだけで、本当に第六感があるのだ。ならば、少し手助けしたところでインチキとは違うだろう。言ってみれば、康夫は相撲の親方のようなものだ。親方が弟子に助言をしても、インチキとは言われない。それと同じではないか。

そうと決まれば、その方法を考えなければならない。康夫とハルだけが理解し、第三者にはわからない伝達手段を考案する必要がある。まず真っ先に思いついたのは、仕種によって伝える方法だった。例えば右眉を触ったら「い」、左眉を触ったら「ろ」とあらかじめ決めておくのである。康夫とハルがその決めごとを憶えておけば、言葉を使わなくてもどの絵札か伝えることができる。

鼻を触ったら「は」、唇を触ったら「に」と考えていって、これは駄目だと気づいた。決めごとがせいぜい五つくらいまでならいいが、いろはカルタは四十八種類である。四十八もの仕種は、いくらなんでも決められないだろう。頬を触る程度ならまだしも、やがて単純な仕種は尽き、どんどん不自然な動きをしなければならなくなる。そうなったら、タネを簡単に見破られてしまうだけだった。

ならば、どうすればいいのか。二日に亘《わた》って考え、合図は言葉にするしかないと結論した。言葉であれば、それをいかにやり取りの中に自然に織り込むかが勝負である。康夫次第で、決して見破られない芸にまで高めることができるだろう。

以来、頭の隅でずっとその案を練り続けた。漁をしているときはさすがに没頭するが、それ以外の移動の際や陸にいるときは、合図のことばかり考えている。琴子に話しかけられても上の空で返事をするから、怒らせてしまうこともあった。それでも康夫は、考えることをやめなかった。

そして二ヵ月ほどかけて、四十八種類の合図を考え出した。いずれも、ごく普通に会話の中で使う言葉ばかりである。これらの言葉が合図だと見抜ける人は、まずいないだろう。問題は、ハルがこれを憶えられるかどうかだった。

「なあ、ハル。頼みたいことがあるんだ」

「なあに」

康夫の切り出し方が特に気負ってなかったからか、ハルも簡単に応じる。康夫は持って回った言い方はせず、明け透けに打ち明けた。

「前にやったカルタ当て、あれを人前でやってお金儲けできないかと考えてるんだ」

「えっ、お金儲け」

　康夫の意図がわからないのか、ハルは眉根を寄せる。康夫は努めて軽い口調で、「うん」と続けた。

「ハルがカルタをうまく当てたら、見てる人も喜ぶと思うんだ。それなら、お金を払ってもらってもいいだろう。お金が儲かれば、琴子も嬉しがるじゃないか」

「うん、そうだね」

　あまり深く考えている様子もなく、ハルはすぐ同意した。たわいないだけに、こんな頑是《がんぜ》ない子供を見世物にすることへの罪悪感が少し芽生えた。だが、ほんの少しだけだ。金儲けへの執着が、罪悪感をあっという間に打ち消した。

「でも、カルタを当てられるかどうかはその日の調子によるだろ。あんまり当たらない日もあるからな」

「うん」

　ハルはしょんぼりとする。責任を感じているのかもしれない。

「だから、必ず当たるように工夫したんだ。ハルがこの方法を憶えてくれれば、百発百中で当たるんだよ。どうだ、憶えてくれるか」

「うん、やってみる」

　すぐにハルは、弾む声で答えた。我が娘ながら、素直でいい子だ。改めて、ハルをいとしいと感じた。

「どうやるかと言うとな、おれが合図を送るんだ。その合図を聞けば、カルタがどの絵札かわかる。だからハルは、合図を憶えなきゃいけないんだよ」

「合図」

「そうだ。例えば、おれが『当たるかな』と言ったら、それは『ん』だ。『今日は』と言ったら、『か』だ。そんなふうに、全部のカルタの合図を考えた。ここに書き出してある」

合図を書き留めたノートを開いて、ハルに見せた。ハルはいろはは読めるのだが、覗き込んで困惑した表情を浮かべた。とても憶えられないと思ったのだろう。無理もない。何しろ四十八種類もあるのだ。考えた康夫ですら、完璧に憶えているかどうかは怪しかった。

「いっぺんに憶えようとしたら大変だろうけど、少しずつでいいんだ。焦らなくていい。おれと一緒に、ひとつひとつ憶えていこう」

「うん」

ハルの返事には力がなかった。自信がないようだ。しかし、どんなに時間がかかっても憶えてもらわなければならない。ここが、康夫が漁師を辞められるかどうかの分かれ目なのだ。すでに康夫は、娘に食わせてもらう安楽な生活を思い描いている。琴子に話したら錯乱されるに決まっているから、まだ打ち明けていないが。

「じゃあ、さっそく始めようか。憶えてるか。『今日は』はなんだった」

「い」

無造作にハルは答える。特別な力を使っているときと、そこは変わらない。だが、今は特別な力ではなく頭を使うところだ。少しは考えろ、と語気を強めて言いたくなった。

「違う。『か』だ。『今日は』の『き』をひとつ前にずらして、『か』だ。憶えやすいだろ。じゃあ、『当たるかな』はなんだ」

「け」

「違う。『ん』だよ」

これは前途多難かもしれない。康夫は頭を抱えたくなった。

4

宮脇寛《みやわきひろし》は早稲田《わせだ》大学で物理学を教えている。

子供の頃から自然界で起きることを不思議と思う習性があり、様々な質問をして親を困らせた。例えば、季節によって太陽が出てくる時刻はなぜ変わるのかが不思議だった。あるいは、木と木を擦り続けると熱くなり、終《しま》いには火が出ることに首を傾げた。なぜ滑車を使うと、井戸から水を汲みやすくなるのか。磁石はなぜくっつくのか。電気とはなんなのか。世の中には不思議なことがたくさんあった。

長じて、そうしたことを学ぶのが科学だと知った。科学という学問は、寛にとって何にも増して魅力的だった。ひとつ新しいことを知るたびに、心がわくわくする。それを知的好奇心と呼ぶのだと知り、ますます学問が好きになった。自分の心に知的好奇心が宿っていることを、寛は誇らしく思った。

寛は「未知」という言葉が大好きだった。既知のことを学ぶのは楽しい。だが未知の事象を科学で解き明かすのは、もっと楽しい。そのことに気づいたとき、自分は学問に殉じようと決意した。一生を学問に捧げる。それは悲壮な覚悟ではなく、心が躍る冒険への出発にも似た興奮だった。先人が発見したことすべてを学び、さらに自分も新しい法則を見つける。人間はまだまだ、知らないことだらけだ。科学がすべてを解き明かしたと考えるのは、あまりにおこがましい。科学者こそ、物事に相対するに謙虚でなければならないと考えた。

学問に一生を捧げた身だから、結婚に興味はなかった。特定の女性と親しくなる機会もないまま、気づけば三十を過ぎていた。だが、特に寂しいとは思わない。学問が恋人と言えば聞いた人は負け惜しみと受け取るだろうが、本当にそうなのだ。学問に打ち込んでいれば、寂しいと感じる暇などなかった。

女性の気を惹く必要を覚えないから、当然のことながら身なりには気を使わなかった。いつも髪はボサボサで、同じ服を臭くなるまで着続ける。子供の頃からかけている眼鏡はレンズが分厚いため、渾名《あだな》は牛乳瓶の底だった。しかし、それが自分を馬鹿にした渾名だとは思わない。レンズの厚みが牛乳瓶の底の部分に近いのは事実だからだ。事実に即している限り、揶揄《やゆ》ではない。そもそも、他人にどう思われているかにはまるで興味がなかった。

そんな寛ではあるが、人の情を解さないわけではない。他者との交流は、一応大事にしている。自分自身、たくさんの先生から多くのことを学んだ。先生はいずれも人格者で、接していて心地よかった。人と人との関係はああであるべきだと学び、自分が教える立場になった今、学生には同じように接している。しかしそれは、いい先生という評価を得たいがためではない。他者との交わりにいい関係と悪い関係があるならば、そこにはなんらかの法則性があるのではないかと考えているからだった。

研究室の学生はいずれも優秀だが、私見では、地方出身者の方がより優れていると思っていた。やはり勉学をするには、東京出身の方が有利だ。地方出身者はそもそも圧倒的に不利なのに、それを跳ね返して東京に出てきて学んでいるのだから、意気込みが違う。贔屓《ひいき》するわけではないが、議論をしていて楽しいのは地方出身者だった。

そうした地方出身者の中に、伊豆《いず》半島沖に浮かぶ島からやってきた者がいた。地方出身者といっても、たいていは大都市で生まれているか、あるいは大都市の中学に通っていた者が大半だ。やはり学問は、なんらかの機会がないことには没頭できない。その意味で、離島出身者は珍しかった。学生の名は、堀越敬次《ほりこしけいじ》といった。

堀越は気さくな男で、ふだんの喋り方にはあまり明晰《めいせき》な部分が見られない。だから初対面の人は、堀越の賢さをきっと見抜けないだろう。いつも穏やかな顔をしていて、決して激さない。そのせいでむしろ、愚鈍にすら映ってしまうほどだ。しかし堀越は、常に物事を冷静に見ている。だからこその、反応の薄さなのだった。目に入ることのいちいちに思考を巡らせているから、人と話しているときにすぐには意見が出てこない。これもまた、優れた頭脳の顕現の仕方だと寛は理解していた。

その堀越と世間話をしていたときのことだった。そういえば、と堀越が新しい話題を持ち出した。寛の他、学生は堀越を含めて三名で酒を飲んでいた。

「先生は特別な血筋というものがあると思いますか」

「そりゃあ、あるだろう。天皇家なんて、まさにそうじゃないか」

すぐに寛は答えた。だが、きっと堀越の質問の意図はそういうことではないだろうとも思っていた。一応、会話の常としてありきたりの思いつきを返しただけである。

「まあ、そうですが。ぼくが言っているのはもっと俗な血筋で、特殊な力を持つ一族、という意味です」

「特殊な力」

ぐっと興味をそそられた。聞いたことのない話は、寛の大好物である。

「それはなんだ。超能力か」

超能力などあるわけがない、と決めつけるのは非科学的な態度だ。なぜならば、超能力が存在しないことを科学的に証明していないからだ。科学者たるもの、何であれ未知の事象を頭から否定してはいけない。得体の知れないものには、肯定も否定もせずあくまで中立の態度で接するべきなのだった。

「超能力と言っていいのか。力というのは、人々を幸せにする力なんです」

「人々を幸せに。神主の一族みたいなものか」

宗教上の話なのだろうか。ならば、それは寛の研究対象ではない。寛はあくまで、物理学者だった。

「それもちょっと違うんですよね。その一族はぼくが生まれた島にいるんですが、島には神社がないですから」

堀越は否定する。しかし神道の神主ではないというだけで、土着の宗教には違いないのではないか。

「宗教は関係ないのか」

「ないですねぇ。儀式だの説教だのは、その一族の人はまったくやらないんです」

「それなのに人を幸せにするとは、いったいなんの力だ。仏陀とかキリストとか、宗教の祖になり得る一族なのか」

「正確に言うと、一族全員がそういう力を持っているわけじゃないんです。その一族の中に、たまに特殊な力を持った人が生まれるという話なんですよ」

「言い伝えか」

ならば宗教学ではなくても、民俗学の範囲かもしれない。いずれにしても、寛が関心を覚える分野ではなかった。

「最近では幕末の頃に、ものすごくいい男が生まれて人々を幸せにしたと言われてます。幕末ですから、その人の子や孫は存命です。言い伝えというほど、遠い昔のことじゃないですね」

「ほう」

ならば、具体的にその人物が人々をどう幸せにしたのか、知っている人がまだいるわけか。知りたくてならない、というほどではないが、あえて堀越が話題にしたならもう少し何かあるのだろうと推察した。堀越は何を言わんとしているのか。

「超能力で人々の病気を治したとか、何か奇跡を起こしたとか、そういうことではないんだろう」

「いやまあ、その人が何をしたのかはまた別の話で」

なぜか、堀越は露骨に話を逸らした。何か人には言えない事情があるのだろうか。

「ともかく、その一族は特別だと島では見做されているのですよ。特別とは言っても今説明したとおり、特定の人物以外はごく普通の人たちです。一族の中に、特殊な力の持ち主がたまに生まれるというだけです。で、実は最近、島で特殊な力を発揮し始めた女の子がいるらしいんですよ」

それが言いたかったのか。その女の子が、人々を幸せにしているのか。

「特殊な力とは」

「さっきは否定しちゃって申し訳なかったんですが、その女の子の力こそ、超能力みたいなんです」

「超能力で、どうやって人々を幸せにしているんだ」

「まだ小さい子ですから、そこまでのことはしていないようです。単に未来予知とか、千里眼を発揮しているだけで」

未来予知や千里眼だと。それだけでもすごいことではないか。人々を幸せにするなどという漠然とした話より、寛はよほど興味を惹かれた。

「堀越君は、その女の子を直接知っているのか」

「いや、知りません。その一族の名は一ノ屋というんですが、一ノ屋の血を引く人は島にたくさんいるんですよ。女の子の親も、知らない人でした」

「女の子の超能力は、本土にいる君にも聞こえてくるほど評判になっているわけか」

「そうですね。島は今、心中の名所として有名になってるんですよ。ご存じですか。で、心中が多発すると、当たり前のように幽霊も出るわけです。その幽霊を見たくて、わざわざ島に行く人が増えたそうですよ。だからけっこう、うちの島に来たことがある人はいるんです。そういう人たちが、評判を本土に持ち込んでいるみたいです」

「ぜんぜん知らなかったな」

心中の件も幽霊のことも、寛の耳にはまるで入ってこなかった。学究の徒に、そうした話は聞こえてこないのだ。

「先生、まさか興味を持っているんじゃないでしょうね」

黙ってやり取りを聞いていた学生のひとりが、危惧するような口振りで言った。その意図はわかる。学者にとって、超能力は触れてはならないことなのだ。

「学者たるもの、未知のことには興味を持たねばならない」

だから、一般論を口にした。一般論というだけでなく、寛の信条でもある。すると学生は、ますます不安げな表情になった。

「絶対関わっちゃ駄目ですよ。堀越も堀越だ。なんでそんな話をするんだよ」

不快そうに、堀越を睨む。学生は真面目で、いささか保守的だった。与えられた課題にはきちんと取り組むが、それ以上のことはしない。寛としては、そこがいささか不満だった。

「いや、別にただの世間話だよ。超能力少女なんて、面白いじゃないか」

堀越は言い返したが、学生は「面白くないよ」と切って捨てるだけだった。寛は「まあまあ」と割って入り、一触即発の気配を宥《なだ》めた。

それきり超能力のことは話題にしなかったが、寛の頭の片隅にずっと引っかかっていた。

5

学問の世界で超能力が触れてはならないものとされているのは、東京帝国大学の福来友吉《ふくらいともきち》助教授の事件があったからだ。心理学研究室で催眠術の研究をしていた福来助教授は、知人の紹介で千里眼の持ち主と知り合い、以後実験を繰り返していく。被験者となった御船千鶴子《みふねちづこ》が世間からインチキ呼ばわりされてそれを苦に自殺してしまうという悲劇があったものの、高橋貞子《たかはしさだこ》の念写実験には成功し、その結果を『透視と念写』にまとめて出版する。だがそれが東大助教授として好ましくないとされ、大学を追放されてしまうのだ。それ以降、日本で超能力を研究する人はいなくなった。

寛も、何も好んで己の学究生活を終わらせたいわけではない。印象だけで言うなら、超能力などインチキだろうと考えている。だが、そうした態度は非科学的であるという忸怩《じくじ》たる思いもあった。インチキならば、きちんとそれを科学的に証明しなければならない。インチキかどうかは、自分の目で見て判断してみたいと望んでいたのだった。

とはいえ、なかなかそんな機会はなかった。堀越の言う少女が近くに住んでいるなら会いに行くが、遠く離れた離島ではなかなか腰を上げられない。保守的な学生の言葉に従ったわけではないものの、超能力は偽物と証明する必要性は今のところ薄いので、特に行動を起こさないまま日々が過ぎていった。

そんなある日のことだった。学問に一生を捧げた身とはいえ、日曜日まで研究室に籠っているわけではない。たまには気晴らしに外に出ることもある。その日はふと思い立って、浅草《あさくさ》に行ってみることにした。浅草十二階が大震災でなくなってしまったのは残念だが、賑わいはすでに取り戻している。普段は静かな環境に身を置いて学問に打ち込みたいと思っていても、休みの日は反動で賑やかな場所に行ってみたくなるのだった。

雷門《かみなりもん》から浅草寺《せんそうじ》の境内に入って参拝し、そのまま六区へと抜けた。六区にはたくさんの露店が並び、香具師《やし》がそれぞれに話芸を披露している。そんな中、寛は中年男と十歳くらいの男の子の組み合わせに注目した。中年男が発した「千里眼」という言葉に注意を惹かれたのだった。

察するところ、男の子が千里眼を披露するから見ていろと、香具師の男が客引きをしているのだろう。千里眼が珍しいからか、そこそこ人だかりができている。寛は人だかりの後部につき、人々の頭の間から覗き込んだ。

「嘘か真《まこと》か、真か嘘か、見てみなけりゃあわからない。この世にふたつとなき力、百発百中の千里眼、こんな小さい小僧っ子が、ピタリピタリと当てまする。さあさあ、見てみたいでしょ。見ないで帰ったら心残りだよ。さあ、もうちょっと寄って、寄って」

香具師は軽快に口上を述べる。その間、男の子は椅子にちょこんと坐り、特に怖じることもなく客の視線を一身に浴びていた。昨日今日始めたことではなさそうだ。本当の千里眼ならこんな大道芸にはしないだろうと寛は思ったが、堀越の話が頭に残っていたこともあり、見ていくことにした。客はざっと二十人くらいだろうか。

頃合いと見たか、香具師はおもむろに何枚かの札を取り出した。カルタの絵札をふた回りほど大きくしたくらいの札だ。五枚ある札を扇のように広げて、香具師は客たちに示す。そこには簡単な記号が書いてあった。

「この記号を、小僧が千里眼を使って当てます。記号はお客さんたちには見てもらいますが、小僧はもちろん、あたくしも見ません。それなのに、そこに書かれている記号をピタリと当てますよ。さあ、ご覧あれ」

香具師は客を巻き込んで、手順を説明した。まずは客に、札を一枚引いてもらう。その札を、客は高く掲げて他の客にも見せる。香具師も男の子も、札の裏しか見られない。裏には五枚とも、這うツタを図案化した模様が描かれていた。

「この札に何も仕掛けがないことを、まずはお客さんたちで確かめてみてください」

五枚の札を客に渡し、それらを客の間で回すよう香具師は促した。前方の客はそれぞれに札を手に取り、矯《た》めつ眇《すが》めつしている。寛も確認してみたかったが、後方にまでは回ってこなかった。香具師は札を回収し、正面にいる客にまずは一枚引くように命じた。

あの客がサクラかもしれない。寛は留意した。インチキの可能性がある限り、本物とは認められない。

客は手にした札を掲げ、誰からも見えるよう左右にゆっくりと動かした。札に書かれている記号は、三角だった。

「いいですか。全員、記号を確認しましたね。じゃあ、当てますよ。はい、あの札の記号はなんだ」

香具師は客が掲げている札を指差し、男の子に問うた。男の子は札の裏を見つめ、はっきりと言った。

「三角」

おおっ、と客たちの間から声が漏れた。寛は無言でいる。こんなことでは驚けなかった。

「おれにもやらせてくれ」

別の客が声を発した。香具師は「いいですよ」と軽く応じる。三角の札を回収し、また五枚を扇のように広げて客に引かせた。客が掲げた札の記号は、丸だった。

「はい、簡単だねぇ。札の記号を当ててみな」

香具師は男の子を促す。男の子は今度も明確に答えた。

「丸」

「正解」

札を引いた客が、驚いたように認めた。寛のすぐ前にいる中年の夫婦者が、「すごいね」と囁きあっている。いや、すごくはない。あの客もサクラである可能性があるし、他の客の中にサクラが紛れていることも否定できない。そのサクラが、なんらかの合図を送っているとも考えられた。

三人目の客が、手を挙げた。今度は三十絡みの女性だ。女性が引いた札は四角、そして男の子は、またも見事に当てた。

三度観察して、寛は仕掛けがわかった。なるほど、サクラを使うよりは工夫されている。だが、しょせんは大道芸だ。この程度のことに騙されるわけがなかった。

「これだけでは終わらない。すごいのはこれからだ。二枚引きでもできますよ」

香具師は難易度を上げた。客たちは感心の声を上げる。さっそく、また別の客が手を挙げて札を引く役を志願した。客は二枚の札を掲げて、他の客に示した。

「三角と三日月」

男の子はまたも当てた。先ほどまでより、さらに大きいどよめきが起きる。充分に客を満足させられたと見たか、香具師は「はい、いかがでしたでしょうか」と声を張り上げた。

「感心してもらえたなら、どうぞここにお金を入れてください。安い芸ではなかったでしょう。何しろ本物の千里眼だからねぇ。千里眼を持って生まれた子供ってのは、世の中に本当にいるんですよぉ」

香具師は大きめの空き缶を、客たちに向けて突き出した。客たちはそれぞれに、金をそこに入れる。少ししか払わない客には、「そんなもんかい、お客さん」と香具師は増額を催促した。求められた客は、苦笑いして金を足していた。

寛は金を払う気になれなかったので、その場から立ち去ろうとした。するとそれを、香具師に咎《とが》められた。

「おっと、お客さん。ただ見はよくないねぇ。あんた、最初からいただろう。最初から終いまで見たんなら、お代を払ってもらわないとなぁ。こいつの飯代になるんだから」

香具師は男の子の方に顎をしゃくり、伝法な口調で言った。面倒事を避けるために払うべきかといったんは考えたが、やはりこの程度の芸に金は払えないと結論した。

「すまないが、さほど面白くなかった。本物の千里眼だと期待していたわけじゃないんだが」

言葉を選んだつもりだったが、あまり効果がなかった。むしろ、相手を怒らせてしまった。

「なんだって。それじゃあまるで、こいつの千里眼が本物じゃないみたいじゃないか。ずいぶん失礼なことを言ってくれるね」

「ああ、申し訳ない。本物ということにしておかないと、まずいんだよな」

相手の意を汲んだはずが、火に油を注ぐ結果になってしまった。香具師は顔を赤くして、寛を指差した。

「冗談じゃない。そんなこと言われちまったら、商売上がったりだ。本物じゃないって言うなら、どうして百発百中で絵札を当てられるのか、教えてもらおうじゃないか」

そうだそうだ、と他の客から同意の声が上がった。面白い展開になってきたと思われたか、誰ひとり帰ろうとしない。それどころか、諍《いさか》いの気配を嗅ぎつけてさらに人が集まってきた。金を払っておとなしく立ち去ればよかった、と寛は己の失敗を悟った。

6

「今、ここで言ってしまっていいのかな。人が大勢いるけど」

それでも一応、相手に気を使った。こんなに人だかりができた状態で、香具師のいかさまを暴くのは気が引けた。だが香具師も、もはや引くに引けない状態だったのだろう。強気に言った。

「かまわないよ。こっちだって、インチキ呼ばわりされて黙っていられるか」

インチキ呼ばわりなどしていないが、言ったも同然なのだろう。諦めて、腹を括った。

「じゃあ、仕方ない。指摘しよう。まずは、札に仕掛けがある。ちょっと貸してみてくれないか」

手を伸ばして、渡すよう求めた。客たちの視線が、いっせいに香具師に向く。香具師は一瞬躊躇する様子を見せたが、むっとした顔で札を突き出した。

受け取って、五枚の札の裏を見た。ツタの模様を見比べる。すると案の定、模様は同一ではなかった。

「ほら、この札の裏はどれも絡まったツタだから、一見したところ同じように見えるが、実は違う。裏から見ただけで、どの記号かわかるようになっているんだ」

五枚の札の裏を、香具師ではなく客たちに示した。ここところが違うだろう、と指を差して教える。客たちは目をこらして札を見、「ああ、本当だ」と納得した。言われなければ気づかないほどのわずかな違いだが、交差している二本のツタの右から伸びているものが上だったり、逆に左が上だったり、あるいはツタが三本だったりと、角の部分だけに注目すると五枚それぞれ違う。わかっていれば、おそらくひと目で見分けられるのだろう。

香具師は目を見開き、黙っている。いきなり札の仕掛けを見破られ、反論の言葉もないらしい。さらに畳みかけるのは弱い者いじめのようだが、ここでやめるわけにはいかなかった。

「客が一枚引き、裏だけを見せられていても、どの記号かわかる。ただし、この微妙な差を子供が認識するのは難しかったようだ。それだけでなく、もう一段階の仕掛けがあった」

えっ、そうなのか、と客たちは驚いた。札は大きめとはいえ、高く掲げられると坐っている子供からは見えづらい。だから、記号を見抜いているのは香具師だけだったはずだ。香具師は別の手段で、選ばれた記号を男の子に伝えていた。

「私が見たところ、記号が三角だった場合は香具師が右耳を引っ張っていた。三角は二度出たから、これが合図で間違いないだろう。丸のときは、顎をさすった。四角は鼻に触った。三日月は、たぶん左肩を上げた動作かな。ひとつひとつに合図があって、男の子はそれを見ていたのだろう」

香具師の顔色は見る見る赤くなっていった。恥じ入っているのではなく、怒りを溜めているようだ。ああ、これはまずい、と見て取った。尻尾を巻いて退散するのではなく、逆に癇癪玉を破裂させるつもりらしい。

「てめえ、何様だ。人の商売、邪魔しやがって。この界隈を歩けねえようにしてやるぞ」

ものすごい形相で、怒声を張り上げる。寛は怖くなって後ずさったが、この言い種《ぐさ》には客たちが反発した。

「インチキ見抜かれたからって、開き直るたぁなんだ」

「盗っ人猛々しいぜ」

「お前《けえ》こそ、もうここで商売できねえだろ」

「銭返せ」

思わぬ援軍を得て、寛はなんとか踏みとどまった。無理が通れば道理が引っ込む、などということは許されないのである。ここはなんとしても、道理を通さなければならなかった。

しかし、香具師を追いつめてしまっているのも事実だった。さて、どう出てくるか。尻尾を巻いてさっさと退散してくれればありがたいのだが、香具師の人となりを知らないので予想ができなかった。

「わかったよ。そこまで言うなら、もう一度やってやろうじゃないか」

すると香具師は、意外な宣言をした。追いつめられた挙げ句、開き直ったのか。寛は面食らい、唖然として香具師を凝視した。

「もう一回だ。いいか、今度は札の裏を手で隠しておけ。それから、おれは身動きしねえ。それでもこいつが絵札を当てるからな。見てろよ」

香具師は豪語すると、まだ椅子に坐っている子供を見下ろした。香具師を見上げた子供の表情は、明らかに不安げだ。あの顔つきからすると、見抜かれた際の取り決めがあったわけではないようだ。ならばやはり、香具師の単なるやけっぱちなのだろう。見物《みもの》ではあるが、少し追いつめすぎたかと反省もした。

「どうだ。誰か札を引く奴はいないか。おれをインチキ呼ばわりするなら、誰か札を引いてみろよ」

「わかった。おれがやる」

香具師の挑発に応じて、正面にいた男が手を突き出した。そこに香具師は、叩きつけるように札を載せる。男は札の裏を右手で隠しつつ、左手で広げて他の客に見せた。そして隣にいた男に頼み、その中から一枚を抜かせる。終始、男は札の裏が香具師から見えないよう、手を添えていた。

寛はそちらに目をやりつつも、香具師の動きを見張っていた。香具師はむすっとした顔で腕を組み、客たちの動きをじっと見ている。合図らしき仕種は、なんら窺えなかった。

「さあ、どうだ」

客の男が、香具師と子供に迫った。香具師は子供に目を向け、顎をしゃくる。

「答えろ」

「えっ、でも」

「いいから、答えるんだ。お前の心に浮かんだ図柄を、客たちに言ってみろ」

香具師の指示に応じて、子供は目を瞑った。そして少し顔を歪めると、大きな声で言った。

「丸」

おお、とどよめきが起きた。当たっていたのだ。客が引いた札の記号は、まさに丸であった。

「すげえ」

「やっぱり本物だったのか」

「疑って悪かったよ」

「本当の千里眼たぁ、驚いた」

客たちは口々に感嘆の声を上げた。単純と言えば単純だが、香具師の気迫勝ちである。寛もここは、素直に負けを認めた。

今のひと幕に、仕掛けはまったくなかった。追いつめられ、開き直って、その末の当てずっぽうがたまたま当たったに過ぎない。五枚のうちの一枚なのだから、不可能なほど低確率ではなかった。運がよければ当たるだろう。香具師は己の運に賭け、そして勝ったのだ。その度胸を、寛は認めてやった。

「すまなかった。いいものを見させてもらった。金を払うよ」

自ら認めて、金を差し出した。香具師は少し虚を衝かれた顔をしたが、「お、おう」と応じると金を入れる空き缶を突き出す。寛はそこに金を入れ、その場を退散した。背中で、拍手が沸き起こるのを聞いた。

なんとなく釈然としない思いを抱えて、帰宅した。あれでよかったのだろうか。あの場では香具師の気迫に負けてしまったが、やはりインチキはインチキときちんと論破すべきだったのではないかとの反省が込み上げてくる。科学を信奉する寛は、筋の通らないことが嫌いだった。インチキは、筋の通らないことの最たるものであった。

しかしだからといって、もう一度浅草に行ってあの香具師をやり込めてやろうとまでは思わなかった。勝負はついた。いまさら蒸し返す気はない。ただ、今度同じような状況になったときには、絶対に引くまいと決心したのだった。

そうこうするうちに大学は夏休みに入り、学生は来なくなった。学生はいなくても、教師たちにはやるべきことがある。特に寛は、家にいても暇を持て余すだけなので、大学に行って論文作成にいそしんだ。論をあれこれと練っているときが、寛の至福の時間だった。

夏休み中に学生が何をしていたか、寛は興味がない。地方出身者は里帰りをしていたのだろう、くらいの認識である。実際、帰らなかった学生はほとんどいないようだ。休みが明けると皆、銘々に郷里の話をしてくれた。

そんな話の中で最も寛の興味を惹いたのは、堀越の経験譚だった。堀越は皆がいるところではなく、ふたりきりになったときにこっそりと、その話をしてくれた。

「先生、いつぞや話をした超能力少女のこと、憶えていますか」

堀越は声を低め、唐突に切り出した。寛はペンを持つ手を止め、堀越の顔を見た。

「むろん、憶えている。君はその少女の力を見てきたのか」

「ええ」

堀越は真剣な面もちだった。面白がるふうすらない。その顔つきに、寛は思わず背筋を伸ばした。

「どうだった」

漠然とした質問だが、趣旨は通じた。堀越は寛が求めることを、正確に答えた。

「あれは、インチキとは思えませんでした。ぼくが見る限り、本物だと感じました」

「本物。君は本当に、超能力などというものが存在すると信じるのか」

半ば反語的に、訊き返した。そうしたことを簡単に信じてはいけない、と窘める意図もあった。

「信じるつもりはありませんでした。ですが、信じざるを得ません」

堀越はあくまで真顔だった。どうやら、堀越が言うとおり本物の超能力なのか、あるいは格段に巧妙なインチキなのだろう。どちらであっても、寛は大いに興味を惹かれた。

「君がそこまで言うなら、ぼくも見てみたいな。近いうちに時間を作って、君の出身の島に行こう。その際には、案内してくれるか」

「はい。ご同行します」

堀越は頷いた。寛に、その少女の超能力の真贋鑑定をして欲しかったのだろう。寛としても、望むところだった。今度こそインチキを行う者の気迫になど負けるものかと、決意を新たにした。

7

ハルが合図を完璧に憶えるには、結局一年ほどかかった。もともとあまり賢い子供ではなかったが、やはり四十八種類もの合図をすべて記憶するのはそもそも難行だった。しかし一年もかかったお蔭で、康夫の方も訓練できた。話の合間に合図を織り込むのがうまくなったのである。試しに琴子や良二を相手に絵札当てをしてみたら、ふたりとも合図にはまるで気づかなかった。何も知らない良二はともかく、互いに示し合わせていると知っている琴子ですら何が合図だったのかわからなかったのだから、相当巧妙だと自負してもよさそうだ。これならいけるかも、と康夫は手応えを得た。

折しも、幽霊騒ぎのお蔭でくがから観光客が来るのも珍しくなくなった。実は幽霊は客を呼び込むためのインチキだったと聞いたときには驚いたが、インチキを考えるのが自分だけではないとわかって意を強くした面もあった。皆、生きていくために必死なのだ。そのためには、インチキも辞さないのは当然の判断である。ましてハルの場合、一から十までインチキというわけではない。これを見世物にして金を取ったところで、疚《やま》しく思う必要はないと改めて思った。

どうしたことか、幽霊騒ぎが下火になるのと入れ替わるように、今度は野槌なる幻の蛇がいたという騒ぎになった。大事なのは、それに惹かれてくがから人がやってくることだった。酔狂にも、野槌には町が懸賞金をかけた。捕まえた人には、なんと百円が支払われるという。蛇を捕まえただけで百円とは、ボロ儲けだ。懸賞金は、くがから客を呼び込むいい餌になった。

時来たれり、と康夫は考えた。島の者を相手にしているだけでは、いずれ飽きられる。何度もやっているうちに、インチキを見抜かれてしまう恐れもあった。だが観光客ならば、たいてい一度きりだろう。仮に二度目、三度目の人がいたとしても、その程度の回数ならば見破られる心配はない。いよいよハルの力で金を稼ぐときだと、康夫はついに腰を上げた。

むろん、すぐに漁師を辞めるような愚は犯さなかった。そんなことは、琴子が許してくれない。観光客も、来るのはたいてい週末だ。だからまずは、日曜日だけハルの力を披露することにした。

場所は、みやげ物を売っている雑貨屋の近くにした。島では一番、人の流れが多い地域だからだ。道に茣蓙《ござ》を敷き、千里眼と書いた手製の看板を立てる。パンパンと手を叩いて行き交う人の注意を惹いて、何度も練習した口上を述べた。ハルは茣蓙の上で立ったまま、恥ずかしそうにもじもじしていた。

「さあさあ、寄ってらっしゃい見てらっしゃい。この神生島には一ノ屋という特別な一族がいるのをご存じか。代々受け継がれてきた特殊な力が、ついにこの子の代になって実を結んだ。なんとこの子は、千里眼の持ち主だ。いろはカルタの絵札を見ずとも、それが何かをずばり当てるよ。信じるか信じないか、それはあなた次第。本土に帰ったら二度と見られない、世にふたりといない千里眼の持ち主だ。さあどうする、見ていくか。素通りして、後で悔やんでも知らないよ」

観光客はたいてい、船の出航時刻以外に差し迫った用はない。皆、物見遊山でぶらぶらと歩いているだけだ。そんなところにいい調子の口上を聞いたら、なんだろうと足を止める。康夫たちの周りには、たちまち人だかりができた。

なんだなんだ、と好奇心を露わにしてくれる人もいれば、千里眼なんて珍しくねえよなぁ、などと言う人もいる。そうなのか、くがには千里眼の持ち主がごろごろいるのか。それには少し冷や水を浴びせられた心地になったが、いまさら後には引けない。どうせくがの千里眼なんてインチキなのだから、ハルが負けるわけがないと己たちのことを棚に上げて考えた。

人だかりが十人を超えた辺りで、まず一回目を始めることにした。カルタを取り出し、客たちに示す。

「さあ、これがそのいろはカルタだ。タネも仕掛けもありませんよ。どうだ、確かめてみるか。どうだ、さあさあ」

カルタを三つに分けて、立っている客たちに渡した。受け取った客は、カルタを広げてじっくり調べる。カルタ自体はごく普通の市販品なのだから、本当に仕掛けなどない。いくら調べてもらってもかまわなかった。

「何もないでしょ。なんの変哲もないカルタでしょ。さあ、では得心がいったところで始めますよ」

返してもらったカルタの山を左の掌に乗せ、客の方に突き出した。そして、ここから誰か一枚引いてくれと呼びかける。正面にいた三十がらみの男が、「おう」と応じて手を挙げた。

「おれに引かせてくれ」

「では、どうぞ」

カルタの山を、男の前に差し出す。男はまず右手でカルタを鷲掴みにし、まとめて取り除いてから、左手で残った山から一枚を取り上げた。

「これにする」

「はい、では絵札を女の子には見せないでくださいよ。お客さんが選んだ札は、これだ。皆さん、とっくとご覧ください」

男から絵札を受け取り、客たち全員に見えるように掲げて、右から左にゆっくりと歩いた。その隙に、康夫も絵札を見る。絵札は「へ」だった。

「ほうら、よく見てね。後から見えなかったなんて言われても、知らないよ。みんな、見たかい。ほらほら、見たね」

絵札が「へ」であることを示す合図は、「ほ」だ。「ほうら」というひと言だけで充分なのだが、言いやすかったので「ほらほら」とまでつけ加えた。これならハルも、まず間違えないだろう。

「じゃあいこうか。この絵札はなんですか」

半身になって、ハルに向かって問いかけた。ハルは依然としてもじもじと膝を擦り合わせていたが、はっきりと「へ」と答えた。ほほう、と感嘆の声が客たちから上がる。まず一回目を無難に乗り切り、康夫は胸を撫で下ろした。

「どうだどうだ。これが千里眼だ。一回だけじゃ、まぐれと思うかい。まだまだやってみましょう。何回でも、見事に当てるよ」

同じことを、それから二度繰り返した。次の絵札は「せ」だったので、「それじゃあ、いってみようか」と合図を入れた。三回目は「も」だったから、「疚しいことなんか、何もないよ。いかさまじゃないよ」と言った。どちらもハルはきちんと合図を聞き取り、無事正解した。三度立て続けに当てると、自然に拍手が湧いた。

「どうですか。これが本物の千里眼だ。インチキなんて、まるでしてないでしょ。一ノ屋の一族には、本当に特別な血が流れてるんだ。さあ、いいものを見たと思ったら、ぜひともお代をちょうだいしたい」

家から持ってきた笊《ざる》を、客たちの前に順番に突き出した。皆、気前よく払ってくれる。あっという間に、片手で持ち続けるのが辛くなるほど金が集まった。予想以上の成果だった。

「ありがとうございます。ありがとうございます。この子が休憩する必要があるので、少し休ませてもらいますよ。またしばらくしたらやりますよ」

見事にやり遂げたハルを、ねぎらってやらなければならない。儲けたばかりの金を少し持たせ、菓子でも買ってこいと言ってやった。ハルは嬉しそうに「うん」と弾む声を出すと、まるで疲れていない足取りで飛んでいった。菓子で喜ぶとは、まだまだ無邪気な年頃だった。

その日は以後三回、客の前で千里眼を披露し、都合二十円余り稼いだ。一日の漁師仕事では、とうてい稼げない額である。自分が手にした金の多さに、康夫は呆然とした。金はこんな簡単に稼げるものなのかと、長年培ってきた価値観を揺さぶられる心地だった。

「父ちゃん、ずいぶん稼いだねぇ」

ハルも得意げだった。自分のやることが金になると、ようやく実感したのだろう。これまでは合図の暗記に渋々付き合っていた気配があったが、やり甲斐を覚えたのではないか。ハルが乗り気になってくれるなら、今後の見通しは明るいと言えた。

集まった硬貨を袋に詰め、それをじゃらじゃら言わせながら帰宅した。夕飯の支度をしていた琴子は、その音を聞いて目を丸くした。

「あら、まあ。何それ。まさか、お金じゃないよね」

「お金だよ」

自慢げに、ハルが答える。康夫はニヤニヤしながら、袋を掲げて左右に振った。心地よい音が鳴った。

「ひゃー、あんな大道芸で、そんなに儲かるのかい。なんだかずいぶん、くがから来る人はちょろいんだねぇ」

琴子は客たちを見くびった物言いをした。いや、くがからの観光客がちょろいのではない。ハルの芸が金を取れるほど立派なのだ。そもそも、あれは芸ではない。本物の千里眼なのである。なんとなれば、ハルも康夫も一ノ屋の一族だからだ。一ノ屋の特別な血が今、ハルの中で開花したのだった。

これは客相手の口上であったが、康夫は己の言葉を信じ始めていた。ハルは特別な娘、そしてそんな娘の父親である自分もまた特別。そうした思い込みが、心の底に根を張りそうだった。

8

まとまった休みは、なかなか取れなかった。いや、正確に言えば、まとめて休もうという気になかなかならなかったのだ。寛は大学にいることが好きだった。休みの日であっても大学に行って時間を過ごしているのだから、休みたいと望むわけがない。だから、堀越の言う超能力少女のことは気になっていたものの、離島まで足を伸ばす機会は訪れなかった。

だがあるとき話の流れで、堀越の生まれ故郷である島までは船でたったの四時間だと聞いた。もっとかかるものと思っていたので、意外だった。

「そんなに近いのか」

「ええ。今は日帰りの観光客も多いですよ」

「へえ」

日帰りできるなら、日曜日にぱっと行って帰ってくればいい。無理にまとまった休みを作る必要はなかった。ならばもう、善は急げだ。

「それだったら、今度行こうかな。超能力少女を見てみたい」

「そのためだけに、島まで来るんですか。先生も物好きですねぇ」

呆れているのか感心しているのか、どちらともわからない声を堀越は発した。物好き、大いにけっこう。科学の進歩はいつどんなときも、好奇心がもたらしたのである。物好きこそが、新たな発見に最も近いのだ。

「もちろん、他にも見るべきものはたくさんあるんだろう。ついでではあるが、観光もして帰るよ」

「そうですね。ご案内します」

そんなやり取りを経て、互いの予定をすり合わせ、神生島に行くことになった。季節は秋になり、船旅には最適な時季だという。日頃大学に籠っている寛にも、息抜きは必要だ。単純に、離島への旅が楽しみだった。

堀越は、どうせ生家に帰るなら一泊するとのことで、前日に出立した。だから寛は、東京湾からひとりで船に乗った。天気は快晴で、風もなく、快適な船旅だった。船酔いもせずに、四時間で島に到着した。

「ようこそいらっしゃいました。無事に着いてよかったです」

港に迎えに来てくれていた堀越が、寛を見つけて近づいてきた。心なしか、島は東京より暑かった。緯度でいえば大した違いはないのだろうが、それでも南国に来た気分になった。

「海風が心地いいな。東京からこんなに近いなんて、いい場所じゃないか」

「今でこそ、高速の連絡船が行き来してますからね。江戸の昔は、流刑地ですよ」

「こんな風光明媚な場所に流されるなら、あまり罰という感じではないな」

「気に入っていただけて、嬉しいです」

そんなやり取りをしながら、歩き出した。左手にはなにやら珍妙な看板が立っている。丸い目をして舌をペロリと出した蛇の絵と、「ようこそ、野槌のいる島へ」なる言葉が書かれていた。これはなんだね、と尋ねると、堀越は苦笑気味に「客寄せですよ」と言った。

「心中の名所になっちゃったから、その印象を打ち消そうと役場も必死なんです。それより、お疲れですか。少し休んでいきますか」

堀越はすぐそばにあった食堂を指差す。疲れていないわけではないが、船の中ではずっと坐っていたからむしろ今は動きたいし、時間も惜しい。できるなら、すぐ超能力少女を見に行きたたかった。

「今日も超能力少女はいるのかな」

「たぶん、いると思いますよ。このまま行きますか」

「近いのか」

「歩きで五分もかからないです」

ならばと、向かうことにした。四時間も船上にいたので、まだ足許が揺れている気がする。大地を踏み締めるように、足を動かした。やがて、揺れている錯覚も収まった。

賑やかな大通りに到着した。道の両脇には商店が並び、人が行き交っている。その一角に、人だかりができていた。堀越は顎でそちらを指し示し、「あれです」と言った。

「今日もずいぶん繁盛してるようだなぁ。前に見たときより、人が増えているようですよ」

堀越はそんな感想を口にした。堀越の説明によれば、神生島への観光を考える人たちの間で、超能力少女は今やちょっとした話題の的だという。島に行くなら少女の千里眼を見るべきだと、もはや半ば名物扱いだそうだ。それは千里眼が本物だからか、あるいは誰もが騙される巧妙なインチキだからか。どちらであっても、寛の好奇心は大いに刺激された。

人だかりに近づき、覗き込んだ。幸い、まだ口上の途中だった。浅草のときと同じように、香具師が小気味よい調子でべらべらと喋っている。その背後に恥ずかしげに立っているのは、取り立てて見た目には特徴のない、ごく普通の十歳前後の少女だった。

香具師が手に載せて掲げているのは、裏が茶色い札の山だった。堀越が言うには、この香具師はいろはカルタを使うそうだ。四十八枚の中から一枚を当てるらしいから、五枚の札しか使わなかった浅草の香具師よりずっと難易度が高い。どんな仕掛けなのか、その点だけでも興味があった。

しかもこちらの香具師は、カルタを客たちに改めさせた。札の裏は模様がないように見えるので、そこに仕掛けはなさそうだ。客に札を触らせるのだから、本当に仕掛けがないのか、それとも見破られない自信があるのか。寛もカルタを手に取ってみたかったが、後尾にいるので叶わなかった。

「では、一枚選んでいただきましょう」

客からカルタを返してもらい、香具師は宣言した。まとめたカルタを左の掌に載せ、突き出す。前方にいた客が、一枚選ぶ役を引き受けた。客が選んだ札は、香具師が受け取って掲げ、客たち皆が見えるようにする。浅草のときとは違い、札の大きさが小さいから、香具師が動いて客たち全員に見せる必要があるのだろう。そのときに香具師が、絵札を見ているのは確認した。堂々と見ているので、これはそうした芸のようだ。ならば問題は、この香具師がどうやって少女に絵札の図柄を伝えるかだった。

「絵札はこれですよ。皆々様、ご覧になりましたか。ちょっとばかり札が小さいから、後ろの人は見づらいかな。どうだ、見たかな。見たかな」

香具師は手を伸ばして絵札を突き出し、後方に立つ人に確認した。そうまでされれば、絵札がよく見える。札は「と」だった。

「いいですね。ではいきますよ。絵札はいったい、なんでしょう」

香具師は札を掲げたまま、少女の方に顔を向けた。少女は少し顎を反らし、堂々と言った。

「と」

おおっ、と感嘆の声が上がった。少女は迷う様子もなかった。とても当てずっぽうとは思えない。なんらかの方法で、絵札が何かわかっていたようだ。それが千里眼なのか、仕掛けがあるのか、一度だけでは判断できなかった。

以後、香具師は二度繰り返した。二度とも少女は、絵札を当ててみせた。表面上は、まさに千里眼と言うにふさわしい。一見したところ、特別な力の賜物だった。

「どうです。これが神生島に代々伝わる神秘の力だ。一ノ屋一族の血には、特別な力が宿ってるんですよ。感心してもらえたなら、どうぞこちらにお気持ちを」

笊を手にして、お代を催促する。客たちは皆、いそいそと財布を取り出して笊に金を入れた。確かにこれは、浅草の芸とは違って見甲斐があった。寛もひとまず、素直に金を払った。

「いかがでした。何か気づきましたか」

人だかりから離れると、堀越が感想を尋ねてきた。寛は立ち止まり、顎を擦る。

「前に話しただろう。浅草の芸は、単純な仕掛けだった。あれに比べれば、この千里眼はずっと高度だ」

「でしょう。仕掛けがあるとは思えないんですよね」

堀越はすっかり信じているようだ。本土の人間にはわからない、一ノ屋という一族に対する特別な理解があるのかもしれない。それについても、改めて詳しく聞く必要があると感じた。だが今は、インチキかどうかの判別が最優先だった。

「仕掛けがないと断定するのは、まだ早い。あの香具師は、客が引いた絵札を見ていた。つまり、それを少女に伝えることさえできればいいのだ。手段がまったくないとは思えない」

「えっ、そうですか。どうやって」

「考えられるのは、合い言葉だな。香具師の口上の中に、合い言葉があったんだろう。だが三とおりしか見ていないから、どの言葉が合い言葉だったのか見抜くことはできない。もっと何度も見れば、わかるかもしれないが」

「合い言葉ですか。四十八とおりも、あの女の子が合い言葉を憶えてますかねぇ」

「不可能ではない。超能力を仮定しなくても説明が可能なら、超能力の実在を認めるわけにはいかない」

「確かに、そのとおりですね」

堀越も研究者としての姿勢を思い出したようだ。頭から信じてしまった己を恥じるように、声を小さくする。そんな堀越を激励するつもりで、「もう一度見よう」と提案した。もはや、悠長に島の観光をしている気分ではなかった。

食堂に入って休憩してから、ふたたび千里眼の芸を見た。だがやはり、仕掛けを見抜くことはできなかった。夕方になって帰りの船に乗る際には、寛の胸に敗北感が巣くっていた。

9

よお、知ってるか、と良二に港で話しかけられた。いきなり「知ってるか」と問われても、なんのことだかわからない。顔を上げずに、訊き返した。

「何をだよ」

「この前の日曜日、くがから大学の先生がハルちゃんの千里眼を見に来てたらしいぜ」

「えっ」

網を点検する手を休め、良二の顔を見た。良二は康夫の反応を面白がるように、ニヤニヤしている。立ち上がり、思わず一歩詰め寄った。

「大学の先生が。お前はなんでそんなこと知ってるんだよ」

「おれの又従兄弟《またいとこ》が、くがの大学に通ってるんだ。そいつが、先生を連れてきたらしい」

良二の又従兄弟が大学生だなんて話は、聞いたこともなかった。又従兄弟では遠縁だから、これまで特に話題にしなかったのだろう。大学の先生が学生の郷里を訪ねてくるのは、普通のことなのか。先生どころか学生とすら言葉を交わしたことがなかったので、よくわからなかった。

「観光のついでに、ハルの千里眼を見たんだよな」

そうに決まっていると思いつつも、念のために確認した。すると良二は、嬉しそうに首を振った。

「ところがそうじゃないんだな。その先生は、わざわざハルちゃんの千里眼を見るために島まで来たらしいぜ」

「えっ」

再度、絶句してしまった。なぜそんなことになるのか、経緯に見当がつかない。大学の勉強とは関係なく、単にそうした見世物が好きな人なのか。物好きな先生もいたものだ、と思った。

「見て、どうするつもりだったんだ」

「さあな。千里眼の研究でもするんじゃないか」

そんなことがあるだろうか。千里眼など、大学の先生が真面目に研究するものではないはずだ。馬鹿馬鹿しい、と見向きもされないと思っていた。その先生は、何を血迷ってハルに興味を覚えたのだろう。

「で、その先生はハルの千里眼を見て、なんと言ってたか聞いたか」

肝心な点だった。大学の偉い先生なら、あんなインチキは一発で見抜くのではないかと恐れた。いや、そんなはずはない。一年もかけて仕込んだ合図なのだから、そう簡単に見破れるわけがなかった。

「いや、特に何も」

良二は康夫の不安も知らず、あっさりと答えた。よかった、と密かに胸を撫で下ろす。だが良二は続けて、気になることを言った。

「ずいぶん気に入ったのか、二回も見ていったらしいぜ」

「二回。金を二回払ったってことか」

「そうだよ」

日曜日は昼過ぎから三、四回は千里眼を披露するので、二度見ていく客もまれにいる。こちらもいちいち客の顔は憶えていないから、同じ客が二度来ていても気づかないこともあるだろう。この前の日曜日はどうだったかと考えてみたが、特に同じ顔を二度見た記憶はなかった。

「実を言うと、ハルの千里眼には仕掛けがあるんだ」

危機感を覚え、良二だけでも味方に引き入れるべきだと判断した。そのためには、こちらの手の内を明かさなければならない。だが、思い切って打ち明けたつもりだったのに、良二は特に驚かなかった。

「知ってるよ。そんなことだろうと思ってたよ」

「えっ、そうなのか」

完全に信じているものだと、康夫は思い込んでいた。まさか悟られているとは、毛ほども気づかなかった。良二も島の人間だから、一ノ屋の力を認めているのだろうと解釈していたのだ。

「だってよ、前にやってみせたときはぜんぜん当たらなかったじゃないか。突然百発百中になれば、何かやってると気づくのが当然だろ」

「まあ、そうか」

つまり、良二の場合は特殊事情だったというわけだ。他の人には、怪しまれていたとしても仕掛けがあるとまでは疑われていないはずと思いたい。ハルの芸では、予想以上にたくさん金を稼げているのだ。こんなにも稼げる方法を、簡単に失いたくはなかった。

大学の先生が一日に二回も見たのは、それだけ面白いと思ったからか、それともインチキを見破ろうとしていたのか。芸をやっているさなかに指摘されなかったのだから、おそらく仕掛けは悟られなかったのだろう。見破れずにくがに帰ったなら、もうこの件は片づいたと見做していいのか。相手の職業が職業だけに、どうにも不安が拭いきれなかった。

「また来るとは思えないけど、万が一その先生が島に来るって話を聞いたら、事前に教えてくれないか」

「いいぜ。お前はともかく、ハルちゃんが恥をかかされるのは忍びないからな」

良二はそんな憎まれ口を叩く。それでも、きっと気にかけてくれるだろう。持つべきものは友だなと、心の中だけで思った。

もう二度と来ないとの見込みが甘かったことは、翌月に思い知らされた。良二が、仕入れた情報を耳打ちしてくれたのだ。

「例の大学の先生、また来るらしいぜ」

「えっ、なんで」

「さあ。よっぽどこの島を気に入ったか、それともハルちゃんの芸を気に入ったのか」

「どういうことだ」

呆然と呟いた。千里眼などという能力は、もしかしたら大学の先生にとっては科学への冒瀆と思えるのかもしれない。是が非でもインチキを見抜いてやると、そんな意気込みで島にやってくるのではないかと思えた。どうすればいいのだろう。客たちがいる前で、インチキを指摘される場面を想像してしまった。康夫の中の臆病の虫が、頭をもたげて暴れ出した。

「いつ来るんだ」

「今度の日曜日だって」

では、その日は芸を休もう。瞬時にそう決めた。だがそれを告げると、良二は首を捻った。

「どうかなぁ。そんなことしたら、先生が直接お前の家を訪ねていくかもしれないぞ」

「どうして」

「だって、わざわざハルちゃんの千里眼を見るためにくがから来たのに見られなかったら、『そうですか』って簡単に引き下がれるか。研究の対象にするから見せて欲しいとか言って、直接乗り込んでくるんじゃないのか。大学の先生を甘く見ない方がいいぜ」

確かにそのとおりかもしれなかった。芸として見せているならまだしも、目の前に陣取られて何度もやってみせてくれと頼まれたら、どうしたってばれる。ならば、そんな状況にならないようにすべきだ。追いつめられてから逃げようとしても、もう遅いのである。

「取りあえず、いつもどおりにしておいた方がいいのかな」

「おれはそう思うぜ。だって、先生がハルちゃん目当てで来ると決まったわけじゃないだろ。もしかしたら、別の用事かもしれないじゃないか。相手の影に怯えて、自分からボロを出すような真似はしない方がいい」

「そうだな」

良二に自信満々に断言されると、それが最善の手だと思えてくる。しかし、相手のことを何も知らずにいるのは不安でならない。少しはこちらからも探りを入れてみたかった。

「その先生、どんな見かけかわかるか。先生が来たら、警戒しておきたい」

「牛乳瓶の底みたいな眼鏡をかけてるそうだぜ。まあ、学者先生らしいなって感じだな」

「牛乳瓶の底か」

それならば、きっとわかるだろう。気をつけていたからどうだというわけでもないが、どの客が先生なのか知らずに芸を続けるのはあまりに怖い。牛乳瓶の底か、と康夫はもう一度繰り返した。

帰宅して、琴子にそのことを話した。今や琴子は、芸の収入をかなり期待している。インチキを見抜かれることは、琴子にとっても恐怖なのだった。話を聞いて、琴子は大きく目を見開いた。

「ちょっと、大丈夫なの」

「大丈夫だとは思うけども」

そんなことを訊かれても、保証などできるわけがない。何しろ、相手の目的すらまだわからないのだ。対策を取れる段階ではなかった。

「あたし、いやだからね。せっかくこんなに稼げるようになったのに、もう終わりなんていやだから」

聞き分けがない子供のように、琴子は言い張る。いやだで済むなら、苦労はなかった。

「ばれないことを祈ろう」

「日曜日は、あたしも行く。牛乳瓶の底みたいな眼鏡をかけてるんでしょ。あたしがそいつの様子を見張ってるよ」

「ああ、なるほど。そうしてくれるか」

相手の表情や反応で、意図が読めるかもしれない。琴子には単なる報告のつもりで話したのであって、こんな妙案を授けてくれるとは期待していなかった。妻を見直す気になった。

10

四時間で行けるとはいえ、往復で八時間である。そんな離島にまた行く気になったのは、インチキは許さないという義憤のためというより、もしかしたらあの千里眼は本物かもしれないという期待があるせいではないかと、寛は己の心を疑った。未知なるものへの好奇心は、抑えがたい。九割九分インチキだとわかってはいても、たとえ一分でも本物の可能性があるなら、期待せずにはいられない。科学者としてとても口には出せないが、千里眼が本物であって欲しいと望む気持ちがあるのかもしれなかった。だから往復八時間の手間をかけてまで、またあの少女の千里眼を見に行くのだ。

先月行ったばかりだから、堀越は今回は付き合えないとのことだった。往復の船賃を考えれば、当然のことだ。行き方はもうわかったので、ひとりでも迷わないと思う。ただ堀越は、両親に先生が島に行くと伝えたから、困ったことがあったら頼ってくれてかまわないと言ってくれた。

前回と同様、朝一番の船で神生島へ向けて出発した。天候がよく、予定どおり昼前に着いた。そのまま賑やかな通りに行き、少女が芸をやっているかどうか探す。まだ早かったのか、人だかりはできていなかった。やむを得ず、食堂に入って昼食を摂ることにした。

「いつもその辺で、千里眼を見せる大道芸をやってるでしょ。今日はやるのかな」

注文を取りに来た小太りの中年女性に、そう話しかけた。女性はちらりと外に目をやり、気さくに頷く。

「ああ、やってるね。雨でも降らない限り、日曜日はいつもやってるから、たぶん今日もやるでしょ」

それはありがたい。わざわざ島まで来て、千里眼が見られなかったら無駄足だ。その場合は、迷惑だろうが少女の家を訪ねるつもりだった。

「あの千里眼、本物だと思いますか」

島の住人はどう見ているのか、ふと気になった。女性は片方の眉を吊り上げたが、その表情にどんな意味があるのか、寛にはわからなかった。

「さあ、どうだろうねぇ。あんな芸を始めるまで、噂にも聞いたことはなかったけど」

そうか、特別な力があるなら、もともと評判になっていても不思議はない。芸として見せ始めるまで誰も知らなかったなら、やはり千里眼は単なる見世物でしかないのか。

「じゃああなたは、本物ではないと思ってますか」

島の住人としての連帯意識があり、インチキとは言わないかもしれないとは予想した。だが女性の返事は、寛の予想とは微妙に違った。

「ううん、あの子は一ノ屋の血筋だからねぇ。本当に千里眼があっても、不思議じゃないとは思うよ」

「一ノ屋の血筋。それはいったいなんですか」

堀越からもその名は聞いていたが、正確に把握していなかった。どうやら、島民の間で膾炙《かいしゃ》した名前らしい。

「説明すると長くなるんだよね。仕事中だから、誰か他の人に訊いてもらえますか。興味があるなら、いっそ本家に訊きに行けばいいと思うけど」

「本家。それはどこですか」

「こっちの方角に町外れまで歩いていけば、大きい屋敷にぶつかるよ。そこが一ノ屋の本家だ」

「なるほど。ありがとうございます」

指を差して方向を示す女性に、頭を下げた。あまり愛想がなかった女性だが、最後に「いえいえ」と言って微笑んだ。もともと丸顔の福相なので、笑うと愛嬌がある。客商売なら常にその表情をしていた方がいいと、助言したくなった。

焼き魚定食を食べ終える頃に、聞き憶えのある口上が食堂内にも届いた。急いで会計を済ませ、外に飛び出す。始まったばかりなので、まだ客の姿はまばらだった。前回とは違い、香具師のほぼ真正面に陣取ることができた。

するとと、なにやら香具師はぎくりとしたような仕種を見せた。寛を見て怯える謂われはないはずなので、おそらく何か別の理由だろう。心なしか、少女もこちらを見て顔を引きつらせているかのようである。なぜだろうと、首を傾げた。

「ここの世にふたつとない本物の千里眼だ。いいい一生に一度は見ておかないと、死ぬまで後悔することになるよ」

口上にも流暢さがない。誰を見て動揺しているのかと、寛は周囲を見回した。すると、隣に立った女性と目が合った。女性は慌てて目を逸らしたが、どうもこちらの横顔を見ていた節がある。飯粒でもついているかと、口許を触って確かめた。何もついていなかった。

結局、香具師が何を見て動揺したのか、わからずじまいだった。つたない口上でも、人は集まってくる。二十人ばかりが取り囲んだところで、千里眼が始まった。

例によって、少女は一度も外さなかった。三度やって、三度とも見事に当てている。まさに、絵札が見えているかのようだ。これが千里眼なのか、それとも仕掛けがあるからなのか。完璧すぎる的中率はかえって仕掛けの存在を示唆しているようでもあるが、何が合図なのか見抜くことはできなかった。

首を傾げたら、また隣の女性と目が合った。女性は弾かれたように前を向く。いったいこの反応はなんなのか。寛の顔立ちに見とれる女性がいるわけはないから、なんらかの意図があるものと思われる。

「失礼ですが、私の顔に何かついてますか」

持って回ったことはせず、直截に尋ねた。すると女性は明らかに狼狽し、「い、いいえ、何も」とぶるんぶるん首を振った。

「そ、それではあたしはこれで。おほほほほほほ」

何がおかしいのか、妙な笑い声を残してそそくさと立ち去っていった。変わった人がいるものだ、と寛はふたたび首を傾げた。

「もし、そこの香具師の人」

金を集め終えて片づけをしている香具師に、声をかけた。香具師はまたしてもびくりと肩を震わせ、こちらに怯えた目を向ける。もしかして、島外の人間が怖いのだろうかと推測した。

「や、やし。おれのことですか」

香具師は己の顔を指差して、確かめる。香具師と呼ばれることが不本意なのかと最初は思ったが、もしかしたら香具師という言葉自体を知らないのかもしれない。これまで島には、香具師がいなかったのか。

「はい、あなたのことです。お伺いしますが、次の回はいつからですか」

「次の回。ええと、次にいつやるかと訊いてるんですか」

「そうです。もう一度見たいので、次は何時か教えてもらえますか」

「も、もう一度」

何がいけなかったか、香具師は目を白黒させた。まったくもって、先ほどからの島の者たちの反応は解せない。まともに応じてくれたのは、食堂の女性だけではないか。やはり島外の人間への恐れがあるとしか思えなかった。明日、大学で堀越に確認してみようと留意する。

「え、ええと、次は午後二時くらいにやると思いますが」

「二時ですか。わかりました。また来ます」

「は、はあ」

香具師はあまり嬉しそうではなかった。こちらは金を払っているのにその態度はないのではないか、と文句のひとつも言いたかったが、よけいに怖がらせるだけなのでこらえる。おそらく島の人間は皆、内気なのだろう。考えてみれば、図々しくないのは好ましい気質とも言えた。港にあった珍妙な看板といい、この島はどこか浮世離れしている。

次が二時なら、少し時間がある。観光をしてもいいのだが、先ほど聞いた一ノ屋の本家を訪ねてみようかと考えた。この香具師に訊ければ手っ取り早いのだが、おそらく答えてくれないものと思われる。まあ、疑いの目を向けている相手に質問をぶつけるのは、外堀を埋めてからの方がよかろうと判断した。

食堂の女性の説明は大雑把だったが、ひとまず歩き出してみることにした。町外れの大きい屋敷、と言っていたから、方向さえ間違わなければ見当がつくのだろう。途中何度か、一ノ屋の本家はこちらでいいのかと、歩いている人に確認した。話しかけても、誰も特に怯えたりはしなかった。たまたま内気でない人に行き当たったのだろう、と解釈した。

そうして歩き続けた末に、それらしき大きい屋敷に行き当たった。表札は出ていないが、他の家と比べてひときわ大きいので間違いないと思われる。なるほど、この屋敷ひとつ取っても特別な家柄なのだと察せられた。寛は大きい声で、「ごめんください」と呼びかけた。

11

呼びかけに応じて出てきたのは、三十半ばほどの女性である。使用人の風体ではないから、おそらく当主の奥方であろう。この島における特別な一族の当主という認識でいたから、貴族階級みたいなものかと想像していたが、使用人がいないところを見ると実態は違うようだ。貴族でないならなんなのかと、まずその点から疑問を覚えた。

「恐れ入ります。わたくし、東京の早稲田大学で教鞭を執っております、宮脇と申します。この島での一ノ屋家の特権的な立場に興味を覚えまして、ぜひともご当主にご教授願いたいと思い、伺いました」

「はあ」

いかにも唐突な寛の申し出に、女性は明らかに戸惑っていた。大学の先生がいったいなんの用で、と不思議に思っているのが顔にありありと書いてある。研究の対象になるようなものは何もない、と考えているのだろう。寛は物理学者であることは黙っていた。物理が何を研究する学問であるかを知れば、ますます首を傾げるだろうからだ。

「突然の訪問で申し訳ないのですが、ご当主はご在宅ですか」

「はい、おります。少々お待ちください」

婦人は屋敷の中に戻っていく。だがすぐに現れて、「どうぞお上がりください」と言ってくれた。当主は会ってくれるようだ。

そのまま廊下を歩き、広い部屋に通された。そこには大きな座卓があって、四十絡みの男が坐っていた。この人が当主なのか。歓迎してくれているらしく、顔に笑みを浮かべていた。

「やあやあ、くがからわざわざ大学の先生がやってくるとは、我が一族も有名になったもんですなぁ。私が一ノ屋の当主の松次郎です」

当主は陽気な口振りで言った。人懐っこい性格のようだ。気難しい相手だったらすぐに帰ろうと思っていたので、ひとまず最初の関門を超えたように感じる。勧められるままに、座卓を挟んで松次郎の正面に坐った。

「早稲田大学の先生ですって。そんな先生が、いったい何に興味を持ったんですか」

松次郎は身を乗り出して、いきなり訊いてくる。当然の疑問ではあるが、ずいぶん好奇心が強い人でもあるようだ。搦め手から攻める必要は感じないので、正直に答える。

「ご当主は、千里眼を披露して金を得ている少女のことをご存じですか」

「ああ、あれ」

松次郎は愉快そうに、眉を吊り上げる。小さい島のこととて、当然知っているようだ。

「もしかして先生は、あれに興味があって島に来たんですか」

「まあ、そうです」

まあも何もなく、ずばりそのとおりなのだが、学究の徒としてはつい曖昧に答えてしまう。自分もまた、偏見や世間体から無縁ではないのだと寛は自嘲した。

「物好きな先生もいたもんだなぁ」

松次郎はそんな物言いをした。とはいえ、呆れているのではなく本当に面白がっているようだ。確かに物好きではあるが、寛としては松次郎が面白がる理由が気になった。

「未知なる力があるなら、それは研究の対象になります」

生真面目に答えると、「あははは」という笑い声で応じられた。

「未知なる力って、本気で言ってるんですか。あれはただのインチキでしょう」

いきなり断定されて、面食らった。何か神秘的なことがあるのではないかと、研究者にはあるまじきことを考えてこの屋敷を訪れたのに、まるでもったいをつけずにインチキと断じられてしまうとは。松次郎はあの千里眼の仕掛けを知っているのだろうか。

「インチキ。そうなんですか」

松次郎が隠し事をしているとは疑ったわけではないが、つい訊き返した。松次郎はニヤニヤと笑う。

「そりゃあ、そうでしょう。先生は千里眼なんてものがこの世にあると、本気で思ってるんですか」

　問われて、恥ずかしくなった。いや、本気で思っているわけではないが、ひょっとしたらという気持ちがあるのは事実だった。そこを見透かされたように感じ、恥じ入ったのである。

「一ノ屋という血筋がこの島では特別だと聞きました。特別だから、千里眼を持つ女の子が生まれても不思議はない、と。違うんですか」

「違いますよ」

　言下に否定された。これではどちらが学者か、わかったものではない。寛は自分が赤面しているのではないかと心配になった。

「何を聞いたか知らないですが、単に祭り上げられているだけで、言ってみれば神社のご神体みたいなものですよ。ご神体っていったって、実際はただの剣だの鏡だの、果ては石ころだのだったりするんでしょ。一ノ屋なんて、石ころみたいなものです」

　特に自虐的な口振りでもなく、松次郎は笑い話でもするように楽しげに言い切った。寛としては、その達観ぶりが奇妙に思えた。韜晦《とうかい》しているのか、と勘ぐりたくなる。

「石ころがご神体になるには、それなりに謂われがあるはずです。あなたの一族が特別な地位を得るには、何か理由があったのではないんですか」

　例えば、先祖に千里眼の持ち主がいたとか。そう続けたかったが、それではいかにも答えを誘導しているようなので、やめた。そんなつもりはなかったのに、まるで寛は千里眼の実在を望んでいるかのようだ。いや、まるでではなく、本当にそうなのかもしれない。時間が余っていたからとはいえ、こうして一ノ屋本家まで来たのは、もっともらしい由来を聞きたかったからだと思えてきた。

「何かあったんでしょうねぇ。でももう、それが何かはわからないですよ。神社とは違って、古文書みたいなものが残っているわけではないし」

「はあ」

なにやら失望めいた気持ちが湧いてきた。もう少し面白い話が聞けるものと期待していた。これでは夢も希望もない。大道芸の香具師の方が、よほど聞いている者に夢を与えてくれると思った。

「では、あの少女が一ノ屋の血筋だから千里眼の持ち主でも不思議はない、と考えるのは間違いだというわけですね。そんなことはあり得ない、と」

「まあ、あり得ないでしょうねぇ」

「一ノ屋の血を引く人が島に幸せをもたらすと言われるのも、単なる言い伝えですか」

堀越が言っていたことを思い出した。それを聞いて寛は宗教みたいなものかと考えたのだが、ご神体と説明されれば納得できる。幸せをもたらす、などという漠然とした効能は、確かにご神体のご利益みたいなものだと思えた。

「ああ、それね」

ところが松次郎は、今度はすぐには否定しなかった。何かあるのだろうかと、話の続きを待つ。

「それに関しては、言い伝えなんかじゃないですよ。れっきとした事実らしいですからね」

堀越は確か、幕末に生まれた人物が島に幸せをもたらしたと言っていた。宗教の教祖みたいなものだと寛は解釈したが、その理解でいいのだろうか。

「この話、聞きたいですか」

松次郎はまたしても笑いながら言うが、今度の笑みは少し片頬を吊り上げた、何か意味ありげなものだった。その笑みの意味も含めて、もちろん聞きたかった。

「はい、ぜひ」

「じゃあ、お話ししましょうか。実はこれは島の恥なので、あまり外部の人にお話ししたくはないんですけどね」

そういえばこの件に関しては、堀越も口を濁していた。島の恥になることだったのか。

「私の祖父に当たる人が、絶世の美女も裸足で逃げ出すほどのいい男だったそうなんです。で、島の若い女がみんな熱を上げ、祖父もまたまめというか元気というか、いちいちその思いに応えたんだそうですよ。お蔭で島には祖父の子がうじゃうじゃ生まれ、子供を授かった女たちはみんな幸せになったというわけです。すごい話でしょ」

「はあ」

どうにも反応に困る話だった。土着の民話にはほとんど艶笑譚のようなものもあると聞くが、これもまたそうした類のことか。いや、実話なのだから笑い事ではないのだろう。むしろ諍いの種になりそうにも思うが、それで皆が幸せになったのならやはりすごい。

「つまりね、一ノ屋の血に流れる特別な力とは、千里眼とかそんなもんじゃないんですよ。子をたくさん孕ませる力、でもないですからね。うちはごく普通に、子供は三人ですから」

そう言って松次郎は、実にいやらしげにニタリと笑った。

12

牛乳瓶の底みたいな眼鏡をかけた学者先生は、予告どおり午後にもまた見に来た。もはやこのしつこさは、芸を気に入って見に来ているという段階ではない。明らかに、インチキを見抜こうという態度だ。どうしてくがの学者先生なんかに目をつけられたのかと、康夫は頭を抱えたくなった。

だが今のところ、まだ合図を見破られてはいないようだ。ハルが絵札を当てる様を見て首を傾げていたから、わかっていないのは確かだろう。とはいえ、何度も見られたらいずればれる。ばれないためには、どんな手を打てばいいのか。

ある程度経ったら、新しい合図に切り替えるかとまず考えた。しかしそんなことをしたら、あまり物覚えがよくないハルが混乱するだけだ。一年かけて、ようやく今の合図を憶えたのである。いまさら新しい合図を憶え直すのは、ハルにとって難しいだけでなく、康夫もいささか自信がなかった。

ならば、どうすればいいのか。自分ひとりではなんの妙案も浮かばず、つい琴子に助けを求めた。学者先生の様子をこっそり窺っていた琴子は、間違いなく疑っていると断言した。

「感心している様子じゃなかったわよ。なんというのかしら、まるで実験を観察しているみたいだった」

いかにもいやそうに、琴子は唇を歪める。そんなに執拗に見ていたのだろうか。康夫は目を合わせたくなかったのであまり見ないようにしていたのだが、確かに視線の圧力は感じていた。あの学者先生は、何かこちらに恨みでもあるのか。

「おれたち、何もしてないのになぁ。なんだってわざわざくがから来て、仕掛けを見破ろうとするのか。親の敵《かたき》でもあるまいし」

「それよ。どうしてなのか、調べてみたら」

ぽんと手を打ちかねない勢いで、琴子は目を見開く。言われても康夫は、すぐにはその言葉の意味がわからなかった。

「調べる。どうやって」

「良二さんの親戚が、ハルの話を学者先生にしたんでしょ。だったら、その親戚にどんな話をしたのか訊けばいいじゃない」

「ああ、そうか」

なるほど、それはいい考えだ。この件では、琴子に感心させられっぱなしである。今後、妻を見る目が変わりそうだった。

さっそく良二に相談してみたところ、親戚は盆や正月くらいにしか島に戻ってこないらしい。先日は学者先生を迎えるためにわざわざ帰島したようだから、次は当分先になるだろうとのことだった。

「そもそも、お前の親戚は学者先生にいったい何を言ったんだよ」

恨みを込めて、良二に問うた。良二はまるで悪びれた様子もなく、平然と答える。

「そりゃあ、百発百中の千里眼少女がいる、って感じの話をしたんじゃないのか。そう思われたかったんだろ。別に間違ってないじゃないか」

「それなのになんで、疑われてるんだよ。お前の親戚も疑ってるのか」

「そんなことはないと思うけどな。むしろ信じてたから、先生に話したんだろうよ。信じないのは、先生の勝手だ」

つまり、良二の親戚が本気で信じているからこそ、先生は逆に疑ってかかったということか。学者先生とは、へそ曲がりなものだ。

「お前も知ってるだろうけど、あれはまったくのインチキというわけじゃないんだよ。うちは一ノ屋の血筋なんだからさ、本当に力があるんだ。よく当たるけど百発百中ってわけにはいかないから、合図を決めただけなんだ。そこのところをわかって欲しいんだけどなぁ」

半ばぼやきでそう言うと、「まあ、そうだな」と良二も同意する。

「おれの親戚は島育ちだから、もちろん一ノ屋のことはわかってるよ。だからハルちゃんの千里眼も信じたんだ。でも、くがの人には通じない話なんだろうな。せめて、一ノ屋には特別な力があるってことを先生に説明させるか」

「えっ、どうやってそんなことを頼むんだ」

次に親戚が帰ってくるのは、正月ではないのか。その間にあの学者先生は何度も島にやってきて、大勢の見物人がいる前でインチキを暴き立てそうな恐怖がある。正月では遅いのだ。

「しょうがないから、手紙でも書くよ」

乗りかかった船だとばかりに、良二は口をへの字にして頷く。康夫としては、飛び上がりたくなるほど嬉しかった。思わず良二の肩を摑み、「そうしてくれるか」と大声で喜びを表す。良二は顔を顰めて、「痛えよ」と言った。

13

授業の合間に、研究室で堀越とふたりきりになったときのことだった。機会を窺っていたかのように、唐突に堀越が話しかけてきた。

「先生は、どうして千里眼なんかに興味があるんですか」

問われて寛は、首を傾げたくなった。すでに何度も説明したことだからだ。堀越は記憶力が悪い学生ではない。それなのにいまさら改めて訊くのは、前に話したことを忘れたわけではなく、この話題を深めるきっかけを作りたいからだろうと解釈した。

「もちろん、未知の力が存在するなら解明したいからだよ」

以前にも口にしたことである。だが今回は、さらにつけ加えた。

「とはいえ、君の島の少女が本当に千里眼の持ち主とは思っていないがね」

「えっ、そうなんですか」

堀越は驚いたようだった。目を丸くして、身を乗り出す。

「でもこの前は、インチキの証拠は見つからなかったとおっしゃってましたよね」

島から帰ってきた直後のことである。堀越にはそう報告していた。そしてそれきり、千里眼少女のことは話題にしなかったのである。

「証拠は見つからなかったけど、四十八種類もの合図を決めてあるなら、そう簡単には見抜けない。合図を送っていない、という確証が持てない限り、未知の力が存在すると認めるわけにはいかないよ」

至極当然のことを言ったつもりだったが、堀越はあまり納得していないようだった。「いや、でも」と食い下がってくる。

「先生は島のことをご存じないからですよ。島で一ノ屋といえば、本当に特別な家系なんです。千里眼を持つ女の子が生まれたって、ぜんぜん不思議じゃないんですから」

「知ってるよ。一橋産業の社長は、一ノ屋の一族らしいね。とはいえそれは、血の力じゃなく先代社長個人の功績なんじゃないのか」

島で聞いたことである。島の人々が一ノ屋の特別な血の例として挙げたのは、明治の頭に何人もの女性を孕ませた男ではなく、一橋産業の先代社長の名だった。

「ええ、そのとおりです。ただ、一橋産業の社長が一ノ屋の特別な人だったというわけじゃないと思うんですよ」

「それはどういう意味かね」

一代で大会社を築き上げたなら、それは特別な人と言うにふさわしいのではないか。堀越は違う文脈で、特別という言葉を使っているのだろうか。

「一ノ屋の特別な人とは、見ただけで特別とわかるものすごくいい男らしいんですよ。先代社長はそういう容姿ではなかったから、言い伝え上の特別な人ではないはずなんです」

「それも知ってる。先代社長の父親が、そのいい男だったんだろ。しかも島じゅうの若い女を孕ませて、子を授かった女たちは幸せになったという話らしいじゃないか」

「えっ、そんなことまでご存じなんですか」

堀越は目を丸くした。外聞が悪い話と思っていたのだろう。確かに、いかにも未開の僻地の逸話のようである。実際に足を運んでいなければ、寛もそう受け取っていたかもしれない。

「実は、一ノ屋の当主に会ってきたんだ。君には言ってなかったけどね。で、当主は少女の千里眼をインチキと断定していたよ。一ノ屋にそんな力はない、って」

「はあ」

堀越は悄然とした。自分の生まれ故郷の特別な存在を否定されれば、気落ちもするだろう。しかし否定したのは、一ノ屋の当主その人である。一ノ屋の神秘性は、決定的に剝奪されたも同然だった。

「そもそも、君の話にも矛盾があるじゃないか。特別に容姿が優れた人だけが、特別な力を持つんだろう。でもあの女の子は、まあかわいらしいとは思うが、そこまで抜きん出た容姿というわけではないいんじゃないか。つまり、女の子の力は特別ではないということになるよ」

「そのとおりです」

負けを認め、堀越は肩を落とした。こうして地方の神秘は失われ、均質化されていくのかもしれない。自分も今、その均質化にひと役買ったかと思うと、それは本意ではないのだがと言いたかった。島の人が一ノ屋を特別な血筋と捉えるなら、それを否定する気はないのである。

「でも、あの女の子への興味がなくなったというわけじゃないよ。どんな合図を送っているのか、依然として興味深い。見抜けずにいるのが悔しいからね。だからたぶん、また島に行くと思うよ」

「えっ、そうなんですか」

なぜか堀越は、戸惑ったような顔つきをした。そもそも千里眼少女のことを教えてくれたのは堀越なのに、何か事情が変わったのだろうか。だとしてもいまさら好奇心は抑えられないので、堀越の表情には気づかない振りをした。

14

良二の親戚を通じて、ハルの千里眼は本物だと信じさせる作戦は失敗した。くがの人間に、一ノ屋の名の威光は通じないのだ。千里眼を見せる前の口上では客の反応がなかなかいいので、少し簡単に考えていた。面白いものが見たいと期待している人と、最初から疑ってかかっている人では、受け取り方がぜんぜん違うのだった。

「信じてないなら、なんでそんなに何度も見たがるんだ」

すぐ近所に住んでいるならともかく、くがは遠い。そこからわざわざ島までやってくるには、よほどの理由があるはずだ。信じているならわかるが、インチキだと思うなら放っておけばいいではないか。学者先生の考えていることはまるで理解できず、だからこそ不気味なのだった。

「インチキなのに見抜けないから、悔しいんじゃないか」

ほとんど独り言の康夫のぼやきに、良二が応じた。港での仕事を終え、今は並んで一服している。紫煙がのんびりと、青い空に向かって上っていた。

「お前が考えたあの合図は、二、三回見たくらいじゃ見抜けないだろ。見抜けないのは、学者として我慢ならないんじゃないかねぇ」

「うう、そうか」

良二の推測は、おそらく当たっている。きっとそうなのだろう。ハルの千里眼は、学者の矜持をいたく傷つけたのだ。わからないことは、学者にとって屈辱に感じられるのではないか。だから船賃をかけてでも、己の矜持を保つために島にやってくるのだ。

ならばいっそ、あの学者先生にだけタネ明かしをしてしまおうか。そんな弱気の虫が兆した。しかしそれは、危険が大きい。仕掛けを知って満足しておとなしく帰ってくれればいいが、千里眼はインチキだと公言して回るかもしれない。外見は見るからに真面目そうだから、インチキはインチキだと知らしめることが義務だと考えそうだ。そんなことをされたら、たまったものではない。タネ明かしなど、とても怖くてできなかった。

「まあ、そのうち飽きるんじゃないの」

良二は呑気なことを言った。そうだったらいいのだが、と康夫は強く思った。

しかし期待に反し、学者先生は以後も島に来続けた。きっちり毎月一度、律儀にやってくる。しかも来ると二回は千里眼を見、その都度メモまで取っていた。真面目そうだとは思ったが、何もこんなことまで規則正しく振る舞わなくてもいいのに。牛乳瓶の底のような眼鏡を見るたび、康夫は内心で恨み言を呟いた。

そんな日々を送るうちに、あっという間に年末になった。結局康夫は漁師を辞める踏ん切りがつかずにいたが、さすがに年末は漁を休む。今年は漁師をしながらも千里眼で稼いだので、けっこう実入りが多かった。大晦日には奮発して肉鍋にしたら、ハルにはもちろん琴子にも大いに喜ばれた。こんな幸せな年の瀬を迎えられるなら、やはり学者先生に千里眼の仕掛けを見抜かれるわけにはいかないと決意を新たにした。

一月には、学者先生は来なかった。新年を迎えて、忙しいのかもしれない。大学の先生の勤務実態を康夫は知らないが、このままずっと忙しくしていてくれればいいのにと望んだ。

だが、学者先生は律儀だった。二月も半ばを過ぎてもやってこないからもう永久に来ないでくれと思っていたが、月末近くなってまた姿を見せた。康夫は心底がっかりした。

渋々ながら、千里眼を披露した。先生はメモを取っている。最初はなんのためかわからなかったが、おそらくあれは康夫の口上を書き留めているのだ。となれば、いずれは合図に気づくだろう。それがいつかはわからないが、ばれる日は必ず来るのだ。康夫の胸の中には知らぬうちに、そのときを迎える覚悟ができあがりつつあった。

二度目の千里眼を披露しているときだった。客にカルタを引かせ、まずいと内心で声を上げた。客が引いた札は「そ」だった。「そ」は二時間前の回でも出た札である。一日に二度、同じ札が出たのは初めてだった。通常であれば、それでも問題はない。ただ学者先生は、康夫の口上を記録している。照らし合わせれば、同じ言葉を口にしていることにはすぐ気づくだろう。そうなれば、何が合図かわからないわけがなかった。

終わった、と思った。これで完全に終わった。思いの外《ほか》に早かった。しかし、いつまでも続けられることではなかったのだ。問題は、仕掛けを知った学者先生がどう出てくるかだった。インチキだと指摘し、この場で騒ぎ立てるだろうか。その場合は、あくまで白《しら》を切りとおすだけだ。康夫が何を言ったかなんて、客はいちいち憶えていない。今日二回続けて見ている人も、学者先生以外にはいない。先生の言葉を裏づけるものは、先生が取っているメモしかないのだ。ただのメモなら、いくらでもとぼけようがあった。

だが案に相違して、先生は騒がなかった。一度だけでは、偶然の一致と考えたか。いや、そんなに甘くはないだろう。ならば、客の面前で暴き立てない配慮をしてくれたわけか。それはありがたいが、人目のないところでどんな要求をされるかわかったものではない。千里眼を続けながらも、康夫は頭をぶんぶんと回転させていた。

そして、開き直った。肚《はら》を割って話すしかない。幸い、学者先生は悪い人には見えない。見破った仕掛けをネタに、こちらをゆするような真似はしないだろう。ならばむしろ、誠意をもって対応した方がいい結果を生むかもしれなかった。逃げることができないなら、前に進むだけだ。

康夫は肚を括った。予定回数の千里眼を終え、客たちから金を受け取る。学者先生は金を払ってくれたが、すぐには立ち去ろうとしなかった。そんな学者先生に、康夫の方から声をかけた。

「ちょっと、お話ししたいことがあるのですが」

15

千里眼の仕掛けは見破った、と思う。まだ確たることは言えないが、おそらく間違いはないだろうという合図を見つけた。しかし、見破った後のことを考えていなかったと、今になって気づいた。香具師を問い詰めて、インチキを認めさせるか。インチキを放置しておくのはよくないという気持ちはあるが、香具師の生活を脅かすつもりもない。ならば、香具師をやり込めたところで意味があるのだろうか。解けない謎があるから、それを解きたいと執着していたのである。ついに難問を解いたことに満足して、もうこの件は終わりにしようかと思った。

だがどうしたことか、見世物が終わると香具師の方から話しかけてきた。虚を衝かれて、何もできずにその場にとどまる。香具師はなにやら難しげな顔で近づいてくると、小声で囁いた。

「先生は今、仕掛けを見破りましたね」

先生と呼ばれて、驚いた。こちらの身許を知っていたのか。まあ、知られていて不思議はないかと納得する。島外から何度も見に来る者がいれば、どんな人なのかと怪しむのは当然だろう。そしておそらく、堀越の実家に行き着いたのだ。特に口止めしていたわけではないから、堀越の実家経由で身許が知れるのはやむを得ないことだった。

「まあ、わかったかな」

相手の反発を買わないよう、曖昧に認めた。香具師の目が説明を求めているようなので、恐る恐る続ける。

「ええと、あなたは『そ』の札のとき、『たちどころに当ててみましょう』と言いましたね。これはお昼過ぎの回で『そ』が出たときも同じだった。おそらく、『たちどころに』の『た』が合図だったのでしょう。札は五十音順でひとつ前の、『そ』だという合図だ。違いますか」

浅草の香具師と同様に、白を切るものと思っていた。だが、この香具師は潔《いさぎよ》かった。

「違いません。そのとおりです」

言うと、ぺこりと頭を下げた。すでに他の客は引き上げ、この場には寛と香具師、少女しかいない。香具師の背後で、少女は不安そうに立ち尽くしていた。

「はあ、なるほど、そうでしたか。つまりあなたも女の子も、四十八とおりの合図を憶えているわけですね。それはすごい。簡単には見抜けないわけだ」

皮肉ではなく、本気で感心した。本物の千里眼でなくても、その努力が立派な芸になっている。インチキを容認するのは信条に反するが、ふたりの努力に免じてこのまま帰ろうという気になった。

「先生は、千里眼はインチキだと思ってるんですね」

ところが、香具師が不思議なことを言った。この期に及んで、千里眼は本物だとでも主張したいのだろうか。あくまで言い張るなら、こちらも寛容に対処する意味がなくなる。出方を変えなければならないのかと、少し身構えた。

「インチキではないんですか」

「合図を決めていたのは認めます。ただそれは、芸として見せるために決めたことです。芸なら、外れるのはまずいですからね」

香具師の態度は、どうにも捉えどころがなかった。インチキを見抜かれて開き直っている、というのとは違う。かといって、悪足掻きをしているようでもない。あえて言うなら、千里眼は本物だと本気で信じているかのようだった。香具師が何を言おうとしているのか、寛は改めて興味を覚えた。

「つまりそれは、外れることはあるが千里眼自体は本物だ、という意味ですか」

「はい」

香具師はきっぱりと認めた。寛は女の子に目を向ける。女の子もまた、真剣な眼差しをしていた。

「どれくらい当たるんですか」

「そうですね。だいたい四割くらいでしょうか」

四割か。それは微妙な数字だ。確かに四十八とおりの絵札を当てずっぽうで四割当てるなら、それはなかなかの高確率である。だが四割程度の正答率で、本物の千里眼と認めるのは難しい。少なくとも、学者が真剣に研究対象とする数字には達していないと言ってよかった。

「ううん、じゃあ、合図抜きでやってみせてもらえますか」

念のため、この目で確かめてみることにした。何事も、実地の確認が必須である。話だけでは、信じることも疑うこともできない。

「いいですよ。坐りましょうか」

促され、莫蓙に胡座《あぐら》をかいた。香具師も女の子も腰を下ろし、車座になる。香具師は真ん中にカルタを置き、「お好きに引いてください」と言った。そしてそれきり、腕を組んで言葉を発しようとしない。寛は女の子より香具師の動きに注目しながら、札を一枚引いた。言葉ではなく、動作での合図もあるかもしれないと疑ったからだ。

引いた札は「に」だった。寛は香具師にも見せず、「さあ、当ててみて」と女の子を促す。香具師はその間、視線すら女の子に向けなかった。女の子は少しおどおどしながら答えた。

「て」

外れた。奇妙なことに、外れたことに寛は安堵した。万が一にも当たることを、無意識のうちに恐れていたようだ。当たったら、これまで育んできた価値観が崩壊する恐れがあった。外れてくれてよかったのだ、と納得した。

「外れだね」

札をひっくり返し、女の子と香具師に示した。女の子は悔しげな顔をしたが、香具師は動じなかった。

「続けてください」

腕を組んだまま、顎をしゃくる。言われるままに、さらに札を引いた。

その後、合計二十回やってみた。当たったのは六回だった。四割には満たないが、偶然と言うにはそこそこ正解率が高い。とはいえ、微妙であることに変わりはなかった。

「まあまあ当たりますね。ただ、これで千里眼を信じろというのは無理ですよ」

突き放す口調にならないよう、やんわりと告げた。香具師は半ば諦め気味の表情で、頷く。

「わかってます。ただ、ハルは千里眼がそれほど得意じゃないんです」

香具師はそんなことを言い出した。ハルというのが、女の子の名だろう。当のハルは、驚いたように香具師を見ていた。

「千里眼ではなく、何が得意なんですか」

「未来予知ですね」

堂々と、香具師は言い切る。それを聞いて寛は、少し気持ちが引いた。これ以上付き合う必要があるだろうかと、懐疑的になったのだ。香具師は結局、負けを認めたくないだけではないのか。

「明日の天気を、ハルはよく当てるんですよ。四割どころじゃないですよ。外れる方が珍しいくらいだ」

「はあ」

なんと相槌を打てばいいのか、困った。外れる方が珍しい、などと言うからには、十割の確率で当てるわけではないようだ。ならば、天気予報だって同じである。この島には多いであろう漁師も、天気を読むのはうまいのではないか。そろそろ引き上げどきかと考えた。

「そうなんですか。まあ、それは便利かもしれないですね」

つい、投げやりなことを言ってしまった。これで終わりにしようと腰を浮かしかけたら、そこに香具師が言葉を投げてくる。

「信じてないんですね」

「いや、信じるも信じないもないでしょう。見抜いた千里眼の合図は、誰にも言いませんよ。あなたの商売を邪魔する気はありません。ですから、私を信じさせる必要はないんですよ」

「だって、悔しいじゃないですか」

不意に香具師は、口調を変えた。先ほどまでの落ち着いた口振りをかなぐり捨て、いかにも口惜しげに顔を歪める。その豹変に、寛は思わず動きを止めた。腰を上げられず、香具師に見入ってしまう。

「ハルには本当に特別な力があるんだ。ただ百発百中じゃないから、なかなか人には信じてもらえないんですよ。本当にすごい力があるのに、インチキと思われるのは悔しいんだ。こいつもかわいそうでならないですよ」

無下に帰るわけにもいかなくなった。参ったなぁと思いつつ、まだ船の出航時刻までには間があるので、もう少し付き合うことにする。

「でもねえ、天気を当てるといっても、それを証明するのは難しいじゃないですか。毎日、明日の天気は何かを葉書に書いて、私に送ってくれますか」

実験には長期観察が必要である。一度や二度ではなく長期間に亘って天気を当ててもらうには、そうするしかないだろう。自分としては理詰めでものを言ったつもりだったが、香具師は受け入れなかった。

「毎日葉書は、ちょっと」

「まあ、難しいでしょうね」

郵便代も馬鹿にならない。そこまでして少女の能力を認めさせても、得になることはないはずである。こちらも、たとえ九割以上の正解率を誇ったところで、本物とのお墨付きを与える気はない。天気当てでは、超能力と認めるわけにはいかなかった。

「じゃあ、もうこれでいいではないですか。私も、頭から否定するつもりはないですよ。世の中にはそういうこともあるかもしれない、ということにしておきましょう。いいですよね」

うまくまとめたつもりだった。寛も楽しくなかったわけではない。多少辟易《へきえき》する部分はあったが、無駄な時間とは思わなかった。ただ、もうこの島に来ることはないだろうとも考えた。

そのときだった。いきなりハルが、「あっ」と声を上げた。驚いてそちらを見ると、ハルは目を見開いて中空を見つめている。そこに何があるのかと、思わず振り返って空を眺めたが、雲が浮いているだけだった。

「人がたくさん死ぬ。怖い」

視線を空に投げたまま、ハルははっきりと言った。何かまた別種のインチキを始めたのか、と寛はうんざりする。だが香具師は、本気で驚いているようだった。

「なんだ、何を言ってるんだ。何か見えたのか」

「人が殺される。何人も」

「どこでだ。この島か」

「わからない。違う気がする」

「いつだ。それはいつのことなんだ」

「うーんと、いつだろう。雪が降ってる」

「雪。雪が降る日か」

香具師とハルは、茶番めいたやり取りをした。ただ、雪が降る日に大勢の人が死ぬとは、ずいぶん具体的である。予知としては、なかなか大胆だ。普通はもっと曖昧なことを言うものではないだろうか。

「聞きましたか、先生。雪が降る日ですよ。雪が降る日に人が大勢死んだら、ハルの力は本物だと認めてください。いいですよね」

香具師は膝で躙《にじ》り寄って、迫ってくる。この場を逃れるために、寛はぞんざいに頷いた。

「はいはい、わかりました」

「雪の日ですよ。忘れないでください」

香具師はしつこく念を押した。寛は今度こそ立ち上がり、早々にその場を立ち去った。もう二度と、超能力などというものには関わるまいと固く決心した。

16

以来、康夫はいつにも増して天気を気にするようになった。ハルの口振りからすると、雪はそう遠くないうちに降るのだろう。とはいえ、この島で雪などめったに降らない。康夫も降雪は指を折って数えられるくらいの回数しか経験がなかった。他の天気ならまだしも、雪とはいくらなんでもハルの思い違いではないかと、そんな疑いも少しあった。

島の気候はくがに比べれば温暖らしいが、それでも二月はやはり寒い。特に二月も下旬に入ってから、漁に出るのが億劫になるほど早朝は寒かった。康夫は毎朝、目覚めて外を見、雪が降っていないと胸を撫で下ろす。そんな朝を二度繰り返した。

三度目の朝だった。いつものようにまず真っ先に外を見ると、雪が降っていた。しかもただ雪が落ちてくるだけでなく、積もっていた。この島での積雪など、話にも聞いたことがない。ハルの予言とも相まって、不吉な思いが康夫の胸を鷲摑みした。

「本当に雪が降った」

呆然と呟いた。一番に思い浮かんだのは、船が転覆するのではないかという恐れだった。この真冬の海に投げ出されたら、まず間違いなく死ぬだろう。ハルは何人も死ぬと言った。それには転覆がふさわしいように思えた。

だからといって、漁を休むわけにはいかなかった。一日休めば、その分の収入がなくなる。ハルが不吉な予言をしたからといって、一日の稼ぎを棒に振るわけにはいかない。何より、康夫は臆病者だという評判が立ってしまうだろう。そうなれば、海で生きていくのは難しい。ハルの千里眼を見抜いた人が現れた今、漁師を辞めて生きていける自信はなかった。

まだ寝ているハルを起こして、人が死ぬ状況をもう少し具体的に語らせようかとも思った。だが軽く口を開いて寝るあどけない顔を見たら、無理矢理起こすのは忍びなくなった。どうせ起こしても、どういう状況で人死にが出るかなど説明できないのである。それがわかっているなら、このまま寝かせておいてやりたかった。

琴子には、雪が何を意味するかを言わなかった。鼻で嗤われたら腹が立つし、不安にさせても申し訳ない。ひとり悲壮な覚悟を抱えて、港に向かった。傘を差さなかったので、顔に当たる雪粒が痛いほど冷たかった。

まだ暗い、雪が降る海に向けて出港した。恐れたほど、海は荒れていなかった。これならば、転覆の危険はない。もちろん油断はできないが、ひとまずハルの予言は忘れることにしようと決めた。黙々と網を引き、一日分の魚を捕まえてから、帰港する。無事に陸に降り立ったときには、思わず安堵の息が漏れた。

仕事を終え、食堂に顔を出した。馴染みの女性店員に、「ちょっと訊きたいことがあるんだけど」と話しかける。

「何か事件が起きたりしてないか」

「事件。さあ、何も聞いてないよ」

店員は首を傾げる。どうやら、まだ何も起きていないようだ。礼を言って、食堂を出た。

雪は止んでいるが、積もっているので歩きにくい。足を濡らしながら帰宅し、琴子にも変わったことはなかったかと問う。何も知らない琴子は、「別に」とあっさり答えた。事件が起きていないなら、それに越したことはなかった。

外に出るのを避け、その日一日は家でごろごろと過ごした。午後には、学校に行っていたハルが帰ってきた。ハルは初めての積雪に大喜びし、すぐに外に飛び出していく。友達と雪合戦をして遊ぶそうだ。気をつけろよ、と声をかけたが、ハルは自分の予言など綺麗に忘れているようだった。

ハルが帰ってくるまでは、気が気でなかった。ハルは人が死ぬのを見ていた立場なのだから、なんらかの事件に巻き込まれることはないと思う。ただ、万が一ということもある。家を飛び出し、ハルを連れ帰ってこようかと何度も思った。だが、いつもと変わらぬのどかな島の風景を見ると、己の怖がりぶりが不様にも感じられるのだった。

夕方にハルは帰ってきて、琴子と三人で夕食を摂《と》った。そのときになって、ハルは自分の言葉を思い出したようだ。少し上目遣いで、話しかけてくる。

「ええとさ、今日何かあった」

「いや、何もなかったみたいだ」

「じゃあ、あたしの言ったこと、外れだね」

「どうやら、そうみたいだな」

「ごめんなさい」

ハルは箸を置き、ぺこりと頭を下げた。そんな仕種も、素直でかわいかった。

「謝ることはない。何も起きないなら、その方がいいじゃないか」

「うん」

康夫たちのやり取りを聞き、琴子は「なんのこと」と不思議そうに問いかけてきた。「なんでもない」とあしらったが、琴子は納得せずにしつこく訊く。ハルはそんな母親を見て、笑った。

結局ハルには、特別な力なんてなかったのかもしれないな。平穏な日常のひと幕を見て、康夫は内心で考えた。千里眼の見世物も、やめどきを見計らうべきか。なんとなく、諦めがついた気がした。

昭和十一年二月二十六日のことであった。

第十二部　勝ってくるぞと勇ましく

1

岩瀬功吉《いわせこうきち》が物心ついたときにはすでに、早坂一磨《はやさかかずま》は身近にいた。早坂家は岩瀬家の隣に住んでいたからだ。加えて、功吉と一磨は生年が一緒だった。隣家に住み、同じ年なら、幼馴染みにならない方がおかしい。父や母を自分の両親と認識した瞬間を憶えていないように、一磨がいつからそばにいるのか、功吉は記憶していなかった。

おそらくは赤ん坊のときから一緒に這い回り、並んで摑まり立ちし、そして幾度も枕を並べて寝たのだろう。遊び相手といえば一磨であり、成長とともに交友関係が広がっても、他の友人と同格ではなかった。一磨のような存在をどう呼べばいいのか、幼い時分の功吉はまだ知らなかったが、ただの友達とは違うと感じていた。

単に成長をともにしていたというだけでなく、一磨は功吉と気が合った。互いの成育環境が似ていたから、相性がよかったのかもしれない。岩瀬家と早坂家の経済状況はさほど開きがなく、家族構成も似たようなものだった。それぞれ、四人兄弟だったのだ。違うのは、功吉が次男であり一磨が長男だという点くらいだった。功吉には兄がいて、他に妹がふたり、それに対して一磨は妹が三人いた。長男と次男では大きな違いだが、妹が複数いることの方が功吉たちには重要だった。妹の存在は、自分が兄である自覚を功吉と一磨に植えつけたのだった。

功吉にとってふたりの妹は守るべき存在であり、それは一磨の三人の妹も同様だった。自分の妹も隣家の女の子たちも隔てなく守らなければならないと考えていれば、その意識は自然に広がっていく。年下の女の子は皆、功吉には庇護の対象だった。だから友達の妹の行方が知れなくなったときには、至極当然のこととして捜しに出た。むろん、捜索の相棒は一磨だった。

「六歳の子がひとりでそんなに遠くに行くわけないってみんな考えてるけど、おれは違うと思う」

十歳の功吉にとって、六歳はそう遠い昔のことではない。当時の自分を思えば、いくらでも遠くに行けたはずだ。だから、近場を捜しているだけでは駄目だと最初から睨んでいた。

「うん、おれもそう思う。大人たちが捜さない方に行こう」

一磨は同意してくれた。何か意見を言って、一磨が反対したことはほとんどない。気が合うとは、判断が一致するということであった。

「梅子《うめこ》のことだから、きっと怒ってずんずん歩いていっちゃったんだよ」

梅子というのが、いなくなった子の名である。頻繁にというほどではないが、何度か一緒に遊んだことがあるので、気性はわかっている。

「梅子だもんなぁ」

一磨は苦笑した。梅子の気の強さを熟知した者の口振りだった。

話で聞いたところによれば、梅子は親に怒られて家を飛び出したらしい。梅子がなぜ怒られたのかまではわからないが、どうせ些細なことだろう。梅子は強情で、功吉たちの友達である兄をよく困らせていた。梅子といえば、常に眉間に皺を寄せている顰《しか》め面を思い出すほどである。

「きっと山だよな」

一磨が推測を口にした。同感だった。なぜなら、女の子はひとりで山に行くなと、どこの家でも言われているからだ。禁じられれば逆らうのが梅子である。絶対に町中にいるわけがないと、功吉は確信していた。

そこで、ふたりで山に行くことにした。時刻は午後五時になろうとしている。日が暮れれば、功吉たちも帰らなければならない。それまでに見つけなければならないから、猶予はなかった。

そうでなくても、暗くなれば崖から落ちるなど危険が一気に増す。梅子のためにも、明るいうちに見つけ出す必要があった。

それには、当てずっぽうでは駄目だった。なんらかの目処をつけて、向かわなければならない。梅子ならどこに行くかと、功吉は頭を捻った。同じく一磨も、足早に歩きながら考えているようである。

梅子は花に興味を持つような女の子ではなかった。かといって、虫にも関心はない。では、小動物はどうだろうか。興味があるかないか、功吉にはどちらともわからなかった。

「なあ、梅子って兎とか鳥とか好きだっけ」

兎を追いかけて、森の奥まで行ってしまったとは思わない。単に腹立ちに任せ、一心に歩いていっただけだろう。それでも、途中で何かに気を奪われたかもしれない。兎が好きなら、そのまま追いかけていった可能性も皆無とは言えなかった。

「兎とか鳥か。どうだったかなぁ」

一磨も知らないようである。もっとも、仮に兎を追いかけていったのだとしても、行方を突き止める手がかりにはならないのだが。

「山に梅子が行きそうなところなんて、あるかな」

当てもなく歩いている、といった状態が一番ありそうである。梅子の考えなど、推し量れることではないのかもしれなかった。

「そういえばさぁ、前に宝捜しの話をしてなかったっけ」

不意に一磨が言った。すぐに功吉は、そのときのことを思い出した。そもそもが、功吉の血筋についての話だったからだ。

島の有名な変人に、小五郎《しょうごろう》という人がいる。この島に徳川の御用金が隠されていると信じ、ずっと捜し続けているのだ。むろん、そんな話は誰も真に受けていない。小五郎はこれだからな、とこめかみの横で人差し指を回す人も多かった。

その小五郎は、功吉の縁続きに当たるのだった。とはいえ、親戚付き合いをしているわけではない。小五郎はある意味、一族の恥曝し的な立場だった。小五郎の話が出たときも、功吉をからかう材料として持ち出されたのだった。

「あのとき、梅子は宝捜しにすごく興味を惹かれてなかったか」

「そうだった。ってことは、鍾乳洞に行ったのかな」

小五郎は山の鍾乳洞にこそ御用金が隠されていると信じ、毎日通っているのである。怒りにまかせて山に行き、ふと宝捜しのことを思い出して鍾乳洞に向かった、という流れは大いにあり得た。

「行ってみるか」

鍾乳洞の入り口はかなり山を登ったところにあるので、おそらく大人たちは捜索範囲に含めていないだろう。明かりもなく奥までは行けないから、中にいるとしても入り口のそばのはずである。功吉たちの足でも、急げば日が暮れるまでに往復できそうだった。

そうと決まれば、ただ山を登るだけであった。お喋りをやめ、黙々と足を運ぶ。日暮れまでの勝負だから、あまり余裕はない。ぐずぐずしていたら、功吉たちも帰れなくなってしまう。十歳にもなれば、もう子供ではないという自負もある。梅子と一緒に捜し出されるような恥ずかしい事態には、絶対になりたくなかった。

「喉、渇いたな」

しばらく無言でいたから声を発したくなったのか、息を切らしながら一磨が言った。「うん」とだけ頷く。功吉はすでに顎が上がり、喋る余裕がなくなっていた。こんな山道を梅子がひとりで登ったのだろうかと、だんだん不安になってきていた。

「梅子は、根性あるからな」

こちらの考えを見抜いたかのように、一磨が言葉を重ねる。根性と言えば聞こえはいいが、要は頑固なのだ。あの頑固さなら、確かに途中で諦めたりせず山を登り続けるかもしれない。ぶすっとふて腐れた梅子の顔を想像すると、思わず笑いの衝動が込み上げてきて、足を運ぶ活力が湧いた。

鍾乳洞の入り口に辿り着いたときには、日の光がかなり赤みがかっていた。日が暮れ始めたら、あっという間である。焦りを感じて、鍾乳洞の中を覗き込んだ。明かりを用意してきたわけではないから、中まで入り込むわけにはいかない。そして、明かりがなければ夜の山道を下りることもできないのだった。

「見えるところにはいないな」

鍾乳洞の入り口は広い。とはいえ、見通しはいいので隠れる場所もない。もし梅子がここに来ているなら、奥に行ったということである。無謀だが、それも梅子らしいとも言えるのだった。

「なんか、縄があるぞ。これ、小五郎さんが張った縄かな」

入り口そばの木に結わえつけられている縄は、鍾乳洞の中へと続いていた。小五郎が鍾乳洞の中に精通していたとしても、なんの手がかりもなく行き来できるわけではないのだろう。この縄を辿って奥に行き、そして戻ってきているのだ。梅子も縄を見つけたなら、これに沿って奥へ向かったとも考えられる。

「きっと、そうだ。でも、おれたちが奥へ行く時間はないぞ。もう引き返さないと」

功吉の言葉に答えつつ、一磨は現実的な判断をした。そのとおりだ。この先に行くのは、ただ無謀なだけだった。

「おーい、梅子。いるなら戻ってこい。一緒に帰ろう」

鍾乳洞の奥に向かって、呼ばわった。無駄と思いつつ最後の足掻きとばかりに声を発したのだが、返事があって驚いた。すぐ近くから、「はーい」と答える声が聞こえてきたのだ。

「いるのか。なんか、近いぞ」

一磨も目を丸くして、奥の暗がりを見つめている。一分も経たぬうちに、縄を辿って女の子が現れた。梅子はなにやら上目遣いで、ばつが悪そうだった。

「何してるの」

言うに事欠いて、そんなことを訊いてきた。功吉はカッとなって、怒声を張り上げた。

「お前がいなくなったから、捜しに来たんじゃないか」

怒鳴られて、梅子はむくれた。しまった、梅子にこのような態度をとってはいけなかったのだ。密かに後悔したが、一磨が間に入ってくれた。

「暗くなったら帰れなくなる。さあ、行こう」

梅子も帰りたくなかったわけではないのだろう、優しい一磨の口調に救われたかのように、「うん」と頷いた。一磨が手を伸ばすと、梅子はしっかりと握り返す。何も梅子の手を握りたかったわけではないが、一磨にいいところを取られたような気がした。

もはや夕方だった。暗くなる前に町に帰れると計算していたが、かなり心許ない。こんなことなら懐中電灯を持ってくるべきだったが、考えが足りなかった。完全に日が落ちてしまったらどうしよう、と心細さを覚えた。

「なんだって、ひとりでこんなところまで来たんだよ」

不安から、つい梅子に当たってしまった。梅子が無謀なことをしなければ、こんな面倒事には巻き込まれなかったのである。梅子はぶすっとした口調で、「だって」と言った。

「宝が見たかったんだもん」

「見つかってたら、とっくに小五郎さんが大騒ぎしてるだろうが。お前ひとりが行ったって、宝なんて見つからないよ」

「見たかったの」

梅子は地団駄を踏んで、繰り返した。言ってて空しくなったが、冷静に判断できるならそもそも鍾乳洞まで来るはずがなかった。わけがわからない行動に出るのが、梅子なのである。よけいなことを言って体力を消耗する方が損だった。

山は登りより下りる方が速度が出るが、それだけに足許に気をつけなければならない。調子に乗って急いでいたら、勢いが止まらなくなって足を挫いてしまう。まして今は、暗くなりかけていて足許《せ》が覚束ない。石を踏んで動けなくなったら、それで終わりだった。

気は急くのに、足の運びは抑えなければならない。もどかしく、いっそ梅子を背負って駆け下りたくなる。だがそんなことをすれば、確実に転んで怪我をするだろう。自暴自棄になるのは下策だが、しかし日が沈むのはもう時間の問題だ。このままでは間違いなく、夜になる前に山を下りるのは無理だった。

野宿を考えなければならない、そんな覚悟を固めかけたときだった。ふたたび功吉の心を読んだかのように、一磨が言った。

「まだ諦めるのは早い」

その言葉どおり、一磨の口調には力が籠っていた。だが、どこに望みを見いだしているのかわからない。単なる気休めかと思いつつ、問い返した。

「なんでだ。暗くなる前に山を下りきるのは、もう無理だぞ」

「こっちが麓まで下りる必要はない。大人たちは、梅子を捜している。そんな大人たちを見つければいいんだ」

「ああ、そうか」

たちまち希望が見えた。こんなときは、自分より一磨の方が頭がいいのかなと思う。対等の付き合いをしてきただけに、少し悔しかった。

十五分ばかり歩いた頃だろうか。もはや日は没し、頼りは星明かりだけになりそうな頃に、揺れ動く明かりを見た。おーい、と呼ぶ声もする。功吉は一磨と顔を見合わせ、同時に大声で応えた。「ここだよー」「ここにいるよー」と声を張り上げると、気づいてくれて「どこだー」と問う声が返ってくる。気づいてもらうためにずっと喚いていたら、やがて明かりが近づいてきた。やってきたのは特に親しくない大人だったが、功吉たち三人を見ると安堵したように強張った表情を緩めた。

「怪我はなさそうだな。よかった」

元凶の梅子は、礼も言わずにぶすっと黙り込んでいる。代わりに功吉と一磨が頭を下げて、面倒をかけてしまったことを詫びた。大人の人は破顔し、「無事ならいいんだ」と言ってくれた。四人で山道を下りていたら、次々に他の大人たちも合流してきた。町まで下りると、梅子だけでなく功吉と一磨もそれぞれの両親に叱られた。梅子を見つけたのは自分たちなのに、褒められるどころか逆に叱られるとは間尺に合わないなと思った。

翌日、浜辺で一磨に会ってその不満を口にすると、「そうだよなぁ」と同意してくれた。

「子供って損だよな」

ちぇっ、と言って石を海に投げ込む。一磨が一緒にむくれてくれたことで、功吉の不遇感はなんとなく収まった。いつもそうだった。必ず同意してくれる存在が貴重であることを、十歳になった功吉は理解し始めている。幼馴染みが一磨でよかったと、今も改めて感じた。

「そもそも、梅子がぜんぜん感謝しようとしないのが腹立つよな」

「そうそう、おれたちが見つけなければ大変なことになってたのに、かわいげがないんだよ」

何事もなかったからこそ、言えることである。梅子の悪口を互いに口にしていたら、ずいぶんと気が晴れた。

その日は夕方まで、海に潜って貝を獲ったり、沖に向かってどちらがより遠くまで石を投げられるかを競ったりして遊んだ。

2

幼少期を大過なく過ごす人もいれば、その後の人生を左右する大事件に遭遇する人もいる。功吉の運命は、後者だった。事件は、功吉が十二歳のときに起きた。

人助けをしようとしたのに結局叱られることになってしまった十歳のときの出来事は、功吉の胸の底にいつまでも割り切れない思いを残していた。自分たちが子供だから、最終的には大人の助けを借りなければならなかった。ならば、今度こそ自分たちだけで人の役に立つことをすればいい。功吉はずっと、汚名返上の機会を窺っていた。

それを思いついたのは、しかし功吉ではなく一磨だった。他の友達数人と連れ立って、山に虫を捕まえに行ったときのことだ。一磨は突然に「そうだ」と声を上げ、功吉に顔を向けた。

「なあなあ、山の地図って誰も作ってないよな」

「えっ」

すぐには、一磨が言おうとしていることがわからなかった。山に地図など、いるだろうか。どうせ山道の本数は限られているのである。複雑に枝分かれしているのではないのだから、地図の必要性が感じられなかった。

「山には頂上に向かう道があるだけだろ。地図なんて作っても、意味ないじゃないか」

反論したが、一磨は首を振った。

「そうじゃないよ。道を書くだけじゃなく、道以外の部分も調べて地図に書き込むんだ」

「道以外の部分」

確かにそういう地図なら作られていないけれど、考えただけで大変そうである。だからこそこれまで作られなかったのだが、一磨の考えは理解できた。山の詳細な地図があれば、迷子になった子供を捜す際にも便利だ。自分と同様、一磨もまた梅子を捜した際の理不尽な結果に不満を抱き続けていたのだろう。あれからずっと、名誉を挽回する手段を考えていたのに違いない。

「なるほど。例えば湧き水の場所とか、どこに崖があるとか、わかってたらいいよな」

「だろう。おれたちで作らないか」

「うん、やろう」

反対する理由はなかった。ただし、他の友達にはこの案を持ちかけなかった。功吉と一磨のふたりでやるからこそ、意味があるのである。大勢でやったら、それだけ手柄が分散してしまう。人助けがしたかったという二年前の思いを大人たちに認めさせるためには、功吉と一磨だけで地図を作る必要があった。

取りあえず今日は友達たちと虫取りに専念し、地図作りのための探索は明日からということにした。学校がある日は放課後しか暇がないので、時間が限られる。暗くなるまで山にいたら、二年前の二の舞だ。少しずつ進めていくしかなかった。

翌日からさっそく、山に分け入っていった。地図作りという発想はいいが、具体的にどう作ればいいのか方法を知らない。ともかくまずは山道のそばの地形を調べ、書き残していくことにした。道沿いに徐々に上へと調べる範囲を広げていけば、当面は充分だろうと話し合って結論した。

「麓の辺りは、いまさら調べるまでもないくらいだな」

麓の森は、遊び場としてよく通っている。だから子供たちはもちろんのこと、すでに大人になった人も子供の頃には遊んでいたのだろうから、誰でも知っている場所とも言えた。

「そうだけども、いきなり途中から始めるわけにもいかないだろう。地図は下から順番に作っていかないと」

一磨に窘《たしな》められてしまった。まあ、手始めとしてはこれでいいだろう。何しろ、誰も作ったことのない山の地図を作ろうとしているのだ。最初から難しいことに挑戦するのは無謀だった。

それに、知っているからこそ地図が作りやすいという面もあった。ここに岩、ここが斜面、などと紙に書き込んでいくと、それらしい形になっていく。これなら続けられるのではないかと、手応えを感じた。

まず一日目は、知っている範囲だけで終わった。ほんの二時間余りでも、地図はずいぶんと埋まった。満足感を得て、功吉たちは帰宅した。

目処がつくと、楽しくなった。楽しければ、作業も捗《はかど》る。知っている範囲だけでも広いので、その先に進むのはまだ当分先になりそうだ。それでも、成果が形としてできあがっていくのはやり甲斐がある。地図が完成したときに、大人たちをあっと言わせるのが楽しみだった。

作業は少しずつだったので、知らない範囲にまで進めたのはひと月後だった。ふだん遊ばないところにまで分け入っていくのは、やはり不安がある。このときもいい案を出したのは、一磨だった。

「そうだ、こんなときこそ小五郎さんの真似をしよう」

「えっ、小五郎さんの真似」

「うん。小五郎さんは鍾乳洞に入っていくとき、入り口近くの木に縄を結びつけていたじゃないか。おれらもそうしておけば、迷わずに帰ってこられるだろ」

「そうか。なるほど」

十二歳にもなると、頭の出来にも差があることがはっきりしてくる。悔しいが、自分より一磨の方が頭がいいことを功吉は認めていた。こうした際の知恵では、一磨にはどうしても敵《かな》わない。

一磨の案に従い、山に行くときは必ず縄を持っていくことにした。これがあるだけで、不安は解消された。縄のせいで動ける範囲が狭まる弊害もあったが、迷って大人たちの厄介になるよりはずっといい。ここから先は、手探りで地図を書いていくことになるのだ。

一ヵ月も続けていると、他にいろいろな知恵が浮かんでくる。水筒に入れた水とおやつを持っていくのも、そのひとつだった。休憩する際におやつがあれば、続ける活力が湧く。何より、おやつがあるかと思えば気持ちに張りが出るのだった。

こうして功吉たちは、地図作りに慣れ始めた。慣れは効率をよくするが、同時に危険も孕《はら》む。慣れは油断に繋がるということを、まだ十二歳の功吉たちは知らなかった。

「あっ」

叫んだときには遅かった。功吉の体は、急な斜面を滑落していた。完全に、足許を疎《おろそ》かにしていた。注意は前方にばかり向いていて、自分のすぐ右側が崖になっていることに気づかなかった。体があっという間に谷に落ちていく。功吉はかつて味わったことのない、絶望的な恐怖を覚えた。

落下しているのではなく、背中は斜面についていた。しかし、摑まれるところはなかった。手を伸ばしても、岩肌を滑るだけである。途中、右膝に大きな衝撃を受けた。ぶつけたようだが、恐怖が大きすぎて痛みを感じる余裕がない。ほんの数回瞬きする間に、功吉の体は茂った木の枝に突っ込んだ。そしてようやく、転落の勢いは止まった。枝が体を支えてくれて、地面に叩きつけられるのを免れたのだった。自分がかろうじて命拾いしたことを知ると、安堵のあまり意識が遠のいた。だから以後のことは、目が覚めてから聞かされた話である。

賢明にも一磨は、すぐに功吉の後を追おうとはしなかった。一磨も飛び降りたところで、どうにもならない。一磨は縄をその場に残し、山を下りた。そして功吉が崖から落ちたことを大人たちに告げ、助けに向かってもらったのだった。

縄の目印があったので、功吉の落下地点を見誤ることはなかった。大人たちは崖の上の木に別の縄をしっかりと結わえつけ、それを体にも巻きつけ、崖を慎重に下りた。この時点で大人たちは、功吉の生存を絶望視していたらしい。一磨もそれは同様で、ずっと唇を嚙み締めて泣くのをこらえていたそうだ。大人たちが下りていき、枝に引っかかって生きている功吉を見つけたときには、崖の上で見守っている者たちの間で歓声が起きた。一磨はその場にへたり込み、顔を手で覆って号泣したという。

気絶していた功吉は、胴体に綱を巻きつけられ、大人に負ぶわれて崖の上まで運ばれた。すぐに診療所に搬送されて、手当てを受けた。幸い命に別状はなかったが、体じゅうにいくつもの切り傷があり、そのうちの二ヵ所は深かった。だがそれよりも深刻だったのは、右膝の皿が砕けていることだった。

「これは、完治はしないかもしれない」

くがから来ている通いの医者は、診察して痛ましげに首を振った。待合室で待っている功吉の両親たちに同じことを告げると、母親は声を上げて泣き、父親は顔を歪めた。その場で一緒に待っていた一磨は、ただ呆然と立ち尽くした。

医者の見立てを功吉が聞いたのは、しばらくしてからのことだった。治療が終わって目を覚ましたときは、両親はまだ教えてくれなかった。ただ「骨折した」とだけ告げられ、右脚はギプスで固定されていた。だからその時点では、ギプスが取れる頃には治るものだと考えていた。

見舞いに来た一磨は、口止めされていたのだろう。病室に入ってきて功吉と目が合うと、「ごめん」と言っていきなり泣き出した。友人のそんな態度を、生死の境をさまよったわけでもないのに大袈裟だなと功吉は受け取った。

「なんだよ、そんなに泣くなよ。助かったんだからさ」

「そうだけど。そうだけど」

振り返って考えれば、口止めされていた一磨の気持ちは相当辛かったはずだ。心から詫びたいのに、相手はその理由を知らない。両親も罪なことをしたものだと思うが、息子の一生に関わることを自分たちの口から告げたいと考えたのも理解できた。誰が悪いわけでもなく、強いて言うなら功吉の運が悪かったのだった。

「おれが山の地図を作ろうなんて言い出さなければ、こんなことにはならなかったんだ。おれのせいだ」

一磨はベッドに両手をつき、うなだれて涙をぼたぼたと垂らした。鈍い功吉は、一磨の悲嘆ぶりを笑うだけだった。

「何言ってんだよ。崖に気づかなかったおれが悪いだけだろ。脚が治ったら、また続きをやろうぜ」

「うん」

一磨が返事をするまでには、しばしの間があった。むろん功吉は、その間の意味など酌み取れなかった。結局そのときは、一磨の態度がなんだか不自然だと感じただけだった。

退院する前日に、膝がもう治らないことを親に知らされた。母はただ泣くだけで、功吉に話したのは父だった。沈鬱な表情の父は、「お前の脚はもう治らない」とぶっきらぼうに告げた。

「これまでのようには歩けなくなるんだ」

「えっ」

衝撃は襲ってこず、ただきょとんとするだけだった。歩くというごく当たり前に備わっていた機能が永久に失われたと言われても、理解が追いつかない。父の言葉の意味はわかるのに、それがまったく頭に染み透《とお》らなかった。

「どういうこと」

だから問い返したが、父を苛立たせるだけだった。

「歩けなくなるんだよ。たぶん、杖が手放せなくなるんだろう」

「えっ」

ふたたび繰り返した。杖など、年寄りが使う物としか思っていなかった。まだ子供の自分が、なぜ杖を必要とするのか。治らない怪我もあるという現実が、どうしても受け入れられなかった。

「大丈夫よ。大丈夫だからね」

母が父を押しのけ、功吉の手を握った。驚くほど大量の涙を流しながら、握った功吉の手を自分の額に押しつける。そんな母の嘆きぶりが、父の言葉に現実感を与えた。おれの脚は治らないんだ、とぼんやりと頭の中で考えた。

「それが、お前の運命だ」

父は顔を歪めて、言い渡した。そうなんだな、と功吉は深く得心した。

3

その事件は、功吉と一磨の友情を否応なく変質させた。以後、一磨はずっと責任を感じ続けたのだ。功吉が杖なしで歩けなくなったのは、自分のせいである。だから自分が功吉の支えとなり、杖を必要とする生活の不自由をできるだけ取り除いてやらなければならない。言葉にして告げられたわけではないが、内心でそう決意していることが、日が経つうちに功吉にもわかってきた。

もともと学校には一緒に行っていたが、帰りは必ずしもそうではなかった。どちらか片方に用があり、特に示し合わせずに別々に帰ることも珍しくはなかったのだ。だが功吉が怪我をして以降、一磨は絶対に功吉を待つようになった。登校の際もそうだが、功吉の荷物を持ってくれるのだ。杖をつかなければならない身に、それはありがたかった。だから一磨が負い目に感じていることはわかっていても、つい厚意に甘えた。

他の友達たちと遊ぶときには、どうしても扱われ方が変わってしまった。ひとりだけ走れない者がいれば、そいつに配慮した遊びをするか、あるいは仲間外れにするしかない。しかし一磨が、仲間外れは許さなかった。山に行くのでも海で泳ぐのでも、自分が背負ってでも功吉と一緒に行くと言い張ったのだ。一磨にそうまで言われては、事情を知っている者たちは受け入れざるを得ない。一磨の過剰な気遣いは少し負担に感じられてはいたが、仲間外れにされるのはどうしてもいやだったので、やはり一磨の配慮を頼りとした。

体操の授業だけは、どうにもならなかった。できることが皆無というわけではなかったが、ほとんどの場合、見学になった。そんなとき、一磨は自分のことのように悔しげな表情をした。だから功吉は、かえって明るく振る舞った。せいぜい声を出し、体を動かしている者たちを応援した。

一磨はもともと運動神経がよかったが、まるで功吉の分までがんばらなければならないと考えたかのように、体操の授業では好成績を収めるようになった。徒競走など、ついていける者がいないほど速く走った。そんな一磨に功吉は大きな拍手を送ったが、その一方で内心では複雑な思いもあった。自分もあんなふうに走れたら、と詮ないことを考えてしまうのだった。

その関係は、尋常小学校を卒業して高等小学校に入っても変わらなかった。一磨は己を功吉の保護者と任じていたが、それどころか守護神のようだった。常に功吉のそばにいて、あらゆる厄介事を未然に打ち払う。お蔭で功吉は、杖なしでは歩けないという不自由をふだんはあまり感じなくなった。杖を意識しない代わりに、一磨への依存度は格段に高くなった。一磨と自分は今後もずっと一蓮托生だと、ごく当たり前のように考え始めていた。

功吉が十三歳のときのことだった。上の妹が、新しい友達を家に連れてきた。上の妹は社交的で、初対面の人とすぐに仲良くなる。学校に転校生が来たら、まず真っ先に声をかけているそうだ。おそらくそんな調子で仲良くなり、家に招いたのだろう。

夕方になると、「ごめんください」とおとないを告げる声が聞こえた。手が空いていたので、功吉が応対に出た。玄関の開き戸を開け、そのとたんに硬直する。瞬きすら忘れ、相手の顔に見入ってしまった。

「ごめんください。高梨《たかなし》と申します。妹がこちらにお邪魔していると伺い、迎えに来ました」

玄関先に立っていたのは、年格好が功吉と同じくらいの少女だった。功吉が硬直したのは、相手の風体が異様だったからではない。白いブラウスに紺のスカートと、ごく普通の出で立ちである。功吉がもっぱら見ていたのは、相手の顔だった。

清楚な美少女だったのだ。少なくとも、功吉の目にはそう映った。島の女子は皆、顔が潮焼けしているような田舎者である。だが眼前の少女は、肌が白かった。その一点だけでも、相手がくが出身だとわかった。島生まれの者とは、肌の肌理《きめ》が違った。

顔が細面で鼻筋が通り、口許には淡い微笑が浮かんでいる。高等小学校に入って同世代の女子と接する機会がめっきり減った功吉にとって、その微笑だけで心を鷲摑みにされるような破壊力があった。ぽかんとする功吉を不思議に思ったか、相手は小首を傾げてこちらの反応を窺う。そんな仕種もまた、愛らしかった。

「あのう、妹がお邪魔してないでしょうか」

少女は再度言った。功吉はようやく我に返り、つっかえながら答えた。

「き、来てます。ちょ、ちょっと待ってください」

脚を引きずりながら座敷に戻り、妹の友達を呼ぶ。お姉さんが迎えに来たよ、と言うと、「あっ」と声を上げて立ち上がった。

「お姉ちゃん」

呼びながら、嬉しげに駆け寄っていった。少女はそれを、満面の笑みで迎える。ああ、妹思いの人なのだな、とその顔から理解した。さらに好感を覚えた。

「お世話になりました。ありがとうございました。では、これで失礼いたします」

少女は丁寧な物腰で挨拶し、頭を下げた。妹も揃って低頭してから、「さよなら」と言う。玄関から出ていくときに少女はもう一度会釈をし、功吉の視界から消えた。だが功吉は、上がり框《がまち》に立ち尽くしたままなかなか動けなかった。なにやら、呆然とする心地だったのだ。

果たして今のは、現実だろうか。第三者が聞けば大袈裟に思うだろうが、それが偽らざる気持ちだった。同世代の女子で、あのように品のある人には会ったことがなかった。佇まいそのものが異世界の存在のようで、呆然とならざるを得ない。気持ちが舞い上がり、心ここにあらずという状態だったのである。

その日は寝つくまで、上の空で過ごした。母から何か話しかけられたようにも思ったが、気もそぞろに返事をした。床に就いても、目を閉じずにただ天井を見つめている。だが実際に見ているのは、記憶の中にある高梨という名の少女だった。下の名前を知りたい、と痛切に思った。

少女について詳しく知るには、妹の力を借りるしかなかった。翌日、さりげなさを装って妹に話しかけた。上の妹の名は、糸《いと》といった。

「なあ、糸。昨日来た友達、くがから来た人だよな」

「うん、そうだよ」

針仕事の真似事をしている糸は、手許から顔を上げずに答えた。こちらの問いに疑問を覚えないのをいいことに、質問を重ねた。

「兄弟は何人いるのかな」

「お姉ちゃんだけだって」

ふたりきりの姉妹か。仲がいいわけだ。さらに、最も知りたいことを尋ねる。

「あのお姉さん、年はいくつだろう」

「功吉兄ちゃんと同じ年だってよ」

同じ年。なんという偶然か。年上でも年下でも幻滅はしないが、同じ年の方が圧倒的によい。年が一緒であれば、話をする機会が皆無ではないかもしれないと期待できた。

「お姉さんの名前、聞いたか」

「知らない」

さすがに糸も、そこまでの情報は持っていなかった。なぜそんなことを訊くのかとばかりに、ようやく顔を上げる。理由を尋ねられる前に、退散するしかなかった。

以後、寝ても覚めてもという状態を経験することになった。まさに、頭の中は高梨少女のことでいっぱいだった。幸い、住んでいる家の場所は判明した。それくらいは、糸に訊けばわかる。次に知りたいのは名前であり、そして求めるのは話をする機会だった。まだ高等小学校に通う身なのでむろん恋仲になることは期待していないが、せめて言葉を交わしたかったのである。

男女は組が別だから、接する機会がない。かといってこちらから家を訪ねていく口実はさらにないので、同じ町に住んでいるとは思えないほど接点がなかった。そうなれば、会いたい気持ちはますます募る。また高梨さんを家に呼べ、と糸を促したいのを渾身の自制心で抑えなければならなかった。

しかし、同じ町に住んでいて永久に会わないなどということはあり得ない。あるとき、待ちに待った瞬間がついにやってきた。歩いているときに、出くわしたのだ。前方からやってくる女性があの高梨少女だと気づいた瞬間、功吉はまたしても硬直した。

近づいてきてこちらに気づいた高梨少女が、「あら」と呟いた気がした。功吉の顔を憶えていたのだ。それだけでかっと赤面するのを自覚し、同時に幸せな思いに包まれる。生きていればいいこともあるのだと、本気で考えた。

「先日は妹がお世話になりました。仲良くしていただき、本当に喜んでいました」

あろうことか、向こうから功吉に話しかけてきた。予期せぬ事態に、功吉は卒倒しそうになる。体をガチガチに縛る緊張感に耐えきれず、いっそ走ってこの場から逃げようかとすら思った。仮に走ったところで、すぐ追いつかれる程度の速度しか出せないのだが。

「あ、あ、いえ、こちらこそ」

自分でも情けなくなるほど、しどろもどろの応対しかできない。こんなことでは不審に思われてしまうと焦ると、よけいに言葉がうまく出てこなかった。

「あの、あの、お名前は」

ここで世間話ができるほど如才なければ、もっと余裕を持って接することができるのである。それができないから、いきなり訊きたいことを訊いてしまった。少女はこちらの無作法に気を悪くした様子もなく、答えてくれる。

「高梨です」

「あ、いえ、それはもちろん憶えてます。下の名前です」

「ああ。サユリと申します」

サユリとは、なんと似合いの名前であろうか。小百合《さゆり》とでも書くのか。可憐な人は、名前まで可憐なのだ。これでウシとでも言われたら、その方が驚きだった。

「岩瀬さんの下のお名前は」

驚いたことに、こちらの名前まで訊いてくれた。単なる気遣いであるにしても、そんな気遣いができるところが素晴らしい。つい、力を込めて名乗ってしまった。

「功吉といいます」

「功吉さんですね。憶えました。よかったら、私の名前も憶えてください」

「もちろんです」

鼻息が荒くなりそうだった。忘れるわけがない。名前だけでなく、今日のこの数分を心に深く刻み込んでおくつもりだった。

「よかったら、妹さんにも私たちの家に遊びに来てと伝えてください」

「は、はい」

ほとんど直立不動で、返事をした。その態度が面白かったか、小百合は少しクスリと笑ってから、「失礼します」と会釈をして去っていった。功吉は振り向いてその後ろ姿をいつまでも見送りたかったが、そんなことをしていると気づかれたら気味悪く思われるに決まっているから、己の気持ちをなんとか抑え込んだ。

その日はまた終日、夢見心地で過ごした。

4

功吉は幸せのただ中にいた。頭の中の九割が小百合のことで占められ、日常生活には残り一割で対応していた。つまり、ポーッとした状態で暮らしていたのである。そんな状態の男が、周囲の状況に鈍感になるのは理の当然であった。

顔つきが緩んでいたのかもしれない。おそらく、誰が見てもわかるほど顔が弛緩していたのだろう。至極当然のように、そのことを一磨に指摘された。

「なあ、最近なんだかやけに嬉しそうだけど、いいことでもあったか」

気づかれても、恥ずかしいとは思わなかった。むしろ、よくぞ訊いてくれたと言いたかった。功吉は小百合のことを話したくて仕方なかったのだった。

「えっ、わかるか」

「わかるよ。長い付き合いじゃないか」

一磨はそう応じて、からかうようにニヤニヤと笑う。何があったか、大方想像がついていると言いたげであった。さすがは幼馴染みである。心の裡《うち》はお見通しなのだろう。

「いやぁ、実はそうなんだ。町内に、くがから越してきた高梨さんという一家がいるのを知ってるか。そこの長女がとても可憐でね。糸がその妹と仲良くなったのをきっかけに、言葉を交わしたんだよ。あれは島の女とはまるで違うなぁ。まさに、可憐と言うしかない。あの人のことを思うと、なんだかそれだけで幸せな気持ちになるんだよ」

正直に思いを話した。するとどうしたことか、一磨の顔からニヤニヤ笑いが消えた。

「そうなのか。それは、恋というやつだな」

冷静に分析する。確かにそうだ、と大きく頷いた。

「ああ、恋だな。これが恋か」

形容すると、ますます恋慕の情が募るかのようだった。異性を意識したのは初めての経験なので、今の今までこれが恋とは気づかなかった。

「恋ね。それじゃあ、幸せな気持ちになるわけだな」

一磨の言葉を、功吉は冷やかしと受け取った。冷やかされることもまた、嬉しかった。だから、一磨の口振りがどこか寂しげだとは思ったものの、深く考えようとはしなかった。

功吉としては毎日でも小百合のことを話題にしたかったが、一磨は以後二度とその件に触れてこようとはしなかった。それが少し残念ではあったが、しかし幸せのただ中にいれば些細なことだった。功吉はずっと夢見心地の中にいて、そこから出ようとしなかった。にもかかわらず一磨の態度の変化に気づいたのは、やはり親友だからだろうか。あるときふと、特にきっかけがあったわけではなく、一磨の口数が少なくなっていることに気づいた。

「なあ、最近元気なくないか」

「そうか。そんなことないと思うけど」

功吉の問いかけに、一磨は首を振って応える。気のせいなのだろうか。体調を崩しているようではないから、本人に否定されたらそれ以上の心配もできなかった。

それが功吉の日常に差した翳のひとつ目だとしたら、もうひとつの翳は糸によってもたらされた。遊びに行って夕方に帰ってきた糸は、「高梨さんの家に行ってた」と言った。功吉は俄然興味を惹かれたが、自分の恋心を糸に悟られると馬鹿にされるだけなので、なんとか表面を取り繕う。単なる世間話の体で、「へえ」と相槌を打った。

「高梨家の皆さんは元気だったか」

もちろん小百合の動向さえ知れればいいのだが、そんな直截な訊き方はできない。糸の友達一家について訊くだけでも不自然ではあるものの、この際そこまでかまっていられなかった。

「ええとね、お姉ちゃんが泣いてた」

すると糸は、功吉の質問の意図など気にもせず、聞き捨てならないことを言った。ふたり姉妹なのだから、お姉ちゃんといえば小百合のことである。なぜ小百合が泣いていたのか。

「えっ、何かあったのか」

「悲しいことがあったみたい」

それはそうだろう。悲しいことがないのに泣くわけがない。

「悲しいことって、なんだ」

「知らない」

思わず頭を抱えたくなった。どうして肝心なことを聞き出してこないのだ。だが、怒っても仕方ない。あくまで平静を装って、この話題を続ける。

「ふうん。何があったんだろうね。同じ年だから、なんか気になるな」

同年齢だから気になるという理屈はまったく説得力がないが、糸は不自然とは思わなかったようだ。おそらく糸自身も気がかりだったのだろう。「そうだねぇ」と、深く考える様子もなく同意した。そこに功吉は食いついた。

「次に遊びに行ったら、なんで泣いてたのか訊いてきてよ」

「うん」

もっと賢い妹であったなら、功吉の依頼を訝《いぶか》しんだことだろう。糸があまり頭を使わないたちでよかったと、このときばかりは思った。

そして、社交性溢れる糸はしっかりと自分の役目を果たしてきたのだった。数日後にまた高梨家に遊びに行き、帰ってきた。何かわかったかとさほど期待をせずに尋ねてみると、あっさり「うん」と言う。その物言いがあっけらかんとしているので、本当かと内心で疑ってしまった。

「えっ、小百合さんが泣いてた理由がわかったのか」

思わず「小百合さん」と呼んでしまったが、糸はそれも気にしなかった。これまでは糸の大雑把な性格に眉を顰めていたけれど、今後はその大らかさを愛せそうな気がした。

「あのねえ、お姉ちゃんは誰かと文通してたらしいよ」

「文通。誰と」

「わからない」

糸は恬淡《てんたん》とした態度で、首を振った。その相手の名こそが知りたかったが、聞き出せなかったのはやむを得ない。いくらなんでも、そこまで探るのは難しかったのだろう。

「それがね。相手から文通をやめようって言われちゃったみたい。だから泣いてたのよ」

「やめる。なんで」

「知らない」

やはり肝心なところは明らかにならないのか。もどかしくて地団駄を踏みたくなるが、しかし糸はよくやってくれた。小百合の妹がお喋りで、べらべら話してくれたのだろうが。

文通相手とは誰なのか。女友達に決まっているとは思うものの、まさか男ではあるまいかという不安が胸に残る。あれだけの可憐さなのだから、男が寄っていっても不思議ではなかった。

だが、文通は断られたのだ。相手はなぜ、断ったのだろう。小百合との文通なら、ただひたすらに楽しいのではないか。それを自分からやめようと言い出す者の気が知れなかった。

小百合の方は、間違いなく文通を楽しんでいたはずである。だから断られて、泣いていたのだ。断られた小百合の内心を思うと、功吉まで悲しくなる。そんな馬鹿な真似をした相手を、代わって功吉がなじってやりたかった。同時に、自分が小百合の文通相手になりたいとも思った。

次の日、いつものように一磨と学校に向かった。その際に、この件を話さずにはいられなかった。

「あのさ、おれが好きな高梨小百合さん、誰かと文通してたみたいなんだけど、それを断られて泣いてたんだって。小百合さんとの文通を断るなんて、そんな贅沢をする奴はどこのどいつなんだろうな」

他の友人にはこんな話はできないが、一磨には話せる。だが一磨の反応は鈍く、「へえ」と応じるだけだった。もっとこの話題を掘り下げたかった功吉としては、いささか物足りない友人の態度であった。

一磨はその日も元気がなかった。

5

それは功吉が十四歳のときのことであった。

島には台風が近づいていた。夏の終わりに台風がやってくるのは、年中行事と言っていい。雨が本降りになってきた頃には商店は営業をやめ、漁に出ていた船はさっさと戻ってきた。会社や役所に勤めている者たちは様子を見ていたが、夕方には各自ずぶ濡れになりながら帰宅した。それぞれの家が戸を閉ざし、これからやってくるであろう豪雨に備えた。

兄の正一《しょういち》の異変に気づいたのは、母だった。二歳年上の兄は、夕餉の席に着く前から少し顔が赤かった。母はそれを見て、問いかけた。

「なんだか顔が赤いけど、どうしたの。熱っぽいの」

「うん、ちょっとだるい」

兄は元気のない声で答えた。だがそのとき功吉は、兄の様子を特に気にかけなかった。母と妹たちが運んでくる料理に意識が向き、空腹の虫を抑えかねていたからだ。

「風邪かしら。ご飯食べたら、早く寝なさい」

「うん、そうする」

母の勧めに、兄は素直に応じた。兄はいかにも長兄らしく、年の割には落ち着いている。功吉と違い、親の言葉に逆らうことなどなかった。

しかし兄は、夕食を食べるのも辛そうだった。食欲がないらしく、皿に盛られた料理が減らない。功吉はそれを案じるどころか、食べないなら好都合とばかりに兄の分をもらおうとした。

「ねえねえ、兄ちゃん。いらないならちょうだい」

「ああ、いいけど、箸つけたから、風邪がうつるかもしれないぞ」

そう言われ、出しかけた手を引っ込めた。腹いっぱい食べたいが、風邪をうつされるのはごめんだった。

「あんたも自分のことばっかり考えてないで、少しはお兄さんの心配をしなさい」

母に窘められてしまった。すみませーん、と詫びると、妹たちが声を揃えて笑う。父はいつもの如く、黙々と箸を動かすだけで言葉を発さなかった。

結局兄は食事を途中でやめ、部屋の隅に布団を敷いて寝てしまった。功吉はますます強くなる風の音に心を躍らせ、妹たちとともに窓から外の様子を窺っていた。ラジオの予報によれば、台風は島のすぐそばを通るらしい。明日は一日じゅう暴風雨で、外出は無理そうだった。

「明日、学校休みかな」

「休みかな」

妹たちは楽しげにやり取りをしている。夏休みが終わって新学期が始まったばかりだから、まだ休み癖が抜けていないのだ。たとえ家の中に籠ることになっても、休めるのは嬉しいのだろう。

とはいえ、休めるかもしれないことに浮かれているばかりではなかった。兄の容態の変化を見つけたのは、妹たちだったのだ。風邪がうつるから近づいてはいけない、と母に言われていたのに、兄の呼吸が荒くなっていることに糸が気づいた。糸は離れたところから「大丈夫」と声をかけたが、兄は返事をせず苦しげに息をするだけだった。糸は台所にいた母を呼んだ。

「母ちゃん。正一兄ちゃんが苦しそう」

洗い物をしていた母は手を止め、兄に寄っていった。ここに至ってようやく、功吉は兄を案じた。ただの風邪だろうと、高を括っていたのだ。

「正一、どうした」

母は声をかけ、兄の額に手を置いた。そしてすぐ、驚いたように手を離す。かなりの高熱なのだと、その様子から功吉は察した。

「大変。おでこを冷やさないと」

母は言って、台所で桶に水を汲んだ。その水で手拭いを絞り、兄の額に当てる。功吉は妹たちとともに、母の後方から様子を見守った。兄の呼吸は速く浅く、暗がりの中でも顔が真っ赤になっているのがわかった。風邪だとしても、相当重症なのは間違いなかった。

医者を呼ばなくてもいいのだろうか、と案じた。しかしこの豪雨の中、果たして医者は来てくれるのか。いや、それ以前に、医者がいないかもしれない。医者はくがから通いで来ているので、週の半分しか島に滞在していないのだ。今日は医者がいない日ならば、どんなに容態が悪くてもこのまま耐えるしかなかった。

「ねえ、父ちゃん。医者は」

腕を組んで難しい顔をしている父に、そう問いかけた。父は険しい顔を振り向け、正一を見つめる。答えたのは、こちらに背中を見せたままの母だった。

「今日は火曜日だから、お医者様はいない日だよ」

「ああ」

そうだった。自分が健康なので忘れていたが、確か医者は水曜日に来て土曜日の昼に帰るのだ。つまり、今晩は無理でも明日には医者に診てもらえるのだった。

「じゃあ、明日までの我慢だね」

深く考えず、そう言葉にした。母は「うん」と応じたが、その口調は上の空のようだった。

兄が心配ではあったが、功吉にできることは何もない。布団に潜って目を瞑ると、あっという間に眠りに落ちた。寝る前から家の外では強い風の音がしていたが、眠ってしまうとまるで気にならず、朝まで目覚めなかった。

朝になって、雨風が弱まるどころかますます強くなっていることを知った。どうやらこの台風は動きが遅く、まだ島のそばにあるらしい。妹たちは単純に、これで学校が休みになると喜んでいた。そして功吉も、考えているのは似たようなことであった。

台風が居坐っていることの重大性を認識したのは、朝ご飯を食べるときだった。父が低い声で、「船は来ないな」と言ったのだ。父は窓の外を、厳しい目つきで睨んでいた。

船が来ないと物資が届かない。最初に案じたのはそのことだったが、すぐにもっと大きな問題に気づいた。今日は医者が来る日だったのだ。愕然として、まだ寝たままの兄の方に目を向けた。兄の呼吸音は依然として速く浅く、眠っているのか目覚めているのか傍目にはわからなかった。

「医者に診てもらわなくても、兄ちゃんは大丈夫だよね」

内心の不安を打ち消すために、父に問いかけた。だが父は、むすっと押し黙るだけで何も答えてくれなかった。父の仕事は椿栽培である。むろん兄のことは心配だろうが、椿がこの風雨にやられてしまわないかどうかも気がかりなのだ。言葉を発さない父に代わって、母が応じてくれた。

「もちろん、大丈夫よ。大丈夫に決まってるでしょ」

父とは対照的に母は力強く言い切ったが、それは自分自身に言い聞かせているかのように功吉の耳には聞こえた。母の物言いで、功吉はますます不安になった。

朝食を終えると、父は雨合羽を着て外に出ていった。椿の様子を見に行ったのだ。学校が休校になったという連絡はないが、まず間違いなく休みだろう。することがない功吉は、兄の様子をじっと窺った。兄の唇が乾いてひび割れていることに気づいた。

本当に大丈夫だろうか。兄は体が弱いわけではないから、風邪くらいひと晩寝れば治ると高を括っていた。だがこの様子は、楽観を許してくれない。一刻も早く医者に診てもらうべきなのではないかと思えてきた。

せめて台風が行き過ぎてくれれば、午後の船で医者が来るかもしれない。その可能性に期待するしかなかった。なぜよりによってこんなときに体調を崩すのか、と兄の運のなさをなじりたくなった。

父はずぶ濡れになって帰ってきた。相変わらず難しい顔をしているので、椿がどういう状態だったか訊くことができない。訊いたところでどうにもならないから、あえて触れないでおいた。椿が全滅していたら、我が家の家計にとって大変な打撃だろうなと予想した。

母は頻繁に兄の枕許に行き、手拭いを絞り直していた。粥を作って兄の口許に匙で運んでやったが、食べようとしない。いても立ってもいられない様子で、立ち上がっては窓の外に目をやり、雨空を睨みつけた。この台風さえいなければ、医者はもうくがを発っている時分である。港で待ちかまえ、下船したところを摑まえてすぐにも兄を診てもらうこともできるはずだった。

家から出られず、雨脚も弱まらないまま昼時になった。食卓を五人で囲み、あまり会話もせずに昼食を摂る。兄は依然として起き上がれず、家族全員が布団の方に意識を向けているのが感じ取れた。功吉は心の中で、台風がさっさと去ってくれるよう念じた。

午後も妹たちは、お手玉やらおはじきやらで遊んでいた。功吉は手持ち無沙汰で、教科書を開いて勉強を始めた。何かをしていないと、落ち着かなかったのだ。少なくとも勉強をしていれば、気が紛れた。だが頭の片隅では、ずっと不安が燻っていた。時間が経つにつれ、その不安が徐々に膨れ上がっていくのを感じていた。

さすがに午後三時過ぎになると、雨が弱まってきたようだった。しかし、少し遅い。今頃弱くなっても、もう船は出ないのではないか。父がまた雨合羽を着て出ていき、港で連絡船の欠航を確認してきた。これで、兄が医者に診てもらえるのは早くても明日ということが確定した。

夜になってようやく雨が止み、功吉は妹たちとともに外に出てみた。空気は湿っていて、蒸し暑かった。発熱している兄には、辛い季候である。思わず「兄ちゃん」と呟くと、下の妹が泣き出した。これまでずっと、不安に耐えてきたのだろう。自分の呟きがその我慢を決壊させてしまったのだと悟り、詫びながら頭を撫でてやった。台風は過ぎ去っても、功吉たち一家の頭上に垂れ込めた暗雲はまるで晴れていないのだった。

明日になれば、との思いを抱えて床に就いた。これまでと同じ朝を迎えるものと、心の底では疑っていなかった。しかし、そうではなかった。夜中に突然の奇声が耳を打ち、起こされた。奇声はただの喚きで、言葉になっていなかった。奇声の主は母だった。

母は兄の体を、驚くほど乱暴にゆすっていた。それなのに兄は、まるで反応しない。その様は、あたかも母が丸太をゆすっているかのようだった。功吉は飛び起き、母の傍らから兄の顔を覗き込んだ。薄く入ってくる月明かりだけでは、その表情はよくわからない。だが、兄が目を開かないことだけは見て取れた。

「兄ちゃん」

無理矢理にでも目を開かせようと、顔に触れた。すると、熱のせいで熱くなっていると予想していたのに、兄の顔は冷たかった。その冷たさにぞっとし、手を引っ込めた。理屈を超えて、兄がもう生きていないことを功吉は知った。

6

兄を喪い、功吉はもちろん悲しかった。ふたりの妹も泣いていたし、父は何も言わなかったが痛みをこらえているかのような顔をしていた。だが、一番嘆き悲しんでいるのは間違いなく母だった。人はこんなにも長い時間泣き続けられるのかと驚くほど、ただひたすらに泣いていた。

誰のせいでもない兄の死は、言ってみれば寿命だった。そうとでも思わなければ、とても受け止めることができなかった。だが母は、それを自分のせいだと考えているようだった。兄が熱っぽいことにもっと早く気づいていれば。効く薬を常備してあれば。ふだんからもっと滋養のあるものを食べさせていれば。どれもこれも落ち度とは言えないことばかりなのに、母は自分を責めた。自分を責めることだけを心の糧とし、それによってかろうじて生き長らえているかのようだった。

父はこのようなとき、母をいたわれる人ではなかった。慰めたい気持ちはあるのだろうが、おそらくそのすべを知らないのだ。だから泣き暮らす母に困惑し、以前よりもいっそう仕事に精を出すようになった。妹たちもまた、慰めようにも言葉を持たなかった。母に縋りついて、一緒に泣くのが関の山だった。

功吉こそが母の心を癒してやるべきなのかもしれなかったが、それは荷が重かった。結局、子供を喪った欠落感はどんな言葉でも埋められないのだ。ことあるごとに、「泣かないで」とか、「おれが兄ちゃんの分もがんばる」などと漠然としたことを口にしたが、それが母の慰めになっているという手応えはなかった。母の悲しみの大きさが伝染し、功吉もさらに心が辛くなるかのようだった。

「どうしたらいいのかわからないよ」

弱音を吐ける相手は、一磨だけだった。一緒に登校する際に、現在の母の様子を話し、最後にため息をついた。もちろん、母とどう接すればいいのか一磨に助言を乞おうとしたわけではない。一磨だって、こんな話を聞かされても困るだけだとわかっていた。それでも、話せる相手は一磨しかいなかったのだった。

「おばさんは確か、お父さんを戦争で亡くしてるんだよな」

一磨は功吉の悩みを受け止めるのではなく、意外なことを言った。それがどうしたと思いながら、答える。

「うん、そうらしいよ。二〇三高地で死んだんだって」

大激戦だったと言われる対露戦の、二〇三高地を巡る攻防で母の父は死んだ。だから功吉は、祖父の顔を知らない。母がどれくらい鮮明に自分の父親の顔を憶えているかも、聞いたことがなかった。

「だからじゃないかな」

「えっ」

一磨の言わんとすることが理解できなかった。一磨は自分の言葉を補足する。

「年を取った人が死ぬなら、原因が病気であってもみんな心のどこかで『仕方ない』と思うだろ。

人はいつか、必ず死ぬんだから。でも死ぬ年じゃない人が死ぬのは、やっぱり納得できないものだよ。ぼくは経験がないから想像だけど、納得できない気持ちはいつまで経っても消えないのかもしれない。そんな納得のいかない死を、おばさんは二度も経験しちゃったんだ。だから、ただ泣くしかないんじゃないかな」

「ああ」

きっとそうなのだ。功吉は大いに腑に落ちた。一磨は想像だと言うが、まず間違いないと即座に確信できた。家族である功吉がまるで母の気持ちがわからなかったのに、なぜ他人の一磨が理解できるのだろう。成長するにつれ、一磨に感心させられることが増えてきた。一磨はすごい奴だと、改めて思う。

「じゃあ、どうしようもないのか」

言葉が無力で、時間の経過すら母の悲しみを癒せないなら、放っておくしかないことになる。残酷な結論だと感じた。

「優しくしてあげればいいんだよ。功吉の気遣いがわからないおばさんじゃない。功吉の優しさが、きっとおばさんの支えになってるよ」

いかにも一磨らしい言葉だった。一磨こそ、優しい男なのだ。だから他人の気持ちがわかるし、そういう結論が出てくる。しかし功吉の心に浮かんだのは、まったく別のことだった。

「できることならそうしたいけど、でもおれは爺さんを尊敬してるんだよね」

思ったままを口にしただけなのだが、一磨は目を丸くしてこちらを見た。とんでもないことを聞かされた、とでも言いたげな表情だった。

「尊敬って、どういう意味で」

「もちろん、戦場で死んだことをだよ。国のために死ぬなんて、立派だと思わないか」

当たり前のことを言っているだけという意識だった。戦死した人は皆、英霊である。尊敬に値するし、自分もそうありたいと願うのは日本男児としてごく当然だろう。同意を得られるものと思って、そのまま気持ちを語った。

「もしまた戦争が起きたら、おれは命を惜しむつもりはない。だから、母ちゃんに優しくしたい気持ちはあるけど、場合によってはまた同じ悲しみを味わわせることになっちまうかもしれないよな」

母もその覚悟はできているはずだと考えた。戦場で命を惜しめと子に教える親はいない。母の悲しみはわかるが、耐えてもらうしかなかった。

「何を言ってるんだよ」

小声だが、一磨がそう言っているように聞こえた。功吉は眉根を寄せ、訊き返した。

「えっ、何。なんだって」

「いや、なんでもない」

一磨は繰り返さなかった。なぜ一磨が異を唱えたのか、功吉は理解できなかった。

7

高等小学校を卒業し、功吉は家業を手伝うことになった。長兄が死んでしまったのだから、当然のことだった。いずれは父を継いで、椿栽培を生業としていくことになる。今はまだ、見習いの身だった。

母はそのことを、功吉が驚くほど喜んだ。強いるようなことは言わなかったが、心の中では功吉に家業を継いでもらいたいと思っていたようだ。椿油は島の主要な産物だし、会社勤めは性に合いそうにない。功吉は家業を継ぐことになんら異論はなかったのだが、母は不安だったのだろう。正式に父の手伝いをすると決めた日には、嬉々として赤飯を炊いた。そんな様子を見て、そこまで嬉しいのかと初めて母の気持ちを知った。

脚のことを気にしていたのか、と改めて思った。脚に負担がかかることを考えるなら、机に向かってする仕事の方がいい。とはいえ、もはや功吉はさほど不便を感じていない。立ち仕事であっても、杖があれば問題はなかった。だから家業を継ぐと決めたときには、脚のことはまったく考慮外だった。むしろ、母の過剰な心配に少し苛立ちを覚えたほどだった。

その点、父は功吉の脚をまるで気にかけなかった。息子は歩く際に少し不自由がある、ということ自体を忘れているかのようだった。寡黙な父は態度を変えず、というよりむしろ仕事となるとより厳しくなり、重い物でも平気で功吉に持たせた。そうした作業は本来辛いものなのだろうが、父の気遣いのなさが逆に心地よかった。脚が不自由なかわいそうな子、として扱われるのはうんざりだった。

それでなくても母は、兄が死んでから干渉が過剰になった。明らかに、妹たちより功吉を大事にしていた。跡取り息子はそうしたものかと思いつつ、母は度が過ぎているのではないかと疑っていた。一磨がいなければ、学校への送り迎えもしたかったのではないかとすら思えた。

仕事を始めてからは、功吉の脚を揉んでくれるようになった。動かなくなった脚は揉んだ方がいいのだ、と言われると功吉も拒否できなかった。確かに、膝が曲がらなくなった脚は血行が悪くなっているだろう。自分で揉むのも限界があるから、誰かに揉んでもらった方がいいのも事実だ。しかし、それもまた過干渉のひとつではないかと感じられ、功吉としてはあまり愉快でなかった。母の代わりに糸に揉ませることもあったが、糸は明らかに渋々で、三回に二回は断った。臑毛《すねげ》がたくさん生えた男の脚なんて触りたくない、というのが糸の断りの文句だった。

「お母さんはお兄ちゃんの脚を揉みたいんだから、揉ませてあげればいいじゃないの」

母の過干渉に対する功吉の微妙な思いにまったく気づいていない糸は、口を尖らせて安易に言う。それがいやだから頼んでるんじゃないか、と喉元まで言葉が出かかるが、はっきり言ってしまうのも母に対して申し訳なく、反論ができない。かといって、お前に揉んで欲しいんだよなどと言えば、あらぬ誤解を生んでしまう。いいから揉め、と命令するのが今のところ一番の良策だった。

「はいはい。兄上は跡取りで偉いからねぇ」

糸はたっぷりと皮肉を込めて、不平たらたらながら従う。それでも、母に揉んでもらうよりはずっと気楽だった。

父の仕事の手伝いを始めて、三ヵ月目のことだった。父は取引先の人と会う約束があり、椿畑から先に引き上げた。功吉はひとり残って、虫取りに精を出した。椿についた虫を捕るのは熟練が必要で、功吉はまだまだ時間がかかる。結局夕方までかかってしまい、手許が見づらくなったので切り上げることにした。

片手に農機具を持ち、片手で杖を突きながら歩いた。いつも通っている道だし、家までそう遠くない。だから、少し気持ちが緩んでいた。

歩いているのは、幅がある道だった。そのため、たまに車が通る。最近は島内にも車が増えて、走行中の車とすれ違うことも珍しくなくなっていた。そのときも、前方から車がやってきた。功吉は道の脇に寄って、車をやり過ごそうとした。

夕方で足許がよく見えなかったせいでもある。また、車に対する警戒心が薄れていたのも確かだった。地面を確認せずに杖を下ろし、その際に石を突いてしまった。杖は地面を捉えず、功吉の体を支えきれなかった。功吉はそのまま転んだ。

一瞬、背筋が寒くなった。体は車と反対側に倒れ込んだが、伸びきった脚は道に投げ出された。このまま車に轢かれることを覚悟した。

だが、そうはならなかった。車のタイヤは功吉の足先を掠めるようにして通り過ぎた。停まりもせずに行ってしまったのは、悪意があったのではなく、単に功吉が見えなかったせいだろう。まだ完全に日が没したわけではないが、気づいてみればかなり見通しが悪くなっていた。

止まっていた息を大きく吐き出した。額からは、冷や汗がひと筋流れた。投げ出されたのは動かない方の脚とはいえ、神経が通っていないわけではない。骨折をすれば痛いし、下手をすれば骨折だけでは済まなかったかもしれない。安堵のあまり、額を地面に押し当てて目を瞑った。

すると遅れて、激痛に襲われた。痛みの元は、左膝だった。曲がる方の膝を、転んだ拍子に地面に打ちつけてしまったようだ。体に引き寄せて傷を確かめようにも、痛くて曲げられない。功吉は右膝だけでなく、左膝まで曲がらなくなってしまった。

両膝が曲がらないのでは、いくら手で突っ張っても体を起こすことはできなかった。立ち上がるのは早々に諦め、その場で仰向けになった。暗くなっても帰らなければ、おそらく父が心配して様子を見に来るだろう。それまでは、黒みが増していく空をこうして眺めているしかなかった。どれくらい時間が経っただろう。自分の名を呼ぶ声を耳にし、功吉は首を起こした。地べたに寝そべったまま首を捻り、声の方に視線を向ける。するとそちらに、懐中電灯の明かりが見えた。声の主は、母だった。

「功吉ーっ」

母は声の限りに叫んでいた。まさか母が来るとは思わなかった。功吉は手を挙げ、「おーい」と呼んだ。すぐに母は気づき、駆け寄ってきた。明かりの近づく速度は、小走りではなく全速力であることを物語っていた。

「どうしたの。まさか、車に轢かれたの」

息を切らせて傍らにやってきた母は、狼狽しつつも功吉の全身に明かりを当てた。どんな怪我をしているのか、確認しているのだ。功吉は自分の左膝を指差した。

「転んじゃって、膝を打った。痛くて起き上がれなかったんだ」

「それだけ」

母は跪《ひざまず》き、問い返す。功吉は頷いた。

「うん、それだけだよ」

「ああ」

母は声を漏らすと、一瞬顔を歪ませた。しかしそのまま泣き崩れたりはせず、懐中電灯を地面に置いて、両手で功吉の上体を起こした。そしてふたたび懐中電灯を摑み、功吉の右腕を自分の肩に回させる。「立てる」と訊くので、功吉は「たぶん」と答えた。

しかし、立ち上がるのは難しかった。自分の脚で踏ん張れない功吉は、全体重を母に任せることになってしまうからだ。功吉も成長し、体が大きくなった。もはや母ひとりに支えてもらうのは無理だった。

「待ってて。お父さんを呼んでくるから」

おそらく、父を置いて家を飛び出してきたのだろう。母は功吉を坐らせるとまた駆け出し、そしてすぐに父とともに戻ってきた。父も母の後を追っていたようだ。今度はふたりがかりで支えられ、ようやく帰宅した。途中、どのように転んだのかを問われたが、車に轢かれそうになったことは内緒にしておいた。よけいに心配されると思ったからだ。

「これからは暗くなる前に帰れ」

父はぶっきらぼうに言った。功吉は「はい」と応じるしかなかった。

家に着くと、心配そうな妹ふたりが駆け寄ってきた。母に指示され、慌てて救急箱を持ってくる。その中から母は湿布薬を取り出し、功吉に痛む箇所を確認してから貼った。上がり框に坐らされた功吉からは母の頭頂部しか見えなかったが、そこが小刻みに震えていることに気づいた。

続けて、膝に水滴が落ちた。母は泣いているのだ。功吉は困惑し、言うべき言葉が見つけられなかった。

「お兄ちゃん、お母さんは本当に心配してたんだよ」

見かねたように、横から糸が口を出した。言われなくても、こんなふうに泣かれたら誰でもわかる。功吉は申し訳なさを強く感じつつ、「ごめん」と詫びた。

「今度から、気をつける」

「本当よ。もっと気をつけて」

母は膝に包帯を巻きながら、涙声で言った。功吉の戸惑いはますます大きくなった。車に轢かれかけたことを知ったなら、こんな反応も理解はできる。しかし功吉は、単に転んで動けなくなったと話しただけなのだ。それなのに涙まで流して心配するのは、あまりに大袈裟ではないか。これもまた過剰な気遣いのひとつだと感じられ、功吉は辟易した。いつになったら母は、功吉を一人前と見做してくれるのだろう。動かなくなった脚が治る奇跡でも起きない限り、母はずっと功吉を子供扱いするのではないかと思え、いささか気が重かった。

母が泣いていることで、家の中には重苦しい雰囲気が満ちた。無口な父はもとより、お喋りな糸まで何も言わずにいる。母が洟《はな》を啜《すす》る音だけが、やけに大きく響いた。

8

昭和七年三月一日、満州国《まんしゅう》が建国された。前年に勃発した満州事変の帰結である。清《しん》の宣統帝《せんとう》であった溥儀《ふぎ》が執政として担ぎ上げられたが、関東軍の傀儡《かいらい》でしかないことは日本人なら誰でも承知していた。

この報せに、日本じゅうが沸き立った。満州を押さえておけば日本は安泰、と皆が信じていたのである。事変前には軍縮を唱えていた新聞も、事変勃発後には論調を一八〇度変え、関東軍の行為は侵略ではなく自衛だとした。武力によって日本の権益を守ることは、ごく当然の選択であるとの理解が人々の間に広まった。

子供の間でも、事変の影響はあった。「兵隊さん方へ　わずかですが、ボクが日々いただいたお小遣いを」などという記事で新聞各社が慰問金を募ったせいで、少ない小遣いを寄付する気運が高まったのだ。お蔭で駄菓子屋などが干上がり、東京市本所《ほんじょ》区の露天商組合が市に対して救済を訴える騒ぎとなったらしい。

そんな時世であったから、功吉たちもふだんの会話で満州国のことを取り上げた。仕事帰りに一磨とばったり出会い、一緒に歩きながらのことである。

「満州国ができたのはいいけど、中国はこのまま黙ってるのかな。抗日運動がこれで収まるとは思えないけど」

まだ十五歳とはいえ、国際情勢へのこの程度の理解はある。賢い一磨なら、功吉よりもっと知識があるはずだった。

「争い事なんかやめて、国同士仲良くすればいいのに」

しかし一磨が口にしたのは、まるでものを知らない人が言いそうなことだった。功吉は仰天し、思わず一磨の顔を覗き込んでしまった。

「おいおい、どうしたんだよ。今は国の権益を広げないと、欧州列強がどんどんつけ込んでくる情勢なんだぜ。植民地にされたくなければ、こっちから攻め込むしかないじゃないか」

「日本を守るためなら、何も他の国を切り取る必要はないんじゃないかと思うけどね」

一磨は功吉と目を合わせようとせず、俯いたまま小声で反論した。あまりに予想外の言葉に、功吉は唖然とした。

「ちょっと待て。何を言ってるんだよ。そんなことを言う人がいるなんて、思いもしなかった。まさか一磨は、反戦派なのか」

これからどんどん国力を上げていこうと、日本じゅうが希望に燃えているときである。そんな中、陸軍の活躍を認めない人がこんな身近にいたとは、驚き以外の何物でもなかった。反戦派のような頭でっかちのインテリゲンチャは、くがにしかいないと思っていた。

「別に、派ってわけじゃないけど。戦争には反対だよ」

「嘘だろ」

いつぞやの一磨の呟きを思い出した。功吉が戦場に出ていく覚悟を語ったとき、一磨は「何を言ってるんだよ」と独り言のように言った。あれはやはり聞き間違いではなく、内心の吐露だったのだ。長い付き合いである一磨の、知らない一面を見てしまった。

「嘘じゃないよ。戦争に反対して、何がおかしい。人として、当たり前の感覚だろ」

一磨は少し語調を強めた。そんな反論をしてくること自体が、意外でならなかった。

「よくそんな弱腰のことを堂々と言えるな。忠告するけど、あんまり大声で言わない方がいいぞ」

「わかってるよ」

一磨はまた声量を落とした。満州国建国を皆が喜んでいる今、自分の意見がどれだけ特異か理解はしているようだ。

「なあ、どうしてそんなふうに考えるようになったんだ。国力が上がれば、みんなが幸せになれるだろ。つまり、みんなが幸せになるためには国力を上げるしかないんだ。一磨はみんなの幸せを望んでないのか」

自分の論法におかしなところはない、と功吉は考えていた。これは功吉だけでなく、誰もが思っていることのはずである。国力の向上を願わないとは、一磨は非国民と謗《そし》られても仕方がない。一磨はそんな男ではないはずだった。

「国力を上げることだけが、幸せになる道なのか。他に方法があるんじゃないのか」

顔を上げないまま、一磨は言い返してきた。そうか、あくまで言い張るのか。幸い、周りには誰もいない。歩きながらではあるが、ここは徹底的に議論しようと肚を括った。

「他にって、どんな」

「おれは、不平等は諸悪の根源だと思ってる。完全な平等の実現こそ、国民全員の幸せに繋がると信じてるよ」

「完全な平等」

一磨の理屈は、わからなくはなかった。確かに不平等は腹立たしい。例えば、兵役逃れを考える不心得者も少なからずいるそうだ。しかも兵役を免れられる人は、金持ちの子供だったりする。金の力で戦場に行かずに済んでいるとは、不平等にもほどがあった。

だが功吉は、そんな人を憐れにも思っていた。国民の義務を果たさず、恥ずかしくないのだろうか。いや、心の底では罪悪感を覚えているに違いない。疚しさを引きずって生きていくのは、不幸だ。不幸な人を、功吉は羨ましいとは思わない。

つまりその意味で、帳尻が合っているとも言えるのだ。完全な平等があり得ないように、極端な不平等もないのではないかと考える。同じ人間であるからには、そんなに違いがあるわけがない。長い目で見れば、どちらが得かはわからないのではないだろうか。

そうした考えを、功吉は順を追って言葉にした。一磨は黙って聞いていたが、最後に首を傾げた。

「功吉らしい、正々堂々とした考え方だと思うよ。それで不平等を受け入れられるなら、すごいと思う。ただ、富の偏在はやっぱり差を生むんじゃないかな。一部のブルジョアは、心の疚しさなんて一度も感じずに一生を終えるんだよ」

一磨の口調には、熱が籠っていた。社会の不平等に、本気で怒りを感じているのだろうと推察できる。しかしその一方、出てくる単語が気になった。功吉とて詳しいことを知っているわけではないが、断片的な知識はある。「富の偏在」「ブルジョア」といった言葉は、ひとつのことを連想させた。

「もしかして一磨、アカなのか」

反戦と聞いてすでに驚いていたが、この驚きの比ではなかった。アカ、つまり共産主義など、すでに一掃されたものと思っていた。まだ生き残っていて、しかも物心ついたときから知っている隣人がそんな思想に染まっているなら、天地がひっくり返るほどの驚愕であった。

日本共産党は結党以来、何度も治安維持法違反で摘発を受け、解党と再建を繰り返している。特別高等警察、通称特高が躍起になって社会主義運動を取り締まっているという話は、子供の耳にも入ってくる。だが正直、この島にいるとそんな空気はなかなか感じられず、あくまで遠い場所での出来事でしかない。それでも、治安維持法という名の法律に違反するならやはり悪いことなのだろう。素朴に、共産主義と言えば危ない思想という印象があった。

まして、左傾教授の大学からの追放だの、小林多喜二《こばやしたきじ》という名の小説家が逮捕されただのと聞くと、絶対に触れてはならないものとしか思えない。平穏な島に、感染したら死ぬ病気が上陸していたかのような衝撃だった。

一磨は一瞬、虚を衝かれたように目を丸くした。そして次の瞬間には、ぶるんぶるんと大きく首を振った。

「違うよ。何を言うんだよ」

否定してくれて、ホッとした。しかし、額面どおりには受け取れない。否定しないわけがないからだ。

「本当だろうな」

「本当だよ。やめてくれよ」

答える一磨の目を、横から覗き込むようにして凝視した。一磨は視線を合わせようとしなかった。嘘か。功吉は落胆とともに察した。

まだ十五歳に過ぎない一磨が、自分ひとりで共産主義に触れ、その思想にかぶれる可能性はかなり低い。誰かの影響であることは間違いなく、それが誰かと言えば答えは決まり切っていた。

「おじさんがアカなのか。ひょっとして、おばさんもか」

両親の影響以外、あり得なかった。一磨の父は、学校の教師である。教師が務まるような人はインテリゲンチャなのだから、いろいろな思想や主義に触れる機会もあるのだろう。平凡な漁師や、功吉の父のような椿栽培の農家は、決してアカに染まったりはしない。学校教師は、言ってみれば危うい人ではあった。

「だから、違うと言ってるじゃないか」

一磨は足を踏み鳴らして、怒りを表明した。そしてその怒気のまま、功吉を睨む。

「悪いけど、今日は先に帰るよ。じゃあね」

言うと、功吉を置いて早足で遠ざかっていってしまった。功吉の脚の怪我に責任を感じているはずの一磨が、こんな振る舞いに出たのは初めてだ。そのことがかえって、功吉の疑惑を補強してしまうとも気づいていないのだろう。一磨の冷静さを欠いた振る舞いが、悲しくてならなかった。

一本道の先に、一磨の背中が見える。その姿は見る見るうちに小さくなって、ついには消えた。

9

功吉は謝らなかった。謝る筋合いではないと思ったからだ。むしろ一磨の方が、激してしまったことを恥じているようだった。感情を露わにすることの意味に、冷静になって気づいたのだろう。次に顔を合わせたとき、一磨は少しはにかむように笑った。功吉は何事もなかったように、「おはよう」と声をかけた。

以後、功吉はその件に触れなかった。触れてはならないと思った。知らなければ、諍いの種にはならない。一磨がおかしな思想に染まっていようと、口に出さなければ以前と同じだ。一磨とは親友のままでいたかったので、功吉は現状維持を望んだ。そしてそれは、一磨も同じ気持ちのようだった。

満州事変の前後、くがでは要人暗殺や政府転覆未遂が相次いでいたらしい。なんとも物騒な時世であるが、そんな気配はなかなか島までは伝わってこなかった。島は依然として平穏で、満州国建国から二ヵ月半後、首相の犬養毅《いぬかいつよし》が暗殺されてもそれは同じだった。同じ国のことなのに、すべてはどこか遠くの外国の話のようであった。

世界の動きから島が切り離されていても、個人の生活が平穏とは限らない。功吉の身には、ちょっとした厄介事が持ち上がった。きっかけは、ほんの些細なことであった。

道を歩いているときだった。功吉の耳に、「やめてください」という微かな声が届いた。立ち止まり、周囲を見回した。そこは畦道《あぜみち》で、左右は畑である。だが何もないわけではなく、前方には納屋があった。見回したところ人影はないので、誰かがいるとしたら納屋だろうと考えた。

近づいていくと、もう一度「やめてください」という女性の声が聞こえた。続けて、何かぼそぼそと呟く男の声もする。不自由な脚で精一杯急ぎ、納屋に辿り着いた。納屋の中ではなく、その横手にふたりの男女がいた。

男はこちらに背を向け、女は男の脇からなんとか道に戻ろうとしている。男の顔は見えないが、女は見知った人だった。かつて恋心を抱いた相手、高梨小百合だった。

「何をやってるんだ」

瞬時に頭に血が上り、ほとんど怒声に近い大声を発した。男は振り返り、こちらを見て眉を顰める。小百合は少し驚いた顔をしたが、その表情に安堵の色はなかった。

「何をやってるんだよ」

繰り返した。男は名前も知らない人だった。年格好は二十歳《はたち》前後だろうか。髪は短く刈り揃えているが、特に悪相ではないので怖い相手とは思わない。むしろ、小百合に向けていたのだろう軽薄そうな笑みがまだ顔にへばりついていて、功吉に侮る気持ちを起こさせた。功吉は男の顔を睨み据えて、言った。

「いやがってるじゃないか。やめろよ」

一瞥して、何が起きているかは察しがついた。男は小百合の美貌に引き寄せられ、少し付き合えなどと強引に誘っていたのだろう。小百合ほど美しければ、そうした面倒は日常茶飯事ではないかと心配になる。自分が通りかかってよかったと、心底思った。

「高梨さん、こっちに来な」

男の反応を待たず、小百合を呼び寄せた。小百合は小走りに駆けてきて、功吉の後ろに隠れる。男は顔を歪め、ちっと舌打ちをした。

「別に何もしてねえよ」

男はこちらに殴りかかってくるような、暴力的な態度は見せなかった。捨て台詞《ぜりふ》を吐き、功吉の顔を粘着質な視線でじろじろと見るだけだった。男が近づいてくるので、体の向きを変えて小百合を隠した。男はそのまま、畦道を遠ざかっていった。

「あ、ありがとうございました」

男の後ろ姿がかなり小さくなってから、ようやく声が出たとばかりに小百合が礼を口にした。功吉は首を振り、「いいえ」と応じた。

「大したことはないです。何かされませんでしたか」

見たところ、服装が乱れたりはしていない。大丈夫だろうとは思ったが、念のために確かめた。小百合は恥ずかしげに俯き、首を振る。

「いえ、何も」

「それならよかった」

事情を聞くと、小百合は知人の家で野菜を分けてもらい、帰宅する途中だったそうだ。手には確かに、野菜を載せた笊を持っている。そこにたまたま、先ほどの男と出くわした。男は以前から小百合を見初めていたらしく、口説こうとして何かと迫ってきた。いつもは周囲に誰かいるのでそれほど強引ではなかったが、この畦道では他に通りかかる人がいなかったため、納屋の陰に連れ込まれてしまったという。功吉がいなければ何をされていたかわからず、本当に危ないところだった。

「気をつけてください。夜道じゃなくても、ひとりきりになるのは危ないですよ」

「そうですね」

小百合のためを思って注意すると、しょげてしまった。そんなきつい物言いをしたつもりはなかったのだが、怖い思いをしたばかりではよけいな注意だったかもしれない。家まで送っていくと言うと拒否はしなかったものの、道中はずっと黙り込んでいた。もしかしたら功吉のことも、先ほどの男と同様に警戒すべき相手と考えているのか。だとしたら心外だし、やはり落ち込む。この二年余り、仲を深める機会が皆無だったことが残念でならなかった。

家に着くと、小百合は丁寧に頭を下げてから、逃げ込むように玄関の中に消えた。我知らず、ひとつため息が出た。

そんなことがあって数日後のことだった。土曜日の夜に一磨と落ち合って、定食屋に入った。互いに今は働いている身なので、たまに外食をする。ビールを一本だけ頼んで分け合って飲むが、それを店主も他の客も注意するほど野暮ではなかった。

一磨とは依然として、会えばたわいのない話をしていた。それぞれの仕事のことに始まり、最近流行していることや、双方共通の知り合いについてなど、話題は尽きない。ただし、政治の話だけは避けていた。どちらも、以前の諍いが心の底に魚の小骨のように引っかかっているのだった。

そうするうちに、新しい客が店に入ってきた。功吉は入り口に背を向けていたので、客の顔は見なかった。特に意識もしていなかったが、気配からふたり組なのだろうことが感じ取れる。ふたり分の足音が、功吉たちが坐る卓の隣を目指してきた。

足許で、物が転がる音がした。見ると、置いてあった杖が床を滑っていた。斜め後ろには、人が立っている。人は頭上から、「おっとごめん」と声をかけてきた。

「悪い悪い。蹴躓《けつまず》いちまった」

どうやら新しい客が、床に置いてあった杖を蹴ってしまったらしい。椅子に引き寄せて置いておいたつもりだったが、はみ出していただろうか。ならば自分も悪いので「いいえ」と応じたが、相手は転がった杖を拾おうとはしなかった。そのまま悠然と、隣の卓に着いた。

一磨は驚いたように、相手の顔を見た。功吉も同じく、わけがわからないまま横に視線を向ける。そして何が起きたのか、すぐに理解した。男は先日、小百合に絡んでいた奴だったのだ。

男は杖を見て、坐っているのが功吉だと気づいたのだろう。だからわざと杖を蹴飛ばし、この前の腹いせをしたのだ。なんとも陰湿なやり口だ。横顔を睨みつけてやったが、男は連れと向き合ってニヤニヤと笑うだけだった。

一磨が声を発しようとした。だが功吉は、それを止めた。店の中で揉め事を起こしたくない。一磨の背後に行ってしまった杖を指差し、言った。

「すまないけど、拾ってくれないか」

「ああ」

争いを望まない功吉の気持ちを察してか、一磨は言葉を呑み込んで頷いた。立ち上がり、杖を拾って男たちとは反対側の床に置く。どういうことなのかと目で問いかけてきたが、後で説明するとの意を込めて小さく頷くだけにとどめた。さっさと食べ終えて、店を出ようと考えていた。

隣の男ふたりは、なにやらこそこそと会話をしては下卑た笑い声を発していた。こちらをちらちら見ているようで不快だが、取り合わない。せっかくの飯がまずくなったことだけが残念だった。

「ところでさあ」

不意に、小百合に絡んでいた男が声を大きくした。聞きたくもなかったが、隣で大声を出されたらいやでも耳に入ってくる。男は相手に向かって顎をしゃくった。

「お前の女は、お前のどこが好きなんだよ。まさか、顔じゃないよな」

「何がまさかだよ。顔じゃ悪いか」

相手は言い返す。男は鼻を鳴らした。

「顔のわけないだろ。体か。まあ、お前は頑丈なだけが取り柄だからな」

「顔も体もなんだよ」

「言ってくれるね。まあ、体は大事だよな。まともな体じゃなきゃ、女も相手にするわけないからな」

なるほど、それが言いたかったのか。なぜ急に声量を大きくしたのか、男の意図を理解した。くだらない揶揄《やゆ》で、先日の意趣返しをしているのだろう。度量の狭い男だった。

一磨の箸が止まっていた。箸を握る手は、色が白くなっていた。手に力が籠り、血流が止まっているのだ。おい、落ち着けよ、と声をかけたくなった。

「おれは——に生まれなくてよかったよ」

男は跛行《はこう》のことを侮蔑的な言葉で言い表した。絶対口にするだろうと予想していたから、功吉はなんとも思わなかった。だが、一磨は違った。手にしていた箸を、男に向けて投げつけた。

一磨は何も言わなかった。ただ、立ち上がって相手の胸倉を摑んだ。男は驚き、「な、何するんだよ」ともがいた。それでも一磨は、容赦しなかった。胸倉を摑んだまま、店の出口を目指す。男は抵抗しようとしたが、一磨の気迫に押されたか、そのまま引きずられた。

「何しやがるんだ」

むしろ連れの方が激昂して声を上げたが、一磨は立ち止まらなかった。引き戸を開けて、店の外に出ていく。功吉は慌てて杖を拾い、後に続いた。功吉がまだ店の中にいるうちに、鈍い打音が聞こえた。

続けて二発三発と、殴打の音がする。男の連れと前後して店の外に出ると、一磨が地面に倒れた相手に馬乗りになっていた。さらに拳を振り上げて殴りかかろうとするので、男の連れが後ろからその腕に飛びついた。「やめろよ」という言葉は、途中で立ち消えた。一磨が空いている方の拳で、連れの顔をしたたかに殴ったためだった。

連れはよろけて、尻餅をついた。一磨はすぐに、組み敷いている男の顔に拳を叩きつけた。男は「ひいいい」と情けない悲鳴を発した。

「もういいよ、一磨。もう充分だよ」

一磨の剣幕に驚き、功吉は近くに寄れなかった。止めなければならないと思うが、どうすればいいのかわからない。ふだんは物静かで、むしろ暴力など嫌う一磨が、人が違ったように男を殴りつけている。まるで何かに取り憑かれたかのようで、功吉は唖然とした。

「やめろって」

男の連れが、もう一度一磨の腕を後ろから押さえた。すると一磨は、殴打の勢いのまま肘を後ろに引き、縋りついた相手の鼻に打ちつけた。連れの鼻から、血が噴き出す。連れは言葉にならない呻きを漏らしながら、しゃがみ込んで鼻を押さえた。

「二度と言うな。あんなことは、二度と言うな」

一磨は男を殴りながら、そう繰り返した。功吉を侮辱した言葉に、一磨は憤《いきどお》っているのだ。それを聞いて、一磨が未だに功吉の脚の件で引け目を覚えているのだと知った。もう何年も経つし、そもそも一磨のせいだとは考えていないのに、ずっと罪の意識に苛《さいな》まれていたのだろう。もういいよ、と今度は別の意味を込めて言いたかった。

組み敷かれている男の顔からも、鼻血が出ていた。口許も腫れ上がり、人相が変わりそうだ。このままでは、一磨は男を殺してしまうかもしれない。一磨に取り憑いた狂気こそ、自分のせいだと功吉は思った。

「やめてくれ、一磨。おれのためにやめてくれ」

声を張り上げて絶叫した。大声を出させたのは、恐怖だった。自分だけが、一磨の狂気を止められる。自分が止めなければ、一磨はこのまま暴力の渦から抜け出せなくなると恐怖したのだった。

一磨はようやく、動きを止めた。拳を振り上げたまま、我に返ったような目で功吉を見る。功吉は近寄って一磨の胴に背後から両腕を回し、そのまま立ち上がらせた。先ほどまでの血相が嘘のように、一磨は素直に従った。

「ごめんな、一磨。ごめん」

一磨の背中に額をつけたまま、呟いた。呟きには、嗚咽《おえつ》が混じった。自分でも理由がわからず、悲しくてならなかった。いくら歯を食いしばっても、涙が流れてしまう。一磨は胴に回された功吉の手に、自分の手を重ねた。その状態のまま、しばらく動けなかった。

地面に倒れている男の荒い息だけが、耳障りに響いた。

10

日本男子は満二十歳になる年に、ひとつの節目を迎える。徴兵検査があるのだ。検査に合格した者の中から抽選で現役入営者が選ばれ、残りは補充兵となる。かつて島の者は泳ぎができるという理由で海軍に採用されたそうだが、今はもう狭き門で、単に泳げるだけでは海軍には入れない。海軍は志願兵を中心に編成されているので、功吉も一磨も陸軍に入隊することになるだろうと考えていた。

陸軍で現役兵になれば、二年間入隊することになる。憧れの兵隊さんだ。もちろん功吉は脚が不自由なので、現役兵にはなれないだろう。それでも、補充兵として待機できるだけでも誇らしく感じられるはずと思っていた。

ところが、島の連隊区に出頭して検査を受けたところ、結果ははなはだ不本意なものだった。功吉は丁種、つまり不適格と見做されたのだった。

功吉は右膝が曲がらないだけで、その他の部分は頑健だった。腕力も、たいていの人には負けない自信がある。だから、身体になんの問題もない人が割り振られる甲種や乙種の合格は無理としても、現役に適さない者が区分される丙種になるだろうと予想していた。それが不適格の丁種とは、まったくもって納得がいかなかった。

「どうしておれが丁種なんだ。入隊しても、他の連中と互角以上に働ける自信があるのに」

一磨相手に、愚痴らずにはいられなかった。一磨はなんの問題もなく、甲種合格だった。子供の頃から運動能力に秀でていた一磨だから、当然の結果である。わかってはいたが、しかしこうなってみると羨ましくてならなかった。

「たぶん、ひとりひとりの能力を見てるんじゃなく、単に決まった項目に当てはまるかで採点してるんじゃないかな」

一磨は眉を寄せながら、ゆっくりとそう言った。言葉を選んでいるように見える。不自由な脚が原因のことだから、不用意なことは言えないと考えているのだろう。この愚痴をこぼす相手としては、一磨はあまりふさわしくなかったかもしれない。

「きっとそうなんだろうな」

いくら文句を言ってもどうにもならないことは、よくわかっていた。だから腹立ちを収めてしまうと、虚脱感に襲われる。兵隊として不適格と言われては、自分の存在意義まで否定されたかのようだった。恥ずかしくて、同学年の者たちには顔を合わせられないと思った。

「何を言っても慰めにならないことはわかってるけど」

一磨は慎重な口振りで、そう前置きした。いつもの食堂で夕食を摂りながら話しているのだが、互いにすっかり箸が止まっている。一磨は料理と功吉の顔に何度も視線を往復させた末に、ようやく言った。

「丙種と丁種は、実質はほとんど変わらないんじゃないかな。丙種も入隊はしないんだろうし」

そこは功吉も疑問に思っている点だった。丙種とは、いったいなんのための区分なのか。実態がよくわからないが、しかし功吉には意味があった。合格と不合格では、天と地ほどの差があるからだ。

「丁種ってことは、おれはいらないって言われたんだよ」

もともと、愛国心は強い方だと思っていた。お国のために役立ちたいと、ずっと考えていた。確かに戦場に出て駆け回るような真似はできないが、脚が不自由なりに能力を発揮する自信はあった。それを全否定されたのは、心を深く傷つけられることだった。

「兵隊になんて、ならない方が幸せだよ」

一磨は、今度はぼそりと呟いた。功吉に聞かれるのを恐れているかのようだ。一磨はまだ、アカの思想に染まっているのか。一瞬、腹を立てかけたが、一磨相手に喧嘩をしたくないという気持ちが勝った。一磨は功吉を慰めようとしてくれているのだ。

「おれの分も、がんばって働いてくれよ」

少しは皮肉も混じっていたかもしれない。しかし気持ちの大半は、一磨に自分の思いを託したつもりだった。おれは残念ながら、国のために働けない。体が丈夫で運動能力が高い一磨には、ふたり分がんばって欲しかった。他の誰でもなく、一磨にだからこそ託せる思いだった。

「そうだな。がんばるよ」

複雑な表情が、わずかに顔をよぎったように見えた。だが一磨はすぐに、晴れやかな笑みを浮かべた。ここで承知することこそ、功吉の願いに叶うことだと瞬時に悟ったのだろう。二十年もの付き合いになると、互いの気持ちは言葉にせずとも理解できた。

昭和十二年七月七日午後十時四十分、北京の南西約十五キロに位置する盧溝橋《ろこうきょう》付近で、数発の銃声が響いた。それに端を発し、日本軍と中国軍が宣戦布告なしに戦闘に入った。後に言う、盧溝橋事件である。

当初、日本陸軍は中国軍を侮っていた。簡単に降伏するものと思っていたのだ。しかし中国は予想より遥かに手強く、戦火はあっという間に広がった。たったの三ヵ月弱の間に、日本軍は戦死者を九千人以上、負傷者を三万人以上出したのである。

そうなると、兵の数が不足した。抽選で外れて補充兵だった一磨も、くがに行って入隊し、訓練を受けることになった。船で旅立つ一磨を、功吉は港で見送った。思いの外に、一磨の顔は晴れやかだった。一磨が心の底では兵隊になりたくないと思っているのを知っていたから、その顔つきは意外だった。

「功吉、お前の分までがんばってくるよ」

そう言って、がっしりと功吉の手を握った。入隊することになり、心のわだかまりを吹っ切ったのかもしれない。功吉としては、一磨が前向きになってくれたことが嬉しかった。心置きなく、「がんばれ」と言えた。

一磨が島からいなくなってしまうと、少し寂しさを覚えた。何しろ、物心ついたときから一緒にいたのである。そんな人がいないのは、まるで自分の生活の一部がなくなったかのような欠落感を功吉に味わわせた。学校を卒業してからは毎日会っていたわけではないのに、それでも隣家にいることで安心をしていたのかもしれない。一磨がいない違和感には、すぐには慣れられそうになかった。

その後も日本軍は進撃を続けた。十一月五日に杭州湾《こうしゅう》へ奇襲上陸して上海《シャンハイ》を占領し、十二月十三日には南京《なんきん》を陥落させた。しかし中国国民党を率いる蔣介石《しょうかいせき》は、徹底抗戦を選んだ。戦争は長期化の様相を呈し始めていた。

明けて昭和十三年の四月には、一磨が帰島することになった。早い除隊に喜んだら、隊を抜けて帰ってくるのではないと一磨の母親に聞かされた。一磨は戦場に動員されるため、その前の一時帰島が許されたのだった。

「戦場に。もう戦場に行くんですか」

兵として訓練を受け、今現在戦争が継続中なのだから、戦場に出ること自体は不思議ではない。しかし、あまりにも早いと感じられた。一磨はまだ二十一歳だった。嫁も取っていない。戦場には身を固めてから行くものと、功吉は漠然と考えていた。

「そうなのよ。天皇陛下の兵隊さんとして戦争に行けるなんて、名誉なことよね」

一磨の母親は、そんなふうに言った。その顔に表情はなかったので、内心でどんな感情を抱いているかはわからなかった。

一磨が乗っている船が港に着くとき、功吉は迎えに行った。船から降りてきた一磨は、半年余りの訓練を受けたに過ぎないのに、ずいぶんと精悍になっていた。体がひと回り大きくなり、顔つきが引き締まっている。その変化に、功吉は密かに戸惑った。

「よう。わざわざ迎えに来てくれたのか。ありがとう」

そう言って一磨は、ちょっと手を上げた。そんな仕種までが、今は洗練されて見えた。一磨はまさに、功吉がなりたいと思っていた格好よい兵士だった。

「訓練は厳しかったか」

二回ほど手紙のやり取りはしたが、詳しい訓練内容は知らなかった。一磨は苦笑気味の表情を浮かべ、「まあね」と認める。

「厳しいなんてもんじゃなかったよ。でも、友達もできたし、ただ辛いだけじゃなかったな」

「そうか。そりゃよかった」

功吉は複雑な思いで相槌を打った。こちらは以前と変わらず、椿栽培の毎日だった。新しい友達などできるわけがなく、小さい島の小さい世界で生活が完結していた。この脚さえ動けば、と久しぶりに内心で思った。

一緒に迎えに来ていた一磨の母親や妹たちとともに、家まで歩いた。一磨は五日間だけ島に滞在し、また旅立っていくという。慌ただしい話だが、兵舎から直接戦場に送り込まれるよりはずっと温情がある措置だった。五日の間、功吉は毎日一磨の家に行き、夕食をともにした。そして出発の日、また港まで見送りに行った。

一磨とがっちり握手を交わした。前回とは違い、今度赴《おもむ》く先は戦場である。砲弾が飛び交う、本当の戦場だった。功吉は、一磨の手を握る己の手に、ぐっと力を込めた。

「死ぬなよ。絶対に生きて帰ってこいよ」

「ああ」

一磨は白い歯を見せて笑った。そして船に乗り込み、甲板に出てきて手を振った。

功吉は手を振り返す代わりに、大きく息を吸って胸を張り、歌い始めた。

勝ってくるぞと勇ましく
誓って国を出たからは
手柄立てずに死なれよか
進軍ラッパきくたびに
瞼に浮かぶ旗の波

大阪毎日新聞と東京日日新聞が共同で募集した、軍国歌謡第二位の当選作「露営の歌」である。第二位の当選だったにもかかわらず、第一位の歌を凌ぐ空前のヒット曲となっていた。今や子供でも歌えるこの曲を、声の限りに歌って聞かせることが功吉のできる最大の手向《たむ》けだった。歌を歌って送り出すことしかできない恥を、歌うことでなんとか腹の底に呑み込もうとした。

突然歌い出した功吉に少し面食らった様子だった一磨は、歌の途中で微笑み、軍隊式の敬礼をした。港の埠頭と船の甲板、それぞれの場所に立ったふたりは、船が出港するまで歌い続け、敬礼を崩さなかった。

11

戦争は先が見えない泥沼状態に陥っているようだった。ようだった、というのは、実際の戦況が島には伝わってこなかったからだ。勝っているのか負けているのかすらわからない。島は戦争から切り離されていて平和、と思えればいいのだが、何も聞こえてこないのはむしろ不安を誘った。

だからその一報は、本当に突然だった。前触れなどないから、覚悟もない。いきなり目の前に、悲惨な光景が現出したかのようだった。訃報は、隣家からもたらされた。

一磨の母親が、蹌踉《そうろう》とした足取りで訪ねてきた。夕方だったから、すでに功吉は帰宅していた。視線がどこに向いているかわからない一磨の母親は、挨拶もなしにいきなり上がり込んでくると、手にしていた紙切れを功吉の前に突き出した。その異様な態度に驚きながらも、紙面の文字を読む。そして、愕然として一磨の母親から紙を奪った。

それは死亡告知書だった。一磨の名前が書いてあり、続いて「戦死せられましたから御通知致します」などという事務的な説明が読める。死亡した日時と場所こそ書いてあるが、死に至った経緯はまったくわからない。これが人ひとりの死を告げる文章なのかと、その簡潔さに衝撃を受けた。

「一磨が、死んでしまいました」

一磨の母親は、淡々と言った。目が乾いていることに、今頃気づいた。母親は泣くこともできずにいるのだ。功吉はなにやら鬼気迫るものを感じ、硬直したまま見守った。

「一磨が、お国のために戦死しました。立派な息子です。お国のために戦死しました」

母親は二度、繰り返した。まるでそれは、決められた台詞を棒読みしているかのようだった。ああ、一磨の両親はアカだったかもしれないのだ。ふと、功吉は思い出した。アカならば、日本国のためという発想は受け入れがたいに違いない。それなのに今は、心にもないことを繰り返している。そう言わなければ、アカだということが知られてしまうからか。あるいは、念仏のように唱えないととても受け入れられないのか。功吉には、後者ではないかと思えた。

「厚子《あつこ》さん、厚子さん」

泣き出したのは、功吉の母だった。一磨の母親の様子があまりに痛ましく、見ていられなくなったようだ。一磨の母親の手を握り、何度もその名を呼ぶ。ともかく坐らせたものの、視線は依然としてどこを向いているのかわからない状態だった。功吉の母は一磨の母親の肩に左手を回し、右手は相手の手を握って、ボロボロと涙を流す。母の正常な反応を見ているうちに、ようやく功吉の胸にも悲しみが宿った。妹ふたりは、とっくにオイオイと泣いている。それにつられて、功吉も泣いた。袖で拭っても、後から後から涙が湧いた。

戦争で日本の国力を上げることを、一磨はよしとしていなかった。国同士仲良くすればいいのにと、子供のようなことを言っていた。そんな一磨が、戦場で命を散らした。船で出立する際の一磨の表情を、功吉はありありと思い出すことができる。戦争に赴くことをいやがるどころか、むしろ晴れやかな笑みを浮かべていた。あれは、どんな意味の笑みだったのか。諦めたのか、開き直ったのか、それとも真に愛国心が芽生えたのか。

違うのではないかと思えた。功吉が、おれの分もがんばってくれと言ったからだ。そんなふうに言われたら、一磨は必ず己の気持ちを殺す。どんなにいやであっても、張り切って立ち向かうのだ。功吉の脚が動かなくなったことに対する負い目を、一磨は結局払拭できなかった。その負い目がなければ、あんなふうに笑って戦争に行くことはなかったのではないか。おれが、一磨の背中を押したのだ。

お前のせいなんかじゃないと、何回も言ったつもりだった。だが、まだ足りなかった。しつこくしつこく、一磨の負い目が本当に消え去るまで、繰り返すべきだった。そうしなかったおれは、一磨の負い目を心地よく感じていたのかもしれない。一磨が負い目を抱えていることでようやく、釣り合いが取れると心のどこかで考えてはいなかったか。おれは戦争に行けないことを恥じるのではなく、そんな心持ちをこそ恥じるべきだった。

母は夕食を作ることを放棄し、ずっと一磨の母親を慰めていた。仕方なく、妹たちふたりが料理をした。母は妹たちが作った料理を分けてやり、一磨の母親を隣家まで送っていった。そのまましばらく帰ってこないので、やむを得ず先に夕食を食べ始めることにした。父も含めて家族四人で囲んだ食卓は、通夜の席のように重苦しい雰囲気に包まれていた。

母は三十分ほどしてようやく戻ってくると、真っ直ぐに功吉の許にやってきて、手を握った。そして赤い目でこちらを真っ直ぐに見ながら、低い声で言った。

「一磨君はお国のために立派な戦死を遂げたと、これからずっと言われるでしょう。それに引き替えあんたは、戦場に行くこともできない。さぞや自分を恥じてるんだろうけど、でも母親のあたしにしてみれば、その方がずっと嬉しいよ。死んで立派なんて言われるより、不様でも恥でも生きててくれた方がいいよ。大きい声ではとても言えないけど、生きててくれることが親孝行なんだからね。死んで骨になって帰ってくることが立派だなんて、そんなことは決して思わないでおくれ」

家族にすら聞かれないように、母は声を潜めているのだろう。だからよけいに声に凄みが宿り、呪いのようですらあった。これが、子を持つ母親の本音なのだ。本音を言えない一磨の母親は、己を殺してただ呆然とするしかなかった。一方、戦場で息子を喪う心配がない母は、生きろと功吉に呪いをかけている。誰にも聞かれてはならない、本当の気持ちだ。戦争を肯定的に捉え、兵隊を憧れの対象にしていた自分は、いったい何を見ていたのだろう。

功吉は曲がらない己の右膝に視線を落とした。答えはここにあるのか、と思った。

第十三部　子供たち

1　尊通

子供がいたらな、と征子《せいこ》が思うことは一日に何度もある。まだ嫁いで数年のうちは、いずれ自分にも子が授かると楽天的に考えていた。だが二十五を過ぎても子に恵まれず、少し焦りが生じた。くがであれば子宝祈願ができる神社もあるのだろうが、島に神社はない。子ができやすくなる食べ物の話を聞けば積極的に試し、効き目があるのかどうかもわからない運動も毎日した。それでも妊娠することはなく、心に少しずつ悲しみが染み込み始めた。悲しみは本当に少しずつ心の底に染み込んできたので、自分が今の状況を悲しんでいることにはなかなか気づけなかった。あるとき、他人の子を見ているときにふと、足先が水に濡れているかのようなひやりとした悲しみを覚えたのだった。

征子の脇腹には、唇の形に似た痣がある。イチマツ痣と言うのだそうだ。一ノ屋の血を引く者は皆、体のどこかにこの痣がある。どうしてそんなことになったのかよくわからないが、この痣が一族の証だった。征子の祖父に当たる人物は大変な艶福家で、たくさんの子をなしたという。そのお蔭で今、島には一ノ屋の血を引く者が大勢いるのだ。そんな血筋ならば子ができやすくてもおかしくないのに、征子には母になる喜びが訪れない。もしかしたら夫の側に問題があるのかもしれないが、むろんそんなことは口に出せない。

三年子がなき嫁は去れ、と世間では言われる。それなのに夫も夫の両親も、征子を追い出しはしなかった。義父母は結婚当初こそ、早く孫の顔が見たいと何度も繰り返したものだが、最近は言わなくなった。ただの諦めなのかもしれないが、征子は気遣いと受け止めて感謝している。夫の弘幸《ひろゆき》はそもそも無口で、子ができないことをどう考えているのかよくわからなかった。

三十を過ぎた頃から、心に忍び入ってくる悲しみに諦念が混じり始めた。まだ完全に諦めたわけではないが、きっと無理だろうという思いが心の隅に居坐っている。征子は気分を切り替え、他人の子をかわいがることにした。子は誰の子であってもかわいいのだ。そう考えられるようになると、愛情を向ける対象が一気に増え、幸せな気分になれた。たとえそれが、自分をごまかした結果の幸せだったとしても、征子は満足すると決めたのだった。

子は誰の子でもかわいい。その思いに偽りはないが、とりわけ目をかける子がいるのは事実であった。というのも、他人の子とは言いつつ、血の繋がりがある子供がいるからだった。一ノ屋の血筋の子である。二代か三代遡れば、同じ人物に行き当たる。イチマツ痣を持つ子供は征子から見ればいとこかいとこの子であり、遠縁と呼ぶほど遠い血筋ではなかった。親戚付き合いはないが血の繋がりがある子供たち。征子は密かに、そんな子たちを己の子のように感じていた。

そうした子供のひとりに、尊通《たかみち》という男の子がいた。子供にはそれぞれ個性があり、おとなしい子もいれば普通に振る舞っているだけで目立つ子もいる。尊通は後者だった。一ノ屋の血など関係ないと思うが、尊通はどこか特別と思わせるところがある子供であった。

まず尊通は、体が大きかった。同じ年の子より、頭半分大きい。子供にしては肩幅もあり、同じ年の子と相撲を取る分には無敵だった。相手によっては、年上でも勝った。これで目立たない方がおかしかった。

加えて、顔立ちも愛らしかった。女なら誰でもよろめいたと言われるほど美しかった祖父にはむろん敵うべくもないだろうが、洟を垂らした子供たちの中では小綺麗な方である。子供が数人集まっていれば、自然と真っ先に目に入ってくる子であるのは間違いなかった。

征子の嫁いだ先は、島で唯一の雑貨屋だった。雑貨屋だからなんでも扱い、中でも文具は一番の売れ筋である。島に子供がいる限り、文具は必ず売れるからだ。そんなわけで、店にはよく子供が出入りした。征子が子供と接する機会が多かったのは、そうした仕事柄だった。

日に何人もの子と言葉を交わしていれば、意識せずとも子供社会の人間関係に精通する。お蔭で、尊通がいわゆるガキ大将的な立場にいることを知った。ごく当然のことと、征子は思った。尊通以外に、ガキ大将になれそうな子はいなかった。

尊通は面倒見がよく、何人かで連れ立って店にやってくると、代表して征子に話しかけてきた。「おばさん、帳面ちょうだい」だの、「おばさん、今日は鉛筆欲しい子がいるんだ」といった調子で、仲間が買う物を代わって伝える。その様子はまるで、雑貨屋のおばさんとやり取りするのは自分の役目だと心得ているかのようだった。そんな少し小生意気な態度も、征子にとっては好もしかった。

ガキ大将の務めとしては、他の集団との争いの際に先頭に立つことがあった。小さい島の中であっても、子供の集団はいくつも存在する。地域ごとに集団ができている場合もあるし、年齢で分かれていることもある。そして集団が複数あれば、どうしたって諍いは生じるのだ。といっても、ヤクザの抗争ではないから、全面的なぶつかり合いにはならない。それぞれの大将の器量によって、勝敗が決するのだった。

ときにそれは大将同士の喧嘩だったり、あるいは話し合いで事を収めたりもする。どんな場合でも大事なのは大将の器量であって、その意味でも責任は重大だった。単に体が大きければ務まるというわけではないことを、征子は子供たちを観察して学んだ。なかなか大変なことなのだなと、子供なりの苦労を察した。

そもそも尊通がガキ大将になったのは、度胸を示したからだったそうだ。あるとき子供たちで海沿いの崖に行き、眼下の水面を覗き込んだ。島の子供たちは皆、相応の年齢になればここから海に飛び込むようになる。しかし尊通たちはまだ幼く、ひとりとして海に飛び込んだことがなかった。今日こそ飛び込もうと、勇を鼓して崖まで向かったのであった。

しかしいざ海面を覗き込んでみれば、それは遥か下方だった。征子もむろんその場所を知っているが、とても飛び込みたくはない高さである。子供であればなおさら海面は遠く感じられるだろうが、子供の無鉄砲さこそが必要とされる行為でもあった。ともあれ、ここから海に飛び込めるかどうかが、幼児と子供の分かれ目と見做されているのだった。

子供たちは後込《しりご》みをした。ちゃんと足先から着水せず、まかり間違って胸でも打とうものなら、大怪我をするかもしれない高さなのだ。崖に着くまでは威勢のいいことを言っていた者たちも、崖の縁まで行けば足が竦んだ。まだ自分には早かったと、大半の子供が逃げ腰になった。

そんな中、見事に飛び込んだのが尊通だった。尊通は助走をつけると、「やあ」というかけ声とともに崖から跳躍したという。そしてそのまま足から海に飛び込み、見事に儀式を終えた。そうして、仲間たちの尊崇を一身に集めることになったのだった。

その話を聞いたとき、征子は密かに誇らしく感じた。さすがは一ノ屋の血を引くだけのことはあると、当人にとってはどうでもいいだろうことを持ち出して誉めてやりたかった。同時に、親戚と思っているのはこちらだけで、向こうからすれば征子はただの雑貨屋のおばさんでしかないことが残念にも思えた。

ある日のことだった。店を夫に任せて実家に戻り、穫れた野菜をもらって家に帰ろうとしていたときに、珍しくひとりでいる尊通を見かけた。ガキ大将の尊通は、常に仲間とともにいる。それがどうしたことか今はひとりで、しかも肩を落として歩いていた。奇異に感じて、声をかけた。

「尊通、どうした。今日はひとりか」

「ああ、雑貨屋のおばさん」

振り向いた尊通は、立ち止まって征子を見た。その表情は、子供らしくもなくいささか疲れて見えた。近寄っていって、肩を軽く叩いた。

「なんだ、元気なさそうだな」

「ちょっとね」

まだ九歳の尊通が、そんな返事をする。何があったのかと、心配になった。

「どうしたんだ。聞いてやるから、おばさんに話してみな」

少し身を折り、顔を近づけてそう持ちかけた。尊通は思いがけないことを言われたとばかりに、目を丸くする。だがすぐに、「そうだね」と答えた。

「おばさんなら話してもいいかも。でも、誰にも言わないでよ」

「言わないよ。おばさんを信じな」

悩みを打ち明けてくれるなら、他言しないのは当然である。相手が子供とはいえ、そこは常識を貫くつもりだった。そうでなければ、子供相手の商売はできない。

「うん、じゃあ言うけど、おれ最近、疲れちゃってさ」

「確かに、疲れてるみたいだな。何に疲れたんだ」

「いろいろ」

話すと決めたにしては、尊通の口は重かった。誰が通りかかるかわからない、道端だからだろうか。ならばと、家に誘うことにした。

「うち、来るか。実家で芋をもらってきたから、蒸《ふ》かしてやるよ」

「うん」

現金に声を弾ませるのは、まだ子供だった。元気な返事を聞いて、征子は嬉しくなった。

征子の自宅は、雑貨屋の店舗と一体になっている。今日は裏口から家に入り、尊通を土間の上がり框に坐らせた。鍋に水を入れて火にかけ、布巾を使って薩摩芋を蒸かし始める。火の様子を見ながら、尊通に話しかけた。

「で、何に疲れてるんだ」

しゃがんで、自分の膝を抱いて視線の高さを尊通に合わせる。尊通は俯き気味に、「うん」と応じた。

「なんて言うかなぁ。周りの期待に疲れた、って感じかなぁ」

「えっ」

思わず笑いそうになってしまった。しかし、ここで笑えばもう尊通は何も話してくれない。なんとかこらえて、詳しい説明を求めた。

「期待が重いのか」

「そう。重いんだ」

尊通は「はぁ」とため息までついた。九歳の子供の悩みかと思えば微笑ましく感じてしまうが、当人にとっては笑い事ではない。それに、尊通がこんなふうに感じているとは意外だった。尊通は堂々と、ガキ大将の役目を務めているのだと思っていた。

「周りが期待するのは、それだけ尊通に力があるからだ。力がない者には、誰も期待なんてしないぞ」

やはりここは、励ますべき場面だった。周りが尊通に期待し、頼るのはよくわかる。それを重荷に感じていたとしても、尊通ならきっと期待に応えられると信じていた。

「それ、買い被りなんだよね」

だが尊通は、そんな消極的なことを言った。何を指して買い被りと思うのか、征子は不思議に感じる。

「どうしてよ。尊通は度胸もあるし、面倒見がいいし」

「そこだよ。度胸なんて、本当はないんだよ」

征子の言葉を遮り、尊通は少し口調を強めた。征子は指摘せずにはいられなかった。

「だって、友達の中では真っ先に、崖から海に飛び込んだんでしょ」

「だから、それが周りの期待なんだって。期待されてなければ、飛び込みたくなかったよ」

そうなのか。聞こえてきた話では、尊通が自ら率先して海に飛び込んだとのことだった。しかし実際は、周囲からの圧力に背中を押されての結果なのか。もう少し詳しく聞いてみたかった。

「本当はいやだったのか」

「いやだった。怖かったもん」

そう言って、尊通は膝小僧に額をつけた。小刻みに震えているのは、そのときの恐怖を思い出しているからだろうか。今も震えるほど怖かったなら、憐れである。期待が重い、という尊通の嘆きが、ようやく実感されてきた。

「そうか、怖かったか」

尊通の気持ちを、受け止めてやりたかった。きっと尊通は、誰にも本音を吐き出せずにいたのだろう。もしかしたら親にも、本心を言えずにいたのかもしれない。そろそろ芋が蒸かし上がる頃なので立ち上がり、加減を見た。いい感じにふっくらと仕上がったので、手拭いにくるんで尊通に渡してやる。

「ありがとう。熱い」

嬉じそうに受け取り、左右の手で交互に芋を持ち直した。しばらくフーフーと息を吹きかけてから、半分に割って食べ始める。征子も床にじかに坐り、芋の皮を剝いて口に運んだ。甘くほくほくとしていて、おいしかった。

「思ったんだけどさ」

芋を頬張りながら、考えをゆっくり言葉にした。尊通にどう届くか、わからない。それでも、何も言葉をかけずに帰すことはできなかった。

「本当に度胸がない人は、たとえ周りに期待されても、崖から飛び降りたりはできないんじゃないかな」

尊通の横顔に語りかけたが、当人は芋を食べることに夢中になっているのか、反応しない。かまわず続けた。

「本心ではいやだったとしても、誰よりも先に飛び降りることができたんだから、尊通はやっぱり度胸があるんだよ。他の度胸があると思われている人も、実は内心では怖がっているのかもしれないじゃないか。自分だけが度胸がないなんて考える必要はないよ」

尊通はなおも一心に芋にかぶりついていたが、やがて小さく「うん」と頷いた。どうやら、征子の言葉は届いているようだ。もう少し、思いを口に出してみる。

「怖くても、それを乗り越えられるのが本当に度胸がある人なんじゃないかな。みんな、最初から強いわけじゃないんだよ。ひとつひとつ、怖いと思うことを乗り越えて、それで強くなるんだ。今は自分のことを偽者だと思ってるのかもしれないけど、大丈夫、いずれ本物になるから。でも、強い振りをしているのが辛くなったら、またおいで。おばさんが話を聞いてやるからさ」

「うん」

ようやく、迷いが晴れたように曇りのない笑みを尊通は浮かべた。この笑顔だけで、充分に人を惹きつける力があると征子には感じられた。自分にはわからなくても、他人の目には明らかなこともある。尊通には周りから慕われるだけの器量があるのは、間違いのないことと思えた。

芋を食べ終えると、「おばさん、ありがとう」と元気に言って尊通は去った。征子もまた、元気をもらった心地だった。

2

尊通の体は成長するにつれ、ますます大きくなっていった。単に体つきだけを見たら、二歳は年嵩に思えるだろう。背が高いだけでなく、横幅があるのでがっちりしているのだ。話に聞く相撲取りとは、まさにこんな体格なのではないかと征子は考える。だから半ば本気で、将来は相撲取りになったらどうかと尊通に勧めてみた。

尊通はまんざらでもなさそうで、「おれは相撲が強いからな」とニヤニヤした。実際、年上相手でも尊通は負けなくなっていた。太っているわけではないが、腕も脚も大人顔負けに逞しいのだから、たいていの子供は敵うわけがない。本当は度胸がないと嘆いていたのは忘れられないが、成長とともに己の強さに自信を持ち始めたのではないかと征子は見ていた。

折しも、大相撲はラジオ中継されるようになって俄然人々の間に膾炙《かいしゃ》していた。かつては国技館まで行かなければ観られなかったので、それならば島の子供が興味を持つわけがない。しかし今は町のそこここで、「残った、残った」という行司の声を聞くようになった。そんな中、相撲に強い尊通はますますガキ大将としての風格が備わってきていた。

征子が思うに、尊通自身も本気で相撲取りになろうと考えていたはずである。だがあるとき、その気持ちはくるりと変わった。尊通は別の競技に魅せられたのだった。

「おばさん、おれ、相撲取りになるのはやめた」

店に遊びに来た尊通は、なにやら嬉しげに宣言した。子供らしいその唐突さに、征子は面食らう。まじまじと尊通の顔を見てから、訊き返した。

「じゃあ、何になるんだ」

「おれ、野球がやりたい」

「野球」

全国の中学生が野球で勝負する大会を、ラジオが中継しているのは知っていた。だが相撲はラジオでも手に汗握る臨場感があるものの、野球は何をやっているのかよくわからず、あまり興味が持てなかった。そもそも、相撲取りになれば金が稼げるが、野球を仕事にはできないのではないか。子供の夢を壊したくはないので、やんわりと反論した。

「尊通の体は相撲向きだと思うけどね」

「野球だって、体が大きい方が有利なんだよ。球を打つには、力がいるんだぜ」

そう言って、狭い店内で棒を振る真似をする。売り物を壊すんじゃないよ、と少し厳しく注意した。尊通は肩を竦めて、「はーい」と答えた。

実際、子供たちの間では相撲だけでなく、野球の真似事がはやり始めた。学校が、ボールとバットを買ったらしいのだ。子供たちは大喜びで、ボールを投げそれをバットで打った。校庭のそばを通りかかったときにその様子を見たら、大勢が一緒に遊んでいて、なるほど確かに楽しそうだった。

そんなある日、ひとつの小さな事件が起こった。征子が店番をしていたら、数人の子供たちが血相を変えて飛び込んできた。口々に「大変」と言うが、繰り返すのはそれだけで、何がどう大変なのかわからない。だが何かが起きたことは確かなようなので、ともかく落ち着かせ、きちんと話せる状態になってもらわなければと考えた。

「ほら、みんな、深呼吸して。何を言ってるのかわからないよ」

子供は三人いた。顔触れは、尊通の仲間たちである。それなのにここに尊通がいないのは、大変なことは尊通の身に起きたからではないかと推察した。子供たちが息を整えるのを見計らってから、尋ねた。

「尊通はどうした」

　すると、また子供たちが揃って口を開いた。

「尊ちゃんが大変で」

「怪我しちゃって」

「尊ちゃんは悪くないんだ」

　まるで要領を得ないが、尊通が怪我をしたと言っているようである。大怪我なのかと、しばし驚きで息が止まった。

「尊通はどこにいるの」

　確認すると、子供たちは揃って外を指差す。この店に飛び込んできたということは、近くなのだろう。ここに担ぎ込んだ方がいいのかもしれないと考えながら、子供たちとともに店を飛び出した。ひとりの子供が征子の腕を引っ張り、他のふたりは「こっちこっち」と誘導した。

　子供たちに連れていかれたのは、商店街からほど近い空き地だった。適度な広さなので、子供たちの遊び場になっている。そこに、子供にしては大柄な背中が見えた。間違いなく尊通だが、立っているではないか。立っていられないほどの怪我ではなさそうだと、わずかに安堵した。

　遅れて、尊通の向こう側にも子供たちが数人いることに気づいた。中のひとりは、頭を押さえて蹲《うずくま》っている。怪我をしたのは、尊通ではなくてその子か。ならば逆に、尊通が怪我をさせたのか。そこまで考え、なるほど確かに大変だと理解した。

「どうしたの、尊通」

　背後から声をかけると、尊通は振り返った。その表情はいかにも頼りなさげで、いつぞや芋を食べながら聞いた悩みを思い出した。尊通は今、また自信を失っている。力にならなければ、と思った。

「おれが、怪我させせちゃった」

ぼそぼそとした声で、尊通は答えた。蹲っている子供の頭からは、かなりの血が噴き出している。周りの子供はどうしていいかわからないらしく、ただおろおろとしていた。征子は怪我をしている子供に近づき、声をかけた。

「うちにおいで。取りあえず、血を止めないと。それからお医者さんに行こう」

子供はこくりと頷いた。どうやら、受け答えができないほどの怪我ではないようだ。立てるかと問うと、また頷いて自力で立ち上がる。肘を摑んで、寄り添いながら歩いた。他の子供や尊通たちも後をついてきた。

裏口の土間に坐らせ、綺麗な布を切って傷口にあてがい、手拭いを包帯代わりに巻きつけた。頭の怪我は、それほど深くなくても大量に出血する。この様子では、見た目ほどひどい怪我ではなさそうだ。とはいえ素人判断は禁物だから、このまま医者まで連れていくことにした。

医者まで行く道すがら、後ろを歩く尊通を呼んだ。尊通は悄然《しょうぜん》としたまま、近づいてくる。あまり厳しい口調にならないように気をつけて、尋ねた。

「何があったのよ。尊通が怪我をさせるなんて、珍しいじゃないの」

珍しいどころか、初めてのことではないか。尊通は誰とも喧嘩をしないほど温厚というわけではないが、体の大きさが幸いし、相手を難なく負かすことができる。相手に怪我をさせる必要がないのだ。今回はそうも行かず、相手が傷つくまで喧嘩してしまったということなのだろうか。

「違うんだよ。喧嘩したのは別の奴なんだよ」

後方から、尊通の友達の声が飛んできた。征子は顔をそちらに向けてから、怪我をした子供に確かめる。

「そうなの。君は他の子と喧嘩したのか」

　すると子供は、無言で頷いた。嘘ではないらしい。ならばなぜ、尊通がそこに絡むのか。

「尊通が怪我をさせたのは、間違いないのか」

「尊ちゃんは喧嘩をやめさせようとしたんだよ」

　また後方から声が届く。気持ちが落ち着き、やっときちんと説明できるようになったようだ。状況が見えてきた。

　つまり尊通は当事者ではなく、喧嘩を見かけた第三者だったのだろう。争いをやめさせようと、両者に割って入った。だが運悪く、その一方が転んだかして頭を打った。そういうことではないか。

「そうなのか、尊通。喧嘩を止めようとしたのか」

「うん」

　ばつが悪そうに、俯いたまま尊通は頷く。征子は胸を撫で下ろしつつも、ため息をつきたくなった。

　要は、尊通の体の大きさが災いしたのだ。尊通としては、暴力を振るった意識など毛ほどもなかったのだろう。しかし、象が戯れに鼻を振り回せば人が吹き飛ぶように、尊通に触れられた相手は転んで怪我をした。しかも頭を打ったせいで、大量に出血してしまった。尊通の正義感が、まったく裏目に出てしまったようだった。

　喧嘩を止めようとした尊通のことは、誉めてやりたい。だが自分の力を把握せずに、相手を突き飛ばしてしまったのはよろしくなかった。かわいそうだが、これは尊通が責めを負わねばならないことだと見做《みな》さざるを得なかった。

「喧嘩相手の子はどこに行った」

「逃げた」

これには、怪我をした子当人が答えた。よほど悔しかったのだろう。喧嘩の理由までは、訊く気になれなかった。

島で唯一の診療所に着き、処置は医者に任せた。征子は他の子供たちと一緒に、診療所の外で待つ。さてこの後どうするか、と思案した。

怪我をした子を、征子が自宅まで送り届けてもいい。しかし、それは出しゃばりすぎのようにも思えた。それよりは、怪我をした子の親をここに呼んだ方がいいだろう。帰宅するなら、親とともに帰ればいいのだ。

「ねえ、君たち。あの子のお母さんに怪我したことを伝えて、ここに呼んできてよ」

怪我をした子の仲間たちに頼むと、跳ねるように立ち上がって駆け去っていった。改めて、今度は尊通に話しかける。

「怪我をさせちゃったこと、向こうのお母さんに謝らないとね」

「うん」

依然として、尊通は下を向いている。実は気が小さい、という尊通の告白を、いやでも思い出してしまった。自分のしてしまったことの結果に、おののいているのだろう。

「あたしが事情を説明してやるからさ。一緒に謝ってやるよ」

「うん」

この返事には、わずかに弾む気配があった。征子がこの場にいることで、心強く思っているのだろう。体は大きくてもまだ子供だな、と内心で苦笑する。そんなところもまた、征子にしてみればかわいいと思えるのだった。

十五分ほどで、怪我をした子の母親がやってきた。慌てた様子で小走りに現れた母親は、征子の方には会釈をしただけで診療所に入っていく。一緒に戻ってきた子供たちに、事情を説明したのかと問うと、詳しいことはまだとのことだった。ならばやはり、征子の口から伝えた方がよさそうであった。

そのまましばらく待った末に、頭に包帯を巻いた子が母親とともに診療所から出てきた。子供たちの代わりに、征子が声をかける。

「奥さん、怪我の具合はどうでしたか」

店に何度も客として来ている相手なので、面識はある。母親はまだ征子がいたことに驚いたような反応を示し、それから眉を寄せた。

「ちょっと縫いましたけど、頭蓋骨に罅《ひび》が入るとか、そんな大事《おおごと》ではないようです」

「ああ、それならよかった。実はこの尊通が怪我をさせてしまったんですが、喧嘩をしたわけではなくて」

手短に、状況を説明した。母親は黙って聞いている。最後に、尊通を傍らに呼んで頭を下げさせた。

「そういうわけでして、尊通は決して悪気があったのではないんですが、怪我をさせてしまったことは間違いありません。お詫びいたします」

並んで低頭した。自分としては、ごく当然の振る舞いのつもりだった。

だが母親は、そうは受け取らなかった。

「どうして雑貨屋の奥さんが謝るんですか。むしろ、息子に手当てをしてくださったわけですから、こちらがお礼を言わなければならないことですよね。後先になってしまいましたが、ありがとうございます」

「はあ、いいえ、それはいいんですが。尊通に悪気がなかったことは、どうぞご理解ください」

「ですから、それは奥さんがおっしゃることではないですよね。君」母親は尊通に顔を向ける。「お母さんと一緒に改めてうちまで来てちょうだい。お母さんとお話ししたいから」

母親は息子が怪我をさせられて、気が立っているのだろう。つけつけとした物言いをすると、「では」と断って息子とともに去っていった。征子の胸には、苦いものが残った。

母親の言うことに、おかしな点はない。尊通と並んで征子が謝るのは、明らかに筋違いだ。しかし、気持ちとしてはそうしたかったのだ。なぜなら尊通は、征子にとって息子のようなものだったからである。

尊通を息子のように思う気持ちを、真っ向から否定されてしまった。一ノ屋の血を引くから親戚なのだと強弁したところで、それは通用しないだろう。親戚付き合いしているわけではないのだから、現実には赤の他人でしかない。どうしたって征子は、尊通の母親にはなれないのだった。

自分の子がいない寂しさを、図らずも思い出させられてしまった。心が急に乱れる。鼻の奥がつんとなったが、なんとかこらえて表情を保った。

「尊通、お母さんに事情を説明してやろうか」

せめてもとそう話しかけたが、尊通はきっぱりと首を振った。

「いや、いいよ。これ以上甘えられない。ありがとう」

「そう」

足の先が冷たい。ひやりとした悲しみを、久しぶりに感じた。

3

週末になると、島には観光客がやってくる。もともとは神生山が自殺の名所として知れ渡ってしまったせいだったのだが、今では島の風光明媚な景色を楽しむためにやってくる人が増えた。観光客の増加をありがたいと感じるのは、商売をしている者たちである。島の人だけを相手にしている頃より、収入はぐっと多くなった。もちろん、雑貨屋をやっている征子も例外ではなかった。

だから日曜日は、平日よりも忙しかった。征子はほぼ終日、店に立っていなければならなかった。大袈裟でなく、ひっきりなしに客が入ってくるのである。もちろん疲れるが、しかし暇よりは遥かにましだった。島が観光地となったことを、征子はありがたいことだと考えていた。

ある日、そうした観光客の中にひときわ背が高い人がいた。肩幅もあり、腹が出ている。狭い店内に入ってこられると、入り口を塞がれたような形になって、薄暗くなった。島にも漁師の中には大男が何人かいたが、これほどではない。面食らって、「いらっしゃい」との言葉が出てこなかった。

わずかに恐怖すら感じて男を見ていたが、逆光の状態から脱して顔が見えると、存外に温和そうな表情だった。目が垂れ、頬に肉があるので、お多福のようである。男は物珍しそうに店内の品々を見て回り、最終的に扇子を買って出ていった。扇子は夏場はよく売れる品だが、冬でも買っていく人はいる。神生山の絵が描いてあるものが、みやげとしても好まれるのだった。

その男が何者か、気になっていたわけではない。しかし翌日には、正体が知れた。子供たちが教えてくれたのだ。

「ねえねえ、おばさん。すごいんだよ」

子供が四人飛び込んできて、いきなり言った。特に珍しくもないことなので、「なになに」と付き合ってやる。子供たちの中には尊通も交じっていたが、なぜかひとりだけ後ろにいて、複雑そうな顔をしていた。ははあ、これは尊通に関する話か、と直感した。

「昨日、おれたちが相撲を取ってたらさ、声をかけてきた人がいたんだ。その人はなんと、くがから来た相撲部屋の親方だったんだよ」

「観光で来たらしいんだけど、尊通を見て話しかけてきたんだ」

「くがで相撲取りにならないかって言ったんだぜ」

尊通を除いた三人が、口々に言う。相撲部屋の親方と聞いて、昨日の大柄な男をすぐに思い浮かべた。あれは相撲をやっていた体だったのか。至極納得がいった。

「相撲取りに。へええ。すごいじゃないの」

小さい頃から尊通は、相撲が強かった。子供の間では敵なしの状態だったくらいである。一時期は本人も、本気で相撲取りになる気だった。その後野球に夢中になって相撲取りになるのはやめたと言っていたが、あれはもう何年も前のことだ。尊通も今は小学校を卒業し、親を手伝って干物作りをしている。ただ、当人としてはそれに満足してはいないはずだと、征子は見て取っていた。

「たぶんその人、おばさんも見てるよ。昨日、ここに来た」

そう教えると、子供たちはすぐ反応する。

「こーんな大きい人だろ。もう引退してるらしいけど、お相撲さんってのはやっぱ大きいんだなぁ」

感に堪えたように、ひとりが手を高々と伸ばして男の大きさを表現した。子供が手を伸ばしても、実際の男の身長にはとても及ばなかった。話に聞いただけであれば、それは本当のことかと疑っていたろうが、征子自身も大男を見ているからまず間違いないとわかる。あれほど大きい人が、相撲と無関係ならその方が驚きだ。

「尊通、なんて言われたんだ」

ずっと黙っている尊通当人に尋ねた。尊通の複雑そうな顔は、照れているせいかと思ったが、単にそれだけでもなさそうだ。少なくとも、有頂天になって浮かれているようには見えない。

「本気でぶつかってこいって言われた。倒すつもりでぶつかれって。だからそうしたんだけど、ぜんぜんびくともしなかった。びっくりした」

大人相手でも、尊通ならば押し倒すこともできるかもしれない。しかしあの大男では、とうてい無理だ。びくともしなかったのは当たり前のことだが、親方は見所があると判断したようだ。

「それなのに、相撲部屋をやってるから弟子にならないかって言われた。おれくらいの年の奴が、何人もいるらしい」

尊通は勧誘されたことを誇るでもなく、ぼそぼそと答えた。その様子から、尊通が感じているのは戸惑いかな、と察した。ずっとこの島で生まれ育った尊通が、突然くがでの生活に誘われた。すぐには心を決められず、迷うのは当然のことだった。

「相撲取りになったらさぁ、なんとか山とかなんとか川って名前になって、ラジオで放送されるんだろ」

「すげえよな。有名人だ」

「尊通なら横綱になれるよ」

子供たちは興奮気味だった。雲の上の世界の話が、いきなり目の前に現れたように感じているのだろう。そしてそれは、征子も大差なかった。尊通は相撲取りになればいいとは思っていたが、そのすべがわからなかった。まさかこんな幸運が降ってきて、尊通の道が開けるとは、夢のような話だった。

「どうなんだ、尊通。その気はあるのか」

子供たちの興奮につられて、つい直截な訊き方をしてしまった。尊通は一拍おいてから、首を傾げる。

「わかんねぇ」

「わかんねぇって、なんだよ。自信ないのかよ」

「尊通なら大丈夫だよ。相撲強いじゃないか」

「そうだよ。相撲部屋の親方が直々に声をかけてくれるなんて、もう二度とないぞ」

曖昧な返事の尊通に、子供たちは不平を口にした。子供たちの言うことはもっともである。こんな幸運、逃すべきではないと征子も思う。だが尊通当人にしてみれば、即決できることでないのは理解できた。

「じゃあ、返事は待ってくれってことにしたのか」

「そう」

「いつ返事するんだ」

「来月、また来るって」

今回は観光だったとしても、また来るのならそれは尊通を誘うためだ。親方が本気であることが窺えた。

「お相撲さんって、どれくらい稼げるんだろうなぁ。やっぱり、出世したらものすごく稼げるんじゃないか」

金のことに言及するのも意地汚いとは思ったが、将来を現実的に考えるなら、度外視できないことである。相撲の道で成功できるなら、島で漁師になるよりずっといい生活ができるはずだ。もちろん成功が約束されているわけではないが、尊通ならば可能性が大いにある。征子としては、背中を押してやりたかった。

「出世したら、そうかもしれないけど」

あまり期待していないような、尊通の口振りである。自信過剰なのも考えものだが、自分の力量を正確に見極めるのも大事だ。尊通は己の体に、自信が持てずにいるのだろうか。

「漁師になるか、お相撲さんになるか、ふたつにひとつならどっちを選ぶ。尊通が野球が好きなのは知ってるけど、野球じゃ食えないんだぞ」

まさかまだ野球に未練があるわけではあるまいと思い、言及した。だが意外にも、尊通は「うーん」と唸って俯く。相撲取りになれる機会に飛びつかないのは、野球のせいなのか。野球なんて、子供の遊びでしかない。十五歳にもなって遊びに執着するなんて、体は大きくてもまだまだ子供なのだなと苦笑する思いだった。

「まあ、まだ時間があるならゆっくり考えるんだね。あたしは、ラジオで尊通のことを聴いてみたいねぇ」

迷ってる場合じゃないぞ、との意味を言外に込めて言うと、他の子供たちも「おれも」「おれも」と皆同意した。尊通がくがで相撲取りになったら、きっと島の誇りになるだろうと考えた。

折しも、相撲人気は大いに高まっていた。一月場所では横綱玉錦《たまにしき》が全勝優勝を果たす一方、双《ふた》葉山《ばやま》という新星が九勝二敗という好成績を残していた。一番ごとに強くなっていく双葉山に、征子は将来の尊通の姿を重ねていた。それは決して、単なる夢物語ではないと思えた。

ところが、である。まったく思いもかけないことが起きた。興味がないから知らなかったが、なんと野球がプロ化されたのだった。東京巨人軍と名古屋金鯱《きんこ》軍が、初の公式戦を行《おこな》ったのである。

これで、野球は遊びとは言えなくなってしまった。野球で食い扶持を稼ぐ人が、くがには現れたのだった。尊通の耳に入らなければいいがととっさに考えたが、そんなわけにはいかなかった。野球が好きな子供たちの間ではすぐに知れ渡り、詳細を知ることができないだけに大いに想像を掻き立てたようだ。驚いたことに、野球のチームは他にいくつもあるらしい。島は東京に近いだけに、子供たちの間では在京チームの巨人軍とセネタースが人気だった。いずれどちらかのチームに入りたいと、大して野球がうまくない子供までもが言うようになっていた。

とはいえ、大人の征子の目から見れば、プロ野球はまだ海のものとも山のものともつかなかった。相撲の方がずっと堅実に思える。それに、プロ野球の球団に入る方法はさっぱりわからないが、相撲ならば親方に直接勧誘されているのだ。現実的に考えるなら、どちらを選ぶべきかは明白なはずだった。

しかし、尊通はまだ実利で考えるほど年を重ねてはいなかった。尊通にとって大事なのは金ではなく、己の気持ちだったのである。そのことを征子は、尊通があるとき店に入ってきた際の顔つきで察した。そろそろ親方への返答を決めなければならない頃だった。

「おばさん、おれ、やっぱり相撲取りにはならないことにしたよ」

ある程度予想していた言葉であったが、それでも理由を訊き返さずにはいられなかった。

「どうして。こんないい機会は、もうないんだぞ」

「相撲取りになりたいならね。でもおれは、相撲取りじゃなく野球選手になりたいんだ」

やはりそうなのか。苦笑する思いで、改めて尊通の体つきを眺めた。決して太ってはおらず、単に大柄なだけだ。それに脚が長いので、重心が高くて投げ技には弱いかもしれない。この体の大きさは、むしろ他のスポーツの方が向いているのかもしれなかった。

「そうか。尊通がそう決めたんなら、仕方ないね。がんばりな」

他人でしかない征子は、そう言ってやる他なかった。いや、親であっても口出しすべきことではないだろう。尊通は自分で進む道を選んだ。その道がたとえ困難を伴うものであったとしても、周りは黙って見守るしかないのだった。

「うん」

尊通は頷くと、なにやら安堵したような表情を浮かべた。それを見て征子は、少し引っかかるものを覚えた。この安堵は、いったいどういう意味か。もしや尊通は、相撲取りになるのがいやだったのではなく、単に親許を離れてひとりでくがに行くのが怖かっただけではないのか。そんなことは言い出せなかったので、野球選手になりたいという希望を口実に使っているのでは。度胸なんて本当はないんだ、と吐露していた姿を思い出した。征子は心の中でもう一度、「がんばれ」と繰り返した。

4

双葉山は連勝に次ぐ連勝で、あっという間に大関から横綱へと駆け上がった。双葉山の連勝がどこまで続くかという興味で、相撲人気はますます盛り上がっていた。

その一方、大陸では日本軍が中国軍と交戦を始め、若者は軍隊へと取られていった。きな臭い気配がないわけではなかったが、それでも自分が生きているうちにまた戦争が始まってしまうとは、征子は思っていなかった。島からも、戦場に送り込まれる若者がいた。その若者が早々に戦死したなどという話を聞くと、見慣れた景色が一変したかのような恐怖に襲われた。

直接戦争に関われない者がやらなければならないのは、献金と千人針である。献金を求められても征子はほんのわずかしかできないので、せいぜい千人針には協力した。千人針を腹に巻いておけば、軍人も戦場で敵弾に当たらないと聞けば、協力しないではいられなかった。

双葉山の連勝は足かけ四年に亘って続き、そしてついに昭和十四年の一月に終わりを告げた。五場所連続優勝、通算六十九連勝という偉業である。双葉山の連戦連勝は、日本軍の無敵ぶりとも重ね合わされていた。つまり双葉山の敗北は、単に一相撲取りの一敗にとどまらず、なにやら不吉な印象も帯びていたのだった。

中国との戦争はなかなか終わらず、九月になると興亜奉公日なるものが始まった。皇軍将兵に感謝の意を表する日、だそうである。多くの将兵が中国大陸で命を懸けて戦っているのだから、日本にいる者は遊ぶのをやめ、自分も戦場にいるつもりで節約しよう、という趣旨だった。

酒場、料理屋の類がすべて休みになり、家庭では一汁一菜、弁当は梅干しだけの日の丸弁当をよしとし、喫煙も禁止。午前四時半になるとサイレンが鳴るので起きなければならず、起床したなら皆揃って宮城《きゅうじょう》の方角を拝む。さらには前線将兵たちの武運を祈る。征子とて日本国民のひとりだから、戦争の勝利は望んでいる。戦場に出た若者たちには、命を落とさず帰ってきて欲しいと思う。ただ、いつまでも戦争が続くせいで生活が息苦しくなってきたと感じざるを得なかった。このまま戦争が長引くなら、子供たちが成長してしまう。かわいがっている子供たちも戦場に送り込まれるかと思うと、胸がきゅーっと縮み上がって苦しくなるのだった。

十月には東京朝日新聞に、結婚十訓なる記事が載った。一生の伴侶として信頼できる人を選べ、だの、健康な人を選べ、だのといったごくごく当たり前のことが書いてあるだけだが、最後の第十訓は「産めよ殖やせよ国のため」だった。子供がいない征子に、この一文は辛かった。自分は国の役に立っていないように感じてしまった。

しかし同時に、かつて尊通に言われたことを思い出した。あれは尊通が十歳頃のことだったろうか。子供らしい素朴さで、『おばさんはどうして子供がいないの』と訊かれたのだった。いつか誰かに問われるかもしれないと予想はしていたので、ついにそのときが来たかと征子は受け入れた。

『ううん、どうしてだろうねぇ。神様が、おばさんには子供を授けてくれなかったんだよ』

笑顔を作って答えはしたが、内心では少し傷ついていた。どうして、とは征子自身が天に問いたい。なぜ、あたしに子を授けてくれなかったのか。なぜ、我が子をこの手で抱く喜びを味わわせてくれなかったのか。

『ふうん』

尊通は納得したのかしないのか、鼻から息を抜くような返事をした。そして少し口を尖らせたような表情のまま、続けた。

『おばさんなら、いいお母さんになると思うのになぁ』

その言葉を聞いて、胸のささくれがすっと取れたように感じた。尊通はいい子だ。あたしには何人も、優しい子供たちがいる。気持ちの上だけでも子供たちの母親でいられて、自分は幸せだとも思った。

産めよ殖やせよ国のため、などと命ぜられて胸が苦しくなったが、尊通の言葉を思い出すことでその苦しみは去った。やはり願うのは、子供たちが明るく暮らしていける未来である。今は少し暗いが、やがて光が差すだろうと信じた。

だが時代は、征子の望みとは逆の方向に動いていた。ヨーロッパではポーランドに侵攻したドイツに対し、イギリスとフランスが宣戦を布告した。翌年になると、日本はそのドイツと同盟を結ぶ。つまりはイギリスと、その支援者であるアメリカとも敵対することになったのだった。新聞雑誌の煽りもあって、敵はアメリカとの雰囲気が醸成されていった。アメリカといえば大国である。そんな国と万が一にも戦うことになったら、果たして日本は本当に勝てるのだろうかと征子は不安になった。

戦時下統制はますます厳しくなり、白米はすでに前年に禁止になっていたが、「贅沢は敵だ」の標語の下《もと》、丸帯は百円まで、洋服は六十円まで、香水は五円まで、下駄は七円まで、玩具は十円までといった調子で、事細かに制限が加えられた。つい数年前まで普通に暮らしていたのに、もはやそれが遥か昔に思えるほど遠いことになってしまった。元の生活に戻る兆しは、まるで見られなかった。

そしてついに、昭和十六年十二月八日になって日本軍はハワイの真珠湾に奇襲攻撃をかけた。対米戦の始まりである。世間はこの奇襲作戦の大勝利に沸き立ったらしいが、征子はただ愕然とした。中国相手の戦争だけでもこんなに長引いているのに、さらにアメリカとも戦うとは無謀としか思えない。将兵はどんどん消耗され、いよいよ成長した子供たちが動員されることになるだろう。目の前が暗くなる思いだった。

物価統制の煽りを受け、征子の雑貨屋は青息吐息だった。高い物は扱えない上に、そもそも品が島まで来ないのである。かといって他に働くすべもなく、棚ががらがらになった店で少ない客をただ待つしかなかった。そんなときに、尊通がふらりとやってきた。尊通は二十歳になっていた。

「おばさん、景気悪そうだなぁ」

店を見回し、憎まれ口を叩く。征子は苦笑いしつつも、尊通が来てくれたことが嬉しく、軽口で答えた。

「どこの世界に景気いい店があるんだよ」

「日本にはないだろうなぁ。アメリカなら景気いいんじゃないか」

あまり人には聞かせられないことを堂々と言いながら、尊通は店内をぶらぶらする。置いてある物は少ないのだから、何かを買いに来たのならすぐ手に取るだろう。しかし尊通はそうはせず、店を出ていこうともしなかった。買い物ではなく、話をしに来たのだと征子は察した。

「おれ、兵隊になることになったわ。くがで訓練を受けなきゃならない」

棚に向かったまま、尊通はぽつりと言った。二十歳なのだから、遠からずその日が来るのはわかっていた。加えて尊通は、体が頑健である。まず真っ先に戦場に駆り出されるであろうことはたやすく予想できたが、征子は考えたくなかった。できるなら、尊通が成人する前に戦争が終わるといいのにと、ただただ祈っていた。

「そうか。でも、訓練を受けたからってすぐに戦争に行くわけじゃないよ。訓練には日数もかかるだろうし」

自分自身に言い聞かせるように、征子は希望を口にした。だが尊通は、ようやくこちらを向くと小さく首を振る。

「いや、来年には出陣することになるんじゃないかな。何しろ、アメリカと戦争を始めちゃったんだし」

尊通も現実を理解している。そんな相手に、不用意な慰めの言葉は向けられなかった。征子は黙り込む。

「おばさん、おれ、怖いよ」

今や見上げなければならないほど大きくなった尊通が、眉を寄せて心細そうな顔をした。遠い昔、自分には度胸がないと告白した姿を思い出す。あのときと、尊通は同じ顔をしていた。怖いという吐露は、剝き出しの本音だと征子は感じた。

「戦争に行くなんて怖い。銃で撃たれるかもしれないし、大砲でばらばらにされるかもしれない。人間同士で殺し合うことを考えると、歯がガタガタ鳴るほど怖いよ。おれ、戦争なんて行きたくないよ」

それはそうだろう、と内心で大きく頷いた。誰だって、戦争は怖い。殺し合いなんてしたくない。しかし今はお国のために戦うことが当たり前であり、弱音など吐こうものなら非国民呼ばわりされてしまう。尊通はどこでも己の本当の気持ちを言えず、この薄暗い店にやってきてようやく本音を吐き出せたのだ。かわいそうでならなかったが、もっと悲しいのは、征子には何もできないことだった。尊通の恐怖を和らげてやれる言葉を、征子は持ち合わせていなかった。

「尊通、死ぬんじゃないよ。お前は体格に恵まれてる。訓練を積めば、誰よりも強くなれるんだ。だからうんと強くなって、絶対に戦場では誰にも負けるな。死なないで、必ず帰っておいで」

なんとか言葉を掻き集めて、尊通を鼓舞した。誰にも負けるなとは、多くの敵を殺せと言っているのである。なんとひどいことを命じているのかと理性が訴えるが、今はそれしかない。敵兵と尊通の命は、征子にとって決して等価ではなかった。

「強くなれるかな、おれ」

俯き気味だった尊通が、少し顔を上げて上目遣いにこちらを見た。なれるさ、と征子は請け合った。尊通の太い二の腕を、軽くぽんぽんと叩いた。

「お前は相撲部屋に誘われたこともあるじゃないか。あのとき誘いに乗ってれば、今頃は横綱だったかもしれないぞ」

「戦争じゃなく、相撲で勝負がつくんならいいのに」

尊通は泣き笑いのような表情を浮かべた。本当にそうだ、と征子も同意した。

「でも、鉄砲で撃たれたら、いくら相撲が強くても勝てないよな」

尊通は現実逃避をしなかった。征子は絶句し、尊通の服の袖をぎゅっと摑んだ。お願いだから生きて帰ってきてくれと、強く強く祈った。

5

当人の予想どおり、尊通は訓練もそこそこに戦場へと赴くことになった。向かうはガダルカナルという、聞いたこともない南方の島である。征子にわかるのはただ、そこが途方もなく遠いということだけだった。生まれてこの方、神生島から一歩も外に出たことがない征子にとって、異国の名を持つ島はまさに地の果てであった。

そんなところまで行って、本当に帰ってこられるのか。どんな場所か見当がつかないので、考えても不安が募るだけである。ともかくはっきりしているのは、くがに行くより遥かに遠く、だからすべてが日本とは違うだろうということだった。日本軍の強さを信じ、異郷の地でも決して負けないはずと考えるしかなかった。

戦況は常に気にした。新聞やラジオの報道によると、日本軍は向かうところ敵なしだそうだ。それはいいのだが、いくら日本軍が強いといってもひとりも傷つかずにいるわけではなかろう。中には大怪我をする者も、死ぬ者もいるに違いない。しかし報道は大局しか語ってくれず、征子が知りたいことはいっこうにわからなかった。毎朝起きると神棚に手を合わせ、子供たちの無事を祈るのが日課になった。

それから八ヵ月後に、尊通は帰ってくることになった。八ヵ月が兵役として長いのか短いのか、征子は知らない。だが毎日無事を祈り続けての八ヵ月は、やはり長かった。戦死せずに戻ってくると聞いて、征子は大きな安堵の吐息をつかずにはいられなかった。よく生きて帰ってきてくれたと、大いに誉めてやりたかった。

尊通が乗っている船が港に着くときには、征子も出迎えに行った。母親でもないのに出過ぎた真似だという意識がないわけではなかったが、それを上回って尊通の生還が嬉しかった。ともかく、一刻も早く尊通の無事な顔が見たい。その思いに母親かそうでないかなど関係ないと、自分の気持ちを正当化した。

海は荒れていなかったので、連絡船は予定どおりに着いた。乗船客が次々に降りてくるが、その大半は軍服を着ている。帰ってきた軍人たちを見て、征子は衝撃を受けた。皆、体のどこかに怪我をしていたのだ。つまり、まだ戦争が続いているのに帰ってきたのには、それなりの理由があったのだった。

一列になって渡り板を通ってくる人の中に、頭ひとつ大きい人影が見えた。尊通だ。その全身に目を走らせ、無事を確認しようとする。だが視線は、尊通の右腕に釘づけになった。

尊通の軍服の右袖は、風に吹かれてゆらゆら揺れていた。

懐手をしているのか、ととっさに考えた。すぐわかるはずのことを、頭が認めるのを拒否していた。尊通の顔は青白く、とても南方に行っていた人には見えなかった。島の男は基本的に、子供の頃から日焼けして浅黒い。にもかかわらず尊通の顔色は、不健康な人のそれにしか見えなかった。尊通はまだ、回復の途中なのだ。そのことはわかっても、病気だったに違いないと心が信じ込みたがっていた。

「尊通、お前」

征子の横に立っていた尊通の母親が、栈橋まで下りてきた尊通に近寄って右肩に触れた。母親の方が、現実を認める勇気があったようだ。尊通は片方の口角だけを吊り上げる笑みを浮かべ、「ただいま」と言った。その笑みは、かつて征子が見たこともない種類のものだった。

「生きて帰ってきたよ、母さん、父さん。右腕はなくしちまったけど」

その言葉を聞き、母親は顔を両手で覆って泣き出した。尊通の父親は絶句して、ただ立ち尽くしている。征子も瞬きすらできず、じっと尊通を見つめていた。

「ああ、おばさん。来てくれたのか。一応約束どおり、死なずに帰ってきたよ。帰ってきて、なんの意味があるのかわからないけどな」

尊通がこちらに気づいて、話しかけてきた。そのこと自体は嬉しいが、皮肉めいた口調はあまり尊通らしくなかった。右腕をなくし、一時的に捨て鉢になっているのか。耐えがたい現実が尊通の心にどんな影響を及ぼしたのか、征子はそのことが心配だった。

「そんなこと言うんじゃないよ。意味がないわけないじゃないか。生きて帰ってきてくれただけでいいんだ。お前のお父さんもお母さんも、もちろんあたしも、どんなに喜んでいるか」

「こんな体でもか」

右腕は肩からなくなっているわけではないらしく、尊通は残った部分を動かして袖をひらひらさせた。自虐的な尊通の物言いが、悲しい。今はともかく帰宅し、心を落ち着けて欲しかった。

「疲れたろ。帰ろう」

母親も同じことを思ったか、尊通を促した。尊通は素直に頷き、歩き出す。遠ざかっていく親子三人を、征子は追えなかった。時間が経つほどに、受けた衝撃は大きくなっていくようだった。

尊通のために何ができるだろうかと、ひとりで家に帰って考えた。尊通は右利きである。腕を失うのでも、利き腕かそうでないかでは大違いのはずだ。左手では箸を持つのもままならないから、食事にも苦労することになる。尊通が味わっているであろう無力感は、とても想像することができなかった。

その後数日経っても、自分から尊通に会いには行けなかった。何かをしてやりたいと思いつつも、静観するしかない。尊通は帰島してからずっと家に籠っているらしく、外でばったり会うこともなかった。家で横たわり、虚ろに天井を見つめている尊通を想像すると、あまりに憐れで征子も泣きたくなった。

尊通が店に顔を出したのは、たっぷり一ヵ月も経った後のことだった。少し身を縮めてのっそりと店の入り口から入ってきたとき、征子はそれが本当に尊通かと疑った。尊通が自らやってくるとは思わなかったのだ。だがその大きな体は間違いなく尊通であり、右袖がだらりと垂れていることも今やひとつの特徴だった。尊通は征子と目を合わせると、また片頬を歪めるようにして笑った。

「久しぶりだね、おばさん。相変わらず、店は閑古鳥が鳴いてるか」

表情は気になったが、尊通が来てくれたことが嬉しく、征子は思わず立ち上がって駆け寄った。

「よく来てくれたねぇ、尊通。体の調子はどうだ」

「ああ、だいぶ元気になったよ。右腕は生えてこないけどな」

冗談なのだろうが、笑っていいものかどうか迷った。そもそもこの冗談も、己の身に起きた悲劇を笑い飛ばせるようになったのか、それとも卑屈な気持ちが言わせているのか、どちらともわからなかった。

「大変だったね」

下手な慰めはかえって尊通を傷つけるかもしれないと恐れ、ただ共感だけを示した。尊通は「うん」と頷き、遠い目をする。

「右腕を撃たれちゃってね。ほとんど千切れそうになっててさ。切り落とすしかなかった」

いきなりの痛ましい説明に、征子は絶句した。大怪我だったからこそ腕を失ったわけだが、それでも「千切れそう」という表現に言葉を失う。戦争の悲惨さを、改めてまざまざと感じた。

「あまりに痛すぎると、意識が飛ぶんだ。だからありがたいことに、のたうち回って苦しんだわけじゃないんだよ。気がついたら、病院のベッドに寝てた。で、腕がないことを知って、びっくりしたけどね」

　また尊通は、港でしたように袖をひらひらさせる。揺れる袖を、征子は見ていられなかった。

「腕がないってわかって真っ先に思ったのは、ああ、おれはもう野球選手にはなれないんだなぁ、ってことだったよ。それどころじゃないのにな。笑っちゃうだろ」

　やはり尊通は自虐的だった。それも、捨て鉢な自虐だった。思わず征子は、尊通の無事な方の腕を摑む。まだ腕はもう一本あるじゃないかと言ってやりたかったが、とても口にはできなかった。

「野球だけじゃないよ。相撲も取れない。漁にも出られない。農作業もできない。鉛筆も握れない。おれはもう、何ひとつできないんだ。体だけは大きくてもなんの役にも立たない、ただのでくの坊なんだ」

　話している途中で、尊通の声は震え始めた。大粒の涙が、ぼたぼたと垂れ落ちる。言葉にすることで、辛さをまた嚙み締めているのだろうか。そんなことなら、もう何も言わなくていい。これ以上、辛さを感じる必要はないのだと言ってやりたかった。

「なあ、おばさん。おれはどうやって生きていけばいいんだ。なんのために生きればいいんだ。何もできないのに、おれは生きていていいのかな」

　途切れ途切れに、聞いているこちらも苦しくなることを尊通は言う。そうだ、尊通はずっと、人には言えない弱音を征子相手には吐き出していたのだ。親にも言えず、むろん友人知人には絶対に言えず、ここでこうして涙とともに絞り出すように葛藤を吐露している。征子は尊通を血縁者と思い、子供とも思っている。自分が一ノ屋の血を引いて生まれた意義は、今このときにこそあるのだと確信した。

「当たり前だろう。お前が生きていてくれないと、どれだけの人が悲しむと思ってるんだ。右腕がなくたって、生きていることが大事なんだぞ。なんのために生きるかなんて、考えるな。そんなことは、年取って死ぬときに振り返ればいいんだよ。お前はともかく、一所懸命生きればいいんだよ」

摑んだ左腕を何度も引っ張って、心から湧いてくる言葉をぶつけた。これが励ましになっているのかどうかはわからない。ただ、必死になって尊通を繋ぎ止めなければならないと思った。言わば自分は、舫《もや》い綱なのだ。自分が手を離したら、尊通は遠くへと去ってしまう気がした。

「でも、何も仕事ができないのに、どうやって生きていけって言うんだよ」

尊通は現実的な不安を口にする。傷痍《しょうい》軍人には、国から手当が出るはずである。しかし、死ぬまでそれを当てにして生きていくわけにはいかない。そもそも国民にも緊縮を強いる状況で、手当がいつまでもらえるのかも怪しいものだった。征子は衝動のままに、思いつきを口にした。

「ここで働きな。店番をしてくれ。ここがどんな店か、お前ならよくわかってるだろう。今は見てのとおり、売り物がほとんどない状態だけど、戦争が終わればまた元に戻るさ。ともかく、明日からうちに来て仕事を手伝いな。給金は少ないけど、文句は言わないでおくれよ」

現実は、夫婦ふたりが食べていくのも苦しい。しかしこれ以外に、尊通に生きる意欲を与える方法がなかった。なんとかなる。征子は己に言い聞かせる。子供のためなら、親はどんな無理でもするものだ。これが母親の喜びなのだと、征子はしみじみと体感した。

尊通は短くなった右腕で、溢れる涙をぐいと拭った。そして、まるで子供のように素直に「うん」と頷くと、ぎこちなく笑った。その笑みはもう、片頰だけを歪めるような笑い方ではなかった。

6　創平

　一ノ屋の血を引く子供は、尊通の他にも何人もいる。その中でも特に、創平《そうへい》という男の子は征子の印象に残る子供だった。創平は尊通とはいろいろな点で対照的であった。例えば、体は大きくなく、むしろうらなりと言ってもいいくらいだった。人が従うわけではないから、尊通のように周囲の期待を重く感じてもいなかっただろう。しかし、影が薄いわけではなかった。征子は最初から、創平のことが妙に気にかかった。

　創平は孤独を恐れない子だった。普通、子供は群れたがる。集団を作り、そこに属することで居場所を確保する。おそらくそれは、まだ子供が弱いからだろう。弱い者は群れて、自分たちを守る。体が細いのに群れようとしない創平は、ただそれだけで目立った。

　とはいえ、征子が見る限り、苛《いじ》められているわけではないようだった。仲間外れにされているのではなく、あくまで自分の意志で群れようとしていないのである。だから友達がいないわけではなくて、話し相手は多いようだ。周りもそんな創平の性格はわかっていて、無理に遊びに誘うような真似はしていない節があった。

　創平は気が向けば喋る子供であることを、征子は知っていた。というのも、店ではよく話しかけてきたからだ。創平は最初のうち、母親に伴われて店にやってきた。母親とは昔からの知り合いなので、会えば少し話し込むこともある。そんなとき、創平はひとりで店の売り物を見て回っていた。あるとき創平は、ひとつの物に興味を示した。

「おばさん、これ何」

　指を差して尋ねる。創平が指差していたのは、虫籠だった。

「虫籠だよ。虫を捕まえて、その中に入れておくんだ」

「虫を捕まえて、どうするの」

その頃創平は、まだ四歳だった。自分で虫を捕まえるには早いから、虫取りの楽しさを知らなかったのだろう。実は征子は、幼い頃には虫取りをしたが、今はむしろ気持ち悪くて触りたくない。それでも、楽しいものとして虫取りの醍醐味《だいごみ》を語った。

「虫を捕まえて、観察するんだよ。虫はそれぞれに違うから、観察すると面白いんだぞ」

「カンサツって何」

よくわからないと言いたげに、創平は小首を傾げる。征子はしゃがんで、創平と視線の高さを合わせて答えた。

「よく見ることだ。よく見ることで、わかることがある。どんなことでもそうだぞ。よく見て、考える。それが観察だ」

「ふうん」

そのときの創平は、特に感銘を受けたようでもなかった。だから自分の言葉が創平に大きな影響を与えたとは、征子は思わなかった。

次に店にやってきたとき、創平の母親は虫取り網を買った。征子は先日のやり取りを思い出した。

「これ、創平に買ってあげるのかしら」

尋ねると、母親は苦笑気味に頷く。

「そうよ。征子さんがこの前、虫を捕まえて観察しろなんて言うから、あれからずっと虫取り網を買ってくれってせがまれてたんだから」

「あら」

観察しろとは言っていないが、創平はそのように受け取ったのかもしれない。なにやら子供を出汁《だし》に押し売りしたようで気が引けたものの、男の子がいる家は必ず虫取り網を買う。単にそのときが来たのだと考えて欲しかった。

「よかったな、創平。蝶とかトンボとか、捕まえたらおばさんに見せにおいで」

「うん」

創平は無表情に応じる。創平は表情が乏しく、いつもぶすっとしているように見える子供だった。しかし征子にしてみれば、小さいくせに仏頂面をしている姿が面白い。それに、単に表情に乏しいだけで、素直さに欠けているわけではないのだ。子供はそれぞれに個性があることを、この商売をやっているとよく実感できる。

店においで、とは言ったものの、母親は虫取り網を買うだけで、虫籠は息子に買い与えなかった。いっぺんに買うのは贅沢だと考えたのかもしれない。だから虫を捕まえても、ここまで持ってくるのは難しいだろう。そのうち虫籠も買ってもらえるといいなと、心の中で創平に語りかけた。

しかし創平の知恵は、征子の予想を上回っていた。あるとき、ずるずると虫取り網を引きずりながら、創平が店に入ってきた。小さい体に比べて虫取り網の柄は長いから、取り回すのに苦労している。征子は少し面食らってから、尋ねた。

「いらっしゃい。何をしてるんだ」

「トンボを捕まえた」

創平はぶっきらぼうに答えた。確かに、地面に伏せられた網の中には、トンボが入っている。虫籠がないから、網を伏せたままここまで引きずってきたようだ。なるほど、と創平の行動に感心した。

「どこで捕まえたんだい」

「空き地」

いつだったか、尊通が喧嘩の仲裁に入って相手に怪我をさせてしまった空き地だろう。ここから近いが、しかしずっと網を引きずってくるにはそこそこ距離がある。まして四歳児なら、簡単なことではなかったはずだ。どうしてそうまでして、トンボを運んできたのか。

「大変だったろう。家まで持って帰りたいのか」

「家に持って帰っても、籠がない」

創平は不満そうだった。いっちょ前に眉を顰めている顔を、母親に見せてやりたかった。

「じゃあ、逃がすしかないねぇ」

半ば笑いながら、征子は応じる。創平は唸るように、「うん」と言う。

「でもその前に、おばさんに見せたかった」

「ああ、捕まえたら店においで、っておばさんが言ったからか」

「うん」

ふたたび、創平は頷いた。今度は少し得意そうな顔をした。感情を表に出さない子だから、わずかな表情の変化がかわいいと思える。征子に言われたことを成し遂げ、それを誇っているらしき態度も、いとおしかった。

「すごいな。よくやった」

だから、手放しで誉めてやった。さすがの創平も、このときばかりは少し口許を綻ばせて、嬉しそうだった。征子は改めて、網の中のトンボを見た。

「これはシオカラトンボだな。ほら、背中が少し青いだろ。青いのはシオカラトンボだ」

「シオカラトンボ」

創平は不思議そうに繰り返した。トンボに種類があるとは、今の今まで知らなかったのかもしれない。四歳くらいの年頃は、毎日が新しい発見に満ちているのだよなと思った。

「じゃあ、赤いのは」

珍しく、創平は目を輝かせているようだった。知ったばかりのことに、刺激を受けているのか。征子も教えることが面白くなってきた。

「赤いのはアカトンボだ」

「ああ」

そんな単純な名前なのか、と言いたげな反応をした。思わず微笑みたくなる。創平の頭の中は今、疑問でいっぱいのようだ。

「他にもいろんなトンボがいるの」

「いるよ。オニヤンマとか、ギンヤンマとか」

「そうか。蝶もいろんな蝶がいるね」

トンボは見た目が似ているが、蝶ははっきりと羽の色が違うから、そのことに気づいたらしい。自分で新しいことに気づくのは、さぞ楽しいだろう。

「うん、そうだね。蝶だけじゃないぞ。蟻だって、蟬だって、虫にはいろんな種類がいるんだ」

「シュルイって」

また創平が知らない言葉を使ってしまった。征子は少し考えてから、説明する。

「ええと、同じ仲間のことだよ。シオカラトンボとアカトンボは同じトンボだけど、蝶は違う種類だ。わかるか」

「うん」

創平は力強く頷いた。新しく得た知識を、頭に刻みつけているかのようだった。

「虫にはみんな名前がついてるから、捕まえてどんな名前か調べると面白いぞ。それが観察だ」

「カンサツ」

先日教えた観察という言葉を、実感として創平は理解したのだ。表情から、征子はそう見て取った。

「名前はどうやって調べればいいの。ここに持ってきて、おばさんに見せればいいか」

創平にしてみれば当然の疑問だ。それでもいいが、征子も虫に詳しいわけではない。だから、四歳児には少し早いと思うものの、正しく名前を知る手段を教えた。

「図書館ってわかるか。本がたくさん置いてあるところだ。そこに行けば、虫の図鑑がある。図鑑っていうのは、いろいろなものの名前や説明が書いてある本だ。動物の図鑑、植物の図鑑、魚の図鑑とかがある。お母さんに連れていってもらって、虫の図鑑を見てみるといい」

「ズカン。わかった」

ついに創平は、さも嬉しそうににんまりと笑った。なんだ、こんなふうに笑えるのか、と征子は軽く驚いた。またこの笑顔を見てみたい、と思わせる笑みだった。

7

次に創平が店にやってきたときは、母親を伴っていた。ねだって虫籠を買ってもらうことにしたのかなと思いきや、そうではなかった。母親が口にした商品は、色鉛筆だった。

「色鉛筆」

意表を衝かれ、思わず創平の顔を見た。本当にお前の欲しいものは色鉛筆なのか、と問うたつもりだった。

創平はいつもの仏頂面で頷く。この顔では、本人の希望なのか不本意なのか判然としなかった。

「そうなのよ。買ってくれってうるさくて」

母親は答える。やはり創平が欲しがったのか。しかし、なぜ色鉛筆なのか。あのときは虫に興味を抱いたと思ったが、早くも気が他に移ったのか。

「色鉛筆で絵を描くのか」

創平に問うと、こくりと頷く。この年頃の興味の対象は、ころころと変わるのだろうと理解した。だが、それは正しくなかった。

「なんの絵を描くんだ」

「虫」

短い答えが返ってくる。では、興味が他に向かったわけではないようだ。観察して、絵に描くという手段を思いついたらしい。四歳なのにすごいな、と内心で感嘆した。

「捕まえた虫を描くのか」

「そうだよ。そうしないと、名前を調べられないだろ」

そんなこともわからないのか、と言いたげな生意気な口振りである。しかし征子は、ますます感心した。確かにそのとおりだからだ。

「征子さんが図書館のことを教えてくれたんですって。まだ本なんか読めないだろうと思ってたけど、図書館に連れてけって言われて驚いたわ。で、行ったらもうずっと虫の図鑑に齧《かじ》りついて、帰ろうとしないのよ。子供って、虫が好きねぇ」

母親は半ば呆れたように言う。子供は虫が好きだが、しかし図鑑で名前まで知ろうとする子は少ない。まして絵を描いて、それを図鑑と照らし合わせようと考えるとは、ずいぶんなのめり込みようだ。この子は学究肌なのかな、と先走ったことを考えた。

「虫の名前を知りたいか」

嬉しくなって創平に問うと、無愛想な「うん」という返事が返ってくる。先日のような笑顔は、なかなか見せてくれない。

「じゃあ次は、虫の絵をおばさんに見せておくれよ」

「わかった」

今度ははっきりと、創平は応じた。表情は変わらないが、求められたことを喜んでいるのが見て取れる。仏頂面でも内心を読み取りやすいのが、創平のかわいいところだった。

翌日には、創平は紙を持って店にやってきた。挨拶もなく、ただ「はい」とだけ言って手にしている紙を突き出す。受け取ると、そこには蝶らしきものが描かれていた。羽が白いから、モンシロチョウだろうか。らしきもの、と言いたくなるのは、やはりまだ絵が稚拙だからだ。

「おお、よく描けてるな。これの名前はわかったか」

「モンシロチョウ」

正解だったようだ。創平は字は読めないのだろうから、図鑑に書いてある名前を誰かに読んでもらったか。この調子なら、あっという間にカタカナは憶えてしまいそうだなと思った。

「こうやって絵を何枚も描いていけば、創平だけの図鑑ができあがるな。それはすごいことだぞ」

「うん」

声が弾み、目も輝いた。今また、創平の意欲を刺激することを征子は口にしたようだ。子供と接するのは楽しいな、と改めて思う。自分の子供がいないことの寂しさを覚えたが、それを上回って、大勢の子供たちと接することができる境遇を嬉しく感じた。創平もまた、一ノ屋の血を引く子供である。この子もあたしの子だ、と声に出さずに考えた。

その後創平は、虫籠と昆虫図鑑を親に買ってもらった。だから虫を絵に描く必要はなくなったのだが、姿を描き写すことはやめなかった。自分の手で描くことで、虫の体の細かい部分までもが頭に入るかららしい。凝り性だな、と征子は感心した。

8

創平が小学校に入った年のことである。大陸では二年前に中国軍閥の偉い人が爆殺される事件が起きていたが、島はそんなきな臭い情勢と無縁で平和だった。創平は血相を変えて店に飛び込んでくると、「おばさん、おばさん」と話しかけてきた。あまり感情を表に出さない創平としては、珍しいことだ。何事が起きたかと案じ、「どうしたんだ」と応じた。

「何かあったのか」

「あのね、あのね、見たこともない蝶がいたんだ」

創平は自分の背後を指差し、さも重大事件が起きたかのようなことを言う。だが聞かされた側の征子は、正直「なあんだ」と思わずにはいられなかった。創平にとっての重大事は、いつでも虫に関することなのだ。今後は同じようなことがあっても、いちいち心配するのはやめようと、内心で苦笑しながら思った。

「そうか。創平が見たことない蝶が、まだいたか」

「そうなんだよ」

ずいぶん驚いたらしく、創平は目を丸くしたまま表情を変えない。征子は創平が肩からかけている虫籠を見たが、そこに蝶はいなかった。

「捕まえなかったのか」

ろう。


「逃げられた」

今度は、いかにも悔しそうに眉を顰める。初めて見た蝶なら、逃したのはさぞや痛恨だっただろう。


「まあ、そのうちまた見つかるだろうよ」

征子は軽く言ったのだが、そんな簡単なことではなかったと翌日わかった。図鑑を手にしてやってきた創平は、なにやら難しげな顔をしている。まだ六歳のくせに眉間に皺を寄せて懊悩するかのような表情を浮かべているのが、征子は面白くてならない。

「おばさん、なんだか変なことになった」

「何が」

どうせ虫についてに決まっているとは思ったが、聞いてやらないわけにはいかない。創平は手にしている図鑑を開く。

「昨日見た蝶、これなんだ」

図鑑を征子の方に向けて、差し出した。そこには、黄土色の翅に大きめの黒い斑点がある蝶の写真が載っている。名前はタテハモドキと書いてあった。

「確かに珍しいね」

少なくとも征子は、見た記憶がなかった。創平は図鑑に向けて顎をしゃくって、言う。

「説明を読んで」

言われるままに説明文に目を通すと、生息地は熱帯から亜熱帯にかけてと書いてある。日本では南西諸島が生息地だそうだ。

「あら、南西諸島って、沖縄とか奄美《あまみ》大島《おおしま》の辺りでしょ。こっちまで来るのかしら」

「変だよね」

納得がいってなさそうに、創平はますます眉宇を曇らせた。いるはずのない蝶がいるという事実を、どう解釈していいかわからないようだ。征子は単純な推測を口にした。

「風に乗って飛んできたんじゃないの。そういうこともあるのよ」

「だったらよけい、捕まえたかった」

無念そうに、創平はぼそりと呟いた。めったにこの地域にまでは来ない蝶なら、逃したのは悔しいだろう。まだ森にいるんじゃないか、と征子は言いかけてやめた。六歳の子供が、森の奥深くまでひとりで入っていくのは危険だ。それを勧めるようなことは言うべきではなかった。

「次に見つけたら、今度こそ確実に捕まえるんだな」

そう励ましておくだけにとどめた。しかし、次はなかなかやってこなかった。

創平は表情が豊かとはとても言いかねるが、まったく無表情というわけでもない。付き合いが長くなると、微妙な表情の変化を理解できるようになった。だから気づいたのだが、小学校に上がった頃から創平の表情はあまり晴れなかった。

「なんか、元気がなさそうだな」

気になって、あるときそう話しかけた。ひとりで店にやってきていた創平は、驚いたように顔を上げる。見抜かれるとは思っていなかったようだ。一拍おいてから、答えた。

「うん、そうなんだ」

「何かあったのか」

この店に来て、あれこれ悩みを打ち明ける子供は少なくない。赤の他人だからこそ話しやすいことはあるのだろうと、征子は理解している。創平は征子にとって赤の他人ではなく、親戚の子のつもりでいるのだが、当人はそう思っていないだろう。創平は促されるままに、素直に心中を吐露した。

「学校で、話し相手がいない」

少し怒っているかのように、創平は言う。その言葉は、征子には意外に思えた。というのも、創平は自ら望んでひとりでいることが多いと見ていたからだ。

「話し相手が欲しいのか」

「うん」

創平は頷く。征子はその顔を見つめながら考えた。

学校に入る前は、子供たちは各自好きに遊んでいた。だから創平はひとりでいても、孤独感を覚えなかったのだろう。しかし学校で集団生活を始めると、友達の輪の中に入れない自分を自覚したのかもしれない。とはいえ、創平は仲間外れにされていたわけではなかった。創平から話しかければ、相手にされないことはないと思うのだが。

「自分から話しかけたらどうなんだ」

受け身でいたら駄目だぞ、という意味で訊いてみたら、創平は首を傾げる。

「話しかけても、駄目なんだよ」

「駄目って、どう駄目なんだ」

まさか、無視されるわけでもあるまい。創平はどう説明すればいいのか困惑するように、眉間に皺を寄せた。

「話しかけたら、返事してくれるよ。でも、それで終わりなんだ」

「ああ」

つまり、話が弾まないということか。それは多分に創平の側にも問題があるからだろうが、そんな指摘をしても意味はない。すぐに役立つ助言をしてあげるべきだった。

「虫の話をすればいいじゃないか。虫が好きな友達は、たくさんいるだろ」

むしろ、虫の話しかできないのだ。他のことを話題にするから、会話が終わってしまうのだろう。無理をせず、得意分野で話をすればいいのである。

「そうだね」

創平は納得して帰っていったが、後日また浮かない顔でやってきた。その表情を見ただけで、先日の助言が功を奏さなかったのだとわかった。

「どうした。虫の話をしても駄目だったか」

先回りして尋ねると、創平はむっつりとした顔で頷く。これは怒っているのではなく、悲しんでいる顔なのだと征子は理解した。

「駄目だった」

「どうして」

花の話や魚の話なら相手にされなくても仕方ないが、虫の話は誰でも食いついてきそうなものだ。創平はいったい、どんな話をしたのか。

「話が難しいって言われた」

理不尽なことを言われたとばかりに、創平は口を尖らせる。しかしそれを聞いて、征子は深く納得した。

要は、創平の話は小学一年生には高度すぎたのだ。創平の母親が言うには、創平はずっと昆虫図鑑を眺めて過ごしているらしい。まだ漢字は読めないから、説明をいちいち母親に読ませるそうだ。その説明自体もまだ難しいはずなのに、何度も繰り返すことで今は朧《おぼろ》げに理解しているようである。そんな知識を学校で披露しても、周りがついてこないのは無理からぬことだった。

「うーん」

苦笑したい気持ちを抑えつつ、征子は唸った。人付き合いが下手な相手に、付き合い方を教えるのは至難の業である。それでも、なんとか創平の悩みを解消してやりたかった。

「まさかとは思うけど、いきなり虫の話を始めたんじゃないだろうな。虫の話をするには、まずきっかけを見つけないと駄目なんだぞ」

「いきなり虫の話をした」

案の定、創平はそう答える。そんなところから教えないと駄目なのか。征子は噛んで含めるように言った。

「虫のことに限らず、人と話をするにはとっかかりが必要なんだ。誰かが虫を捕まえたとか、そういうことがあったら、創平は知っていることを話せばいい。相手が虫の話をしたがってないときに、一方的に虫の話をしてもいやがられるだけだぞ」

「そうなのか」

創平は頷いた。説明すれば理解はするが、しかし人との接し方は誰かから教えられて身につくものではない。これはそう簡単に解決することではないだろうと、征子は悲観的な予想をした。そして、その予想は当たった。以後も創平は、常に浮かない顔で店にやってきた。どうしても周囲に溶け込めずにいるようだ。ならばいっそと、征子は別の助言をした。

「創平、学者ってわかるか」

「ガクシャ」

創平はただ繰り返す。知らないようなので、教えてやった。

「何かについて深く勉強する人だ。お前は昆虫学者になればいい。そうすれば、毎日ずっと虫のことだけを考えていればいいんだぞ」

「へえーっ」

そんな職業があるとは、夢想だにしなかったのだろう。創平は最初ぽかんとしたが、徐々に口許に笑みを浮かべ始めた。久々に見る、創平の笑顔だった。

9

昆虫学者になるという目標は、創平に夢を与えたようだ。周囲から浮いている悩みは依然として解消されずにいたが、それでも希望があれば生活に張りが出る。やがて創平は開き直り、昆虫についての独学にいっそうのめり込むようになった。人付き合いが苦手という己の性格を、自分自身が受け入れたのだと征子は見て取った。

「一橋産業の先代社長は、すごい人だったんだね」

あるとき創平は、感に堪えたようにそう言った。一橋産業の先代社長は、島の名士である。どんな子供も、ものがわかってくるにつれて先代社長の偉大さを理解するのだ。創平も八歳になり、ついにその日が来たようだった。

「ああ、そうだよ。ひとりで大財閥を作り上げたんだから、そりゃあ大した人だよ」

「おれ、尊敬する。先代社長みたいに、くがで勉強して昆虫学者になりたい」

なるほど、昆虫学者になるにはどうすればいいかを考えて、一橋平太前社長という先例に行き当たったらしい。学者になりたいなら、確かにくがで勉強する必要があるだろう。しかし学校の成績があまりよくないことは、創平の母親から聞いて知っていた。一橋平太前社長のような頭脳は、残念ながら持ち合わせていないようだった。

「だったら、昆虫以外のことも勉強しないと駄目なんだぞ。昆虫のことだけ詳しくても、試験には受からないからな」

創平の母親が言うには、虫についてはめっぽう詳しいものの、それ以外のことにはまるで興味を示さないから、学校の成績も振るわないのだそうだ。子供は視野が狭く、興味の対象にだけのめり込むものだが、学齢に達したらそれだけでは済まない。創平は勉強の大切さを認識しなければならないが、そのためには一橋平太前社長を見習わせるのは一番だった。

「うん」

創平は頷くが、本当に得心したのかどうかはよくわからなかった。だから駄目押しのつもりで、やる気を起こさせることを言ってやった。

「先代社長もお前も、同じ一ノ屋の血を引いてるんだ。知ってるだろ。お前の手の甲にある痣は、先代社長にもあったんだよ」

創平のイチマツ痣は、左手の甲にある。創平は自分の手を持ち上げて、痣を不思議そうに見た。

「同じ、痣」

創平はぼんやりと繰り返した。そうだ、と征子は認めた。

「先代社長の体のどこに痣があったのかは知らないよ。でも、必ずあったはずなんだ。おばさんもあるからね。一ノ屋の血を引いている者はみんな、イチマツ痣があるんだよ。つまり、お前も先代社長と同じ血筋なんだから、やればできるはずなんだ」

「そうか」

ようやく創平の目に、強い光が宿った。征子の励ましが通じたようだ。がんばれ、と心の中で声をかける。それだけ虫が好きなら、きっと昆虫学者になれるはずだ。そう、征子は信じていた。

人との接し方がわからないと悩んでいた創平も、長じるにつれて同級生と会話ができるようになったようだった。昆虫に関する豊富な知識は、一目置かれている節もある。それでもやはり、真の友人は依然として作れずにいた。創平の浮世離れしている部分が、打ち解けた付き合いを阻んでいるようだ。親友なんてそう簡単にできるものではない、と征子は慰める。創平は頷き、虫こそが自分の友達だと言った。まさにそうなのだろうなと、征子も納得した。

創平が欲する話し相手とは、単なる雑談の相手ではなく、虫について思う存分話し合える人なのだろう。昆虫図鑑を端から端まで丸ごと暗記するほど読み込んだ創平の知識量は、もはや他者の追随をまったく許さない。これでは話し相手ができないのも仕方ないと、征子は見ていた。おそらく創平本人も、諦めているはずだった。

しかしそんな状況は、創平が五年生になった際に変化した。創平が進級すると同時に、くがから新任の教師がやってきた。戸田《とだ》という名の男性教師は、まだ二十代の若さだった。だからやる気に溢れ、活気があり、子供たちにすぐ受け入れられた。征子の店にやってくる子供たちが皆揃って戸田の名を出すので、人気のほどが知れた。

戸田は創平のクラス担任になった。そして二ヵ月もすると、クラスの中で創平が浮いていることに気づいた。そんな生徒を見つけたら、放っておけない性分らしい。昼休みに創平がひとりでいるところに、戸田は話しかけてきたそうだった。

「先生も虫が好きなんだって」

店に来て、創平は言った。例によって表情はあまり変えないが、声が微妙に弾んでいることに征子は気づいた。

「校庭で蟻を見てたら、話しかけてきたんだ。『これはクロオオアリだな』って」

蟻にもむろんいろいろな種類がいるが、ぱっと見て区別をつけられるのは相当詳しくなければ無理だ。創平が見ていた蟻は、戸田が言うように確かにクロオオアリだったらしい。そのひと言で、創平は「おやっ」と思ったという。

「先生は蟻を飼っていたことがあるんだって。水槽に土を入れて、そこに巣から丸ごと掘り出した蟻を入れておくと、水槽の中で巣を作るんだ。そうすると、水槽のガラス越しに巣の中が見えるらしい。そんなことができるなんて、知らなかったよ」

創平をよく知らない人が聞いていたら、淡々と話していると思っただろうが、こんなに多弁なのは興奮している証拠だった。戸田が授けてくれた知識は、まさに創平が誰かから教わりたいと思っていたことなのだろう。これはいい先生が来てくれたみたいだな、と創平のために喜んだ。

以後、創平は店に来ると必ず戸田の名を出すようになった。戸田は蟻だけでなく、昆虫全般について詳しいそうだ。図鑑を読んでも知ることができなかった知識を、次々に創平に教えてくれるという。創平が楽しげにそれを語るのが、征子にとっても嬉しかった。

戸田本人も、店に顔を出した。見ない顔なので最初は観光客かと思ったが、二度三度とやってくるから新しく越してきた人なのだとわかった。もしかして、と名を尋ねてみると、やはり戸田だった。これがあの戸田先生か、となにやら感動に似た思いが込み上げた。

「先生の話はよく聞いてますよ。子供たちがみんな、戸田先生の話をしてくれますから」

そんなふうに言うと、戸田は照れたのか「いやぁ」と声を発して頭を掻いた。

「いい評判ならいいのですが。お恥ずかしい」

「もちろん、いい評判ですよ。子供たちに大人気です」

「それはよかった」

戸田は背が高く、痩せてはいるが胸板が厚く、目尻が垂れた温厚そうな顔をしていた。噂どおりの、快活な先生という印象だ。くがから離れ小島までわざわざ来てくれる教師は、そう多くない。どんな理由でこの島に来ることになったのか知らないが、その決断には感謝したい思いだった。

「特に創平は、先生が来てくれて喜んでいますよ。あの子、ずっと話し相手がいなかったから」

創平に言及すると、戸田はわかっているとばかりに頷いた。

「虫に関するあいつの知識はすごいですからね。同級生と話しても、そりゃあ嚙み合わないでしょう。ぼくが話し相手になれているなら、あいつにとってもいいことでした」

「ホントにそうなんですよ。あの子は小さいときからあたし相手に虫の話をしてくれたんだけど、正直ちんぷんかんぷんで」

創平本人には言えないことを白状すると、戸田は「わははは」と笑った。

「それは無理もない。今後はぼくが聞き役になりますよ」

戸田はそう請け合った。そのこと自体は頼もしかったが、征子は先のことを少し想像した。

征子の想像は当たった。戸田という話し相手を得た創平は、やがてあまり店に顔を出さなくなった。創平が虫について思う存分語り合える人と巡り合えたことはよかったが、それでも征子はやはり一抹の寂しさを覚えずにはいられなかった。

10

久しぶりに店にやってきた創平は、浮かない顔をしていた。最近の創平は、買い物以外では店に来ない。だがこの顔つきからすると、今日は買い物ではないのだなと征子は察した。学校での人間関係にまだ悩んでいるのか、と予想した。

「いらっしゃい。久しぶりだね」

まずは、普通に声をかけた。創平は「こんにちは」と挨拶をする。昔は何も言わなかったから、成長したということなのだろう。子供の成長は嬉しいが、少し他人行儀にも感じられて寂しさもある。

「何か欲しい物があるのか」

違うだろうとは思ったが、一応訊いてみた。案の定、創平は小首を傾げて「うーん」と言う。

「そういうわけではないんだけど」

「話をしに来たのか。いいよ。聞こうじゃないか」

促したが、創平の口は重かった。征子から目を逸らし、棚の商品を気がなさそうに見ている。話しづらいなら、しばらく放っておいてやることにした。

一分ほどしても何も言わないので、「お父さんお母さんは元気か」と世間話をしてみた。するとどうしたことか、創平は俯いてしまった。その様子から、悩みは両親のことなのだと察した。

「最近、父ちゃんと母ちゃんがよく喧嘩するんだ」

下を向いたまま、創平はぽつりと言った。予想外のことを聞き、征子は思わず声を上げた。

「えっ、そうなのか」

客商売をしていれば、各家庭の内情があれこれ聞こえてくる。だが、創平の両親の不和は知らなかった。よく喧嘩する、と言うからには一度や二度ではないのだろう。間に挟まれる子供が悩むのは、無理からぬことだった。

「うん、もともとあんまり仲が良くなかったんだけど、最近特にひどい」

創平の母親のことは知っているが、父親とは数えるほどしか顔を合わせたことがない。だから何が原因で仲が悪くなったのかわからないし、それを創平に訊いていいのかどうか迷う。相槌が打てずにいると、創平の方から話してくれた。

「うちの父ちゃんはふだん、人にへいこらしてるだろ。だからなのか、家の中ではすごく威張るんだ」

創平の父は漁師だが、自前の船を持っていない。船持ちの親方に雇われている立場だ。しかも最近、親方が代替わりして息子が船主になったと聞く。つまり、仕える相手が自分より年下になったのである。それで人間関係がどう変わったのかは知らないが、あまりいい気分ではないのだろう。

「母ちゃんは一応父ちゃんの言うことを聞いてるけど、実は腹が立ってるみたい。陰でおれには、父ちゃんの悪口を言うんだ。気が小さいくせに威張り散らして、とか、ろくな稼ぎもないくせに、とか。おれ、そんなの聞きたくないんだよね」

それはそうだろう。第三者である征子が聞いても、眉を顰めたくなる話だ。ましてそれが自分のふた親であれば、板挟みになる子供は辛かろう。ここ一年ほどはあまり店にやってこなかったから、創平の苦境はまったく知らなかった。

「そりゃあ、しんどいなぁ」

同情を込めて応えると、創平は「うん」と頷く。もっと声をかけてやりたかったが、しかしそんな話に抜本的な解決策などない。ただ話を聞いてやることしかできなかった。

「子供ってつまらないな。おれは早く大人になって、くがで虫の勉強をしたい。おばさんに言われたとおり、昆虫学者になりたいよ」

創平はそう夢を語った。だが、その口調はどこか虚ろだった。まるで叶わぬ夢を口にしているかのようだと、征子は感じた。

「そうだな、大人になれば、好きなだけ虫の勉強ができるよ」

励ましたつもりだったが、創平は寂しげに笑った。そんな笑みは見たことがなかったので、かなり驚いた。

「いや、無理だよ。うちは貧乏だから、くがの学校に行く余裕なんてない。だから虫の勉強もできないし、この島で仕事を探すしかないんだ」

確かにそのとおりだ。征子は子供がいないから、くがで勉強をさせるには金がかかるという現実を軽く考えていた。そもそも島にある高等小学校にですら、子供全員が行くわけではない。父親が雇われ漁師である創平は、おそらく小学校を卒業すれば働きに出ることになるのだろう。

「でも、くがに行かなくたって虫の勉強はできるだろ。独学ってわかるか。ひとりでする勉強のことだ。くがから本を取り寄せて、自分で勉強すればいいんだよ」

昔のこととはいえ、学者になればいいなどと不用意なことを言ってしまった詫びに、実践的な助言をする。創平はわずかに微笑み、「そうだね」と応じた。その顔には諦念が滲んでいて、十一歳の子供が浮かべる笑みとしては痛々しかった。征子は胸を衝かれ、それ以上何も言えなかった。

当人の予想どおり、創平は中学や高等小学校には進学せずに、尋常小学校を卒業すると働き始めた。父親と同様に漁師になるのかと思いきや、幸いにも一橋造船に就職できた。軍艦を造っている一橋造船は、慢性的に人手不足のようだ。島の子供は皆、一橋産業に入りたいと願う。一橋造船は子会社ではあるが、子供たちの希望が叶う勤め先だった。

「そうか、それはよかったなぁ」

就職先が決まったことを、創平はわざわざ店に報告に来てくれた。そのこと自体が嬉しくて、つい声が弾む。創平はいつものように仏頂面ながらも、わずかに照れたような顔をして「うん」と頷いた。

「漁師にはなりたくなかったから、本当によかった」

「まあ、そうだよな」

船持ちならともかく、雇われ漁師では父親を継ぐ意味がない。きちんとした会社に勤める方が、ずっとましだった。

「日曜日も休める仕事なら、好きな虫探しもできるじゃないか」

「うん、そうなんだよね」

創平はにやりと笑った。虫のこととなると、とたんに表情が豊かになる。その点はいつまでも変わらないな、と征子は思った。

しかし、それから二年も経つと不安を感じるようになった。昨年、日本は中国との戦争を始め、未だに続いていた。兵役がある限り、征子がかわいがっている子供たちもいずれ、戦場に行かなければならないかもしれない。そんなことにならないよう、早く戦争が終わってくれるようにと祈る思いだった。

成人している者には、兵役が課せられる。島からも若い人が、戦争に駆り出されていた。戸田もまた、そのひとりだった。

それを教えてくれたのは、創平だった。創平は小学校を卒業した後も、昆虫採集という趣味を通じて戸田と付き合いが続いていたらしい。ある日青い顔で店にやってきた創平が、ぼそりと言ったのだった。

「先生が、戦争に行くって」

「先生って、戸田先生か」

「うん」

創平は明らかに衝撃を受けているが、それは征子も同じだった。戸田とは会えば挨拶をする程度の関係でしかない。しかし戸田は、人付き合いが下手な創平の数少ない話し相手だった。戸田が戦争に行ってしまえば、創平の話を聞いてやれるのはまた征子だけになってしまう。むろん征子はどんな話でも聞いてやりたかったが、虫について語られても理解が及ばない。征子相手では、創平が飽き足りないのは目に見えていた。

「そうなのか。兵隊さんになるのは仕方ないことだけど、ともかく無事に帰ってきてくれることを祈るしかないな」

「うん」

再度、創平は頷く。うなだれる姿は、創平が激しく落ち込んでいることを物語っていた。気休めしか言えないことが、征子は残念でならなかった。

祈りは空しく、戸田は戦場から帰ってこなかった。遺骨となって、くがにいる遺族の許に戻ってきたという。島にいる創平や征子は、それを情報として聞くだけだった。遺骨も見ず、葬式にも列席できないのでは、死んだと聞かされてもまるで実感がない。悲しいというより、なにやらひどい嘘をつかれているかのようだった。

むしろ心配したのは、創平のことだった。創平がどんなに悲しむかと思うと、胸が痛む。だが創平は、意外にも冷静だった。それは征子と同じく戸田の死を実感できていないからかと思ったが、どうやらそうではなさそうだった。

「生き物は、いずれ必ず死ぬんだよな」

そんなことを、創平は言ったのだ。征子は呆気に取られ、創平の顔を凝視する。創平はふだんどおり無表情だが、征子が読み取れる微妙な反応すらそこにはなかった。

「蝶は蜘蛛に食われ、蜘蛛は鳥に食われ、鳥は人間に食われる。強い者が勝って、弱い者が負けるのは自然なことなんだ。先生が戦場で死んだのは、先生が弱かったからなんだな」

創平は淡々と、まるで何かを読み上げるかのように言った。その口調にひやりとしたものを覚え、征子は窘めた。

「何を言うんだ。弱いから死んだなんて、そんな言い種は先生に失礼じゃないか。先生はお国のために死んだんだよ。立派な最期を遂げたんだ」

「わかってるよ。でも、人が死ぬのは特別なことじゃない。おれもおばさんも、遅かれ早かれいずれ死ぬんだ」

何かを諦めたような物言いに、征子は絶句した。これは昆虫観察の末に行き着いた、達観の境地なのだろうか。決して間違ってはいないが、しかしまだ十代半ばの子供が言うことではない。創平はあまりに辛すぎる現実を受け止めるために、人の死をことさらに特別視しないようにしているのだと思った。

「創平」

自分が実の親ではないことをもどかしく感じるのは、こんなときだった。親であれば、もっと言葉を尽くせる。悲しいときは悲しんでいいのだと言ってやれるし、あるいは逆に、創平の達観を認めて辛さを共有してやることもできる。そのどちらもできない征子は、結局は近所のおばさんでしかなかった。

「おれさ、友達がいないだろ」

唐突に創平は、脈絡のないことを言った。しかし、顔を上げてまるで涙が流れるのをこらえているかのような態度は、戸田の死と無縁の話をしているとは思えなかった。征子はただじっと、そんな創平の姿を見つめた。

「親は仲が悪くて家は居心地が悪いし、造船所でも朝から晩まで働きづめで楽しいことなんか何もない。虫の話ができるたったひとりの人も、あっという間にいなくなっちゃった。おれの人生、何ひとつうまくいかないなぁと思うよ。みんなそうなのかな。楽しいことなんか何もないまま生きて、死んでいくだけなのかなぁ」

「そんなことないよ、創平。そんなことない。生きていれば、きっといいことがあるよ」

反射的に征子は言い返したが、自分の言葉に何も裏づけがないのはわかっていた。創平はひょいと、片方の眉を吊り上げる。

「なあ、おばさん。昔、珍しい蝶を見たって話をしたの憶えてるか。普通はいないはずの蝶が、この島にいたんだよ」

「ああ、憶えてるよ」

蝶の名前までは忘れたが、あのときの興奮した創平のことはよく憶えている。その後、蝶を見かけたとは聞いていないから、あれはやはり幻の蝶だったのだろう。

「タテハモドキって言うんだ。あの蝶がおれには、象徴のように思えてね」

「象徴」

「うん。あのときタテハモドキを捕まえてたら、おれの人生も違ってたのかなって。だからきっと、もう一度タテハモドキを見かけて捕まえることができたら、この先にいいことがあるかもしれないって」

「そうか」

蝶を捕まえたくらいで人生が好転するわけがないと、創平もわかっているはずである。それでも幻の蝶に希望を託すなら、そういうこともあるだろうと征子は認めてやりたかった。いつか創平がタテハモドキを捕まえられますようにと、天に向かって祈りたかった。

創平はしばらく、天井を見上げたままでいた。

11

造船所が日曜日も稼働している、という話を聞いた。工員たちは休みなく働かされ、疲弊しているという。中国と戦争中だからな、と征子はいったんは考えたが、しかしそれはおかしいとすぐに気づいた。中国との戦争は、大陸で行われている。つまり陸軍の出番であり、軍艦は必要ないはずだ。なぜ工員がくたびれ果てるほど、急いで軍艦を造らなければならないのだろう。素人にはわからない軍の判断があるのだと考え、納得するしかなかった。

造船所で働いている創平とは、会う機会がなかった。休みなく働いているのだから、店に来る暇などあるわけがない。近況は、創平の母親から聞いた。夫と不仲で創平を苦しめているこの母親に、征子はあまりいい印象が持てない。それでも、売り物が少なくなった店に来てくれる客は、大事にしなければならなかった。

「最近、創平は元気かしら」

尋ねると、母親は「それがねぇ」と渋い声を出す。

「毎日、朝から晩まで働きづめで、かわいそうよ。頰が瘦《こ》けて、目が落ち窪んでて、いずれ体を壊すんじゃないかと心配で心配で」

そんな状態なのか。予想はしていたものの、それでも創平はまだ十代の子供である。大人ほど酷使されてはいないのではないかと思っていたのだが、どうやら違ったらしい。子供すらもそこまでこき使っているとは、驚きだった。

「どうして、そんなに忙しいの」

訊いてみたが、母親も理由はわからないようだ。

「さあ。ほら、一橋産業も社長が代替わりして、ずいぶん社風が変わったのよね。先代社長は人情味のある人だったけど、二代目は厳しいらしいから」

「ああ」

その評判は聞いている。先代社長が決して手を出そうとしなかった軍艦造りなどを始めたのが、社風の変化を物語っていた。創平は念願の一橋産業の子会社に入れたのはいいが、すでにそこは子供が憧れるようなところではなくなっていたのかもしれない。

「これでお給料がよければまだましなんだけど、そうでもないからねぇ」

母親は顔を顰める。征子は「そうなの」としか相槌を打てなかった。創平が体を壊さないか心配だったが、それを母親に向かって口にすることもできない。いずれ忙しさも一段落するのではないかと、無理に楽観的に考えておくしかなかった。

なぜ軍艦の建造を急ぐのか、その理由は驚愕のニュースとともに判明した。日本海軍がアメリカの軍港に奇襲攻撃をかけたのだ。ハワイの真珠湾に停泊している米軍太平洋艦隊に、日本海軍は二百機近い戦闘機、爆撃機で襲いかかった。さらに一時間後に第二次攻撃も始まり、その戦果は米戦艦八隻の撃破、米航空隊は二百機以上を失い、戦死者は二千三百人を上回ったという。その一方、日本軍の未帰還機はたったの二十九機だったというから、一方的な大勝利だ。アメリカとの関係が険悪になっているという噂はあり、万が一にも開戦したらとんでもないことになると危ぶむ良識的な人もいたが、この大勝利によってすべて吹き飛んだ。日本じゅうが大国アメリカ相手の勝利に酔いしれ、浮かれたのである。

戦争に負けるよりは、勝つ方がいい。征子も人並みに戦勝を喜びはしたが、しかしそれ以上に不安でもあった。これで造船所はさらに忙しくなるのだろうし、子供たちが戦場に行くような事態になるかもしれないからだ。そんなことにならないよう、早期の講和条約締結を心の中で強く望んだ。

以後も日本軍は快進撃を続けた。東南アジアを舞台にした戦闘では、連戦連勝とのことだった。そのこと自体は望ましいが、戦争はなかなか終わらなかった。早期講和の機会を失ったのか、あるいはそもそも講和する気などなかったのか。お上のすることはわからないが、身近な人が戦場に駆り出されるとなると他人事《ひとごと》ではない。恐れていたとおり、かわいがっている子供たちの成長がついに戦争に追いついてしまったのだった。

戦争に行きたくないと弱音を吐いていた尊通が徴兵され、右腕を失って帰ってきた。征子はさんざん泣いたが、尊通の前では涙を流せなかった。見つかるはずのない励ましの言葉を必死に探し、生きている意味がないと嘆く尊通をなんとか宥めた。だが、尊通は生きて帰ってきただけましなのだった。征子の心配は、まだまだ続いた。

新聞やラジオの報道によると、日本軍は破竹の勢いでフィリピンやシンガポール、蘭領東インドを攻め落としたとのことだったが、そんな勢いに影を差す事件が起きた。連合艦隊司令長官である山本五十六《やまもといそろく》元帥が戦死したというのだ。勝っているのになぜ、軍隊の親玉が命を落としてしまうのか、征子は理解できずに唖然とした。日本軍が各地で勝利を収めているという報道は本当なのかと、このとき初めて疑った。

事実、山本長官戦死の直後には、アッツ島というところでの闘いで日本軍は玉砕した。玉砕という言葉を、征子はそれまで耳にしたことがなかった。なんと禍々《まがまが》しい言葉かと、怖気立った。この頃にはもう、戦争なんて早くやめて欲しいという気分が人々の間に満ちていた。

そしてある日、久しぶりに創平が店にやってきた。店番をしていた尊通が出迎え、征子を呼んでくれた。創平は島生まれとは思えないほど青白く、体もひょろりと痩せていたが、それでも逞しさが増しているようだった。腕や肩に、筋肉がついている。造船所での連日の酷使に、体が鍛えられたのだろう。創平が訪ねてきてくれたことが嬉しく、「どうした」と問う声が弾んだ。

「久しぶりだね。何か、必要な物でもあるか」

「いや、そうじゃないんだ。買い物じゃなくて、申し訳ないけど」

「どうせ、売り物はろくにないけどな」

横手から尊通が口を挟む。その口調に皮肉な色はなく、帰島したばかりの頃に比べればずいぶんと声に張りが戻った。創平はそちらに「うん」と頷いてから、続けた。

「造船所を辞めることになったんだ」

「あら」

辞めてもこのご時世だから次の仕事は簡単に見つかりそうにないが、体を壊しかねないほどこき使われているのなら逃げ出した方がいい。少し体をいたわりな、と言ってやろうとしたら、創平の次の言葉の方が早かった。

「おれ、軍隊に入ることになった」

「えっ」

愕然とした。創平はまだ未成年なのだ。兵隊に取られるのはもう少し先だと思っていたのに、こんな子供をも徴兵するほど戦況は悪化しているのだろうか。子供が戦場に駆り出されるようでは、もはや日本の負けは近いのではないかと反射的に考えた。

「お前が戦争に行くのか」

征子以上に、尊通は衝撃を受けているようだった。坐っていた椅子から腰を浮かせ、左手を意味もなく創平に突き出そうとしている。尊通は戦場の悲惨さを熟知しているだけに、自分より年下の子供が兵隊となることに痛ましさを覚えているのではないか。尊通はもう一度、「お前が」と繰り返した。

「なんでお前まで」

「こんな痩せてても、一応健康だからね」

創平は両手を左右に広げ、自嘲気味に自分の体を見下ろした。それを聞いて尊通は、また椅子に腰を下ろす。左手の拳が、強く握られていた。

「尊通さんですら、腕を失って帰ってくるんだ。たぶんおれは、生きて帰れないよ」

「何を言うんだ」

創平の悲観的な物言いに、思わず大きい声で言い返した。縁起でもないことを言うものではない。必ず生きて帰ってくると、どうして宣言できないのか。生き物はいずれ死ぬ、と達観していた創平を思い出す。こんなときまで、自分を生物のひとつとして考える必要はないのだと言ってやりたかった。

「ねえ、おばさん。お願いがあるんだ」

征子に窘められたのも意に介さず、創平はそんなことを言う。何を頼もうというのか、見当がつかなかった。

「あちこちで戦争をやってても、この島は平和だろ。だからいずれ、タテハモドキも来るんじゃないかと思うんだ。もし見かけたら、おれの代わりに捕まえてくれないかな」

「なんだ、そんなことか。いいよ、わかったよ。捕まえておく。でも、おばさんはどんな蝶だかわからないぞ」

「図鑑を持ってきたよ」

創平は手にしていた昆虫図鑑を開いて、征子に示した。この図鑑の写真を見るのは二度目なので、蝶には確かに見憶えがある。その翅の柄を、記憶に刻み込んだ。

「おれも探すけどね」存外に明るい声を、創平は出した。「たぶんおれが行くのは南方だから、見たことのない虫がたくさんいるよ。それが楽しみなんで、戦争に行くのもそんなに苦じゃないんだ。不安半分、楽しみ半分ってところかな」

創平が言うと、あながち強がりとも思えなかった。まだ見たことのない虫との出会いを、創平は本気で楽しみにしている。それがわかるだけに、征子は泣き笑いのような心地になった。三つ子の魂百までとは、よく言ったものだ。

「絶対に生きて帰ってこいよ。それも、五体満足で帰ってこいよ。手足をなくして帰ってきたって、この店の働き手は足りてるからな」

尊通が凄むような声で、創平に釘を刺した。創平は尊通に顔を向けると、「うん」と応じて笑った。なぜこんなときに笑うんだ、と征子は困惑した。いつもどおり、むすっとした顔でいて欲しかった。

「じゃあ、お願いしたからね」

そう言い残して、創平は店を出ていった。創平が船でくがに向かったのは、その一週間後のことだった。

12

創平が出発した日から、征子は山に行くのが日課になった。創平との約束を果たすためである。幸い、店番には尊通がいる。一、二時間くらい店を空けても、問題はなかった。

売り物の虫取り網と虫籠を持って、征子は山に行った。虫取りなど子供のとき以来やってないから、捕まえられる自信はない。だからいざというときに困らないよう、ありふれたモンシロチョウやモンキチョウで練習をすることにした。案の定、最初はまったく捕まえられず、ただ虫取り網を振り回すだけだった。まるで埒が明かないので、他の子供に教えを乞うて、捕まえるコツを学んだ。一ヵ月もすると、五匹に三匹は捕まえられるようになった。

戦争の旗色が悪くなっているのに、いい年をした大人が何をやっているのかと、傍目には見えただろう。しかし征子は必死だった。なんとしてもタテハモドキを捕まえてやると、真剣に思い定めている。それは、創平の言葉が脳裏から離れないためだった。

いいことが何もない人生も、タテハモドキを捕まえればうまくいくようになるかもしれない。

創平はそう考えていた。たった十九歳で、人生に何もいいことがないと感じてしまうとは、あまりに憐れだ。挙げ句、楽しいことを知らないまま戦場に送り込まれてしまった。もし征子がタテハモドキを捕まえたら、本当に創平の運命は変わるかもしれない。戦場から生きて帰ってくるかもしれない。そう信じているからこそ、是が非でもタテハモドキを捕まえると征子は決意している。思い込みだと笑われてもいい。征子が創平のためにしてやれることは、他にないのだった。

十月二十一日には、くがの明治神宮外苑というところで学徒出陣式が行われたらしい。つまり、戦争に駆り出される子供は創平だけではなかったのだ。そんな状況で、政府は本当に戦争に勝てると思っているのだろうか。征子は疑問に感じたが、もしかしたらすでに政府も勝てるとは考えていないかもしれないと気づき、恐ろしくなった。負けが見えているなら、子供まで死地に送り込むようなことはせず、さっさと降参して欲しい。口には出せないが、心底そう願った。

翌昭和十九年には、日本からも近いサイパン島がアメリカの手に落ちた。サイパン島にアメリカ軍が陣を敷けば、日本までは指呼の間のことである。すでにくがは、爆撃機B29によって何度も空襲を受けていると聞く。島に疎開しに来ている、一橋産業社員の家族も多かった。

これまでの空襲は、航空母艦から陸上の爆撃機を飛び立たせ、帰りは中国に着陸させるという無理矢理な手法だったという。しかしサイパン島から出発するのであれば、日本本土は攻撃し放題だ。いよいよ日本も終わりに近づいていると、少し先が読める者なら誰もが考えた。この絶体絶命の状況を打破する乾坤一擲《けんこんいってき》の秘策など、日本には残されていないはずだった。

夏の盛りが過ぎ、そろそろ秋の気配が感じられるかという頃だった。征子は相変わらず、山に入ってタテハモドキを探していた。夏が終わりに近づいていることで、征子は焦りを感じていた。タテハモドキは南洋の蝶だから、この島までやってくるなら暑いときだろうと考えていたからだ。その夏が、過ぎ去ろうとしている。創平はまだ戦場から帰ってきていない。焦らずにはいられなかった。

　夏の盛りに毎日山を歩いていたから、征子はすっかり日焼けして黒くなっていた。もともと島の女は色白とはとても言えないが、征子の黒さは際立っていた。一ノ屋の女は醜女だなどと、陰口を叩かれているのは知っている。征子も例外ではなく、顔立ちは整っているとは言いがたい。加えて色が黒くなってしまえば、いいところはひとつもなかった。それでも征子は、日焼けも厭わず山に入り続けた。自分の容姿を気にかけている余裕はなかった。

　左右に目を配りながら、一点を見つめるのではなく、ゆっくりと歩いていた。虫の動きを目で捉えるのは、かなり得意になっていた。一点を見つめるのではなく、ぼんやりと前方に目を向けておく。すると、視界内での動きに気づきやすくなる。動きがあったら足を止め、それがどんな虫かを確認する。蝶であれば、練習のためにそっと虫取り網を被せる。これまでに何度も繰り返したことだった。

　視野の端で、動きがあった。立ち止まり、注目する。そして、目を瞠《みは》った。下生えに止まっている蝶の翅は黄土色で、大きい斑点がある。息が止まるかと思った。

　タテハモドキだ。ついに見つけた。創平が幼い頃から探し求めていた、幻の蝶。それが今、目の前にいる。心臓が跳ね上がり、鼓動が耳許で聞こえるかのようだった。征子は固唾を呑んでから、虫取り網の柄を握り直した。手が汗ばんでいる。取り落としたりしないよう、強く握った。

　その一方、網はふわっと振り下ろした。絶対に取り逃がすわけにはいかない。網がタテハモドキを捉え、地面に接したときには、思わず「やった」と声が漏れた。網の中に手を入れ、翅を摑んでから虫籠に移す。籠の中にいる姿を改めて見てみても、これはタテハモドキに間違いなかった。征子は虫籠を高々と掲げ、もう一度今度は大きい声で「やったー」と叫んだ。

　これで、創平は帰ってくる。まるで因果関係のないことではあるが、しかし運命とはこうした幸運が左右するのではないか。寺に行っての願掛けより、よほど効果がありそうだ。この蝶が生きているうちに、創平はきっと帰ってくる。征子は強く信じた。

事実、それから一ヵ月ちょっとで創平は戦場を離れた。征子は創平の両親とともに、港で待ち受けた。帰港した船の中から、戦場で負傷した男性が降りてくる。男性は両親の名を呼び、荷物を手渡した。男性が持って帰ってきた物は遺骨ではなく、遺髪ですらなく、創平が使っていた水筒だった。創平はフィリピンの熱帯雨林の中で、熱病を患って命を落としたという。

母親は受け取った水筒を抱いて、泣き崩れた。父親は拳を握り、うなだれた。征子は天を見上げ、ただ呆然とした。運命に裏切られた思いだった。ようやくタテハモドキを捕まえたのに、どうしてこんなことになってしまうのか、理不尽に感じられてならなかった。

創平は熱帯雨林の中で、タテハモドキを見つけたのだろうか。晴れ渡った空にぼんやりと視線を向けながら、征子はそう考えた。

昭和十九年十月二十一日、神風特別攻撃隊がフィリピンのマバラカット基地を飛び立った。これが日本軍の、乾坤一擲の秘策だった。

13　メイ子

一ノ屋の子供たちの中には、他にも印象的な子がいる。特にメイ子《こ》は、その個性でひときわ目立っていた。女の子の中では、一番と言っていいだろう。まだ年端も行かないうちから、独自の個性は際立っていた。

征子はメイ子の母親と親しかった。親戚付き合い、というわけではなかったが、互いに一ノ屋の血を引くという共通点があって子供の頃からよく口を利いた。年も一歳しか違わないため、他の人には話せないことも互いに打ち明け合った。島で最も親しい友人のひとりと言っていいだろう。メイ子の母親の名は、君子《きみこ》といった。

そんな関係だったから、君子はよくメイ子を連れて店にやってきた。征子はメイ子のことを、生まれたての赤ん坊の頃から知っている。君子に負ぶわれて店に来ていたかと思うと、よちよち歩き始め、そして片言ながら喋るようにもなった。女の子は口が早い。喋り始めるとたちまち、あれこれと征子に話しかけてきた。

もちろん最初の頃は、「あれ何」「それ何」といった短い質問だけだった。しかしそのようにして物の名前を憶えると、質問内容はだんだん高度になってきた。メイ子の質問には、「どうして」が多かった。

「おばちゃん、どうして女にはおちんちんがないの」

あるとき、いきなりそう訊かれて面食らった。君子は目を丸くし、「こら」と窘める。

「なんてことを訊くの。女の子なんだから、そんな言葉を口にしちゃ駄目よ」

「どうして」

「どうしてって、女の子が言っちゃいけない言葉があるのよ」

「男ならいいの」

納得いかないとばかりに、メイ子は眉根を寄せて訊き返した。まだ四歳のくせに、不機嫌な顔は一人前である。いかにも一ノ屋の女らしく、造作は整っているとは言いがたい。顔が横広で、一重《ひとえ》の目は横に引っ張られているかのように細かった。切れ目が入った蟹の甲羅に譬《たと》えると、かなり近い。もちろん、征子も人のことは言えないのだが。

「男でも駄目よ。そういう言葉は下品って言うの」

「げひんって」

「品がないってことよ」

「ひんって」

　この年頃はたいてい、親を質問攻めにする。答える方も、ふだん説明しないことを訊かれて困るものだ。今も君子は困じ果て、征子に助けを求めた。

「征子ちゃん、どう説明すればいいのかな」

「ううん」

　品とはどういうものか子供にわからせるのは、征子にとっても難しい。頭を捻りつつ、膝を折って視線の高さをメイ子に合わせた。

「人にされたらいやなことってあるでしょ。例えば、店の前で痰《たん》を吐かれたりしたら、おばちゃんはいやよ。そんな、痰を吐くような人は品がないと言うの。痰だけじゃなく、汚い言葉を吐く人も同じ。わかるかな」

　最後に確認すると、メイ子はむっつりと頷いた。一応、理解してくれたようだ。しかし、最初の質問には片がついたわけではなかった。

「じゃあ、おちんちんと言わないで、なんと言えばいいの」

「ええっ」

　あくまでその質問に固執しているらしい。言葉遣いを窘められただけで、質問内容は問題がないと考えているのだろう。参ったなぁ、と征子は内心で苦笑した。

「いや、まあ、他の言い方もあるけど、今はもうおちんちんでいいわよ。で、どうして女にはおちんちんがないか、ってことね。おちんちんがないから女なのよ。おちんちんがあったら、男になっちゃうでしょ」

「おちんちんがあるかないかが、男と女の違いなの」

「まあ、そうね」

よけいなことをつけ加えると、また質問が三倍になって返ってくる。だからひとまず、メイ子の理解を認めておいた。君子は情けなさそうに、眉を八の字にする。

「ごめんねぇ。この子はいつもこんな調子なのよ。参っちゃう」

「子供なんて、みんなそうよ」

多少同情しつつ、征子はそう答えた。この時点ではまだ、子供は皆こんなものだと考えていたのだ。

そうではなく、メイ子が特別変わった子であると征子が認識を改めるまでには、さほど時間はかからなかった。メイ子は店に来るたびに、征子相手に質問をしたからだ。

「ねえ、おばちゃん。なんで女にはおっぱいがあるの」

前回の質問からすれば、この疑問が出てくるのはある意味当然だった。また苦笑させられつつ、征子は答える。

「赤ちゃんにお乳をあげるためよ」

「なんで女だけなの。男もあげればいいじゃない」

「そうね」

子供の発想は面白い。男も授乳できればいいのにと、征子も思う。

「メイちゃんの言うとおりね。男もお乳あげられたらいいのに」

「なんで駄目なの」

「出ないからよ。女しか出ないの」

「なんで女は出るの」

あまりに根本的なことを訊かれ、征子は言葉に詰まった。生物学的には説明がつくのだろうが、征子は知識がないし、仮に詳しく知っていたとしても四歳の子供相手に噛み砕いて説明できるとは思えない。この質問に関しては、ここで降参するしかなかった。

「うーん、なんでだろうねぇ。お乳が出るから女なのよ」

「ふうん」

メイ子は納得したというより、これ以上訊いても無駄と見切ったかのような反応をした。征子は君子と目を見交わし、苦笑いを浮かべる。

「ここのところ、毎日こうなのよ。困っちゃって」

「子育てって大変ね」

自分は経験していない苦労だから、羨ましくもある。これを苦労と言うのは、贅沢な悩みだと密かに思った。もちろん、言葉にすれば嫌みめくので言わなかったが。

次に店に来たときも、またメイ子は質問を用意していた。

「おばちゃん。なんで料理は女がするの」

どうやらメイ子は、男女の差異にかなり興味があるらしい。最初は身体的違いが気になっていたが、ついに日常生活の違いに気づいたようだ。身体的違いの説明をするのも難しかったが、日常生活の違いについてはさらに難問だった。

「えっ、どうしてだろうね」

考えてみたこともなかった。子供の頃から、料理は女がやるものと当たり前に考えていたからだ。メイ子の疑問は素朴だが、それだけに優れた着眼点ではないかと思えた。誰も疑問に感じていないことを不思議と受け取るのは、実は至難の業だ。子供だから、というわけではない。現に征子は、子供のときになんら疑問を覚えなかった。

「女の方がうまく作れるから、ってわけじゃないしねぇ」

持って生まれた能力の違いに、料理の腕が左右されるわけではないだろう。単に習練の問題ではないか。男は料理をしないから、うまくないのである。逆に板前などは、むしろ男しかなれない仕事だ。よくよく考えれば、おかしなことだった。

「男が料理してもいいんじゃないの」

なおもメイ子は、質問を重ねる。確かにそのとおりだ。男が料理をしてはいけないという理由は、少なくとも征子は思いつかない。

「そうね。おばちゃんもそう思うわ。でも、昔から男の人は台所に入っちゃいけないって言われてるのよね。昔の人が、料理は女の仕事って決めたのかしら」

「どうして」

こんな説明で、メイ子が納得するわけがなかった。本気で頭を捻り、なんとか筋の通る解釈を捻り出した。

「きっと、男の人しかできないことがあるからよ。力仕事とか、漁とか、そういうことは女には無理でしょ。それをやってもらう代わりに、女は料理をするようになったんじゃないかしら」

「漁って、女はできないの」

「大変らしいわよぉ。女が漁に出た話なんて、聞いたことないし」

そもそも女は漁船に乗せてもらえないが、それは多分に迷信によるものだ。海の神様が女に焼き餅を焼く、なんて説明はメイ子に無効だろう。

「ふうん」

メイ子は少し口を尖らせながらも、そこで質問を終えた。役割分担、という説明で納得してもらえたようだ。そうか、これは万事に使える手かもしれない。次に似たような質問をされたときにも、また役割分担の線で答えようと征子は考えた。

君子に目をやると、参ったとばかりに口をへの字に曲げていた。その表情が面白く、征子は噴き出しそうになった。

14

メイ子には幼馴染みがいる。親同士が親しく、年が近いということもあり、自然と仲が良くなったようだ。大樹《たいき》という名の男の子で、年はメイ子のひとつ下だった。メイ子は大樹の手を引き、店にやってくることもあった。

征子が見る限り、ふたりの関係の主導権は完全にメイ子が握っていた。何をするにもメイ子が決め、大樹はおとなしく従う。メイ子が年上だからというより、持って生まれた性格によるところが大きそうだ。大樹はその名のとおり体は大きいが、目立つことを嫌って人の後ろに隠れているような性格の子だった。

一度、ふたりがままごとをしているところを見た。微笑ましいと思いながら見守っていたら、なにやら奇妙な印象を受けた。最初はその理由に気づかず、しばらく観察してようやくわかった。なんと、大樹が母親役で炊事をしているのだ。メイ子はあれこれ指示をしているが、基本的には作らせている側のつもりのようだ。ふたりの力関係を如実に物語っていて、征子は苦笑してしまった。

しかし、あるときはまた別の一面も見た。メイ子が五歳、大樹が四歳のときのことである。ふたりに加えてさらにもうひとり、同じ年格好の男の子を伴って店にやってきた。征子も知っている良治《よしはる》という男の子は、右肘を左手で押さえていた。顔を顰《しか》めているところからすると、怪我をしているようだ。手当てをして欲しくて連れてきたのだなと、一瞥して見て取った。

「良治、どうした。怪我したか」

「うん」

頷くと、良治は横に立つ大樹を睨む。まるで大樹が怪我をさせたみたいだな、と征子は思った。大樹が怪我をさせるわけがないと、無意識に考えていたからだ。

「大樹に突き飛ばされた」

「えっ」

良治は、征子の第一印象を肯定した。大樹は殴られても反撃などせず、そのまま泣いて逃げ帰るような性格である。そんな大樹が突き飛ばしたとは、何かの間違いではないのか。本当はメイ子が突き飛ばしたのではないかと、本気で疑った。

「ともかく、手当てをしよう。見せてみな」

良治の手を取って肘を見ると、大したことのない擦り傷である。傷を洗って、絆創膏を貼ってやった。手当てが済むと、良治も安心したのかようやく顰めっ面を和らげた。

「何があったんだ、いったい」

椅子を持ってきて三人とも坐らせ、落ち着いたところで改めて尋ねた。征子の促しに、メイ子と良治がいっぺんに話し始めた。大樹は俯いたまま黙っている。ふたりの話が交錯してよくわからないので、それぞれ順番に喋らせた。

五歳の子供たちの説明なので、要領を得ない。だがふたりの話を総合すると、おおよそこんなことがあったようだ。

そもそもの始めは、メイ子と良治の言い争いだったらしい。一本の縄跳びの縄を巡って、どちらが先に使うかでふたりは争った。縄は大樹のものだったから、メイ子は当然自分が先に使えると考えた。しかし良治は、異議を唱えた。

『男のおれが先だよ。女は後回しだ』

この言い種が、どうやらメイ子の癇に障ったらしい。メイ子は噛みついた。

『どうして男が先なのよ』

メイ子としては、良治の主張には裏づけがないと思ったのだろう。だが良治は、自明のことを問われたと感じたようだ。

『男だからだよ。男が先で女は後って、決まってるだろ』

自明のことを説明するのは難しい。まして五歳の男の子では、弁が立つはずもない。当然のことながら、メイ子は納得しなかった。

『誰が決めたのよ』

この年頃はたいてい、口喧嘩では女の子の方が強い。とりわけメイ子は、納得しない限り引き下がらない性格だ。当たり前と思っていたことが通じず、良治は面食らったようだった。

しかし、良治が五歳だからうまく説明できないのではないだろう。たとえ大人であっても、なぜ万事に亘って男が先で女が後なのか、その理屈を解き明かせる人はいないのではないか。突き詰めて考えてみれば、論拠のない理屈なのである。メイ子が受け入れるはずもなかった。

ふたりはしばらく口論したらしい。だが、良治が劣勢なのはどうしようもない。こんなとき、男の子がやることはひとつだ。良治はメイ子の頭を叩いたのだった。

ふたりのやり取りを傍観していた大樹が動いたのは、このときだったそうだ。大樹はふたりの間に割って入り、良治の胸を突いた。思わぬ攻撃を受け、良治は転んだ。その際に、肘を擦り剝いたのだという。

「はあ、なるほどねぇ」

おおよそ理解した。聞く限り、良治が悪い。だから注意をした。

「良治、女の子の頭を叩いたりしたら駄目だろ。女の子には優しくしないと」

「でもこいつ、女なんかじゃねえよ」

良治はそんな反論をする。メイ子が眉を吊り上げて言い返した。

「女じゃなかったら、なんなのよ。あたしは男か」

「男女《おとこおんな》だよ。お前みたいなのは、誰も嫁にもらってくれないぞ」

「嫁になんか行くか。嫁に行って男に尽くすなんて、まっぴらだよ」

いかにもメイ子らしい物言いだ。しかし、異端ではある。きっと想像外の言葉だったのだろう、良治は目を白黒させていた。

「なあ、良治。メイ子の言うことにも一理あるぞ。男だから偉い、なんてことはないんだ。男の中には偉い人もいる。でも、偉くない人もいる。女だってそうだ。女の中にも、偉い人はいるんだよ」

「女の偉い人って、誰」

良治は不本意そうに訊き返す。征子はとっさに何人かの名前を思い浮かべたが、その名を出したところで良治は知らないだろうと思った。

「くがには偉い女の人が何人もいるんだよ」

「変なの」

偉い女、という概念は良治には受け入れがたいらしい。良治は特に変わったところのない、ごく普通の島の子供である。普通の子の認識は、こんなものなのだった。

「大樹、メイ子を庇ったのは偉いぞ。でも、手を出したら駄目だ。大樹が良治に怪我をさせたんだから、ちゃんと謝るんだな」

喧嘩両成敗、という考え方は好きではないが、怪我をさせたのは事実である。その点だけは窘めなければならなかった。大樹はしょげかえり、素直に良治に謝った。良治は口をへの字にしながらも、謝ってもらったことで自尊心が満たされたようだった。

大樹はいつもメイ子に顎でこき使われているが、いざとなるとメイ子のために力を振るうのだな。そのことを知り、征子は微笑ましく思った。幼い頃の男女の付き合いは、そう長く続かない。それでも、少しでも長くこの良好な関係が続けばいいのにと、ふたりのために願った。

「それから、メイ子。お前の言ってることは間違いじゃない。でも、ものも言いようって言葉を知ってるか。言い方ひとつで相手が納得してくれることもあるし、怒ることもある。それを知っておくんだな」

「ものも言いよう」

初耳らしく、メイ子はきょとんとしていた。おそらくメイ子の性格からして、理解するには時間がかかるだろうなと予想した。大人になるまで、いや、下手をすると大人になっても、メイ子は穏便な物言いなどできるようにはならないかもしれない。それは大いにあり得ることだと思い、心の中で密かに苦笑した。

15

征子が案ずるまでもなく、メイ子と大樹の仲はその後も続いた。おそらくメイ子が他人の目を気にしない子供だったからだろう。大樹も主体性がないので、メイ子との付き合いをいやがらないのだ。理由はどうあれ、親密な関係がいつまでも続くのはいいことだった。

メイ子が十一歳、大樹が十歳のときのことである。例によってメイ子が大樹を引っ張るようにして、店にやってきた。メイ子はこちらを見るなり、「おばちゃん」と呼びかけてきた。

「お願いがあるんだけど、台所を貸してくれない」

「えっ、台所」

唐突な頼みに、征子は戸惑った。夕飯にはまだ早い時刻なので貸すのはかまわないが、その理由がわからない。台所で何をするつもりなのか。

「いいけど、なんで」

「大樹に料理を教える」

「えっ」

澄まして答えるメイ子に、征子は目を剝いた。料理を教えるとは、どういうつもりか。大樹は料理を覚える必要があるのだろうか。

「どうして。もしかして、大樹のお母さんは具合が悪いのか」

男の子が料理を覚えなければならない理由は、それくらいしか思いつかない。だから尋ねたのだが、大樹はあっさり首を振った。

「ううん」

大樹は内気なので、口数が少ない。征子の推測を否定するだけで、説明はしてくれなかった。代わってメイ子が答える。

「女だけが料理をするのはおかしいから、大樹に教える」

「ええっ」

メイ子の言葉を聞いて、幼い頃にそんな疑問を抱いていたことを思い出した。あのときは役割分担という説明で納得したと思っていたが、違ったのだろうか。

「だって、男は料理をしちゃいけないなんて、おかしいでしょ」

当然のことを口にしているまで、という顔のメイ子である。確かにそれはそうなのだが、ではなぜうちなのか。メイ子や大樹の家でやればいいではないか。

「どうしてうちの台所なの。メイ子の家は駄目なの」

「駄目。お母ちゃんが駄目だって」

「なんで」

「大樹にそんなことさせるなって」

「ああ」

なるほど、言われてみれば君子の反応はもっともだった。いくら幼馴染みとはいえ、男の子に料理などさせられない。大樹の親に平謝りしなければならないだろう。

同じ理由で、大樹の家でもできないのだ。そこで仕方なく、ここに来たというわけか。まあ、大樹が料理を覚えるのは悪いこととは思わないので、台所を貸してやることにする。ただし、条件をつけた。

「だったら、うちが台所を貸したことは内緒にするんだぞ。おばちゃんが怒られちゃうからな」

「うん」

わかっているよ、とばかりにメイ子は頷いた。その生意気な態度に、征子はつい苦笑いを浮かべた。

ふたりは食材を持ってきていた。大樹が薩摩芋一本、メイ子はニンジン、タマネギ、もやしである。どうやら芋の蒸かし方と、野菜炒めの作り方を教えるつもりらしい。メイ子自身が、まだそれくらいしかできないのだろう。

手を出す気はなかったが、ふたりが料理する様子は見たいので、台所についていった。包丁とまな板、鍋とフライパンを出してやってから、場所を明け渡す。メイ子は「よし」と気合いを入れて、服の袖をまくった。

「じゃあ、まずは野菜を洗う。それから皮を剝く」

「うん」

メイ子に並んで立った大樹は、素直に頷く。そして言われたとおり、野菜を洗い始めた。メイ子は袖まくりをしたくせに、腕組みをして見ているだけだ。

「よし。では、次は芋を蒸かそう」

メイ子はそう言って、鍋に水を入れろと指示する。大樹は素直に従う。大樹は特に渋々付き合っているわけではなさそうだった。幼い頃からメイ子と接しているだけあって、男が料理をすることに抵抗がないのだろう。いい組み合わせだな、と後ろから見ていて征子は思った。

大樹はただでさえ体が大きいので、最近は頭ひとつ分、メイ子より背が高い。それなのに小さいメイ子に顎でこき使われている様は、微笑ましいとしか言いようがなかった。この調子で、最後まで料理し終えるのだろう。問題がなさそうなので、ふたりを残して征子は店に戻った。

その後もメイ子は、たまに台所を貸してくれと頼んだ。それだけでなく、洗濯をさせて欲しいとも言ってきた。料理に加えて、洗濯も大樹に仕込むつもりのようだ。大樹も大変だなと思いつつ、盥《たらい》と洗濯板を貸した。大樹は黙々と、持ってきた服を洗濯板に擦りつけていた。

料理、洗濯とくれば、次は掃除である。案の定、掃除をさせて欲しいとメイ子は頼んできた。駄賃なしで掃除してくれれば助かるので、承知する。メイ子は箒を持って、掃くときは畳の目に沿って、と大樹に使い方を教えていた。もはや大樹は、たいていの女の子より家事ができるのではなかろうかと思えた。

しかし、このままでは不公平ではないかという疑問も、征子は覚えていた。男女は同等とメイ子が考えているのはわかる。だから大樹に、女の仕事と見做されている家事を教え込むのは理解できた。ならば、メイ子も男の仕事をすべきではないだろうか。今のままでは、一方的過ぎる。そう考えたのだが、口には出さずにおいた。メイ子と大樹のふたりの問題だからだ。

よけいなことは言わなくてよかった。聡明なメイ子は、すでに気づいていたのだ。大樹にひととおり家事を仕込むと、次は自分の番とばかりに役割を交換した。メイ子は男の仕事を始めたのだった。

「おばちゃん、荷物運びをやらせて」

次にやってきたとき、メイ子はそんなことを言った。店の売り物は、くがから運ばれてくる。船で港に着いた荷物を、夫の弘幸がリヤカーで受け取りに行くのだ。港でリヤカーに荷物を積み、店まで戻ってから積み荷を降ろすのは、両方とも弘幸の仕事である。その作業を、自分にも手伝わせて欲しいとメイ子は言っているようだった。

それを頼まれた瞬間、征子はメイ子の意図を察した。だから受け入れてやりたかったが、現実問題として荷物運びなどできるだろうかと案じた。女がやるにはなかなかの重労働なのである。それを、まだ十一歳の子供がやろうというのは少し無理があるのではと思えた。

「大丈夫か。大変だぞ」

「大丈夫。やる」

念を押しても、メイ子の決意は固いようだった。これまで大樹に強いてきたことを思えば、自分に甘くはできないのだろう。気持ちはわかるので、取りあえずやらせてみることにした。やってみないことには、どれだけ大変かメイ子もわからないだろうからだ。

くがからの荷物は、基本的に午前中に着く。だから学校がある時期なら荷物運びの手伝いはできないところだったが、今は小学校が夏休みだ。メイ子も商売の事情を知っていて、休み中の今を力仕事をする時期と決めたのだろう。弘幸が港に行く時刻を教えておくと、その十分前に店にやってきた。なぜか、大樹も伴っていた。

「大樹も一緒にやるから」

当然のように、メイ子はそう言った。大樹は特に不満そうでもなく、メイ子の横に立っている。本人がいいなら何も言うことはないので、弘幸とともに港に送り出した。

四十分ほどで、三人は帰ってきた。いつもどおりの時間だ。つまり、子供ふたりが手伝ったからといって、作業が早く終わったわけではないのだ。予想していたことではあるものの、むしろ弘幸に面倒をかけたのではないかと申し訳なく思った。

弘幸が店の前にリヤカーを停めた。すぐに後部に回り、荷台から荷物を下ろし始める。弘幸が箱詰めの荷物を荷台から下ろして子供たちに渡すのだが、メイ子と大樹のどちらに渡すかは選んでいるように見えた。大きい荷物は大樹に預け、小さい荷物だけをメイ子に渡しているのだった。

荷物をすべて店の奥に運ばせ、メイ子と大樹をねぎらった。弘幸がリヤカーを店の裏に停めに行く間に、ふたりにはラムネを飲ませる。ふたりとも、額に汗をびっしょりかいていたので、手拭いを与えて拭かせた。大樹はひと仕事を終えた清々しい顔をしていたが、メイ子は俯き気味で肩で息をしていた。やはり相当きつかったようだ。大丈夫だろうかと、心配になった。

「メイ子、疲れたか」

「うん」

強がる元気もないようだ。この様子からすると、弘幸は港での消耗具合を見て、メイ子には小さい荷物だけを運ばせたのだろう。その判断は正しかったと、征子は考えた。

「一度やってみて、力仕事がどんなものかわかっただろう。満足したか」

これが最初で最後になるだろうと考えて尋ねたのだが、疲れ果てているはずのメイ子はきっぱりと首を振った。

「ううん、まだ。明日も手伝う」

「えっ、いいよ。明日は休みな」

メイ子の頑固さに半ば呆れながら、そう勧めた。しかしメイ子は承知しなかった。

「明日も来る」

何を言っても駄目そうなので、仕方なく受け入れた。そのうちいやになるだろう、と高を括ってもいた。

言葉どおり、翌日もメイ子はやってきた。昨日は仕事を楽しみにしているかのような表情だったが、今日はなにやら思い詰めた顔つきである。力仕事の辛さがわかっている分、覚悟を固めているのだろう。そこまでむきにならなくても、と思ったが、たとえ止めても聞かないのはわかっているので何も言わなかった。

港に行って帰ってきたメイ子の様子は、昨日とほぼ同じだった。やはりかなり消耗したらしく、坐り込んで肩で息をしている。涼しい顔でラムネを飲んでいる大樹とは、あまりに対照的だ。これはさすがに、メイ子も思うところがあるのではないかと征子は推し量った。

「明日はどうする」

やらなくていいんだぞ、という意味を込めて訊いたが、はっきりそう言ってしまうと逆に意地になるので、単なる予定確認として尋ねた。それでもメイ子は、「やる」と言い張った。満足するまでやらせるしかなかった。

翌日もその翌日も、メイ子は力仕事を継続した。いったいいつまでやれば納得するのかと疑問に思ったが、おそらく大樹と同じくらい平然と力仕事ができるようにならない限りはやめないのだろう。そして、そんな日はまず間違いなく来ない。大樹は子供にしては大柄だし、その反対にメイ子は女の子としても華奢なのだ。同等に働けるようになど、なるわけがなかった。

夏なので、連日暑い。島の子供は暑さに慣れているとはいえ、この炎天下での力仕事はさすがに応えているはずだ。日に日に疲労の色が濃くなるメイ子を見ていて、体がいつまで保つか心配になってきた。心よりも先に、体が音を上げるのではないかと予想した。

征子の予想は当たった。力仕事を始めて六日目に、メイ子は担いでいた荷物を取り落とした。売り物を落とされては困るが、それよりもメイ子の様子に目がいった。虚ろな表情で、ふらふらしている。顔も赤い。熱射病になったのではないかと疑った。

「メイ子、もういいから座敷で寝な」

腕を引き、無理矢理畳に寝かせた。手拭いを水で濡らせて絞り、額に当てる。傍らに坐って、団扇《うちわ》で扇いでやった。

メイ子はしばし、荒い呼吸をしていた。だが意識を失ったわけではなく、しばらくしてぽつりと言った。

「男と同じように働くのは、無理なんだね」

征子はなんと答えていいのか困った。メイ子の意図はわかる。世間における男女の立場が不公平なのは、征子も納得しがたいものを覚えていた。だが、まったく同等になるのは不可能なのだ。そのことを、図らずもメイ子が自分の身で証明したようなものだった。

「そりゃあ、体が違うからな。だから男と女で、役割分担をするんだよ」

結局、メイ子が幼い頃に言って聞かせた説明を繰り返すことになった。メイ子は天井を見つめたまま、弱々しい声で「うん」と言った。

16

その後、メイ子はしばらくしょげていた。男女が本当の意味で同等にはなれないと知ったことは、メイ子にとってかなりの衝撃だったようだ。不公平を受け入れるのは難しい。ましてメイ子は、他の子供のように「そういうものだ」と諦めるのではなく、きっと不公平は正せると信じていたのだから、それが不可能だとわかって落ち込むのも無理はない。世の中の不公平さにどう折り合いをつければいいのか、ずっと考え続けているのだろうと推察した。

あるとき、君子がひとりで店にやってきたので、メイ子の様子を尋ねた。すると君子は、うんざりしたように顔を歪めて言った。

「メイ子には、最近困ってるのよ」

メイ子が親を困らせるのは今に始まったことではないのだから、改めてこんなことを言うからにはよほど度合いがひどくなっているのだろう。いったい何をやらかしたのかと、続く君子の言葉を待った。

「最近、うちの人とぶつかるようになってね」

君子は眉根を寄せた。ああ、そういうことかと征子は納得した。女の子は成長の過程で、父親と距離をおきたくなる時期がある。メイ子にもそのときが来たのかと、簡単に考えたのだった。

しかし、メイ子の場合はそう単純なことではなさそうだと、君子の説明を聞いて理解した。君子は半ば呆れるような顔で、詳しいことを話した。

「なんでそんなふうに考えちゃったのかわからないんだけど、メイ子はうちの人が家で何もしないことが腹立たしいみたいなのよ。お父ちゃんは外で働いてるんだから、家では何もしなくていいのよってあたしが言っても、お母ちゃんだって働いてるじゃないかって言い返すのよね」

島の女は、たいてい仕事を持っている。魚を干物にしたり、貝を剝いたりといったことは、主に女の仕事だ。それだけでなく、一橋産業の仕事も多い。椿油作りは未だに島の主産業だし、会社での事務仕事の働き口も増えた。女が働かず、夫の収入のみで生計を維持できているような家は、ごくひと握りの裕福な家庭だけだ。

君子も、水産品加工の仕事をしている。昼は加工工場で働き、家に帰ったら家族の食事を作る。それは当たり前の女の生活ではあるが、メイ子には納得しがたいことらしい。

「お母ちゃんも外で働いてるんだから、お父ちゃんも家事をしないと不公平だって言うのよ。そりゃあそうだけど、家事をする男なんていないでしょ。そんなこと言うだけ無駄なのにさ、メイ子はうちの人に食ってかかるのよね。困っちゃう」

征子は軽く驚いた。まだ公平であることにこだわっているとは思わなかった。それは不可能なのだと、悟ったのではなかったのか。

「うちの人もさ、メイ子はどこかおかしいと前からわかってたけど、まさか自分が文句言われるとは思わなかったんだろうね。怒っちゃって怒っちゃって」

それはそうだろう。家事をやれと、娘から指示される父親などいない。屈辱にすら感じたのではないか。

「メイ子も弁が立つでしょ。だから、あれこれ理屈を言うのよね。男女は体の構造が違うんだから、それぞれ別々の役割をするのはいい。男が働きに出て、女が家事をするのは一応納得する。でも、うちの場合はお母ちゃんが外に働きに出てるんだから公平じゃない。お母ちゃんが働くなら、お父ちゃんも家事をすべきだ、って言うわけよ」

正論だとは思う。ただ、通用する理屈ではない。ものも言いよう、と教えたのに、やはり理解できていなかったようだ。まずは自分の身近から不公平を正そうとでも考えたのかもしれないが、一歩目から躓くのは間違いなかった。

「うちの人もどう言い返せばいいのか、最初は思いつかなくて困ってたけど、結局『おれと君子は稼ぎが違う』って言い出したのよ。まあ、そうだけど。稼ぎが違うんだから、その分あたしは家でも働けってわけよね。なんとなく腹が立つけど、あたしは言い返せないわけよ。メイ子も同じだった」

「じゃあ、今のところ納得したの」

確かめると、君子は首を捻る。

「さあ。納得はしてないんじゃないかなぁ。ふて腐れてたから。ホントかわいげがないんで、将来が心配。嫁にもらってくれる人はいるのかしら」

親としては、その心配は当然あるだろう。だがメイ子本人は、不公平が存在する限り嫁に行こうとは考えないのではないだろうか。男女を同等に扱ってくれる男など、この世に存在するとは思えない。不公平を強いられるくらいなら、ひとりでいた方がましだとメイ子は結論するに違いなかった。

他にも、メイ子に関しては心配なことがあった。子供たちから仕入れた情報によれば、どうやら学校の先生ともぶつかっているらしいのだ。しかも相手は男ではなく、女の先生だという。女ともぶつかるのか、と話を聞いて驚いた。

噂話はどんな尾鰭《おひれ》がついているかわからない。よくない話を聞いたなら、やはり当人に尋ねてみるのが一番だ。そこで、メイ子が店に来たときに問い質した。大樹も一緒だったが、大樹に知られることはかまわないはずと征子は考えた。

「なあ、メイ子。学校の先生とうまくいってないって聞いたけど、本当か」

切り出すと、メイ子は露骨にいやそうな顔をした。触れられたくないことだったようだ。しかし、こちらは心配だから訊いているのである。できるなら答えて欲しかった。

「まあ、本当かな」

メイ子はそんなふうに認めた。大樹に目をやっても、特に表情を変えていない。知っているのだ、と見て取った。

「何があったんだよ」

メイ子を案じて尋ねていることが伝わればいいのだが、と願いつつ問うた。メイ子は少し口を尖らせ、話すのをためらう素振りを見せながらも、結局語ってくれた。

それは修身の時間のことだったそうだ。女教師は女性の心得について話していたらしい。将来はよい妻となり、子を持ってよい母となれという、いわゆる良妻賢母教育だ。日本のどこの小学校でも行われている、ごくありふれた内容と言っていい。だがメイ子は、簡単には聞き流さなかった。

『先生のお給料は、旦那さんと同じくらいですか』

手を挙げて、そんな質問をしたのだそうだ。女教師の夫も学校の先生で、男子を教えている。大人はなかなか面と向かって訊けないことだから、いかにも子供らしい率直な質問だ。とはいえ、メイ子の意図は子供らしいとはとても言えなかったのだが。

いきなりなんの話だ、と女教師は身構えた。それはそうだろう。良妻賢母教育のさなかに、なぜ自分の収入を問われるのか、質問の意味がわからなかったに違いない。しかしメイ子はおそらく、曖昧な返事を許さない目でじっと女教師を見ていたはずだ。結局、女教師は答えた。

『そうね。同じくらいよ』

実際には同じ学校教師でも男女では給料差があるのだが、認めなかったのは女教師にも矜持があったからか。しかし、そのことがよくなかった。

『家事は先生がやってるんですか』

事改めて訊くのが不思議なほど、当たり前の問いである。今度は女教師も、ためらわずに簡単に認めた。ここでメイ子は切り込んだ。

『先生だけが家事をやってるんですか。旦那さんはやらないんですか』

『男の人は家事なんてしないわよ』

『男が外で働いて、女が家事をするなら、それは役割分担です。でも先生の家は、女である先生も外で働いていますよね。しかも、旦那さんと同じくらいの給料を稼いでいる。それなのにどうして、家事は先生だけがやるんですか』

『えっ、だってそれは女の仕事だから』

『不公平ですよね。不公平だとは思わないんですか』

メイ子は、父親にやり込められたことがずっと心に引っかかっていたのだろう。確かにメイ子の家庭は、父親と母親の稼ぎが違う。ならば、夫婦の稼ぎが同じ家庭を見つければいいのだ。そしてそんな家庭は、メイ子のすぐそばにあったのだった。

『不公平って、そんなことを言ってたらいいお嫁さんにはなれませんよ。女の幸せは、いい妻になっていい母親になることです。先生の話を聞いてなかったの』

女教師はそう言い返したが、その説明で納得できるなら最初から疑問を持ったりしない。メイ子は引き下がらなかった。

『不公平はおかしいと思わないんですか。不公平を不公平とも思わずに受け入れてたら、いつまで経っても女は男に劣ると見られ続けるんですよ。先生はそれでいいんですか』

メイ子に問い詰められ、目を白黒させる女教師の様子がありありと想像できた。少し気の毒になったが、笑っている場合ではない。メイ子の疑問にうまく答えることができず、女教師は強権を発動したのだった。

『そんな生意気な口を利く女は、殿方から好かれないわよ。誰もお嫁にもらってくれなかったら、どうするの』

『嫁に行って不公平な生活を送るくらいなら、結婚なんてしません』

いかにもメイ子らしい物言いだが、こんなことを言う子供は他にいない。女教師は考えを改めさせなければならないという使命感を覚えたらしく、放課後残るように言い渡した。そのやり取りが、子供たちの間で噂になっていたというわけだった。

「それで、お説教されたのか」

放課後に居残りを命じられたなら、こってりと油を絞られたに違いない。そう考えて征子は訊いたのだが、説教とは違ったようだ。

「言い合いをした。先生はぜんぜん、こっちの言ってることが理解できなかったみたいだけど」

「はあ」

不公平を不公平と感じていない人に、あなたの置かれている立場は不公平なんですよと指摘しても、大きなお世話と思われるだけだろう。征子は子供がいないから、良妻賢母であれなどと言われると心が痛む。メイ子の言い分の方が、しっくりくる。だが、大多数の人は女教師を正しいと考えるのだろう。メイ子が絶対に勝ち目のない相手に勝負を挑んでいるように思えて、憐れだった。

「女に生まれたのは損だったな。メイ子は男に生まれればよかったのに」

だからそう言ってやったのだが、メイ子の意には沿わなかった。

「別に、家でふんぞり返っていたいわけじゃないんだよ。不公平がいやなだけなの」

「ああ、そうか」

つまり、たとえ男に生まれていたとしても、自分は家事をやる男になると言いたいのだろう。メイ子なら間違いなくそういう男になっていただろうから、よけいに男に生まれて欲しかったと思う。征子の夫は比較的公正な人だが、それでも女に生まれて損だったという気持ちが胸の底にはあった。

「悔しいよな。いつか、女に生まれた方がよかったと男が思う時代が来ればいいのに」

完全な夢物語として、ついそんなことを口走った。メイ子は冷静に、征子の言葉を受け止める。

「そんな時代、来るわけないよ」

「そうだな」

これでは、どちらが大人なのかわからない。メイ子は本当に賢い子だが、その賢さが本人に利していることは思えないのが不幸だった。おかしいことをおかしいと感じられる人が増えれば、女に生まれたことが損になるような時代も変わるのだろう。しかし、そんな時代は遥か遠い未来にしか実現しないと征子には思えた。

メイ子の話の間、大樹は店の隅でおとなしくしていた。まさに夫の陰にひっそり控える良妻のようで、男女が逆だったらよかったのになと心の中でふたりに話しかけた。

17

しかし、男が女を羨む時代は、存外遠い未来の話ではなかった。その時代は、征子もメイ子もまったく予想しない形でやってきた。軍靴の音とともに、人々の生活に忍び寄ってきたのである。

昭和六年に満州事変が起きたときは、戦争を嬉しく思ったわけではないが、日本の権益拡大を喜ぶ空気に流された。満州を手に入れれば、欧米列強と肩を並べられる。そんな認識を、征子も疑いなく受け入れていた。

だが昭和十二年に盧溝橋事件が起き、そのまま支那事変に突入すると、日本は軍国主義の色合いを濃くしていった。中国との戦争は長引き、島からも若い男が戦場に駆り出されていった。兵役は、日本男子の義務である。戦争なんていやだと思っても、体が健康であれば行かなければならない。男だけが背負う、苛烈な義務だった。

幸い、夫の弘幸は兵役を終えていた。大陸には、もっと若い男たちが送り込まれている。だからといって、征子はまるで安心できなかった。征子の子供たちが、戦場に向かうことになるかもしれないからだ。

戦争に行きたくないなどと言ってはいけない。赤紙が来たら、それを喜ばなければならないのだ。だがそんなことは建前であり、実際には兵になりたい人は少ないのではないか。大樹など、その典型だ。大樹が戦場に出て、敵とはいえ人を殺せるとは思えない。まだ徴兵される年ではないが、女に生まれればよかったと心底考えているのではないかと、その内心を推し量った。

もはや、男女の立場が不公平だなんてことを言っている場合ではなくなった。メイ子は小学校を卒業して、一橋造船で女工として働いている。それでもたまに店にやってくるので、そのときに今の時世について触れた。

「こんな形で、女に生まれればよかった時代が来るとは思わなかったな」

正直なことを言えば、征子自身が女に生まれてよかったと思っている。戦場に行って人殺しなどしたくない。それはどんな女も同じ思いではないかと考えていたのだが、メイ子だけは違った。

「あたしは、兵隊になりたい。なんで女は徴兵されないんだ」

メイ子の思想は筋金入りだった。まさか、戦争に行きたいと願う女がいるとは思わなかった。その首尾一貫ぶりに、つい笑ってしまう。メイ子は本当に大した女だと、皮肉でなく誉めてやりたかった。

「もし大樹が徴兵されたら、代わりに行ってやりたいか」

「うん。大樹が戦争に行ったら、どうせすぐに死ぬだけだ。あたしの方がよっぽど役に立つ」

「そうかもしれないな」

征子は笑ったが、あまり笑い事ではないとわかっていた。メイ子の言うとおりなのだ。大樹が苛烈な環境で生き残れるはずがない。大樹が徴兵されるようなときが来ないことを、頭の片隅で祈った。

しかし征子の願いとは裏腹に、日本は対米戦へと舵を切った。真珠湾を奇襲してからは、中国相手の戦争とは明らかに違う次元で一般市民にも生活の影響が出た。その最たるものは、昭和十七年に公布された衣料切符制である。服には背広三つ揃え五十点、袷《あわせ》着物四十八点、スカート十二点、靴下二点といった点数がつけられた。そして国民にはひとりひとり点数が与えられ、一年のうちに都市居住者は百点まで、地方在住者は八十点までしか服が買えなくなったのだった。

そもそも、男は国民服を着ることを強いられた。誰もが味気ない、カーキ色の同じ服を着なければならないのである。その一方、女はそこまで画一的ではなかった。なぜなら、洋装の人もいれば和装の人もいるからである。そのため厚生省は、女には国民服ではなく婦人標準服なるものを用意した。標準服甲型は洋装、乙型は和装、それと防空着。そのように定義されたものの、あまり従う者はいなかった。たとえ軍部とはいえ、女の着る服まで縛ることはできなかったのである。こんな点でも、女の方がいいという局面が訪れたのだった。それが戦争によってもたらされたのは、大いなる皮肉でしかなかったが。

時局は日に日に悪くなっていく。開戦直後こそ連戦連勝と言われていたが、今はもうそんなことを信じている者はいない。くがの大都市は空襲を受け、一橋産業社員の家族は島に疎開しに来ている。そして、島の若い男たちは次々に兵に取られていった。皆、征子にとっては我が子同然である。無事に帰ってきてくれと、若者が港から旅立つたびに祈る日々だった。

いずれ、順番は回ってくるものとわかっていた。これまでに、何度も同じ経験をした。それでも、暗い顔をしたメイ子が店にやってきたときには、話を聞きたくないと思った。聞かなければ、そんな事実は存在しないと思えたからだ。

「大樹に赤紙が来た」

メイ子はぶっきらぼうに言った。怒っているかのようだった。事実、メイ子は腹を立てているのだろう。理不尽なことが嫌いなメイ子だ、徴兵ほど理不尽に感じられることはないはずだ。大樹に人殺しなどできるわけがない。身体の健康だけで兵役が務まるかどうかを測るのではなく、当人の資質も見極めるべきではないのか。だがおそらく、今の日本にそんな余裕はないのだ。体が動くなら、最低でも弾よけにはなる。そんな発想で、若者を戦場に送り込んでいるとしか思えなかった。

「ついに、来たか」

創平が十九歳で徴兵されたときから、他の子供たちにも遠からず召集令状が来ることは確定していた。子供を戦争に送り込む国に、先はない。日本はもう、戦争に負けたのだ。勝つ見込みがないなら、子供を死なせる前に降参すべきである。それができない政治家は、日本を潰すつもりなのだろう。そんな政治家を担いでしまった国民が、国を滅ぼすのだ。

「大樹は、どうしてる」

大樹のことだから、顔を真っ青にしておろおろしているのではないかと思った。生まれてこの方、ずっとメイ子の陰に隠れていた大樹。そんな弱虫が、初めてメイ子と離れることになる。ひたすらに心細くてならないはずだった。

「あいつは、偉いよ。怖がったりせず、堂々としてる」

「そうか」

それは嬉しい読み間違いだった。大樹のことを見くびっていたと、謝りたく思った。大なり小なり、男に生まれたからには皆、覚悟を決めているのかもしれない。覚悟は立派だが、同時に悲しいことでもあった。

「でも、あいつは馬鹿なんだ。心底馬鹿だよ」

続けて、メイ子はそんなことを言った。何が馬鹿なのか、征子はわからない。怖がりもせずに戦場に行くことを指して、馬鹿と言っているのか。

「戦争で死ぬ覚悟はできてるけど、ただひとつ心残りがあるらしいのさ。戦争に行く前に、あたしと結婚したいって言うんだよ」

　メイ子は鼻を鳴らした。征子は驚きのあまり、声もなかった。

　メイ子は十八、大樹は十七である。大樹はともかくメイ子は結婚してもいい頃合いであるのは確かだし、戦争に行く前に駆け込みで夫婦になる男女も少なくない。メイ子だけを見て育った大樹が、メイ子との結婚を望む気持ちも理解できる。ただ果たして、自分が女であることに苛立ちを覚えて育ったメイ子が、そんな求婚を受け入れるだろうか。女としての役割を求められ、腹を立てないだろうか。

「で、どう答えたんだ」

　メイ子の返答を聞くのが怖かった。きっぱり拒絶したなどと聞かされては、あまりに大樹がかわいそうだ。この仏頂面からすると、大樹を怒鳴りつけたのではないかと思えてならない。寂しい気持ちで戦場に赴くことになる大樹に、同情を覚えた。

「いいよって言ったよ。あたしも大樹は好きだからね」

「えっ」

　耳を疑った。メイ子が承知する可能性は、ほとんど考えていなかった。この島に住む女の中で、最も結婚と縁遠いのはメイ子だと思っていたからだ。しかし驚きの後には、温かい気持ちが込み上げてきた。

「そうか、それはよかったな」

言われてみれば、メイ子は決して男嫌いなわけではなかった。メイ子が嫌っていたのは、不公平であることだ。その点、大樹はしっかりメイ子に教育されていた。家事はできるし、女を見下すこともない。メイ子は子供の頃から、大樹を理想の夫に育てていたようなものだ。もし将来結婚することをも視野に入れていたのだとしたら、征子はメイ子を見誤っていたと言うしかない。メイ子も大樹のことが好きだと聞いて、それはそうだよなといまさら思った。

「でも、大樹に赤紙が来てるなら、急がないとな」

他の子の例からして、大樹はすぐにもくがに行くことになるだろう。結婚のための準備期間は、ほとんどないはずだ。かわいそうだが、籍だけ入れて大樹を送り出すことになるのではないか。そう予想したら、メイ子もそれはわかっているようだった。

「そうなんだよ。花嫁衣装なんて作ってる場合じゃないから、身内だけで簡単な式をやって済ませることにした」

「それは仕方ないな。大樹が戻ってきたら、改めてちゃんとした式をやるといいよ」

「戻ってきたら、ね」

メイ子はぽつりと言った。大樹が戻ってくることなどないと、すでに諦めているかのような口振りだった。

「必ず戻ってくるって、お前が信じないでどうする」

叱咤したが、メイ子の気持ちは痛いほど理解できた。根拠のない楽観は、もう誰も持てない。大陸も南方も、戦場は地獄だと聞く。大樹が帰ってくるためには、一生分の幸運を必要とするだろう。大樹が戻ってこないことを覚悟しないでは、結婚を承知するわけにはいかなかったのだと察した。

「信じたいけどね」

メイ子の口調は、いっそさばさばしていた。征子はもう、言葉を重ねられなかった。

「でさ、身内だけの結婚式だけど、おばちゃんは来てよ。これまで、何かと世話になったからさ」

不意に明るい調子で、メイ子は言った。それは征子にとって、望外の喜びだった。

「いいのかい」

「いいよ。ぜひ来て欲しいんだ」

「そうか。じゃあ、喜んで伺うよ」

かわいがっていた子供同士の結婚式に出るのは、これが初めてだ。平和なときだったらとの思いはどうしても残るが、それでも嬉しさの方が勝った。

メイ子はいつもどおり仏頂面である。しかしこれは照れ隠しなのだと、今なら見通すことができた。

18

その一週間後に、大樹の家でふたりの結婚式が執り行われた。身内だけの式ではあるが、征子は自分も血縁者だと思っている。きちんと式服を着て、列席した。

メイ子は結局、花嫁衣装を知人から借りることができた。だから白無垢を着ていて、ふだんの女らしさがまるでない姿とは別人のようだった。メイ子自身はきっと、こうした女性性を強調した服は嫌いなのだろうが、文句を言わずに着ているのは大樹のためではないかと征子は推察した。出征前の大樹に、いい思い出を残してやりたいのだ。それは大樹がもう戻らないという諦念の裏返しのように思え、征子は密かに胸を痛めた。ふたりの結婚は嬉しくてならないのに、その奥にはしんとした悲しみが横たわっていて消えなかった。

十畳の座敷に、両家の親族が五人ずつ向かい合いで並び、奥には花婿花嫁が金屏風の前に坐っている、こぢんまりとした式だった。親族は喜び、大樹は終始笑顔で、メイ子はかつて見たこともないほどおとなしくしていた。食事はほとんど用意できず、酒もほんの一杯だけだったが、皆が酔いしれたようにはしゃいだ。今この瞬間だけは、現実の憂いを忘れて喜ぼうとしているのだろう。メイ子側の親族席に坐った征子も、メイ子が好きな人と結ばれたことをただ祝った。

四日後に、大樹は船に乗ってくがに向かった。他の子供たちの例からすると、訓練もそこそこに戦場に送り込まれるのだろう。そんな征子の予想どおり、ほどなく大樹は南方戦線に向かうことになった。ちょうど、創平の後を追う形だった。

メイ子が店に来たとき、征子は根拠のない励ましは口にしなかった。そうした空疎な言葉を、メイ子が嫌っていることを知っていたからだ。だからただ、「心配だな」と声をかけた。メイ子は「うん」とだけ応じて、それ以上何も言おうとしなかった。

戦争が日増しに激化していることは、平和な離島にいようと感じられる。戦場に行った男たちは、生きて帰ってこないか、帰ってきても五体満足ではない。だから大樹の死は、最初から確定しているようなものだった。訃報は出征の際と同じく、創平の死からほどなくして届いた。

大樹もまた、熱帯の密林で熱病を患い、命を落としたそうだ。噂では、アメリカ兵の攻撃で死ぬ人より、病気や飢えで死ぬ兵の方が多いらしい。それではなんのために戦場に行っているのかわからないではないかと、征子は憤った。戦わずに死ぬなら、死ぬために南方に行っているようなものだ。無駄死に以外の何物でもない。政治家はなぜ、自国民を無為に死なせるのだろう。心底、不思議でならなかった。

君子によると、メイ子はずっと泣き暮らしているという。もちろん征子も泣いたが、悲しみの深さではとうていメイ子に及ばない。慰めの言葉は、誰が相手であっても見つけられないものではあるものの、特にメイ子の悲しみにはかける言葉がなかった。

大樹の訃報が届いてから十日ほど後に、メイ子はようやく店に顔を出した。目の下に隈を作り、頬が痩け、見るからに窶《やつ》れている。それでもメイ子の目には、鋭い光があった。目の光は悲しみではなく、怒りだった。

「おばちゃん、大樹が死んだよ」

店に入ってくるなり、くぐもった声でメイ子は言った。適切な言葉が思い浮かばない征子は、ともかく今の気持ちを口にする。

「聞いた。本当に残念でならないよ。みんな次々死んで、おばちゃんは悔しい」

「あたしもだ」

メイ子の声は湿っていなかった。さんざん泣いたと聞いていなければ、薄情に感じられるほどだ。メイ子は悲しみを通り越して、怒りを覚えているのだろう。その怒りの矛先は、誰に向いているのか。

「あたしは大樹を死なせた奴が憎い。大樹を死なせたのは、アメリカじゃなく日本の政治家だ。男はみんな、戦いたがる。アメリカも日本も、女が政治家をやってれば戦争なんて起こさなかったんだ」

メイ子は憤りをなんとか肚の底に押し込めているかのようだった。征子はその口調ではなく内容に驚き、そしていかにもメイ子らしい考えだと頷いた。女が政治に関わるなど、想像したこともなかった。それなのにメイ子はやすやすと常識の枷《かせ》を超え、女が国を動かしている様を思い描いている。すごい子なのだなと、改めて感じた。惜しむらくは、これほどの発想力を持つ女を、日本は生かすことができないのだ。たとえメイ子が百歳まで生きようと、日本は才ある女を生かせる国にはならない気がした。

「そのとおりだな。メイ子の言うとおりだよ。おばちゃんは、メイ子に政治家になって欲しい。女が政治家になれる日なんて来ないかもしれないけど、メイ子ならそういう社会を変えられるんじゃないかと思うよ」

「可能性はあるよ。日本が一度潰れればいいんだ。戦争に負けて、今の政治や社会が終わりになれば、あたしも政治家になれるかもしれない」

まるで呪詛のように、メイ子は低く言葉を吐き出す。あまりの大胆さに、征子はふたたび驚いた。この島に特高はいないが、だとしてもおおっぴらに言っていいことではない。思わず、店の入り口に目をやって誰も来ていないことを確認してしまった。

「めったなことを言うもんじゃないよ。おばちゃんにはいいけど、他の人には絶対に言うんじゃないぞ。メイ子のためだからな」

窘めると、メイ子の目の光がふっと緩んだ。それは、征子のつまらない物言いに呆れたせいにも見えた。

「わかってるよ」

そう答えると、メイ子は「お邪魔しました」と言い残して去っていった。呼び止められずに見送った征子の胸には、もっと違うことを言えなかったのかという悔恨が残った。

19

昭和二十年二月十八日深夜。征子は轟音に眠りを妨げられた。かつて聞いたこともない大きな音が突然鳴り響き、瞬時に目が覚めた。隣に寝ていた弘幸も、掛け布団を剝いで飛び起きていた。

「な、なんだ。何事だ」

寝ぼけていることすらできないほど、異常な轟音だった。覚醒した頭で考えたのは、落雷ではないかという推測だった。

「雷かしら」

口に出してはみたものの、雨が降っている気配はなかった。雷が落ちるほどなら、雨もかなりの勢いで降っているはずである。それなのに、雨音はまるでしなかった。弘幸は違う推測をした。

「お山が噴火したのかも」

その方があり得そうだった。落雷の音なら聞いたことがあるが、これはそれ以上の響きだった。噴火は、征子が生まれてから一度もない。ついに山が火を噴く日が来たかと思った。

「だったら、寝てる場合じゃない。逃げないと」

噴火を経験したことがなくても、火口から溶岩が流れてくるという知識はある。大昔に山が噴火したときは、大勢の人が死んだという言い伝えがあった。どこに逃げればいいのかわからないが、ともかく家を出られるようにしなければならなかった。

急いで着替えて、外に出た。すぐに山に目を転じたが、予想に反して明るくはなかった。噴火なら、山頂が赤くなっているものと思っていた。ならば、噴火ではないのか。

そう考えて、視線を巡らそうとしたときだった。いきなり近くで、また轟音が鳴り響いた。それだけでなく、目に明かりが飛び込んできた。暗闇の中の唐突な明かりなので、目が一瞬眩んだ。

「火事だ」

弘幸が叫んだ。確かに火が発生した。しかし、火事でこんな音はしない。征子は何が起きたのか、ようやく理解した。

轟音の前には、ひゅるひゅるひゅるという奇妙な音が聞こえた。あれは、空から物が落ちてくる音だ。空からの落下物に続いて、地が引き裂かれるような轟音。アメリカの爆撃機による空襲に違いなかった。

「空襲だよ、空襲だ」

信じられなかった。東京が空襲されていることは、新聞で読んで知っていた。だがそれは大都会だからであって、こんな小さな島に爆弾を落とされることはないと思っていた。アメリカ軍はなぜ、何もない離島を攻撃するのか。

不思議に感じた次の瞬間に、すぐ答えを思いついた。何もなくはない。軍艦を造っている造船所があるではないか。気づいてそちらを見やると、赤々と火の手が上がっていた。間違いない。狙われたのは造船所だった。アメリカは造船所を破壊するついでに、町にも爆弾を落としたのだ。

ひゅるひゅるという不吉な音は、なおも続いた。まだ爆弾は降ってきている。いったいアメリカ軍は、何発落とすつもりか。この島の住人を根絶やしにしなければ、気が済まないのだろうか。

「逃げるぞ」

弘幸に手を引かれた。どこに、ととっさに考えたが、ともかく立ち尽くしていては駄目なことはわかった。

家財道具を持ち出したかったが、そんな暇はなかった。空襲の可能性などまるで考えていなかったから、準備ができていない。何しろ島には、防空壕もないのだ。それどころか、空襲を避けるためにくがから人が来ていたほどである。安全だったはずの島が今、攻撃に曝されている。しかも、島を長年支えてきたはずの一橋産業が造った造船所のせいで、アメリカ軍の攻撃目標になってしまった。こんなことを、誰が予想できただろうか。

町を出なければならない。海に行くべきか、山に隠れるべきか判断に迷ったが、海では身を隠す場所がなかった。山に爆弾を落とされたら山火事になると思ったが、真冬の今、海に逃げても追いつめられるだけだ。一か八かで、山を選ぶべきだった。

また、頭上から爆弾の落下音がした。今度はずいぶん近い。見上げようとして、いきなり倒された。弘幸が覆い被さってきたのだ。

耳をつんざく轟音、というものを初めて経験した。あまりの音の大きさに、他の音が聞こえなくなった。キーン、という耳鳴りだけが残り、自分の声すら耳に届かない。大丈夫、と弘幸に尋ねているのに、反応がなかった。弘幸の耳も聞こえなくなっているのだと思った。

全体重でのしかかられているので、重くてならなかった。両手で弘幸の肩を摑み、どいてくれとゆすった。それなのに弘幸は、動こうとしなかった。仕方なく、力任せに押しのけた。

弘幸はされるがままに、ごろりと地面に転がった。そのとき初めて、征子は異状に気づいた。すっと、顔から血の気が引く。どうしたの、と問いかけたつもりだが、自分の声が出ているのかどうかわからなかった。

弘幸はカッと目を見開き、虚空を睨んでいた。その眸《ひとみ》は、まるで動かない。どうしたの、どうしたの、と叫びながら体をゆすった。無反応の弘幸の体は、微妙に地面から浮いていた。右肩に手をかけ、体を横向きにした。見えた背中には、大きい金属の破片が刺さっていた。ひと目で絶望感が込み上げてくるほど、破片は禍々しく弘幸の背中に突き立っている。征子は悲鳴を上げた。自分の見ている光景を脳が拒否し、思考が完全に停止した。

だから、どれくらいそのままでいたのか、時間の感覚がなかった。次に我に返ったときには、左手を摑まれていた。強引な力で引っ張られ、立ち上がらざるを得ない。誰がこんなことをするんだろう、とぼんやり思考が戻ってきて、目の焦点が合った。

大柄な体と、風にひらひらとなびく袖。尊通が残っている左手で、征子の手を握っていたのだった。

尊通の口がぱくぱくと動いた。だが、何を言っているのかわからない。逃げなきゃ駄目だ、と言っている気がした。ただ、弘幸を置いていくわけにはいかなかった。

横たわる弘幸を指差し、そう訴えたつもりだった。尊通は弘幸に痛ましげな目を向けると、首を振った。もう駄目だ、という意味だと理解できた。それはわかっている、でも、と思っていたら尊通に腕を引かれた。大柄な尊通に引っ張られたら、抵抗できない。振り返りながらも、腕を引かれるままに走り出した。夫の死を悲しんでいる暇もなかった。

気づけば、熱風に頬を嬲《なぶ》られていた。町のあちこちで、火の手が上がっている。逃げ惑う人々で道はごった返していて、ぶつかって小競り合いも起きていた。海に逃げようとする人と、山に向かおうとする人が邪魔し合っているのだ。尊通は、山を目指しているようだった。

突然、尊通がつんのめった。地面に倒れ、もがくように左右に転がる。尊通のズボンの裾には、火が点いていた。熱風だけでなく、頭上からは火の粉が降っていたのだ。その火の粉が、尊通のズボンに取りついて成長したのだろう。どうすればいいのかとおろおろしていたら、尊通は火を地面に擦りつけて強引に消した。まだ火が大きくなかったのが幸いだった。すぐ地面に転がっていなければ、火は腰から胴体にまで燃え広がっていたかもしれない。

尊通は立ち上がったが、痛そうだった。脚を引きずりながら歩き出す。すぐに、同じように体に火が点いて地面に転がっている人を見つけた。尊通は上着を脱ぎ、それを振って燃えている人に何度も叩きつけた。だが尊通と違ってその人は体の半分以上を火に包まれていて、やがて動きを止めた。力尽きてしまったのだ。尊通は上着を振る手を止め、呆然としていた。

征子も、漫然と見ていただけではなかった。防火用の貯水槽がないかと、周りを探していたのだ。だがあいにくなことに、すぐ見つかる場所にはなかった。火に包まれていた人は、ほんの一分ほどで動かなくなってしまった。仮に水を見つけていたとしても、手遅れだったかもしれない。

「行こう」

今度は征子の方が、立ち尽くしている尊通を促した。ようやく、自分の声が聞こえた。尊通は頷いて、動き出した。空からは雪のように火の粉が降ってくる。体に火が点いてしまう人は、この後も出てきそうだった。

聴覚が戻ると、周囲には人々の悲鳴や怒号が飛び交っていることに気づいた。冬でもさほど寒くないこの島は、住民の気性が穏やかだ。ふだんは言い争いの声もめったに聞くことがなく、至って平和な日々を送っていた。それが一変し、聞いたこともない大声や金切り声が辺りに満ちている。家が燃える音、爆弾が落ちてくる音、そして地獄の亡者のような人々の奇声。見慣れた日常は、遥か遠いものとなってしまった。

道の左右に建ち並ぶ家は火の海に呑まれかけているので、自分が今どこにいるのか把握するのも難しかった。だがどうしたことか、この近くにメイ子の家があると征子は卒然と気づいた。理屈ではない。窮地に置かれた際の特別な感覚で、自分の所在地を知ったのだろう。征子は足を止め、尊通の手を引っ張った。

「待って。メイ子の家が近い。無事かどうか知りたい」

「わかった」

尊通はためらわずに応じた。しかし、どちらに向かえばいいかわからないようだ。征子は自信を持って、メイ子の家の方へ走った。

耳に声が飛び込んできた。いや、ずっと悲鳴は聞こえている。その中に、知った声が混じっているのを確かに聞き取ったのだ。声は、「お母さん、お母さん」と泣いていた。

メイ子の家は崩壊していた。火の手もすぐそばまで近づいている。そして崩れた家の前で、メイ子が何かを引っ張りながら泣いていた。瓦礫の下から、手が伸びている。君子だ、とすぐに悟った。家が崩れ落ちた際にメイ子は逃げられたが、君子は間に合わなかったようだ。メイ子は母親の手を引っ張って、瓦礫の下から救い出そうとしているのだった。

「君子」

征子も駆け寄って、君子の前に膝をついた。君子はまだ生きていた。しかしその顔には、絶望がべったりと張りついていた。君子の体は、家の梁の下敷きになっている。尊通が梁に手をかけ、なんとかどかそうとした。征子はメイ子と並び、君子の手を引っ張った。

「逃げて、逃げて」

火が爆《は》ぜる音にかき消されながらも、切れ切れに君子の声が届いた。火に呑まれないうちに、ここから逃げろと言っているのだ。尊通ががんばっても、梁はピクリとも動かない。残酷だが、火が届くまでに君子を助け出すのは難しいだろう。すぐに決断した自分に、征子は驚いた。まだ生きている友達を見捨て、その娘を救うことを瞬時に決めたのである。自分の心の一部が鬼になったと感じた。

「メイ子、逃げるよ」

君子の手を離し、メイ子の腕を摑んだ。これでいいんだね、という意味を込めて君子の顔を見る。君子はわずかに微笑んだようだった。親なら誰でも、この選択をする。君子の気持ちは、我がことのように理解できた。

「いやだ、いやだ」

メイ子は頑是ない子供のように抵抗した。母親を置いて逃げるなど、とても考えられないのだろう。君子の手を摑んだまま、離そうとしない。鬼になった征子は、尊通に命じた。

「尊通、メイ子を連れて逃げるよ」

言われて、尊通も梁をどかすのを諦めた。頷くと、メイ子の胴体に腕を回す。メイ子は体ごと抱えられ、君子から引き離された。メイ子は両手両脚をじたばたさせ、「お母さん、お母さん」と叫んだ。

「君子」

最後に名前を呼び、目と目が合ったことを感じてから、踵を返した。胸が圧搾されたように苦しく、振り返れなかった。尊通はメイ子を抱えたまま、先ほどの大通りに戻るために走っている。その後を、泣きながら追いかけた。熱と煙に襲われ、涙と鼻水が止まらなかった。

20

メイ子が暴れなくなったので、尊通は地面に下ろした。メイ子はまだ泣いていたが、母親の許に戻ろうとはしなかった。君子がもう生きていないことを、頭で理解したのだ。かわいそうだが、今は同情をしている暇もなかった。

熱風と煙がひどかった。視界が白くなり、息が苦しい。袖で口許を覆い、少しでも新鮮な空気を求めて身を低くした。尊通もメイ子も、同じ姿勢を取っている。大柄な尊通が、一番苦しそうだった。先ほどからずっと、ひどく咳き込んでいる。

火だるまになった人が地面にのたうち回っているのを、何度も見た。もう、他人のことを助けている余裕はなかった。体が火で覆われてしまえば、助けようがない。そのことを誰もが学習したのか、火だるまになった人は放っておかれているのだ。全身が燃え上がって苦しんでいる人と、それを横目に我先にと逃げる人々。まさに地獄絵図だった。

全身が熱い。もはや町全体が燃えているも同然だった。火の中を、身を屈めながら走り抜けようとしているのである。直接火に炙られていなくても、熱気で蒸し焼きにされているかのような感覚だった。

顔や手など、露出している部分はきっと火傷《やけど》しているのだろう。全身が熱いので、すぐには違和感を覚えなかった。だがそのうち、下半身の熱さが痛みに変わった。それでようやく、穿いているモンペに火が点いていることに気づいた。火だるまになる、と反射的に恐怖が体を貫いた。

「尊通、火が、火が」

尊通の袖を引き、訴えた。先ほどの尊通のように地面に転がって火を消そうにも、暴徒も同然に狂い走っている人々がいるので、そんなことはできない。地面に転がろうものなら、たちまち踏み殺されてしまうだろう。踏み殺されるか焼け死ぬか、選べるのはそのふたつしかないのかと絶望した。

尊通が驚きの行動に出た。躊躇なく、征子の脚に抱きついたのだ。自分の体で、火を消そうとしているのである。征子は心底驚き、大声を出した。

「何やってるんだ。お前の体も焼けるぞ」

脚を振って尊通を引き離そうとしたが、強い力で抱きすくめられて、まるで身動きが取れなかった。肉が焼ける、いやな臭いがする。それは自分の脚が発しているのか、尊通の体が焼けているのか、それとも周囲から漂ってくるのか、今や判然としない。このまま自分も尊通も、火に包まれるのだと思った。

「あそこに防火用水がある」

メイ子が叫んで、指を差した。メイ子が示した先には、確かに貯水槽があった。しかしその中には、人が何人も入っていた。あまりの熱さに耐えられず、飛び込んだのだろう。あれでは自分は入れないと、一瞥して諦めた。

だが、尊通の判断は違った。尊通は征子の両脚に腕を回し、そのまま持ち上げた。片手なのに、なんという怪力か。そして征子の体を貯水槽まで運び、中にいる人たちの間に押し込むようにして浸けた。じゅっ、という音とともに、燃えていた脚が冷たさを感じた。

「お前も水を浴びるんだ」

征子は手で水を掬《すく》って、何度も尊通に浴びせた。先に貯水槽に入っていた人たちも、同じように手伝ってくれる。尊通に燃え移った火は、どうにか消えた。尊通は征子の頭を押さえ、上から押した。全身を濡らせ、ということなのだろう。

されるがままに肩まで強引に水に浸かると、今度は尊通に引き揚げられた。尊通の首にしがみつきながら、貯水槽から出る。全身がすっかり濡れそぼって寒さを感じたが、それも一瞬のことだった。すぐに熱気が押し寄せてきて、寒さなど吹き飛んだ。

尊通は次にメイ子を摑み、同じように水に浸けた。メイ子は少しためらったようだったが、体を濡らすべきだと自分でも考えたらしい。征子と同様に全身ずぶ濡れになって、自分の肩を抱く。これでしばらくは、メイ子の体に火は取りつかないだろう。

メイ子を貯水槽から引き揚げると、尊通は地べたにへたり込んだ。片手で女ふたりを持ち上げる作業は、尊通を相当消耗させたようだ。肩で息をし、なかなか立ち上がれずにいる。しかし貯水槽の後ろの家も、すでに燃え始めていた。このままここにいれば、家が崩れてくるかもしれない。すぐにも移動する必要があった。

「尊通、ありがとう。でも、逃げないと」

尊通の腋《わき》の下に手を差し入れ、力いっぱい立ち上がらせようとした。尊通は頷きながら、大儀そうに立ち上がる。征子は貯水槽の中にいる人たちにも、注意を促した。

「ここにいたら、建物の下敷きになりますよ。早く逃げた方がいい」

しかし水に浸かっている五人の人たちは、ここに辿り着くまでに疲弊しきっていたのか、力なく首を振った。もうここから動きたくない、という意思表示のようだ。やむを得ない。逃げる気力がない人たちを助けることはできなかった。

「行こう」

尊通とメイ子を促し、また走り出した。ともかく、町を抜けなければならない。関東大震災のときでも町は全焼しなかったが、今回はもう駄目だ。アメリカの爆弾は、すべてを燃やし尽くす。それはこの町だけのことではなく、日本全土で起こることではないかと思えた。

火傷を負った左脚が痛い。引きずらずには走れない。だが、火を体の前面で消してくれた尊通は、もっと辛そうだった。もともと煙を吸い込んで苦しそうだったのに、今はさらに足取りが弱々しい。こうなったら山に逃げるのではなく海に出て、海水で体を冷やすべきかと考えた。爆撃機はもう通り過ぎたようで、爆弾が落ちてくる音はしない。とはいえ、戻ってこないという保証はどこにもない。海に出ても、砂浜ではなく岩場に身を隠すべきか。そんなふうに考えているときだった。

煙に巻かれ、見通しが悪くなっていた。道は大勢の人でごった返していて、何度も体にぶつかられて痛い思いをしていた。だから注意力が散漫になっていたのは確かだが、そうでなかったとしても避けようがなかったかもしれない。気づいたときには、左側にある家が崩れかかってきた。家がこちらに崩れてくるというより、大きい炎がのしかかってくるようだった。

悲鳴を上げたつもりだったのに、声になったかどうかもわからなかった。死ぬ、と即座に覚悟したが、炎は一瞬だけ動きを止めた。強く瞑った目を開くと、片手で家の倒壊を押しとどめている尊通が見えた。どんな怪力なのか、と驚いたその直後に、炎は尊通を呑み込んだ。

征子は後ろから肘を引っ張られ、かろうじて倒壊に巻き込まれずに済んだ。引っ張ってくれたのは、メイ子だった。だが、助かったことを喜ぶ気持ちはなかった。「尊通、尊通」と喉の痛みも忘れて征子は叫んだ。

「駄目だよ、おばちゃん。尊通さんはもう駄目だ」

両手で征子の肘を引っ張りながら、メイ子は訴えた。先ほどとは完全に逆になっていた。あたしの子が、目の前で家に押し潰された。その信じがたい光景に、心が停止している。夫も、友人も、そして子供までも死んだ。ここはどこだ。地獄か。あたしはそんなに悪いことをしたのか。あたしは生きながら地獄に落とされるような真似をしたのか。誰か、答えて欲しい。

メイ子がいなければ、その場で焼け死んでいたかもしれない。だが強引に肘を引っ張ってくれたお蔭で、征子は動くことができた。肚の底に生じた、悲しみとも怒りとも恐れともつかない、ただ強く大きな感情を抱えて走った。尊通が作ってくれたほんの一瞬の猶予のお蔭で、征子は生き長らえた。ならば、ここで死ぬわけにはいかない。弘幸が、尊通が生かしてくれたこの命は、もはやひとりのものではないのだ。意地でも生き延びることが、戦争なんて愚かな真似を始めた連中に対する精一杯の抗議だと考えた。

どこをどう走って、燃える町を抜け出したのかわからない。気づいてみれば、周りには呆然と地べたに坐り込んでいる人たちがいた。町外れの畦道に出ていたのだ。ここまで来れば炎に呑まれる心配はないが、姿を隠してくれるものが何もない。アメリカの爆撃機がまたやってきたら、向こうからは丸見えかもしれない。坐り込みたくなる気持ちは同じだが、生きるためには休むわけにはいかなかった。

山に目をやって、呆然とした。山も燃えていたのだ。山に爆弾を落としても仕方ないから、誤爆かもしれない。アメリカ軍の意図を考えても意味はない。ともかく、山に逃げることは不可能になった。ならばやはり、先ほど考えたように海辺に出て岩陰にでも隠れるしかなかった。

そういったことを、大声でメイ子に説明したつもりだった。だが、また耳が聞こえにくくなっていたらしく、自分の声もメイ子の返事もうまく聞き取れなかった。身振りで海の方角を示し、ふたたび走り出す。いや、走っているつもりだが、脚はもう気持ちについてこなかった。後ろからつつかれたら、わずかな力でも転倒するだろう。それほどの覚束ない足取りで、メイ子と支え合いながら、海辺を目指した。

町を抜け出しても、へたり込む人ばかりではなかった。征子と同じ発想をしたらしく、海に向かう人は少なくない。町中での混乱とは打って変わって、整然と海を目指す列ができていた。皆、髪が縮れ、煤で顔が黒くなり、目が虚ろになっていた。ひとりの例外もなく怪我や火傷を負っているはずなのに、痛みを訴える人はいない。痛みは、心に余裕がないと感じられないのだ。征子も左脚がずきずき疼いているが、今は不思議と動かせる。しかし、一度坐ってしまえばもう立ち上がれそうになかった。

ようやく辿り着いた海辺は、予想した光景とは違った。岩場に隠れるどころか、すでに避難してきた人でいっぱいで、砂浜に大勢の人が坐り込んでいたのだ。これでは先ほどの畦道と同じで、爆弾を一発でも落とされたらひとたまりもない。しかしもう、他の場所に行く体力も気力もなかった。呆然と立ち尽くしていたら、またメイ子に腕を引かれた。

「おばちゃん。脚を冷やそう」

今度はちゃんと声が聞こえた。「うん、そうだね」と答える自分の声も、耳に届く。大勢が集まっていても、賑やかさとはほど遠いのだ。夜の闇に呑まれるように、人々の活気が失われている。小さな声でも、充分に会話できた。

坐り込む人の間を縫って、波が寄せるところまで出た。そこに崩れるように坐る。下半身を、波が濡らした。冬の海だから、水は背筋が伸びるほど冷たい。それでも、火照った体には心地よく感じられた。

しかし、気持ちよかったのは最初だけだった。すぐに体が震え始め、波から離れた。かろうじて空いているところを見つけ、メイ子と坐り込む。メイ子は海水に触れなかったが、がたがたと震えていた。先ほどまでの灼熱地獄が嘘のように、今度は寒さに苦しむことになった。

無言のまま、互いに抱き合った。今になってようやく、尊通の両親はどうしたのだろうかと思い至った。尊通は両親を助けず、征子の許に駆けつけてくれたのだろうか。ならば、両親を見つけて尊通の最期の様子を伝えなければならない。しかしおそらく、尊通の両親も生きていないのだろう。両親を助ける必要がなくなったから、尊通は征子の身を案じてくれたのだ。みんな、死んでしまった。戦争に行った者も行かなかった者も、皆死んだ。メイ子とふたり、こうして生きているのが奇跡だった。煙に巻かれてずっと涙が出ていたが、火災から遠く離れた今もまだ涙は湧き出る。体の水分すべてを流し尽くすまで、このまま泣き続けるのではないかと思った。

恐れていた再爆撃はなかったが、寒さで歯の根が合わず、このまま朝を迎えずに凍え死ぬのではないかと本気で危ぶんだ。メイ子と抱き合っていなければ、確実にそうなっていただろう。体は疲れきり、火傷は刺すように疼き、震えが止まらないのに火照るほど熱っぽかった。疲弊していても眠気はまるで感じず、時計がないから今が何時なのかもわからず、生き延びた幸運を喜ぶ気持ちも湧かない。町が燃えているから砂浜は暗くないが、海に目を転じればただ黒々とした闇が広がるだけだ。夜明けは、永遠の彼方にあるかのようだった。

それでも、時が止まることはない。ついに水平線の彼方が、ぼんやりと赤らみ始めた。夜明けだ。大勢の人が死のうと、朝はやってくる。そのことを、征子は奇妙に感じた。この日の出を、生涯忘れることはないだろうと確信した。

朝だ、という声がそこここで聞こえた。やはり、朝を迎えられたことを不可思議に感じる人は多いようだ。太陽の動きは遅々としながらも、確実に砂浜に光を届けてくる。焼け出され、疲れきり、何もかも失った人々。日の光が、惨状を照らし出した。喪失感が、征子の胸の中で一気に膨れ上がった。

立ち上がる人もいた。砂浜を離れ、町の方へと向かう。まだ生きているかもしれない人、焼け残っているかもしれない物を探すのだろう。征子はメイ子と目を見交わし、「あたしたちも行こう」と言った。

「町を、この目で見たい」

征子の店は島で唯一の雑貨屋だったから、客は多かった。自然に顔が広くなり、名前は知らなくても言葉を交わしたことはあるという人が大半だ。今この場にいる人とも、おそらくほとんど面識があるだろう。つまり、町は征子にとって近しい存在だった。いつまでもそこにあり、人との縁を繋いでくれる場だと思い込んでいた。どんなことにも終わりがあるとはいえ、自分が生きている間に町の最後が訪れようとは、悪夢の中でも思い描いたことがなかった。

メイ子と支え合い、かろうじて立ち上がった。足を引きずりながら、蹌踉《そうろう》と町を目指す。町に近づくにつれ、物が燃えるいやな臭いが強くなっていった。未だ、火は燻っているのだろう。背中に金属の破片が刺さった弘幸、倒壊した家の下敷きになった君子、襲いかかる炎に呑まれた尊通を思い出す。受け入れがたい現実と、人はどう向き合えばいいのか。征子は一歩一歩、足を運ぶ。自分が生きていることにすら、怒りを覚えた。

「ああ」

思わず、声が漏れた。燃え残っている物など、皆無だった。完全なる消滅。死の形。燃えて炭化した家々の瓦礫と、手足を捩って黒焦げになった人の死骸。朝日に照らされても、地獄は地獄だった。町は今、その命を最後の一滴に至るまで失ったのだ。

「おばちゃん、こんな、ひどい」

気丈なメイ子が、号泣して抱きついてきた。征子も、どうしようもなく強い感情に衝き動かされて泣いた。圧倒的なまでの喪失の前に、人間は無力だ。その無力さが、征子は悔しくてならなかった。涙を流しながら、奥歯を強く噛み締めた。

ぎりり、という音が耳に届いた。

21

昭和二十年三月十日、東京が大規模な空襲を受ける。死者、約十万人。

同年四月一日、沖縄にアメリカ軍上陸。六月二十三日の戦闘終了までの死者、約十九万人。

同年八月六日、広島に原子爆弾が投下される。死者、約十四万人。

同年八月九日、長崎に原子爆弾が投下される。死者、約七万人。

同年八月十四日、日本政府がポツダム宣言を受諾。

太平洋戦争終結。

初出
『小説新潮』二〇一七年九月号〜二〇一九年五月号

装画　浅野隆広

邯鄲《かんたん》の島遥《しまはる》かなり　中《ちゅう》

著者
貫井《ぬくい》徳郎《とくろう》

発行
2021年9月25日

発行者 佐藤隆信
発行所 株式会社新潮社
〒162-8711 東京都新宿区矢来町71
電話 編集部 03-3266-5411
読者係 03-3266-5111
https://www.shinchosha.co.jp
装幀　新潮社装幀室

印刷所
錦明印刷株式会社
製本所
加藤製本株式会社

ISBN978-4-10-303874-0　C0093

神よ憐れみたまえ　小池真理子

私の人生は何度も塗り替えられた、死別と喪失とともに。最愛の伴侶を看取り、苦難を経た著者だから描けた別離と生。十年かけて紡がれた畢生の書下し長篇小説。

骨を撫でる　三国美千子

「死ぬまで親きょうだいを切られへん」土地と血縁に縛られつつ、しぶとく、したたかに生きる人間たちを描き出す表題作ほか一篇。三島賞作家の受賞後第一作品集。

象の皮膚　佐藤厚志

皮膚が自分自身だった――。五十嵐凜、書店員6年目。アトピーの痒みにも変な客にも負けず、心を自動販売機にして働く女性の生きづらさをリアルに描いた話題作。

母親病　森美樹

母が死んだ。秘密の日記と謎の青年を残して――。「母」そして「妻」。家族の中での役割を終えた女が、人生の最後に望んだものとは。家族の意味を問う感動作。

水よ踊れ　岩井圭也

「ぼくは、彼女の人生を、まだ見届けていない」。ある〈日本人〉の熱き想いと切なる祈りが香港の地で炸裂する。生と、自由の喜びを高らかに歌う、革命的青春巨編。

九十歳のラブレター　加藤秀俊

あなたのいない毎日に、ぼくは慣れることができない――。小学校の同級生だった妻。彼女の急逝で、人生は一変してしまった。老碩学が綴る人生百年時代の亡妻記。